风雨文汇
1938-1947

郑重◎著

東方出版中心

序

楼坍了，历史还在

《文汇报》的文脉在上海市圆明园路149号。从1945年在这里第一次复刊到1997年悄然他迁，足足52个年头。在她70年岁月中，这里留下了许多华彩篇章。

圆明园路很短。但她头枕苏州河，足蹬滇池路，北京东路则是她的一条腰带，舒展地向外滩飘去。坐在《文汇报》社办公室里，凭窗眺望，不远处就是苏州河黄浦江交汇处，玻璃窗上映现出波光帆影；稍一俯首，英国领事馆则在眼下了，清水砖墙，蝴蝶瓦顶，几幢英式小楼在林木掩映中。一路之隔的黄浦公园一片清绿，与之两两相对，如同镶嵌在外白渡桥桥头的两颗"祖母绿"宝石。149号的背后，仅一路之隔的就是上海传统的弄堂石库门房子，充满着海派民俗文化气氛：数家挤在一个厨房里，早晨刷马桶声、夏天晚上蒲扇打蚊子声，当然也有留声机里传来的西洋歌曲声及京腔、越调……这很有些象征意味，《文汇报》处于东西方文化夹缝中。

1947年，复刊后的《文汇报》被国民党查封，文汇人远走他乡，一部分到了香港，创办港版《文汇报》；一部分人奔向解放区参加革命。1949年，迎接中华人民共和国的诞生，文汇人又回来了，仍然在这个地方第二次复刊办报；1955年，文汇人北上京华创办《教师报》，《文汇报》停办了；1956年，在"百花齐放""百家争鸣"中，毛泽东寻找《文汇报》，《文汇报》又第三次复刊办报，文汇人又回到这里。《文汇报》和圆明园路149号因缘不断，文脉亦不断。

20世纪60年代，我踏进《文汇报》社大门，石库门海派文化余脉袅袅，而英国领事馆则清寂了，没有领略到她当年的风采。对着外滩的大铁门，真的是门虽设而常关，领事馆的人从后门进出，那后门恰朝着《文汇报》社的大门。在"红海洋"波浪兴起时，北京发生了火烧英国领事馆事件，坐落在外白渡桥堍的英国驻上海领事馆也就随之人去楼空。这时的《文汇报》的日子却红火起来，背后的仓储大楼及那座教堂也归属进来，《文汇报》的家当由街头的"馄饨担"变为"大三元"了。

风雨苍黄，1976年中国发生了翻天覆地的变化，"实践是检验真理的唯一标准"的旗帜升起。蓦回首，文汇人痛定思痛，奋发自强走新路，在筚路蓝缕中革新报纸，发行量达到171万份，创造了《文汇报》最为辉煌的历史。小康人家，居安思变，打掉了已经归属她的教堂，盖起24层大厦，一时成为外滩新的标志性建筑，也是上海改革开放的一个亮点。不只是在上海，在全国新闻界，也是独领风骚。

在20世纪最后的几年里，《文汇报》变成文新集团的一名成员，独立自主的法人身份消失了，报纸虽还继续办着，但社址再次迁移。人虽去，楼未空，却成了许多家公司的云集之地，也是风光一时。但在财产重新组合的大趋势下，文汇大厦化为玉帛，干脆被卖掉了。对圆明园149号《文汇报》社旧址能否保留，尚在争议中，但一方的投资商在听了《文汇报》的风云激荡的历史后，构思作了调整，认为对这样一座有着历史意义的建筑物，何妨保留，从而使外滩源的文化内涵更加的厚实。

这一切都是传说，也许只有文汇老人还在情系此事。原文汇大厦被炸后，还有一些人来此凭吊摄影留念。其实，圆明园路149号存在与否，并没有什么重要的，大厦本来就是在铲平教堂后再建的，风水轮流转，今天又经过他人之手把它炸掉，在其废墟上再建设与外滩源相和谐的建筑，这也没有什么不好。只要历史存在，建筑物的确是无关紧要的。秦代的阿房宫、汉代的未央宫、唐代的大明宫……而今安在？大秦、大汉、大唐的历史不是同样灿烂蔚然吗？秦汉唐三代的历史人物和故事，不是更成为文化的亮点，使今人津津乐道吗？后之视今，尤今之视昔，看现实也要把目光放得远一些，才会少几分苦恼。

文汇大厦

《文汇报》同样是如此，自她从抗日战争的烽火中走来的70年岁月里，办办停停，停停办办，几次被封门或停刊，又几次复活出版，可谓是饱经风霜，备受磨难，九死一生。但她没有死，还是活了下来，一直活到今天。“文汇报”三个字绵延70年没有改变，更没有消失，成为一位“长寿老报”，这在政治风云变幻的中国，只此一家，独一无二，称得上是一个奇迹。这和广大读者对她的热爱，各阶层的知识分子对她的支持有着极大的关系。特别是《文汇报》和知识分子，70年来同舟共济，相濡以沫，《文汇报》的命运也就是知识分子的命运；知识分子的选择与追求，也就是《文汇报》的选择与追求。正因为她和知识分子的脉脉相随，所以常有“青萍之末”或“春江水暖”的感悟，做到发他人所未发，引领思想潮流，成为时代的“晴雨表”。正因为如此，所以常有“成也文汇，败也文汇”的结局。

在《文汇报》七十华诞之际，我以“文汇三部曲”之一《风雨文汇》为献礼，并衷心地为她祈祷：今后的路走得更好！

目　录

1 抗日烽火中飞出的金凤凰

（1938年1月—1939年5月）

2 在反饥饿、反内战、要和平、争民主的浪潮中
（1945年8月—1947年5月）

1

抗日烽火中飞出的金凤凰

（1938年1月—1939年5月）

1938.1-1939.5

1 / 在抗日烽火中诞生

戊戌变法失败之后，一批科举出身的知识分子纷纷南下，同从外国留学归来的知识分子相结合，办教育、办出版社、办图书馆、办报纸、办杂志、翻译国外社会科学著作，鼓吹科学救国、教育救国、人权平等与自由……一时人才荟萃，形成了一个知识分子的群体。以后就是北洋政府对知识分子的迫害与残杀，文化朋辈成新鬼，又有大批文人南迁，经过多年的补充和发展，到了1930年前后，上海真正成为全国知识分子精英聚集之地。

1931年，九一八事变，上海知识界发出抵抗日本的吼声，抗议日本侵略者的暴行。接着发生了1932年的一·二八事件，日本侵略军向国民第十九路军发动进攻，闸北地区陷入火海之中。在冲天的火光下，商务印书馆厂房倒塌，机器被毁，东方图书馆、涵芬楼、编译所文稿顿时化为灰烬，古今中外无数学者、作家用毕生心血所凝固的作品，都化为片片纸灰残屑，蝴蝶般地在上海上空飘荡，整整飞舞了三四昼夜，落到知识分子的书桌上。商务印书馆创办人、戊戌变法参加者张元济清泪潸潸，说："工厂机器、设备都可重建，唯独我数十年辛勤搜集的几十万册书籍，今日毁于炮火，无从复得，从此在地球上消失了。"对日本侵略者摧残中国文化的暴行，上海知识界签名发表《为日军进攻上海屠杀人民宣言》。从此，上海知识界抗日活动不绝如缕。

1937年，七七卢沟桥事变发生，接着在上海的八一三战火又燃起。经过3个多月的奋战，到11月10日日军从浦东登陆，12日，最后一批中国军队撤离上海，除了苏州河南岸的租界，其余的地区都被日军占领了。日军除了地面占领，空军更加狂轰滥炸，火力就集中在对文化教育机关的破坏。仅上海一隅，根据社会局10月15日为止调查的结果，包括战区和非战区，被炸残的大学已有14所、中学27所、小学44所，博物院、

左图　市民花钱买报看
右图　读者需要报纸："八一三"事变之后，阅报牌前人头攒动

图书馆、体育场等社会教育机关8处。不只是上海，日军的飞机还飞到杭州，没有轰炸飞机场和铁路，只向一所小学做了一次猛烈的扫射，几十个天真烂漫的小学生，在嗒嗒嗒的机关枪声底下，卧倒在血泊之中。日本浪人还篡改了教科书，在学校里进行奴化教育。

日本侵略者憎恨中国文化，就像枭鸟畏惧光明一样。他们所需要的只是武器、炸弹、毒瓦斯，他们所允许存在的，只是那些由军部豢养的变了节的文人，为了推行奴化教育，日军提携汉奸苏锡文，在浦东成立了"上海大道市政府"。日本侵略军通过汉奸政府，加强对新闻舆论的控制，并发出通牒，要华文报纸都要向汉奸政府登记，进行奴化中国人心的宣传。日本侵略军也知道，中国人所以要顽强进行抵抗，就是因为人心未死，只要有一颗抗争的心，被他们占领的土地还可以再夺回来的。

华文报纸在日军的控制下，虽然失去话语权，但并没有失去中国人的良心，《民报》、《立报》、《时事新报》等颇有影响的报纸，抗拒登记。1937年12月13日，南京陷落。日军在进行南京大屠杀的同时，设在上海虹口区的日军报道部，悍然宣布从12月16日起，将对租界华文报纸进行突击检查。租界当局屈从日方要求，对华文报纸下了通知。当时还留在上海的《申报》、《大公报》等报纸迅速作出反应，在进行检查之前，即12月14日，自动停刊转移，以示与日方的决绝。《救亡日报》是中共领导下统一战线性质的报纸，在八一三的炮火声中才诞生，主持人是夏衍和阿英。早在国民党军队撤出上海后第10天，也就是11月23日，就率先自动停刊了。只有《新闻报》、《大晚报》和《时报》接受检查，继续出版。但《大晚报》部分重要的编辑和记者，公开登报，宣布退出，其中有周木斋、邵宗汉等人；《新闻报》则有余空我、郭步陶等毅然宣布退出，甘冒生活乃至生命的风险，保持了新闻工作者应有的民族气节。《新闻报》、《大晚报》、《时报》这几家报纸作出如此屈辱的决定，情况也有所不同。《新闻报》老板办报以营利为目的，而《时报》的老板原是华侨巨商黄伯惠，久已别有经营，不问报事，大权旁落在王季鲁之手，而王季鲁则早与日方有勾结。所以，后来两报的态度也有所不同，前者只是"噤若寒蝉"，后者则张牙舞爪，完全以汉奸报纸的面目出现，成了奴化中国人心的工具。

12月14日，《大公报》西撤武汉，上海版发表了王芸生执笔写的社评《暂别上海读者》，其中有这样两句话："国军退出的上海完全成了孤岛，我们在孤岛上又苦挣了30多天。"上海是战时的"孤岛"，也就这样叫开了，从此也就为上海留下了这个颇有历史象征意味的名字"孤岛"，也在历史上留下了上海人在那段历史中无可奈何的心情。

作家柯灵陷身在"孤岛"之中。1937年12月，他写了《死城》和《长街》，记录了他在城中独坐的孤寂，在长街上独行的彷徨：

> 仿佛是华筵盛会之后，酒阑灯灺人散，一钩凉月，照着狼藉的杯盘；或者是深夜闭幕后的剧场，明灯暗了，观客散了，一切如火如荼、可歌可泣的场面，轻烟似的消灭了，役人三两，默然在空

空的座畔扫除垃圾；自从战声向南郊远去，一种可怕的寂寞，就开始在人心里抽芽……

是因为冬天了吗？辉煌的街灯也暗了许多。卖报人的叫声，也许会带来几许安慰，然而没有。闲坐在摊上的几张报纸，似也因为无人眷顾而不胜其冷落的孤怨。

冷风里传来一阵嗡嗡的机声，路人延伫着迫切地昂起脖子，向灰色的昙云搜索，但终于又不禁颓唐地低下了头。

晚来，笙歌彻夜，却没有破空而起的炮声和隐约传来的机枪声了。推开窗，回忆中展开奇伟的景色，红绿信号灯焰火似的满天飞，高射炮厉乱地送炫目的火花，探照灯如横空的匹练，纵横交错地织成瑰丽的光海。于是用幻梦的眼色，向空搜索，并且竖起耳朵，听取远处的炮声，祈祷似的想：假如能看见夜袭的奇景呢？……然而眼前只有一片万里无云的寒空，连南飞的雁影也没有。

只是在夜静中听见一下爆裂声，大家就像在绝岛中望见一片远处的帆影，在彷徨无声中兴奋起来的吧？

这是一座死城！这里有歌，有酒，艳冶的颜色，然而只有现实的酩酊者看得见，听得见；在清明人的耳目中却是一无所有。围在四面的，是火，是瓦砾，是灰烬，是纵横卧倒的死人。路呢，断了，窒塞了，人间的消息已经和这里完全隔绝。

有谁能想象这种心境的吗？——单是一缕刻骨镂心的寂寞，能够让这300万失去祖国荫庇的人消受了！

"上海成了孤岛！"这话给上海人无疑是一种孤立无望的压力。就是在这样的局势下，《文汇报》诞生了。

1938年1月2日，《文汇报》像一只凤凰从抗日的烽火中飞了出来。创办人是严宝礼。

严宝礼，字问呐。1900 年 1 月生于江苏吴江县同里镇。曾就读交通大学的前身南洋公学，20岁即投身于社会，原任沪宁、沪杭甬两路局财务方面的稽核。身材不高，纯朴敦厚，在沉静中有着几分潇洒。与同事余鸿翔、马直山等，共同长期租用坐落在南京路口的新新旅馆313号房间，在这里办了一个交通广告公司，主要经营沿京（南京）沪、沪杭甬两条铁路两旁的路牌广告，有时也代办报纸广告。这里也是他们与朋友相聚消遣的地方，好似一个俱乐部，严宝礼在经营广告业务中，与新闻界的一些人相识了。如马直山兼任《新闻报》特别采访员，经他们引见，《新闻报》的严独鹤和徐耻痕，《社会日报》的胡雄飞，佛学书局的沈彬瀚，都成了这个新新俱乐部的常客。

创办《文汇报》时的严宝礼

八一三抗战爆发后不久，严宝礼、余鸿翔等遭到遣散。他们拿到了8 000元到几千元不等的遣散费。广告公司虽然无法办了，但313号房间仍然是他们聚会的所在，天天在这里一边吃茶，一边纵论时局。一般是上午交流听来的各种信息，下午、晚上进行“麻战”。此时房间的经济开支就靠打麻将抽出来的“头钱”。按照旅馆的规矩，包租房间门口，必须在门外挂的木牌上写下包房间人的名字，经大家同意，313号房间门口就写了茶房王湜源的名字。王湜源本来是严宝礼请来的勤杂工，其实他不只是泡泡茶、扫扫地，其他的事也都干。《文汇报》开办之后，王湜源也进了《文汇报》当工友了。不过，如此坐吃山空，路局发的遣散费很快就要花光的，今后是做些生意营利，还是干别的事情谋生？严宝礼等在俱乐部里议论开了。严宝礼一向被称为“智多星”，经营有道，他想出了主意，说租界已发生粮食恐慌，而他的家乡吴江盛产大米，就自告奋勇，愿意冒险去采办。于是有的出1 000，有的出300，集了1万元。正当准备动身的时候，敌军已侵占了沪西和南京，并宣布粮食禁运。他们的计划落空了。怎么办呢？胡雄飞、徐耻痕提出："目前，几家报纸停刊了，而上海市民都十分关心抗战，如果办一张报纸，不愁没有销路。"他们在经营广告业务中，对于广告的作用和效力，有着较深刻的感性认识；同时，上海仅存的少数报纸因受敌人的严格检查，不能刊登有关抗日的新闻和评论，而几家洋商办的晚报，因篇幅小，也无法满足读者的要求。虽然严宝礼等的办报思想还有些朦胧，但他们感到不可尽抛"江东父老"而不顾，于是，集资7 000元准备办报，这就是《文汇报》的"催生费"。

12月9日，夏衍受中共地下江苏省委文委指派，主持创刊了《译报》。内容全部译载外国报纸、期刊、通讯社等有关抗战的消息和评论。这是第一个试验气球，测验抗日新闻战线在这种局面下还能发挥多少作用。但只出版了12天，就被公共租界工部局以"未经登记"为借口，责令停刊了。

12月16日，作为外商华文报纸对日本检查新闻的一个反响，美商《大美晚报》的社长兼发行人史蒂（C.V. Starr）发表了《责任声明启事》，说明英文版和华文版的《大美晚报》属于一家，编辑方针完全相同，取材与实质大同小异，两报"皆服膺报纸言论自由之精义，敢作无畏及切实之评论，及登载不掺成见、纯重事实之新闻。两报虽为美商所有，但对于服务带有国际性的上海社会之责任，亦极能认识"。因此，"两报不受任何方面之检查"。这是个清楚的信号：洋商的华文报纸可以享有不受日方检查的权利。

1938年1月12日，《译报》改名《每日译报》，打起英商的招牌出版了，发行人兼总编辑为英籍的孙特司·裴士（Sanders-Batos），经理鲍纳（N.E. Bonner），实际上他们只是受金钱雇佣的守门神，真正的负责人是梅益、林淡秋、王任叔等党员作家。这是中国共产党在"孤岛"设置的灯塔和传声筒。

这真是一个好办法。《文汇报》不约而同地也于1938年1月25日问世，挂的也是英商招牌。《文汇报》雇来做“保镖”（或叫“守门神”）的克明（H.M. Cumine），是名义上的董事长兼总主笔，起初每月工资300元，他儿子小克明也以董事会秘书名义，每月白拿100元，而报社的正式编辑及记者，月平均工资约80元左右。

克明，苏格兰人，20多岁时来沪过“冒险家”的生涯，粗通中国文字。那年，经“新新俱乐部”成员、跑马厅职员方伯奋介绍，50多岁的克明与严宝礼等相识。克明曾在英文的*Mercury*（《文汇报》）工作。据他宣称，当该报停刊，出卖给《大美晚报》时，曾声明保留华文《文汇报》报名的所有权。经与严宝礼等商定，成立英商文汇有限公司，即以《文汇报》（*The Standard*）名称向英方注册。这就是《文汇报》报名的出处，也是《文汇报》以英商名义出版的由来。

以“Mercury”命名的这张报纸是有一点历史了。早在1879年（清光绪五年）就开始创办，最初是《文汇报晚报》，也曾发刊早版，在上海的夜空照耀了50多年，后来就归并给《大美晚报》了。1934年，《大美晚报》发现了1885年（清光绪十一年七月一日）《文汇早报》（*Shanghai Mercury*, *Morning Issue*）的遗物，犹如半老徐娘发现韶华的身躯，便把其版面摄影后刊登在2月22日的版面上，并把该版的内容作了综述，与照片同时刊登出来。

既然要办一张报纸，就要有一个机构。严宝礼等设立了英商文汇有限公司，成立了董事会，中国方面董事5人：严宝礼、胡雄飞、沈彬翰、徐耻痕、方伯奋。方伯奋虽非股东，但因引进了克明，因此也被推举为董事。英方董事有：克明、劳合·乔治、小克明等5人。《文汇报》进行登记时，股款的百分之百是中国人的，但根据英国公司法，英商企业要有51%以上的股份属于英国人。为此，严宝礼等只得先在那1万元股金中，将5 100元股款划在克明、劳合·乔治等人名下，而后再

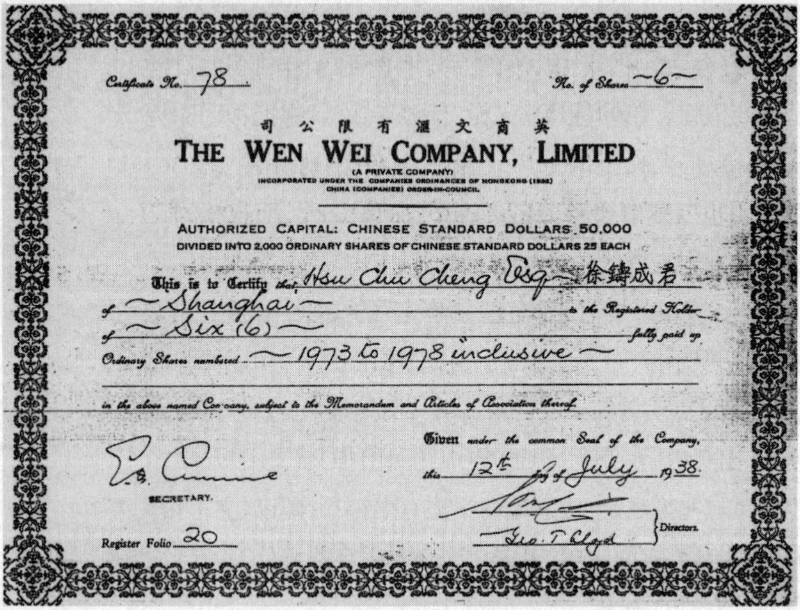
Certificate No. 78

No. of Shares ~6~

英商文滙有限公司

THE WEN WEI COMPANY, LIMITED

(A PRIVATE COMPANY)

INCORPORATED UNDER THE COMPANIES ORDINANCES OF HONGKONG (1932)
CHINA (COMPANIES) ORDER-IN-COUNCIL.

AUTHORIZED CAPITAL: CHINESE STANDARD DOLLARS 50,000
DIVIDED INTO 2,000 ORDINARY SHARES OF CHINESE STANDARD DOLLARS 25 EACH

This is to Certify that Hsu Chu Cheng Esq—徐鑄成君
of ~Shanghai~ is the Registered Holder
of ~Six (6)~ fully paid up
Ordinary Shares numbered ~1973 to 1978 inclusive~
in the above named Company, subject to the Memorandum and Articles of Association thereof.

Given under the common Seal of the Company,
this 12th day of July 1938.

SECRETARY.

Directors.

Register Folio 20

《文汇报》1938年的股票

由这些英国人签写一张“让渡书”给真正的股东，这笔钱才算没有落入他们的腰包。

《文汇报》筹办工作在积极进行。克明除拥有董事长的头衔外，还占据了总主笔职位，成了报馆编辑、经理两部门的最高负责人。而实际负责报馆经营工作的是经理严宝礼。编辑部人选，由几位曾经搞新闻出版工作的中国董事负责物色。他们请来曾在《民报》任职并在两路局编过周刊的胡惠生任总编辑并主编要闻版，他是胡朴安的侄儿。胡朴安曾在两路局挂名拿干薪，胡惠生则曾在两路局任过文牍员，后来，在胡朴安任《民国日报》社长时，胡惠生曾入该报任过短时期的编辑。严宝礼一时物色不到总编辑，就把这位旧同事找来了；由不满《新闻报》接受日方检查而离职的储玉坤主编国际版；曾经编过小型报《社会日报》的吴农花，是胡雄飞介绍加入的，负责本市新闻版的编务并兼编副刊《文会》；请了邵伯南（红叶）做记者，另外还请了几位协助编采工作的人员。《文汇报》报名，是请沪上著名书法家谭泽闿题写的。

“文汇报”三个颜体字的得来还颇费了一番工夫。据余鸿翔回忆：取用“文汇报”为报名后，大家推举创办人之一的沈彬翰在颜体或柳体字帖以及碑帖方面选用三个招牌字。过了几天沈见回复：“文”“报”两个字，任何字帖上都能找到，但欠个“汇”字，原想拼起来，深恐既难贯气，又不伦不类，只有放弃，并建议请名书法家谭泽闿先生代写。大家听了表示赞同，咸认谭先生的润笔费相当高，据说三个招牌大字要300元，熟人介绍，也要200元。

我们办报的资金原本就不充裕，对各项开支无不精打细算，写“文汇报”三个招牌字却要二三百元，因此大家面面相觑，没有即时决定。

过了几天，创办人之一的胡雄飞向大家说：“请谭先生写文汇报三个招牌大字有办法了。谭先生很重视健康，经常服滋补的中药保健，名中医陈君是谭先生的医药顾问，也是我的老友，我已托陈医师协助代向谭泽闿先生请求大笔一挥了。”距离胡雄飞所谈不到10天，名中医陈君已将谭泽闿先生写就的“文汇报”三个招牌大字交给他们了，而且免费赠送。大家对陈医师的帮扶，当然感激万分。

余鸿翔，众人戏“辣火”，因为他办事辣手辣脚，精明果断。他与严宝礼本是在铁路局的同事，又是挚友，是包租313房间的发起人之一。但从发起办报到《文汇报》创刊之时，他从不过问，直到《大公报》入股《文汇报》后，他才进来，当徐铸成的助理。后来《文汇报》迁香港出版，他也随去。《文汇报》到港后经济十分困难，他利用同乡关系，拉了不少股款，因此也就理所当然地当上了经理，因之他对《文汇报》的感情很深。余鸿翔晚年还写了一首忆旧诗，其中有云：“刊头‘文汇’千秋业，文墨挥洒万众声。”

一切准备就绪，接下来就要组稿编报了。任何一张报纸在创刊的时候都要发创刊辞、社论或编者的话之类的文章，以此来阐明报纸的宗旨。《文汇报》在1938年1月25日创刊号上，发表了其英人“保镖”克明

的文章《为本报创刊告读者》:

余前办英文文汇晚报时,即抱中英合作之宗旨,今发行华文文汇报,当亦本此宗旨,盖中华民族不仅有悠久之历史,为东亚文化之策源地;而且地大物博,实蕴藏无限之宝藏,其前途之远大,更非他国所能几及。英国乃一民主国家,对于他国均抱善意合作扶助其成长的态度。英国人民对于中国尤有好感,不但爱好其文化,抑且深信中国的复兴民族建立新国家,必有待与英国的合作。所以本报刊行的宗旨首在鼓吹中英合作,此其一。

依余所信,中国未来的政治,必渐趋于民主化的一途,惟民主国家的培养与形成,必待报纸启迪民智,养成民主政治的氛围;而报纸如何始能完成其任务,尤必赖言论的自由。英国之所以成为民主国家者,实由其国内言论自由,不受丝毫的统制。是以本报本着言论自由的最高原则,绝不受任何方面有形与无形的控制,如不幸遭受外界的阻力,余必负责设法消除之。此其二。

报纸是人民的精神食粮,其所负的使命,一则为灌输现代知识,另则为报道消息,是以报纸的生命,在其独立的报格,不偏不倚,消息力求其正确翔实,言论更须求其大公无私,揭穿黑幕,消除谣言,打破有闻必录之传统观念。所以本报同人必遵行此记者纪律,始终不渝,以建树本报高尚之报格。此其三。

最后,有不得不郑重声明者,即本报刊行,绝非为投机取利,而实为应环境需要而产生,故必竭本报同人之力,为社会服务,凡若有利于社会公众之事业,无不欲先后兴办,以谋大众之幸福,而副读者之期望也。

编者按:克明先生于1907年与1908年曾任汉口英文日报编辑,赴汉前,则在华北任唐山路矿学校教授,且其他兴办事业甚多,并曾应上海公共租界工部局法律顾问费当(Feetham)之聘为其协理；更有一时期，供职于上海地产公会与估价公会。克明氏均忠于职守，精明能干，久负盛名于沪上。

笔者在复旦大学新闻系读书时的毕业论文写的就是《中国报纸的创刊词和停刊告读者》，指导教师是李龙牧、丁淦林老师。李老师是教新闻理论的，丁老师是教新闻史的，在论文中我就引用过《文汇报》创刊告读者中的话："本报本着言论自由的最高原则，绝不受任何方面有形与无形的控制，""报纸是人民的精神食粮，其所负的使命，一则为灌输现代知识，另则报道消息，是以报纸的生命，在其独立的报格，不偏不倚，消息力求正确翔实，言论必须求其大公无私，揭穿黑幕，消除谣言，打破有闻必录的传统观念。所以本报同人必遵行此记者纪律，始终不渝，以建树本报高尚之报格。"在1961年这样的毕业论文题目当然是不合时宜的，但复旦新闻系的两位老师则以宽容的态度待之，并悉心指导。

进了《文汇报》之后，我常去资料室借书、查资料及翻阅旧报，和资料室的人谈起这段往事，在一旁的储玉坤悄声告诉我："那个告读者是敝人拙作。"那时储玉坤坐在窗下的一张写字台上，台子上堆满报纸和杂志。他个子不高，戴着深度近视眼镜，脸上挂满皱纹，因头脱发而脑门显得更加光亮，很喜欢讲话，也很乐于为人师，如我这样的后生小子是很愿意和他接近的。他会常常跷起大拇指说他当年做某报总编辑时如何如何。

储玉坤告诉我："当年我参加《文汇报》创刊，主编国际版。那时编国际版不懂英文不行，因为好多电讯都是英文的。在筹备副刊时期，严宝礼交给我一个任务，要我在很短的时间内写一个'发刊辞'，向读者宣布《文汇报》办报方针，以此表明我们《文汇报》的宗旨和态度。严宝礼是报纸的老板，我就征求他的意见。他向我交代了要写四个方面的内容：1. 言论要公正；2. 树立高尚报格；3. 有独家消息；4. 保持独立，无外来之阻挠。严宝礼最后还拍拍我的肩膀说：'你是学新闻的，科班出身，有一套理论，对我提出的四条可作参考，可以加以发挥阐述，不要太长，只要写上千字左右，言简意赅就行了。文稿写好后交给我，我们再讨论。'"

虽说严宝礼没有办过报纸，但他为《文汇报》确立的办报宗旨是很有独到见解的，而且态度鲜明。它明白无误地告诉读者，这是一张拒绝日本侵略者检查的报纸，它不仅拒绝检查，还保持着独立的性格，而且是由爱国知识分子编辑发行、抗日民族立场鲜明、决心和敌人较量的报纸。

报纸的宗旨虽然这样鲜明，因为挂的是英商的招牌，在抗拒侵略、爱国情绪激昂的时候，还是难以免除读者的误解而遭受指责，甚至有人在报上载文痛骂为"洋奴"、"洋狗"。为了还击这种言论，此时已经加盟《文汇报》并任总编辑的柯灵于1938年7月16日写下了《"洋报"辩》的文章。他写道：

在从前，奴才是只会歌功颂德、插科打诨的。而现在，却连靠侵略者的津贴养命的报纸，也激昂了起来。把白鼻头涨得通红，慷慨陈词，俨然装出爱国者的面貌，对抗战巧妙地加以中伤。而且据说"中国的敌人不止日本"，还要"打倒一切帝国主义"。揆其本意，无非是妄图拍卖抗战，断送民族的自由与独立而已。

这样的魔术，不但瞒过了懒于思索的读者，还骗了我们的舆论家。因为激昂之情，正为他们所喜，里面的毒素，也就不暇细味，并且有意无意之间，引为同调，发出极其糊涂的议论来。

不分皂白，把目前苦心地逃脱钳制、以争取言论自由的报纸，谥为"洋报"，也就是这样的怪论的一种。

倘使自居于奴才的地位，这倒是无足怪的。"我是汉奸，你可是洋狗！”把大家拖入泥淖，无分彼此，都变成一丘之貉，也的确是聪明的拳经。但自以为正直的舆论家，却不应有这样混沌乾坤的谲法。——自然，我毫没有代一切“洋报”护短的意思。无论什么人、什么报，只要他有害于抗战，都应该加以打击的。

上海虽成了“孤岛”，大家呼吸着的究竟还是中国的空气。除了一些无耻的狐鼠，环境虽难，大家都还想尽方法说人话。挂了“洋”招牌的，固然只为了开办的便利；在侵略者的压制之下，仍然委曲求全，曲曲折折地向读者传达心声的，也无非为的是不肯放弃责任。“涸辙之鲋，相濡以沫”，这样的求生的心情，与斗争的勇气，既受压迫之后，便应该闭起嘴来，不“洋”不土，实行“玉碎”精神，怎能让《新申报》(日本侵略者所办的华文报纸)之类独步报坛的呢！

向同辈鸣鞭，是奴隶总管的事；而抗日救国的民族统一战线中，却只有面对着敌人的战士。勇于斗争是好的，但必须能够洞察是非，明辨敌我，要不然，弄得天下嚣嚣，而真正的敌人，却躲在暗中冷笑，倘不是有意的胡扯，那才是无知的浑蛋！

“新新俱乐部”成员，虽然号称筹集了1万元，而实际上只有7 000元，在物价日见腾贵的上海，要办一张大型的日报，谈何容易。编辑部和经理部的办公用房、印刷厂等固然无力自行筹建，即便有较多的资金，要造房或买屋，要添置和安装印刷装备，要招聘熟练的印刷技工，从时间上说，也不能一蹴即至，达到要求。唯一的办法只能请别的报社承印。

此时的严宝礼已到中年，涉世已深，各方面都走上成熟，有着应付危急局面的经验，更深知创业的困难，对这样有限的资本，不能不精细计算，到处寻找索价不高的承印报纸的地方。当打听到上海《大公报》虽已迁到外地出版，但原有印刷厂空关在那里，印刷工人也因有工会保障不能任意解雇，每月照常付工资；还有一些办公用房闲置未派用场，空付房租。

严宝礼有一位从事印刷业的朋友陈原仁，曾在《大公报》做过广告，认识《大公报》停刊后留守上海处理善后事务的李子宽，由他从中引见，是最适当的人选了。严宝礼便请他去找李子宽。试探的结果果然不出所料，承印的条件和代价都极为宽松，符合严宝礼的要求。接着，严宝礼亲自造访，到现场去观察排字房和印报间的设备是否齐全，还能不能印报。

李子宽在《大公报》任职多年，一直担任记者和编辑职务，此时又兼管经理的业务，为人正直，是一位道德高尚的知识分子。（他的字写得很好，因此在“文化大革命”时，我曾到石门路和南京路口他的寓所请他写字，闲谈上海滩新闻界的旧事。又因为我是《文汇报》的，也谈了《文汇报》和《大公报》的渊源关系。）严宝礼就委托李子宽代印《文汇报》，使双方得益。租赁条件迅速谈妥，不仅不要预付一笔定金，而且印报所需的卷筒白纸也由《大公报》垫用，费用日后结算。《文汇报》由《大公报》印刷厂代排代印，爱多亚路（今延安东路）大同坊的厂房楼上，租给《文汇报》作编辑部。《文汇报》还租用福州路436号作馆址，楼下是营业部，楼上办公。

严宝礼创办的《文汇报》善结人缘，自此以后，柯灵进了《文汇报》，徐铸成也进了《文汇报》，他们塑造了《文汇报》的报格，铸就了《文汇报》的灵魂！

《文汇报》创刊以后，从新闻、评论到副刊，抗日立场极其鲜明，深受读者欢迎，发行数量迅速上升。这时，因故滞留沪上的《大公报》总经理胡政之又委托李子宽与严宝礼谈判，要投资1万元给《文汇报》，还同意《文汇报》原有的股份升值为2万元。条件是要本来替《文汇报》写社论的徐铸成正式参加报馆工作并掌管编辑部，同时还派王文彬进《文汇报》编本市新闻版兼抓采访工作。在李子宽与严宝礼接洽期间，《文汇报》的部分股东深知胡政之等与政学系的关系，甚恐从此《文汇报》为其操纵，甚至被《大公报》吃掉。严宝礼认为，从股权而论，是二比一，但胡政之并不派人进经理部控制财权；《文汇报》本来就资金不足，而且编辑部确实缺乏挑得起重担的负责人。此外，也不得不考虑一个现实问题，如果拒绝胡政之的要求，《大公报》就可能停止租赁关系，报纸无处排印，将招致停刊。几经商讨，严宝礼终于接受了胡政之的条件，于1938年2月20日左右，请徐铸成正式参加《文汇报》，名义是主笔，实系编辑部负责人，编要闻版，写社论，干预其他新闻版面的编务。胡惠生保留总编辑名义。不久，《大公报》另一名干部许君远接替了王文彬的编务，搞财务的傅德林也进了《文汇报》。

《大公报》与政学系的关系，在中国新闻史上有明文记载的。这里不妨说一下政学系的情况。新闻界前辈、亲历民国大事的陶菊隐在《记者生活三十年》一书中介绍说：政学系原名政学会，是旧国会议员中的一个派别，其主要成员为国会议员，但也包括议员以外形形色色人物，例如张群、张季鸾就都是国会议员。政学系原属国民党，后来又与国民党分离，成为随波逐流的政客集团。政学系有三大特点：一无政纲，二无固定领袖，三无群众基础。自广州军政府解体后，他们便各自活动，有的走进中央（北京），有的跑回故乡，彼此仍然互通声气，较之有组织有纲领的正式党，其团结力之坚强，有过之而无不及。过去他们团结在以岑春煊为首的广州军政府周围，岑春煊倒台之后，又与南方省联自治派接近，另一部分成了黎元洪的幕后智囊。1927年国民党取得政权后，该系人物以张群为首又钻进了蒋家王朝，并勾结了一批臭味相投的军政大员，结成了炙手可热的“新政学系”，直至中国大陆解放而止。

可能是因为这种人有张群、张季鸾这样的人际关系，一般人都认为《大公报》是政学系的机关报。政学系既然是一个松散的无组织无纲领的东西，何来机关报？不过，以后凡是在《大公报》任职的人还都是被称之为政学系的人物，如郭沫若所写的《斥反动文艺》一文，就指责曾在《大公报》任记者的萧乾，说："今天你的元勋就是政学系的大公。"而实际上确立《大公报》报格的人物是张季鸾。

张季鸾，原籍陕西榆林，出生地山东邹平。张季鸾幼年懂事，聪颖过人，延榆绥道陈兆璜爱其才，怜其贫，召入道署，令与其子共读。1902年，又出资送至咸阳醴泉"烟霞草堂"，师从国学大师刘吉愚，打下了深厚的文史根基。张季鸾少年留学日本，参与编辑革命派刊物《夏声》而开始其报人生涯。1911年回国，应于右任之邀，赴上海担任《民主报》编辑，1926年11月执掌《大公报》总主笔，至1941年在重庆病逝，与报刊结缘终身。以"文章报国"的张季鸾，在30年的办报生涯中，共撰文章3 000篇，其中大多数为社评，可以说是"文人论政"的典型。胡政之在1944年出版的《季鸾文存》的序中写道："季鸾是一位新闻记者，中国的新闻事业尚在文人论政阶段，季鸾就是一个文人论政的典型。"《大公报》所奉行的"不党、不卖、不私、不盲"的"四不"方针，不仅是该报的办报宗旨和发行原则，也是张季鸾写作社评的最高指导原则。

《大公报》人才辈出，张季鸾、胡政之培养了王芸生和徐铸成，由于徐铸成加盟《文汇报》，才使《文汇报》和《大公报》有着千丝万缕的联系。

现在，我们把话题再回到《大公报》入股《文汇报》的事情上来。这场交易，表面上看，《大公报》的胡政之似乎有点吃亏，其实不然，他另有一本账：蒋介石在武汉将2万大洋交给《大公报》负责人之一的张季鸾，要他转给在上海的胡政之，设法在沪办一张挂洋商招牌的报纸。胡政之得款后，原拟在法租界办一张以洋商名义出版的《正报》，虽经努力，未获结果。为了向蒋介石交差，胡政之想出了这种办法，既可对上搪塞，又可将已到手的2万元挪作创办《大公报》其他地方版的部分资金。况且所谓投资1万元，其实是在代印《文汇报》的劳务费和代垫的白报纸中扣除，并未从腰包里掏出分文。胡政之也不出面做股东，而由他的女儿以及李子宽、费彝民等挂名。

徐铸成进入《文汇报》后，报馆成立了社论委员会，成员是：徐铸成、费彝民、李秋生、储玉坤和魏友棐。他们的分工是，徐铸成写重大问题，费彝民写对外关系及远东问题，李秋生写社会及文教问题，储玉坤写国际问题，魏友棐写经济问题。

2 / 严宝礼慧眼识主笔

一张报纸能否办得有声有色，让读者喜欢，人才是第一重要的。那时的报纸能在读者中取得影响的，除了总主笔、总编辑的运筹帷幄，还要有名编辑、名记者支持着，那时的办报人的理念，不是编辑、记者沾报纸的光，而是报纸沾名编辑、名记者的光。这就和剧团靠名角支撑着一样。

徐铸成

作为《文汇报》的创办者严宝礼，深知此中的道理及利害关系，所以在他萌发办一张报纸的想法时，就有着求才若渴的心情。当创办《文汇报》进入筹备阶段，他就付诸行动，到处寻访办报高手，并拟重金聘用。这样，被《大公报》遣散的徐铸成就成了他的首选才士。

20世纪80年代初，徐铸成的"右派"得以改正，恢复名誉，虽然重新回到《文汇报》，但仍未得应有的重用，只被委以报史室第一主任之职，实在太委屈他了。趁他任报史室第一主任之职时，我和我的同事也是朋友陈可雄对徐铸成作了几天的访问，重温《文汇报》的历史，现把他的谈话有关他如何由《大公报》进《文汇报》的内容，录之于后：

《大公报》总经理胡政之在报纸停刊的次日，立即宣布：工厂暂维持，其余职工，除留一部分清理善后外，一律遣散，给薪3个月作遣散费。我也在被遣散之列。

对我来说，这不啻是闷头一棍。第一次尝到失业的痛苦，还在其次，主要是多年来的一个幻想破灭了。

我出生于贫寒家庭。父亲原来当小学教师。后来，由亲戚"提携"，到保定车站当一名文书，月薪不足30元。所以，我中学是进的不收学膳费的师范学校（现无锡的江苏省立第三师范）。没有毕业，1926年借文凭考取了清华大学。读了半年，父亲实在负担不起，加上借文凭事被母校举发，不得不退学。翌年，考进了免收学费的北京师大。那时，正是北洋军阀政府土崩瓦解的前夕，平汉路局欠薪往往达半年之久，我不好意思再向父亲伸手要钱，由一个亲戚介绍进国闻通讯社当抄写员，每天下午课余，赶去刻写约两小时钢板，月薪20元，这样才维持了半工半读的生活。

翌年，国民党军攻占了北京。许多机关、官僚纷纷迁往南京，北京被改名为北平，失去了政治中心的地位。我写信给胡政之，认为国闻社应改以文化为采访重点。他极表同意，并嘱我多抽出时间，试"跑"这方面的新闻。从此，我算是正式当了新闻记者。

当时，"新记"《大公报》出版不久，胡政之颇留心于吸引人才。国闻社兼负《大公报》的采访任务，我在一次赴太原采访华北球类比赛，随后又赴沈阳采访华北运动会的新闻中，为《大公报》写了不少"独家新闻"，他大概看出我还有新闻敏感，也有一定的写作能力，因此，就多次派我赴太原、广州等地，作为特派记者，采访政治新闻，还曾派我担任国闻社北平分社的代理主任。我那时才22岁，对他如此提拔重用，不胜知遇之感。1929年冬我结婚后，被调到天津报社任编辑工作，月薪增至100元。1931年冬又调往汉口任办事处主任，又增为150元。胡政之还不止一次地勉励我，要我把《大公报》当作终生的事业，不要仅仅当作一个职业，他说：《大公报》是"文人办报"的企业，全靠"有志之士"共同办好，一代一代地传下去，我对这些话深信不疑，一直把它当作自己的"家"，不遗余力把工作做好。

1936年上海《大公报》创刊，我任要闻编辑，每天熬夜到天明，一周中，还有两个晚上，要在发完稿子后赶写国闻周报的"一周时事说评"和"大事记"，往往在回家的时候，大儿子已背着书包上学了。

"八·一三"抗战开始，工作更繁重，每晚要守候长江（当时任采访主任）等同志从前线打来的电话，报告最后的战讯。同时，《国闻周报》改出《战时特辑》，内容主要是由我辑选的抗战新闻和国内外评论。那时，我忽患盲肠炎，医生一定要我住院动手术，我怕影响工作，每天还依旧忍痛上班。

所有这些，说明我的确是把《大公报》当作终生的事业，忠心耿耿地为它工作。想不到老板忽然铁面无情，一脚把我从这"家"里踢出来了！

不久，我接到重庆国民公报总编辑社协民兄（原天津《大公报》的同事）来信，请我担任该报驻沪记者，月给40元。这样，我算有了半个职业。

那时，李子宽兄（原上海《大公报》副经理）被留下来负责办理沪馆的善后事，每天仍到报馆办公。他还经常要给汉口《大公报》拍发新闻电，为了交换消息，我也不时去报馆，和他晤谈。

有一天上午，我们正在闲谈，忽然有两个人来找他，一个穿西装的，40岁模样，另一个年轻一点，是在《大公报》当过广告员的。李陪他们到排字房和机印车间看了一遍，回来时还在边走边谈,随后他们就告辞走了。我问李:“他们来和你谈些什么?”李说:“他们要创办一个新报,想找我们代印。还有,他们还没有请到总编辑,托我介绍,老兄有意一试吗?”办报而没有总编辑,岂非笑谈?我只哈哈一笑,回绝了。

为什么胡政之把职工解散了,独独保留工厂?据我事后了解:一则,他怕解雇工人,比较棘手;二则,他怕一旦战事结束,重装机器和排字设备,需要时间,影响立即复刊;而重新组织编辑、经理两部人员,他认为是比较容易的。这也可以反映出那时他没有估计抗战会拖得那么长。另外,他还有一个更现实的打算,那是过了更久以后,李子宽才告诉我的。后面再谈。

在和李会晤后几天,大约在1938年1月20日左右。储玉坤忽来访我。他是我的同乡,半年前参加《新闻报》工作。他说,因为反对《新闻报》接受敌方检查,故已和郭步陶等四五个人一起退出《新闻报》。“现在,我已参加了即将出版的《文汇报》,任国际版编辑。此来,是奉命专程约请你写社论的。”我问:“每月写几篇?”他说:“每天一篇。”这就是说要我包办了,我忙问:“言论有没有限制?”“题目和内容一切由你决定,报社保证不加修改。”他还补充说:“是按篇计酬,每篇10元,但目前营业尚无把握,暂按4折实付。我们职工的薪金,也是这样支付的。”我问明了创刊的大约日期,答应稍加准备,即按日交稿。

我去找了也在“孤岛”赋闲的老同事杨历樵兄,请他分担这一工作,每月写10篇有关国际问题的社论。这样,我每写两篇,有一天可以休息和思考一下。

到了1月25日,就送来了《文汇报》的创刊号,一看字模和拼版格式,就知道它原来就是在《大公报》代印的。而馆址设在福州路436号,分明是原《大公报》营业部的地址,一定是《大公报》转让给他们的。

我们的社论,于28日开始登载,第一篇的题目是:《淞沪之役六周(年)纪念》。内容大意是缅怀十九路军的英勇抗战,希望读者学习他们的爱国精神,共救国家的危亡。

到2月初,上海纷传敌人将在南京筹备组织伪政府,温宗尧、梁鸿志等跃跃欲试。我于8日写了一篇《告若干上海人》,对那些民族败类作最后的警告。想不到10日报馆就挨了手榴弹,营业员陈桐轩殉职,广告员萧岫卿、毕祉芬(志奋)被炸伤。据报载,报馆9日就接到署名"正义团"的恐吓信,说"贵报言论激烈,识时务者为俊杰,今后务望改弦更张,倘再有反日情绪存于其中,即将与对付蔡钧徒者同样对付。"

蔡钧徒是出版不久的《社会晚报》社长,原来听说他曾和日方有过往来,后因所求不遂,又在报上登了一些"反日"消息,结果被敌人绑去杀死,悬首在薛华立路(今建国中路)的电线杆上,恐吓爱国人士。当时中外文各报曾刊载此事。

我看到这消息后,既愤慨又不安,立即打电话给储玉坤,问社论要不要继续写,"如果要改变态度,我就不准备写了。"他说:"当然还是要写。"我说:"这不是一件小事,最好你去问问报馆的当局为好。"过了半小时,他打回了电话,说:"已请示过严宝礼,严斩钉截铁地嘱咐我,务必请你照样写下去。"

胡政之的嗅觉是灵敏的,他看了几天《文汇报》,就看出社论是我和杨历樵写的,特地问李子宽:"《文汇报》社论的风格,很像《大公报》,你知道是谁写的吗?"李兄的性格一向谨慎而胆小,红着脸回答:"我不知道。"

就在《文汇报》被炸的那天下午,胡政之忽然派汽车来接我(他那时留沪正准备续弦,和顾维钧的侄女结婚)。我和他同住在辣斐德路(今复兴中路)上,相隔不过几百步,本来是用不着车子的,如此邀约,颇使我有受宠若惊之感。

他一反平常的严肃态度，含笑问我之前问李子宽的同一问题。我说:"这是我试着写的,胡先生看还可以吗？"他说:"很好,很好,流畅得很,措词似乎激烈些,怕会出事。"我连忙说:"已经出事了,今天报馆已被敌人投掷了炸弹。"他安详地说:"我在报上已看到了。我请你来,想和你商量一件事,如果我们和他们合作,你估计他们的态度会不会变？"我说:"我想不会。"我就把上午和储玉坤通话的内容告诉了他。他说:"那好,我的想法是,向他们投资1万元,条件只有一条,由你和王文彬参加,你主持编辑部,文彬任采访部主任兼编本市新闻。""经理部不参加什么人?""不,我们投资的目的不在于营利,只要它保持言论态度不变就好了。"接着他说:"你如果同意,我让子宽找严宝礼具体商谈。"

商谈的经过很顺利,据李子宽告诉我:《文汇报》原来的资本号称1万元,实际只收足约7 000元,所以经营十分困难,出版了20天,不仅排印费未付过,白报纸也全由《大公报》垫用。"如果不增资,他们将难以维持下去。至于你和文彬的参加,他们更求之不得。他们正苦于编辑部群龙无首,胡惠生(当时文汇的总编辑)只在《民报》编过各地新闻,掌握不了全局。"我问:"难道他们是无条件接受合作吗？"李说:"他们只提一条,他们原来的资本要作为原始发起股,升值为2万元。""胡先生同意了?""完全同意了。"我听了很纳闷。投资的比例明明是7 000对1万,股权却变成了二对一,也就是说,《大公报》只占总额的1/3。胡政之的算盘一向是很精的,怎么这次却如此慷慨大方?

总之,我于他们双方合作谈妥后,就立即到《文汇报》"走马上任"了,时间大约在1938年的2月20日左右,距创刊不到一个月。

我"履新"的那天中午,严宝礼特别请我吃饭,由储玉坤作陪。严说了些"久仰"和"一切仰仗"的话,还谈了些具体问题:一、我的月薪,规定为400元。他说:"目前只能按4折实发,这样实在太少了。你写的社论,仍另外计酬。”他还说:“我们已向全体职工宣布过,如果销路超过5 000,广告费达到月收5 000元,即改为5折发薪。照此类推,广告和发行都超过一万,即十足发薪。”

二、希望我把《文汇报》当作自己的事业。他愿意把“发起股”让给我和储玉坤各1 000元。我们实付500元,可以分10个月从薪资里扣缴。

从徐铸成的谈话中,我们感到作为报社最高领导的严宝礼,态度是那么谦恭温和,又是那么的真诚,徐铸成又怎能不把《文汇报》当作自己的事业呢?

在访谈中,徐铸成没有谈到他进《文汇报》前为《文汇报》写的第二篇社论,即1938年2月1日发表的《上海并不是孤岛》,是笔者在翻报纸时发现的,这篇社论对稳定上海人民的情绪,开阔上海人民的眼界,提醒人们不要沉醉在灯红酒绿中,发挥了很大作用。同时,有了他和《大公报》这样的背景,也可以理解他在这篇社论中所表达的情绪是针对《大公报》不应一走了之,给上海人留下那样一句泄气的话。

徐铸成在为《文汇报》写的《上海并非孤岛》社论中写道:

从华军撤退后,上海又成了一切堕落颓废者的乐园。租界上表面繁荣,又恢复了原状;歌场舞榭,满坑满谷,其他消费的场所,也多忙于接应;这两天正值春节,一片熙攘往来的街景,使人不信这里曾有过战事,更不会相信数百里外还有成千成万的人,在那里拼性命流热血,为大家的生存而苦斗。“上海是一个孤岛”,这一句话,成了300万市民的口头语,仿佛一切罪恶,一切良心的谴责,多因此赦免了!

上海究竟是不是一个孤岛?请大家平心静气地想一想。

战事的确已暂时离开了上海,但战神的魔手是否已放弃了上海呢？我们且慢看租界以外的一片断墙残壁，和租界以内50万冻馁失所的难民，单就租界内暂可苟安的民众来说，你们哪一件事能不为上海以外的环境所影响？你们的祖宗坟墓在哪里？你们的亲戚故旧现在又成了什么景象？上海的生命，本来全寄托在内地的农民身上，现在环境已成了一片焦土，上海的繁荣究竟能维持到什么时候？你们的职业、生活、究竟能不能长此不生问题？不错，你们目前是安全的，但这两个月来，哪一天没有人在那里苦心孤诣制造事实，制造恐怖，想把你们的安全加以危害呢？

现在的环境，已不是鲁滨逊神话时代的环境了！地球上没有一个真正的孤岛，上海尤其不能和内地脱离关系；四周的巨浪，随时可以把你们吞没；天空的铁鸟，随时会震伤你们的心弦；你们应该时时刻刻紧紧把握住你们的灵魂，应该时时刻刻记住你们所处的地位；为了你们自己，不应该再这样苟安逸堕；为了你们的子孙，更应该时时有所警惕。

一个人的奢靡，足以丧失了多少人的生活，古人说："安不忘危"，在苟安的环境里，千万不要忘了离此不远的地方，有成千成万的人在那里受苦受难。

上海并非孤岛，大家应该紧紧把握住自己的灵魂！

3 / 副刊《世纪风》在硝烟中诞生

柯　灵(1937年)

副刊是一张报纸的别院，有着无限的包容性和丰富性，是一块进可攻，退可守，进退自由的阵地。精明睿智的严宝礼深知副刊的重要，他在寻找报纸总主笔、写社评高手的同时，也在寻找编副刊的行家。他从《孤城》及《长街》两文中已经领略到柯灵的正义的人生，呕心沥血的文字，寻找副刊主持者的目光就落到柯灵的身上。

柯灵，1909年出生于绍兴。他出生的那天，正是清宣统元年元月25日子时，高家老太爷灵机一动，心想：元年元月是元，子时是一天中的第一个时辰，也是元，就给孩子取了小名叫元元，官名高隆任，号继舒。因为爱好文学，哥哥给他起了一个字“琳”的号。他很喜欢这个名字，从绍兴老家步入上海社会，就一直用高季琳这个名字。在写影评时，他用了许多笔名，都是信手拈来，如材真、郁文、曾毓芬等等，都是没有特殊意义的。柯灵这个笔名也是如此。在绍兴话中，柯与高同音，高季琳中抽掉一个季字，读起来就成柯灵。严宝礼请柯灵编副刊时，这个笔名已扬名海上，柯灵也已经是一位颇有名气的作家了。

不过，1937年八一三后的柯灵，成为一个失业者，只能以卖文为生，每天写点杂文投寄到《华美晨报》、《社会日报》去，稿费每千字一元。他一连写了10篇杂文，冠以《斗室散步》这样平淡无奇的题目。在写到第七篇时，已是年底，撕下日历，柯灵写下这样一段文字送走1937年：

> 别了，伟大的1937年，这是火的一年，血的一年，震撼世界的一年！在这庄严的历史舞台上，我们扮演的却是不同的角色，有的赴汤蹈火，奔赴沙场；有的颠沛流离，家破人亡；有的危巢之下，依旧醉生梦死；更有的腆颜事仇，成了万世唾骂的罪人。抗战是长期的，让我咬紧牙关，挺起胸膛，坚忍不拔地迎接严峻的考验吧！

一个客人踏着这排比的韵律及铿锵有力的节拍，来到柯灵的面前。此人五短身材，穿一件皮袍，外罩马裤呢大衣，大而灵活的眼睛，让人一看就知道是个精明能干的人物。客人递上名片：《文汇报》严宝礼。柯灵很奇怪，“孤岛”各大报几乎全部关门大吉，这《文汇报》从何而来？第二天，柯灵即走马上任。他为自己又走上新闻第一线，与敌人展开面对面的斗争而感到高兴。日报都是晚上发稿，副刊也一样。柯灵提早吃了晚饭，赶到《文汇报》馆时大约5点半钟。《文汇报》社在福州路昼锦里，编辑部在三楼，底楼是广告部。一进大门，迎面是一长排柜台，柜台后面是几张双人写字台，三位广告人员还在这里埋头工作。他们听说严经理请来的副刊编辑是位作家，都向柯灵投以亲切微笑，表示敬意。柯灵走到三楼编辑部，正在聚精会神地看稿，忽然一声巨响，惊天动地，震得他从座位上跳了起来。

据当时的广告发行员毕志奋回忆：

1938年2月10日，《文汇报》诞生才十几天。这天傍晚6时过后，我们几个搞广告和发行的职工正在聚精会神地工作。搞发行的陈桐轩的桌子贴近柜台，其后是搞广告的萧岫卿。我的桌子更后一些。我清楚地记得，那时陈桐轩正在伏案写什么，萧岫卿在开抽屉，我则在整理中医师广告。

突然，从大门口窜进一个年约30左右、穿蓝布短衫裤的汉子，只见他拿出一颗木柄手榴弹用力往里面掷来，同时转身就往外溜走。大家知道不妙，想躲避一下，但已经来不及了——

“轰”的一声，顿时室内烟雾腾腾，一股刺鼻的硫磺气味直冲而来，自己的眼睛像被蒙住了一样。

待到神志清醒过来，睁眼一看，发觉四周玻璃窗全被震碎，满地碎玻璃，写字台被炸坏，屋顶上的天花板、吊灯也都炸落下来。这时，陈桐轩已倒在血泊之中，身边一大摊鲜血，萧岫卿也趴在地上呻吟着。

很快救护车来了，陈、萧两位被急送仁济医院救治。有人问我：“你怎么样？要不要送医院？”我回答：“没有关系。”这时候，我只觉得手、腿、臀部都麻木了，尚无痛感。

在这片硝烟之中，副刊《世纪风》脱颖而出。柯灵用手抚摸着被震动的心，提笔写了一段“无花蔷薇”式的文字，以“纸上行走”四字为头花，以陈浮为笔名在《世纪风》上发表：

手榴弹，在近一两个月来，曾经完成过大快人心之举。可是现在，连那些卑污的手也使用它了。

但这被击者只有光荣。

只可惜圣洁的手榴弹被他们所亵渎了。

创刊号的《世纪风》还开始连载史沫特莱作、美懿(梅益)译的《中国红军行进》及若水(王任叔)的杂文《谨防扒手》。若水这篇杂文针对性很强。当时,敌人十分险恶,忽然允许"一般市民"到占领地去搬取东西,借以麻痹"孤岛"人民的仇恨心理,引诱"市民"投入敌人的怀抱。这篇杂文,揭穿了日伪的阴谋,要大家当心敌人的诱饵:"贪小利者,最易上当;有远识者,不怕饿死。希望被难同胞,谨防扒手偷去你的灵魂",提倡对敌人的"不合作"主义。

2月12日,柯灵同样以陈浮的笔名写了《暴力的背后》,若水的杂文《真理的被击》也在这天发表,更加有力地抨击了侵略者:

炸弹可以使奴才屈膝,但不能使真理低首。

暴力的施行,在被压者是反抗,在统治者,却往往是权力失败的最后一著棋。

《文汇报》在被日寇汉奸用手榴弹袭击之后立即披露新闻,向读者作了详细报道。12日,发表题为《写在本报遭暴徒袭击之后》的社论,指出报纸因言论公正,主持正义,消息翔实正确,"因此引起奸人的嫉妒,以致发生前日的不幸事件;惟吾人素知,处于今日的世界,公理必须与强权斗争,光明必须与黑暗斗争"。"前日暴徒向本报投一巨弹,就是黑暗势力向吾人进攻的第一声。吾人对此,不独不稍存气馁之心,反而勇气百倍,加紧努力,以与黑暗势力相周旋。所以吾人对于前日本报职员的流血,不但不视为不幸,反而觉得荣幸万分,炸弹的光顾,黑暗势力的向我们进攻,正足以证明我们的苦斗,已获得相当的代价。我们愿为正义而流血,并愿为维护言论自由而奋斗到底"。"总之,炸弹、流血,撼不动我们的信念,恐怖、威胁,不足以使我们气馁。今后的本报,不但

誕生未久之本報
橫遭暴徒投彈襲擊
發行部職員三人被炸傷甚重
已向英領署及捕房報告查緝
維護和平竟遭嫉妒
事前附拨恐嚇函件
暴徒闖入投彈而逃
社論
寫在本報遭暴徒襲擊之後
昨晚三暴徒挪彈
襲擊本報館
司閽捕受重傷
一路人輕傷留治中

《文汇报》坚持宣传抗战，遭到日伪特务投弹袭击，报纸予以揭露

仍要本着我们的宗旨及信条，继续奋斗下去；而且还要加倍努力，以副爱护本报读者的期望。”对于敌人的恐吓，柯灵在副刊《世纪风》以犀利的杂文作出反应，他在《恐怖政策》一文中写道：

恐怖政策最大的效果，不过使胆小者沉默而已，而党团并非顺从，倒是反抗的准备，恐怖空气的制造者，还要谨防在沉默的大海里淹没。

为“胜利者”著想，这是大可悲哀的事情。

《文汇报》社被炸，和它坚持抗日立场有关。创刊第一天的报纸，就在一版头条发表了本报郑州专电：津浦线发生激烈战斗，我国军队两路包围济宁日军。第四版副刊《文会》在题为《实现言论自由》的发刊词中，就提出了“知无不言，言无不尽的原则”。

1月27日，一版发表北平特讯：“平绥、平汉、正太三角地域间，悉受八路控制，近1万平方英里无日军。”

1月28日，发表徐铸成执笔写的社论《淞沪之役六周(年)纪念》，说：“一·二八之役，十九路军英勇抗战，可歌可泣，不得不使吾人对于中华民族，肃然起敬；对其前途，更存无限希望。”“吾人认为中国民族前途之光明，于一·二八之役已经吐露其曙光矣。今日中国军民如能本一·二八之役精神，坚持到底，最后胜利自可从万分艰难中获得。”

2月1日，发表徐铸成执笔的社论《上海并非孤岛》，第二版刊陈铭枢的《反侵略的国际和平运动》。

2月2日，副刊《文会》发表李英声写的《中国红军十年史》。

2月6日，一版刊出汉口电讯：“蒋介石于1934年7月在庐山对军官训练团的讲话精神《抵御外侮与复兴民族》，连续刊载9天。”

2月7日，副刊《文会》发表维青写的“前线通讯之一”《平型关一役兴奋的回忆》，介绍八路军抗敌获胜的信息。

2月8日，发表徐铸成执笔的社论《告若干上海人》，对几个想投敌的上海工商等界人提出警告，要他们悬崖勒马，不要“去当小丑”。社论说：“你们要继续循着正路向前走，切勿恋着昙花一现的幻境，被漫天的风沙，葬送了自己！”

2月9日，报馆接到日本特务和汉奸以所谓“正义团”的名义发来的恐吓信，扬言倘再有反日情绪，将杀害报馆人员。

2月10日，一版刊登美联社电：周恩来谈中国今后战略，将采取分散战术，防止日军在沿海联络与津浦线交通之运用。

社论《读蒋委员长演讲词后》说：“从九一八以后，蒋委员长深知对日抗战的无可避免，所以他埋头准备，开发富源，整顿军队。同时，他知道中日力量悬殊，战事一经发动，民众必备受痛苦，所以他没有附和过‘立即抗日’论者；在四全大会时，他曾明白说：‘牺牲未至最后，决不轻言牺牲。’几年来，他甘受指责，委曲求全；到卢沟桥事件爆发后，他知道最后的关头到了，他毫不游移，决心应战；几个月来，虽备尝痛苦，但决不轻于言和。他这种知己知彼的认识，慎重坚决的态度，每一个中国人，多应该深加体味的。

“蒋委员长深知中国是一个贫困的国家，应该处处废物利用，‘人尽其才，物尽其用，地尽其利。’又说：‘我们一切行为习惯，要凭我们的良心血性，将他彻底改革。’在抗战圈外的200多万上海人，对于这几句话，更应该特别加以注意、警惕。”

这样，2月10日晚，敌人就向《文汇报》投手榴弹以示打击。但文汇人并没有被吓倒，继续进行抗日宣传。

自2月11日，副刊《世纪风》创刊出版，原来吴农花主编的副刊《文会》就停刊了。柯灵自《世纪风》创刊发稿之日起，就把《文汇报》作为终生事业，不仅把《世纪风》办成了战时上海一个抗日救亡的有战斗力的文学堡垒，还为创办编好其他副刊，呕心沥血，默默奉献，数十年如一日，是大家公认的“版主”。

4 / 一跃成为上海滩的大报

1938年2月20日，徐铸成走进《文汇报》后，严宝礼委之以主笔，全面掌管编辑部的工作，除写社论和编辑要闻版外，其他各版的稿件，经他审定后，交胡惠生盖章发排字房。编辑部的人员也作了调整，本市新闻改由《大公报》来的王文彬主编，吴农花改任助编。虽然有个采访部，由王文彬兼主任，而记者只有邵伯南(后取笔名红叶，1939年入解放区)一人。还有《大公报》来的程玉西任编辑庶务，负责译电和管理文件，加上4名校对，总共也就十来个人。

上海街头卖报女孩(1938年5月)

有徐铸成主管社论和要闻，柯灵主编副刊《世纪风》，报纸的面貌顿然改观，发行量直线上升，广告跟着也拥挤起来。3月5日，增加篇幅，日出两大张(改售每份3分2厘)，要闻、国际和本市新闻，各扩为两版，并增辟了经济新闻版，请当时经常发表经济问题文章的魏友棐主编。

篇幅扩大，人手当然不够，徐铸成因增加了审阅稿件的时间，不可能多写社论，因此，充实了言论方面的阵容。由李子宽的推荐，聘请费彝民、李秋生为特约撰述（费当时在哈瓦斯通讯社任职）。大体的分工是：徐铸成写配合新闻紧、时间性强的国内问题，每星期两篇；费彝民写与中国有关的国际问题（如国联开会、各国对中日问题的态度等）；李秋生写社会问题（如社会救济等）和文教问题；储玉坤写与中国无关的国际问题；魏友棐写经济问题，他们都基本上是每周一篇。

这样，徐铸成一个人编两版要闻，当然也不可能了。先是让程玉西试编一些小条新闻，如"要闻简报"之类；以后，才先后增聘曾在《时事新报》当过编辑的朱云光和余鸿翔为要闻编辑，徐绪昌为国际新闻助理编辑。

到4月中，又扩展为日出3大张，增加了教育与体育新闻版、社会服务版，并增出了一个较《世纪风》通俗的副刊《灯塔》，由吴农花主编。教育与体育由周福宽主编，社会服务版由张季涯和严荫武两个律师主编。还请李平心、潘序伦等分别编辑了青年、会计、教育等周刊。此外，还聘请了两个翻译，两个外勤记者，并招考进了4个练习生，协助收发信稿，学习编、采工作。

五六月间，发行已超过 5 万份，广告收入则已远远超过1万元，而且很多广告，都要压了一两天才能登出，有些客户，宁可多出广告费，要求第二天见报，胡雄飞几乎天天要来编辑部（一直设在爱多亚路近山东路口原大公报社的旧址）和徐铸成打交道。上海各报一向视广告为生命线，对广告户多方迁就。而广告户总是挖空心思，让广告突出，有的要三面靠"水"（新闻），有的像"乌鸡白凤丸"、"人造自来血"这类专靠广告推销的药品广告，甚至要在整版新闻中，压着塞进5个大字广告，使编辑人员啼笑皆非。严宝礼主管经营，当然视广告如生命线，徐铸成进《文汇报》之初，就和严宝礼"约法三章"：一、每版广告不超过版面的1/2；二、每版右上角（头条新闻处）不安排广告；三、不刊奇形怪状的广告。当时广告不多，严宝礼欣然同意。想不到现在广告如此拥挤，广告科送来的各版广告版样，往往冲破了上列界线。徐铸成晚上上班时，凡看到不合“约法三章”的广告版样，一律划去，胡雄飞急了，天天来编辑部泡“蘑菇”，要求“笔下留情”。

有一天，《新闻报》的严独鹤遇到徐铸成，说：“这几天，我们的老板汪伯奇先生发急了。”徐铸成问为什么？他说：“你们的销路已超过《新闻报》，这是多年来从未发生过的事。”（《新闻报》发行一直占第一位，最多时号称日销18万份，后来发行限于“孤岛”，又因受敌方检查，跌至5万份左右。）

为什么当时的《文汇报》会受到如此众多的读者支持和欢迎呢？徐铸成回忆说：“我们的编辑来自四面八方，一般说，编报的经验都很少，就我个人而言，根本谈不上有什么进步思想，又和广大群众缺少联系，相反的，却从旧《大公报》沾染了不少污泥浊水，至多只是一个历史不长的编辑匠，而且是第一次领导一个编辑班子。其原因最主要的是由于被远远抛在敌后的‘孤岛’几百万爱国同胞，需要鼓舞，需要希望，都想从报纸上听到抗战的声音、胜利的声音。”

而当时上海报界的情况怎样呢？《新闻报》、《时报》以及不断出现的汉奸报（如红帮头子徐朗西主办的《生活日报》等）不必说了，老牌的洋商报如《大美晚报》中文版等，也都竭力保持中立的态度，唯恐触犯敌人。而进步的报纸如《导报》，当时尚未创刊；《译报》虽已出版，还未改为大型报，只翻译转载一些同情中国抗战的外文报刊的记载和评论（所以，最初取名《每日译报》），不能满足广大读者的要求。

《文汇报》可以说是应运而生。编辑的基本方针，就是坚持民族大义，宣传抗战救国，首先冲破了“洋商”报“中立”的界线，热情地歌颂抗战，反对投降卖国。当时，报馆虽挂着洋商招牌，编报的人却是爱国的中国人。不论在社论、标题，以及新闻写作和副刊编辑等方面，都堂堂正正而毫不隐讳这个立场。3月15日，正当上海人在关心中国抗战的前景如何时，徐铸成写了社论《西北大战之展望》，说：“陕北现为八路军

⇨一九三八年二月十四日第一版头条报道的八路军战讯。
⇩一九三八年一月二十七日第一版的北平特讯。

華軍渡淮反攻激烈
北岸日軍形勢危急
日軍進攻華軍新陣地被擊退
第八路軍克復新樂望都定縣

北段華軍
攻入汶上

華機轟炸
蚌埠日軍

平綏平漢正太三角地域間
悉受第八路軍控制
而積近一萬方哩無日軍
機關設五台山頂古寺中
時出擊日軍奪獲戰利品

1938年2月14日第一版头条报道的八路军战讯

之中心，人民经过两年余之严格训练，抗日思想最为浓厚；武装民众，遍地皆是，彼等已厉兵秣马，准备保卫故土，献身祖国。八路军主力，现集中于陕晋边境者无虑20万，经多年之苦斗，万里之长征，均能成为一个作战单位。”最后指出：“西北为中华民族发祥地，数千年来，屡摧强敌，驱逐胡虏，保卫中原。今日中国男儿，又跃马横戈于西北疆场矣！”

读了这篇社论，我曾问徐铸成：“我曾翻阅了那个时期的报纸，读你的文章，相形之下，那时你能对八路军有这样的认识，写出这样赞美的句子，感到有如出水芙蓉，蒸蒸日上，这些说明你的思想已经很进步了，是这样吗？”

徐铸成带着几分回忆说：“在我们这一群编辑之中，思想真正进步的不多，十分顽固的也绝无仅有，一般是单纯、幼稚，却坚守着爱国、抗战的立场，而且年纪都比较轻，‘初生之犊不畏虎’，敢说敢写，敢于冒险。对于坚决抗战的，我们就拥护、歌颂，不存任何成见，不受任何影响，都是发自内心的正义感，谁抗日，我们就歌颂谁。”

徐铸成所说的那种爱国精神，在1938年3月下旬至4月上旬，表现在报纸的版面上尤为突出。那时，上海出版的日方和汉奸报纸，喧嚣鼓噪，吹嘘“皇军”的精锐兵团沿津浦铁路向徐州合围，即可打通南北联系。风云激荡，中国军队以优势兵力在山东枣庄东南的台儿庄取得了平型关歼灭战以后的重大胜利。《文汇报》没有记者赴前线采访，而是以徐州、汉口、郑州、临沂、香港等地电讯，报道中国军队的进展及歼敌情况，这完全是发挥编辑利用电讯的编排作用，在标题上下了功夫。当时的通讯社很多，有官办的，有民办的，还有许多私人办的小型通讯社或广播电台，消息来源很多。如果像现在这样只有一家通讯社，是无法得到那样多的消息的。无论是八路军的平型关战役取得胜利的消息，或是国民党军队在台儿庄战役胜利取得胜利的消息，都是来自多家通讯社。从3月19日对台儿庄之役的序幕战进行报道开始，到4月10日对整个歼灭战的报道告一段落为止，历时23天，除4月3日因蒋介石当选国民党总裁、汪精卫当选副总裁，作了一天报纸头条外，其余日子，《文汇报》都以特大字作标题，在头条地位突出刊登台儿庄及其外围的战讯。3月31日晚上，人们不知徐铸成从哪里得到一个消息，说白崇禧率领的中国军

台兒莊昨完全克復
日軍向棗莊總潰退
坂垣磯谷兩師團主力殲滅
爲開戰以來最重大之損失

台兒莊殲滅戰完成
日軍傷亡二千餘人
臨沂華軍正乘勝向北追擊
左翼部隊已越大汶口挺進
財部發言人
談外滙問題

及时报道抗战讯息

队在台儿庄大捷。喜出望外的徐铸成将此消息向编辑部宣告，大家都很兴奋。虽说当时各通讯社都还未发布这个消息，但是根据徐铸成的分析判断，认为消息来源是可靠的，于是他亲自编新闻，还做了7行大字的标题《台儿庄歼灭战完成　日军伤亡二千余人》，并冠以“徐州三十一日电”的电头，4月1日在报纸头版刊出。这条消息为《文汇报》首先披露，其他报都晚了一天。4月8日的头条主题是《台儿庄昨完全克复　日军向枣庄溃退》，副题为《板垣矶谷两师团主力歼灭　为开战以来最重大之损失》。这些连续报道，给人印象深刻，大长了敌后人民的志气，大灭了侵略军的威风，使被困“孤岛”的上海人民欢腾雀跃。与新闻报道相呼应，在台儿庄大捷前后，徐铸成等执笔写了几篇社论。如4月1日的《津浦大捷后》，对初战胜利表示庆祝，指出：“这次中国大胜的意义，不在粉碎了日军深入的企图，而在整个战局上，又把握着操纵自如的主动地位。”“这一战，是中国胜利的起点，但要达到最后胜利的目的，势必再经若干次这样的战斗。”4月3日，又发表了题为《中国抗战的新基础》的社论，说“东战场上，日军已占领苏皖浙三省间之若干地区，但是处处被围，突破无术”。社论还强调了我军在晋北、豫北广泛发动游击战争的作用。4月9日，又以《中国之军人魂》为题发表社论，歌颂了前线军人的英勇和取得的胜利，文末还联系上海实际，说：“在目前的环境下，四面八方来的压迫，正需要大家像战士一样的苦斗。市商会被接收了！刘湛恩氏（著名爱国人士、沪江大学校长）被狙殒命了！这是商界教育界将受直接压迫危害的先声，今后大家的困难一定更多；大家要以战士的精神，挺起腰来，不稍含糊，不稍屈服，牺牲和战士一样的光荣，把300万人齐一的心，筑起一条坚强无比的围墙，为地球上多保留一片干净土！”由于这些新闻、评论以及其他版面和副刊受到读者欢迎，使战时上海和外界有了沟通，真切地感到上海并不是孤岛，联系着数亿同胞的心。由此，不到半年时间，《文汇报》发行量就超出了原来占第一位的《新闻报》。报纸也从最初的日出一大张，发展到日出3大张，后来还做到日出4大张。

翻阅当年报纸，看到版面逐渐扩大，如同饮了兴奋剂，仍然激励着像我这样的后来人。

1938年1月25日，《文汇报》创刊时为4版大报。到3月5日，报纸从日出一大张改为日出两大张，零售价从2分5厘改为3分2厘。版面安排为：一版要闻，二版社论及要闻，三版、四版国际新闻，五版、六版本市及各地新闻，七版经济新闻，八版为副刊《世纪风》。从版面的安排上来看，当时的《文汇报》就是面向全国的大报了，而且非常重视国际新闻。如今的《文汇报》已扩展为16版，而国际新闻只有一版。其实，世界上的各国报纸、各类报纸的国际新闻都占有相当多的版面，通讯社也多，消息来源也多。同样一条新闻，不同的通讯社可能会从不同的角度发表新闻，这样报社编辑就能有所比较，判断新闻的真实性。3月21日，一版刊登启事，本报销数日增"惟纸价昂贵，近又增加篇幅，对原定报费不免亏蚀过巨，爰自即日起重行订定如下定价：一月报费8角，半年4元2角，全年8元。"4月14日改为每天出版3大张，售价不变。版面安排为：一版要闻，二版社论及要闻，三版要闻及通讯，四版、五版国际新闻，六版、七版本市新闻，八版教育与体育，九版经济新闻，十版各地乡讯，十一版社会服务，十二版副刊《世纪风》。7月1日，报纸改出3大张半，14个版面，售价不变，以后每天浮动于4大张与3大张半之间，版面安排除六版改郊县新闻、十一版改副刊《灯塔》外，其他各版内容不变。副刊《灯塔》创刊，和《世纪风》不同，是比较通俗的文化副刊，由吴农花主编。

5 / 在复杂的环境中求生存

战时上海，真是孤岛不孤，各种力量云集上海，《文汇报》面对的环境也就复杂起来。它直接面对的不仅是日本侵略军及汪伪汉奸，还要面对国民党潜留在上海的各种机构及各派人物，再就是中国共产党领导的进步力量。由于《文汇报》在很短的时间内发展成为综合性的大报，就引起各方面的重视，各种恐吓、收买、利用和争取支持等行为都围绕着《文汇报》展开了。

敌人对《文汇报》采用的办法就是威胁与恫吓。前文所述《文汇报》创刊才没几天就受到手榴弹爆炸的威吓。2月10日《文汇报》被炸，陈桐轩被炸伤，送到仁济医院去救治。因伤势过重，医治无效，2月21日在医院逝世，22日大殓。当时报纸发表了由编辑人员执笔写成署克明之名的文章《悼本报同人陈桐轩先生》一文，其中有这样一段话："吾人于悲悼陈君之余，敢敬为一般爱本报之读者告者，本报始终抱着一贯政策，不受任何方面的威胁与恐吓，以尽报人天职，决不因陈君之死，而变更本报之宗旨及信条；更不因陈君之死，而本报同人为之气馁，进一步言之，陈君之死，更足坚励本报同人为正义而奋斗之勇气。"陈桐轩大殓的第二天，《世纪风》刊出记者邵伯南的《哭陈桐轩先生》，文中谈到陈在生前对邵伯南说，如果敌人投炸弹，"大丈夫应当视死如归。现在前线作战的华军，都是我们的兄弟，这个抗战责任，我们实在也有份儿。如果真有这样一天，我为责任而流血，那也算不了什么！"

敌人第一次投掷炸弹之后，又于2月12日投寄匿名恐吓信。编辑部借用克明的名义，在13日的第一版刊出大幅启事，痛斥敌人的卑劣手段，严正申明《文汇报》"不为利诱，不为威胁"。13、14日两天，《文汇报》在一版连续刊登毛泽东对美联社记者的谈话，标题为《毛泽东谈对日抗战　国共当然永久合作》，并刊登八路军在抗日前线取得胜利的消息，连蒋介石都致第八路军总司令朱德、副总司令彭德怀的手书“予对君等屡创强敌，深为欢忭，尚望鼓其余勇，歼彼寇敌”，以及新四军在江南又和游击队分别攻入溧阳、宜兴、无锡县城，汉奸伏诛，人心大快的消息都一齐登载，与敌人进行针锋相对的斗争。

手榴弹不能使《文汇报》屈服，敌人又变换新的手法进行迫害。3月1日下午3点多钟，河南路新宝丰水果店的学徒，受日本特务和汉奸蒙蔽，送来一小木箱蜜橘，同时捎来一个盛热水瓶的纸盒，用一家著名百货公司的招牌纸包装的盒子里，盛有一截颜色萎黄、已经腐烂的人的手臂。盒子里还有一封用毛笔写的恐吓信：“文汇社长：此乃抗日者之手腕，送与阁下，希望阁下更改笔调，免尝同样之滋味。此致。”同样的东西和信件，还准备送给由我爱国新闻工作者主持的美商《大美晚报》。对于敌人这些新的恐吓，《文汇报》以坚持抗战，反对投降的坚决态度予以回击。自3月5日起，从日出一大张改为日出两大张，大量报道我国军民英勇抗战的事迹，揭露顽敌和汉奸的罪行。

敌人继续使用血腥手段，妄图压服《文汇报》。3月22日深夜11点多钟，3名暴徒从一辆黑色的轿车中跃出，开枪打伤了负责警卫报馆的一名华捕（中国籍警察），然后掏出木柄手榴弹两颗，接连向报馆内投掷。报馆底层发行、广告等部门被炸毁，一个过路行人被炸伤。在福州路436号报馆底层办公的人已下班，没有职工受伤。但这次武装袭击，与2月10日的第一次袭击相比，性质更为严重。从那天起，报馆门前的司阍巡捕（看门警察）增为双岗，以防不测。

《文汇报》的职工，面对日本特务和汉奸暴徒的炸弹毫不动摇，报纸每天依然发出爱国主义的强音。敌人不甘心于他们武装袭击的再度失败，又变换另一种罪恶手法。

1938年3月27日，即3个持枪暴徒以手榴弹袭击报馆后的第五天，下午3点多钟，爵禄饭店一名姓徐的茶房（服务员），受开房间的客人——两个日本特务、一个汉奸的指使，将3只花篮送到报馆。这3只装饰相当精美的花篮，盛着逐一用美丽的花纸包好的蜜橘、苹果和柚子。花篮里，分别附有致编辑部和报馆主笔的三封英文短信，大意说："贵报在此环境中，本爱国思想，勇敢发言，至堪钦佩。爱特奉上水果三筐，聊表敬意，并希哂纳，继续努力。"文末具的是外国人的洋文名字。报馆职工估计到"聊表敬意"后面藏有杀机，就与两名巡捕一起，将这姓徐的"茶房"连同水果，送去老闸捕房。后经化验，每只水果，都被注入了毒液。

有一天晚上，在公共租界工部局任职的朱晓芙来到报社，轻声对徐铸成说："我现在工部局警探处，今天，我在处长的玻璃板下看到一张由日方送来的黑名单，说是隐藏在租界的抗日分子，要我们协同对付，第一名是陈鹤琴（当时任公共租界工部局华人教育处处长），第二名就是你。希望千万注意。"说完就匆匆地走了。

从此以后，徐铸成上下班时，汽车不停放在固定的地方，也不按一定的时间。后来空气更紧，徐铸成与严宝礼商量，准备在附近的大方饭店开一个房间。恰好，该店5楼有一套独立的房间，在通4楼的楼梯口，还装有铁门，原是旅馆老板为了防备绑票而自用的。经过商谈，出足代价把它租下了。有时，几个主要编辑人员就不回家，在那里过夜。有些会议也在那里举行。空气尽管这样紧张，徐铸成有时还一个人溜出去，到附近的小书场，听一两档评弹——如夏荷生的《描金凤》和沈俭安、薛筱卿档的《珍珠塔》。同时徐铸成在宁绍保险公司保了5 000元的人寿险。这样，万一出事，家属也可以生活下去，以减轻他的"后顾"之忧。

明枪暗箭，种种残暴与恶毒的手段，都被一一挫败了。《文汇报》以坚决明澈的态度继续奋勇战斗。

国民政府虽远迁重庆，但看到在上海滩的《文汇报》办得有声有色，当然想把它收编在他们的宣传系统之中，直接控制。国民党要控制《文汇报》的原因，徐铸成回忆说："他们要亲手控制，特别是CC和孔宋之流，他们知道《文汇报》有《大公报》的投资，怕它落入政学系之手；因此，他们就非自己抓到手中不可，抓不到手，就宁可加以破坏，甚至置诸死地。他们要抓《文汇报》的另一个原因，可能是认为我这个人不好对付，不买他们的账。”

徐铸成这样说，不是没有根据的，据他介绍：上海沦为“孤岛”后，躲在租界里的国民党市党部等机关，对人民有利的事如救济工作、收容难民、安排失学青年等，什么也不做，只是逢到什么节日，就油印一些“告全市人民书”之类的八股文章，要抗战的报纸发表，以这种廉价的宣传，表示他们的存在，并可以向上邀功。徐铸成主持编辑部后，看到这些东西全篇废话，令人恶心，就关照本报新闻版编辑，一律不再刊登。再如，当时国民党宣传部曾委派一些人以特派员、联络员等名义在“孤岛”招摇。如有一个原《申报》记者金华亭，也以特派员的名义和各报记者联络，传布所谓战事消息。后来徐铸成得知，他整天“泡”在跳舞场里，吃白食、跳白舞，他所提供的“消息”，事后证明完全没有一点影子，是跳舞之余杜撰的。因此，徐铸成要求《文汇报》的记者不再和他来往。此人后来在跳舞场门前被暗杀了。诸如此类，他们自然感到徐铸成这个人很碍事。

大约在1938年4、5月，《文汇报》的销路蒸蒸日上，在“孤岛”对敌斗争中的影响日益扩大之际，国民党开始对它伸出触角。第一次向严宝礼试探的是CC方面。出面的是国民党中宣部派在上海的联络员、原上海新闻检查所的头头之一陈某。他向严进言说，《文汇报》应该乘目前的“风头”，自备印报机和其他排字房等设备，作长远发展的打算；否则，一旦“和平”下来，《大公报》复刊，《文汇报》无处代印，连立足的地方也没有了。

这些话，很打动严宝礼的心。特别是报纸有了声誉之后，发行量直线上升，声名鹊起，俨然有凌驾《新闻报》而成为上海发行最广、影响最大的报纸时，严宝礼就开始有了长治久安的打算。他第一怕“和平”下来,《大公报》复刊,徐铸成要回去;其次,怕《大公报》复刊后,不再代印《文汇报》。他曾几次旁敲侧击地试探徐铸成的口风,将来是否要回《大公报》。徐铸成这样告诉笔者:“那时,我早已暗下了决心。在《大公报》上海版停刊时,我被胡政之一脚踢出大门,我和《大公报》就已恩断义绝。我正式参加《文汇报》,虽然由于《大公报》的参加股份,但这也由于我早已在《文汇报》主持社论的写作,有了成绩,是《大公报》沾了我的光,不是我沾它的光。再说,《文汇报》这朵新花,我是一个主要灌溉人,我可以继续自由发挥自己的理想,事在人为,未必不能在有朝一日,跟《大公报》并肩较量,所以,那时我的确不存在重回《大公报》的想法。我就坦率回答严宝礼:我们的合作是好的,我对《文汇报》有信心,以后只要彼此更加相见以诚,我是不打算离开的,《文汇报》就是我的家。”

严宝礼的第二个顾虑,是恐怕“和平”忽然会来到(那时,德国大使陶德曼正在中日间积极奔走“调停”,蒋介石怦然心动;英国大使寇尔也跃跃欲试,外电不断传来和谣)。那时对抗战的长期性,大家还没有足够的认识,以为打上三年五载,日本的军力财力支持不下去了,求和撤军,我国“抗战到底”的“底”就实现了。所以,有一天严宝礼告诉徐铸成,他已接到国民党中宣部转来一电,说为了支持《文汇报》,该部已决定把原上海《晨报》的一部印报机拨给“文汇”。徐铸成听了也很高兴,认为在不损害独立的原则下,不妨具体联系。当时,国民党的宣传部长还是周佛海,副部长则是曾长期任职于上海的潘公展。他原是上海《晨报》的主持人,照理说,国民党这个决定,应该没有问题了。但严宝礼拿着这个电报向《晨报》留在上海的负责人宓季方接洽时,宓表示,机器可以交付,但是机器押在绸业银行仓库里,要《文汇报》拿出5万元去赎取。当时,上海要购进一台进口的卷筒机,不过五六万元,上海明精厂刚仿制成功的同类机器,不过2万元。宓这样说,明明在推托,严宝礼听了很生气,表示这机器不要了。过几天,宓又来联系,说《文汇报》拿不出这笔现钱不要紧,他可以设法挪移,把机器赎出来移交,这5万元就作为“公展先生”对《文汇报》的投资好了。

严宝礼一听，顿时有着“图穷匕见”之感。当时《文汇报》的资本总额只有3万元，现在如加上这5万元，岂非小鱼被大鱼一口吞食。股权在手，接着管理、财务、编辑大权，一股脑儿要受控制。严宝礼看清了他们的真实用意，和徐铸成及《大公报》留沪的代表李子宽商量后，坚决回绝了。

此后不久，胡鄂公和钱纳水两人又来做说客。胡是旧国会议员，是个不得意的国民党老政客。钱以后当了《译报》的主笔，抗战胜利后，曾一度和胡一起主持孔祥熙所收买的《时事新报》。他们是代表孔祥熙来和《文汇报》谈“合作”的。具体的办法是“投资”5万元，条件是：一、钱纳水参加编辑部，作为副总编辑；二、派来一名会计主任。最使严宝礼警觉的，恐怕是会计主任一条。会计主任，是经理部的灵魂，如果财权旁落，他就变成空头经理了。对此，严宝礼断然拒绝。

又过了一二个月，来了第三批说客。出面交涉的是当时的《大美晚报》中文版总编辑张似旭。他是宋子文的幕僚，曾在宋任外交部长时任外交部情报司司长。宋收买了《大美晚报》中文版后，张即主持其事，在1939年下半年被敌伪暗杀。张说明宋愿意“投资”若干万，条件是要派人当包括协理等在内的重要职员，还要改组董事会，自然，也要输入若干编辑。最有诱惑力的条件是，如果“合作”实现，一可给报馆以所需的全部官价外汇；二可以放宽条件在中(国)、交(通)等银行调动“头寸”(即货币)。

在旧中国，白报纸几乎全部依赖进口，只有温州纸厂能试造极少量，质量不过关。抗战爆发后，纸张更是百分之百要向外商订货。所以，在旧社会的报馆经理，能看准外汇行情，结进外汇，是必须掌握的本领之一。结不到官价外汇，购进白报纸所需的外汇，只能向黑市购买，这就等于在报纸成本上，要增加1/3以上的开支。在银行可以放宽调动“头寸”，这个优惠条件非同小可。

但毕竟因为“兹事体大”，要塞进协理等重要职员，特别要改组董事会，不仅严宝礼要权衡轻重，连其他几个中国董事也坚决反对，何况《文汇报》创刊第一天起就声明不接受任何政治性投资的。因此，这次来的说客又被严宝礼挡回去了。

这次挡回去的后果是严重的。《文汇报》销路广，用纸多，结不到官价外汇，以致成本日高，现金日益枯竭。《文汇报》后来在经济上维持不住，克明乘虚而入，企图出卖《文汇报》。外汇问题是一个关键问题，可见这是孔、宋等收买不成，千方百计想扼杀《文汇报》的一个杀手锏。

在《文汇报》出现经济困难时刻，严宝礼在政治压力和经济利诱面前，表现得不卑不屈，保持了自己的人格，也保持了《文汇报》独立的报格，功莫大焉。

中国共产党对《文汇报》，采取的是“民族统一战线”的法宝。这时的《文汇报》高举爱国主义的旗帜，单纯而热烈地宣传抗日战争，立场则是“超然独立”的，这与中国共产党“结成广泛的统一战线，把抗日战争进行到底”的方针是一致的，但它既不投资《文汇报》，也不派人参加《文汇报》、掌握《文汇报》，而是通过进步人士以进步思想影响《文汇报》，使《文汇报》有着鲜明的进步色彩。

6 / 报纸宣传主题：合作抗战

《文汇报》是一张无政治主张的报纸，这一点和《大公报》有所不同。《大公报》的创始人英敛之是满族，和清皇室还有某种姻缘关系。接替英敛之执《大公报》董事长之职的吴鼎昌是民族资产阶级，他和张季鸾、胡政之都曾留学日本。英、吴、张、胡办《大公报》虽然出发点不同，但他们都有自己的政治理想和政治抱负，加上研究系、政学系的背景，在政治上都是颇不寂寞，这样就形成了《大公报》的"文人论政"的报格。在《文汇报》，无论是严宝礼，还是徐铸成，他们都没有脱离文化人的品位，追求的是独立人格及人格的完整，通过办报来实现自己的人格价值，没有政治目标，也不存在政治抱负。徐铸成虽然是《大公报》出身，但并没有把《大公报》的"文人论政"的传统带到文汇，只是接受了胡政之的"文人办报"的精神。他说：

> 我是一个职业报人，认识很幼稚，大学未毕业就参加国闻通讯社，半工半读。以后，长期相信胡政之、张季鸾的"文人办报"的主张，不参加任何党派和一切政治活动，勤勤恳恳工作，抱住《大公报》"铁饭碗"，一心只想以超然独立之身，办好报纸，为人民说话。在《大公报》多年，当外勤，当编辑，一直凭这个我以为是代表百姓利益的"良心"工作，从没有接受过来自任何方面的指示。自然，跟张季鸾、胡政之多年，思路上、文风上受他们的"熏陶"肯定很深的。

徐铸成执掌《文汇报》主笔，在报纸上拥护蒋介石、批判汪精卫、宣传共产党，并不是因为他有什么政治主张，而是凭着朴素的良心。特别是从"新闻"的角度考虑得更多。

抗战之初，蒋介石曾是中国的领袖，这是当时历史的定位。

《文汇报》创刊伊始，就宣传蒋介石抗战主张及爱国精神。如前文所及，1938年2月6日在一版刊出汉口电讯：“蒋介石于1934年在庐山对军官训练团的精神讲话《抵御外侮与复兴民族》。”此后连续9天刊出蒋的讲话全文，并在2月10日发社论《读蒋委员长演讲词后》。2月20日，一版报道：蒋介石就“新生活运动”四周年纪念演说，分两天刊完。3月1日，一版头条刊载蒋介石谈话，说中国动员无限人力对日抗战，抗战期间不忘改善人民生活。4月3日，一版头条报道：国民党在汉口举行临时全国代表大会，通过抗战建国纲领，决定国民参政会，选出蒋介石为国民党总裁，汪精卫为副总裁。报纸并刊出“大会宣言全文”，连载4天。4月4日发表社论《胜利之坦途》，6月11日，发表社论《信任领袖》，都对蒋介石有关抗日的言论表示支持，说：“蒋委员长多年忍辱负重，他对（中日）双方力量，估计得最清楚，他从来没有说过分乐观的话；现在他忽然如此乐观，足见黎明之来已不远了！”7月11日，发表社论《胜利之坦途》，表示拥护蒋介石在参政会讲话时所说的，“战事操有绝对把握，且胜利之期已在不远”。社论说：“中国只要有一两次的大胜，可以把整个战局变色，那时长江一锁，所有深入日军，唯有束手待毙，其他各战场的空气，当然也完全改变了。”11月1日，一版头条报道：蒋介石发表告全国同胞书，要坚持持久战与全面战争。并发表短评《应有之感奋》，说：“蒋委员长是中国唯一的领袖”，“他对于抗战前途始终这样乐观，大家当然更没有丝毫悲观的理由。”11月2日，再发表短评，对蒋的讲话表示拥护，说：“蒋委员长发表告国民书后，全国表示感奋，参政会中提出拥护蒋委员长领导继续抗战之提案，达数起之多，经全体通过，可见中国团结之巩固，与抗战情绪之热烈。”1939年2月19日，要闻版头条报道蒋介石发表“新生活运动”五周年纪念广播讲话，分两天刊完，并发表社论《现在是什么时候》，说：“希望大家能细细聆听蒋委员长的训词，身体力行，同时尤其要牢牢记住新生活运动纲领中‘知廉耻’一点，在此国家命运千钧一发之际，大部国土还印着兽迹，此耻一日未雪，大家便一日不应苟安逸乐，自溺于大时代的洪流底下！”5月11日，蒋介石在重庆视察日机滥炸的灾区，报纸为此发表社论《领袖与民众》，说：“蒋委员长人格之伟大，已为举世所周知，而其仁慈爱民之特性，尤早为全国民众所得切身体会。在他的政治生活中，一举一动，全以民众之福利幸福为依旧，他曾经宽恕过许多政敌，感化了许多行将堕落的人，但不论政敌或多年相从的部下，假使发现其行动与民众背道而驰，则绝不纵容姑息。”甚至，蒋介石于1938年4月发表广播演讲《为什么要信耶稣》，也在要闻版显著地位刊登。

《文汇报》对蒋介石的宣传，和毛泽东在中共六届六中全会上的政治报告《论新阶段》的讲法是一致的。

在中国共产党的历史上，六届六中全会是一次极为重要的会议。在这次会议上，毛泽东作了题为《论新阶段》的政治报告。这个报告未被收入毛泽东主编的《六大以来》，也未被全文收入《毛泽东选集》，中共中央档案馆编的《中共中央文件选集》将此文选入。报告指出“抗战的发动与坚持，离开国民党是不可想象的”，他称赞国民党“有孙中山先生和蒋介石先生前后两个伟大领袖”，并高度评价抗战以来在“民族领袖与最高统帅蒋委员长的统一领导之下”，中国已“形成了一个空前的抗日大团结”，他还强调在抗战和抗日民族统一战线组成中，“国民党居于领导与基干的地位”。毛泽东还号召全党必须“全体一致诚心诚意拥护蒋委员长”。毛泽东的这番话当然是为维护团结、一致抗日的大局而发的。

学过中共党史的人都知道，在抗日民族统一战线中，毛泽东向来是强调独立自主的，而这些话都是作为王明的错误言论进行批判的。毛泽东的这番话不愿收入他的著作之中，是因为当时从策略出发用了王明的话，这话是说给蒋介石听的，另一方面对斯大林也是一种安慰，因为王明的话是传达了斯大林的意思。

这些社论发表30年后，中国进入了一个特殊的年代，徐铸成为这些社论吃足了苦头。那时在《文汇报》二楼的会议室里，对他进行批斗。批斗者把这些社论都找了出来，质问他为什么要吹捧蒋介石？他回答说：不是吹捧蒋介石，是宣传抗战。批判者念了几段从社论中摘录出来的话，又进一步责问：你这话不明明是吹捧蒋介石吗？他回答：蒋介石那时候是抗日的。批判者说：历史书上、教科书上明明写着，蒋介石是逃跑主义，对日本军队不抵抗，你怎么说蒋介石是抗日的?徐铸成嗫嚅着做些解释，会场上响起了口号声：不许徐铸成狡辩！打倒蒋介石的孝子贤孙徐铸成！虽然是冬天，还是把他斗得满头汗水。

其实，对蒋介石及他所领导的国民政府，《文汇报》还是有所警惕的。1938年10月广州沦陷后，汪精卫发表了一通谈话。10月22日，《文汇报》在第二版刊载了汪的谈话，标题为《汪兆铭不识时务，又发表谈话侈言和平》，同时发表短评，指出“中国只能抗战到底，才有光明前途”，汪的谈话“绝对是他个人的意见，决不足以代表中国政府的意志”。10月25日又发表了一篇短评《一条尾巴》，说日本最近露出一条引诱国民党政府求和的尾巴，而汪精卫的谈话，只能代表他自己，不能代表中国政府和人民。继续抗战是中国的生路，也就是日本军阀的死路。

对汪精卫一步一步走向叛国投敌之路，《文汇报》一直是以警惕的目光注视着，时时给予揭露，最后把他的皮给揭了下来。

1938年11月，湖南长沙大火酿成巨灾，长沙警备司令酆梯等因失职殃民已枪决，湖南省政府主席张治中革职留任。对此，报纸于11月21日作了报道。22日又发表社论《长沙大火善后》。23日，在一版继续报道此事。汪精卫发表文章《为什么误解焦土抗战》，当天报纸就发表短评《火与过火》，评汪精卫的谈话，说：“长沙放火与汪先生的谈话，同样是犯了‘过火’的毛病。”11月26日，在“读者意见”专栏继续发表文章，驳斥汪精卫《为什么误解焦土抗战》的错误言论。同天的副刊《世纪风》出版“杂文专辑”，在《论“痛论焦土抗战”》的文章中，指出汪精卫在重庆发表反对焦土抗战的理论，得到上海汉奸报纸的响应。

汪精卫从重庆去昆明途中，说是心脏病发作，要去河内看病，这条新闻引起《文汇报》的注意，认为是汪精卫叛国投敌的迹象。自12月24日，报纸根据重庆、香港等地的电讯，连续报道汪精卫及其党羽陈公博、周佛海的"神秘行动"，一时议论纷纷。12月27日，报纸报道：蒋介石要大家不要听信流言，认为汪精卫"爱党爱国，始终一贯"。（蒋介石说了混话，爱国民党怎能和爱国相提并论呢？他认为党即国家，所以他常用"党国"两字也就不足为怪了。）但《文汇报》这次不相信蒋介石的话了，12月29日，报纸还是发表社论《关于汪先生》，说汪精卫"去留问题，最好让他自已去考虑；政府固然热望他重返中枢，继续为国努力，但假使他的病体实在亟待休养，也不必过分勉为其难，使他多受痛苦"。12月31日，一版又发表题为《汪果已堕落乎》的新闻，说香港传来消息，汪精卫大放厥词，劝蒋介石接受日方的"和平原则"，"共同反共，经济合作"。与这则消息发表的同时，发表短评《汪精卫切腹》，认为所传如果确系事实，汪精卫简直自绝于人类，"秦桧、吴三桂乃至王克敏、梁鸿光辈，显然不能比拟他"。1939年1月2日，要闻版头条报道：国民党中央常委会举行临时会议，永远开除汪精卫党籍。报纸同时发表短评《汪与小热昏》，指出："汪精卫是个什么东西，充其量不过是一个鼓舌如簧的政客，他能鼓（蛊）惑的，充其量不过几个部下的小政客；他的一言一行，哪里会发生什么力量。"

1月3日，要闻版在显著地位发表周恩来与路透社记者的谈话，认为汪精卫叛国投敌，不足以影响抗战前途。同时发表社论《时代的淘汰》，并发表短评《汪何以自处》，短评指出："在此期间，汪精卫应赶快回头，向中央说明过去的失言，自请惩戒，这样，蒋委员长必能宽恕他，也唯有蒋委员长能从地狱中拯救他。"徐铸成运笔到这里，有着弦外之音，给读者留下思考的空间，暗示蒋汪之间还有着他们共同的默契，只不过这时不便明说罢了。

接下来，又发表社论或短评多篇，对汪精卫进行分析批判。特别引人注目的是1月15日社论《中国决不赤化》，说汪精卫手下若干小政客大放谣言，认为中国要赤化，社论说："赤化并不是一个坏名词，共产主义决非洪水猛兽，苏联式的政治经济社会组织，也的确合乎人类进化的理想，但中国决不会走这条路，因为它不适合中国的环境，于目前需要相去甚远。"各党各派"先后放弃成见，信奉三民主义，集中力量，凝成目前民族统一阵线"。社论中进一步道明了蒋汪默契之处就是在对待中共的问题上，无论蒋介石，或是汪精卫，都是想借着日本人的炮火对付中国共产党。而中国共产党则是全心全意反抗日本的侵略。殊不知，中国共产党也是借着抗击日本的侵略来强大自己。最明显的是蒋介石的失地被日本占领，共产党又从日本侵略军那里夺回失地，建立根据地。这样就扩大了自己的地盘，壮大了抗日力量。中国共产党在现阶段最终目的不但要赶走日本侵略者，继之还要打倒蒋介石。社论说"中国决不会走这条路（赤化）"，就未免带着"文人办报"的天真，没有看透这一点。

《文汇报》还是带着赤诚的热情，宣传国共合作，主张积极维护民族尊严，团结一致，抵抗日本侵略者。因此，报纸对于坚持抗日民族统一战线，中国共产党与国民党合作的宣传，从一开始就相当明确。显著的例子是，创刊不久的1938年2月13、14日两天，报纸连续在第一版刊登了毛泽东对美联社记者的谈话，标题为《毛泽东谈对日抗战　国共当然永久合作》。文中报道：毛泽东指出，从沈阳事变开始，中国共产党就主张与国民党合作。中共认为，这种合作不是无原则的，而是"一、对日抗战；二、战后共同建立新中国"。又如，1938年11月27日，《文汇报》在要闻版刊登来自延安的电讯，全文发表了中国共产党六届六中全会（扩大）通过的"告全国同胞书"等文件，其中有致中国国民党及一切抗日党派的信，提出：坚固团结，避免误会与摩擦，建立国共长期合作与长期的抗日民族统一战线。再如，1939年1月28日，《文汇报》

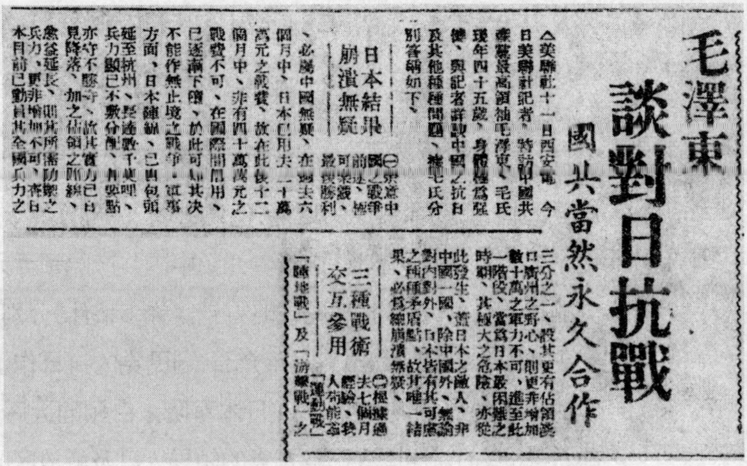
毛澤東談對日抗戰
國共當然永久合作

（美聯社十一日西安電）今日美聯社記者，特訪中國共產黨最高領袖毛澤東、毛氏現年四十五歲、身體極為强健、與記者詳談中國之抗日及其他種種問題、茲將毛氏分別答稿如下、

日本結果崩潰無疑

（一）余意中國之戰爭前途、極可樂觀、最後勝利、必屬中國無疑、在過去六個月中、日本已用去二十萬萬元之戰費、故在此後十二個月中、非有四十萬萬元之戰費不可、在國際間信用、已逐漸下降、於此可知其決不能作無止境之戰爭。在軍事方面、日本雖然、已由包頭延至杭州、長逾數千英里、兵力則已不敷分配、許多要點亦守不勝守、故其實力已日見降落、加之佔領之區域、愈益延長、則其所需防禦之兵力、更非增加不可、查日本目前已動員其全國兵力之三分之一、設其更有佔領漢口廣州之野心、則非增加數十萬之軍力不可、更進至此一階段、當為日本最困難之一時期、其極大之危險、亦從此發生、蓋日本之敵人、非中國一國、除中國外、無論對內對外、日本皆有其不可調之種種矛盾點、故其唯一結果、必為總崩潰無疑、

三種戰術交互參用

（二）根據過去七個月之經驗、我人希能以「運動戰」「陣地戰」及「游擊戰」之

1938年2月13日刊登《毛泽东谈对日抗战》

要闻版以显著地位，刊登了中共中央电贺国民党五中全会的新闻，标题是《中共电贺五中全会　主张抗战高于一切》。这天，报纸还以《统一即胜利》为题，发表短评，说中共中央的贺电："以为统一即胜利，这真是至理名言！""中国必须在抗战的统一阵线下争取生存！每一个人都立在争取胜利的统一阵线下。"

7 / 共产党·八路军·新四军·延安

《文汇报》内没有中共地下党员，也没有人向《文汇报》的人传达共产党的指示，用徐铸成的话说，他们这些人“也算不上思想进步的”人，但是他们以纯真的感情，向读者介绍中国共产党领导人，报道中国共产党的重要会议，持久抗战的战略方针。许多稿件，分别刊登在新闻版面和副刊中。《文汇报》虽然对蒋介石、国民党的抗日作了许多宣传，用今天的话来说那是“统发稿”，在日本军队未占领的大后方的报纸上都是能看到的。而对中国共产党及党的领导人以及解放区的宣传，则是别的报纸上所看不到的，用徐铸成的话来说是“人弃我取”，是“新闻眼”，用今天的话来说是“独家新闻”，它成了《文汇报》的传统，直到今天这个传统仍然源源不泯。获得这样的独家新闻，不只是需要胆略、新闻眼光，还要通过各种新闻渠道。这在新闻垄断集中大统一的时代是无法办到的。

最早介绍中共领导人的文章，是1938年2月8日在副刊《文会》上维青写的一篇前线通讯，题为《朱德将军最注意的事件》，通讯写到朱德“始终认为，全面抗战的最后胜利，无论如何不能与群众分离”，所以他最注意动员群众，他总是说，“要赶快把群众组织起来，训练起来”。文章还直接引用朱德的话说：“无论何种战事，如果得不到人民的帮助，这是绝难取胜的。”8月26日，报纸第一版刊出《八路军成立纪念　朱德将军之宣言》的新闻，号召加强团结，抵抗日本的侵略。2月9日和10日，副刊《文会》以“共党要人”的栏目，先后介绍了周恩来和叶剑英。文章叙述了周、叶两人的斗争历史、他们的功绩。这对当年上海的读者来说，是难得的资料。副刊改革后，更名《世纪风》，又在4月12日刊出骏译的《在晋东前线访彭德怀将军》。这篇通讯写到彭德怀对于抗战的信心，并回答了记者的其他问题。关于八路军的装备和怎样消灭侵略者，彭德怀说，自开展抗日游击战争以来，“我们先后从敌人（那里）夺取了

3 000支来福枪，1 000匹以上的战马，无数的机关枪、高射炮和弹药，此外更焚毁了他们20架军用飞机和1 000辆以上的运输车”。这一报道，使生活在“孤岛”的上海人民对八路军的战绩有了一个概要的了解。周恩来当年在“大后方”（国民党统治区）工作，接触记者的机会多，读者尤其希望通过他了解有关共产党的方针、政策和作风。《文汇报》用不少篇幅介绍周恩来以及他阐述的中共立场。除上述副刊《文会》对周恩来作过专题介绍外，报纸又于1938年9月4~7日，连续4天在新闻版面刊登专栏文章《周恩来的私生活》，介绍他如何为了抗战事业，即使在家里，过的也不是一般的家庭生活，考虑的是国家大事，把时间和精力投入政治活动。报纸还多次在要闻版的显著地位，报道周恩来对记者发表的重要谈话。如1938年10月上旬，日本侵略军已进攻武汉外围，周恩来在汉口招待记者，介绍中共中央全会情况，并且分析战局，认为不论武汉命运如何，中国都能继续抗战，

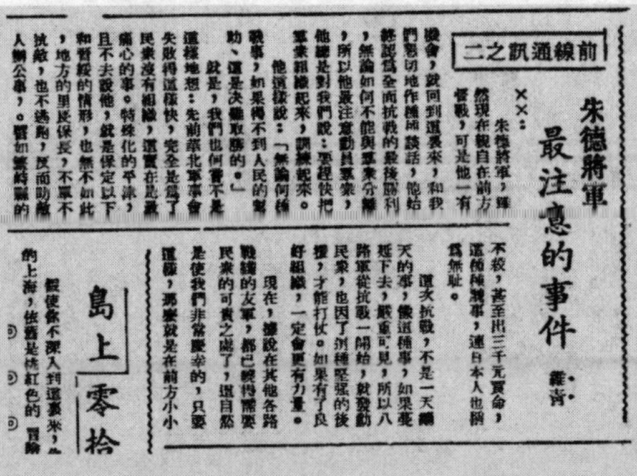
前線通訊之二

朱德將軍最注意的事件

羅青

××：

朱德將軍，雖然現在親自在前方督戰，可是他一有機會，就同到這裏來，和我們懇切地作種種談話，他始終說爲全面抗戰的最後勝利，無論如何不能與羣衆分離，所以他最注意動員羣衆，他總是對我們說：要趕快把羣衆組織起來，訓練起來。

他這樣說：「無論何種戰事，如果得不到人民的幫助，還是決難取勝的。」

就是，我們也何嘗不是這樣地想：先前華北軍事會失敗得這樣快，完全是爲了民衆沒有組織，這實在是最痛心的事。特殊化的平津，且不去說他，就是保定以下和晉綏的情形，也無不如此，地方的里長保長，不單不抗敵，也不逃跑，反而助敵人辦公事，。譬如某時縣的

不殺，甚至出三千元買命，這種種醜事，連日本人也稱爲無恥。

這次抗戰，不是一天兩天的事，像這種事，如果蔓延下去，嚴重可見，所以八路軍從抗戰一開始，就發動民衆，也因了有這種堅強的後援，才能打仗。如果有了良好組織，一定會更有力量。

現在，據說在其他各路戰線的友軍，都已曉得需要民衆的可貴之處了，這自然是使我們非常慶幸的，只要這樣，那麼就是在前方小小

島上零拾

假使你不深入到這裏來，…的上海，依舊是桃紅色的

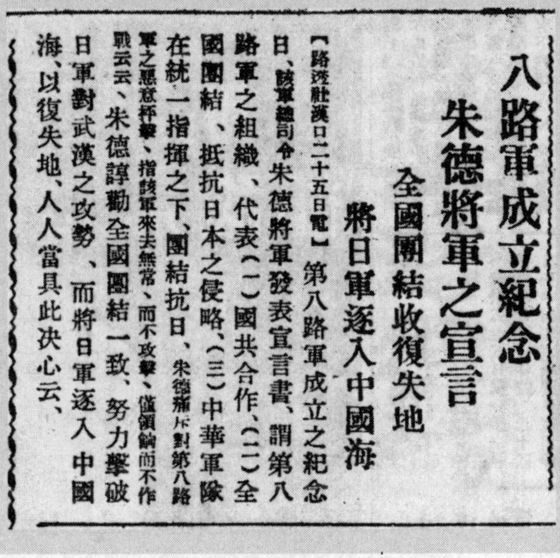
八路軍成立紀念　朱德將軍之宣言

全國團結收復失地　將日軍逐入中國海

【路透社漢口二十五日電】第八路軍成立之紀念日、該軍總司令朱德將軍發表宣言書、謂第八路軍之組織、代表（一）國共合作、（二）全國團結、抵抗日本之侵略、（三）中華軍隊在統一指揮之下、團結抗日、朱德痛斥對第八路軍之惡意抨擊、指該軍來去無常、而不攻擊、僅領餉而不作戰云云、朱德諄勸全國團結一致、努力擊破日軍對武漢之攻勢、而將日軍逐入中國海、以復失地、人人當具此決心云、

上图　1938 年 2 月 8 日副刊刊登《朱德将军最注意的事件》

下图　1938 年8月26日刊登《八路军成立纪念　朱德将军之宣言》

并且获得最后胜利。《文汇报》用仅次于头条的地位作了报道。而当汪精卫汉奸集团投降日本后,《文汇报》又于1939年元月3日,在要闻版显著地位刊出周恩来的谈话,强调汪精卫的叛国投敌不足以影响我国抗战前途。

最使读者瞩目的是,《文汇报》于1938年2月13日在要闻版刊登毛泽东回答美联社记者的问题;分析了中日实力对比,预言日本侵略者必败;认为中国军队将运动战、阵地战和游击战互相配合进行,必能使敌人陷入困境。紧接着,报纸又报道了毛泽东介绍八路军在华北三个地区的活动,建立了巩固的敌后抗日根据地的情况。并且认为,国共两党应永久合作,抗战胜利后,还要合作建立民主共和国。

抗战初期,许多人对抗日战争的持久性、艰苦性认识不足。国民党中的亲日派,持的是"亡国论";另外一些人,持的是"速胜论"。特别在台儿庄战斗取得胜利后,国民党中的"速胜论"更加传播开来。由CC系、政学系等控制的报纸,公开提出台儿庄战后的徐州战役是"准决战",是"敌人的最后挣扎"。这种观点,不可避免地反映到《文汇报》中来。显著的例子是,1938年4月7日发表的社论《走了一半路》,说抗日战争"无论从时间上或形势上推算,中国已走完一半艰苦的途程了!"7月11日的社论《胜利之途径》,表示拥护蒋介石在参政会上演讲时所说的话:"战事操有绝对把握,且深信胜利之期已不在远。"根据此种论断,社论阐述说:"中国只要有一次两次的大胜,可以把整个战局变色,那时长江一锁,所有深入日军,唯有束手待毙。其他各战场的空气,当然也完全改变了。"

1938年5月初,毛泽东写了《抗日游击战争战略问题》,详细论述了游击战争在抗战中重大作用和建立抗日根据地的意义,是针对王明等强调运动战而发的。接着,毛泽东于5月26日至6月3日又在延安作了《论持久战》的演讲,提出了持久抗战的战略方针。在这篇演讲中,毛泽东不指名地批评党内主要领导人在抗战初期"怀疑"、"轻视"游击战的战略地位。正因为这个演讲暗藏玄机，王明、博古、项英、凯丰一致决定，《新华日报》不予转载。但中共地下组织直接领导的《每日译报》从8月23日起，全文连载了毛泽东的这一演讲。《文汇报》编辑部一些人员在读了毛泽东这篇著作后，在宣传工作中加以运用。如11月9日的社论《战局分析》说："粤省战事，甫揭开反攻之序幕，乐观悲观，此时均嫌过早。"12月6日社论《最近战局形势》，引用英人爱德华为《文汇报》写的专论，说什么"日军不能再支持6个月以上"。12月8日的社论《对抗战现局应有的认识》，予以纠正，提出"此后节(阶)段中抗战进行的艰难与惨烈都是意料中事，在时间上也会相持到很悠久的长期"。21日社论《大家要跑前一步》也说："战事既入于全面的持久战，胜负的关键更不在阵地之得失。"反复宣传中国共产党的战略方针，使读者逐渐树立对日抗战持久性的正确认识，《文汇报》是尽了力的。由于条件不同，当时没能和《每日译报》同时连载《论持久战》。而后出版的《文汇年刊》于"抗战文献"一栏，则全文选载了毛泽东这一论著，让读者得以系统学习和随时查考。

中共历史发展的事实，证明毛泽东持久战的思想及建立根据地的措施是正确的。在毛泽东的全力敦促下，1938年初，朱德、彭德怀、刘伯承、邓小平、贺龙、聂荣臻等率领的八路军陆续深入华北各地，相继建立了共产党领导的根据地。仅一年时间，八路军从1937年7月的不足3万人，发展到1938年9月的25万人。

《文汇报》对中共六届六中全会(扩大)进行了报道。这次全会，从1938年9月29日至11月6日，历时将近40天，《文汇报》对此作了三次重要报道。第一次是10月10日，在要闻版刊出新闻，报道周恩来在武汉介绍全会情况；第二次是11月12日要闻版头条刊登延安电讯，报道中共六中全会致蒋介石的电报，提出巩固两党团结，并且发表全会致八路军、新四军全体指挥员、政治工作人员和战斗员的慰问电。报纸还刊出来自香港的电讯，报道中共中央全会致电东北军民，强调巩固团结，准备收复东北失地。到了这个月的27日,《文汇报》又在要闻版显著地位,全文发表了全会“告全国同胞、全体将士、国共两党同志书”。这些文件的发表,对当时的“孤岛”上海人民,起了十分积极的作用。

六届六中全会政治决议,是由王明起草,得到全会通过的。这个政治决议反映了毛泽东《论新阶段》的报告精神,诸如“一切为着抗日民族统一战线,统一战线高于一切”的口号。同时宣布,国共合作最好的组织形式就是共产党加入国民党和三青团,中共愿意向国民党当局交出中共党员名单。决议案再次重申,“不在国民党中及国民党军队中建立共产党秘密组织”。决议案还提出各级党组织应防止统一战线中的“左”、“右”两种倾向,保证党在政治上和组织上的独立性,强调不要给党内同志乱加“左”、“右”的帽子。决议案还正式宣布,完全同意政治局自五中全会至六中全会的“政治路线和具体工作”。

抗战初期,国民党对国共合作的态度没有后来那样恶劣,但他们中的顽固分子,还是要制造摩擦。1938年2月,汉口发生特务暴徒捣毁《新华日报》社事件。其时,敌伪在上海的报纸大做文章,乘机造谣中伤,挑拨离间破坏团结。《文汇报》于17日发表了题为《国共合作之前途》的社论,指出汉口《新华日报》社遭暴徒捣毁以来,关于国共之间的谣言,是奸人阴谋。“国共合作的基础完全建立在抗日的最高原则上,于今中国正处于长期抗战最艰苦的阶段,我们不但不相信国共合作破裂的可能,而且相信国共合作必随中国抗战的困难而益趋于坚固与密切。”“最近中国共产党重要人物屡次发表谈话,均言及国共合作的前途,不但在目前抗战的过程中合作,就是战后建国的时期,亦必合作到底。”

日本侵略者对于国共合作共同抗日,内心惊恐,因此,不断进行分化破坏。《文汇报》于1938年的9月13日,发表了以《团结与分化》为题的社论,指出“近一月沪上的日文报纸,没有一页不强调国共的冲突,妄期国府的分裂”。社论说:“团结就是力量,这一原则是中国人从25年来惨痛经验中所得颠扑不破的教训,它绝不会为日阀阴谋所破坏。”

从外文报刊上译载一些符合我国抗战需要的文章,也是当时《文汇报》比较重视的工作。1938年8月29日,报纸选译了当月出版的英文《亚细亚》月刊的《抗日统一战线与中国共产党之地位》一文,引用一美国记者(没有写出名字)的话。他在抗日根据地访问了朱德、刘伯承、林彪和八路军总政治部主任任弼时(译文误作“八路军政治委员任伯熙”),除详细描述八路军战斗精神、生活情景外,还记载了这个记者听任弼时讲解抗日民族统一战线的形成和发展及其重要意义和作用。该文标题极其鲜明,报纸处理也比较突出,对抗日民族统一战线的宣传起了一定的作用。此外,颇为引人注目的是,当年的11月23日起,《文汇报》分三天译载了苏联《真理报》别杰洛夫的文章《论中国民族统一战线》。文中谈到,由中共倡导的抗日民族统一战线,使国共两党合作,共同抗日,而且“共产党同国民党在一块,又有许多群众的社会政治与文化团体加入”,“更加巩固了统一战线”。而抗日民族统一战线的巩固,将加速日本侵略者的解体和中国的胜利。

《文汇报》是一片赤诚地宣传国共两党合作,但这只是看到表面现象,而实际上在抗日的路线、方针上国共两党存在着很大的矛盾,毛泽东绝不相信国民党,蒋介石也丝毫不相信共产党。这从毛泽东给蒋介石的信及蒋介石读了毛泽东的信记于当天日记中可以看出。1938年9月29日,也就是六届六中全会开幕的当天,毛泽东给蒋介石写了一封亲笔信。在这封信中,毛泽东表示对蒋介石“钦佩无际”,声称“先生盛德”,“凡在国人,无不景仰”(见台湾中央研究院近代史研究所编《抗战建国史研讨论文集》)。据周恩来年谱(1898~1949)所记,毛泽东的这封信是由周恩来于10月4日在武汉交给蒋介石的。蒋介石接到周恩来转交的毛泽东的亲笔信的当天,在日记中写道:“毛泽东这封亲笔手书的措词,开口‘两党长期合作’,闭口是‘中华民族统一团结’,完全不是共党素来的口吻,反使我产生疑虑。”“于是我知道这是中共企图第二次大规模渗透本党的阴谋，我们依据民国十三年到十六年的经验，是不能再上当了。”

毛泽东在信中提议：一、停止两党的斗争。二、共产党可以加入国民党，或令其一部分先加入，如情形良好，再全部加入。三、中共取消一切青年团组织，其全体分子一律加入三青团。四、以上参加者，均保持其共产党党籍。1938年12月6日，蒋介石召见周恩来，对毛泽东在信中提出的四点建议作出答复：跨党不赞成，共产党既行三民主义，最好与国民党合并为一个组织。如果办不到，可否一部分加入国民党而不跨党。蒋介石的建议被周恩来拒绝，周恩来表示中共除了跨党外，不可能加入国民党。

毛泽东以虚虚实实、半真半假的态度试探蒋介石，蒋介石则以不软不硬的态度回复毛泽东，其实两人心中有谱，国共两党不是你吃掉我，就是我吃掉你，只是时间早晚的问题，不可能再回到第一次国共合作时代了。何况第一次国共合作后期，共产党吃了大亏，对此，共产党人是记忆犹新的。

《文汇报》及至全世界的舆论都把抗日战争胜利的希望寄托在国共合作上，完全是被两大政治家的游戏牵着鼻子走。随着抗日战争的深入，国共两党的矛盾在扩大，矛盾摩擦此起彼伏，真是辜负了《文汇报》及写社论的徐铸成的一片诚心。

《文汇报》对国共合作纯洁而赤诚的愿望，在1938年2月17日社论《国共合作之前途》表现得最为淋漓尽致。社论说：

> 国共合作酝酿已久，至中国发动全面抗战之后，始获具体实现，由其合作之过程言，其基础之巩固，决非普通政党于政争中暂时携手合作之可比。盖自“九·一八”事件爆发，中国朝野无不认为国亡无日，深感“停止内战立即抗日”的迫切，于是国共合作之说，亦于此时开始萌芽矣。及至红军放弃瑞金，经过二万五千

里的长途跋涉,至陕北重树苏区,国共合作又进入一新阶段。其原因一则由于日本侵略军的变本加厉,非至鲸吞整个中国不已;另则由于中国人民之觉悟,长此以往,把国力消耗于内战,徒使敌人渔利称快。1936年年底的“西安事变”亦由此种政治背景而产生,而其结果,予迟迟未成的国共合作以空前的转机;又共产党代表周恩来氏在西安与国民党负责领袖晤谈,取得了国共两党在政治上的共同原则,于是国共合作随西安事变的和平解决,而奠定其基础矣。后来到了“八一三”展开全面的抗战,接着苏维埃政府的取消,以及红军的改编,次第实现,第八路军更北开入晋,展开空前活跃的游击战,予日军以致命的打击,去年9月23日中国共产党发表统一团结共赴国难的宣言,正式表示共产党信仰三民主义;蒋委员长亦发表重要谈话,承认中国共产党的合法地位,自此国共合作乃奠下巩固的基础。

由此观之,国共合作的基础既完全建立在“抗日”的最高原则上,于今中国正处于长期抗战最艰苦的阶段,我们不但不相信,国共合作有破裂的可能,而且相信国共合作必随中国抗战的困难而益趋于坚固与密切。外界所传种种,谓国共之间暗争甚烈,显然是奸人的阴谋,企图破坏国共的合作,我们决不可轻信这种谣言。此其一。

其次由其所争论的问题言,不是抗战时期的问题,而是抗战胜利后的政治问题。在今日正处于长期抗战的苦斗中,最切实际的问题,是如何延长抗战的时期,如何增强抗战的力量,以获得最后的胜利。所以这些争论即使有之,不是无聊文人的捉弄笔头,就是奸人的从中播弄是非。此其二。

最近中国共产党重要人物屡次发表谈话,均言及国共合作的前途,不但在目前抗战的过程中合作,就是战后建国的时期,亦必合作到底。于此更足以使我们相信,此次中日战争,中国终必获得最后胜利，而将以三民主义的新中国出现于世界之前。此其三。

总之，国共合作的基础，建立在“抗日救国”的最高原则上，在抗战的过程中，国共两党精诚合作，共赴国难以制止日本的侵略，固不待言。就是在建国时期，共产党既已一再表明信奉三民主义，由国共的合作，以建立三民主义的新中国，也是我们深信不疑的。“中国终将赤化”，是日本侵略中国的烟幕，早为明眼人所识破，毋庸解释的。

《文汇报》以宣传抗日救国为己任，很重视关于中国军队进行抗战的宣传。正面战场的军事报道，每天都占有重要篇幅。台儿庄之战以后，突出的如：1938年5月21日报道了国民党军队的徐州突围；紧接着，又于5月28日刊出电讯，报道《台儿庄后又一大捷　华军克复兰封　日土肥原师团溃不成军》。这类报道，直至1939年5月18日终刊的一天，始终不渝。

从一开始，《文汇报》就很重视八路军、新四军在战场上取得的胜利。创刊的第三天——元月27日，报纸在第一版显著地位以大标题刊出“北平特讯”，报道平绥、平汉、正太铁路三角地区近1万平方英里完全受八路军控制。平型关之战，八路军一一五师歼灭日军板垣师团1 000余人，是我国抗战以来取得的第一个大胜利，打破了日本侵略军不可战胜的神话。尽管《文汇报》创刊距平型关歼灭战已4个月，但为了鼓舞“孤岛”上海的几百万同胞，报纸于1938年2月7日在副刊《文会》上刊出维青写的前线通讯：《平型关一役　兴奋的回忆》，对战斗情况作了生动的描述。此后，从1938年早春到1939年初夏，《文汇报》先后在版面上突出报道八路军在山西、河北、察哈尔、热河等省从日本侵略军手中夺回新乐、望都、定县、繁峙、涞源、赤城等县，以及在石家庄、大同等地的郊野歼敌有生力量的新闻。而克复新乐、望都等地，作为第一版头条刊登。1938年3月8日报道的《朱德部八万人推进平汉路》，1939年4月4日报道贺龙亲赴河北中部任丘附近指挥；新四军挺进苏州五峰山重创敌军，在无锡夹山歼敌，并进袭南京外围的龙潭、戚墅堰、秣陵关，都因这些地区离上海不远，上海居民相当熟悉，从《文汇报》上读到这类报道，人们就感到格外亲切和兴奋。不仅在新闻版面，《文汇报》甚至在社论中也宣扬八路军的战绩，其中一个例子是：1938年5月27日的社论《北方之曙光》，引用读者来信报道："河北省中部，全为游击队所控制，其中心区域，近已扩充至二十余县，流动（游击）战事，几遍及全省。""平津近郊，尚有游击队出没，枪炮声日有所闻。津沽大道，更时有流动战，塘沽日商厂屋，被焚毁殆尽。"

读者关心的，不限于军事上的胜利，还要知道八路军、新四军是怎样的军队，他们和那些先是靠招募，后来靠拉壮丁组成的旧军队有什么区别。《文汇报》在新闻版面和副刊中，都比较重视对人民军队的叙述。报纸创刊初期的1938年1月28日，副刊《文会》刊载了《关于八路军的话》。由项君执笔的这篇文章不长，它记述了一位亲自到过山西战地的摄影师的话，据他亲历目睹，当地老百姓十分欢迎八路军驻进自己的家里，以避免山西军"老爷兵"的光临。该文突出了八路军的严明纪律和极其良好的军民关系。接着，该副刊于2月2日起，分4天连载了李英声写的《中国红军十年史》，向读者概要地介绍了第二次国内革命战争时期，红军战斗成长的全过程。随后，副刊进行了改革，《文会》改为《世纪风》。创刊之日（2月21日），开始连载由中共上海地下党负责人之一的梅益以美懿为笔名翻译的《中国红军行进》。该文是美国著名女记者史沫特莱写的长篇报告文学，生动而细致地将1928~1931年中国共产党领导下的红军奋勇战斗如实地加以描绘。在新闻版面上刊登的《八路军之中新中国妇女》、《西北从军记》等，也很能吸引读者。

1939年3月31日，《世纪风》以全版篇幅登了两篇延安通讯。一篇是

《民主——在模范抗日根据地》,副题是《陕甘宁边区第一届参议会开幕典礼》,作者殷参。通讯记述了全部由人民选举的参议员,于是年元月17日,在陕北公学大礼堂参加边区参议会开幕的盛况;写了冼星海指挥鲁艺乐队和歌咏队的演出,林伯渠的长篇讲话,毛泽东讲话前各方面代表的发言;整个会场充满了民主、团结、活泼的气氛。另一篇通讯,是殷参以"姜渔"的笔名写的题为《边区的妇女——女议员高敏珍女士访问记》。"孤岛"上海与内地交通阻隔,与延安更是关山万里。但是,天外飞鸿,有分量的延安通讯,还是冲破重重障碍,到达编辑部。这两篇通讯,是由在鲁迅艺术学院编审委员会工作的殷参,征得学院领导同意进行采写的。邮件辗转两个半月左右,终于与上海读者见面,而且极具新鲜感。

抗日烽烟普遍燃起以后,进步人士对圣地延安心向往之。许多青年跋涉千山万水,从祖国的东南西北和海外奔赴陕北。上海及邻近地区的许多读者尤其是青年读者,亟须了解延安,了解设在延安的抗日军政大学、陕北公学和鲁迅艺术学院的实际情况、入学条件,想要知道怎样去延安。

《文汇报》没有完整而统一的关于上述问题的报道计划和选题计划,各版都自行处理。但无论要闻版、通讯版、文教版、读者版和副刊,都尽了不少力,只要组织到这方面的稿件,都很快就能见报。

对于延安的报道,以《文汇报》的要闻版来说,是比较早的。1938年2月14日,第一版根据外国通讯社的电讯,简要地介绍了延安。这则加框新闻,客观地报道了来自黑龙江、西藏、河南、上海、厦门、台湾等祖国各地以至高丽(朝鲜)、菲律宾等国的青年,纷纷投奔到这里,在"抗大"的地窖(窑洞)中进行学习。新闻还谈到了陕甘宁边区办了许多各级各类学校,让人民有机会学习。10月4日要闻版的特约通讯《今日之延安》,以较为细致的笔触,作了引人入胜的叙述。它写了延安及陕甘宁边区农村自卫队、少儿队、儿童团这些严密而坚强的组织，负责查路条（通行证），传递信息，使汉奸和敌人间谍很难活动。它写了当地的商业经营得到政府的鼓励，繁荣了市场；还写了广泛开设的合作社。它谈到边区政府属下20个县和延安一个特别市，其中11个县还有国民党政府委派的县长，他们有些与中共方面的县长精诚合作，有些却闹摩擦。这篇通讯没有署作者的名字，但他写到与毛泽东的会见，并且用饶有情趣的笔墨，描述了朱德回到延安时受到群众欢迎的盛况。

副刊《世纪风》的“西北通讯”《从云阳到延安》，写出了去延安的艰苦历程。“读者意见”栏发表的《陕北来鸿》，报告了一个青年离开上海去香港，转武汉、西安赴延安的全部历程；文教版的肤施（延安）通讯，介绍了延安的鲁迅艺术学院，谈到沙可夫、周扬、徐懋庸、沙汀、何其芳、吕骥、崔嵬等文艺界著名人士在这里做教师，洛甫、成仿吾、丁玲等也不时来校讲课，还列举了该学院的课程设置等，这些都是青年关心的内容。在副刊《灯塔》上，也发表过读者询问如何去抗日军政大学和陕北公学的来信。

对于抗日军政大学和陕北公学的介绍，《文汇报》也用了不少篇幅。在1938年10月9日和10日，通讯版分两天连载了《抗日大学战斗学演习》，这篇内容相当充实的通讯，写的是“抗大”四期学员规模盛大的演习。从校方提出演习的五个重要目的，到演习前各种形式的政治动员，演习的组织工作，演习出发，战斗展开，人民群众对演习中“南军”与“北军”的支援，女战斗员在演习中的表现，直至庆祝演习成功，都有比较细致的描写，对青年读者很有吸引力。

对延安抗日军政大学和陕北公学介绍得比较集中的是读者版（这个版面各个时期分别叫做《读者意见》、《读者顾问》和《读者园地》）。依时间顺序排列，有下面这些读者关心的内容：1938年9月24日，在《一个综合的答复》的标题下，除回答读者关于设在昆明的西南联合大学的问题外，还特意根据汉口《新华日报》，摘要刊登了延安抗日军政大学招收第五期学员和陕北公学招收第三期学员的广告。10月5日，发表读者来信，征求志同道合者结伴去延安，进抗大学习。11月19日，答复了好几位读者分别来信询问关于抗大的入学条件，怎样解决从上海去延安的交通等问题。12月7日，《读者园地》用《抗大学生一席话》作头条，刊登了一位刚从抗大毕业归来，即将转入沦陷区工作的学员亲身经历的谈话。这个青年谈了他从上海去延安的过程，在抗大学习的具体内容，在那里过艰苦但极为欢愉得到磨炼的生活。还谈了那里的文化生活，毕业分配等等。文章最后号召说："我们住在孤岛上的青年们，怎么样，去吧！这位同志很忠实地告诉我们，去，不会失望的！"12月28日的《读者园地》又具体介绍了陕北公学，对该校学员来源、衣食住行、学校编制、课程设置、作息时间等等，都谈得比较详尽。

《文汇报》积极向读者介绍延安，介绍抗日军政大学、陕北公学、鲁迅艺术学院，对动员青年奔向革命，起了积极的作用，这在当时是很不容易的。

《文汇报》那时以国民党政府为正统的观念颇深，其所以会用不少篇幅来报道有关中国共产党的政策、领导人物、八路军与新四军、圣地延安、抗日军政大学、陕北公学和鲁迅艺术学院，号召青年奔赴延安，主要原因是在总的历史条件下，适应读者需要，并且出于编辑工作人员的客观、热情的态度。

从报纸摘录了鼓励知识分子去延安的史料，我情不自禁地停下笔来，想：到底有哪些人是读了《文汇报》的介绍去延安的？他们到了延安之后的情况怎样？在以后的革命之路又是如何走过来的？他们今天都还在人世吗？如果还健在，重读《文汇报》当年的宣传会有怎样的想法？我是多想找几位当年读了《文汇报》后去延安的知识分子啊！

值得《文汇报》欣慰的是，青年受了《文汇报》的影响，走上革命道路而成为革命战士的大有人在。2007年，在人民军队诞生80周年纪念时，《文汇报》派了一支精兵强将，奔赴全国各地对革命老战士进行采访，记者邵玲、陆益锋采访了当年参加孟良崮战役的华东野战军4纵12师34团“老虎团”副团长秦镜，他特别告诉记者，他对《文汇报》很有感情，在1938年上半年他还是江苏省启东县中的学生，当时爱读的就是《文汇报》。《文汇报》成了学生们了解外部世界的窗口，《文汇报》从各个方面对中国人民抗日战争、抗日思想进行宣传。读了这些报道，他热血沸腾，产生了坚决消灭日本鬼子的念头，投入抗日战争。回忆往事，秦镜掷地有声地说：“《文汇报》教我打鬼子！”

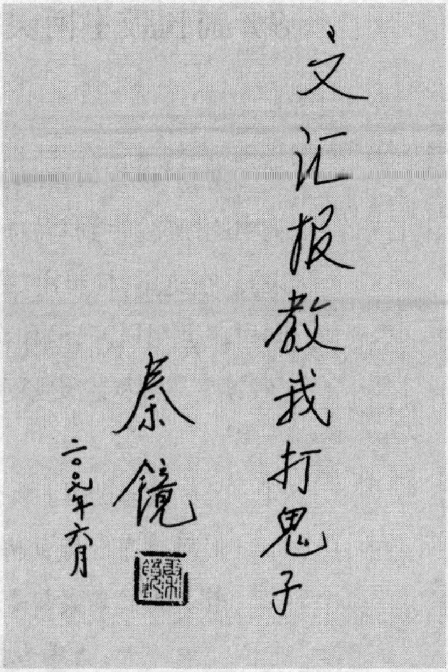

秦镜手书

8 / 副刊版主柯灵

副刊《世纪风》在硝烟中诞生，主编柯灵只写短短数行文字，抒发胸中的愤怒。直到3月7日，柯灵才写了“致读者”《我们更紧密地携手起来》。在这里，柯灵用“更紧密”三字，足以说明在以往的一个多月的时间里，《世纪风》已经和作者、读者结下了友谊，并肩战斗，这篇迟到的“致读者”当然要“更紧密”地和大家携起手来了。“致读者”这样写道：

读者诸君：我们都是不相识者，但大家的命运是相同的，我们同时呼吸着黄梅季一般的沉闷的空气，而每一颗心都在激动着。我们其实都是同心同德的朋友，虽则彼此从未谋面。

每天，当编者接着一大叠读者的来信，逐一拆阅的时候，总是怀着一种特别的情感。我觉得这是一种甜蜜的工作，也是一种苦恼的工作。这些信，有的给我们以热情的鼓励和慰勉，更多的却是寄来了你们一个字一个字仔细写下的文稿。我知道，这些纸墨中间，凝结着作者无数的心血，对于民族和人类的爱恨、悲愤与赤诚，而每一篇文章，都付过无限巨大的代价。我珍重、爱护着它们，然而为了篇幅的关系、文字性质的关系，以及更多读者需要与兴味的关系，不能不把许多稿件忍痛割爱了。

一个刊物的编辑者，对于无法取用读者的投稿的苦恼，恐怕不是投稿者所摹想得出的。

现在我想郑重地告诉读者：本刊竭诚欢迎读者的投稿。不过我们的需要——

一、本刊欢迎短稿，最好三四百字左右，精辟精悍的作品。

二、时代是这样的苦难，在沦陷与正在战争的土地上不断地扮演着可歌可泣的悲剧与壮剧。希望读者将自己所经历或所见所闻的，以最经济的笔墨写出来，寄给本刊。描写要具体，事实请不要“向壁虚造”。□□因为这样，一定不容易讨好。

三、杂感短评一类的东西，希望切实地说自己心里要说的话，不要机械地运用一种观念来评论一切。

四、地方通讯：与战事有关的地方素描，以及一切有名无名的民族英雄的事迹的记述。但这要的确是作者所知的。

五、欢迎新鲜而精湛的译稿，字数勿过一千五百。

最重要的一点是：我们要竭力避免重复与雷同，请千万不要看了本刊所载某一形式或内容的文字便拿来作为标准，不断以相似的作品投寄。

《世纪风》的确是遵循着这些原则的，其杂文，尖锐泼辣，战斗性强，一直以加花边框形式出现；散文随笔形式也不完全一样，为适应战时需要，速写和文艺通讯不少；小说则以“墙头小说”为主（所谓“墙头小说”，就是短小精悍，便于在墙头张贴，即使路过，站着看一下，也就明白了，实即现在的所谓“微型小说”）。

《世纪风》主编柯灵与徐铸成有所不同，此时他是左翼进步作家，很有一些政治色彩了。围绕着《世纪风》的作家，即使算不上“左翼”，也都是思想进步的。当年的“左翼”和当今的“左派”是不同的，这一点不要误解。当年，在中共地下文委领导下，有一个不拘形式、不定期的文艺座谈会，借满涛的家举行。经常参加的有许广平、姜椿芳、陈冰夷、蒋天佐、楼适夷、戴平万、林淡秋、唐弢、钟望阳和柯灵等。座谈会尽管并不专门讨论《世纪风》的问题，但上述这些人（有不少就是中共党员）和阿英、王任叔、梅益、于伶、夏衍、杨帆（大部分是文委的主要成员），都是《世纪风》积极的撰稿者。再加上王元化、萧岱、师陀、孙石灵、锡金、束纫秋等，形成了该副刊相当整齐的作者阵容。从作者的成分来说，这是和萧乾、杨刚主编的《大公报》副刊《文艺》有所不同。围绕《文艺》

的作者是姚雪垠、何其芳、沙汀、丁玲、刘白羽、黄钢等，萧、杨主编《文艺》有一个反对风花雪月的改革，把《文艺》引向抗战的轨道，这样的经历是《世纪风》所没有的。因为《世纪风》是在硝烟中诞生，从一开始就以战斗的姿态面向世界。

《文汇报》以宣传抗日救国，伸张民族大义为己任，作为报纸主要副刊的《世纪风》所遵循的也是这一基调。要救亡图存，既要反对日本侵略者，也要严词声讨汉奸。《世纪风》对于日寇的揭露和谴责固然不遗余力，对于汉奸，也无情鞭笞。

《世纪风》是个综合性的文艺副刊。但它以杂文见长。因之《世纪风》拥有一批杂文作家，如王任叔、唐弢、周木斋、孔另境、陆象贤（列车）、文载道、周黎庵等都写得不少，而写得最多的当推柯灵自己。他身在编辑部，消息灵通，写作素材不断，尤其是迫切的时效性，更促使他立即作出反应。《玉佛寺传奇》就是在两三个小时内赶出来的。那天，他在编辑部听到上海第一个傀儡政府——大道市政府，次日将在玉佛寺举行所谓追念中日阵亡将士及预祝日军胜利祈祷大会的消息，已是晚上8点。这是一场汉奸扮演的极其愚昧无知、荒唐绝伦的鬼把戏，既可笑又可憎。这一消息马上触动了他的创作灵感，他觉得这是绝妙的杂文素材，但如果只是像通常那样处理，还不足以勾勒出那帮小丑的丑恶，于是他很快就构想出采用活报剧这么一种形式，并以《玉佛寺传奇》为题，极尽嬉笑怒骂、讽刺鞭挞之能事，一挥而就，并立即把已经拼好的版面拆掉，换上这篇文章。第二天，《玉佛寺传奇》见报，正好作为傀儡政府在玉佛寺表演这幕丑剧的一份“贺礼”。这篇文章署名“逆民”，言下之意，就是我们绝不做顺民。广大读者看到这篇别出心裁的杂文，拍案叫绝，相互传诵，一时在社会上引起了轰动。圈内人很想知道这篇妙文是谁写的，因此不断给柯灵打电话，但他支支吾吾，秘而不宣。除了坐在他对面的那位资深编辑倪文宙以外，谁也不知道这是柯灵所写。晚上，国际版编辑储玉坤一上班，第一件事就是跑到柯灵办公桌前打听《玉佛寺传奇》的作者。他以为像这样奇妙的活报剧一定出自著名剧作家的手笔。他自以为是地同柯灵说:“这是欧阳予倩写的吧。”这位老资格的编辑当时暂时是《文汇报》编辑部的负责人,而柯灵进报社不久,所以他常常对柯灵指手画脚地加以指导,事实是他一点也不了解柯灵的底细。

柯灵笑而不语,倒是倪文宙忍不住站起来披露这桩秘密,他指着柯灵对储玉坤说:“喏,他就是你说的欧阳予倩!”

储玉坤大为惊奇,从此对柯灵刮目相看。

这个时期,像《玉佛寺传奇》这样的杂文,柯灵写得不少。北平“临时政府”和南京“中华维新政府”都是日本人制造的两个傀儡政府,柯灵写了《歌得“新天地”》讽刺杂文,文中写道,“京华冠盖,济济两堂,据说都是我佛转世,来救下界小民苦难的”,而实际上只不过是“光怪陆离的活剧”,“特烦双出,南北对台”,但“有人以为班名不大好,因为‘临时’不够郑重;‘维新’云云,则从反面看去,又容易令人想起‘旧’的存在,欠妥。记得浦东‘维持会’办过一个妓院,叫‘新天地’——我以为这倒是名符其实的好名称”。柯灵在文后还写了四首讽刺绝句,其中一首云:“自古奴才多彦俊,而今手法又翻新,江山卖尽贩人肉,送尽灵魂答知恩。”《大小花面》一文,讽刺那些在战前是“冷冰冰的某士”,置人民的痛苦而不顾;战时又变成了“热刺刺的豪客”,“在侵略者卵翼下,装出悲天悯人的模样”,“一边冷冰冰,一边火刺刺,然而逼近一看,角色原来是一样的:都是白面孔,不过这回小丑改充大花面罢了。维持旧习惯,创办新局面,全由他们一手包办;而且天上地下,都是他们的道理”。“天下之糟,是大抵糟在这些大小花面的手里。但只要看花面的没落,也就不难推知中国的将来”。柯灵的这番话,把中国的人性道出了几分,不仅是战时适用,任何时候都有一些会变脸的人物,由小丑变成花脸。《世纪末日的疯狂》是骂日本侵略者的,文章说:“19世纪末叶,欧洲曾经有过一种‘世纪末’的文艺思潮,反映着当时人们自我主张与传统道德冲突的苦闷，因而造成颓废、疯狂、破坏、鸩乐等等的世纪末心理状态。——这世纪末的悲哀，如今正弥漫在日军营队伍里面。”“胜利越来越没有把握，生还的希望也越来越渺茫。于是疯狂地追求官能的刺激：强奸、酗酒、劫掠，人变成了兽。消极的跳水，在竹园子里自缢。因为世纪正在他们心里崩溃。柯灵的杂文把现实材料和顺手拈来的史料典籍相揉，加上他那嬉笑怒骂，纵横捭阖及文字优美的文风，读起来如饮清泉，沁人肺腑。

主编《世纪风》这样的综合性文艺副刊，除了自己能随时拿起笔来应战，顺手抹上那么几段文字，更重要的是编者要广结人缘，以感激之情善待作者。柯灵有一颗纯洁的心，诚恳待人，从不利用手里的副刊私心自用。他和作家的关系，不是一般编者与作者的关系，而是知心朋友。最难得的是《世纪风》得到一批前辈作家的支持。当时，茅盾虽然住在香港，却写了著名文艺评论《普及、提高与“抗战八股”》，寄给王任叔转编者，刊登在1938年11月13日的《世纪风》上。茅盾的这篇文章，详细论述了普及与提高的关系，并且驳斥了某些人将不够成熟的文章贬为“抗战八股”的错误论点。

在此之前，1938年8月11日《世纪风》上王任叔以“行者”笔名发表的一篇杂文，曾经提出“废除‘抗战八股’一词”，他说：“以‘抗战八股’来讥诮、打击一般人的幼稚——其实是单纯的热情，我认为将引起相反的效果，与其冷嘲，何如指示；与其指责，何如实干！我们必须深化我们的生活实践。八股欤，九股欤，暂应撇开不谈，小子行者，谨向全国文化界人提议：从今以后，应该废除‘抗战八股’一词。”在这个时期，王任叔在《世纪风》副刊上对文艺界的消极力量曾作了很多的斗争，比如梁实秋教授在抗日战争时提出“要写与抗战无关”的文学作品，王任叔就在《世纪风》上写题为《有关与无关》的杂文，加以驳斥，他认为从根本上来讲，在全民一致抗战的时期，不可能有与抗战“无关”的文学。在抗战时期，梁实秋的确写了一些与抗战无关的文学，名曰“雅舍小品”，虽然不合抗战的气候，还是有人喜欢的。新中国成立后冷落和封杀了许多年的作品，改革开放后又成为热销的作品，读者很多，评论家也给予很高的评价。真叫此一时也，彼一时也。人们的阅读情绪随着时代的气候在变化着，这是没有办法的。

巴金也为《世纪风》写过好几篇散文，其中如《桂林的微雨》，写的是被日本侵略者的飞机轰炸后的桂林。这篇发表于1939年3月12日的文章，在描述了桂林被炸的惨状后强调指出："血不会白流，痛苦应该有补偿，牺牲不会是徒然，那日子一定会来的。"巴金对汪精卫汉奸集团在香港办的《南华日报》盗用他的文章《公式主义者》一事，于1939年4月17日在《世纪风》刊出启事，予以痛斥，指出："我的论据决非卖国求荣的汉奸所能利用，我的口号是'抗战与改革'，决不是'和平'。在这时候谈'和平'无异乎任人宰割。"远在星洲（新加坡）的郁达夫，也写来《关于沟通文化的信件》，他提到以后与《世纪风》的编者和留在上海以及内地的作家"当紧紧地携起手来，来从事于海内外的文化沟通这一个工作。以后我自已的稿子，当然不必说，可以推荐的南洋方面的稿子，自当按期地寄上"。

留在上海的作家郑振铎，除用郭新源的笔名写文章外，从1938年5月8日起，还为《世纪风》每周一期编了9期"书评专刊"，同年7月3日宣告停刊，创刊词、告别词都系郑的手笔，由这样一位素有修养的学者来主编《世纪风》的书评专刊，它的严谨及其权威性，读者是感觉得到的。王统照原是《文学》的主编，八一三战后，《文学》停刊，他闲居在家，柯灵常常登门拜访，王统照就成了《世纪风》的积极支持者。他的小说《隔绝阳曦》就是分三天在《世纪风》上发表的。他用韦佩的笔名，写了《炼狱中的火花》，连续刊出；其后，又用默坚作笔名，每天写几则《繁辞》，这两组稿子，都是小品杂感，思想性和艺术性并重。1939年3月，他又用息梦作笔名，以《片羽健行集》为总题，翻译了外国名家小品，凡25则，都很精湛。阿英以鹰隼的笔名写的《胡沙随笔》，是精悍泼辣、战斗性极强的杂文,始刊于1938年4月23日。作者在《题解》中说:“我为《世纪风》作随笔,所以题名‘胡沙’,实自夏存古(完淳)诗‘一身存汉腊,满目尽胡沙’而来。”可见作者如何仇视和蔑视日本侵略者和汉奸。此外,他还写了《国难小说丛话》多篇,陆续发表,也是鼓舞人民奋起共赴国难的作品。作家芦焚(师陀)的小说《马兰》,自那年12月19日起在《世纪风》连载,这是抗日战争爆发后在上海报纸中刊出的第一部长篇小说,所以特别引人注目。楼适夷于1939年1月9日发表的散文,以《敬礼,战斗的上海》为题,写了一段这样的话:“……在黄浦江的轮船上,我望见了一块块痛苦的记号;在北西藏路的电车,我望见了一片片的创伤的痕迹。但是一点也没有感伤的情绪,涌流在我的血管里的,依然是新鲜的斗争的血,……上海呀,……谁说你是遗弃在孤岛之中,你正和最英勇的战士一样,处临在杀敌的前线,你应该骄傲……”

钟望阳也在《世纪风》上发表了许多篇散文,抒发了自己生活在“孤岛”上的思想感情。在《夜空》中,他呐喊着:“又是夜晚了呀!而我,就好像永远过的是夜晚的生活!”在《暴风雨中》,他通过对迎接风雨的描写,暗示了对黑暗势力的抗争。在《悔》中,他更勇敢地提出:“在敌人的毒爪下,我们就只有一个伟大的信念:那就是英勇地牺牲!”

陆蠡写的《囚绿记》,也是在《世纪风》发表的。这位作者在日寇强占上海租界后,被日本宪兵队逮捕,从容殉难,是一位铁骨铮铮的散文家。

杂文家周木斋是《世纪风》得力的作者。1939年4月11日,他以辨微为笔名写的杂文《刘豫之续》,揭露汪精卫请求他的日本主子攻打南宁、长沙、宜昌等地;指出汪逆等欲壑难填,“自然将更作肉尸的挣扎,狂吞鲜血,凭血债的垒积,筑起他的傀儡‘宝座’”,原来,“假慈悲下的一副狰狞丑恶相更是暴露无遗了”。无论如何,汪逆等必将遭到屡引金兵寇宋的卖国者同样命运,“何况今日的中国岂宋时所能比,今后的抗战,又复坚强着。”。

战前，周木斋在《大晚报》当编辑，上海沦陷，报纸被迫接受敌人的检查，他冒着挨饿的危险，毅然退出。随后他又前后在两家报馆做事，接着都不欢而散。在一家报馆他编的是副刊。有一天，报馆老板同他交涉，告诉他要把副刊编得趣味浓一些，把征求来的一篇“礼拜六”派小说，要他发表，他没有回答，第二天便默默地辞了职。除了写杂文，他还搞学术研究，著有300万字的《中国近代政治发展史》。对于自己的家事，他在《消长集·前记》中这样写道：“战斗又谈何容易，但私淑的心情却是有的，由于自幼看着忠厚劳苦的母亲受人欺凌而死，小妹失恃漂泊而死，而我也就是漂泊于欺凌者群之间的一个，以沉默为反抗，日积月累，酿成了一副戆脾气。这是升华罢，但欺凌者群也有‘升华’的，我们不是感到窒息吗？”

1941年7月，周木斋在疾病中苦挣了两个月后逝世，柯灵写了《伟大的寂寞》为这位《世纪风》的作者，也是他的朋友送行，说：“他和有些知识分子一样，有点洁癖，一生远避着势利和虚骄，但他同时是谦和的；而且，他并不躲避现实，他站在新世界和旧世界斗争的前线，近十年来不断发表着数量可观的杂文，正是他驰突的痕迹；这些文字是尖锐的、进步的，这也说明他是一个勇猛的斗士。

《世纪风》每天发表一篇杂文，花边加框，放在重要位置，用来抨击敌伪，鞭挞习俗，揭示生活的真理。在《世纪风》的积极推动下，海上文坛杂文得到很大的发展，各报纷纷响应，蔚然成风，一时，在“孤岛”形成了一种文化景观。如《译报》副刊的《爝火》，《导报》副刊的《晨钟》，《大美报》副刊的《早茶》，《华美晨报》副刊的《镀金城》等都辟了杂文专栏。不久，挂上洋商招牌的《申报》复刊，它的副刊《自由谈》原来就以杂文著称，复刊后又请杂文家王任叔担任主编，也就更以杂文为重点了。

《文汇报》另一出版物是“文艺丛刊”，但仅仅出了一本《边鼓集》，就没有继续出下去了。

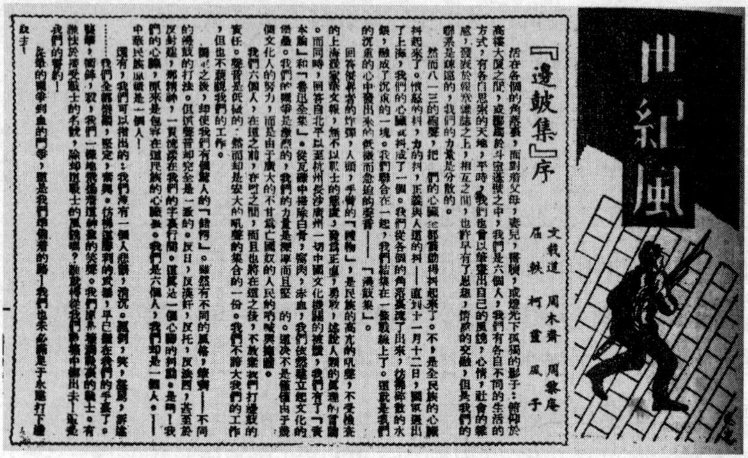

『邊鼓集』序

文載道 周木齋 周黎庵
屈軼 柯靈 風子

1938年11月15日刊登《边鼓集》系列之一

《边鼓集》出版发行于1938年11月下旬，是32开本，400多页，20多万字的杂文集。按作者文载道（金性尧）、周木斋、周黎庵（周绍）、屈轶（王任叔）、柯灵、风子（唐弢）的作品，分为六卷。全书收杂文181篇，以屈轶的最多，凡39篇。由王任叔执笔，代表作者们撰写的本书《弁言》说，由于抗日战争，“我们联合在一起，我们集结在一条战线上了。这就是我们的沉重的心中发出来的低微而急迫的声音——《边鼓集》”。“虽然有不同的风格、笔调——不同的边鼓的打法。但这声音却完全是一致的。反日、反汉奸，反托、反法西斯，甚至于反封建，那精神，一贯流漾在我们的字里行间”。作者们还在《弁言》中说：“我们原是壕沟战里的战士。有谁怯于接受战士的名号，除却这战士的风貌，谁就得从我们战壕中掷出去！这是我们的誓约！”最后提出：“从笔的斗争到血的斗争，这是我们准备着的路！我们也未必满足于永远打下边鼓去！”

这种开风气之先，以后就成了《文汇报》的文脉，一代一代地传了下来，而且在每个历史时期都以不同的方式表现出来。

《世纪风》创刊之日，就开始连载史沫特莱写的长篇报告文学《中国红军行进》，是一个例子。1938年7月12日，这个副刊又译载了美联社记者勃脱兰的长篇通讯《与中国游击队在前线》,详细报道该记者在晋北与八路军干部战士接触情况,及在抗日根据地的所见所闻。作家曹白以夏侯胤的笔名,用散文笔调写的《半个十月——富曼河记》,描述了在江南游击区半个月的战斗生活和当地农村的风土人情。钟望阳的作品《李小队长的胡子》,写了一个英勇的游击队员奇特的经历。这些文学作品,都能引人入胜。1939年1月18日,《世纪风》以头条地位,刊出了方三写的《悼周秋萍烈士》的报告文学和这位共产党员的遗像。文章标题下“编者谨按”说:“周秋萍先生名大根,是驻守浦东泥城大团(人民武装)的指挥。在12月16日,他像一切光荣的战士一样,英勇地为祖国殉了难。这一篇纪念文字,是正在浦东作着游击战的战士寄来的。文字虽然欠缺着纯熟,但这样绚烂多彩的生命面前,文字能算得了什么?我们虔诚地发表了它,为的只是一点渺小的敬意与纪念!”周秋萍,原名周大根,是浦东游击队的领导人,率领游击队与日军抗衡。当时从北方来了一支中国军队驻扎在浦东,与当地的抗日武装发生了矛盾,“南方人”要把“北方人”赶走,周秋萍采取中立,调和双方的矛盾。正在这时候,日军发起进攻,周秋萍因准备不足而牺牲。尽管如此,《世纪风》还是热情地歌颂他。

柯灵主编的《世纪风》还利用重大节日的纪念,出版特辑,引起人们的回忆反思。回忆并不是发思古之幽情,也能给人以力量。《世纪风》出版的第一个特辑,是1938年的“三八节妇女特辑”,它发表了6篇文章和一幅描述敌人凌辱中国妇女的《人间地狱图》。特辑末尾,是沉痛的“编者缀语”:“今天是三八节,我们在这血腥的时代,出版了这个特辑,算是对于全中国受难的女性的一个纪念。”“在这样的时代纪念妇女节,还有比在前线用血肉争取民族自由,人类正义的办法,更为彻底的吗?”此后,副刊在五四、七七、九一八等纪念日,都出了有相当质量的特辑,所刊杂文、散文、诗歌、通讯报告、杂感等等,都是为了鼓舞读者斗志,坚持抗日斗争。

在这类特辑中，有两次特辑格外引起读者的注意。其中一次是在北平、天津等地沦陷周年之际，《世纪风》于1938年7月27日用整版篇幅发表了两篇文章：《南开大学被毁追记》和《北平的末日》。编者写了一则前记，题为《一个备忘录》，他说道："千古名都，沦于敌手，文物的横遭摧残，人民的惨遭荼毒，对于每一个中国人，无论如何是一个永远忘不了，也不该忘了的耻辱。这里发表了读者寄来的两篇关于平津沦陷的追记，算是献给安居'孤岛'的读者的一个备忘录。"上述这些特辑，都是为了唤起上海人民对民族敌人的仇恨，不忘收复故土。

在《文汇报》诞生70周年之际，我翻着旧报，静静读着一水写的《北平的末日》："北平，在一切大都会中，有它特殊的地位与风度，假如说，上海像一位时髦洋装的青年，北平则是宽袍大袖的绅士。然而在去年7月29日——那该诅咒的日子——国军突然退去，除了未死的人心，就断送了它的一切。"作者写到这里，笔锋一转，写了一个特写的镜头："那天在东四牌楼附近，路旁站着一大群青年学生，手执小旗，高呼口号。远远地一辆载重车急驰而来，到了附近，就减低了速度，人群立刻包围住它，在嘈杂声中拥着它缓缓前进。车上坐着的是伤兵，是我们刚从前线下来的凯旋的英雄。他们忘记了痛苦与疲乏，也兴奋地跟着喊。我站在路旁，我没有喊，像喉咙里塞住了什么东西。这时从后面跑来一个身材高大、憔悴、衣衫褴褛的白俄，手里举着块烧饼，跑得满头是汗，嘴里大声地嚷，像是在对谁打着招呼。你这流浪在异国的可怜的朋友啊！假如你肚子饿了，现在正是你的机会，因为最快乐的人也是最慷慨的呀！但世上尽有许多不平凡的人做出不平凡的事来。他挤到车旁，热情地把那块烧饼举到一个伤兵的嘴边，焦急地喊着：'吃！吃！'伤兵被这突然的举动弄得莫名其妙，只是慌乱地摇首拒绝。可是他说：'你是英雄，你饿了，你该吃！不要看不起我！我是乞丐！'他断续地生硬地说着，有点怒意了。伤兵经过一度迟疑，毅然接受这热诚的赐予。对于这伟大的同情，有更好的方法可以表示谢意的么？霎时四周嘈杂的声音一齐都静了下来。这流浪人的英勇举动已凝住了每个人的血流，噤住每个人的嘴巴。我感觉到呼吸的压迫，眼前已蒙起一层薄雾。”70年的时间过去了，今天读着这个故事，不是同样令人感到震撼吗？除了震撼，还有感谢，感谢《世纪风》为我们留下这样一篇文章，每一个文汇人都应该引以为骄傲的吧。

读着宜君写的《南开大学被毁追记》，我的心弦被扣得紧紧的，时而为南开校园莲池畔的黄昏所陶醉，似乎闻到“池塘中送过来一阵幽微的荷香”，时而又似乎置身其中，“立在小桥上西望，黄昏如盖，天空已经有几点星光闪耀”，时而又似被卷入搬运图书的人群中，阵阵书香向我袭来。这样美丽的校园，“侵略者的炮火吼出了第一响”，“所能看见的只是四方一股股浓烟”，“秀山堂起了火”，“一团团黑烟直冲天际”，“直到黄昏的时候还没有息”。人们“静穆的脸上流着眼泪，平静地说：‘明天可能的话我还要回到学校去，那没有毁的建筑物不是还需要人照应吗？’”然而，明天，“浓烟罩满了占有400顷土地的学校周围，弥漫的黑烟中，时可看到无数的火舌，像是刑场上被殉难的人，悲愤的怒气图谋着它最后的挣扎。”“完了，南大！”

我无法知道，当年柯灵在编辑这样的稿件时，是怀着一种什么样的心潮，但我感到骄傲庆幸，这对一个报人该是一种怎样的磨炼，由此可以为一个报人立下百死无悔的意志，办报就要这样办，把身家性命交给报纸。

在大批当时已经知名、成熟的作家为《世纪风》撰写稿件的同时，柯灵对新进作者采取了十分热情的态度，从来稿中发掘一批青年作者。柯灵没有势利眼，也不抱任何成见，只要文章写得好，不管是青年学生还是群众作者，他都像对老作家一样热情。他总乐意接近，也常常登门拜访，还经常约他们在法国公园（即今复兴公园）附近的锦江茶室聚会。他和他们也交上了朋友，许多青年通过对柯灵主编的《世纪风》、《浅草》、《草原》、《万象》投稿，得到柯灵的鼓励，从此走上文学创作的

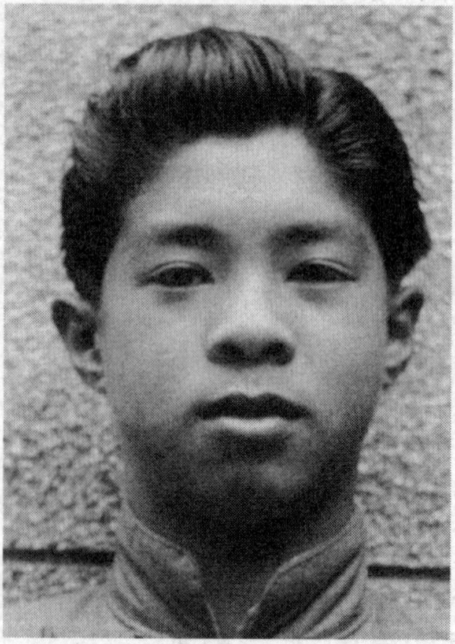

何 为

道路，几十年来迈步前行，成为有影响的著名作家的就有黄秋耘、何为、刘以鬯、董鼎山、徐开垒、黄裳、沈寂等。柯灵可以自豪地说："我对不相识者的投稿，同样重视，凡是来稿，我绝不漏看一篇，只要文章站得住，不管有名无名，一定有机会发表。"柯灵说："近年来常说我培养了许多青年作家，这不是事实，但我给了不少无名的青年作家以成名的机会和条件，却是真的。"

尽管柯灵否认自己培养过什么青年作家，但是好些青年作家却说，他们得到过柯灵的栽培。著名的美籍华裔作家董鼎山在上海举行的一次"孤岛"文学讨论会上说："柯灵麾下有众多小将。我在上海复旦附中念书的时候，不断在柯灵所编的刊物上投稿，笔名坚卫。我的第一篇文章《铃声》，就是在他编的《浅草》上发表的。柯灵是我创作上的第一位尊师。我与柯灵初次相遇是在赴苏州旅游的火车途中，老报人陆小洛给我介绍的时候，我的那副敬畏的神态，引起两位长者发笑。其实当时我和柯灵已因稿件关系通过信，后来柯灵提携我为'特约作者'，约我为《草原》周年特刊写一篇散文，文章排成铅字，名字用我原来署名的笔迹影印，我认为这是作家的最大光荣，可是《草原》突然停刊了，那是我最沮丧的时候。"

散文家何为也说："我的文字生涯是从《世纪风》开始的。我们靠投稿起家，柯灵主编的那些文学副刊是我们的文学摇篮。"何为第一次投给《世纪风》的是关于史沫特莱的稿件。他先给编者写了一封信，以后又通电话，约时会晤。"记得是在一个寒冬夕暮，第一次进入戒备森严的《文汇报》馆，穿过铁丝网盘绕的厚实铁栅门，盘旋上楼，第一次同我所敬佩的《世纪风》编者柯灵同志见面，匆匆谈了一会有关稿件的事

1947年徐开垒在湖畔沉思

宜，文章不久就见报了。”何为在《从〈浅草〉到〈草原〉》一文中写道：“柯灵编《浅草》，我应邀写了一组连续性散文《静悄悄的青弋江》，以后又有一篇分五天刊出的短篇小说《旅伴》，以及若干零星篇什，都是一些稚嫩的习作，有幸得到耕耘者的栽培，涉足《浅草》，对初学写作者，当然是很兴奋的。我们青年时代的伙伴们，至今仍从事笔耕生涯的，偶或重逢话旧，感到年轻作者与年长编者之间的文字因缘有时竟长达数十年，由此建立的友谊，终其一生而不衰，这种忘年之交实在是很值得珍惜的。”

何为写的《史沫特莱同志》刊载在1939年2月16日的《世纪风》上。全文4 500余字，分两天刊完，柯灵还加了“编者按”：“中国的友人史沫特莱女士，最近正在新四军驻地的皖南战线工作着，这一篇是作者在皖南访问的记录。”同时还加了一个“皖南通讯”的题花。

散文作家徐开垒，在他的一篇回忆中讲了他是如何从给《文汇报》投稿到成为《文汇报》副刊主编的过程，他写道：“我与《文汇报》的关

黄 裳

系，原一个人也不认识，我向它的副刊投稿，完全是一个读者因为报社的坚持抗日主张，很符合我们这些从沦陷区逃出来的人民的愿望，就情不自禁的拿起笔，写出一篇短文《阴天》和一首诗《告八哥》，在当年6月和7月，冒着危险到报社门口，从四周都是铁丝网的窗口里，将这两篇稿件递进去，终于很快在《世纪风》和《灯塔》两个副刊上登了出来。从这个时候起，我就成为《文汇报》的长期读者和作者，甚至第二年《文汇报》出版晚刊，我也为它的副刊写稿。我是经过长期投稿，才很自然地逐渐认识副刊编辑柯灵先生的。我们是从文字之交开始，而不是在热闹的交际场所结识的。说实在，我这个人是真正从群众中来，从读者中来，我有时想，我当编辑，对群众来稿如果不重视，那真是忘本了。”徐开垒又说：“柯灵编副刊，既约请大批著名作家写稿，又认真审阅从外面投来的群众稿件。他从不曾忘记过他自己年轻时刚从绍兴来上海，夏衍同志对他的引导。在上海从事地下文委工作的王元化，当时也还十分年轻，他的第一篇文章，也是《文汇报》副刊替他发表的。现在广州工作的作家黄秋耘，在他的回忆录《风雨年华》中，也说他在抗战时期最困苦环境中，由于柯灵主编的《世纪风》发表了他的一篇作品，他才决心走上革命道路。”

可以称得上《文汇报》的台柱记者、杂文家黄裳的文学生涯，也是从向柯灵主编的《世纪风》投稿开始的，他在《记者生涯》一文中写道：“我当了一名记者，并几乎以此为终生职业，说起来全然是一种偶然的事。我在学校里读的并不是新闻专业，所有的一点常识都是从阅读报刊、杂志中得来的。(20世纪)30年代末期，开始试写散文，向报刊投稿。那时上海已沦为‘孤岛’，几家挂着洋商招牌的报纸坚持着抗日立场，在艰苦的环境中奋斗，给还是一个中学生的我以极大影响与激励。报纸都有副刊，刊登一些散文随笔，是投稿的好去处。我最初出手的幼稚习作就是在《文汇报》的《世纪风》上发表的。编者是柯灵，这可以说是我走上文坛并与报纸发生关系的开始。”

1939年1月25日，是《文汇报》诞生一周年纪念的日子，柯灵以《世纪风》编者的名义写了《我们这一年》。这是很重要的文章，摘录于后：

到今天为止，《文汇报》出版恰好一年；这小小的副刊也过满周岁了。（诞生时它叫做《文会》，《世纪风》这命名是从去年2月10日开始的。）自然这不是值得纪念的事。一张新闻纸对于社会和读者服务是它的本分，纵或这一年来它有了若干成绩，也不能算是什么“贡献”。可是在这“孤岛”上，在这时代里，一年的时间也许不能算少。譬如在荒径中赶路，跑过一个段落，回头看看那乱石嶙峋的光景，自然也有一种欢喜。我们谨慎地工作了一年，我们得放下红墨水笔和剪刀，想一想那工作的得失。尤其是，例如《世纪风》，编者得趁这机会，向爱护扶植着这片园地的读者与作者，陈诉我们衷心的谢意，并且说出我们今后的卑微的愿望。

去年这时候的上海，亲爱的读者，你们想必还记得那是怎样的情景。华军撤退以后，“孤岛”这不祥的名字开始落在这都市的头上了。抗战一开始，上海的文艺界本来就变了个样；这时候留在上海的作家，就差不多都带着悲愤的心境离开了它，多数报纸和期刊，都因为保持一点清白，自动停止出版。在文化界这种近乎坚壁清野的情形底下，留在这里的是一片空前的荒凉。

在这种情形底下，《文汇报》出版——这小刊物诞生了。编者只是一个文艺学徒，这工作使我感到兴奋，同时也感到沉重。兴奋使我忘记自己的浅陋，而沉重的压力却常常使我觉得应付的困难。每天生活在拉稿、看稿里面。每隔一个时期，重翻出已往的报纸来看，照例是一回翻读一回脸红。如今居然转眼就是一年了,再从头到尾检阅一下,比较可以自慰的只有一点：成绩不好,可是它多少在进步着,从芜杂走向纯粹,从粗浅走向深厚,它总算已经是一个纯文学副刊，替荒凉的上海文艺界点缀了一花一草。——这原因,却完全是因为帮忙的作者多了起来的缘故。

首先编者得谢谢几位前辈的作家，他们无论从文稿上精神上都给了我们热心的帮助。王统照先生是出力最多的一位,有一个时期差不多就是他大力支持着。郑振铎先生替我们创办了书评周刊。(遗憾的是因为种种原因,使这周刊不能够长命。)李健吾先生从他埋头翻译福楼拜全集的工作中，也不忘记常常替这小刊物写稿。王任叔和阿英先生,也是帮忙最多的。此外如风子、梅雨、陈望道、傅东华、赵景深、周木斋、周楞伽、文载道(金性尧)、武桂芳(金性尧的太太,当时有“文先生”、“武夫人”之称)、杨刚、白曙、石灵、周黎庵(周劭)、徐纡、陶亢德、林徽音、孔另境、宗珏、林淡秋、张菽、戴平万、白芒、陈伯吹、许幸之、关露、朱雯、罗洪、林珏、钟望阳、陈骏、镜未迅、野吟诸先生,有的曾给予扶植,有的一直是《世纪风》的最亲密的朋友。芦焚先生的《马兰》是上海抗战以后第一次送出的长篇;陈西禾、陆蠡诸先生,他们轻易不大动笔,有所写作却总把介绍读者的光荣交给我们。因为这些作家的热心,《世纪风》才得以有今日这样小小场面。

更值得提出的是,由于这刊物的关系,编者幸运地认识了许多新的作者,如江渐离、沙狄、朱寒修、许沐、王军、宛宛(黄裳)、祝敌、丁谛、珂利、列车、钱今昔、海岑、司徒宗、许常、吴子桢等诸先生,《世纪风》也一样受着他们多量的爱护。倘使说,《世纪风》在这一年来还不缺乏些许成绩,那么这功绩都是作者的!

因为《文汇报》的周年纪念,我们征求了几位作家一些结算和回忆的文字。(关于过去一年文化各部门的系统的评述,在《文汇年刊》里已经用很大的篇幅收罗着,所以我们不再重复了。)这里有关于诗歌、戏剧、电影、歌咏、语文、教育等各方面的,也有关于妇女、儿童生活的,还有的是作家个人一年来流离生活的记载,从今天起将逐日发刊。谢谢这几位作家,使我们在周岁中对读者献出这么丰厚的一份礼物!

本刊是大众的,我们希望每一个人都能在这里倾吐他的心声,说一切被压迫者要说的话。让我们更紧密地携起手来!

女记者杨刚

这是发自编者内心的呼唤,不是官样文章,更不是在“一种概念”的框子里,这也正是《世纪风》根深叶茂之所在吧。

1939年1月2日《世纪风》发表宗珏(卢豫东)的《孤岛文学的轻骑——一年来上海创作活动回顾》,说:“在这个时期斗争中,杂文当了前哨”;新的散文“以饱和了血泪的申诉”出现;至于诗歌,是“像灵魂的呼号和呐喊”;而报告文学“暴露着丑恶的现实”。

1月3日又发表了《大公报》女记者杨刚写的《岁》,她用优美的文笔写道:

可以说过去一年中,上海的写作是在重生的发轫中。随了军队的撤队,战争向全国铺开,大部分的写作者面向了内地和战场,上海在去年腊尽时节起始尝到了十几年以来没有的萧条。“沦亡”“孤岛”这些可怜的字眼织成了一串的凄清,贯穿在上海寒湿的空气里,那时候,哪个执笔人愿意留在上海?哪个不因火热的眼光遥望着绚烂的内地的光焰？为了支持上海的不死亡，为了安慰自己的寂寞，上海人歌出了他们的离骚，而“离骚”又短命了。

一年下来到了现在，想不到上海居然又成了一点小小气候，正如抗战的步步坚定一样，上海在包围、隔绝中的文声，一天天大，一天天有了调子，和这个国家的声气和谐着，从转载内地的战地报告，上海出生了自己的写实，虽然量是太少，质也不太齐；从转载成名作家的言论，上海培养了自己新的执笔人，在锐气和感情上都不坏；从千篇一律的政治牢骚，上海有了嬉笑怒骂，活活泼泼的讽刺讥嘲，虽然调格还不够明朗精壮，锋芒也还说不上熠耀和锐利。并且，一般地说，上海又是已经从叹气悲怨无聊，恢复了以生之欢喜为动力以抗战为中心基调的辩诘责难。谩骂和意气本不能免，而结晶于《世纪风》上所发表应服群等几十个人关于“鲁迅风”的意见。那篇篇文章应该看为上海写作界本年最有斤两的收获。并且它的眼睛不只是看着过去，光辉的前途也没曾被它忽略。在敌人的隔离、包围、打击、收买、破坏之下，踞稳了这块敌人的中心后方根据地而显出了自己重生新力的上海写作者们是和曦光一样的上升了。

……

就种类讲，我们有很多小论文、杂感、小辩论，说古论今。作者们喜欢把他们的笔拿得松活，让思想的风流作自然引线提起那只笔来转动。好处是可以随意成波，动触机锋，坏处则远离生活智识，思绪飘于水面，不能缘之到底。搜集人生的锦绣褴褛，编排缝织成为小说故事报告的东西，看见的还很少很少，看去俨然仿佛上海的执笔人们大都是生活在水面上而不是在人群里，然而事实上上海的困苦悲愁，高昂激厉，英雄与走卒，崇高与下流正是肩并肩地在上海斗争的大流里面游动着呢。血的战场不远，外交坛坫不远，烟窟赌坑就在周围，黄金市场正在发寒热，机巧变作，金钱酒肉正在各以其分为卑怯残酷的自私所役使，又为忠勇光辉的生命斗争尽其最智慧的劳役，凡此，以及凡此以外的一切，上海的执笔该用自己的血与肉去体会了。

活跃在《世纪风》周围的文化人，或呐喊，或歌颂，或以匕首投枪式的杂文刺向丑类，实现以文章救国的愿望，他们还把温暖的手伸向积贫积弱的青年学子，在大上海开展了“文艺工作者义卖周”活动。在“义卖周”期间，所有在该刊发表稿件的稿费，全部捐献给国家，用来支援抗日战争。

1938年的九一八，在上海人民响应全国关于捐募寒衣慰劳抗战将士的热潮中，《世纪风》曾经刊出“文艺工作者十二人联合献金小启”。由梅雨（梅益）、屈轶（王任叔）、应服群（林淡秋）、赵景深、将离（唐弢）、柯灵等12人共同署名的这一启事，提出从当月起，每月从写作所获生活费中，献出一部分，用来支持抗战，以体现“有钱出钱，有力出力”的原则，直到最后胜利。这是后来举办“义卖周”的前奏。

这年的冬天，重庆《新华日报》提倡举行文章义卖献金活动，在重庆、桂林和香港等地得到热烈响应。《新华日报》的这一倡议，辗转传到上海，《世纪风》编者受到激励，于1939年4月中，发函上海有影响的作家，提出由《世纪风》举办“文艺工作者义卖周”的建议，吁请他们惠寄稿件，在这个副刊发表，并将稿费捐助抗战。4月24日，“义卖周”开始了。首先参加这一活动的，是鲁迅夫人许广平，她抱病用景宋笔名写了散文《输将》，作为“义卖周”的首篇文章。她还热情来信，表示支持这一活动，还将她近日节省下来的菜金10元，也当作入费捐献。在“义卖周”的第一天，还发表了李同愈的《汗颜小札》，白曙、石灵、锡金、关露合写的新诗《义卖运动——向全上海市民号召》，马戈的漫画《黄海的魔礁》。编者在《关于“文艺工作者义卖周”》这篇短文中，阐明了举办“义卖周"的意义，提出："从今天起，凡在'义卖周'中所发表的文字与图画，都是由作者义卖，将稿费献金的。编者在这里向一切作者和读者请求，希望大家热烈赞助，拿你们的大作来参加这文艺界的义卖运动。"

这是一次声势浩大的活动，所有在上海的进步作家，几乎都来稿响应。"义卖周"所刊作品，包括了多种形式，无论文章或绘画，质和量都相当高。作家巴金那时正好重临上海，他也执笔写了《八月十六夜在广州》和《卢骚与罗伯斯比尔》两篇散文，参加"义卖"。前一篇文章，写那天晚上广州人民群众唱着《义勇军进行曲》，为祖国献金的热烈场面。由于作者们热烈响应，来稿众多，"义卖周"从4月24日开始，到月底不能结束，又从5月1日起，开始了第二周及以后的第三周、第四周。终因《文汇报》被迫于5月18日停刊，"义卖周"也不得不终止。从开始到终止，总共刊出了70多篇文章和10多幅画，无论在政治上或文艺工作上，都起了积极的作用。

在《世纪风》的"文艺工作者义卖周"进行之际，上海约有10家挂洋商招牌的华文报纸——大型的和小型的、日报或晚报的副刊，也先后开展了这种以稿费作救国献金的活动，形成团结一致、波澜壮阔的浪潮，为"孤岛"文化史写下光辉的一页。

9 / 关于“鲁迅风”的论战：左派作家的内讧

虽然报纸的封尘、霉味及螨虫令我的呼吸道痉挛，但我还是不停地翻着报纸，注视着名家一篇篇杂文。

读1938年8月柯灵聘请著名杂文家王任叔主编的副刊《世纪风》时，细心地体味那场有关“鲁迅风”的论战。

王任叔是一位最敬仰鲁迅又深受鲁迅思想影响的作家，他的杂文或多或少都有着鲁迅的风格。10月19日鲁迅逝世两周年纪念日，他以编者名义写了一篇《超越鲁迅》的文章，表示要学习鲁迅精神。他本来还打算再写几篇。可是《译报》副刊《大家谈》发表了《守成与发展》一文，文中提到：“假如鲁迅不死，他是不是依旧写着这样的杂文，还是跟着抗战的进展而开拓了新的路？”作者认为，“鲁迅决不会像过去禁令森严时期所写的那样迂回曲折，情绪上也将充满着胜利的喜悦。”文中还对鲁迅风的作家进行批评与指责。文章说：“鲁迅风的杂感，现在真是风行一时，鲁迅有《门外文谈》，于是就有人写《扪虱谈》；鲁迅有《无花的蔷薇》，就有人‘抽抽乙乙’地作‘碎感’；鲁迅有‘怒向刀丛觅小诗’苍凉悲壮诗文，诸多鲁迅式的杂感便染了六朝的悲凉气概。”作者鹰隼，此人正是《大家谈》的主编阿英。阿英认为鲁迅杂文的这种风格，是过去时代的产物，现在处于民族抗日统一战线时代，一定要超越鲁迅，不要讽刺；要深入浅出的，不要隐约晦涩。他批评鲁迅风杂文作家“只会守成，不求发展；只要摹仿，忘却创造”，措词激烈，带着浓浓的火药味。

文章所点的《扪虱谈》及“抽抽乙乙”地作“碎感”都是王任叔的作品。王任叔读了此文，顿然感到同一个阵营里的阿英在背后“捅刀子”，愤然握笔写了一篇《有人，在这里》，针对阿英文章中一再“有人说”、“有人说”，对阿英进行还击。于是不该发生的“鲁迅风”的论争发生了。

想想也不奇怪，左派作家的胚子里就以派系斗争见长，本来就有两个口号、两派作家的争论，这一次只不过是内部斗争在这件小事上的公开化罢了。

这本来和《文汇报》副刊《世纪风》没有干系，但柯灵《世纪风》的许多作者，都是“鲁迅风”的崇拜者。因此阿英的文章虽然是针对王任叔的，实际上把这一批作者也都扫了进去。作为鲁迅的崇拜者唐弢就立即写还击的文章《帮手与帮口》，文载道他们也积极准备应战。那天，他们到《文汇报》来，与柯灵商量对策，正在谈论的时候，王任叔走了进来。此时的王任叔是一头乱发，一套蹩脚西装，不修边幅，落拓不羁，一口奉化官话告诉大家，阿英的文章把他的饭碗也给砸了，因为《申报》老板不满意他把《自由谈》办成争论的战场，而王任叔又不甘屈服，坚持自己的做法，结果就只能请他另行高就了。他来的目的，就是请柯灵帮他在《文汇报》上刊登一则启事。柯灵当然义不容辞。第二天便在《文汇报》上读到王任叔的启事：“求自由而不得，卷铺盖以逍遥。”王任叔的铁汉子形象跃然纸上。就是这在抗日战争时期充满战斗性的作者，为《文汇报》副刊出力献策的王任叔，到1957年，姚文元却利用《文汇报》副刊《笔会》这块宝地，向他亮起了极左的金棍，打得他无还手之力。

虽然王任叔和阿英都是柯灵的朋友，柯灵本可以作一些调和息战。但他又感到阿英的文章不是针对一个人的，而是对鲁迅杂文评价的问题，是对鲁迅精神的态度问题，作为鲁迅崇仰者的柯灵，也就当然要站在王任叔一边。这场争论的主战场便转移到《世纪风》上来，刊登了许多反击文章。阿英这一派作家，都认为自己掌握真理，更是积极应战，而且越来越充满火药味。他们直截了当把柯灵、王任叔及《世纪风》的一批杂文作家唐弢、周木斋、周黎庵、文载道等一律称为“鲁迅风作家”加以讽刺，而王任叔、柯灵则感到自豪。对此，王任叔的回答是：“我们选定了‘鲁迅风’杂感。”柯灵的回答则是：“我们披肝沥胆，感谢鲁迅先生的启示。”为了进一步表白自己的态度，这几位作家还自掏腰包办了一本杂文专刊，而且直接把《鲁迅风》定为刊物名字。同时，柯灵也为《文汇报》文艺丛书编了两本杂文集《边鼓集》和《横眉集》，选的就是包括自己在内的6位被称为“鲁迅风作家”的杂文作品。

这场争论持续了一个多月，社会影响很大，意见重重复复，两边的话都讲得差不多了，最后终于有人站出来说话了。孙冶方，化名为孙洲，以文化战线上一分子的身份发表意见。他认为在反对“鲁迅风”杂文的现象中，“至少客观上是带有抹煞或低估鲁迅先生杂文价值的意义”。而鲁迅的杂文“是我们最伟大的革命文学家的文学遗产中重要部分之一。”孙冶方是经济学家，他当时是上海地下党的文委书记，阿英和王任叔都是地下党员，既然党的领导讲话了，他们虽然还坚持自己的意见，但也不能不听，各自鸣金收兵。最后由《译报》出面，召集两方作家及各主要文艺报刊编辑三十来人，就鲁迅问题举行了一个座谈会，作几点结论，除了停止论争，最重要的是统一对鲁迅及其作品的认识：鲁迅是伟大的，鲁迅杂文的幽默讽刺风格，不仅在过去，就是在现在、将来，只要社会革命继续存在，仍有伟大的价值，无论“鲁迅风”或者非“鲁迅风”的杂文，都有存在价值。“鲁迅风”的战火熄灭了，而柯灵却成了出气筒，另一派对柯灵的作品百般挑剔，千般攻击。柯灵也自认活该倒霉，谁叫你在《文汇报》上提供主战场呢？

解铃还需系铃人。1938年12月28日，《世纪风》刊登了应服群等37人联合署名的文章《我们对于“鲁迅风”杂文问题的意见》(《意见》是在中共地下文委领导下座谈讨论后写成的)。文章内容是说反日反汉奸是当前首要任务，不要因为“鲁迅风”问题的争论，影响了这个主要任务。因此通过这次座谈会，停止以后关于“鲁迅风”问题的继续争论。我细数在这篇文章后面署名的作家，他们是：应服群(林淡秋)、孔另境、黄峰、关露、钱堃、司徒宗、石灵、陈骏、文载道(金性尧说：我的“文载道”笔名，最初就是发表于《文汇报》上记录斯诺讲话时使用的)、周黎

我們對於魯迅風雜文問題的意見

一 一個主張

在文藝的領域裏，雖然有各種不同的派別或主張，但對於反日反漢奸這一任務，我們的意見是一致的。因爲這意見的相同，可以避免許多無謂的爭論，不必要的「磨擦」，而緊緊地携着手，把筆尖向着共同的敵人。

當然，我們不能否認理論鬥爭的意義，眞正的理論鬥爭，是能加强我們的作戰力量的。如果同一文藝陣線上的戰友犯了錯誤，是必須指出而加以糾正，但應該具有兄弟般的友愛精神，以眞摯坦白的態度來討論來說服；否則完全失却理論鬥爭的眞義，而且流弊所及，一定會紛亂了自己的隊伍，給敵人以良機，這是誰都明白的事。

因此，我們主張立刻停止最近在報紙副刊上關於「魯迅風」問題的爭論。因爲這爭論一開始就伏下許多流弊的根蒂，這爭論發展到後來，參加論爭者離開了理論的原則，忘記了共同的立場，變成個人的「意氣用事」了。這樣的爭論，有害無益，應該避免。我們相信，這個主張一定會得到廣大的作者和讀者的完全同意的。

二 關於「魯迅風」的雜文

對於「魯迅風」的雜文諸問題，我們有如下的意見，正確或否，還希望讀者們給以嚴正的批評或修改，我們是非常誠懇地接受一切正確的意見的。

魯迅是偉大的，魯迅的風格是多樣性的。依着不同的內容與不同的環境，魯迅創造了不同的文學風格。他的雜文，或曲折幽默，或明快潑辣，有理論也有感情，似銳利的匕首，命中地刺在阻礙民族國家社會進步的一切敵人的胸膛裏，完成了最偉大的社會作用。正因爲他的曲折幽默與明快潑辣的二種不同的風格，使"的雜文更有戰鬥的力量，更明顯地表現出牠的革命性，積極性。

魯迅是偉大的，我們應該學習魯迅，但主要的是，應該學他那種戰鬥的不屈不撓的精神。魯迅的思想，是跟時代環境的發展而進步的，所以我們一定要從世界文化思想革命史上來研究他，學習他的面對着現實，不斷地向黑暗勢力作戰的奮鬥精神，才能把握到眞正的魯迅。如果只捧住魯迅的全部著作，而忘記了時代環境，不只是學不到魯迅，而且有害。

我們相信：魯迅的雜文的幽默諷刺風格，在現在，甚至於將來，只要社會的革命鬥爭繼續存在，仍然有偉大的價值。在抗戰的現階段中，如果我們眞有魯迅的幽默諷刺風格，來揭發敵人或漢奸的陰謀醜態，或打擊那些對抗戰幻滅動搖的份子，都是有益的，正確的。而「魯迅風」的雜文，與其錯誤地指摘「魯迅風」的不合時宜，毋寧正確地批判其內容的充實或否，好或壞，較爲合理。魯迅雜文的

1938年12月28日刊登有关鲁迅风杂文问题的意见

庵、钟望阳、柯灵、辨微（周木斋）、蓝烟、丁三、林珏、萧岱、舒岱、江渐离、列车、华铃、洛蚀文（王元化）、蒋天佐、拓荒、叶蒂、栖桦、岳昭、鹰隼（阿英）、郭源新（郑振铎）、白曙、齐明、唐弢、美懿（梅益）、巴人（王任叔）、叶富根（于伶）、莫思、宗珏（卢豫冬）。

这场争论中令我感到“假如鲁迅不死”这句颇为刺目的话，有着颇为深刻的意义，它似乎一直在牵扯着文化人的神经中枢，一有机会就会冒出这样的疑问来。“鲁迅风”争论30年后的1957年，因为鸣放，许多知识分子落马。据说，当时翻译家罗稷南曾提出这么一个问题：“要是鲁迅今天活着，他会怎样？”答曰：“要么关在牢里继续写他的，要么一句话也不说。”一个是说“假如鲁迅不死”，一个是问“要是鲁迅今天还活着”，意思都是一样的。1957年的一问一答，一直被淹没在历史封尘中。又是半个世纪过去了，鲁迅的儿子周海婴写了一本《鲁迅与我七

十年》(读者批评此书名不通)的书,才把这一对答透露出来。结果引起轩然大波,引起争论,有人对这一问一答的真实性提出质疑,一方说有此事,而且有当时在场听到此对话的电影演员黄宗英撰文作证。陈明远把这场争论编成《假如鲁迅活着》这样一本书,恰巧又由出版家萧关鸿任总编辑的文汇出版社出版。《文汇报》与鲁迅就是有着这样的不解之缘。

在抗战期间,文人的心态是复杂的,这从发生在《世纪风》上一个小小的波澜可以看出来。叶圣陶避寇重庆,生活比较安定之后,写了一首诗给在上海的老朋友王伯祥,诗的原题为《题伯祥书巢》,后来王伯祥把诗中和自己有关的字句删去,把题改为《不惜令随焦土焦》,寄给柯灵在副刊《世纪风》上发表。原诗为:

五千里外不寂寥,好音时时堕云霄。(以下为删去的12句:伯祥孤岛意仍豪,语我陈书欣有巢,分别部居引朋曹,整治逮夕示觉劳,曲斋旧观复今朝,坐拥奚啻南面骄。遥想拂拭日数遭,长帚秃尽雄鸡毛,酒贵未容醉酕醄,犹搜俭囊饮三蕉,酡颜展卷读中宵,神与古会百虑消。)念我书兴损翁饶,堆书懒读欲自嘲。客秋避寇别皋桥,行箧惟携一卷陶。架书掉头一旦抛,不惜令随焦土焦!今来渝州课群髦,看书乏味如啜糟。心驰苏鲁豫晋交,举首蜀山森然高。小倦偃卧任市嚣,乱插瓦瓶芍药娇,摘鲜饱啖红樱桃,晚来犹复斟越醪,闻说春回期匪遥,会见贼势逐退潮。届时狂喜料难描,应效杜老发长谣。大江水流没百篙,楼船东去如轻舠,巴峡巫峡疾于飙,便下吴郊向沪郊。过翁书巢不待招,见面握手牢复牢,剧谈痛饮笑呼号,翁乎此乐券可操。

此诗发表时,柯灵写了一条"附注",说:"叶绍钧先生自去年九、十月间,由苏州避寇迁居,由杭、绍去汉口,复往重庆,老弱相随,备受流

左图 丰子恺广西行漫画
右图 丰子恺贵州行漫画

离之苦。现在渝城某校教课，生活较为安定。右刊诗系先生近作，录寄他在上海的友人某君的，虽是旧体诗，而语重心长，使人感奋。这一年来叶先生的作品很少，偶有所作，尤觉珍贵。特录以副刊，以飨读者。”

接着在《世纪风》的“战乱中作家音讯”小专栏中发表了丰子恺从桂林来信，信中有云：“途中唯去冬备受风霜之苦，萍乡以后皆旅行，非逃难也。”又说：“桂林风水甲天下，环城风景绝胜，为战争所迫，得率全家遨游名山大川，亦可谓因祸得福。”

叶的诗和丰的信的发表，遭到上海作家的攻击，有一位文学家在《华美晨报》的《闲话今日》上对诗和信断章取义发了一通高论。为此，柯灵写了一篇《拭去的无味的唾沫》进行反批评，文章说：“别人的故乡沦陷了，家也毁了，不甘于奴隶的命运，老老小小一串，流离颠沛，历尽风霜，这才千里迢迢地逃到重庆或桂林；喘息刚定，写一首诗寄给朋友，不料一登出来，上海的‘文学家’就‘痰迷诗’呀，‘头昏做梦’呀，申申而詈了：'你的诗里说你吃过樱桃，喝过老酒，你饱啖红樱桃之下，也闻到千万同胞的血腥气吗？你可灌饱了黄汤，可曾做过梦来？'通个报告行踪的音讯，'文学家'又咬牙切齿地大骂：'阿弥陀佛，你怎么毫无血气，说'战争所迫，得率全家遨游名山大川，亦可谓因祸得福'？这是此路不通的游玩主义！'"文章又说："而他自己，就这么安住在沦陷了的上海的租界里发着议论。""我们的'文学家'，这一年来没有吃过一些水果、上过一次酒楼吗？吃一点樱桃，怎么就忘记了'千万同胞的血腥气'？逃难时看一看风景，怎么就是'游玩主义'？怎么渴望胜利就是'光明的尾巴'？重庆桂林是后方，上海的租界倒算是前线吗？——我们的'文学家'所缺少的，偏又是一面镜子！""在租界的荫庇下，漠然地欣赏着别人的苦痛与灾难，还要加以扭曲，肆以轻薄，仿佛自己是'中立国'的人，超然物外，连上海的邮政局里驻扎着日本检查员，外边来信倘使随便说话，一经查出，就会连累收信人的情形也不知道。议论固然高超，却也不近人情透了。"

这就是当时上海滩一些文人的一种奇怪的心理状态。他们安于"孤岛"生活，摇摇摆摆，活得极其得意，连自己当时的狼狈、眼前的命运忘得一干二净。但一面又偏激昂，趁风凉，发言论，怪"孤岛"以外的人们爱国不够积极。

几十年过去了，到1986年，主持这场辩论的柯灵谈起这件往事时，他说："这是同一营垒的内部冲突，夹杂着很深的意气，但主要争执点不过如此。论争很快结束了，又蔓延为一场不同派别之间的混战。现在翻阅一下当时反对派的文字，除了增长见识，知道过去有些所谓争论是怎么回事以外，很难说还有什么更多的意义。"柯灵又说：这场争论的"论辩双方，完全站在平等的地位，是真正有来有往的对垒"，"这重公案证明，真正自由辩论是多么重要。"从这个意义上来说，《文汇报》开展的"鲁迅风"的争论，为我们留下了一笔宝贵的财富。

10 / 周作人落水前后

抗日烽火的燃起，知识分子都面临着一个选择。仅从《世纪风》上就可以看出知名的文化界人士以笔作枪，投入战斗，即使像胡适那样的学者也走出书斋，出任国民党政府驻美国大使，游说美国政府支持中国抗战。1938年，他在驻美大使的任上，在华盛顿与代表政府去美磋商贷款的陈光甫相遇，送给陈光甫一张照片，并题了一首六言诗：

胡适在实证思想家杜威的画像前

> 偶有几茎白发，心情微近中年。
> 做了过河卒子，只能拼命向前。

在国家民族困难的时刻，他出任大使，只能以国家民族为重，拼命向前。不可否认，他这首诗也有向蒋介石表白心态的意思，而蒋现在还在主张抗战，是国家的领袖。陈光甫是何许人也？大银行家，上海银行的创办人，与孔祥熙家族结缘，深得美国信任。此时正是代表蒋介石与美国政府谈判向中国贷款的问题。胡适写照片上的六言诗，陈光甫自然把这一信息传送到蒋介石那里的。

郭沫若冒死逃离日本，回国参加抗日救亡工作，《文汇报》表现出热烈的欢迎。《世纪风》译载了安娜夫人写的《我的丈夫郭沫若》，发表了郭沫若的旧体诗，柯灵以东浮的笔名，写了《慰问郭沫若夫人》，表示了对郭沫若及其夫人的敬意。

但身居北京的被誉为文化界泰斗的周作人，对新文化运动及文学都有着杰出贡献，而在这时选择了变节投敌的道路。这在重气节的中国知识分子中引起了极大震动。《世纪风》用了较多的篇幅，进行报道和声讨。1938年5月16日，《世纪风》破例用新闻方式，报道了周作人的落水，标题是《武汉文化界声讨周作人》，说：5月6日汉口《扫荡报》，载有武汉文化界抗敌协会通电全国文化界，声讨留处北平的作家周作人，原电节录如下："……最近大阪'每日新闻'，内载所谓'更生中国文化建设座谈会'，内容纪倭寇对民族施行'精神奴化'之一幕丑剧，参加此剧之其他汉奸，原不足责，所可异者，素以新文化权威著称之周作人及钱稻荪，……不惜葬送过去之清名，公然附和倭寇，出卖人格，照片赫然，言论俱在，当非枉诬，诚我文化界之耻辱、亦国民中之败类也……"与此同时，柯灵又写了杂文《促驾》，劝周束装南下，说："'照片赫然，言论俱在，'这消息大约不是捕风捉影之谈罢。然而我们也还记得《宇宙风》上的周先生的通信，在那里，他还自比为啮雪海上的苏武，叫我们莫把留北诸人当作李陵看待。更不易忘却的，是五四以来周先生在文化运动上所缔造的业绩，以及近几年来不问政治的苦茶老人的'清名'！

"累于生活，被遗留在孤鼠当道的世界，瓜田李下，召来不洁之嫌，也是很可能的罢。这在留驻'孤岛'的我们，当尤有深切的同感。北平隔得太远，而且烽烟遍地，交通阻滞，底细实在也不容易知道，不过对周作人先生，我是恳切地希望传闻的无稽的。因为'背叛民族'一类的污辞，一经沾染，就要终身负累；无论如何，我还不愿意贸然加之于周先生这样的作家头上。但洗刷之道,还在自己。明白的态度,坚决的行动,我们迫切期待着。——记得有许多周先生的友人,曾劝他束装南下,这里我想也来乘机促驾一次。

"不然,几十年心血,大半生事业,却由自己来轻轻一笔,兜底勾销,因此自陷于万劫不复之境,这是多么惨酷可怕的毁灭!"

30多年后的那个"史无前例"的岁月,这篇文章成了柯灵的罪名,批判他同情汉奸周作人。

对周作人的落水,知识分子的心情是很矛盾的,既痛恨又惋惜,《文汇报》也是同样心情。所以在5月19日发表两篇有关周作人的文章,编者在文末加了一段题为《尾巴》的"赘语",说已经发表的几篇文章,"有一共同点,就是痛惜于周氏的过去的业绩,因而希望他的附逆不至于是事实。这样的看法,也许读者会觉得太'厚道',但决不是'开脱',也并非对于这位'权威学者'的'盲目崇拜'。因为事实是不能抹的,而且不久也就会明明白白。对于一切无耻的汉奸和叛逆,我们只有决绝地加以声讨与唾弃!"

以后《世纪风》又发表了许多有关周作人的文章,多是带着惋惜、同情,给他一点宽恕,给他留一个不做汉奸的余地。如5月2日《世纪风》发表的关铭的《周作人与范爱农》一文,就很有代表性。文章说:"自从北平沦陷后,周先生除却几封通讯外,便不再有文章和世人见面(间有刊在《宇宙风》的自传一篇。那也不是战后所作。)而这篇《关于范爱农》,却是北平失陷六个月后二十七年二月二十三日写的,要知道周先生的最近思想,在这篇文章里或许会看到一点点,虽然这一点点是并不会觉得少的,因为在日方邮政检查的铁爪下,要寄得出一篇有明显意义的文章,是不可能的事。""关于范爱农的名字,凡读过鲁迅先生著作的人,大概不会生疏;他是一个愤世嫉俗到处碰壁的人,结果是跳在菱荡中自沉而死,当时鲁迅先生在广州,作悼诗三章,在《民兴报》上发表。""鲁迅先生的诗,是由作人先生转给《民兴报》的,因之后面也附了他的一首五古：'天下无独行，举世成委靡。皓皓范夫子，生此寂寞时。傲骨遭俗忌，屡见蝼蚁欺。坎壈终一身，毕生清水湄。会闻此人死，令我心伤悲。峨峨使君辈，长生亦若为？'""《关于范爱农》除抄了两人的诗及范君的一封信外，此外也没有什么别的东西，其格调和他近几年来所写的文章是差不多的。但可足引为稀奇者，是他在仅仅的一篇文字中，偏偏提起死去了21年的范爱农，虽说是怀旧，总是至少和他近来的心境和感触有些关系吧。""在礼教时代的缙绅先生，每每鼓励女人殉节全忠，以为是极应该的事，这在现代眼光看来当然太惨酷；怕对于作人先生，要是他不能积极地逃出魔手，又不能消极地做'啮雪海上的苏武'，而腼颜投降的话，倒还是希望他追范爱农，以'悲哀'来代替今日人们心头的'耻辱'，也决不是过分的话。""'毕生清水湄'，岂不是要比陷身于泥淖中而不能自拔好得多么？"

在这篇文章后面，还发表了"编者附白"："本文作者是周氏的熟人，因此似乎不免失之'宽恕'。作者自己在给编者的信里说：'这是一篇写得笨拙到极点的文章，无论如何，我总要想替知堂先生留一个不做汉奸的余地'这一点，我想是可以同意的罢。而文末作者的沉痛的心境，我们也可以体味出来。总之，像周氏这样的人，腼颜事贼，总是值得痛心的事。对于他毅然跳出泥潭的希望，虽近于虚妄，暂时我们也还保留着。"

5月29日，《世纪风》又发表尊闻的《瓜豆集及其他》，该文以其人之道还治其人之身的手法，引用了周作人过去文章中的一些话，来批现时的周作人。文章引了《瓜豆集》这样一段话："……岂遂老悖至此，且以年纪而论他正应该力守自由主义的残垒……患得患失……此病在私欲深，世味浓，贪恋前途之故也。虽曰不自爱惜羽毛，也原是个人的自由，但他既戴了老丑的鬼脸踱出戏台来，则自亦难禁有人看了欲呕耳。"作者接着说："这是两年前他指桑骂槐讥刺别人的话，如今移用到他自己身上，倒也十分恰合。""周作人在五四前后是为自由斗争过的，然而到了斗争的范围扩大，从个人主义的自由到民族的自由的时候，看见争取自由的代价之高，他退缩了。”“周作人就隐身在这重重烟幕之下，画蛇谈鬼，广结‘豆缘’，‘作出和平冲淡的文章，’如瓜豆集之类。”“这似乎很可以保险了，然而‘一副吃人相’的侵略者终于来了，弄得‘瓜剖豆分’，硬要和他结‘孽缘’，召开什么鸟座谈会，以补飞机大炮之不足。”“周作人的个人独白戏中忽然闯入了青面獠牙的魔鬼，戏剧到了顶点，以后是英雄的悲剧或小丑的趣剧？‘力守自由主义的残垒吗？’腼颜事仇吗？”

6月17日，《世纪风》发表了胡马的《关于周作人——一封北平来的信》，文中说：“关于他来日的出处，在5月12日那封信内也曾提到，兹截录如下：‘承朱叶诸公远念，甚为感谢，唯惭愧实无善状可以相告耳。东方文化在卢沟桥以前已声明不懂，可不再谈，深自侥幸，却亦别无可谈者。目下拟专弄这一部神话(按或即希腊神话)，近来与燕大旧友说，想找数小时的功课，仍要翻译，且国语言料实非所知，只希望有二或四小时，并希望谋得一专任讲师之头衔，聊以避俗，尚未知能办到否。钱公(按即钱稻荪)前次曾以天下见让(或指新民学院事，钱为该院副院长)，不佞不敢高攀许由，亦不敢以舜禹自居，故已谢之矣’。”文章引用了周作人的信后，又写道：“总之，周先生的处境十分困难，不过要他牺牲他的人格恐怕更要困难，道高一尺，魔高一丈，我们局外人只见光焰，初难知是道的光魔的光；岁寒而后知松柏之后凋也，愿国人且网开一面，留待来日看个究竟。周先生听到国人这样关切甚而唾骂他，一定会知所取择的。”

文章的结尾附了一则“收信者按”，不知这个按语是编者写的，还是别人写的，也可反映对周作人的一种态度，故录之于后：“上文为北平友人新近寄来关于周作人的消息一束。因为怕友人受累，所以代他取了一个笔名。有一点最重要，友人未曾解释，即关于‘更生中国文化协会’(？)的谈话和照相事。原因是我去信不便提起，友人也许根本不曾知晓。另外有一点也很重要，即目前求周先生自白，绝不可能：他的环境和心性都不允许。日人威逼利诱事实，他的虚与委蛇也是事实。友人的话也对：对我们暂时‘网开一面’，最好且以自警自励罢！”

5月27日，《世纪风》发表鹰隼的《周作人诗纪》，文章引了周作人20岁时（1904年）写的《偶感》、35岁时（1919年）写的《两个扫雪的人》及50岁时（1934年）写的《偶作打油诗二首》，介绍了周作人落地有声的诗句。文章最后写道：“民国二十七年（1938），先生54岁。平津于昨年（1937）秋沦陷，先生报友人书，切勿忘北方有苏武。不意一年未届，蜕变竟生，先生已舍弃其‘袈裟’荣任‘新贵’矣。既言论之俱在，复照片之赫然，余纵爱先生，然亦只能‘痛割’。故略辑先生过去诗篇，成兹诗纪，以示先生一生经过，兼示事变之来，决非偶然。并系以不讲韵律之小词曰：

三十年前志士，
五四而后名流。
如今腆颜竟事仇，
不顾万年遗臭！
说鬼谈狐何碍，
坐禅吃茶无妨。
奈何花样可新翻，
落得汉奸下场！”

《文汇报》的人对周作人是不薄的，对这样一代文人的投敌，可以说一直怀着惺惺相惜之意。直到1946年，周作人以汉奸论罪，被关进南京老虎桥边的模范监狱，而且经受两次公审。在重庆久滞方归的黄裳，此时已是《文汇报》的记者，还是写了《老虎桥边看“知堂”》这样的文章，笔者读了之后，感到黄裳不是在监狱里访问已经收了监的汉奸，而是在“苦雨斋”中和“知堂老人”聊天，这不只是记录了访问者和被访问者此时此地的心境，而且更见访问者的功力，如此的环境，访问如此的人物，又能写出如此的文章，我觉得只有黄裳能够做到。或许由于笔者对此文的偏爱，不妨多引几段：

一会，我在窗外看见一位狱吏带了一个老头儿来了。这是我第一次看见周作人，不过在印象中是早已有了一个影子了的，现在看着“正身”，大抵差不多。他穿了府绸短衫裤，浅蓝袜子，青布鞋，光头，瘦削，右面庞上有老年人常有的瘢痕，寸许的短发灰白间杂，金丝眼镜（这是他在一篇文章中提到过的‘唯一’一副金器，30年前的老样子）。

与想象中不同的是没有了那一脸岸然的道貌，却添上了满面的小心，颇有《审头刺汤》中汤裱褙的那种胁肩堆笑的样儿。

请他坐了下来，他搓着手，满脸不安，等候我发问……

我即发问，一向是佩服倪元镇绝口不言一说便俗的他，何以在这次法庭上又说了那么许多不免于“俗”的话？这很使他有些嗫嚅了。最后他说，有许多事，在个人方面的确是不说的好，愈声明而愈糟，不过这次是国家的大法，情形便又微有不同，作为一个国民，他不能不答辩云云。他重复地说，现在想说的只是一点，起诉书中说他“通谋敌国”，而日本人也说他“反动”，是“大东亚思想之敌”，事实上绝对没有在两方面都是“敌”的人。除了这点以外，其余的都可不说。

……

我又问他是否还有许多集外文没有收集？他说没有了。我又记起了有一次偶然在《中华日报》上剪了下来的《参拜汤岛圣堂纪念》的文章，他就说这些应酬文章照例是不收集的，也还有许多在外面。我不禁又想起那张穿了军装检阅童子军的照片来，问了他，他好像觉得无所谓，马上答说，他"演戏两年"，那些都是丑角的姿态云云。

最后话题转到苦雨斋的藏书，我问他是否都已封掉？他答不知。虽然可以通信，但是也不好再去问这些事了。我问他大约还藏有不少鲁迅的遗稿吧？他说有是有的，不过大抵是早年的零碎作品，而且也并非创作。

好像后来苦雨斋也在大批的收书，也颇有些善本，照纪果庵所说，满架琳琅，很是可观的了。他说这也没有什么好东西，他的买书与别人的藏书不同。他所买大抵在别人是不要的，一些西洋书也大抵是生冷的货色。

未能免俗，我又要他写点东西，如近诗之类，他说近来很久不曾作诗了。也难怪，在老虎桥边是很少可能有打油的"雅兴"的。他想了一会说，有一次在监中为一位朋友题画的诗，写了下来：

墨梅画出凭人看，笔下神情费估量。
恰似乌台诗狱里，东坡风貌不寻常。

为友人题画梅　　知堂

黄裳对周作人的心情是复杂的，这从他写的有关周作人的文章中可以看出来。有的评论家说黄裳的文风是受周作人的影响，但他不承认，说自己的文风是受鲁迅的影响。其实，受谁的影响都无关重要，反正都是绍兴周家兄弟。不过，黄裳是把周作人投敌当作一种文学现象来研究的，他提出了"贰臣文学"，应该说是一个发明。黄裳在《藏书家和他们的时代》一文中写道：

我在谈周作人的文章中，曾经拈出一个"贰臣文学"的概念。

我觉得像周作人、钱谦益、吴梅村，还有更早的庾信，直至汉代李陵（姑且承认那些诗文是他的作品），他们作为“贰臣”，一身先后处于两个敌对营垒，或反复经历几个朝代，他们的心理特别复杂，因而特别适合文学的表现，也特别值得我们去深入地研究。在中国文学中，确实存在着这样一条贰臣文学的线，它当然不是主流，但不能忽视它的存在。

11 / 各具特色的副刊

抗日战争时期的文汇故人多已驾鹤西游，无法做更多的细节访问,但笔者从翻阅的报纸上发现,以“本报记者”署名的采访文章,除了邵伯南(红叶),其他就很少看到了。再有几篇是“本报特约记者”写的。报纸所用的新闻大多采用国内外通讯社的电讯，和新闻相配合的,就是社论和短评。报社当时专门设有社论委员会,每天都有社论和短评，一天发表两篇或三篇社论也是常有的事。“文化大革命”期间,《文汇报》似乎继承了这一传统,一天发几篇社论也是常见的事。不像现在,很少读到社论,也很难听到报纸对重大事情通过议论发出自己的声音。

除了社论、短评,给我留下印象最深刻的就是副刊。直到如今,《文汇报》一直是以副刊为强项,居全国报纸之冠,我想这个传统也是由此而来的。以后《文汇报》变化着各种形式,我觉得并不是什么新的创造,其源头都是从这里开始的。但却有一代不如一代的遗憾。

《文汇报》除主要副刊《世纪风》外,还陆续创办了不少副刊与专刊，如《灯塔》、《海上行》、《剧艺用刊》、《俗文学》、《儿童园》、《法谭》、《无线电》、《中国医药》、《商业知识》、《自学周刊》、《学术讲座》、《读者园地》、《读者意见》,另外还办了《文汇周刊》、《文汇报晚刊》、《文汇丛刊》,等等。

在众多的副刊和专刊中,首先应谈到的是综合性副刊《灯塔》。这个由吴农花主编每日见报的副刊,创刊于1938年7月1日,历时约5月,于同年12月1日移植于新创办的《文汇报晚刊》,并改由柯灵接编,内容也作了较大的变革,加强了文艺性。

在创刊号上,《灯塔》副刊发表了“守塔人语”《新的努力》,其中提到:“本灯塔是给世人一个光明的启示，尤其在这恐怖的黑暗之夜,大家需要光明的启示愈切，所以我们希望从无数的读者群中，大家合力建筑起这光明的堡垒——灯塔。我们新的努力目标是：‘冲破黑暗，建设光明’！”

这一副刊的编辑方针，材料选择，可以从它的稿约反映出来。稿约列举了八种内容：“一、新闻性的纪事及特写（包括游艺界消息）；二、有历史价值的短文（包括现代史料名人逸闻）；三、富于刺激性的种类文字；四、各个社会的素描和动态；五、动乱中的壮烈事迹；六、饶有趣味的译作；七、另辟蹊径的短创作；八、讽刺插图。”在移到《文汇报晚刊》之前的100多天中，副刊是依此来组织稿件和安排版面的。

该刊第一期上刊登了几篇短文：《今夏的莫干山——避暑的人儿都在想念着》，写了风景优美的莫干山，也写到这地方时受日军侵扰，“敲门击窗，闯入民家，要索饮食，拿取零物”。一篇题目叫做《象奸》的短小文章，用被驯服了的象对被猎野象的所作所为，来影射汉奸的无耻。第三篇文章是《文化街徘徊——发见了一朵奇葩》，向读者介绍《民国十五年前之蒋介石先生》一书。还有两则短文，一为《夜行妙法》，说的是宵禁期间如何在巡捕到来之时进行躲避；另一是反映上海当时社会生活的《孤岛怪现象之一：租屋潮》。此外，是影评《伦敦人狼》。连同创刊词和稿约，在不到半版的狭小篇幅上，共刊了八则短文，可见其紧凑。许多短文，异常犀利，一针见血，起到积极的宣传作用。如一篇题为《像赞——新贵·伪官·奸商·伪警》的短文，正文连序，不过500多字，极其辛辣地讥讽了各类汉奸、伪警等。这个副刊有个“大众信箱”，辟了个“问答栏”，每期以短小篇幅，发表四五则讽刺性问答，以鞭笞一些丑类。例如，其中一则的题目叫《最臭的》，其文为：“问：世界上最臭的是什么东西？／答：汉奸。／问：何以知道？／答：做汉奸的人‘遗臭万年’，不是最臭也没有了？”

《灯塔》固然以短小的文章为主，但在重要时刻，也用大篇幅刊出相当长的文章。新安旅行团，是在中国共产党领导下，由江苏淮安县新安学校十多个贫苦儿童组成的文艺工作团体，自1935年成立以后，逐渐成长壮大。他们在国民党统治区进行抗日宣传工作，行程两万里，历经19个省。《灯塔》于11月23日刊出黎冰的文章，详细介绍了该团从诞生以来三年艰苦奋斗的历程。这种文章的发表，有较好的社会效果。

《灯塔》移植至《文汇报晚刊》之后不久，即在《文汇报》创刊周年的1939年1月25日，新出了由陈灵犀主编，也是每天见报的副刊《海上行》。它的情趣，与《世纪风》和《灯塔》都有较大的差异。创刊之日，编者以紫苏的笔名，写了一篇简短的《前言》，它说："《海上行》是由许多位作者呕心沥血的集体创作，用了极简洁犀利的笔墨，来歌咏描写上海各个社会的一首美丽长歌。换一种说法，《海上行》是一具写真箱，要把上海社会所包罗的万有群众，都摄取出来，赤裸裸地丝毫没有隐蔽地呈露在读者之前，无论它是善的、恶的、美的、丑的，或是光明面的、黑暗面的。""但我们并不以《海上行》只是成为一具写真箱，便算满足，我们决心以更大的努力，把《海上行》磨砺成为一柄解剖刀，把我们所见到的形形色色，细心地解析分剖一下，好是怎样好，坏是怎样坏，还它一个分明来。"

自这个副刊见报直至《文汇报》被迫停刊总共出了104期。总的来说，它的选题"软性"的比较多。如写歌舞明星生活的《消沉的路上》，介绍一个过去的昆剧演员与一位著名昆剧票友的婚事，漫谈跳舞场以及介绍某些书场的景况、评剧院的营业，等等；有一类是写本地风光的，如《苏州河上的船家》、《菜市弄再度巡礼》、《唐家弄的沧桑》。后来还辟了"棋栏"，经常刊登象棋残局。但是这个副刊并不完全是作为茶余饭后的谈助，它也有严肃的一面，显著的是：一、自创刊那天到停刊之日，连载一个题为《当上海作战之时》的专栏，以日记形式记叙了郭沫若回国、救国会七君子沈钧儒等获释出狱、前线及后方的一些讯息，直到我军与日本侵略者鏖战虬江码头一带为止的各项重大事件，以述为主，且述且评。二、响应义卖献金，增强抗日力量；三、是年的4月25

日，陈灵犀以紫苏的笔名，就大汉奸汪精卫企图收买新闻界某些无耻之徒充当鹰犬一事，发表了《注意败类活动》一文，义正词严地提出："汪精卫们的收买新闻记者，是一事；新闻记者是否甘愿出卖灵魂？又是一事。我们现在所应注意的，新闻界中是否有无耻败类愿做傀儡，要晓得最神圣最纯洁的至高无上的新闻界，是不容有这些败类混迹其间的。"这就可以看出，这个副刊的内容一般说虽然比较"软性"一些，但也有它硬朗的方面。同时也使人看到，中国共产党的抗日民族统一战线政策的巨大作用。以文化界而论，团结了各种流派的作家，使这些爱国者都坚决地站到了抗日的行列，发挥应有的作用。

《文汇报》在被迫停刊之前的一个多月，即1939年4月初，还创办了两个文学艺术方面的周刊。一个是于伶主持的《剧艺周刊》。在《开场白》中，它阐明了周刊的意义："演剧在现在是遭到空前所未有的试验了。我们庆幸，在这一大联合里，上海这一环是保持着密切的联系的。可是如何把这链索更紧凑起来，使适合实际上的要求，更从而调整配合，使演剧在斗争中发育、成长、健全，将是目前最重要的任务了。在事之所许，力之所及，我们愿觅取和获得各地友人的帮助。把消息的沟通和报道，材料的供求和交换，一般动态和倾向的批判与讨论，一些理论和技术的研究与介绍作为我们最主要的工作。"《剧艺周刊》先后发表过一些有意义的文章，如仲彝、伯龙、仞之、端钧、于伶、幸之对话剧《这不过是春天》的座谈纪录，吴天的论文《喜剧的演出》，赵景深的《剧坛漫步》，以及报道《苏联人眼中的王莹》，介绍夏衍的剧本《一年间》，等等。对"孤岛"上海的进步话剧运动，起了配合作用。

另一个周刊《俗文学》，是紧接着《剧艺周刊》问世的。它得到著名史学家顾颉刚等的支持，刊登话本、唱词等形式的作品。先后发表过话本《侯峒曾苦守嘉定城》，改良评剧《扫胡恨》，大鼓词《文天祥》，连环图画《秦良玉》等，旨在弘扬民族气节，反对"狗主张和平"、"鼠主张投降"的"禽兽之道"（见该刊《开场白》）。可惜，上述两个周刊都只出了7期，均因《文汇报》被迫停刊而与其他副刊一起戛然中止了。

《文汇报》的读者是成年人。当报纸发行深入千家万户之后，考虑到“孤岛”上海优秀的儿童读物相当贫乏，有必要为许多家庭的儿童提供一些精神食粮，为此，报纸从1938年8月7日起，增辟了《儿童园》周刊，每逢星期日见报。

这是由柯灵兼编的儿童文艺周刊，着重宣传爱国思想，强调不做温室的花朵，提倡自立精神。此外，也发表一些益智性的短文。周刊的栏目很多，有主要由编者执笔的“小谈话”，配合形势，用通俗的语言与小读者娓娓而谈；有小故事，不少是苏苏（钟望阳）撰写的；还有歌谣、童话、寓言、常识讲话、漫画、图画新闻，还刊登儿童作品，甚至为这些小作者出过专号。我国著名儿童文学家陈伯吹的长篇儿童故事《大时代中的小孩子》，也是在该刊连载的。这个周刊，扩大了《文汇报》读者的覆盖面，教育儿童们从小热爱祖国，陶冶高尚的情操。

《文汇报》的副刊中，有不少偏重于知识性，如宣传法律知识的《法谭》（初名《法讯》），如《无线电》周刊、《中国医药》周刊、《商业知识》周刊，等等。给一般读者提供某些专业知识固属必要，当时还有一个迫切的问题，是努力抵制敌伪的奴化教育。因此，报纸版面上又有《自学周刊》和《学术讲座》等副刊。

东战场国民党军队的撤退，苏浙皖大片土地沦陷，许多难民逃来上海租界地区。不少随家长来此的青少年，经过指引，有的去了后方，有的去了抗日根据地。但是，绝大部分青少年滞留上海，得不到学习机会。就是本来生活在这里的青少年，也因日本侵略者与汉奸组织千方百计要将魔手伸进来，对他们施行奴化教育，于是，就展开了敌我之间对青少年的争夺。

1938年3月26日，报纸发表《救救上海学生》的社论，严肃地指出：“最近上海教育界，有很明显的两种现象，一方面是营利学校的增多另一方面是一部分学校内情的腐败。以致一般志趣高尚的青年学生，欲利用这宝贵时间，从事于身心之修养，亦不可得。"社论紧接着对教育界提出一些严正要求。

是年7月8日，即暑期来临之际，本市新闻版在头条地位刊出一则引人瞩目的新闻，揭露《租界内投机学校　为得津贴竟图附逆　正与伪"教育部"秘密接洽中》。此后不久，在8月5日的教育与体育版，也刊登一封读者来信，提出"抵制奴化教育的几个意见"。11月30日，报纸发表了题为《向青年伸手》的社论，对抵制奴化教育，帮助青年学习，提出了更具体的意见："上海现在没有国家的教育机关，这许多青年，无法获得国家的保护培养。这个责任，社会上凡有一分余力的团体或个人，多(都)应该勇敢地担负起来，直接援助青年，间接即为时代尽些力。本报的历史很浅，但绝不愿因能力薄弱，而忽略了应尽的职责。""从明天起，我们决定增辟读者园地，提倡自学，并拟举办自学图书馆，一面延请有经验的教育家，主持各类讲座，指导青年求学的方法，希望能为失学的青年尽些力。同时，我们已决定设立助学金额，使清寒失学的有志青年，能获得继续求学的机会。"

社论预告增辟《读者园地》，在第二天即12月1日做到了。这个每日见报的副刊，由储玉坤负责。早在当年4月14日，报纸为加强与读者联系，开辟了《社会服务》栏，提出"服务社会，服务读者"的口号。9月1日，又增加了《读者意见》栏，专门刊登读者的各种议论。现在的《读者园地》兼述两个栏目的内容，它包括读者顾问、社会服务、读者意见、职业生活等小栏目。其中，读者顾问每天回答群众普遍关心的各类问题，反应良好。此外，《读者园地》还有介绍学习方法，谈民主政治，谈科学与哲学的关系等内容的学术讲座。这一讲座涉及的面广，但篇幅容量有限，是后来各种专门讲座的雏形。

《读者园地》见报的第20天，报纸又增加了一个《自学周刊》。这是由"自学集团"编辑出版的。周刊的《发刊词》在谈了自学的重要意义后提出，"这个周刊的意思，是想专门介绍些良好的修(治)学的方法，如自学心得，读书经验，各科研究的方法，和其他有关学术上的种种问题等”。创刊号上，刊有自学集团的简章，号召读者参加集体自学。在以后出版的各期，分别谈自学与抗战救国的关系、自学的经验、怎样写读书笔记、怎样克服自学困难，等等；还开辟了“自学信箱”，解答学习上的具体问题。

光有一个《自学周刊》，不能满足读者在学习上多方面需求。报纸从1939年1月3日起，增辟了《学术讲座》，分时事、文学与哲学、社会科学、自然科学、教育，每天轮流见报。学术讲座有个总的《开场白》，说“我们深知‘孤岛’上精神食粮缺乏，我们也深知道青年们知识欲望的增加。报纸是时代的前驱，我们永远不敢忘掉这一肩重任”。后来取消讲座名称，改为周刊。稍后，又作了局部调整，创刊了史地、医药卫生、大众科学等周刊，去掉社会科学、自然科学两周刊。各个周刊，各有特色，有些偏重知识性，有些思想性与知识性并重。它们得到在沪一些著名学者如顾颉刚、杨宽、张赞臣、潘序伦等的支持与帮助，为青年自学，抵制奴化教育，尽了一定力量。

《文汇报》是个穷报馆，底子太薄，经济极其拮据。发行量上升，广告收入随之增加，才稍见好转。虽然能力有限，但总经理严宝礼在援助爱国青年方面，还是花了不少力气。有两件事，当时很受人称道。第一件事是，有些在沪爱国青年，身处“孤岛”，深感苦闷与无聊，迫切希望通过报馆的帮助，能够到内地去求学或参加抗战工作。报馆决定给予援手，由严宝礼亲自与红十字会及一些慈善机构联系，并给予适当资助，让他们分批搭乘轮船，自海道至宁波登陆，转赴后方。第二件事是，严宝礼联系了胡朴安、江一平、陈鹤琴、虞顺懋、李子宽等，成立“文汇报清寒助学会”，设立助学金，奖励品学兼优的中学生。原定每年奖励100名，高初中各50名，初中金额为50元，高中为70元，都从一年级起到毕业止。其后，又将名额扩充至150名，并公开声明，如果续有赞助，名额还将扩充。

有一位叫顾心的学者，当年曾考取“文汇报清寒奖学金”，解放后任职哈尔滨工业大学。50年后，她在回忆这段往事时，还深情依依地写道：考完后，说录取通知在《文汇报》上发表。我家穷，订不起报，就每天到邻居家借来看。发表录取通知那天，我正好有事，没去借，错过了。过了好多天，听到别人谈到我已被录取的消息，急忙找报来看，报到日期已过了好几天。按规定要取消录取资格，顿时我感到头晕沉沉的，几乎不能支持。大人埋怨我粗心，失去了就学的机会。这天夜里我做了一夜的梦，一会儿爬起来，一会儿躺下，不停地唠叨着“文汇报，文汇报”。我有一位亲戚在东方书店工作，认识当时《文汇报》的总主笔徐铸成先生，就请他写了一封介绍信。小舅舅领着我带了信去《文汇报》馆编辑部。在一个普通的小房间里找到了徐先生。徐先生首先问：“你不是每天看文汇报吗？”我急忙解释说是天天看的，但偶然把录取通知漏过了。徐先生接着问了我几个问题，好像是面试的意思（我不知道其他按正常手续报到的要不要经过面试）。其中有一个问题是：“你长大后想干什么？”我回答：“当医生。”徐先生问我：“为什么要当医生？”我说：“当了医生，有病就不用求人。”徐先生听了当时就很生气，说：“就为了你自己？要是都像你一样，那我们何必办奖学金呢？把这些钱自己用掉好了！”我赶紧补充说：“当然主要是给大家看病，而且一定不像现在有些医生那样对穷人态度很凶。”这下他才满意地笑了。后来他勉励了我一番。考上“文汇报清寒奖学金”后，可以自己任意挑选学校。奖学金办事处人员告诉我说：“经我们考试合格后，考哪个学校都没有问题，所以不必再通过入学考试，可由我们直接保送。”当时我最希望进省立上海中学，但是奖学金办事处人员说上海中学没有春季班，只有松江女中有春季班，松江女中和上海中学都是省立的，同样有名，就把我分到松江女中。这样，我停学一年半后又有了上学的机会，文汇报奖学金使我渡过了一个上学的大难关……

1938年6月中旬，筹备出版《文汇周刊》，以与《文汇报》互相呼应。

这个周刊已经编好了创刊号，定稿付排，决定于17日出版。内容有战局纵横谈、一周评论、专著、文艺作品、地图和漫画，等等。著名作家郑振铎、李健吾等，为周刊写了文章。出人意料的是，创刊号虽已付排印出，却因受阻于当时的环境，不得不停止发行，终于无法与读者见面。

经过再接再厉的努力，报馆于这年的12月1日创办了《文汇报晚刊》。《文汇报晚刊》创刊的第一天，登载了《谨告读者》的文章，它体现了办报的宗旨，文章有这样一段话："远在三四月前，便有许多读者来函，希望我们兼发晚刊，直到今天，我们才把这简陋的刊物，贡献给爱护我们的读者。

"在此非常时期做报，责任尤为重大，消息庞杂，谣诼纷纭，稍一不慎，便无意中被人利用，流毒社会，贻害读者。做报的人，至少要有热情，有信念，态度严肃，判断谨慎，决不可以为'有闻必录'，便算尽了报人的职责。

"《文汇报》并不是天天有特别消息，但亦没有怪诞含毒的谣言，取材力求谨慎，立言力求真挚，这也许是能获得广大读者同情爱护的原因。

"我们愿以同样的态度来做这张晚刊；所不同的，晚刊篇幅较小，编辑当更应紧凑醒目，消息当更应迅速充实。同时，我们将尽力使版面完整，使每一方寸的地位，多能不为读者所忽略。"

《文汇报晚刊》是一张四开两版的报纸，每天出版。晚刊主编是李秋生、余鸿翔两人。其第一版是要闻，整个形式与《文汇报》(日刊)没有多大区别。从创刊之日起，它与《文汇报》配合着，始终积极宣传中国军队在广东、晋南、鄂中、赣北、豫东及其他各地和敌后抗击日本侵略军。当汪精卫等叛国投敌时，晚刊用突出的地位揭露这些汉奸的丑行，并大施挞伐。

创刊伊始，晚刊在第一版显著地位辟了一个专栏，连载由许广平亲自整理的《鲁迅日记》。在当年，这是从未公开与世人见面的极其珍贵的资料。不仅在“孤岛”上海，就是在全国也可以说是文化界、新闻界的一件大事，因而一纸风行，万人争诵。晚刊在报头之下，设有一个小小的专栏，名为“三言两语”，每天就一个问题，写100多字的杂文性短论，以鼓舞斗志，激励人心，驳斥日伪谬论，揭露敌人面目，澄清事实真相，戳穿谣言。有时也就上海市的社会问题，发表意见。

晚刊的第二版，上半部以刊登本市新闻为主，绝大部分是经济消息与社会新闻。该版的下半部分，是副刊《灯塔》。这个由日刊移植而来，后由柯灵兼编的文艺副刊，篇幅不多，短小精悍，起到与日刊上的《世纪风》互为补充的作用。此外，下半版还十分紧凑地刊出两项内容，其一是一个小表格，题名《今夜游艺》，列出当晚市内各剧场、电影院上演（放映）的剧（片）名、主演者；再有一小栏船期消息，因为当时上海对外交通，很重要的途径靠的是海轮或内河轮船。

晚刊后来还先后有两个颇能吸引读者的连载。其一是舒湮写的《延安行》，该文共19章，写了作者怎样去延安，在延安参加抗大的运动会、参加晚会、闹元宵、访问傅连璋、在陕北公学出席反侵略大会，还写了延安的一般生活情况、托儿所等。另一个连载，是罗洪写的小说《急流》。这个长篇共见报91期，因报纸停刊没能登完。

值得谈起的还有一点：晚刊除了偶尔刊出“要知翔实消息，请订阅《文汇报》”这样简短的广告，以及介绍过《文汇年刊》之外，不刊登其他广告。就是说，它不怕亏本，完全不以盈利为目的。在当年的上海，这是很不容易做到的事情，但它却坚持下来了。

《文汇年刊》是精心编辑的另一出版物，它和《文汇报》、《文汇报晚刊》起了互相呼应、相互配合的作用。

《文汇年刊》16开本，硬面精装，正文千页左右，120多万字，还有16页铜版纸精印的图片，另加补遗和附录，是一本厚重的出版物。

年刊的主编是报馆的董事徐耻痕，实际主持人是作家何封（张汉辅），以及卢豫冬和蓝仲祥。整个编辑工作得到中共地下组织的大力支持，担任文委领导工作的孙冶方，也直接提供帮助，除对该刊编辑方案提意见外，还承担撰稿任务。编者在《例言》中提出："本刊编辑，以根据《抗战建国纲领》之精神，从政治、经济、文化各方面，予读者以必要的现实知识，并坚定其'抗战必胜，建国必成'的信念的宗旨。""内容分(1)论文，(2)文献及参考资料，(3)大事记三个主要部分。"

年刊的重要部分是论文，编者申明："论文选材，系就中国抗战以来国内外各重要事件发展之经过，分别予以剖析的叙述。并指出其趋向最后胜利之途程，综合读之，无异于中国过去一年间之历史。"其中，战时中国的文化动态，又分为社会科学、国防科学、文字改革、文艺、戏剧与电影、美术、歌咏等七个部分，每个部分各由专人撰写，独立成章。许多留在上海的知名作者，都来支持年刊的编辑工作，如郑振铎、孙冶方、吴清友、李平心，以至远在香港的蔡楚生，均亲自执笔，写出有分量的论文；陈望道、倪海曙等也为有关章目审校稿件。

年刊卷首16页精印的照片，很美观。除刊有蒋介石的照片，以及反映淞沪抗战、台儿庄大捷等情景的照片，还有两页题为《第八路军》，刊出毛泽东、朱德、彭德怀的半身照片各一幅，八路军战斗、学习等生活照8帧。这在"孤岛"上海，是极珍贵的照片，这和当年《文汇报元旦图画增刊》每一版上发表一幅朱德、贺龙、萧克的合照一样，很使读者视为弥足珍贵的图片资料。而在年刊军事论文中有十多幅精心绘制的地图，在经济论文中有一批图表，也是一种特色。

很难想象，这样繁重的工作，全是由编辑部二十余工作人员完成的，这个数字相当于现在的一个部门啊！如果像现在高唱的"发出光和热"，他们发出的光是何等闪亮，他们发出的热又是何等的炽烈。

12 / 一篇闯了祸的社论

徐铸成初掌《文汇报》编辑部时，不但要管日报，还要管晚刊，几乎事必躬亲。在上海新闻界，他是出名的快手，不仅为日报写言论，还要为晚刊写时评。每天他主编版面，头条新闻稿刚刚发下去，一篇短评或社论又一挥而就。有时晚刊缺新闻，他就把日报的新闻加以综合改写，加上自己的见解分析，又变成一篇新的报道。当时编辑部就二十余人，不少编辑编了日报又编晚刊，编了晚刊再编日报，不分昼夜，睡眠的时间很少。虽然如此，但大家的生活仍然很愉快。每晚12点过后，一切稿件都编好，评论也写好了，大家就在一起吃夜宵。夜宵都是各自掏腰包，他们称之为"劈硬柴"。编辑部对面"五芳斋"有好几家小吃店，他就让服务员叫来两份黄炒面。徐铸成、余鸿翔、程玉西、朱光云等，同大家团团坐在一起，边吃边谈，海阔天空，嬉笑打趣，徐铸成善于讲笑话，一两个小故事，往往就把大家逗得捧腹大笑，而他自己仍然是一本正经。他有时也唱几段京剧，让大家高兴一番。

在办报上，徐铸成不但是快手，而且细心尽职。当时，除了副刊由柯灵主管，他不过问外，新闻版、各条新闻都要经他过目后才发排字房；重要新闻安排，都由他决定；要闻版的主要新闻标题都由他标写，除了自己写的社论外，别人写的，还要他细心删改润色。后来，他看到一切都走上正轨，也就略略放松一些。

有一天，是他父亲的生日，晚上约几个朋友来家吃饭。平时，徐铸成就欢喜杯中之乐，这天又喝了几杯，颇有些醉意，严宝礼说："今天你就休息一天吧，打个电话去编辑部关照一下就行了。"徐铸成想，今天的社论本来轮到他，此时只得请别人赶一篇了。写经济问题的魏友棐笔头最快，哪知电话打到编辑部，说魏编好经济版，已经回家了。不得已，找了另一位，徐铸成再三嘱咐，只就欧洲问题选一个题目写一篇，不触及其他问题。

第二天一早，严宝礼打电话，说："今天的社论闯祸了，读者纷纷来电质问，电话一直没有断过。"

徐铸成放下电话，连忙翻开报纸看，标题《一点建议》赫然在目。文章说："经过中国一年来的英勇抗战，予打击者以严重打击，粉碎了日本武力侵略中国的迷梦；同时日本军人对于武力万能主义的信念，也开始动摇了。无论从日本的财政及军事上去观察，日本已到了筋疲力尽不胜支持的程度，人民厌恶侵略战争的心理，也日渐深刻化。如果列强，尤其是英美法苏等爱好和平的国家，能够趁此良机，挺身而出，采取一致的行动，制止日本的侵略暴行，以缩短远东战祸，而重造和平的局势，自必事半功倍，马到成功。是故吾人敢向英美法苏诸国建议，趁此时机，迅速召集世界和平大会，以和平国家的合力，制止日本的侵略，以收拾残局，而重造远东的均势。"

这篇社论发表在1938年6月21日报纸的第二版。社论一发表，立即在读者中激起强烈的不满，他们纷纷打电话或写信到报社加以谴责，怀疑《文汇报》变质了，是响应日本方面的声明及谈话，不再坚持抗日立场，而主张和平妥协了。本来，《文汇报》的发行数量已超过其他各报，跃居上海首位。但因这篇社论的失误，许多读者立即停止阅读《文汇报》(当时以零售为主)，报纸发行数骤然大幅度下降。报社内部，有些失措，未能在第二天立即进行补救。

到第四天，即6月25日，刊出了一篇题为《重申我们的信念》的社论，才对《一个建议》向读者作了解释。这篇社论说："自本报诞生以来，虽然不过短短的5个月时光，但是深受社会各界的爱护。我们在这5个月中，无日不主张团结抗战，无日不呼吁中国国民应尽其职，这是有目共睹的事实。我们相信只有抗战，才是中国唯一的出路；我们相信只要持久，中国必胜，日本必败。"在详细分析日本国情之后，"越发坚强我们'中国必胜'的信念。但是，不幸得很，在我们这大声疾呼的时候，竟有人怀疑我们的态度,有人说我们‘断言中国会亡’,这种误解,似乎已超出了可以想象的范围。”社论解释说:“我们主张召集会议,是要求各国会商实施‘经济制裁方法’,而绝对不是希望他们出来调停。我们不是希望中国‘求和’,而是希望日本受到不可抗的压力,以加速其溃败。有人说我们这种建议,有点像响应日本宇垣外相的谈话,难道宇垣也要日军速败吗?”社论最后解释关于“重造远东的均势”,“不是邀请各国来‘伸张势力’,而是重新确定中国所应该占有的大国地位”。

经过解释,经过全体编辑记者再接再厉办好这张抗日报纸而奋斗,过了一段时日,读者才逐渐恢复了对《文汇报》的信任,发行数字才逐步回升。

笔者在温习《文汇报》历史的时候,很注意这篇社论,曾和徐铸成交谈过,他回忆说:“这篇社论是我一时的疏忽造成的,它明明是违反了《文汇报》一贯的言论方针,更严重的是,此前不多天,汪精卫刚刚逃离重庆,在河内发出‘艳’电,主张与日谈和(即投降)。这个‘建议’,何异间接附和?读者纷纷来电、来信质问乃至痛骂,是毫不足怪的。有些‘深知内幕’的先生,还作这样的推论:张季鸾和政学系一批政客有牵连,这些政客大都是‘亲日派’,而张季鸾还曾参加过汪精卫、胡适等人的‘低调俱乐部’,而徐铸成又是《大公报》出身的,必然得到过什么指示,因而写了这篇社论;即使从笔调上看,不像是他写的,他如不同意,怎么能通过而发出来的呢?这种推断,从逻辑上讲,是完全有理由的。而事实是张季鸾去汉口筹备《大公报》汉口版后,和我从无任何来往。胡政之去港后,亦是如此。其实我那时的确想和《大公报》在思想感情上割断。但是,这些辩解有什么用?我能说明那天晚上没有去报社也没有看过这篇社论稿么?作为一个主要负责人,能这样玩忽职守么?我也无法向读者公开说明这位先生写这篇文章究竟是出于什么动机。我当时背这个‘黑锅’还是小事,报馆在声誉上、物质上所受的损失是十分沉重的。经此当头一棒之后,不少读者退订,销数立刻从最高峰上下跌了6 000份，尽管当时由费彝民重写一篇社论，加以弥补，我在以后的社论和短评中也一再重申报纸的坚定立场，取得了读者的谅解，但仍有不少的读者从此掉头不订了，‘黄金时代’一去不复返了！真是‘言丧报’，惨重的教训啊！”

后来，在报社资料室，笔者也和储玉坤谈及此事，他很坦然，说：“那篇社论是我执笔写的，那时我主编国际版，写国际时评，但当时对世界局势认识不清，徐铸成打电话来，时间紧迫，我也来不及细想，就那样信笔发挥一下，结果引起读者不满。”

13 / 宁为玉碎,不为瓦全

克明,这个被用高价雇来的“保镖”,挂有董事长和总主笔的头衔,在报纸刚创刊的一两个月,他装得老实,无论编辑方针、言论和报道内容,也无论经营管理,他都不大过问。

他翘着英格兰式的小胡子,颇怀深情地对报社同人说:“我虽然是英国人,但我大半辈子生活在中国,娶的妻子也是中国人,可以说,中国是我的第二祖国,我对中国人有浓厚感情。眼看日军侵略,中国人生活在水深火热之中,我同情大家的遭遇,痛恨日军暴行。我愿尽全力帮助你们办好这张报纸。如果日本人要砍我的头,就让他们砍好了。”他说着还用手在自己脖子上比划了一下,作横刀引颈状。

但是,当日本侵略当局对租界施压时,他不顾往日信誓旦旦的许愿,屁股就跟日军坐在一条板凳上了。

《文汇报》唯一的记者邵伯南(红叶),经常采写一些浦东游击队的消息,以及揭露日寇、汉奸暴行的新闻。克明对于邵伯南不满,他多次表示,关于游击队的新闻“不可靠”,并以“总主笔”身份,关照编辑部负责人徐铸成要当心。徐铸成与编辑部全体人员都不买克明的账,继续采写、编发各种抗日新闻。

1938年3月10日,报纸发表了邵伯南的特写《吃人的魔窟》,揭露日本特务和汉奸以某公司招聘女职员的名义,诱骗青年女子至沪东某地供日本侵略军蹂躏。邵伯南还写了一些反映抗日救亡的消息、文章。克明对此甚为恼火,串通工部局(英国人操纵的公共租界行政机关),由工部局出面打电话给报馆要邵伯南到工部局去。邵伯南去后,受到一个英国官员的审讯,硬要邵伯南说出这些报道的消息来源。邵伯南一直以沉默相对抗。后来由陪邵伯南一起去的严宝礼作了一些解释,邵才得释放。临行,那英国官员还威胁邵伯南说,下次再这样,除非你不要性命了。克明所以要逼邵伯南到工部局去，目的是很清楚的：一方面，是表明他一再要编辑部不要得罪日本侵略者，不是他个人自作主张，而是遵奉租界当局意旨；另一方面，是对邵伯南进行胁迫，要他停止抗日和反汉奸的报道。但是，对于邵伯南，对于《文汇报》编辑部，这都是办不到的。邵伯南继续进行他的采写工作，依然不断揭露日寇和汉奸的种种罪行。

在上海的汉奸，除在浦东成立了一个“大道市政府”的傀儡组织外，还在租界地区搞了个“上海市民协会”的反动组织。汉奸头子陆伯鸿被人民处决后，又由尤菊荪组成该协会新的领导班子。1938年6月11日，《文汇报》刊出邵伯南的“本报特写”，报道爱国人士于10日开枪狙击汉奸尤菊荪的详情。这引起了日本侵略者、汉奸、租界当局和克明的极大震动。克明出面，把严宝礼找去，一定要把写新闻的外勤记者邵伯南免职。徐铸成知道这是杀鸡给猴看，就问严宝礼：“你同意了？”严说：“有什么办法呢？”徐铸成很生气，说：“要调走编辑部任何一个人，我就先走。”严宝礼说：“何必呢，想想办法吧。”严宝礼、徐铸成与邵伯南商议，为避免发生意外，根据邵伯南以前提出过的愿望，将他作为特派记者，派往内地采访。克明得到这一信息，对严宝礼大发脾气。但严还是为邵伯南准备行装，让他出访。于是邵于6月中旬离沪去香港转往广东和广西等地，为报纸写了长篇通讯《西南之行》，并辗转去了抗日民主根据地。

不久，报纸编辑部又与克明进行了第二次较量。

有一天，严宝礼来找徐铸成，说克明请他们两人到他家里吃饭。原来，克明得了《文汇报》的高“薪”后，已在愚园路租了一幢3层楼的花园洋房，底层还布置了一个酒吧间，作宴客前闲谈的地方，雇两个“仆欧”穿着白色上衣伺候着。

克明用一口上海话和他们交谈，先恭维了一番，然后，他慢慢地引入“正题”，说：“现在领事馆（指英国总领事馆）已非常重视《文汇报》，如果能办成一张中文的《字林西报》(当时在上海出版的代表英国官方的英文报),那么,我们的前途就更加光明了。”

徐铸成问:“怎样光明呢?”克明笑嘻嘻地回答:“那时,只要领事馆发个通知,凡是英商企业,都应在《文汇报》登广告。你想,上海有多少英国洋行,还有多少与英商有关的公司企业,都来登广告,《文汇报》岂不要大大地发财了?”

徐铸成也微笑地说:“我实在没有办这样的报纸的能力。作为中国人,当务之急,是抵抗侵略,救亡图存。如果不宣传这些,就失去严先生等创办本报的原意了。”

克明看与徐铸成话不投机,也就不再说下去了。

但克明并不甘心。此后,克明经常指手画脚,对报纸的抗日言论、新闻报道和副刊,百般挑剔,常常在严宝礼面前咆哮,提出要审阅主要稿件。徐铸成与编辑部全体人员团结一致,予以抵制,终于爆发了一场较大的冲突。

1938年8月11日,徐铸成撰写了《各在本位上努力》的社论,以纪念八一三抗战一周年(13日,报纸“为纪念中华民族之复兴,并默哀一年来抗战死难之军民”,停刊一天。因此,社论提早一天于12日见报)。社论发排后,严宝礼忽然来到编辑部,说克明马上要看稿子。徐铸成向编辑部同人关照等他回来再截稿。说完,他就避往大方饭店。

一小时之后,编辑部打电话给徐铸成,说克明来过,已经走了。徐铸成回到报社,看到克明把社论及主要新闻小样改了很多,他就通知排字房,一律按原稿照登,不做任何改动。这样,徐铸成写的社论一字未改就刊登出来。

第二天,克明跑来与徐铸成激烈争吵:“你这样把持报馆,太不把我放在眼里了。你要知道,日本人要杀我的头。”说时,又把手放在颈下比画了一下。

徐铸成说:“这个你不必太担心,要杀只会先杀我的头,他们哪一次威胁都没有对着你。”

克明更加咆哮起来：“现在，我们不能合作了，有我就没有你。”

徐铸成说：“那好，我先给你机会，我辞职，让你来干。”

克明盯着严宝礼，说：“那么，密斯特严，由你决定吧。”

严宝礼说：“编辑部怎能离得开密斯特徐呢，再好好商量商量吧。”

严宝礼知道编辑部是团结的，而工厂部都是原《大公报》的设备和旧人，克明能指挥得了吗？

创刊之日，《文汇报》报名旁，就标明“发行人兼总主笔克明H. M. Cumine”。1938年3月20日，发行人改为“英商文汇有限公司”，但在报名下，还有总主笔克明的字样。这次冲突后，即从1938年8月14日起，报名下就不再有克明的名字，他的董事长职务，也改为常务董事了。由董事会推请路易·乔治为董事长。

大概过了三个月，方伯奋串通了三个中国董事，说路易·乔治没有“肩胛”，又把克明请了来，仍然担任董事长，而总主笔的名义，由于徐铸成的坚持，没有让他“复辟”。

上海的形势是险恶的。1939年4月以后，较前更为严峻。日本侵略者对租界当局频频施加压力，要他们摧残我爱国人士主持的各华文报纸。4月12日，日本驻沪总领事三浦向工部局总董樊克令提出一项备忘录，要求采取严厉措施，管理租界内的抗日报纸及杂志。三浦对一些英文报纸的记者宣扬说，樊克令“谅解”日方立场，并同意采取统制各报刊的措施。这一新闻见报的当天——4月14日，《文汇报》发表了题为《斥日方无理要求》的短评，指出：“上海租界并非日军的占领地，她的自由，她的喉舌，决不容许任何暴力所封塞。”“对于日方的无理，相信工部局有更多的理由加以驳斥。”就在14日这天，日本总领事三浦，去找了英国驻沪总领事飞利浦、美国驻沪总领事高斯，要求取缔用英商或美商名义在租界出版的华文报纸的反日宣传。紧接着，三浦又向工部局提出无理要求，禁止租界内“国民精神总动员”活动，查封所有刊载这一活动消息的报纸。另外,还由日本侵略军在上海的陆、海军头领樱井等出面,进行恐吓与讹诈,提出逮捕我爱国人士,扩充工部局的日本警察势力(当时已有日籍警察400多人),改组工部局,“保留日军于必要时在租界内有广泛措施之权”等无理要求。在东京,日本政府表示,打算派员与工部局谈判。

租界当局,早在一年前讯问《文汇报》记者邵伯南时,就对报馆施加过压力。现在,在飞扬跋扈的日本侵略者的压迫下,对《文汇报》及其他爱国新闻工作者也采取了十分严苛的态度。1939年5月8日,工部局通告所有洋商华文报纸的编辑及发行人,以后关于政治性质之演说词及宣言,于发表之前必须提交警务处特别组审查。“各报倘不遵守此规定,即不准在公共租界内发行”。5月11日,公共租界的工总局、法租界的工部局颁布告示,凡参与爱国之举的政治团体,“两租界均不予保护,并驱逐出境。”

形势急遽恶化。

1939年5月16日,因为刊登了重庆来电关于蒋介石在生产建设会议上的演讲词,说要加紧经济建设,整军生产同时并进,完成抗战建国任务,挂英商招牌的《文汇报》(连同《文汇报晚刊》)和《译报》,被指为“未符业经通知手续”,由英国驻沪总领事署通知,说是奉英国驻华大使谕,自18日起,暂行停刊两星期。同一天,工部局情报处发表公报,吊销了美商华文报纸《大美报》与《中美日报》的登记证。

对《文汇报》只是命令停刊两周,这是因为汪伪政府收买了克明,他们对《文汇报》另有打算。

克明从恢复董事长的名义后,即想伺机出卖《文汇报》。大约在1938年底,严宝礼陪同一个矮矮胖胖的中年人来编辑部参观,严特地给徐铸成介绍:“这位是名律师董俞先生,是克明的老朋友,克明介绍来报馆兼任法律顾问的。”

第二天,徐铸成即对严说:“董俞是华北大汉奸董康的亲侄子,此人的来历可疑。”

严宝礼说：“这一点，克明也提过，他说董俞的态度和董康不一样，他是同情《文汇报》的。”

徐铸成说：“不能单凭克明的几句话。外边对董俞也早有流言。总之，我是不赞成这样的人来当法律顾问的。”

接着，严宝礼和徐铸成商定，聘请严独鹤的兄弟严荫武及张寄涯两位律师担任法律顾问，并兼编《法律顾问》版。董俞的事，就此不提了。

就在“勒令”停刊的第二天，徐铸成被邀到新新旅社去，说几位中国董事想和他随便谈谈。

到了新新旅社313号，徐铸成被引进旁边的一间清净房间，沈彬翰、胡雄飞、方伯奋都起立笑迎，却不见严宝礼在座。徐铸成感到空气有些反常。“今天天气……哈哈哈”，一阵寒暄如仪后，沈彬翰首先“言归正传”，作为主要“发言人”，其他两人随时插话帮腔。他们首先恭维徐铸成一阵，无非说《文汇报》所以有今天，首先应归功于徐铸成这支笔，编得好，文章写得深得人心，他们如何衷心钦佩和感激之类，然后谈锋一转，说：“至于宝礼，我们都是十几年的老朋友，但还是要说，他坐享其成，假公济私发了财，这还不说，把经理部搞得一塌糊涂，账目不清，制度混乱，这样好的生意，反而弄得经济千疮百孔，最近竟然乱开空头支票。克明知道了非常生气。按照英国公司法，开空头支票，公司负责人是要吃官司的，克明怎么能不着急、生气？因此，他把宝礼的经理职撤了，自己亲自来兼任经理。”

徐铸成听到这里，感到有些惊讶，说：“我是到报馆后才认识宝礼兄的，对他谈不上有什么特别感情，只觉得他很精明，想做事。至于克明，你们是知道的，他曾声言和我势不两立，他来负责，自然只有我辞职走开了。”沈彬翰连忙说：“你千万不要误会，我们请你来，就是要向你说明真相的。其实，克明心里对你是很钦佩的，他曾对我们一再说过,那次不该听信严的挑拨,和你发生冲突,事后很后悔,他还要我们向老兄解释解释,以后编辑部的事,还要借重老兄全权负责。”

沈彬翰说到这里,还特别对“全权”二字加重了语气,表示克明不会再来干涉徐铸成了。

方伯奋连忙以克明代言人的身份补充说:“彬翰哥的话说得一点不错,克明私下和我谈话,对你的文章、能力,十分钦佩。这个人就是苏格兰人的脾气,为人戆直,火气来了,什么话都说得出,其实,我们多年相交,知道他倒是心直口快的。这样的人好共事,把宝礼开了,你会同他合作得很好的。”徐铸成答道:“你们的种种夸奖,我都不敢当。我的脾气是说的话决不更改,除非真正认识错了。单凭这一点,就一定和克明合作不好。我还是趁早辞职的好。”

三人再三解释,最后说:“请不要这样决绝,考虑考虑再谈罢。”

徐铸成刚回到家,严宝礼即偕李子宽同车来访,严在新新的朋友很多,沈彬翰等请徐铸成谈话的事,他早得到报告了。

徐铸成先简单谈了适才谈话的内容,并问严,这几天克明究竟怎么向他表示的。

严宝礼说:“克明准备逼我辞职,自己出任经理。”

徐铸成问:“克明是怎样向你开出这一炮的呢?”

“因为这几个月收入减少,开支扩大,现金往往周转不灵,是开过几张空头支票,这在上海市场也是司空见惯的,只要在到期以前,把现款解到银行凑足数,或商请银行暂代垫付就好了。克明大概听了那几个人的风言风语,借此大做文章。打电话把我叫了去,当面咆哮痛骂一顿。后来,他说有个婶母很有钱,已经答应投资5万元,他准备把文汇整顿一番。他还‘将’了我一‘军’,说:‘如果你能拿出5万元,你的经理就当下去。否则,就让我自己来担任’。为了这事,我曾和陈训愈商量(陈布雷的兄弟,抗战前曾任上海新闻检查所副主任。那时留在上海,代表国民党中宣部和各报馆联络。胜利之后,曾任《申报》总经理兼总编

1939年上半年徐铸成在上海与夫人合影，时任上海《文汇报》总主笔

辑），陈说市党部有款子，我和陈一起去见童行白（当时的"主委"），要求暂借一张5万元的支票，对克明搪塞一下，就还给他，但童坚决不肯。没有办法，只有听他把我免职了。"

徐铸成说："这是你自己引鬼上门，现在是自食其果了！"

李子宽在旁插话说："宝礼自作聪明，想利用克明，结果大受其累。但今天不是责怪谁的时候，应赶快商量对策。据很多朋友告诉我，克明已和汪精卫搭上了关系（汪那时已由河内在日方保护下到了上海，潜伏于沪西），牵线人就是董俞。听说汪伪先给了克明5万元，等把《文汇报》抓到了手，再给5万，看来，情势十分紧急，应该赶快商议对策。"

徐铸成听了这个情况，就提出：要争取主动，先由他和严宝礼以编、经两部负责人的名义登一启事，重申本报立场，并隐约点出克明出卖文汇的阴谋，准备彻底查明。严宝礼说："这样就把问题搞僵了。"

徐铸成说："如果克明先登报，提出空头支票的事，并制造谣言，混淆黑白，我们就被动了。"

经过反复商量，严宝礼最后提出先召开股东大会，商决此事。严宝礼认为，根据他自己掌握的股权和听他指挥的股东，加上《大公报》的股权，他相信是可以战胜克明等人的。

第二天下午，徐铸成召开编辑全体人员会议，说明情势危急，大家很气愤，一致决定首先揭露克明的阴谋。

1939年5月31日，即停刊两星期期满前夜，编辑部开了大会，由徐铸成起草了一则《文汇报编辑部全体同人紧急启事》。该启事于6月1日在《申报》(已以洋商名义在沪复刊)等几家报纸作为广告刊出。启事的全文是："同人等服务文汇报一年有半立场坚定向为社会人士所深悉兹因报馆内部发生变动严经理去职特向本报当局提出要求保证不变本报原来编辑方针庶得保持本报一贯立场在未获得满意答复以前同人等暂不参与编辑工作一俟交涉获有结果自当另行声明。"署名的是徐铸成、李秋生、储玉坤、张寄涯、朱云光、程玉西、余鸿翔、魏友棐、高季琳(柯灵)、严荫武等26人。这则《紧急启事》清楚地表明，《文汇报》抗日救国的立场不容变更，万一这个目的无法达到，也决不让报纸成为日本侵略者与汉奸的舆论工具。

爱国报人态度鲜明的启事，再加上《大公报》方面停止原有合同，不再排印《文汇报》，对日本侵略者、汉奸和克明相互勾结、企图攫夺《文汇报》一事作了有力的反击。克明及其一伙也于6月1日在《申报》等报上匆忙刊登广告，宣布《文汇报》推迟至10日复刊，后来又一再延期，以便有足够的时间策划如何蛮干到底。

他们先是用"英商文汇有限公司董事会主席劳合·乔治"名义，在报上大登广告，说是批准了公司董事兼所属《文汇报》总经理严宝礼辞职；常务董事兼所属《文汇报》总主笔职务仍由克明继任。这则广告，实质上是对编辑部全体26人严正声明的反扑。其次，虽因《大公报》停止租约，那伙丑类已进不了原来的编辑部和印刷厂，却霸占了福州路436号报馆经理部，在那里挂着"文汇有限公司"招牌。并且打算从所收受的15万元贿金中，拿出一部分凑合一个排印工场。最后，还由汪精卫汉奸集团给克明等配备一个以落水文人彭年为首的汉奸编辑班子，紧锣密鼓，准备盗用《文汇报》名义以遂其奸。

坚持爱国初衷，保护《文汇报》不被攫夺，不被玷污，成了斗争的焦点。要做到这一点，就要让《文汇报》长期停刊，不为日寇与汉奸所利用。根据英国的公司法，如有三分之一以上的股权不同意，公司不得继续经营。严宝礼、李子宽等紧急筹划，趁《文汇报》停刊、文汇股票大幅度下跌之机，大量购进，很快收集到足够的股权。由徐铸成等委托当年与英国驻华大使寇尔相熟的马季良(唐纳)，将一份申请《文汇报》停刊书，代为递交正在上海的寇尔大使，并且指出，克明之流所作所为，"违反英国国策，危害中英邦交"。寇尔了解情况后，批交上海英国领事馆，吊销《文汇报》执照。克明与日寇汉奸相勾结，攫夺《文汇报》的阴谋宣告破产，抗日爱国的《文汇报》的纯洁性得以保持。

柯灵再也无法忍耐了，发出了《无声的上海》的呐喊，他写道：

> 上海曾经寂寞过，然而这寂寞却引出了喊声；它也曾为恐怖的氛围所统治，然而这恐怖却锻炼了斗争的力量。因为这虽是"孤岛"，却并非地狱，我们也还有着一切人世间所应有的光与热。
>
> 威胁、利诱、绑架、暗杀，出奇出格的手段，这一年来玩得还不够吗？可是谁曾向钞票低头，对手枪屈膝！恰如打石头，不断的击撞才能使火星飞迸，贯彻战士的意志和行动的，正是取火者的心。他们与暴力搏击，与愚昧搏击；他们为自由呐喊，为正义呐喊。力气尽了，喉咙哑了，他们愿意退回草莽，休息着，等恢复了活力再继续战斗。
>
> 在战斗的间歇中，支配着这世界的是巨大的沉默。
>
> 这时候，"和平"的叫卖，无耻的中伤，色情的呻唤，一切离奇的调子，都从昏乱中浮起来了。有如夏天的营营的苍蝇，嗡嗡的

蚊蚋，飞绕在人们的耳边，作着梦寐似的催眠声。

然而这却是非人世的声音。

而沉默又并非灭亡。

在黑夜，市声沉下去了，一切静寂；但这正是白天的活动的准备。“石在，火种是不绝的”。使战士灭亡的不是暴力的压迫，而是斗志的销蚀。只要有侵略，也就有斗争，只要有斗争，也就有活气。出卖灵魂，出卖祖国的，只是那腆颜事仇的妓女政客，以及围绕在这些活尸左右的嘤嘤嗡嗡、蠕蠕而动的一群。

14 / 石在，火种是不绝的

1939年5月19日，《文汇报》被迫停刊了。

半个月之后，徐铸成接到《大公报》胡政之的电报和信，邀他速赴香港，主持编务。徐铸成虽然几次表示和《大公报》情缘已尽，不再往来，用他自己的话来说："我在一年半前被胡一脚踢开，实在不想再去做'回笼馒头'。"但是，《文汇报》关门，他在上海找不到工作，到8月中旬只能去香港主持香港版《大公报》笔政。他到香港的那天，正逢《大公报》香港版举行一周年纪念。

柯灵也失业了。但他没有走，继续在上海，靠勤奋写作，以稿费收入度日。但在这样的非常时期，物价暴涨，米珠薪贵，而稿费只有千字一元，要写20万字，才能换来一担米，这生活如何过呢？他节衣缩食，度日如年。住在一间很小的亭子间里，家中无法开伙，只好在附近的小饭店吃包饭，一菜一汤一盅饭。这样到了第三个月，他实在支撑不下去了，不得不到旋宫剧场做广告，有了固定工资，生活才算暂时安定下来。

严宝礼呢？《文汇报》停刊后，他曾一度心灰意冷，但他总结了经验，对《文汇报》复刊还抱着一线希望。所以他一不经商，二不办实业，也不离开上海，只为《文汇报》复刊做准备工作。

福州路《文汇报》的旧址被克明鹊巢鸠占，严宝礼当然不能再去了。他和李子宽花了一笔钱，在原《大公报》馆的4楼阳台上搭了两间房，作为他们碰头议事的地方，有时，他们就住在里边。这里就成了复刊的筹备处。他马不停蹄，东奔西走，饱受风霜之苦。《文汇报》股东兼评论委员费彝民这时也留在上海，并把储玉坤介绍到法国哈瓦斯通讯社担任编译工作。严宝礼每天都约费彝民向储玉坤索阅电讯稿，以便了解世界大战局势和中国抗战的形势。中午，他们三人就到

严宝礼与夫人袁淑芝

附近的俄式餐馆共进午餐，商讨复刊大事。

《文汇报》停刊之后，重庆国民党当局，忽然感到《文汇报》停下来可惜，就拨了一笔钱，叫他们在沪人员协助出一张新的报纸，条件是要《文汇报》编辑部的“原班人马”参加。严宝礼感到复刊有望，就给徐铸成发了电报，说：“文汇复刊有着，望即返沪主持”。徐铸成把此事就商于张季鸾、胡政之，胡坚决不放徐铸成走，张季鸾说：“报馆虽然需要你，但权衡轻重，你如不怕危险，还是以去为好。”这样，胡政之只得同意，临行前叮嘱说：“我看严宝礼不是好合作的人，上海的事不好办，你自已斟酌，如果不顺手，就赶快回来，这里的位置给你留着。”

徐铸成到了上海，就去那在阳台上新搭两间房的“文汇报复刊办事处”和严宝礼、李子宽见面。双方交谈之下，立刻就发生了矛盾。据徐铸成回忆：“大概严宝礼对于《文汇报》停刊后，我的态度太决绝，独断独行，没有听他的话，给克明‘留有余地’，因此，在我来沪之前，他和李子宽起草了一份办新报的组织法，采用负责制，即编辑要接受经理的指挥。显然，他想在我这匹野马头上，套上一笼头。我看了表示拒绝。”

徐铸成和严宝礼产生的另一个矛盾,即新报是挂英商招牌还是挂美商招牌的问题。徐铸成说:“租界取缔抗日报纸,对挂英商招牌的华文报纸,一网打尽,挂美商招牌的,却全部安然无恙。因此我主张新的报纸要设法挂美商招牌。而严宝礼却一定要再用英商,原因是他的英籍熟人多,还新结识了一个巡捕房的头目叫杰克,认为可利用。”

在人际关系上,严、徐也产生了矛盾。严宝礼和虞洽卿的儿子虞顺懋(某轮船公司经理)是南洋公学同班同学,平时,《文汇报》遇到经济困难,常找虞帮忙周转。虞洽卿的女婿江一平,靠丈人的关系,当上公共租界工部局的华董。他看国民党要支持严宝礼办报,就以国民党要员自居,表示要支持严宝礼。而国民党实际在上海的主要负责人是“中委”郑异(亦同),国民党拨的5万元钱就在他手里。他不大出面,由他的秘书邓友德出来联系商谈。由此,徐铸成和邓友德交上了朋友。

由于严、徐本来的两个矛盾,再加上郑异、邓友德支持徐铸成,江一平支持严宝礼,而彼此又都不肯迁就让步,成了僵局。这样徐铸成又回香港办《大公报》去了。

严宝礼和徐铸成的矛盾,完全是两个人的角度不同,考虑问题的出发点不同。徐铸成靠的是手中的一支笔,这家报纸关门了,可以甩袖而去,到另一家报纸去干。而严宝礼不同,他是报纸的老板,报纸虽然停办了,但还有许多善后事情要处理,他的周围还有几位失业人员,他不能不重整旗鼓,如《文汇报》不能复刊,就要创办新报。要办新报他不能放弃轻车熟路,还要依靠曾经在经济上支持他的人帮助。

徐铸成走了之后,严宝礼并没有就此放弃《文汇报》复刊的希望,依然继续筹办此事。

1941年12月,太平洋战争爆发,上海公共租界、法租界被日军占领了,“孤岛”已不复存在。留居上海的爱国人士普遍受到迫害。1945年初夏,严宝礼、柯灵、费彝民、储玉坤及会计袁鸿庆,被日本宪兵队逮捕。他们的被捕,很重要的一个原因,是敌人对《文汇报》仍然怀恨在心,由于严、费、储经常在一起研究电讯，疑惧文汇可能以原来的立场再度问世。严宝礼等被捕之后，分别关在各个宪兵队，均受到不同程度的折磨，但他们都坚贞不屈，保持了一个中国人的气节。经过营救，终于先后获释。

柯灵是两次被捕。第一次是在1944年6月。这时柯灵刚写完《夜店》，还是一天要上三个班，上午去钱庄，下午编《万象》，晚上去巴黎大戏院苦干剧团，同时还在筹备创办《自由中国》，准备在抗战胜利后出版。就在这闷热的上海6月，日本特务把柯灵抓进"贝公馆"，要他写自己的经历及和共产党的关系。柯灵把自传不着边际地写了一通。至于与共产党的关系，他自己不是共产党员，也不知谁是共产党。

审讯了。日本特务交给他一张共产党名单，问："你认识哪几个？"

柯灵说："我一个也不认识。"

"是谁叫你写文章反对我们？"

"没谁叫我写，是我自己要写。"

"你为什么要写？"

"因为我是中国人。"

"你编《文汇报》，哪些人给你写文章反对我们？"

这显然是个棘手问题，但柯灵还是从容地讲出几个经常为《世纪风》写稿的人，他讲的几位作者，都是登记过，落了水的，他们的鼻子早就被日本人牵在手里，特务们当然知道。柯灵在这里说"落了水的"是文载道和周黎安，他们也是"百姓落水，当了顺民"，和周作人应该是有所不同的。文载道"落水"后办了《古今》杂志，当时文艺界有不少人为之投稿，无非是卖文赚几个稿费，以此来维持生存。

于是特务再次逼问："还有谁？"

柯灵说："还有周木斋。"

特务紧追，问："周木斋在哪儿？"

柯灵说："死了。"

日本人大失所望，说："死了？死了说他干什么？"

于是，柯灵又被投入牢房。6天后，就放他走了，真是出乎意料。

柯灵回到家里，看到了张爱玲的留言。听说柯灵遭难，张爱玲特地跑到他家里表示慰问。家里人还告诉柯灵，同张一起来的还有一个男的。柯灵想，这个男的就是胡兰成了。胡此时是伪中央宣传部次长。

其实营救柯灵的也不止胡兰成一个人，家里人托了同乡陶孝洁。陶是日本留学生，伪政府浙东专员；苦干剧团姚克托过陈炳龢，陈是海军直接掌握的《申报》社长。这三个人都有资格向日本宪兵讲话，很可能起了一些作用，因而日本宪兵没有对柯灵用刑。

柯灵出来之后，继续筹备《自由中国》的出版工作，继续在亭子间编他的《万象》。不过此时《万象》的出版人不再是平襟亚，而是由青年作家沈寂接办，名义上由他负责编辑，但力不能胜，依旧请柯灵主编。

1945年，那天正是端午节。日本宪兵又出现在柯灵面前，又说了短短一句话："请你去谈谈。"

进了牢狱，审讯的问题一个接着一个：

"夏衍什么时候回来？"

"不知道。"

"田汉什么时候回来？"

"不知道。"

"黄佐临还想演什么戏？"

"不知道。"

一问三不知，惹恼了日本人。天天对他审讯，今天老虎凳，明天辣椒水。到了第五天，由萩原行刑，在柯灵支撑不住，倒在地上的时候，萩原拿出一本《市楼独唱》在他眼前晃了晃。这是一本柯灵的杂文集。此时柯灵明白了，这就是自己的罪证了。这次柯灵被用刑太重，自己走不动了，是萩原把他背起送回牢房。

第九天，他又被提审。敌人给他一把剃刀，一面镜子，做做手势，要他把胡子刮了。他把胡子刮了,把头发梳了,日本人却叫了一辆黄包车,让他上车,训斥说:“你出去,什么话也不准说!”

谢天谢地,柯灵活着回家了。

写到这里,我突然感到《文汇报》就像一个大旅店,有的人来了,在这里滞留一段岁月,又匆匆离开了,它给每个人留下些什么呢?前人是这样,今人是这样,后人仍是这样。对某一个具体的个人来说,也许是无所谓的,但报纸总会留下辉煌,就像抗日战争时的这段历史,它真的像彗星一样,在“孤岛”的夜空只是一掠就不见了,但这尊响着民族之声的洪钟永远不会沉默的,因为它有着自己的历史。

2 在反饥饿、反内战、要和平、争民主的浪潮中

（1945年8月—1947年5月）

1945.8-1947.5

1 / 复刊后的两种声音

《文汇报》于1939年5月停刊之后，创办人严宝礼一直留在上海，坚守“文汇精神”，等待时机东山再起，以报江东父老。

1945年8月日本投降的消息传出，严宝礼立即筹备《文汇报》复刊工作，并急电在重庆的徐铸成，请他立即回来合作办报。但这时的徐铸成已经在重庆《大公报》编辑部任职。复电说他正在筹划《大公报》上海版的出版工作，还无法到《文汇报》来。严宝礼就约请曾在《文汇报》担任国际新闻编辑的储玉坤任总主笔，但储玉坤不能熬夜，又请他的同乡朱运光任总编辑，主持编辑部的工作。在日本无条件投降的第二天，严宝礼就宣布《文汇报》复刊，借新闸路小沙渡路（今西康路）上一家印刷厂暂时栖身，报纸也由该厂承印。

9月5日，宣布报纸正式复刊。6日刊出4开报纸一张，刊号为“478”号。

8月18日，《文汇报》就正式复刊，出8开报纸一张，只有两个版面。1939年停刊的《文汇报》刊号为“477”号，但复刊后的《文汇报》没有继续这个刊号，以次编号，而是以“号外”形式一直持续到9月5日，共出号外19天。9月5日，《文汇报》报社迁至圆明园路149号，正式复刊，使用编号“478”号。

由于生活在沦陷区长达8年的上海人和生活在雾都的重庆人，对抗日战争形势的认识和感受不同，在上海人的心目中，国民党是抗日战争的领导者，国民党的军队是抗日战争的主要力量，蒋介石不但是国民党的总裁，也是全中国的抗战领袖。当时在热闹的南京路、霞飞路（今淮海路）上，不少商店自发地挂出了蒋介石像，街上出现“蒋委员长万岁！万岁！万万岁！”的标语。来上海接收的国民党大员，市民也是作为英雄来迎接，并给以热情的欢迎。

上海的情绪也从《文汇报》8月18日的《复刊词》中反映出来。该文一开头就写道:“本报于民国二十七年一月二十五日创刊，出版未久，即深得社会谬许，不幸翌年五月八日，因环境关系，被迫停业，同人于悄悄离馆之日，唯一信念，厥为抗战必然胜利，本报必然复刊，六年期待，艰辛备尝，颠沛流浪者有之，身陷囹圄者有之，独此信念，绝未动摇，今者捷报传来，胜利果已在握，举世共庆和平实现，同人欣幸夙愿克偿，徒因时间匆促，筹备未周，今天仅能以小型篇幅，重与读者诸君相见，事实限制，良非得已，所望今后随时局的开展，逐渐扩充，逐渐改进，以臻完善，谨于复刊之日，略述同人感怀，聊志与国人共勉之意。”

接着《复刊词》又提出了三点:“第一，吾人认为对于8年长期抗战之终于获得最后胜利，必须向我全国最高领袖蒋主席，以及效命疆场的全国将士与艰难困苦拥护国策到底的各地同胞，致以最崇高之敬意。”第二，强调“得道多助”，说:“吾人于此，不禁深信‘得道多助’，确是至理名言，中国没有一艘主力舰，没有一架自制的轰炸机、自制的重型坦克，居然也会战胜，也会跻于强国之列，这在军事上或者使人不解，但在道义上确有其绝对的必然性，吾人甚至不妨自豪地讲，中国在道德上所获得的胜利，其价值在军事上所取得的胜利，更要重大若干倍。”第三，“吾人站在革命的立场，深觉抗战胜利虽已确保，可是建国大业犹待努力，吾人在国民革命的艰长旅途中，还只是走了一半，吾人绝不可因为战胜而过分兴奋，过分自满，吾人必须更深刻地检讨过去的一切错误，一切欠缺，依照蒋主席在《中国之命运》中所昭示的方针，致力于各部门的建设，吾人平时以为抗战工作，有些人未能积极参加，固然已属一种损失，如果对于建国大业，依然不能共同效力，那简直是民族、国家的罪人。”

这篇《复刊词》不切实际地赞美蒋介石，被认为是《文汇报》在进步的道路上的一个曲折，是失去光彩的一页。

蒋介石的《中国之命运》一书于1943年出版，由陶希圣执笔，蒋介石署名的这本反对共产党的著作，是“为第三次反共高潮作舆论上的准备”，出版之后，陈伯达就写了《评〈中国之命运〉》，对它进行了批判。因为《中国之命运》诋毁陕甘宁边区、八路军、新四军为“新式割据”、“新式军阀”，不只是“共产党的秀才”陈伯达撰文批判，一切进步人士也莫不为之齿冷，而《文汇报》的复刊词居然奉蒋氏为典范。这说明抗日战争胜利之后，思想界面临着大分化、大改组，要跳出抗日战争时期的民族爱国统一战线重新站队了。

8月23日，报纸又发表社论《今后的本报》，更进一步申明《文汇报》的宗旨。文章一开头即向读者致歉，说：“本报自发行号外以来，谬承各界人士之爱护，销路日增，惟自检内容，需改进之处尚多，实难负读者诸君之期望，惟在青黄不接之过渡时期欲求事事均能上轨道，实不可能；即以本报而言，迄今尚未能移入原址办事，而在一家最简陋的所内编排印刷，每日仅能出八开一小张。匪特本报同人愧对读者，即在读者诸君，亦引为遗憾。本报在形式上虽然相形见绌，惟精神上意识上，一仍旧贯，本报停刊迄今，七载有余，分别已久，诸君对于本报立场，或已忘怀，兹特略志一二，为读者告。”

在这篇社论中提出的5条宗旨为：“第一，本报宗旨纯洁，无党派色彩，不偏不倚，完全站在民众立场发言，对内以促进团结努力建国为要旨；第二，为了‘实行宪政’、‘启迪民智’，‘是以本报本着言论自由最高原则，发表言论，力求大公无私’；第三，现代报纸为人民的精神食粮，故本报报道新闻，迅速翔实，务使读者对于国内外大事，均能获得正确之认识，其他方面，亦力求内容充实，以灌输现代知识，务使本报成为读者一日不可缺少的读物；第四，要发扬《文汇报》独特之‘报格’，‘富贵不能淫，威武不能屈’，今后仍当保持；第五，现代报纸为发展社会事业之工具，故本报同人必竭尽所能，为社会服务。”

社论虽然一再重申“独立自由”的办报精神，但在版面上仍然不断出现迎合当局的文字。

对于国民党上海市的党政显要人物,《文汇报》在新闻报道和评论方面，尽力揄扬。8月24日、25日两天在要闻版头条地位连续报道了吴绍澍的活动。第一天刊登《吴副市长昨日莅沪　宣布市府施政方针　力谋安定社会及解除民众痛苦》,同时发表《欢迎吴副市长》的社论;第二天刊登《市党部吴主任委员针对现实发表谈话　关于逆产问题等指示綦详》。26日,在本市版“社评”中以《迎冯专员》为题，表示希望国民党中央宣传部专员冯有真发起“新闻界自肃运动”。评论说:“新闻从业人员重要的条件，乃在思想纯正和认识清楚,决不容许有不清不白的分子混迹其间。我们希望冯专员来沪后,立即发起新闻界自肃运动,以排除一切渣滓”。文中提出的“思想纯正和认识清楚”自然是政治标准,对此寄希望于国民党中央宣传部官员,反映了当时报纸的政治倾向。

上海黑社会闻人杜月笙抵达上海,9月4日《文汇报》在要闻版发表题为《迎杜月笙先生》的社论,说:“上海市民引领等待杜月笙先生来沪主持地方事业,有如大旱之望云霓”,“对于杜先生过去的贡献,没有一个不加倍感激”。社论还以谀词颂扬杜月笙为“劳苦功高的地方领袖”、“侠义热情的地方领袖”,“兹特代表上海市民向先生致敬并表示欢迎之意”。同一天，本市版头条突出地位报道杜月笙抵沪时受到亲友欢迎的场景,还登出杜月笙的照片一张。

作为民间报纸,对副市长及专员们的到任,也可以不发表,即使发表,也只能作一般新闻处理,但《文汇报》居然发了评论,还说了那样多的捧场的话,未免有失报格。对杜月笙这样的海上闻人,可以说是新闻人物,在抗战期间,他也的确有所贡献,作新闻人物进行报道也未尝不可,但是,说了那样的捧场话,可见报纸的编者没有把持住报纸的地位。

是时,《文汇报》已搬至圆明园路149号新址,该处原为英海军俱乐部。太平洋大战爆发后,由日海军报道部占用。抗战胜利后,由中央社

圆明园路 149 号文汇报办公楼

接收作为分社社址。中央分社社长冯有真原与吴绍澍合办《正言报》，此时因派系纠纷发生矛盾。《文汇报》“孤岛”时社址（在福州路）此时被占为《正言报》社址，冯为示好于严宝礼，乃将中央社之一层（二层）让给《文汇报》用。后《文汇报》购备印报机，又商之冯有真，占用后楼仓库之一角。严宝礼艰苦经营之毅力与苦心，由此可见一斑。

购机器的资金，由任筱珊氏所出（约百两黄金）。《文汇报》当时最大之股东为任氏，后因资金周转问题，严宝礼常商请虞顺懋（虞洽卿长子）帮助；积久虞即成为仅次于任氏之大股东。董事会初由任筱珊任董事长，后《文汇报》民主色彩日益鲜明，乃请其老上司张国淦老先生出面（任氏在北洋军阀统治时，曾久任沪宁、沪杭甬两路局局长，时张国淦任北京政府内务总长兼交通总长）。

9月5日，出版最后一张8开报纸，9月6日出版4开两版报纸一张，算是正式复刊。一版发表社论《复刊词》，声明："本报为无党派色彩的纯商业性报纸"，"以言论自由为最高原则，矢志保持高尚的报格"。副刊《世纪风》复刊，发表了编者柯灵的《发刊词》，他说：

> "世纪风"是在窒息中生长，终于又在窒息中死去的。暌隔六年，现在重与读者相见，真不免有点悲喜交集之感。
>
> 这六年来，我们所看见的太多了。浩瀚的人类史中，似乎还没有这么重要的时代。历史在进展，不断的扬弃，不断的孕育。如果"世纪风"过去曾有些微贡献，因此今日还有它存在的理由，那么，让我谢谢曾经给与大量支援的作家，以及一切关心爱护的读者。今后我们依然热切地期待着大家的帮助。我们没有什么文艺上的主张，只希望能在进步和向上的意义之下，切切实实，做点耕耘的工作，跟从前一样。
>
> 一个小小副刊的荣枯绝续原不算什么，可喜的是窒人的时代已经过去，国家的命运在苏生，一切都在苏生了。我希望"世纪风"的复刊，至少能带给读者一点新生的喜悦，也有点亲切之感。
>
> 文艺的沃土是自由的空气，同时我们应该有理由祝颂"世纪风"的成长和健实。

复刊后的《世纪风》第一期上，发表作家芦焚、章锡琛、唐弢写的诗文，丰子恺的漫画，曹禺翻译的《铸情》（即《罗密欧与朱丽叶》），使读者看到"孤岛"时期的《文汇报》光荣进步的传统，现在又回来了。以后《世纪风》又发表了接收大员的"五子登科"的营私舞弊的事情，使读者感到副刊和要闻及社论似乎是风格及精神完全不同的两种报纸，出现在同一张报纸上。报纸虽然有了副刊《世纪风》发表进步的呼声，但从报纸的全局来衡量，此时文汇的编报方针并未改变，继续发表一些代表另一种声音的社论和要闻，如.

9月14日，发表社论《迎头赶上》，说："中国落后，什么都不如人"，虽然现在是"五强之一了，然而跟人家比一比，我们的落伍程度何止数十百年"，但并不可怕，因为我们有"顺民心"的蒋委员长。"蒋委员长毕竟是中国伟大而英明的领袖，8年来领导军民，以铁一般的意志，坚毅卓绝地走向胜利。而我们全国的民众，也可以说无负于领袖。自由区内，固然万众一心，表现出绝对的忠诚，沦陷区的无数哀黎，身处水深火热，敌伪蹂躏之下，而拥护领袖的热诚，几乎有类于宗教的虔信。胜利后的上海街头，随处是领袖庄严的容貌，和'万岁'乃至'万万岁'一类歌颂领袖的标语，就是这种热诚的至高表现"。

10月24日，发表社论《江南善后》，说："传'新四军'已由江南撤退。每一个流亡上海的江南人，都松了一口气。""政府和共党的谈判，据说，近来又有进步；'新四军'的撤退，就是进步的具体征象。这是最可庆幸的。""江南一带，在胜利公布之初，'新四军'就突飞猛进，他们所采用的方法和手段，未必都固守中共当局的批示；而且临时啸聚的群众，又未必遵守'新四军'的纪律。一月余来，滥用'抗币'，强征粮食，民众倒悬，村市成墟。过去一般贫农大众，对'新四军'或不乏好感，经此浩劫，所有的同情都丧失了。我们为千万同胞痛哭，同时也不得不为共党惋惜。这种损失，实在是无可弥补的。"

10月30日要闻版新闻报道以《共军行动逐渐扩大　政府处以最大忍耐》为标题，同时发表短评《向中共呼吁》，说："但依目前的情势而论，正式的内战还没有爆发，和平解决的希望，仍不绝如缕；所以我们愿意站在人民的立场，向中共当局作最后的呼吁。""全国人民对于目前的国内局势，只有一个意见，就是我国在抗战8年之后，不容再发生

国共重庆谈判中毛泽东（右）与蒋介石（中）、美国驻华大使赫尔利（左）合影，后排左一为蒋经国

内战；同时全国人民也只有一种主张，认为消弭内战的办法，只有绝对拥护中央，统一全国的政令和军令，在和平的氛围里，埋头建国的工作。所以中共最近的态度和行为，不论他如何解释，终非一般人民所赞同。”“如果中共当局，执迷不悟，仍欲一意孤行，不惜引起内战，使我民族陷于万仞不复之绝境，则其民族罪人，是不可饶恕的，其为患为祸之烈，有不堪设想者。”

11月1日，就重庆谈判后的局势报纸发表社论《请问毛泽东先生》，责问毛泽东：“中共的根本政策，是不是真正主张中国的团结进步？”11月9日，报纸发表社论《我国实行民主的先决条件》，继续指责中国共产党；11月20日社论《阴霾四合的东北》，认为东北局势的严重,责在中共……

读到这里,我们不能不怀疑自称“无党派色彩”的《文汇报》,怎么忽然变成国民党的机关报《中央日报》了?!作为民间报纸的《文汇报》发表这样一些言论,并不是真心实意地“拥蒋反共”,而只是作为报纸的总主笔是以国民党《中央日报》的言论为坐标,自己缺乏主见,心态失去平衡,致使《文汇报》走了这样一段弯路。此时,人心所向是追求进步,报纸的总主笔储玉坤已经感到问题的严重,他亲自出马向进步人士组稿,但有的人不愿给《文汇报》写稿,郑振铎对他说:“一两篇文章不足以使《文汇报》走出困境。”《文汇报》发行数量不断下跌,广告客户也随之减少,在经济上也就捉襟见肘了。这使严宝礼感到问题的严重,心情十分苦闷,但他仍然鼓足勇气,要改变报纸上的政治倾向,把《文汇报》办成一张受读者欢迎的报,增加报纸的发行量,在困境中为《文汇报》谋出路。

笔者进《文汇报》时,储玉坤在资料室工作,他的背已驼,戴着深度的近视眼镜,大大的嘴巴,很健谈,算得上是《文汇报》的一个人物。笔者常去资料室借书或翻阅报纸,彼此有些熟悉了,听他谈新闻界轶事,增长了许多见识。谈到《文汇报》这几个月的历史时,他仍不免有些赧然,说:“那时的一些言论是出自鄙下的手笔。”

2 / “关键在今年”

《文汇报》虽然为严宝礼初创，但他不管报纸的内容，全部心思用在经营上，他很清楚，只要报纸经营得好，知识分子就能安心办报。但复刊后的《文汇报》，跟着国民党机关报的屁股后面转，失去了它原有的优势。此时的严宝礼更加清楚，要使《文汇报》走出当前的困境，必须改变报纸的内容，这样就必须改组编辑部，充实新的人才，改变报纸的面貌。

正在这时，徐铸成从重庆回到上海，主持《大公报》上海版的复刊工作。严宝礼得到这一消息，立即赶到徐铸成的住处万德坊访问，并带来“三炮台”香烟两听，说：“已在新雅订座，为你接风。”宴席上，严宝礼说：“报纸面临困难，极盼吾兄回来主持工作。”

徐铸成说：“《大公报》命我筹备上海版复刊，一时难以脱身。”

虽然如此，徐铸成对《文汇报》还是拳拳于心，他对严宝礼说：“还是要把《文汇报》办成一张绝对独立的民间报纸，不仅要恢复过去的光荣，而且要为中国新闻事业开辟出一条新路，在民主建国大路上，尽一点责任。”

第二天，《文汇报》发表了徐铸成由重庆到上海的消息。

这时，上海的报纸都已陆续复刊。《新闻报》的汪伯奇，《申报》的史咏赓都与国民党方面的陈布雷谈妥条件：《申报》由潘公展任社长兼总主笔；《新闻报》由钱新之任社长，程沧波任总主笔，赵敏恒任总编辑，詹文浒为总经理，史咏赓及汪伯奇均任董事会挂名副主席，而杜月笙则任两报常务董事。

在抗日战争时期，中共地下党对《文汇报》只是在思想上给以影响，并没有安排地下党员或进步人士进入《文汇报》。在国民党的舆论宣传控制上海的局面下，地下党对《文汇报》开始注意起来。中共上海地下市委文化方面负责人姚溱得知严宝礼要改组报纸编辑部，就和地下党员陈虞孙去找宦乡（鑫毅），说《文汇报》编辑部要改组，要他参加《文汇报》的工作。宦乡本来是《前线日报》总编辑，因和该报负责人在办报意见上不合，已经离开《前线日报》，这时正赋闲在家。宦乡本意想参加《大公报》，但胡政之无意重用之，所以严宝礼和徐铸成商讨《文汇报》改组的事情时，徐也向严宝礼推荐宦乡。此时的宦乡还只是进步人士。过了几天，严宝礼登门邀请，要宦乡参加《文汇报》的工作，并说明徐铸成在《大公报》一时离不开，要他暂时主持《文汇报》的笔政，重组编辑部。经过考虑，宦乡同意来《文汇报》，但提出了要求：在办报方针上要把反对内战、推进国内和平作为办报的第一要领，一切要为此服务，即使因此得罪了国民党当局，也在所不顾。严宝礼表示同意。宦乡先介绍了在《前线日报》工作过的张若达到报社，担任主笔，撰写社论。张若达到报社后，在中共的机关报《新华日报》创刊上海版的黎澍，通过张若达，安排原为"国新社"记者的唐海进入《文汇报》，担任记者。不久，地下党员孟秋江在中共中央南方局的指示下，进入《文汇报》，担任采访部主任，和原在报社的柯灵等一起工作。从此，上海日益高涨的革命群众运动，不断在《文汇报》版面上有所反映，群众对国民党政府的不满情绪在报纸上也有所报道。但是编辑大权依旧操纵在执行原来办报方针的储玉坤手里。他们或者在报道标题上做文章；或者依旧选择中央社、外国通讯社发的一些与和平、进步不相和谐的报道，塞到版面上；或者扣押和删节对国民党政府不利的内容。如刊登中央社电讯，指责"共军宣传停战，实际加紧进攻"，在山西"国军收复十九县，迄今为共军占领者达十五县之多"，称被共产党军队占领的地方"焚烧掠劫，胜于暴日"。如刊载合众社电，题为《周鲸文抨击中共　谓其军纪败坏并不得人心》，说"共军每次作战以后，必奸淫掳掠"。又如，唐海以《文汇报》记者名义，采访美国特使马歇尔到上海的消息，在华懋饭店（现和平饭店）举行酒会后，上海各大学学生举行示威游行，包围了华

文匯報　五年一月二十五日

本報創刊紀念特輯

文匯報的精神

徐鑄成

文匯小史

—一只手抓着正義　一只手抓着勇敢—

本報資料室

1946年1月版面

懋饭店，准备向马歇尔递交要求制止内战的请愿书。唐海写了欢迎马歇尔参加酒会的内容，并以大量篇幅报道了示威学生的声明和要求民主的呼声。但在第二天见报时，只留下招待酒会的内容，把学生示威游行请愿的谈话内容统统删除，却刊登一篇《中央日报》记者储裕生写的欢迎马歇尔的特写。

1946年1月25日，是《文汇报》创刊纪念日，徐铸成虽然还未回文汇报，仍然写了《文汇报的精神》一文，在创刊纪念特辑上发表。

1946年起，版面上才开始有了新的变化，元旦这天的版面变化尤为显著。这天，报纸发表社论《关键在今年》，社论一开头，说出了当时人们所关心的话题："今天是胜利的元旦，照例应该讲些吉庆的话。但像上海这样一个纸醉金迷的都市，有几个人能够无忧无虑，笑逐颜开？江浙一带的广大农村，遭派款派粮的威胁，受杂军污吏的苛扰，室无余粮，途有饿殍，救死不暇，哪里有除旧迎新的心情！再往远一点看，更可怕了！鲁豫鄂皖晋绥冀察等11省都进行着激烈的内乱，杀人盈野，田园荒芜。东四省同胞苦熬了14年，天天期望祖国的旌旗，期望祖国温暖的怀抱，而今日所接受的，也是刀枪炮火。胜利以来，接着就自相残杀，奄奄一息的国家元气，不绝如缕的人民生机，都被斫伤殆尽。在这时候，我们如何能强为欢笑，忍着眼泪来说些言不由衷的吉庆话！”这时在重庆的国共商谈正在进行，政治协商会议也即将召开，人们对和平解决国共的冲突寄予希望，即政治谈判的空气较浓，“用枪来说话的成分就减低”，社论呼吁“要拨乱反正”，不要坐失“千载一时的建国时机”，“这一个时机抓不住，前途实在不堪设想。”社论表示了《文汇报》的态度，说：“我们这张《文汇报》，是抗战中成长的报纸，上海沦陷之初，曾在敌伪淫威下艰苦奋斗，略尽舆论报国的责任。胜利以来，追随同业以后，竭其绵薄，为团结建国而呼号。我们绝对是一家民间的报纸，绝无背景，所有爱国的各界同胞，都可以利用我们来宣传正义，研讨问题，所有民间疾苦、社会隐病，我们都愿尽情揭露，以求解决。今后，我们因深感言论责任的重大，更当再接再厉，以尽职责。更望全国同胞，尤其上海各界贤达，时予匡助，扶其不逮。”

在发表社论的同时，其他版面文章也发出了实现民主的呼声。马叙伦在《实现民主是每一个国民的责任》一文中说：“我们要的是真民主”，“这是现代民主潮流的权威，也是民众意识的表现”。副刊《世纪风》由地下党员叶以群主编，发表了文章，说：“内战无论如何不能再打了，以前曾经打过内战，打了10年，只打出了一个日本人的大侵略。今天我们再打，就再打10年吧！别的国家已经进入原子能生产时代，而我们只是噼里啪啦地乱打，不是会打出一个万劫不复的落后民族来吧？这罪恶和逆运，人民不愿意担荷！”文章又说：“中国是中国人的中国，不应该是某一党的中国。人民是国家的主人，是历史的主人，为了应付大时代，大转变，国家的根本组织法都可以变，斤斤于既成的法统之争，那完全是近视眼式的见解。”“历史在大转变！谁能领导这个转变的便是民族的英雄，谁要阻挠并逆扭这个转变的便是民族的死敌。人民在希望着新英雄的出现！”

陶行知写了一首长诗《新年的希望》，臧克家写了《大年初一的小愿望》，力扬写了《胜利以后的第一个新年》，何其芳写了《新年有感》，郭绍虞写了《祝成功》等文章，作者在字里行间都认为战后应该是中国进入和平崛起的大好时机，因此，都在企求和平，避免战争，抓住和平建国的大好时机。

副刊《灯塔》发表编者的文章《灯塔重明》，说：

> 战争的风暴吞食了灯塔，沉默而等待，是一长串血和泪的日子。现在我们又把他重新点起，工作虽渺小，却也和特罗门燃点白宫广场的火炬时有同样心情，一点骄傲，更多辛酸。我们该记取：今日的兀立，正踩踏着千万人的骸骨！
>
> 灯是亮了，而世界已经大变，战争过后风暴还没有停息，茫茫黑夜里，一丝微弱的光，能有多少功用，照得到的又只有多大一块地方？何况，狂风怒号，浪涛澎湃，灯塔能否冲破昏暗，透露微光，还无十分把握。
>
> 因此，我们不敢奢谈灯塔原有的“指引”的功效，只敢说：今日先点起亮，作为新里程开始的标记。搬运些砖和泥，坚强了基础，以抗拒明日的风暴。

当时的《文汇报》是带着很大的幻想的，不但从舆论呼吁和平与民主，并以此来推动战后的中国进入和平建国的历史进程，还于1月6日新辟了《星期谈座》专版，座谈的话题就是当时中国工业的状况及如何节制官僚资本，发展民族工业的问题。第一次参加座谈的有吴羹梅、马叙伦、陈麟瑞、柳亚子、沙千里、郑振铎、金松岑，主持人在开场时说：“战争的结束，又把中国还了原，恢复了一个整体。可是，由于数年的分隔,重庆与上海之间,存在了许多隔阂,在上海的人都很想知道胜利后大后方的政治、经济、文化、工商业等各方面的情形;而大后方归来的人,当然也想知道在敌人蹂躏下的同胞是否真的在麻醉怀柔中心安理得地睡觉做梦。因此,我们想藉座谈的方式来沟通一下,增加些了解,同时交换一点意见,为明日的合力齐步作张本。”

新开辟的《读者的话》也在元旦这天和读者见面。这个副刊由柯灵主编,在刊头下写了这样4句话:“有话大家来说,有事大家商量,不论男女老少,人人可以投稿。”

主编柯灵还以“街头人”为笔名,写了《请大家都来说话——开场白》,文章说:

> 报纸被称为“民众喉舌”,顾名思义,不但应当代人民说话,更应当让读者多多发言。
>
> 《文汇报》本来是一张民间的报纸,发扬民意是我们神圣的责任。过去我们不断接到读者的投书,作种种坦率想法的倾诉,可是限于篇幅,无法公开。现在我们特辟这一栏,献给读者,让大家有说话的机会。
>
> 这里范围虽小,可是绝对“民主”,人人可以投稿,个个可以发言。上至国家大事,下至市井琐屑,乃至切身痛痒,有意见不妨贡献;有问题不妨讨论,有义愤不妨控诉;有愁苦冤屈,或什么难以解决的疑难杂症,也不妨公开提出,或者大家可以想想办法,人人有互助的义务,我们大可在此携手,推诚相见。
>
> 读者诸君,盍兴乎来!

有这样的编辑,有这样的专栏,读者还有什么不可坦诚相见的呢?以后也证明这个专栏读者最多,来稿最多,是《文汇报》在这个时期最好的专栏。

如果历史的发展像《文汇报》所幻想的那样，国共合作把战后的中国推向和平建设，当时已是世界四大强国之一的中国，发展到今天该是什么样子呢？这当然是一大幻想，因为国民党要消除异己建立一个独裁政府，共产党要建一个多党联合的民主政府，而且两党都掌握自己的军队，在这种局面下，中国非经过一番战争，才能使国家统一，真正走向和平建设之路。

文匯報
中華民國三十五年一月七日
協商會決如期召開
商討和平建國方案
決定國民大會有關事項
停止衝突令日內可頒發
代表名單
三人會今日集議
各方一致抱樂觀態度

1946年1月版面

3 / 全力报道政治协商会议

《文汇报》正是带着和平建国的期望，对政治协商会议倾尽全力地进行报道。当时的估计，政治协商会议是通向和平建国的康庄大道。

1946年1月10日，《文汇报》发了预告新闻，“协商会议今日开幕，各方期待的停战令尚未发出”，《文汇报》带着满心的期望，祝贺政治协商会议开幕的社论《乐观协商会议》中说：“特别重要的，全国的人心民意，都渐趋于一致，反内战，反分裂，强调要求进步团结。”“在国民大会开会前，政府的基础必须扩大，政治必须清明，所有言论自由、身体自由等等基本的人民权利，必须真正被尊重。这些，都是全国民众的热切愿望。谁违反了这个人民意志，谁就要受民众的唾弃。”

1月11日，《文汇报》在一版头条作了报道，标题是《协商合作开幕，蒋主席致词宣布重要决定》，报道说：人民有自由权，政党获合法地

文匯報　中華民國三十五年一月十一日

文匯報

協商會昨開幕

蔣主席致詞宣布重要決定

人民有自由權政黨獲合法地位

停戰令昨晨頒發

召開會議目的

消除不利因素

集中力量加速進行建國

1946年1月版面

位，举行自上而下的普选，释放政治犯，停战令已经颁发。

在政治协商会议期间，《文汇报》发表了一系列社论、星期评论、旁听记等。1月11日，一版除报道政协开幕的新闻，发了社论《停战令下》。1月12日，又发了社论《停战以后》，1月13日再发马叙伦的专论《写在政治协商会议开幕之初》，1月16日发表社论《政府改组问题》，以后又发表了傅雷的《历史与现实》、社论《让舆论尽力》、《赶快普选》等许多专论和评论，可见《文汇报》对政协会议是寄托着很大希望的。无论是评论、文章或会议新闻，难免有许多官样文章和外交式的辞令（别的报纸是怎样宣传这次会议的，因为没有比较，说不出名堂来，我想也是逃不出官样文章的）。但是，《文汇报》发表的会议侧记之类的通讯，如《文汇报》驻渝特派员王遂今写的《充满了和谐的气氛——协商会议开幕旁听记》、《协商会议人物素描》，报纸驻渝特派员黄裳写的《政治协商会议第四日》、《协商会旁窥记》等，读之如临其境，与会者的发言如闻其声，对人物的表情及细节的描写，又如见其人：

开幕日的座位，一行行都向着主席台排列，但有人不赞成这样，所以第二日起改排成倒U字形了。主席和秘书居中一排，代表们则分在两边相对而坐，像是举行一个大宴会。

新闻记者38人，外国记者来了9人，不过他们大概不能听懂代表们的发言，显得有点苦闷。记者们在下面排成4行，面向主席台而坐。这次协商会议对记者真可谓特别优待了，既有休息室，还有点心香烟。记者们无不受宠若惊。

右边上首的代表是国民党的8位，中间的是中共的7位，下首是青年党的5位。左边上首的代表，是民主同盟的9位，下首是无党派的代表9位。

在《充满了和谐的气氛》中记者写道：

会员陆续地到了，但始终不见张群先生与周恩来先生，这才知道三人会议已提前于8时举行，要在政治会议开幕前实现全面停止冲突。大家都怀着沉闷的心情等消息。10点一刻大会开幕，张周两先生匆匆赶到，我注意他们的面部表情，真害怕看到的是两张苦脸，但我发现他们都在笑。乐声响了，大会隆重开幕，蒋主席在致开幕词前宣布三人会议已决定全面停止冲突，停战命令即可发出的消息，全场掌声雷动，大家都拍红了手。主席态度严肃似乎没有什么激动，激动的是那些高年的代表。主席旋即致开幕词，约20分钟毕，继又宣布政府保障人民自由四项措施，全场复鼓掌以迎。

周恩来先生走上主席台，代表中共致词，谓政治协商会议为中国人民及民主人士多年以来所殷切企求者，今日如愿开幕，实深庆贺。“中共代表必本诚意,共商国是,努力合作”。说到停止冲突,周先生说“中共代表来渝,首先呼吁无条件停止冲突,幸得政府注意,马歇尔特使赞助及最后,蒋主席的远见与决心,而使内战得于今日双方下令停止!”(鼓掌)

以后的会议,几乎是天天有记者写的侧记或旁听记,对各党派及无党派代表在会上的情景都作了描述。笔者加以综述,介绍于后:

国民党的代表沉着;中共代表除周恩来外发言的也不多;青年党代表样子很老实,个个都是方头大耳,皆振笔疾书记录着每个发言者的话;民主同盟的代表肥瘦老少不一,说话最多;无党派代表白头的最多,耳朵重听的也有两人(郭沫若与傅斯年),但他们的态度雍容儒雅,发起言来也妙趣横生。

国民党代表中,陈立夫不曾说过一句话,但两次五人会外协商,都参加了,这说明他的重要性是在机要这方面。陈布雷也没有讲话,不断地吸着烟,又常离座找痰盂。吴铁城坐在最上首,常回过头来望望大家。张万生剃着平顶头,穿着旧学生装,一口河北音。王雪艇到底是一个忙人,第三次会因事后到,但他这次不去伦敦参加联合国大会而参加这次会议,说明他多么重视它。张群对面的邵力子,一头白发,满面笑容,改不掉的绍兴官话,舌战群儒,从来没有受窘的时候。

邵力子的下首即周恩来,他和邵经常细语谈笑,状甚亲昵。周说话的声音最响,而浙江的口音已不甚多,说话时总抬着头,眼睛朝着天花板,想一句说一句的样子,慢得可叫记者一个字一个字地记下来。周恩来历述9年来国共商谈往事,悲欢离合,令人心悸。该有多少优秀的青年与无辜的人民在动乱里躺下去了?谁能估计这宗无可补偿的损失!周氏总结了过去的经验教训:“政治解决应互相承认,不应互相敌视,问题贵在商量,不可独断;互相让步,不要独断;互相竞赛,不要互相抵消。”董必武、王若飞讲了几句话,声音缓滞。陆定一虽是中共的宣传部长，讲话技术可甚差。叶剑英是一个典型的广东军人，倒是挺有礼貌的。当叶报告要赴北平工作，谨请诸位会员赐教时，邵从恩老先生起立，谓办理受降，应不要扰害老百姓；要使敌人敬重，千万不可让敌人看不起。词毕，叶氏起立表示接受并致谢，表现得很生动。

接着，邵从恩发言说："自来战争，均师出有名，有为自由而战，有为独立而战，有为文化而战，堂堂正正，诏告全国，而将来史书如何记载，此自相残杀之战！"

青年党的领袖曾琦，白胖而矮，秃顶，长袍马褂，讲话也多，出言醇厚镇静，他曾不慌不忙地战倒了梁漱溟。

民主同盟以梁漱溟说得最多，也许是全场说得最多的一个人。他曾提到人民的基本自由，说："这次政府如果一日不实施，我们就一日不散会，我得等看到把那张支票兑现了为止。"在会上，有些争论他比共产党的代表还要有兴趣，但争得面红耳赤的时候也会忽然自动放弃自己的争点，如他和曾琦舌战之后突然撤回议程中"讨论会谈纪要有关事项"之议，赢得些稀疏的掌声与笑声，他因而拂袖出场小解去了。

记者王遂今和黄裳还旁听了一些专题辩论会，写了一些侧记，使我们得知当时的情况，辩论最激烈的是"国大会"问题、政府改组问题及军队问题。其中光"国大会"的问题就辩了两天，中共代表周恩来强调和谐妥协之重要，但和谐要有范围，既坐而论道，应不敌视，不分裂，也不能拂袖而去。妥协亦有原则，妥协只能在人民的利益之上。

在讨论政府改组时，几个党派及无党派人士在记者的笔下都有表现：

> 国民党由王世杰先生提出了提案，话说得很好。记者描述说："我不能不佩服王先生的能力。他那姿态，一手拿了眼镜，脸向了天空，清楚地而有力地解释着政府提案的每一个细点。当他说到国民党是领导的第一大党和政府准备制出一个权力（最高

决策权)的时候,他的话说得是那么沉重、有力。他有着演说家的气度,也是一个好政治家,知道在什么地方给对方一种精神上的刺激,使他们易于接受某一种事和明了某一种情形。我觉得在代表国民党出席的几位会员之中以王先生为最出色。

在那一天政府的提案提出之后,青年党由曾琦先生也提出了一案,关于改组政府问题。曾先生的态度是多么和气而安详,他真不愧尽力保持会议谐和的空气的责任。这(提案已)几度为陈布雷张万生诸先生所郑重提出。曾先生的一口四川话本身就够安和的。他更复述着他们的提案和国民党的有"一点儿不同",而且这是大家的事呀,不能不商议一下,结果他希望能'一新耳目'。这是多么可爱的一个和事佬呢!

同样的情形,我们可以看到王云五先生,他诙谐地说他是做买卖的,他预备给"国大"代表的问题来一个做功夫的机会,也是想做一个"和事佬"。

在中国的传统的社会观念上,"和事佬"的地位是被人所崇敬着的。他们飘然于事外,好像没有什么定见,专门做着好人,大有"中庸"之道。不过,有时往往一被"和",则事实往往地变了质,弄到四不像,也是常有的事。

还有一种类型,如民主同盟的罗隆基先生,他是以政治学者为人称道的,在会议上源源不绝地引用了中典西典,很喜欢在文字上做功夫。罗先生在10年前也是北方教授群中的杰出人物。与(独立评论)诸君子有同样的风头,不同之点是(独立评论)诸君现在都是政府要人了,罗先生还是教授而已。这里我又想起周恩来先生的一段话,他的那一段"演说",因为提起了张杨的问题,使会场上的空气为之紧张,记者都忽略了他的两句话,他说:"大家要感到从政是多么不容易的一件事,老百姓的一切全要交给我们,责任是多么重大,真是如临深渊,如履薄冰呢!"记者下意识地感觉到这是对跃跃欲试地想参加政府诸公而言的。10年前我们常听到“好人政府”的呼声，“好人”参加了政府，是不是还保持了好人呢？

张先生不愧为忠实的国民党员，他在回辩周恩来的释放张杨的问题时，颇具勇气，话说得也十分辛辣，有燕赵豪俊之风，使人恍然于听一位天津人在评理。邵力子先生一头白发，更是“和事佬”的典型人物，几乎每一次的小纠纷全由他出来说两句不着边际的话，一时马上就“化戾气为祥和”了。

民主同盟里的人物比较复杂，包括了历史不同的人物，而以教授居多，而他们也大半都是文章能手。张东荪先生曾经向记者席“咆哮”了一次，遭记者质问；梁漱溟先生曾斩钉截铁地说了如果不立即实行保障人民自由和出版言论自由，他们不预备讨论其他问题，可以算是会议以来的最严正而出色的几句话。不过后来他又说他是不赞成多党制的。民主同盟里以个人意见可以说与无党无派一般的多样性。

无党无派的人士最“多样”，有银行家，有书店老板，有报馆主笔，有德高望重的耆宿，有教授，有文豪，有工业家，其中只有傅斯年先生是真有点无党无派的昧见。自然，邵老先生也清高得很，常常苦口婆心地说些话。郭沫若先生也常对一般问题发抒代表民众的意见。胡政之先生发表对《大公报》社评的看法不愿“断章”取义就很有点官派，其实《大公报》的社评(是旧的)被引用了也是一种光荣，在现在的《大公报》的社评中，似乎就很不容易为人“断章取义”的了。李烛尘先生更对农业国营工业民营的事发抒意见，民族工业家的痛苦，好像都要在大会里说一说，其实这在协商会中，好像有枝节问题的样子。

军队国家化的问题，在当时的记者看来，不免是一个比较遥远的问题，解决不是三言两语可以办到，而且，这是个可以做文章的题目，内容的伸缩大有余地，所以，只管由青年党提出一个美丽的提案，关于那个提案，无人否认是不美丽的，在记者看来，就好像读"理想国"一般的无可非议。然而，这似乎仅是一篇文章，善于运用文字的中国国民是又一次过了"八股"恋而已。关于军事问题的文字"八股"是青年党代表陈启天提出来，他为军队国家化提出六项办法：公平编遣全国军队至60个师。实行军民分治，以免军人干政。陈氏以为枪杆刺刀叫人不安，"一手握枪杆一手抓印"的办法不行，现役军人不能做行政官吏。且不能参加党派活动，要实行"军党分离"。

《文汇报》的评论、短评及专论，对这次政治协商会议都是寄予很大希望的。但在现场参加实际采访的记者却有不同的感受，特派记者黄裳在《协商会旁窥记》一篇特写中写道："'分赃'问题，成了一桩逸闻。吴铁城先生的爽直是可爱的。其实这几乎是一般人口头上都说着的一句话，很可以代表民众对政协会议的期望和恐惧，罗隆基先生又援引英文解释一通，也有人说不可再提起这桩事。也难怪，本来这是很不好听的一个名词。黄炎培先生更说了猪猡妙喻，引起了一部分记者的不满，说这样的粗俗话居然出诸堂堂协商会员之口，是多么不可想象。很可以使我们想到他们想使这个会成为从容揖让唯唯而退的一种'典礼'。"

不管怎么说，《文汇报》记者的特写为我们留下了一份特别珍贵的资料，使我们对60多年前的政治协商会有一个生动活泼真实的了解，这是政协会议历史档案中所无法看到的。历史的事实已经证明，这次政协恰如黄裳所说的是一种"典礼"，是一种形式。政协会议还未结束，就发生了一批特务冲进政协开会的会场沧白堂，进行捣乱。《文汇报》发表社论《暴力是扭不转历史的》，社论指出："这个历史动向并非少数人所能决定，亦非少数人所能扭转。而事实摆在面前，历史的确已经而且正在朝着这个方向行进。在这个场面中，用暴力来捣乱，不仅不能扭转这既定的方向，而且恰恰如捣乱者的愿望相反，适足促使这历史进程加速发展。”在社论《由政治休战到团结建国》中指出：“我们对于这次协商会议的成功，虽然感到十分欣快兴奋，然而却不能有过度的乐观。前途还远得很，任务还艰难得很；把协商会议所勾画出来的各种路线变成事实，还得靠我们长期奋斗。”此时的《文汇报》似乎是冷静了许多。

政协会议结束，人们都还抱着极为乐观的态度，在重庆由20多个团体发起举行庆祝政协会议成功大会。正在这时，有暴徒600多人，手持铁棒冲进会场，铁棒飞舞，很多人被打伤，包括著名民主人士郭沫若、李公朴、施复亮等，这就是震动全国的校场口事件。《文汇报》如实地报道了暴徒行凶经过，并发表“政协代表集会，向蒋主席提抗议”的新闻，称“滋事暴徒原属于住在附近之政府警备军者”，“是国民党中死硬派所造成”，其目的是“阻碍协商会议达到全国团结之成功”，“不愿共产党得任何权力”。在上海的政协代表集会，也向蒋介石提出抗议。文化界特电慰问，并表示誓为后盾。签名者有：史东山、朱端钧、松青、吴仞之、柯灵、顾而已、夏衍、吴祖光、宋之的、李之华、丁聪、赵丹、蓝马、蔡楚生、毛羽、吴永刚、于伶、柏李、徐昌霖、高一虹、张瑞芳、孟君谋、吴茵、秦怡、方君逸、白杨、吕恩、谢路、王苹、魏于潜、熊佛西、王坪、秋江、张忱、郭根、唐海、张若达、黄立文、金慎夫、陈尚凡、金施等。在这样一片抗议声中，蒋介石来上海视察了。

4 / 唐海向蒋介石的提问

重庆政治协商会一结束，蒋介石就回到上海。这是他在日本投降后第一次回到上海，也是8年抗战后第一次回到上海。

上海是蒋介石的发迹地。他这次率领一批到这里来的官员，都是抗战有功之人，为“回都”南京做些准备。这时在重庆举行的政治协商会议刚刚结束，为了表示他有“民主”气度，在亿万人民中树立一个开明形象，2月13日他在上海市府大厦举行一次公开的中外记者招待会，说明可以当场提问，他将作答复。蒋介石召开记者招待会，是上海报纸头条新闻，各报记者都在想方设法搞到请帖，以便参加这个记者招待会。

青年唐海

负责采访政治新闻的唐海，同时兼任南京《大刚报》上海办事处主任。招待会限制严格，请的都是新闻界头面人物。唐海千方百计地要搞到请帖。当他知道《文汇报》经理严宝礼接到请帖后表示不想参加时，唐海就请严宝礼把请帖转借给他，以便采访写新闻。唐海拿到了严宝礼到市政府大

孟秋江与沈钧儒

厦的请帖。

就在参加记者招待会的前一天,唐海已经想好要提的问题,向采访部主任孟秋江汇报。孟秋江帮助他策划要把释放政治犯作为重点问题提出。因为政治协商会议已经有过决议,要释放政治犯,但是蒋帮政府始终拖延,不肯释放。所谓政治犯,就是有一大批中共党员和一些爱国民主人士,被国民党特务公开或秘密逮捕,分别关押在监牢或集中营里。

蒋介石由宋美龄陪同,出席了记者招待会。站在蒋介石后面的是戴笠。开始时,法国记者提出了两国邦交问题。以后是《中央日报》、中央社等御用报纸和通讯社提的一般性问题。招待会快到结束的时候,蒋介石礼貌性地问:"还有问题的话,再谈三五分钟。"

唐海站起来说:"政治协商会议决定,蒋主席的'四项诺言'也规定要释放政治犯,不知政府何时可以释放?"

蒋介石脸色马上沉了下来,很生气地回答:"政治犯已经释放。你说还有哪个没有释放,你开名单来!”

会场空气顿时紧张起来,一片肃静,不少人的目光注视着唐海。

唐海又站起来说:“到现在为止,只释放了一个廖承志。”

没有等到蒋介石再回答,御用报纸的负责人马上以一般性的问题,冲淡会场的紧张气氛。不久,记者招待会就这样匆匆结束了。

招待会后新闻界议论纷纷。晚上唐海回到报社见到孟秋江。孟说:“我已经知道了。已经有通知,记者招待会各报自己不能写新闻,一律要用中央社统发稿。”为了弥补已发生的事件,孟秋江要唐海写篇通讯,报道蒋介石在上海的活动。唐海用花絮形式客观地叙述了蒋介石的活动。其中特别提到了新新公司职工舒月桥,身背控告牌,要求面见蒋介石,控诉新新公司老板李泽的汉奸罪行。舒月桥把这次行动叫做“告地状”。

就在第二天,中央社报道了蒋介石召开记者招待会的消息。新闻采用了问答式。第11个问题是:“政治犯何时可以释放?”答:“政治协商会议对于释放政治犯一点已有决议,政府对此早经宣布,现已实行。”这是一篇说谎的新闻。没有报道当时蒋介石答话的真实情况。各报刊登的是同一个新闻稿,也就是今天为我们习惯的“统发稿”。倒是英文《大美晚报》报道了蒋介石对一名中国记者恼羞成怒,要他开出政治犯名单来。刊登新闻的同时,三民主义青年团机关报《正言报》特地发表社论,题为《言论界应有的警惕》,指责提问的记者,威胁《文汇报》,并且无理地说释放政治犯问题,应该去责问中共。国民党中宣部部长张道藩找《文汇报》负责人严宝礼谈话。徐铸成陪严宝礼一起去见张道藩。张对严、徐施加了压力,提出了责问。张道藩回到南京后,找了当时唐海兼职的《大刚报》社长毛健吾,对毛健吾下达命令,立刻开除唐海并且说要逮捕法办。毛健吾专程赶来上海,对唐海说:“你闯了大祸,得罪了蒋主席。”并说已经派人接替唐海的工作,从此以后唐海不能再用

《大刚报》的名义活动，但是可以不出面地提供些新闻。这样，唐海就被《大刚报》解雇了。

第二天《文汇报》又刊登与众不同的社评《所望蒋主席者！》，文中几处被国民党新闻检查所删去，以至上下文接不起来，有的地方留下空白开了天窗。

1947年5月，上海的《文汇报》、《联合晚报》、《新民晚报》三报同天被封，国民党开始大规模逮捕记者，派特务在几个地方搜捕唐海，还到过《大刚报》办事处寻找。

40年后，1986年春天，我在太原路唐海居住的一幢花园洋房里访问唐海的时候，听他谈这段往事时，唐海深度近视的眼睛透过镜片还泛出兴奋的光芒。本来就患有高血压的他，此时脸上更泛起红润。我在他领导下工作了20多年，看到的他总是轻声慢语，谨慎从事的样子。报社的老人都曾经告诉我，当年的唐海是英姿勃发，唱“大江东去”的记者，1957年之后才豪情消失。

访问唐海之后，我翻阅旧报，找到1946年2月14日的报纸，读到那篇2 099个字的通讯《蒋主席莅沪三日　几个新闻性的镜头》，真是令人击节赞叹，佩服唐海是一位善做文章的新闻记者。他在“记者招待会前后”一节写道：

“主席穿着浅黄色军装，外加大衣，夫人则穿棕色獭皮大衣。准11时到达了会议室，主席已经卸去了外衣，胸上挂有三排耀目的胸章。参加招待会的70多位记者都站起来致敬。

“招待会的座次，主席居中间，夫人和夫人的秘书陈小姐坐在右面，钱市长和张道藩坐在左面，主席的秘书叶昌焕担任翻译站在主席后面。蒋夫人在外国记者提出问题的时候，有两次询问原提问题的记者。

“主席头发已略带灰白，但是精神极好。走路的时候，步伐轻快，常常露笑容。在回答记者问题的时候很快，双手常常交叉地放在胸前，夫人和主席说话的时候，用上海话，在下扶梯时，关照主席‘当心跌跤’。”

写到记者提问的时候，只是轻描淡写地说：“记者招待会的时间，张道藩宣布是20分钟，在已超过5分钟的时候，主席说：‘有问题再谈三分钟五分钟。’他又回答了三个问题。完毕的时候，主席和夫人站在靠窗地方，让摄影记者照相，有人送签名册予蒋夫人，请她签名。就在那时候，秘书来催夫人出去，她边走边说：‘对不起，对不起。’”

在“慰问士绅”一节中写道：“主席报告很简洁，充满了温情的字句。他说这个会像家庭团聚一样，大家自由谈话，夫人在四方掌声中起来致词，先用上海话说，说明她能重到上海来用上海话讲话非常高兴。就在那时候，一个外国贵宾说夫人英文说得特别好，还是请夫人用英文致词，结果夫人就以英文说了下去。”“下午的茶会，主席没有挂勋章，浅黄色军衣上插了一支钢笔。夫人还是早上的獭皮大衣，颈上加了一条花色的领巾，夫人穿的黑色旗袍特别长，高跟鞋和黑旗袍很相衬。她不断地和外国宾客说话，一口流利的英语，一会儿一位说国语的来宾上前问候，夫人说的是北方话，当上海人向夫人致意的时候，夫人回答也改用了上海话。”

蒋介石在上海的故居在东平路，即是现在的音乐学院附中，这一天，蒋介石回故居，唐海在“东平路上”这一节中安下了“钉子”，他写道：“下午3点多钟，新新公司的代表为着检举李泽预备面见主席，舒月桥拿了证件、名片，要向主席陈诉，可是他始终没有这个机会，他说他就想见一见蒋主席，如果不可能，他或者要‘滚钉板’，学前清时候告地状的办法。”

在参加蒋介石的记者招待会前，1月31日，唐海就写了《李泽案初审旁听记》，这是上海法庭在抗战胜利后第一次开庭审判汉奸。李泽是新新公司的总经理，敌伪时出任上海商统会要职，对日本人多有物资上的支援。从唐海的文章中可知，李泽的辩护律师是章士钊和陈霆锐，这实际上是一次假审，或者说是法庭游戏。审判结束，李泽说：“怎么审得那么久。”在审判过程中，辩护律师“没说过一句话，他还闭起眼睛来静静地听。”他的“出庭费是法币200万元，他盖章的收据落在新新公司检举代表手里”，“两个律师在喊叫声中，快步走开了”。

在新闻的处理上，《文汇报》还是很讲究策略的，把唐海写的通讯放在第二版头条，一版头条是蒋介石回答记者提的15个问题，释放政治犯被列为第11个问题。头条新闻下面发表中央通讯社记者写的新闻特写，标题为《记者招待会上　空气融洽自由　外籍记者发问较多》，同时又刊发了当天下午在跑马厅为蒋介石举行欢迎大会的新闻，“参加者将达15万”。

参加蒋介石记者招待会这一年，唐海只有27岁，已经有着七八年的记者生涯了。从他进《文汇报》后，除了在1957年因“右倾”被迫离开《文汇报》几年，以后又返回《文汇报》，就一直与《文汇报》共患难，直到离休。他是一个非常热爱新闻事业的人，早在1947年8月，上海《文汇报》被封门之后，他写了一篇《“新闻记者”这职业》，在文章前面有一个题记，他写道：“一个新闻记者，应该是一个不为环境所屈服的完美的人。当一个记者提笔的时候，他是对社会负责，黑的应该是黑，白的也应该说白。”

为什么要当记者呢？唐海在文章中写道：“作为一个好动的青年人，喜欢动动笔，又想把自己所见所闻通过笔写出来，于是我选择了新闻记者这个职业。七八年来的奔波、劳动，不仅没有为我选择的职业而懊丧，反觉得毕生从事这样工作的意思格外坚定起来。人，总得应该做一种他喜欢做的事情，也应该做些有利于人的事情。新闻记者，我想是一份最好的工作。”

对记者天职的认识，唐海写道：“报纸作为政治工作往往就是这样。在这种情形下，一个记者的独立人格、是非观念应该强调，有所爱，有所憎。我想：用惯了笔的记者，他不必拿个人的意见放在‘新闻’里增加重量，通过他叙述的笔，读者即刻会跟着起‘共鸣’的。也正因为这样关系，记者应该对社会负责，他的任务往往是把第一线上的材料，加上他自己的观点带给社会的。”

唐海还写道：“有一件事情到现在我还留了很深的印象：一个文学上有成就的作家，当我们谈话时候，他在看一篇记者的‘特写’，看完后他轻蔑地笑笑：‘新闻记者写的！’当时我感到很大的不快。对他个人我钦佩他的才华、他的作品，但他那种‘新闻记者写的’轻蔑态度，我深深反感。我以为：只要是一个为大众谋福利的人，他的事情有益于多数人的，都不应该加以轻视，从社会意义上说来，都有他存在的价值。”

这些都是唐海在60多年前说的话，对今天的新闻记者仍然很有意义，他所说的轻视新闻记者作品的作家，今天仍然存在。我在这一点上，也有同感。记者写的通讯特写或者报告文学，虽然不像某些作家写的作品那样富有文学气息、生动有加，但却是真实的，而往往许多貌似是生动的东西离开真实性却是很远。这种事我们看得太多了。唐海正是因为这样的真诚与执著，使他成为《文汇报》的优秀记者之一，给我们留下的新闻作品，仍然不失它的历史价值。

唐海的《写在羊枣先生灵前》的文章，也是催人泪下的佳作。

1946年1月11日，也就是在重庆政治协商会议上，蒋介石宣布保障人民自由，释放政治犯等“四项诺言”的第二天，进步记者羊枣被迫害死于狱中。

羊枣，本名杨潮，本来的职业是铁道工程师，后弃工从文，成为活跃在我国新闻战线上的极有才干的新闻记者、著名的军事评论家。他曾为《华商报》、《世界知识》等数十种报刊撰写文章，主编过衡阳《大刚报》。他撰写的文章立论有据，见解独到，判断准确。其中关于抗日战场的评论，揭露了国民党军队一溃千里的真相，抨击顽固派消极抗战、积极反共的政策，从而一再招致国民党当局的嫉恨。

抗日战争胜利之后，第三战区司令顾祝同逮捕民主进步人士和共产党员，1945年7月15日，羊枣在福建永安被捕，抗战胜利后，移囚浙江杭州即被迫害死在狱中。

《文汇报》对羊枣之死开始只作了简短的报道,后来获悉羊枣被非法逮捕后受尽虐待,极为气愤。《文汇报》与《世界知识》、《文萃》等报刊的61名记者联名向国民党当局提出严重抗议,指出"羊枣先生无故被捕,时逾半年,既不公开审讯,复不宣布罪名,囚死狱中,实为当局一贯摧残人身自由与言论自由之直接结果";要求当局"彻查羊枣先生在狱遭受虐待情况和致死原因,并严惩非法下令逮捕的祸首";要求"全国同业一致呼吁言论自由,向政府索取新闻记者的人权保障"。《文汇报》于1月23日在显著地位,以《本市记者联名抗议　彻查羊枣惨死　立即释放同案被捕人员　要求言论自由人权保障》的醒目标题,全文发表了这封抗议信。这是抗战胜利后上海新闻界第一次向国民党当局的联名抗议,签名者不仅有《文汇报》、《时代日报》等进步报刊记者,还有《大公报》、《时事新报》,以及国民党直接控制的报刊记者,《文汇报》在各报刊签名的人中人数最多。

羊枣死时只有47岁,而这时只有27岁的唐海从香港到桂林,再到衡阳,一直在羊枣的领导下工作,是羊枣的仰慕者及追随者。这时,唐海全身心地投入羊枣事件的报道中。从羊枣逝世到安葬的7个月中,《文汇报》先后发表了14篇报道、文章和来信,大多是唐海组织或亲笔写成。

5月初,羊枣的灵柩运来上海。15日,上海文化界集会悼念羊枣。报上发表唐海的《写在羊枣先生灵前》,说:"我感到有一种混合着愤恨又带着凄凉的感情,我身上冷了起来","一连串的事情,在我的眼前飘摇。窗外阳光满地,这哪能是在一个殡仪馆里,而你又躺在完全陌生的地方。这似乎在香港,街道整洁的弥敦道的房子里,你衔着烟斗,穿一套洁白挺括的西装,就要慢悠悠地踱了出来;这又像在桂林,阳光铺满的桂西路上,你拿着'司的克',一下子从什么书店里冲了出来;这又像在衡阳,那家因苦斗出名的报馆里,你沿着石街,一步步从山上走下

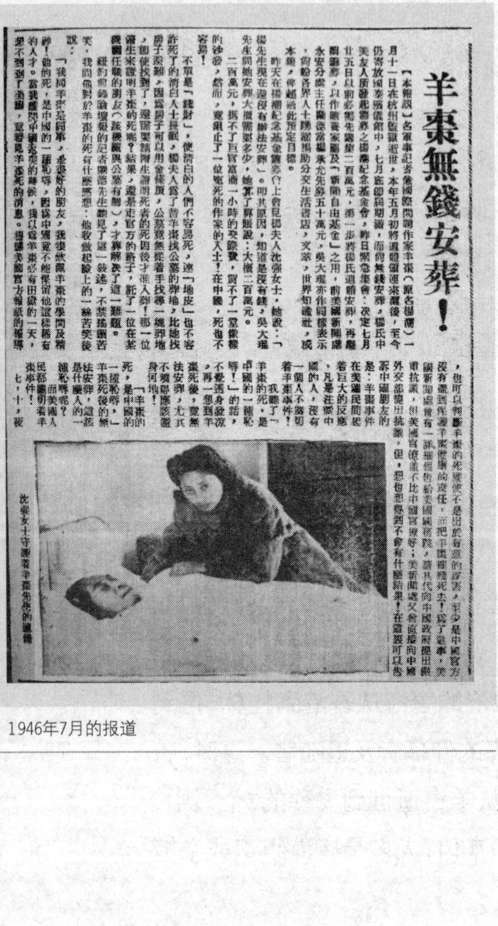

羊棗無錢安葬！

【本報訊】名軍事記者兼國際問題作家羊棗（原名楊潮）一月十一日在杭州監獄逝世，本年五月初將遺體運來滬後，至今仍寄放國泰殯儀館中，七月底即屆期滿，而尚無錢安葬，楊氏中美友人所發起籌募之楊潮紀念基金會，昨日緊急集會，決定七月廿五日以前必需先籌集二百萬元，第一步將楊氏遺體安葬，再籌辦翻譯社，以作贍養家屬及「新聞自由基金」之用，前美國新聞處永安分處主任爾德[illegible]承允先募五十萬元，吳大琨亦作同樣表示，尚盼各界人士踴躍捐助分交生活書店，文萃，世界知識社，或本報，俾能達此預定目標。

昨天在楊潮紀念基金籌募會上會見楊夫人沈強女士，她說：「楊先生現在還沒有辦法安葬」。問其原因，知道是沒有錢，吳大琨先生問她安葬大概需要多少，她算了算賬說：大概二百萬元。

二百萬元，抵不了巨官富商一小時的交際費，買不了一堂像樣的沙發，然而，竟阻止了一位冤死的作家的入土！在中國，死也不容易！

不單是「錢財」，使清白的人們不容易死，連「地皮」也不容許死了的清白人士長眠，楊夫人為了替羊棗找公墓的葬地，比她找房子還難，因為房子可以用金條頂，公墓竟無從着手找尋一塊葬地，即使找到了，還需要請附生證明死者的死因後才准入葬！那一位醫生來證明羊棗的死呢？結果，還是走官方的路子，託了一位在某機關任職的朋友（該機關與公墓有關），才算解決了這一難題。

[illegible]的記者爾德先生聽見了這一敍述，不禁搖頭苦笑，我們[illegible]對於羊棗的死有什麼感想：他收斂起臉上的一絲苦笑後說：

「我同羊棗是同事，是最好的朋友，我很欽佩羊棗的學問及精神！他的死，是中國的一種恥辱，因為中國竟不能保留他這樣稀有的人才。當我離開中國返美的時候，我以為羊棗必有出獄的一天，想不到到了美國，竟看見羊棗死的消息。根據美國官方報紙的報導，也可以判斷羊棗的死是出於有意的謀害，至少是中國官方沒有盡到保護羊棗健康的責任，而把羊棗摧殘死去！為了這事，美國新聞處曾有一封[illegible]給美國國務院，請其代向中國政府提出嚴重抗議，但美國官僚並不比中國官僚好；美新聞處又曾直接向中國外交部提出抗議，但，想也想得到不會有什麼結果！在這裏可以告訴中國朋友的是：羊棗事件在美國民間起着巨大的反應，凡是在與中國有關的人，沒有一個人不關切着羊棗事件！」

我聽了「羊棗的死，是中國的一種恥辱！」的話，不禁透身發涼，再一想到羊棗死後，竟無法安葬，尤其不[illegible]身何地！

「羊棗的死，是中國的一種恥辱，」羊棗死後的無法安葬，這該是什麼人的一種恥辱呢？而美國人民都關切着羊棗事件！

七，十，夜

沈強女士守護着羊棗先生的遺體

1946年7月的报道

山来。三个地方的印象，摇晃在我眼前——我哪能相信你已经静静地安息，不再在世界上出现！”“路是那样的漫长，你不能再做一个黑夜里的先导者，带着一些年轻的朋友走向光明。但是，你是我们的先导者，‘你的血照亮了我们的路’，我们不能把你点滴的努力苦辛忘记。”

这一天的《文汇报》所做羊枣追悼会的报道还摘录了挽联与讲话，如柳亚子的挽词“为民主而牺牲”，沙千里的“法律无效，人权不保”，田汉的“东南无数青年血，化作将军顶子（红）”，以及沈粹缜挽联中的“窃国者横行，爱国者惨死”等。追悼会上郭沫若指出：“连杨先生死后一口棺材由杭州运到上海来，还要靠外国朋友帮忙，难道我们连运棺材的自由也没有了吗？当局的诺言现在等于一张白纸。”马叙伦控诉道，“一年树谷，十年树木，百年树人”，百年造成人才不一定能用，可是这些年来摧残了多少人才？

羊枣的灵柩寄放在殡仪馆，即将期满，却无钱安葬。《文汇报》在7月12日登出《羊枣无钱安葬》的报道，指出：羊枣安葬大概需要200万元(法币),“200万元,抵不了巨商富贾1小时的交际费”,“竟阻止了一位冤死的作家的入土!”报道引用了外国记者说的“羊枣的死,是中国的一种耻辱,因为中国竟不能保留他这样稀有的人才”的话后,又指出:“羊枣死后无法安葬,这该是什么人的一种耻辱呢?”这个报道发表后,《文汇报》两天内就收到了10位读者来信和捐赠葬费6万元。7月15日,《读者的话》全文发表了其中一封来信,这封颐中烟公司6个职员的来信说:“在这个天下乌鸦一般黑的时候,有良心的人们,会坚决地继续羊枣先生的精神,对恶势力作誓死的斗争的!”以后不少读者陆续送来奠仪,由《文汇报》转交。

羊枣安葬于虹桥公墓后,《文汇报》作了最后一个报道,标题是《冤狱犹未了结,羊枣昨晨入土》。

作为一个记者,大大小小的报道不知道要写多少,有许多的确如天空的浮云,轻轻地缓缓地飘走也就算了,不会留在脑子里。但有些采访却是刻骨铭心,火烧水冲都是无法消失的,即使那些采访中的小细节也会清晰地刻在心头。唐海即使到了晚年,帕金森症折磨得他手脚颤抖的时刻,在我采访他时,他还是有声有色地和我谈着他的采访生涯,谈着他特别值得一记的那次“特别”的采访。

1946年11月30日,上海市中心繁华的商业区发生摊贩集体请愿事件。数千摊贩包围了黄浦区警察局。

摊贩事件发生时,采访部记者都在孟秋江家里聚餐。晚上,在回报社的路上,看到了摊贩的队伍在拦小汽车,砸大商店的橱窗,马路上乱哄哄的。在混乱中,记者李厚成被砸破了头,受了伤,送往医院。(我在1961年进《文汇报》时,李厚成是体育记者,没有人喊他“李厚成”这个名字,都喊他“王牌”,连总编辑陈虞孙也是如此。对体育的采访报道,他真不愧“王牌”这个称号。他有一个本子,可以说是运动员的档案,不但记录一些运动员历次比赛情况,连运动员的师傅,师傅的师傅及运动员的家庭背景,诸如兄弟姐妹、父母、祖父母、外公外婆,他都了如指掌。一次,我随他去坐落在陕西路的体育馆采访乒乓球比赛,我看他坐在那里老是打瞌睡,但到了关键一球,他的眼睛就发亮了。我感到奇怪,问他:“你怎么知道会有好球?”他瞇缝着眼睛,像酒后微醉的样子说:“我从球的声音知道会有好球。”)

记者们回到报社,当晚写完新闻后,估计第二天请愿的摊贩事件将推入高潮,孟秋江分配了任务。有到摊贩活动的地方,有访问有关管理摊贩的官员,有到各界有代表性的人物那里,要求发表意见。还要派人到摊贩事件闹事的中心——黄浦区警察分局。唐海被分配到黄浦分局进行“特别”采访。

黄浦分局所以允许记者留在局里，主要是要新闻界作有利于政府的报道。当时中央社、《中央日报》以及国民党有关的报纸,都在公安局采访,唐海就混在这群记者中。唐海说:“我当时采访的心情是很复杂的。我当然是同情摊贩这一边的,但是我却和被他们包围的警察局的人在一起,也成了面对面斗争的‘对象’。”唐海在黄浦分局的一天里,主要是看和听这所国民党镇压机关里的各种动态,以便“公正”地报道。

在黄浦分局一天里,唐海最感兴趣的是分局长杜醇。在这次摊贩事件中,这个警察头目是最忙碌的一个。唐海把握着一个采访细节,即从杜醇打电话的声调,可以猜出对方的地位。凡是细声细气的,讲解当时形势的,准是上级来的电话;当他说话粗声粗气,吆五喝六,随即发出一两条指令的,准是一般的警员。杜醇几次要求对准群众开枪。他向上级报告说,像这样摊贩整天包围在分局大楼前,吵吵嚷嚷的,警察局以后怎样执行任务?还有什么威信?唐海坐在这里冷眼旁观,从分局长到一般警员,有些已经几夜没有睡觉了,疲劳不堪,有时呆在一个角落里等候“任务”,有时又乱作一团,日子很不好过。当天晚上,唐海写了一个客观的《黄浦分局一日记》,报道了所见所闻,不无讽刺地指出,黄浦分局是“最安全”的地方之一。

除了《黄浦分局一日记》外，唐海又写了一篇《寒流里的风暴——记上海摊贩暴动》，这篇长达16页的报告文学，仍然保持着记者朴实无华的文字风格，但它的内在力量对读者有强烈的冲击波。1947年，上海发生的为抵制美国货的劝工大楼血案，职员梁仁达被杀害倒在血泊里，唐海写了长达38页的报告文学《梁仁达这个人》，详细报告了整桩流血事件的经过。1946年，黄包车夫臧大咬子被美国人杀害，唐海写了《臧大咬子传》，这篇长达28页的报告文学为那个时代留下了记录。在这期间，唐海还写了一些人物访问记，如《国共合作之路——访国共劳工代表朱学范和邓发》、《访李济将军》、《周恩来在上海两次革命活动》、《政治协商有结果了，现在主要的努力在"做"字上——记黄炎培在记者招待会上的报告》、《青年党三杰之一——左舜生访问记》、《救救中原人民——访豫救济处长马杰》、《访政协三代表——章伯钧、郭沫若、梁漱溟，他们都说内战不要再打了！》

从这些报道、通讯及访问记中，我们可以看出唐海采访的触角是广泛的，所写的内容都是当时的尖端热门话题。

1946年7月11日，李公朴在昆明被国民党特务用无声手枪暗杀，7月14日《文汇报》刊发了这一消息。这一条京沪间报纸独家新闻是经唐海的手编发的。李公朴被刺的消息被西南联大学生用"号外"的形式发出后，即遭到昆明当局的封锁，不准报纸发表。不仅如此，昆明官方代表还混淆视听说"会不会是地方势力，有意制造这类事件"，昆明街头还出现了署名"反共大同盟"的"李公朴是被共产党阴谋杀害"的标语。联大学生刘时平此时兼《昆明朝报》记者，出于义愤，从昆明坐飞机于13日晚到上海，来《文汇报》社找到唐海，唐海根据刘时平的口述整理成一条新闻，电头用"昆明加急专电"。新闻刊出的第二天，民盟成员吴晗即在上海召开在沪盟员会议，决定举行"李公朴先生追悼大会"。

5 / 徐铸成回来了

1946 年 5 月,《文汇报》第一版报名栏里,在“发行人严宝礼”之下,增添了“总主笔徐铸成”。同时发表了《本报为扩充篇幅及征求订户启事》,云:“自5月1日扩充篇幅为一张半,除原有各版外,增辟《经济界》、《文化街》、《读者顾问》及《工业》、《演剧》、《半周文摘》、《图书》、《妇女》等周刊,徐铸成先生任总主笔,宦乡、陈虞孙两先生任副总主笔,并兼诸秦柳方、寿纪明主编《经济界》,各版内容力求充实,各地新闻网亦扩充再布置,希各界贤达赐予匡正。并欢迎订阅,专差递送。每月奉赠文汇半月刊两册。”读此启事,令我感动,读者是上帝,不知此至高无上的理念今天办报的人还有否?

徐铸成

这天的报纸还发表了《本报征聘各地通讯员启事》,这则启事是以“本报编辑部”的名义发出的,云:“本报征聘长沙、桂林、衡阳、成都、西安、兰州、开封、济南、青岛、香港、昆明、福州、厦门及吴江、丹阳、宜兴、江阴、溧阳、嘉兴、吴兴、嘉定、南通、如皋、崇明、蚌埠、芜湖、安庆、九江、绍兴、金华、兰溪各地通讯员，凡愿应聘者，请先试稿一篇，投寄本报编辑部地方通讯栏，合则奉约。"很明显，这是要立足上海，立足长江三角洲，用现在的话来说，要把《文汇报》这个舞台"做大"。

这是徐铸成的战略发展眼光。

徐铸成由重庆回到上海，筹备《大公报》上海版的恢复工作。经过几个月的筹划及试版，《大公报》上海版已经出版发行，而且工作做得非常出色，沧白堂事件及校场口事件，在重庆的记者子冈、徐盈、曾敏之的努力和高集等人的配合下，沪版《大公报》也作出积极的反应，和《文汇报》一样，发了新闻，也发了短评或社论，又请郑振铎、马叙伦、夏丏尊等写星期评论，也大义凛然，态度鲜明，受到读者的信任和支持。但他还是心系《文汇报》，想到他曾对严宝礼的承诺，一定要回《文汇报》。

1946年2月，出席联合国首次大会的胡政之，由美国回到重庆，很快又由重庆回到上海，当晚就约徐铸成谈话。

胡政之说："重庆有你的朋友，也有芸生的朋友；芸生的朋友都说你有政治野心，一面拉着《文汇报》不放手，一面极力推着《大公报》向左转。他们说这是你有政治企图的证明。"

徐铸成回答："别人怎么说我，我不在乎。胡先生对我有什么看法？"

胡政之说："我对你自然是相信的。但觉得你的言论态度，似乎太激烈些。要知道，我们报馆有300多名职工，一旦把当局逼急了，把我们的报封了，几百名职工的生活问题如何解决？你想过没有？"

徐铸成忿然说："我谅当局不敢出此下策。再说，我主持上海版的言论态度，并没有越出民间报应守的范围。我来到上海，体会到曾是沦陷区的广大人民，都会对后方回来复刊的报纸作再认识的辨认，看看哪一家是真民间报，哪一家是假民间报？我们回沪复刊以后，发行数迅速突破10万。而《时事新报》原也是上海的老报，复刊后门前冷落，听说销数不过数千。此中的消长，不值得我们大加深思么？”

胡政之默然，后来他慢慢说：“等芸生回来，我们一起研究研究。”

3月初，王芸生由渝抵沪，徐铸成即写信给胡政之，请准辞职。大意说：“《大公报》为你们苦心经营，我无权冒险。《文汇报》是我的一支笔‘写’出来的，如遭不测，则我成我毁、于心亦安。请放手让我去试试……”

信去后，胡政之即派李子宽恳切挽留，无结果；胡政之又约至其家恳谈3个小时。徐铸成缕述理想，并反问：“5年以后，《大公报》将如何立足？以何为依据，先生想过这根本问题没有？”

胡政之默然，只是说：“你另起炉灶，不如这里现成炉灶方便。再说，严宝礼这个人投机性强，你能和他合作到底吗？”

徐铸成对此没有明确表态。

胡政之看徐铸成决心难以动摇，末了说：“这样罢，我准你请假半年，前去一试，《大公报》是你的老家，随时欢迎你回来。”

这样，徐铸成就和待了前后18年的《大公报》分手了。

徐铸成回到《文汇报》，就与严宝礼“约法三章”：一、报头下署“总主笔：徐铸成”；二、编辑部一切用人升黜、调动，由徐铸成全权决定，经理部不得干涉；三、自徐铸成参加之日起，《文汇报》不应接受任何带政治性的投资，报馆或记者不得接受任何津贴。因徐铸成认为，此为民间报之根本，且用以防患未然也。

徐铸成与宦乡、陈虞孙及柯灵三人商定，以4月一个月为充实、调整干部，计划改版，充实内容的计划期。5月1日，即实行改版扩充张数，以新面目与世人相见。

在整个的4月里，徐铸成和宦乡、陈虞孙、柯灵等在紧张地从事改版工作的同时，又开始筹划延聘人员的工作，新的人员有以下几个来源：一是朋友，如张锡昌原是徐铸成中学时代的高班同学，徐在主持桂林《大公报》时，曾请其撰述学术论文。这次请他来担任主笔，主要写关于经济、文化及社会问题的社论。再如秦柳方，也是无锡三师分校徐的同学，徐铸成请他来编辑经济版。后来他陆续介绍了寿进文、杨培新、王思曙、王易今、钦本立诸位，大多都是重庆《商务日报》的进步分子。二是由《大公报》跟徐铸成转来的，有郭根、金慎夫、王坪、李肇基等人。三是由金仲华介绍的，有李龙牧、刘火子等。四是由其他进步人士介绍来的，有梁纯夫等。五是以前曾在别报工作，因羡慕《文汇报》进步之名，自愿来参加，经徐铸成面谈约定的，先后计有胡钟达、刘湖深、程光锐、李梦莲、郑心永、李碧依等。到了年底，郭根辞总编辑职，自愿赴北平当特派记者；适时《时事新报》改组，徐铸成请马季良（唐纳）来任总编辑，夏其言、麦少媚两位记者一起转来。这是人员的补充经过，时间有先后，不是改组时一同参加的。

马季良（唐纳）

原编辑部人员，朱云光已辞职从教，储玉坤则参加《申报》任主笔。

关于分工，徐铸成和宦乡、陈虞孙掌握全面之言论，编辑、社论、短评（后改称“编者的话”），统由徐铸成润色。在刚改版之初一个月，徐铸成天天掌握各版版面（特别是要闻版）。一个月后，徐与宦、陈三人轮流值班，即一人管版面，一人写社论，一人写编者的话，如此周而复始，遇重要问题，则三人同值班，同熬夜。

总编辑初由郭根担任，金慎夫为编辑主任。

副刊各版统由柯灵负责，可以称之为“版主”，设计版面，并推荐编辑人员。

采访部则由孟秋江全权负责。

马叙伦、郑振铎、傅雷(夏丏尊先生已卧病),也应徐铸成之邀,由《大公报》转向《文汇报》,改为《文汇报》撰写星期评论。

各版编辑,除要闻外,刘火子编本市,黄裳编社会新闻,李龙牧编国际,梁纯夫编新闻窗(及时对新发生之国内外新闻刊出背景及来龙去脉,此为我国新闻界之首次尝试)。柯灵因集中精力处理"读者的话"版,副刊《世纪风》由唐弢来主持。

5月1日的一版头条新闻标题为:

马歇尔坐飞机到南京
带来的是不愉快的消息
停战新方案传又搁浅
周恩来等即来南京谈判定本周重开

从这个标题中,我们可以了解到,本来在1月份政治协商会议上提出的"停战"问题,到5月份也还未解决。

社评《消除乱源》说:"我们老百姓,应该始终督促政府和中共百分之百履行政协决议,一笔勾销政协以后若干会议所造成的纠纷,并遵照停战协定和整军方案,停止东北的战事,决不承认政协以后的任何既成事实。希望马歇尔也根据此方针来调处,以清祸乱之源。"

另一篇社评《我们的自勉》说:"新闻检查,内地在胜利后就宣布取消;收复区的机关也于3个月前撤销了。据我们所知,政府并没有变相压迫报馆,干涉言论;但胜利以来的报界,究竟有多少蓬勃的发展?自由后的言论,究竟和以前有什么不同?说起来非常惭愧,是不是裹惯了的脚,一时竟迈不开大步呢?"社评又说:"美国人说:中国的和平,关键在中国的民意,马歇尔这次的工作,根本要靠中国民意予以支持,而不靠美国的力量。民意的具体反映在新闻报纸,而我们新闻界扪心自问,今日究竟能反映多少民意?"社评又说:"进一步论,中国的唯以进路是民主，而所谓民主，决不是靠权力阶级的恩惠，而要民众自动觉醒，由下而上，组织争取，报纸应该是人民最有力的武器，而今日的报纸，能不能负荷这艰巨的责任呢？”社评还阐明《文汇报》的态度：“要求民主，拥护经济建设，扶植民族工业，反对一切独裁、垄断、剥削及违反自由民主的现象。”

二版刊登通讯《一个沉痛的日子》，报道重庆各界追悼王若飞等人。本市版报道：上海2000余人集会追悼四八烈士。

改版不久的《文汇报》，被读者称之为广大蒋管区内的一盏明灯。

1945年底，傅德霖（中）与梅焕藻（左）等合影于外白渡桥

作为一个旁证，据《大公报》梅焕藻（时任胡的秘书，后和傅德霖一起进了《文汇报》，1957年因替徐铸成鸣不平，遭迫害，跳楼自杀身亡）向徐铸成透露，胡政之每天到报馆，必先索《文汇报》，从头至尾细看，然后读《大公报》及其他各报。《文汇报》不仅立场公正，态度鲜明，而且版版扎实，内容充实，朝气蓬勃。正因为如此，才对报坛众多宿将有如此吸引力也。

销路直线上升，严宝礼一则以喜，一则以忧。除难以敷衍冯有真诸老友外，国民党政府对白报纸的配售，独对《文汇报》卡得很紧。《文汇报》用纸，一大部分要取决于黑市，而黑市价格不稳（法币已大量贬值），往往一两倍于配给价。于是报馆现金甚紧，银行又不肯兑款，仅赖少数钱庄如“福源”等给以少量周转。迄是年下半年，经济上已陷于捉襟见肘之地步，甚至职工薪给，亦拖欠累月。当时物价一日数变，薪水迟发一月、半月，职工实际收入不啻打一个折扣。《文汇报》所定薪给，本远低于“申”、“新”、“大公”，而职工宁枵腹坚持工作，不能不谓是受爱国、爱民主之精神所鼓舞。以后，严宝礼与徐铸成及宦乡、陈虞孙等人商议不如求助于读者。乃发起征募读者股，每股10元，共征集1万股，公开登报说明缘起。

当时经理部由严宝礼之姻亲范烟桥任秘书，周名赓任会计主任（严之两路局同事），而由葛克信（时任市政府参事）介绍张正邦任副经理。张曾担任国民党江苏省党部候补委员，在经理部经常散布空气，说《文汇报》如何为共产党说话，苏北难民（或还乡团）如何气愤，将来捣毁《文汇报》机器等言论，致经理部中一部分不明真相者人心惶惶。

《文汇报》销量已在上海跃居第四位，仅次于老牌报纸《申报》、《新闻报》及《大公报》，当时之官报、半官报，除申、新两报由国民党控制外，大型报还有胡健中主持之《东南日报》，军方之《和平日报》（《扫荡报》改名），马树礼主持、由曹聚仁主笔之《前线日报》，还有青年党机关报《中华日报》（崔万秋主持），再加上冯有真之《上海中央日报》，吴绍澍之《正言报》，不下一二十种。进步报刊《联合晚报》、《新民报》，均为晚刊，《文汇报》在日报中有孤军作战之势。

虽然如此，《文汇报》的民间色彩仍然是很鲜明的。徐铸成在复刊周年的文章《一年回忆》中说：“一张真正的民间报纸，立场应该是独立的，有一贯的主张，而勇于发表。明是非，辨黑白，决不站在党派的中间，看风色，探行市，随时伸缩说话的尺度，以响应的姿态多方讨好，侥幸图存。”又说“《文汇报》的努力方向是非常显明的，政治上我们要求民主，要求安定，在宪政没有实现以前，要求真正尊重人民的基本自由，遵循政协决定的轨道，化除纠纷，实行团结，立即停止内战，改进人民生活。”

在徐铸成主持《文汇报》一年的岁月中，完全实践着这个诺言。

6 / 杨重野的东北通讯

政治协商会议结束之后，军事问题就突显出来。所谓军事问题，实质上就是军队整编、停止内战的问题，为此成立了马歇尔、周恩来、张群三人小组，在北平还设立军调处，专门调解协商这个问题。3月中旬，本来设在重庆的三人小组移师东下，进驻南京，国民党的代表张群由张治中代替。在此期间，蒋介石由重庆来沪，在记者报告会上被唐海质问之后，即转道南京，主持国民党军事会议的召开。

杨重野（1942年）

军事问题的枢纽何在？2月19日，《文汇报》发表社论《举眼看东北》，指出了问题的症结所在，说："东北形势，已成为举世猜测的一个谜。中国人心头沉重，提高警惕，自更不必说。东北问题，当然不是单纯中苏两国的问题；以前就有人把东北看作亚洲的巴尔干，它可能成为东方和平的基石，也可能变作崩溃和平的导火线。"社论又说："数月以来，东北形势变幻多端，原因自然很复杂，中国的国内问题、国际问题，特别是美苏关系，相互激荡，演化成目前的变幻莫测。"

东北问题成为焦点，中国、美国、苏联，鹿死谁手，全中国的眼睛都在看着。东北问题如果不能很好解决，可能会出现多国共管的局面，而这是国共双方都不愿意看到的，双方也都知道：得东北者得人心，得东北者得天下。面对这样的形势，《文汇报》调整报道部署，仅有12名记者的采访部，派了杨重野、洪舒（杨卓之）、雷特3名记者，奔赴东北采访。

1946年2月，郭根、李西成从西安到上海，参加《文汇报》的工作，雷特也随之到了上海。雷特本来是要到天津《益世报》工作的，路过上海到《文汇报》，请叶以群帮助组稿，顺便看望徐铸成和孟秋江。孟秋江不赞成他去《益世报》，要他留在《文汇报》做采访工作，叶以群又要留他编副刊，一身二任，生活也好过些。雷特终于答应留在《文汇报》。3月中旬，雷特搭了一条美国运输舰离开上海。行前，他去向徐铸成告别，徐铸成对他说："沈阳是个有文化的城市，还是东北经济中心，现在国共两党正在打仗，你不妨先去看看，有新闻可写。"这样雷特就到了沈阳。

洪舒（杨卓之），抗战期间在江西赣州《正气日报》工作。《正气日报》是蒋经国办的。抗战胜利后，蒋经国任"东北特派员"，想在长春办一张报纸，就把洪舒调到长春去了。在去长春之前，经人介绍，洪舒又认识了孟秋江，孟遂邀请他担任《文汇报》驻长春特派记者。洪舒到了长春，《正气日报》没有出版就寿终正寝，他就做了《文汇报》的专职记者。

在雷特、洪舒到东北之前，《文汇报》特派记者杨重野就先到了东北，3月14日，报纸在一版刊出杨重野的通讯《东北大局》。这篇通讯实际于2月28日就寄自长春，只因当时通讯的不发达而延时多日。通讯一开头就写道："内地的人把东北问题看成一个'谜'，有人且怪东北没有一点真实的报道，甚至关于东北的消息还没有国外传去的多，最后由北平搭飞机来长春接收的人更老实不客气地说新闻记者骗了他们，电讯上天天是乐观是顺利，结果既不乐观又不顺利，新闻记者说什么呢？

我们的消息是在新闻封锁和新闻检查下漏出来的；这样怕刺激友邦，那样怕刺激国人，官方表示的态度不能不使新闻记者执笔时有所考虑，于是乎东北问题成了谜。”

在这篇通讯里，杨重野写了人们所关注的一些问题。如苏联红军撤兵问题。对于苏联为什么不撤兵，或者说虽撤兵了，但撤的缓慢，杨重野访问了苏联驻扎东北的苏联将领或和塔斯社的记者交换意见，从他们嘴里听到理由，一说是“怕苏军撤走了，会使东北成为内战战场”，一说是“苏军撤出东北，一定会在美军指挥部将美军撤出中国以前，但无论怎样也不能迟于苏联的撤军”，一说是“中国政府的接收军队行动缓慢，迟迟不能到达苏军撤退的地点”。通讯只用几句话，就把苏军迟迟不能撤出的话点清楚了。

在这篇通讯中，还谈了另一个在蒋管区经常听到的话题：东北本来没有共产党、八路军的力量，现在解放军要在东北占领一席之地不合法，政府军不允许。杨重野写道：“八一五后，八路军这个名字首先传到东北，而八路军的武力渐渐地在东北展开了活动，于是东北也有了八路，八路的发展很快，他们活动的区域几乎遍布了东北九省，连边疆的佳木斯、延吉一带也深入了，甚至散兵游勇和土匪也顶上了八路的头衔，随着这个发展，所谓‘民主政府’也渐渐产生了，但是老百姓们很快地分出来了老八路和新八路，有时为了避讳而称他们为‘一二五’部队，老八路是关里去的，数目不多，纪律很好，新八路有时是指地方的人民自卫军，直接或间接受老八路的指挥和控制，老百姓对于新八路的印象颇不佳，他们很多是地方流痞受‘发财’和‘报复’的冲动而加入了八路。记者在哈尔滨到长春途中的德惠车站找过老八路和新八路谈过话，而从九台县老百姓的口中也可以知道老八路和新八路的区别。东北的共产党在几个大城市到处有公开活动，记者接触的几个共产党员，他们都是青年朋友，他们的作风就目前情况来看是进步的，做起事情来‘说做就做’。在哈尔滨政府办的报纸还只在计议中，而共产党的有三家，此外还出版杂志、书籍，整个哈尔滨的文化是操纵在共产党的手里，他们到了某一个县很快就树立了'民主政府'，开始实施政权，但民主政府倒不一定是民选的。"

杨重野在通讯中指出，问题的复杂性在于"今天东北共产党的存在是事实，政府方面的接收人员为了避免复杂的关系，对于'民主政府'这一段是不承认的，政府的接收工作直接和苏方交涉，而且政府派去接收的人和'民主政府'的人两方是不见面的，像双城县，有政府和'民主政府'的两个县长，根本就接收不了，当苏军的联络官回来的时候，政府的接收人员也就紧跟着回来了。"

在通讯中，杨重野介绍了苏联红军撤退的时候，还把东北工厂的机器拆了运回苏联，小丰满水电站的发电机被拆得只剩下两部了。他在车站上还看到堆积的钢材、大豆、拆下来的机器都在装车待运，当地的人称苏联是"红色帝国主义"，他和塔斯社的记者谈起，连记者都说"苏联是买的，不是抢的"。新中国成立之后，1956年《文汇报》第二次复刊时，杨重野又回到《文汇报》，是驻北京的记者，曾经和办事处的同事谈起当年在东北采访的见闻。1957年，他落马时，这些就成了他的"反苏罪"，中苏关系虽然开始紧张，但社会上那时还是一边倒嘛。

5月3日，报纸又发表了杨重野的通讯《打开天窗说亮话——东北问题症结何在》，除了报道东北的接收情况，对当时的认识问题也作了评述，说："国人一向在国际关系的意识上有毛病，而对苏联一个强大的社会主义的邻国，缺乏认识。多少人喜欢听苏联好，相反地也有多少人喜欢听苏联不好，这都是直觉的。譬如苏联搬走了东北的工业设备和机器，喜欢听苏联好的人不相信有这个事实，有的新闻记者亲眼看到了还硬把这个事实轻轻地挪开；同样地也有人过分地单就着这一点加以渲染夸张，再把它和国内的政局联在一起，想形成广泛的反苏运动。自已以为这样是爱国了，实际上徒增外交上的困难。中苏交恶从哪方面说，对两国都是不利的，我不是说不该有所表示，但在基本的看法上应该看得远一点。”

在东北战场上，杨重野巧遇政府军的一些高级军官。他们是在抗日战争时期，杨重野任美军翻译官，在云南或缅甸时认识的。在东北沈阳一个晚会上，杨重野遇到赵公武军长，一见面赵公武很惊奇，说：“杨翻译官，你怎么会到这里的？”杨重野笑着拿出名片来，同时解释他现在是新闻记者，赵军长说：“好啊，好啊，你总是有办法的。”当五十二军在滇南文山接受美式训练的时候，杨重野正在美军中任翻译官，因为工作上的缘故，常和赵军长见面，可是事情过去一年了，赵军长还很清楚地记得，这使杨重野很是惊异！隔了两天，杨重野到军司令部去拜会他，他提到五十二军第二天就向东推进，杨重野问他是不是到抚顺去，他说是的，杨重野便学着他的口吻说：“好啊，好啊，我跟部队去看看。”赵丝毫没有考虑就答应了。这样杨重野就随军而行，沿途记下了所见所闻，写下了通讯《抚顺行》。

一路行军，杨重野感到“这情形顶多只能说战斗演习”，“大概到下午2点多钟，队伍就停了下来，前锋离开抚顺还有40里路，和解放军隔个村子相望，这也仿佛是演习计划里安排下的”。军装外面罩着老羊皮大衣，是随军空运来的，又笨又重，上下一个直筒，穿起来不能扣纽扣，若是扣上都不能喘气，当兵的一路上发牢骚：这大衣是平津某个机关承包的，花了许多钱。若把我们这号皮大衣和日本仓库里剩下的皮大衣对比一下，该不知是怎样的惭愧！

他们就这样走着，军长说：“好啊，这样的好天气，像是带你们出来玩的。”杨重野写道：“这一次进军中我始终觉得不像是去打仗，倒像是旅次行军，队伍在公路上成四路纵列依次前进，人背着枪，马拉着炮，简直没有戒备的意思，老百姓在公路上随便往来，走过一个村子老百姓成群结队地出来观望，家家户户照常生活，没有一点惊慌或是要逃难的样子，这和实际战地上十室十空连条狗都看不见的情形迥然不同。”

在行军的路上，也遇到了解放军，两军发生了战斗，炮火之声很快就结束了，杨重野写道：“我觉得这样没有意思，一个装模作样地前进，一个虚虚实实地退去了，大家来个互不侵犯，岂不妙哉。”

这是1946年4月中旬，杨重野随着“国军”行军途中的见闻。

当时重庆国共双方的谈判还在进行着。4月30日黄裳在重庆参加了中共代表团在重庆的最后一次记者招待会，听了周恩来对东北局势、历史的发展与谈判的轮廓，曾给以详细说明，其中谈到东北的长春问题。

周恩来说：“政府说中共的军队不堪一击，说我们是土匪。接收本无问题，内战却成了问题。你既然打我的四平街，我为什么不可以打你的长春？接收的发展成为接收三部曲：（一）接收不成问题。（二）虽有问题，仍可挽回。（三）现在是无接收可言了。”

国民党政府既然是要“先拿下长春再说”，这样拿长春，如押宝。战争是一个赌博，是含有危险性的。国民党先拿下长春再说的想法，有如押宝之有四门，这有四个可能性，押到哪一个是不做准的。

周恩来对国民党先拿长春的想法，作了如下的谈话，他说：“第一个：如果长春拿不下来怎么办？第二个：如果拿下长春，别的地方又失陷了，怎么办？是不是东失拿东，西失拿西，拿之不已？第三个：长春拿下了，还有哈尔滨呢？齐齐哈尔呢？满洲里呢？是否一个个继续拿之？第四个：如政府所希望，恰如其分地拿下长春，恰如其分地停了战再说。总结一句，我们看不出有什么拖的理由，而政府现在主要的是在拖。”

国民党是一定要拿下长春的。5月24日，《文汇报》一版头条新闻是：

蒋主席抵沈阳　　国军昨晨进入长春

新闻用的是“中央社记者23日上午12时长春南郊电”，说：“今日上午10时，国军进入长春。记者昨晚随国军部队于暮色苍茫中进抵长春郊外露营，今晨7时许，国军排除抵抗，进入长春市区，市内少数建筑物内，仍有共军之顽抗，国军入城后，分队逐街恢复秩序。”

这时，《文汇报》另一位记者雷特恰在沈阳，写下了《蒋主席在沈阳一周间》，通讯的开头有提示，说：“新闻记者所能接触到的只是表面，主席来东北的使命不得而知的。只有中共代表所说的一句话，耐人寻味，他说：‘蒋主席是现实主义者’。”

这次蒋介石到沈阳督战，开始就制造神秘舆论，一会说马歇尔要来，一会说蒋主席要来，一会说谁都不来了。雷特在通讯中写了那天受副官骗的经过，他写道：“23日中午，我驱车径赴机场。往常迎接要人，从市府大路直到机场的街上照例有数不清的警卫，但是，这天连一个警察和士兵都没有。汽车到达机场时，除了数不清的战斗机、运输机，飞行员和地上工作人员之外，没有一部漂亮的汽车或是吉普，自然也没有一个来迎接主席的要人，我正在怀疑自己的判断时，一部黑色的流线型汽车驶进机场，从里面走出来的正是熊主任和杜长官，接着驶来的是徐主席；当我和其他两位同业被发现时，从他们说话的表情看，我明白是在诧异：‘消息为什么透露出去了。’过了几分钟，一位副官宣布‘今天不来了’，我立刻疑心那是调虎离山避开新闻记者的花样，等到两部汽车先后驶出机场，我才悻悻驱车入城。在离机场约半里地的路旁，两部汽车却停在那里，熊主任和杜长官在离马路百来公尺的树林里休息，我想这是他们有意回避我们了，于是我命司机停车，约5分钟，仍无动静，我又命汽车驶回机场，这时，机场门口的卫兵不让我们进去，说刚下了命令，不许任何人进去，并且叫汽车停在一百公尺以外，我便只好遥遥等候了。”

从这个过程中，可以看出作为民间报纸《文汇报》的记者采访之艰难与曲折。正因为有着这样的艰难和曲折，才训练出《文汇报》记者有着踏踏实实的采访作风，有着挖新闻的本领。蒋介石到来的时机终于被记者雷特等到了。是怎么等到的呢？一架银灰色飞机着陆后，没有军乐队，没有欢迎的行列，10分钟以后，一辆紧接着一辆的汽车由机场驶出，看到这里，雷特“驱车直追，越过徐主席老爷车，跟着一辆吉普穿过市街，一直驶入行营招待所，虽然门口仍然警卫森严，十几个同业被挡在门口守候；车上的人下车后不问三七二十一就进入会议厅。原来确是蒋主席来了，随行的还有蒋夫人、张嘉璈、俞济时、陈希曾，以及昨天中午刚飞回南京的白副总长，蒋主席着特级上将黄色戎装，神采奕奕，蒋夫人着灰色旗袍黑大衣，他们正和接待的人员寒暄”。

通讯写了蒋介石游沈阳故宫、游北陵、出席沈阳市府招待会，参观了伤兵医院，最后写道：“蒋主席离开沈阳之后，据说是到长春去了。沈阳的市民一度兴奋之后，心情又开始沉重忧郁起来。”

长春被国民党军队占领之后又怎样了呢？

6月中旬，记者雷特到了长春，在他所旅行的东北的城市中，他认为长春是最好的城市，漫步在长春街头，微风徐徐，树叶嗦嗦，间有不知名的鸟儿在唱情歌，再缀以健美的东北小姐，使他感到“如置身巴黎的郊野，忘记了这是火药味冲天的长春”。记者因此感叹“这里不是人民的春天”，“长春的美丽，像是一幅经过匠心设计的精彩图案。但透过摩登的外衣，看看所包括的究竟是什么，即使你觉得许多事在中国今日算是司空见惯，也免不得要皱一下眉头吧！”

在6月24日刊出的《长春缤纷录》中，雷特告诉读者他在长春看到的景象。在公园里，他看到两个带着冲锋枪的士兵“突然豪兴勃发，就射击起来”，使游人“惊惶四散”；在舞场，一个上尉搂着日本舞女跳舞，而两个士兵把那日本舞女“叫出去坐台子”，于是“上尉怒了”，“拔枪相对”，“经过一场恶斗，互相损伤”。在大街上，雷特更领教了“黄老虎皮的威风”，感叹地写道：“‘军人第一’的口号，在这里不折不扣地实现了。”从记者看到的现象中，还得出了这样的结论：“日本军阀虽然战败而退出东北，而日本女人却保有相当大的支配力”，一个日本姑娘和记者开玩笑地说：“我们日本姑娘可以统治全世界。”记者到了“满洲映画制片公司”，这是日本人经营多年的远东最大的电影制片厂，简称为“满映”。在这里，记者遇到代表政府来接收的电影名演员金山。

在《长春缤纷录》中，雷特还写道：“敌伪的房产在共军控制的时候，曾经允许市民搬去居住，所以这里有一部分高楼大厦都给平民占据了，但国军来了之后，又有许多人从里面搬出来。有许多日本人的商店现在都换了中国老板，日本人变成了伙计，国军来到之后，这些商店的后台又换了人。老百姓从敌伪的铁蹄下翻了一个身，现在一个转身，又翻了过来。”

8月，记者杨重野也到了长春。这是他第二次来长春采访。第一次是1946年的年初，当时正好遇到蒋介石的夫人宋美龄来长春慰问，他发的长春专电于1月26日见报。这次他到了长春，很快就采写了《长春，东北人民的新灾难——红军票宣告停止流通之后》。通讯一开头就写道：“红军票不好花了！”“大鼻子票不用了！”这突如其来的声音在8月1日的早晨传遍了长春市，像在平静的湖水中投下一颗炸弹，引起波澜。

在长春街头，杨重野看见到处都贴着大布告，布告上是一行大写的黑体字“军事委员会委员长东北行营经济委员会布告第十号”，布告上有几行小字“苏联军票十元券及十元以上的小券仍照常流通”，“百元券自当地开始登记之日起，停止在该地流通”云云。在布告栏前，长春市民怨声载道：“俺狗子爹卖了几天工，赚的都是红军票，今天咱拿啥吃饭啊！”“这年头反正老百姓倒霉！”在来长春之前，杨重野曾在沈阳参加东北行营经济委员会委员长张嘉璈举行的记者招待会，张许诺“不使民众吃亏”。张嘉璈的这个话在第三号布告中也是昭诸民众的。张嘉璈怎么去了一次北平，主意又变了呢？因此，杨重野在通讯中专门写了一段"向张嘉璈先生请教,朝令夕改,这到底是怎么一回事?""这会影响整个人民对政府的信仰,也就是把人民视如草芥!"杨重野在通讯的结尾写道:"这是件大事,是东北光复以来第一件大事。就按苏联政府通知的数额来说九十亿二千五百万元,这数目要全体东北人民来负担,每人平均差不多三百元,合法币将近四千元……沦陷14年的东北人,今天在虎疫兵灾的威胁下还要加上这个负担,这是东北人民的灾难!"

9月,杨重野由长春到了哈尔滨。这是他第二次来到这里了。他第一次到哈尔滨采访是2月份，随着政府的接收大员来这里采访接收新闻的。2月15日,报上刊载了他写的通讯《今日哈尔滨》,分两天刊完。而这时的哈尔滨是在共产党军队的控制下,他们一行记者向吕正操司令员提出到佳木斯或是齐齐哈尔去。佳木斯是东北的主要城市,当时是共产党在东北的延安,共产党在迫于某种情况下可能放弃哈尔滨(7月初江桥撤防,吕正操将军说：当时曾有撤出哈尔滨的准备,)但不能放弃佳木斯;齐齐哈尔是嫩江省府(旧黑龙江省会),它也是北满和西满联系的中心,更是一个有战略价值的据点。所以,杨重野他们要去那里采访。

对于记者的要求,开始有关方面的答复是情况不安定,路上尤其危险。有一天,他们见到了吕正操副总司令,向他提出这个问题,他最初说是这关系太大,如果出了岔子跳到黄河也洗不清。当时有记者提到纽约时报记者威尔斯到过齐齐哈尔,难道中国的土地还不准中国记者去?吕正操笑笑说:"那么你们说我们是媚外吗?"接着他说齐齐哈尔是可以考虑的,等查问查问当地情况后再通知记者,记者们就紧盯着这句话问他是不是在24小时以内可以答复他们，他们好安排日程,吕正操说:"好,这简直是哀的美敦书!"

第二天在中共东北各省代表联席会议上,记者会到了中共嫩江省主席于毅夫,记者在汉口和重庆和他会过面,他说欢迎记者到齐齐哈尔去，那天大会主席是吕正操，他在休会的时候也告诉记者说："你们24小时的哀的美敦书我可以给答复了，你们可以同于主席和车议长（车向忱）到齐齐哈尔去。"

到了齐齐哈尔，记者们就进入了紧张的采访。他们采访了城市，也采访了乡村，还采访了土地改革运动，写了一些新闻报道。在这些文章中，杨重野写的齐齐哈尔通讯《石老太太—— 一个烧窑的女人，怎样当了省参议员》，全文5 754字，在9月19日的《文汇报》第五版刊出，几乎占了一个版面。这时已经从重庆移师到南京的周恩来，读了这篇通讯，对梅益说：国统区的报纸以记者第一手材料作此报道，是真正的民意体现，与国统区形成强烈对照，是一篇好通讯。周恩来指示把这篇通讯印成文件作为内部学习资料。

9月30日，报纸又发表了杨重野写的通讯《哈尔滨归来》，全文5 813字，分两天刊完。他写道："15天的日程中我们访问过林彪、彭真、一个旧东北军的团长吕正操、打长春的周保中、民盟高崇民、张学良的弟弟张学思和一些'抗日联军'的将领，我们还到了齐齐哈尔参观过解放村，访问过'翻身'了的老百姓，就新闻来说我们很有收获，临离开的前一天，中共有几个负责人问我们什么感想和意见，他们说：'我们愿意接受批评，如果一个政党怕人家骂就会更糟糕。'我们表示感想特多无从说起。"

在这篇通讯中，只要把几个标题拎出来，就可以看出全文的内容了。（一）杂感。（二）漫谈中共政策：1. 中共与民主，介绍了"民主政府共同施政纲领"；2. 土地改革，耕者有其田——这是中共今天土地政策的口号；3. 分红制，调整融资纠纷的好办法。（三）共产党员的"党性"与"群性"：一致服从党的领导，他们没有派系观念。（四）老百姓怎样看：1. 从希望到失望，他们满想把14年的痛苦对自己的祖国倾诉，但是现在眼泪只有往肚里流；2. 人民对党派无根本成见；3. 和平！民主！解决中国问题的路线。

读了杨重野、雷特的东北通讯，我也是感慨良多，受了一次民间报纸的公正立场的教育。一个记者，总是要站在真理正义一边，才能做得像个记者的样子。同时我也感到，杨重野有着新鲜的新闻敏感性，一张报纸就要有几个像杨重野这样既有新闻敏感，对办报有着强烈的兴趣而又愿意献身玩命的记者，这张报纸才能办得出色，受到读者的信任与欢迎。

7 / 黄立文的“下关事件”报道

1946年2月政治协商会议结束以后，停战问题成了中国人民关心的焦点，是战争还是和平的两个问号像一架不稳定的天平，老是在人们的脑子里晃来晃去，从人们的愿望来说，当然要和平不要战争。而客观形势的发展，国民党的军队从陆上、海上、天空运往东北，战争的因素在不断地扩大。到了6月20日，《文汇报》发表消息说“停战仅余两天，谈判濒于破裂”，这样，反战浪潮风起云涌。

黄立文

6月20日，报纸发表了驻南京记者黄立文写的通讯《南京商谈遇到绊脚石》，告诉人们这次停战“有4天了”，大家喊着“打不得了”，可是报纸上传来的消息是东北战场一触即发，鲁、皖、苏的形势也是剑拔弩张，这是共产党的“以10条帆船进攻青岛”而造成的。范长江代表新华社反问：“10条帆船能载多少兵？装几门炮？青岛海上的战舰有多少？”大家只能作哈哈一笑了。政府代表吴铁城也只好唯唯诺诺，说：“虽然共军没有攻青岛的企图，但他们把四周都包围起来，而且断了水源,这不等于完了吗?”黄立文指出,和谈的绊脚石有二,一是整军及中共军队的防区问题,一是马(歇尔)帅的仲裁权问题。对此,黄立文在通讯中提出疑问:把中国人内部纷争的仲裁权交给一个外国人,想来想去总觉得这件事不妥,中国人的事,由中国人自己最后决定比较好。如何使绊脚石成为踏脚石?

在通讯的最后,黄立文似乎用无可奈何的笔调写道:“有了这两块绊脚石,才使大家为国是前途忧心忡忡,仲夏以来最乐观的空气又窒住了。大家都在考虑,‘怎样才难使绊脚石变成踏脚石呢!’”“上海有一股反内战的风,巴黎四外长会议也有融洽的空气,可是反内战的风虽然大力地向四面吹,很多地方已有感应,而南京却萍末未动。巴黎四外长会议融洽的空气,是很可能反射到中国的神经中枢来的,然而这块传导体却非常迟钝,辐射的正面毫无光彩,麻木了的神经末梢还感不到光和热。有人在喊失业、失学、没饭吃、没屋住、没衣穿,也有人为了生活被逼得自杀,他们似乎已经没有这一份心情来考虑国家民族的大问题,就是考虑到了,似乎也没有力气把自己的呼声喊出来。这是一个民族衰老的象征,还是一个狂潮将掀起以前的可怕的沉默?”

黄立文的眼光抓住了问题的要害。

6月21日,《文汇报》发表了《反战运动风起云涌,各界社团纷纷响应,林汉达将赴南京请愿》。22日,报纸又作报道:“学生反战运动蓬勃,参加单位已达20余校。”23日再作报道:“反内战呼吁和平,学生今日大游行,欢送人民代表马叙伦等进京请愿。”大同大学的学生提出“不愿在炮火声下考试”而罢考,市长吴国桢亲自赴该校训话,说要不要考试不能由少数学生说了算,要用民主投票的方式来决定。用“文化大革命”的话来说,这无疑是“挑动群众斗群众”。学生展开了辩论,一派学生代表陈震中上去讲话,被几个穿便衣的人抓了下来,衣服也扯破了,又有几个反内战的学生上去讲话,抢来麦克风,歌声与口号声混成一片,这时陈震中被推选为赴南京请愿的代表,随着马叙伦去了南京。

请愿代表到了南京,竟在下关车站被打,陈震中受伤最重。黄立文亲临现场,随后写下了《下关事件目击记》,于6月26日在报上刊出。

这篇目击记有一个很特别的开头:

被侮辱与被损害者

马叙伦:重伤脑部,伤手部、肩部和背部。

雷洁琼:重伤鼻梁,伤胸部、肘部、头部,曾晕去两小时三十五分钟。

阎宝航:重伤脑部、胸部、肩、背、手臂,曾晕去四小时又十分。

浦熙修:重伤肩背、头部,头发被扯去。

高集:重伤额角,全面被殴浮肿,左眼尤甚,血涔涔下,臂、背亦受伤。

叶笃义:重伤左右臂及腿。

陆路芝:遍体鳞伤,上下衣均被剥去一光。

其余轻伤者计有包达三、张䌹伯、蒉延芳、盛丕华等代表,益世报记者徐斌,市府新闻专员钱江潮,学生代表陈立复等多人。

记者和同业大公报记者高集,新民报记者浦熙修,汉口武汉时报记者毕群为了采访马叙伦等来京消息,不想目击了这场丑剧,而高、浦两位竟受了重伤。

这样的通讯开头,就像说书人,走到桌前啪啪几声把"惊堂木"一敲,先把包袱抖出来,当听者目瞪口呆时,他才拱拱手,说:诸位看客,欲听详情,且让我慢慢道来。像黄立文这样的《文汇报》元老,在新闻写作上都有这么两下子,真是令人学之无尽啊!

1961年,我大学毕业后进《文汇报》社,没有几天,就见到黄立文。那时他劳动回来,不但和我一个办公室,而且座位相邻,每天处理来信

1946年6月23日，上海各界群众在北火车站欢送上海和平请愿团赴南京

来稿，有时也编一些稿子，再以后就编一个科学版，不出去组稿。稿子都是跑科学线的记者许鲁文组来的。他很少说话，我有时伏在办公桌上写稿，他的目光会在稿纸上瞟一瞟，有时用手在我的稿子上点点，还是不说话，我会意那个地方可能会有问题，就在那稿纸处改一改。后来我才知道他在1957年也落了马，此时已经摘帽。如果我不和他说话，他是很少说话的。后来是“文化大革命”，就很少见到他，不知把他发配到什么地方去了。那个史无前例的时代结束以后，他才和一批人回到报社，在夜班当编辑。我写了一篇长篇通讯，是报道电器工程师虽患癌症，仍在发明创造。一天晚上，他打电话给我，说：“标题我给你改成‘是石头就能迸出火来’，你看合适吗？”我求之不得，说了一些感谢的话。再后来，听说他的党籍也恢复了。我们不在一个部门工作，很少交谈。不过，这时就可以听到有关他当年报道下关事件时是风华正茂的青年的事了。

在他离休之后，大概是20世纪90年代，我去他在愚园路的住处访

请愿团在列车前留影。右起：马叙伦、包达三、雷洁琼、阎宝航、张䌹伯、盛丕华、胡子婴、蒉延芳

问他，请他谈谈往事，特别是有关“下关事件”的事。“下关事件”和重庆的“沧白堂事件”、“校场口事件”被称为在中国新闻史上的三大事件，因为新闻报道工作做得很出色。这时，他已患了严重的老年慢性支气管炎，每走一步都气喘吁吁。那天的访问，从上午一直谈到黄昏，中午就在他家里吃了一碗走油肉面，他的夫人吴夏在报社资料研究部工作，此时不在家，是他自己煮的面，此景至今还留在我的脑子里。

黄立文回忆说：1946年6月23日，上海人民团体联合会、上海学生和平促进会组成的上海人民和平请愿团到南京请愿，代表团成员是推选出来的，有马叙伦、蒉延芳、盛丕华、阎宝航、雷洁琼、包达三、张䌹伯等以及学生代表陈震中、陈立复。这天，上海举行了有5万群众参加的要求和平反对内战的示威游行，然后齐集北火车站，欢送请愿代表晋京。这一天的《文汇报》发表社评《伟大的行列》，热情赞颂这次“以学生为主导，5万民众为了争取和平，为了反对内战，为了争取民主，为了维护国家主权，为了反对丧权辱国，发动了大规模的示威游行”，是上海市"胜利以来最伟大的行列"。指出"这一行动,不仅反映出广大的民众对于当前政局的极度的苦闷,大家已到了忍无可忍的地步,更反映出人民对于政治的根本要求"。希望反内战运动"立刻扩大到商人、农民、工人、军警、公务员各界去,扩大到全国各地去",希望大家"都毫不犹豫参加这伟大的行列,以争取自己的生存与国家民族的光明前途"。

当天,黄立文和范长江约好一起去接车,范长江本来是《大公报》记者,此时是中共代表团发言人。在车站,他们先后碰到南京《新民报》采访部主任浦熙修,《大公报》驻南京记者高集,汉口《武汉时报》记者毕群。火车到站的正点时间是下午2点半,但是误点了。他们一起进了候车厅的茶室喝茶,消磨时间。同业们谈兴正浓,却看到杂七杂八来了不少人。这些人既不像候车,与一般来接车的平民百姓也不一样。先是对茶座探头探脑,后来陆续进入,不喝茶也不吃什么,一屁股坐在椅子上。转瞬间,茶室已座无虚席。范长江和黄立文正对面坐,他轻轻踩黄立文一脚,黄立文会意地看了他一眼,低下头,一个劲地啜茶,没有再说什么。

火车直到下午7时才靠站。代表们下车,在站台上等戴红帽子的搬运工来搬行李出站。这时,两个青年窜到了代表们身边,自称是苏北流亡青年,临时大学学生,坚持要见马叙伦。60多岁的马叙伦已经很疲倦,留在车上休息,改由代表团的秘书胡子婴接见。他们一开口就质问胡子婴:你们到南京来的目的是什么?你们了解苏北的情况么?内战的责任由谁负责?你们不要偏袒共产党!胡子婴和婉地回答说:代表们是来呼吁和平的,一切事情,都要等到获得全面而永久和平之后,才能真正解决。

还来不及出站,突然掌声四起。将近200名暴徒在掌声指挥中挤了上来,堵住去路。他们乱喊口号,先是叫:"欢迎马叙伦先生!"然后胡叫乱喊:"打倒共产党!""打倒周恩来!""要马叙伦保证我们回苏北!"马叙伦尽管困顿不堪,还是勉强振作,提高嗓子说:"我没有资格保证你

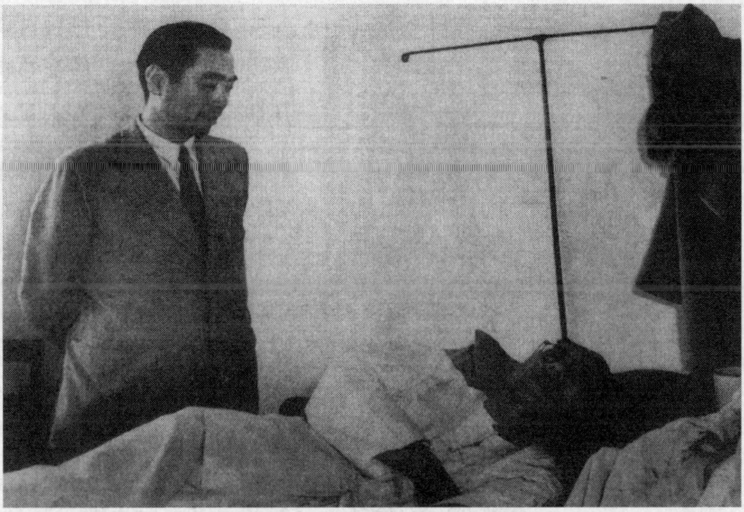

下关惨案发生后，周恩来到医院慰问受伤的马叙伦

们。但是，我可以把你们的意见转达给政府和有关方面。”这时，特务暴徒从堵截变成了包围，代表团的人员要出去是不可能的。一个穿黑短衣的特务头目，站到临时搬来的椅子上指挥，狂呼：“打！打共产党的代表！”原来还仅仅在推推搡搡的打手们，这时扯破了雷洁琼、阎宝航等的衣服，乱拳打在他们身上。代表们被迫退进了茶室。

年事已高的马叙伦经长时间折腾，已倒在沙发上，不可能出去接见。阎宝航挺身而出。他刚跨出门槛，特务暴徒乱哄哄地叫喊：“不要听他的！”“共产党，跪下来！跪下来！”阎宝航在闹事人面前，理直气壮地说：“我是东北人，有十四五年时间带领着游击队抗击日本侵略者，从未屈膝。今天，你们可以开枪打死我。我要为国家留一些体面，决不能下跪！”话音刚落，特务们连推带打，将他赶回了茶室。一些记者从人丛中挤了出去，但浦熙修和高集始终无法突出重围。他们虽然一再声明自己的身份，但没有用，还是被连推带打，赶进了茶室。一个特务头目指着浦熙修说：“这个女人，我民国26年就认识她了！”

马叙伦倒在沙发上，动弹不得了。12个打手围着本来以身子护着

浦熙修

马叙伦的阎宝航，打得他浑身是血。陈震中头部挨了重击，晕倒在水泥地上，还被暴徒用脚乱踢。高集的左眼被打得淌血了，衬衫撕破，肩上、背上，手臂、大腿都挨了揍。浦熙修头上身上都被打。他们和雷洁琼一样，被打之外，还被抢了东西。来接车的民盟干部叶笃义被当作上海来的人民代表，遭到袭击。有位姓陆的女青年，是银行职员，她陪罗叔章来下关接车，特务们一边打她一边撕掉她上下身全部衣裤，让她赤身露体蒙受羞辱。阎宝航、叶笃义和高集被打倒在地，站起来又被打倒或踢倒，学生代表陈立复挨了几拳。

黄立文和范长江冲出包围。范长江赶回中共代表团驻地梅园，黄立文赶到蓝家庄15号民盟驻京办事处，沈钧儒、黄炎培、梁漱溟、章伯钧、罗隆基都在，黄立文向他们报告情况，商量如何营救。罗隆基马上打电话给国民党的谈判代表陈立夫、张厉生、王世杰等人，却找不到人。罗隆基又打电话到马歇尔那里进行交涉。这时中共谈判代表李维汉等三四人也从梅园赶到蓝家庄，一起研究对策。黄立文看到已尽到责任，立即辞出，赶回户部街《文汇报》办事处，发了《上海和平代表到京 竟在下关车站被打》的新闻，同时发表社评《对南京暴行的抗议》。

差不多在黄立文和范长江突围离开下关的同时，上海《联合晚报》青年记者胡星原感到事态严重，也从车站挤身出来，直奔琅琊路邵力子公馆。邵是国民党和谈代表，并且是参政会的秘书长。胡星原到了那里，揿电铃、摇铁门都没有反应。实在按捺不住，终于翻墙进宅，将邵力子老先生从床上弄了起来，要他出面处理这件事情。

24日，《中央日报》也刊登了下关事件的新闻，报道说由于苏北难民要求马叙伦等救济，因而引起冲突云云。这则是明显撒谎的新闻，黄立文看后既感到哭笑不得，又感到无可奈何，谁叫他们是国民党的机关报呢？黄立文意识到，要把下关事件这则新闻的真相告诉读者，光靠一则专电是不够的。于是，他又拿起笔，写了通讯《下关事件目击记》。

27日发表学生代表陈立复的《旅京两日记》，以日记形式详尽地记录了23、24两日的亲身经历。各个副刊也接连撰文谴责下关暴行。如《新生代》刊登了《我们抗议！》、《后援陈震中》、《我们团结一起》、《奴才呀，你终将失败！》等诗文。《世纪风》连续三期以整版篇幅刊登茅盾、叶圣陶、郑振铎、夏衍等文化界知名人士的文章，对国民党当局作了严厉的驳斥与抨击，对人民群众进行了有力的鼓舞和动员。《读者的话》连续一个多星期都用整版或绝大部分的篇幅，刊登群众来信来稿，抗议下关暴徒和慰问和平代表的声势更为浩大。这些信稿来自社会各界，全国各地，报社每天有3个人负责拆信看稿。

记者的多产与深入，在现在看来常常是矛盾的。《文汇报》的老一辈记者中，多数是既能多产，又能深入，唐海是这样，黄裳是这样，黄立文也是这样。在要和平、争民主的浪潮中，黄立文为我们留下许多报道和通讯，从中可以得到丰富的历史信息。现在的"文艺晚会"之类的报道，多是只写演了几个节目，有什么领导人出场，再详细一些也无非是文艺工作者是如何辛苦地进行创作罢了。而1946年3月1日报纸刊登的黄立文的《春潮——记文艺哲学晚会》，把演艺人员的情绪、心态、创作观念等许多信息都提供给了我们。

文艺晚会由身躯"底矮又带胖"的赵景琛主持，叶圣陶在开幕词中对内地流行的"搞文艺"这个词儿加以解释，用现在的话来说"搞文艺"就是为现实服务，老先生还举了欧阳修的话，大概中国文章自古以来都是为现实服务的。笔者以为黄立文抓住了要点。而他在记老舍的讲话时，又进一步生发了“搞文艺”的这种中国文人的精神。在这里，不妨把黄立文在通讯中对老舍的描写及记述老舍的话引录如下：

> 两位将要赴美的文艺作家——剧作家老舍和曹禺，被请上来演说。每逢看老舍的作品，读者大都从笑声中滚出眼泪，听他说话，也不能例外，在大声的响笑中，夹杂着愤恨和苦恼，而又渗在欢乐中的抑郁中，难以分晰。然而，老舍自己却像经过笑火的煎熬，对于他自己所引起的笑和泪，他却像铁铸的一样，脸面上没有半点感情。首先，他说起“文人相轻，自古而然”的定例，他说明了这种自尊和自信的正确以及8年来这定例怎样被一个新的真理——抗战所否定。而后说到8年来的文艺作品。他不嫌厌烦地举出什么什么作品来做例子，认为尽管外国作家如何惊疑于中国没有伟大的创作出世，可是中国的作家都比任何一个国家的作家能坚守自己的岗位，更能忠实于抗战；无论戏剧、小说、诗、歌，无论是木刻、漫画，无论是散文、小品，人们都唾弃那种以色情、低级的作品来卖钱的工作，没有一个作家甘心去写侦探小说和桃色文章，这虽然使得一些小姐太太头痛，可是这就是我们的成功。他说：“头痛，好吧！小姐太太们，告诉你们，我们将永远写下去。”

在通讯中，黄立文还记叙了张瑞芳的朗诵，从新疆盛世才的牢房中出来的赵丹表演的“千人面”等等。

在国共和谈期间，蒋介石去庐山避暑，并传言周恩来要上庐山和蒋介石谈判，许多新闻记者都奔赴庐山。黄立文也上了庐山。这次上庐山，黄立文写了《匡庐散记》，我以为是他新闻通讯中的有力之作。此文在《文汇报》上连续刊载9天才刊完。我常说，那个时代的《文汇报》是出记者的地方，不但给记者提供了广阔的采访空间，还给记者提供了广阔的舞台,记者的长篇通讯,经常采取连载的方式刊载,只要你有本事,可以天马行空,尽情地发展。我悟出:凡是动乱时代,也是出新闻的时代,更是记者的黄金时代。

在《匡庐散记》中,黄立文写下了这么一段前言,说:"盛夏到牯岭采访,说起来总是一幸事。记者于7月18日到达庐山,迄9月11日返京,这短短的50多天,对这座所谓'天下匡庐'了解不深,然而本位工作却使我不能不经历或接触了很多意外的事物。翻开这50多天的日记,重读之后,觉得积压在胸膈中的东西,还是不如吐出来的好,免得它发霉,心里难过。于是许下心愿,就将日记为蓝本,写成散记,是为序。"《匡庐散记》是9月13日开始刊登。值得一提的是,黄立文上庐山的那天,也是《文汇报》被上海市当局下令停刊一周的第一天,但报纸的负责人并没有取消他的庐山之行的采访计划,可见负责人的目光和气度了。

黄立文从庐山回来之后,采访部主任孟秋江找他谈了一次话,告诉他:"你上当了!"为什么说上当了呢?孟秋江告诉他,蒋介石到庐山"避暑",美国特使八九次上庐山,串演的是双簧。国民党故意制造种种假象,准备房子,放出空气,说周恩来要上庐山进行谈判。孟秋江批评黄立文对"和平谈判"以及美国所谓"调解"的本质看不清,抱有幻想。

我想孟秋江这话也是事后诸葛亮,如果黄立文写新闻的时候他就有这样的看法,完全可以把这条新闻扣下,不要刊载,可是为什么又刊载了呢?在浓重的火药气氛中,蒋介石突然上庐山避暑,这不能不说是一条新闻。对一些新闻的发生,一时是无法搞清背景的,如肯尼迪被刺,这条新闻是刹那间发生的,如果搞清背景再报道,这条新闻肯定是落后的。不过,一些新闻的背景可以在以后的连续报道中补充的。今天,我也可以说些事后诸葛亮的话,蒋介石一个人上庐山,周恩来不上庐山,没有什么戏可唱。可在事前,没有人能预言结果的。

1946年7月13日,《文汇报》一版头条发表黄立文写的新闻,标题为:

蒋主席即移节牯岭

庐山将成政治中心

马歇尔、周恩来均将前往小住

与这条新闻并列的还有另一条新闻,标题为:

中原战事蔓延

划区问题未决

这时的国共停战谈判形成僵局,中共拒绝了国民党提出的条件,蒋介石公开宣布要到庐山避暑,同时指示国民党军队和中共军队在中原展开决战,打开国军北上的通道。中共在中原作战的是李先念的部队,毛泽东则批示他坚守中原,阻挡蒋介石的部队北上,为东北战场的反攻准备工作争取时间。当时的人们所关注的军事焦点,除了东北战场,另外就是中原战场,张家口战场及徐州战场。国民党的军队要北上,必须打开中原及徐州两扇大门,要调兵出关支援东北战场,必须突破张家口。除了中原战场受阻于李先念的部队,张家口以及徐州以北的泰安,均在共产党的军队控制之下。

蒋介石的庐山避暑行动就是在这样的军事背景下产生的。马歇尔是到庐山去了,周恩来不予理睬,没上庐山。

黄立文发表这条新闻之后,就准备行装,也上了庐山。7月27日,报上发表了他到庐山后的第一篇通讯《到"夏都"去》,开头写道:"由首都南京,到夏都牯岭,那是非常方便的事。不过要经过空旅,火轮、汽车和肩舆,整个旅程,时间那么短,但却那么颠簸。"这篇通讯只记述了他上庐山过程及入山手续之麻烦，因为有蒋介石在山上，入山手续又怎能不麻烦呢？

记者不急于上庐山，留下来看看周恩来的动静，再决定自己的行动会更好一些。一旦周恩来回了延安，记者马上可以继续发新闻，连标题都想好了，不妨是：《君上庐山，我上延安》。这样的补充真是完美无缺了。当然这也是事后诸葛亮的风凉话了。

《匡庐散记》中记了记者对许多人物的访问，如“寂寞邵力子”、“闲人罗家伦”、“新闻冷门吴鼎昌”、“洋绅吴仕汉”、“赣主席王陵基”、“司徒卧病”及“几位洋大人”诸篇都是可读的，从中可以了解他们当时的心态及从他们谈话中透露出来的信息。在当时，我想肯定都是些很叫座的文章。

8 / 崔景泰和上海滩两大事件的报道

崔景泰

20 世纪 60 年代的崔景泰，在我的眼里就是一尊弥勒佛，肥胖的体躯，挺着一颠一颠的肚子，圆圆的脸上常挂着笑意，慈眉善目，胆小谨慎，连说话都是小声小气，一点灰尘都不敢拂去的人。不过，崔也有活跃的时候，那就是去他的家中看他收藏的端砚和字画，特别是那些端砚，简直就如同他的宝贝儿子一般，他在砚上哈一口气，带着几分爱怜地对笔者说："你看多滋润，像小孩的皮肤。"偶尔用舌头在砚石上舔几下，也要别人舔，说："你试试看，多细腻。"到了"文革"前夕，不知是他的哪一位晚辈结婚，他到文物商店卖掉一张齐白石的册页，把得来的钱作为贺礼。有时开会，我也会说几句激昂的话，会后他就要像一位老大哥那样敲打我，说："我看你的发言会出问题。"看着他那个唯唯诺诺的神情，谁能相信在20世纪40年代，他是上海滩叱咤风云的《文汇报》记者。

1946年11月30日，《文汇报》第三

版刊载了两条新闻：一条新闻的标题是《初冬寒入骨，连日冻死百余人 死者之众超过往年记录》，另一则的标题是《警局搜捕马路小贩，拘留所里臭气熏天》，这两条新闻都是出于崔景泰之手，那时他跑社会新闻。这两条新闻虽然都未超过200字，却推动了震撼上海的摊贩事件。在唐海的那一节中，笔者写了他在黄浦区警察局的采访，那只是一个局部，崔景泰采访了这个事件的全过程。

1月29日凌晨，编辑部的几个人工作完毕，搭乘报社运白报纸的大卡车回家，途经黄浦警察分局附近，看到有不少三五成群的人站在寒风中指指点点地交谈着。这种异常的景象，使跑社会新闻的崔景泰意识到这可能会发生事情。他回家后，睡不着，天蒙蒙亮，就匆匆出门到上述地方去采访。

在黄浦警察分局大门前，有大批人围聚着，他们拿着寒衣和食物，嚷着要进去探望亲人，可是守门的警察不准他们进去，双方对峙，气氛很紧张。人群中有人大声呼叫说："警察局关着的摊贩，有的冻死了！"愁容满面的摊贩家属，个个焦虑不安，情绪激昂。"警察局放人啊！"的声浪此起彼伏。几个摊贩家属对记者说，他们的亲人被捕时，衣着单薄，又没有东西吃，饥寒交迫，肯定要生病了。有些人还情不自禁地争着告诉记者，他们当摊贩，迫于无奈，因为他们都是失业者，一家老小数口，为了糊口，不得不做点小生意来养家。他们一天不做生意，家里一天就没有饭吃。

这时候，街上人声鼎沸，众多荷枪实弹的警察穿梭来往，红色警车、吉普、消防车响着刺耳的喇叭声横冲直撞。请愿的群众被驱赶着，一会儿朝东，一会儿朝西。不过他们散而复聚，并不惧怕。崔景泰对我说："我也跟着人群时进时退。中午早已过去，我也不觉得饿。"

约莫下午3点多钟，消防车上的警察竟用救火的水龙头向请愿的群众喷射。群众被激怒了，有几个人勇敢地登上消防车，把警察从车上推了下来，围观的人们拍手称快。突然间，警察开枪了，一下子枪

黃浦區昨空前騷動
數千小販集體請願
分局竟日被包圍羣情憤激
大新公司等商號亦遭波及

不幸的受傷者

中美簽訂航空協定

報道黄浦区数千小贩集体请愿事件

声四起，马路上秩序大乱，人群不得不暂时躲避。警察局又开来一辆大型警车，上架机关枪，来势汹汹。他们没敢开枪，只是吓唬群众。黄浦警察分局门前的大批请愿群众，愤怒的呐喊声却越来越高：“放人出来呵！”“放人出来呵！”警察们如临大敌，筑起几道防线阻拦摊贩和家属进去探望亲人。在摊贩和家属的人群中，有人向警察局投掷石块，以示抗议。

在一片动乱中，有个摊贩模样的青年人走到崔景泰身边，得知他是《文汇报》记者，把崔景泰叫到小路上去暂时隐蔽一下，因为他们发现有不少便衣警察在暗中逮捕嫌疑分子。崔景泰说：“我谢谢他的关心，由于我职责在肩，不能避开。当时，我感情激动，也不知道害怕。”其实，马路上同情摊贩的群众也越聚越多，交通已断绝。这时，在如潮的人群中警察已起不了作用。摊贩和家属却很快组织起来，自发地组成了维持治安秩序的纠察队。他们手里拿着小竹竿或木柴为记号，站在几条主要马路当中指挥行人和车辆。

暮色降临，下起蒙蒙细雨。请愿

的摊贩家属和警察仍僵持着。这时，本来在孟秋江家聚会的记者，闻讯也都赶到现场，参加采访。

这时警察局派出了骑巡队，一二十个警察骑着高头大马，向着群众聚集的地方冲来。有些警察差一点从马背上掉下来。在福建南路金陵东路口的"高生大纸店"突然浓烟滚滚，烈焰冲天。崔景泰随着围观的人群立刻奔了过去，一打听，才知道有几个摊贩在该店屋檐下避雨，店里竟有人从楼上窗口对准摊贩倒开水，烫伤了人。这几个摊贩本来就怒火满胸，这更似火上加油，他们忍耐不住，冲进该店，把纸张等堆在一起，放火烧了起来。警察们看了火场，却无可奈何地都溜了。在夜幕中聚集的队伍忽然分成两股人流，一股朝大世界方向涌去，一股朝南京路方向涌去……

当崔景泰回到报社伏案写新闻稿时，编辑部的总主笔徐铸成亲自到采访部来等他的稿子，作为他们写评论的依据和参考。崔景泰回忆说："此时的我，也真有点'下笔千言，倚马可待'的感觉。"

当晚，市长吴国桢亲自打电话给徐铸成，要《文汇报》只登中央社所发的那条新闻，报社自己不要发表东西。徐铸成回答说："我们有记者去采访，我们会根据事实报道的。"把吴国桢顶了回去。那天编辑部除徐铸成外，还有宦乡、陈虞孙、柯灵等几位在场。他们都在撰写摊贩请愿事件的有关评论。

翌日，《文汇报》以大量篇幅刊登黄浦区数千名摊贩向反动派当局请愿示威的消息，其中有新闻、通讯、图片、社论、小言论、群众来信等，使广大读者了解了摊贩请愿事件的真相。而国民党的通讯社中央社，只发了不到300字的新闻。

在崔景泰的记者生涯中，对"劝工大楼惨案"的报道，也是很值得记录的光彩一笔。

崔景泰回忆说："那是1947年2月9日，我正在采访部工作，有两位三区百货业工会的青年店员急匆匆地跑来找我，他们神色焦急地诉说：三区百货业工会在南京路劝工大楼举行'爱用国货，抵制美货'筹备会成立大会，政府当局竟指使一批特务混进会场行凶，有不少店员受伤，还有些店员被警察抓去了。我一听气就上来了，二话没说，立刻就跟他们奔到出事现场去。我一路走，一路想：爱用国货有什么罪?!”

崔景泰和那两位青年店员快步赶到惨案的现场，会场里已人去楼空，满地乱堆着被打坏的桌椅杂物，到处血迹斑斑，国民党当局是这场惨案的罪魁祸首，铁证如山。一群青年围着崔景泰，悲愤地介绍说：上午，他们在劝工大楼会场开大会，是三区百货业工会领导人临时决定的。为了防备特务捣乱，他们把原定在一家剧场举行的这次大会，改到劝工大楼来开了。会前，可容500多人的会场，早就坐满了百货业店员。被邀请前来作报告的著名人士郭沫若、邓初民等也准时到会，坐在主席台上。会场里不断响着激昂的歌声，气氛十分热烈。就在这时，一批特务手持凶器混在会场内外的人群中，有穿黑皮夹克的，有穿西装的。为首分子一声号叫，特务们就一哄而起，拖住百货业店员就打。凶手们还企图冲到主席台上去行凶。早已守在主席台前担任保卫工作的店员，手挽手地筑成几道人墙，挡住了凶手，这些店员虽然被凶手打得头破血流，但仍昂然地站在那里。在骚乱中，主席台上的几位工会领导人员，迅速护卫着郭沫若等人从主席台后窗门离开了会场。永安公司西鞋部的青年店员梁仁达被凶手打得遍体鳞伤。但他不畏强暴，大义凛然地怒斥凶手：“我们提倡爱用国货有什么错？你们为什么要打人！”失去了人性的凶手，不但不听，反而更加残暴地毒打梁仁达，把梁仁达打得昏倒在地，梁仁达的头部、脸上满是鲜血。凶手们又用穿着皮鞋的脚在梁仁达身上乱踢乱踩。结果，梁仁达受了重伤，送医院抢救不及而牺牲了。还有不少店员也受了重伤，受轻伤的更难以计数。店员们身上的衣帽围巾都被凶手撕破、扯掉，所带的手表、眼镜、现款等也被凶手趁机抢走。凶手们还拿起带钉的椅子脚毒打店员。凶手们就这样从会场内打到会场外，从楼梯上打到楼梯口，足足打了40多分钟。这时，马路上虽然有不少警察站在那里，他们却熟视无睹，没有一个上前来查问。特务们行凶后，一个个扬长而去，可有不少店员却被警察抓去关进牢房。

崔景泰在向笔者介绍这些情况时，因为情绪激动，患着高血压的他面孔更红，他仿佛又回到当年采访的现场，本来眯缝得像弥勒佛的眼睛，这时也睁大放出异彩。他说："我听了店员们的控诉，心头的怒火在燃烧，我从发生惨案的现场回到报社，不平之气久久平息不下来。我就是带着这种极度愤怒的感情写报道的。傍晚，采访部的人都先后回到报社，当他们得知这一情况后，立刻放下手头的工作，分头到他们所对口的有关部门去采访。当时，采访部一共只有12名记者，分工采访政治的王坪、市政的李肇基、政法的刘文华与夏其言、文化的陈霞飞、教育的麦少楣、工业的王思曙、交通的金正光、工会的李鸿礼等都出动了。为了真实而详尽地报道这一惨案的全过程，我请了经历这场惨案的三区百货业工会的店员到报社来，帮助我们补充、核实材料。他们和报社人员一起忙到深夜。漫画家叶苗正好在报社，他听完我们的介绍，立刻挥笔画了几幅漫画，供编辑部选用。"

崔景泰兴奋得停不下来，喝了一口降血压的罗布麻茶，又继续说："我埋头写稿时，总主笔徐铸成办公桌上的电话铃响了。我听到徐先生拿起话筒在回答对方时，说了一句'我们有记者去采访，我们会根据事实报道的。'徐先生放下话筒，看见我在望着他，带着轻视对方的语气说：'刚才是吴国桢（市长）打来的电话，他要我们只登中央社发的劝工大楼事件新闻，自己不要写。'我听了徐先生回答吴国桢的话，很受鼓舞，越加感到必须把这场惨案详细地告诉读者。我知道，中央社的所谓新闻，肯定是颠倒是非、混淆黑白的无耻谎言。好在有报社采访部的全体同志作后盾，有百货业工会的几位店员协助我，我有信心完成这个任务。采访部主任孟秋江在第二天，还带我到马斯南路（今思南路）周公馆（中共上海办事处）去采访，由陈家康接待。我记得他曾说，国民党是不会罢休的，要警惕他们要什么花招。晚上，我跟老孟又到沈钧儒

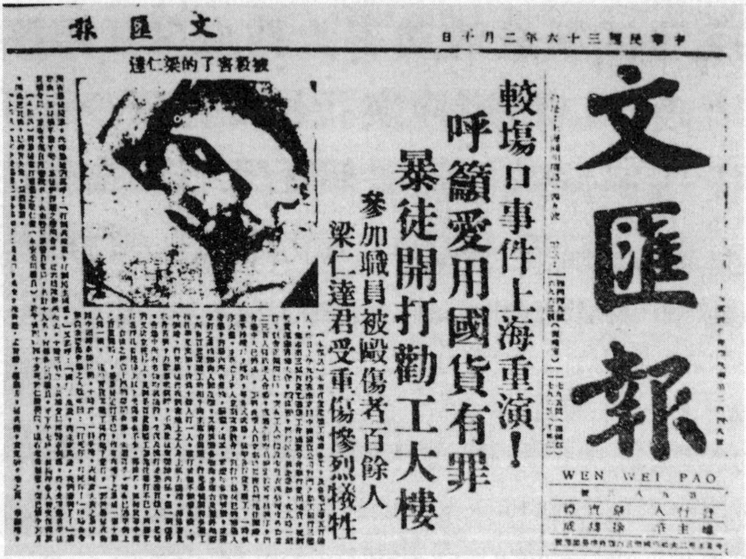

文匯報　中華民國三十六年二月十日

文匯報

WEN WEI PAO

較場口事件上海重演！

呼籲愛用國貨有罪

暴徒開打勸工大樓

參加職員被毆傷者百餘人

梁仁達君受重傷慘烈犧牲

被殺害了的梁仁達

报道上海劝工大楼暴徒事件，梁仁达牺牲

先生家中，一些民主同盟的主要人员都在那里。罗隆基亲手交给我们一封以民盟名义出面的对‘劝工大楼惨案’的抗议信，信中严厉谴责了国民党反动派的罪行。当时，罗隆基说：‘这封抗议信有历史意义，你们要保管好。’后来事情果然不出所料，吴国桢亲自策划、唆使党羽组成什么‘梁仁达先生治丧委员会’，又用巨额金钱收买梁仁达烈士的家属，企图在社会上混淆视听。但这些阴谋，都在《文汇报》上被公之于众。”

2月10日的《文汇报》，从一版到二版报道了这一惨案的详细过程。一版头条用了醒目的引题：校场口事件上海重演！主题用了特大字号：《呼吁爱用国货有罪　暴徒开打劝工大楼》，副题是：“参加职员被殴伤者百余人，梁仁达君受重伤惨烈牺牲”。头条新闻的上角，还刊登受了重伤的梁仁达烈士的头部大幅照片，并有梁仁达烈士的遗像。在《编者的话》专栏里，连续发表柯灵写的《彻查凶案》、《骗不了人》、《变本加厉》、《不戢自焚》4篇评论短文，一针见血地指出：“政府口口声声实行民主，三令五申保障人民的自由，而这些暴徒却偏偏做出这种暗无天日的血案，给全世界人民看看，中国所有的，只是暴徒打人的自由，行凶后扬长而去的自由，以及一切帮凶者含血喷人的自由。"二版发表了题为《爱用国货惨案》、《一年的教训》两篇社论，文中指出："凡是口称爱用国货而反对抵制美货的，就是存心反对爱用国货，存心作美货的买办。"这是对吴国桢当天在报上公开发表谈话的抨击。吴国桢说："爱用国货，自应加以拥护，惟含有政治色彩之抵制美货，殊属非是。"吴国桢又说："由于这次集会的'政治色彩'，引起当场另一部分工人所不满，以致引起冲突，发生互殴情形。"这是欲盖弥彰的谎言。在本市版(四版)上，则刊登了劝工大楼惨案的新闻特写、漫画等，又以《悲愤的抗议》为题，发表了各界著名人士施复亮、周建人、金月石、侯外庐、许杰、潘梓年、胡子婴、夏康农、柳亚子、田汉、杨晦、陈原、翦伯赞、胡绳、楚图南、邓初民等的谈话，郭沫若的诗等。此外，还刊登了被凶手打伤的百货业职工名单、三区百货业工会所组织的"梁仁达烈士治丧委员会"名单以及《梁仁达烈士家属访问记》等。

崔景泰和徐铸成有着师生之谊。1945年，崔景泰在上海中国新闻专科学校学习，徐铸成主持《大公报》上海版笔政，兼在该校教社论写作。崔景泰毕业后，看到《和平日报》上招广告员的广告，他去投考，已被录取，结果被分配到发行科，科长是戚家柱。因为《和平日报》不受读者欢迎，他们都不安于在那里工作。1946年5月，徐铸成受聘《文汇报》任总主笔，戚家柱又是《大公报》的老人马，颇得徐铸成的赏识，就跳槽到《文汇报》搞发行工作，并把崔景泰也带进《文汇报》。崔景泰谈到徐铸成教授他们写作社论的十六字的诀窍："小题大做、大题小做、旁敲侧击、借题发挥"，然后对我说：有很长一段时间，徐老的写社论的十六字诀窍不适用，因为连他自己都感到社论难写，常有写不出之苦恼。

9 / 陈霞飞给梅兰芳带去口信

在《文汇报》对一些重大事件的报道中，不能不提到陈霞飞。据《文汇报》的老人回忆，她是最漂亮的女记者，天真活泼，文采风流，其任务是跑政治新闻。翻阅旧报，可以看到她为劝工大楼及摊贩两大事件所写的侧面的配合性报道。在摊贩事件的报道过程中，上海市警察局局长宣铁吾躲在外滩黄浦公园作幕后指挥。陈霞飞冲破警卫的重重阻力，来到宣铁吾指挥的地方，提出有关的问题，搞得宣铁吾措手不及，但他又不好下令将新闻记者赶走。正在进退两难之际，宣铁吾连打了负责保卫的警察几个耳光，搞得现场大乱，宣铁吾趁机溜走，使陈霞飞无法采访。此外，我们还读到她写的其他报道，如对鲁迅夫人许广平、东吴大学教授雷洁琼、大夏大学文学院院长女青年会董事王国秀访问记，都谈了有关妇女"自由的开会、自由的说话、自由的行动"的问题。由于她是跑政治新闻的记者，是坐落在马思南路的中共驻上海办事处的座上客，和邓颖超成为朋友。她不仅采访上层的妇女代表人物，而且还采访其他阶层妇女，特别注意采访那些惨遭迫害和蹂躏的妇女，从孤儿、丫头，到妓女，包括日本投降后流落街头的"慰安妇"，为她们的悲惨遭遇和痛苦生活进行呼喊。一次，她采访一位遭主人毒打的丫头，稿件在《文汇报》上刊发后，那个打丫头的人原是黑社会的人物，他指使一批人到报馆闹事。徐铸成不怕政治人物，但对黑社会人物，他也无可奈何，作了妥善处理后，就对陈霞飞说："这下你把娄子捅大了，你不要出去采访了，在家里做资料工作。"把她保护起来。

抗战胜利后，曾风传京剧大师梅兰芳奉国民党政府之命要去日本演出。陈霞飞把这一消息告诉徐铸成，征求他的意见。徐说："你可以代表《文汇报》去访问梅先生，表示舆论不同意他赴日演出。"这样，陈霞飞就到梅兰芳演出的那个剧场去采访梅先生，提及他奉命将赴日访问演出之事,并表示舆论不同意他赴日演出。当时梅兰芳已经化好妆,正准备上场,只是匆匆地说:“政府有这个意思,但既然舆论对此有不同意见,我可以考虑。”遂把陈霞飞安排在边幕看戏。过了很久,没见梅兰芳赴日演出的消息。事后在一次宴会上,陈霞飞偶然与梅兰芳相遇,席间,梅兰芳告诉她说,就是因为《文汇报》的那次访问,他向当局提出舆论“不赞成”,他也不愿去日本访问演出,拖了很久,这事也就作罢了。

当时舆论的作用,从陈霞飞与梅兰芳这件事情上可见一斑。

梅兰芳何以这样重视陈霞飞带给他的口信?这是因为梅兰芳和《文汇报》的关系非同一般。

九一八事件后,东北变了色,北平的安危也是旦夕之间的事,梅兰芳有被“请”到关外去献艺的危险,于是他开始南迁。直到抗战爆发,上海沦陷了,他觉得上海待不住,又逃到香港。可是没有举家南渡的力量,所以他一个人走了。炮火好像一直跟随着他,香港也终于沦陷了。梅兰芳虽然是隐居不再登台唱戏,但日本人还是发现了他的踪迹。一天梅兰芳被日本兵找去,他感到吉凶难料。下令找他的是日本人矢奇,他是梅兰芳20多年的看客,此时在香港管着“民政”之类的事务。梅兰芳告诉矢奇,他是因为嗓子坏了不能唱戏了,是来香港养病的。他怕矢奇还会进一步纠缠,就说要回上海,问他能不能帮助弄一张飞机票。矢奇也没有为难他,果真给他送来回上海的机票。回到上海后,梅兰芳才蓄下胡须,矢志不再登台,开始画画了。

1945年抗战胜利之后,柯灵马上去访问梅兰芳,梅说:“8年不唱戏,对我实在是一种很大的牺牲。”梅又说:“我憋了8年,你想想8年是多久的时间,这一仗简直把人都打老了,我今年已经52岁了。”这次访问,柯灵以陈浮的笔名写了一篇访问记,发表在9月7日的《文汇报》上,做了一个新闻标题《在庆祝胜利声中 与梅兰芳先生一席谈》。柯灵在访问记中写道:“老吗?我看不出来。他依然潇洒,精神健旺,态度宁静,看不出有什么衰老的影子。头发梳得很光,穿着洁白衬衫,整齐大方,

登台雜感

梅蘭芳

△梅氏登台前夕攝影

沉默了八年之後，如今又要登台了。讀者諸君也許想象得到：對於一個演戲的人，尤其像我這樣年齡的，八年的空白在生命史上是一宗怎樣大的損失，這損失是永遠無法補償的。在過去這一段漫長的歲月中，我心如止水，留上鬍子，咬緊牙關，平靜而沉悶地生活着，一想到這個問題，我總覺得這戰爭使我衰老了許多；然而當勝利消息傳來的時候，我高興得再也沉不住氣，我忽然覺得我反而年輕了，我的心一直向上飄，渾身充滿着活力，不知從哪兒飛來了一種自信：我相信我永遠不會老，正如我們長春不老的祖國一樣。前兩天承幾位外籍記者先生光臨，在談話中問起我還想唱幾年戲，我不禁脫口而出道：『很多年，我還希望能演許多許多年呢。』

因爲要演戲，近來我充滿着活動的情緒。吊嗓子，練身段，每天興沖沖地忙着，這種心情，使我重溫到在科班中初次登台時的舊夢：一方面是害怕，一方面是歡喜。那種興奮竟是這樣地動人！八年了！長時間的荒廢，老是恐懼着，因爲怕人聽見，連吊吊嗓子的機會都沒有，勝利後當我試向空氣中送出第一句唱詞的時候，那心情的愉快眞是無可形容。我還能够唱，四十年的朝夕琢磨還沒有完全忘記。可是也許玩意兒生疏了；觀衆能給我大量的包涵嗎？我怎麽能够辜負觀衆對我的期望？然而我知道，這一切大概不成問題。因爲我這一次的登台，有一個更大的意義，這就是了爲抗戰的勝利。在抗戰期間，我自已有一個決定：勝利以前我決不唱戲。勝利以後，我又有一個新的決定：必須把第一次登台的義務獻給祖國，獻給我們的政府。當時我想，假如政府還都的時候，有一個慶祝會，我願意在萬國歡騰聲中獻身舞台。現在我把這點熱誠獻給上海了，爲了慶祝這都市的新生，我同樣以無限的愉快去完成我的心願。

我必須感謝一切關心我的全國人士。這幾年來您們對我的鼓勵太大了，您們提高了我的自尊心，加強了我對於民族的忠誠。請原諒我的率直，我對於政治問題向來沒有什麽心得，至於愛國心，我想每一個人都是有的罷？我自然不能例外。假如我在戲劇藝術上還有多少成就，那麽這成就應該歸於國家的，平時我有權利靠這點技藝來維持生活，來發展我的事業；可是在戰時，在我們祖國站在敵對地位的場合底下，我沒有權利使喪失民族的尊嚴，這是我的一個簡單的信念。也可以說是一個國民起碼應有的信念。社會人士對我的獎飾，實在超過了我所可能承受的限度。『自由西報』的記者先生說我『一直實行着個人的抗戰』，使我感激而且慚愧。光榮屬於我們賢明領袖，和堅苦卓絕的全國軍民，祇有他們，才配接受我們最大的敬禮。在這雙重的國慶節，請讓我以一片鼓舞歡忻，獻上我對於民族的微末的忠忱。

三十四年雙十節前夕

△梅氏今晚獻演之「刺虎」一

梅兰芳《登台杂感》1945年10月10日刊于《文汇报》

恰如我们从画报上所习见他的照片一样，留了几年的胡子是剃去了。”提到唱戏，梅兰芳说：“要的。我要唱的。单为我们祖国的胜利，我也得露一露。就是一点，非得有点意义的戏我才唱。荒了这许多年，我还不知道能不能唱。我相信我的嗓子还可以。”

10月10日，梅兰芳在上海登台演出，《文汇报》刊登了他的演出广告，广告上有梅氏蓄须照及近照各一张，还有一幅是他画的梅花。演出的剧目为“富有民族意义之坚贞戏《刺虎》”。这天的《文汇报》还刊登有梅兰芳的文章《登台杂感》，并配有梅氏的便服照及戏装照，梅兰芳在文章中写道：“……我总觉得这战争使我衰老了许多，然而当胜利的消息传来的时候，我高兴得再也沉不住气，我忽然觉得我反而年轻了。我的心一直向上飘，浑身充满着活力，不知从哪儿飞来一种自信，我相信我永远不会老……我还希望能演许多许多年呢。”文章还介绍了他当时的生活，说：“因为要演戏，近来我充满着活动的情绪，吊嗓子、练身段，每天兴冲冲地忙着，这种心情使我重温到在科班中初次登台的旧梦，一方面是害怕，一方面是欢喜，那种兴奋竟是这样地吻合。”“胜利后当我试向空气中送出第一句唱词的时候，那心情的愉快真是无可形容。我还能够唱，40年朝夕琢磨还没有完全忘记。可是也许玩意儿生疏了，观众能给我大量的包涵吗？我怎么能够满足观众对我的期望！”梅兰芳在文章中还宣布了他的一个决定，说：“我又有一个新的决定，必须把第一次登台的义务献给祖国，献给我们的政府。当时我想，假如政府还都的时候，有一个庆祝会，我愿意在举国欢腾声中献身舞台，现在我把这点热诚献给上海了，为了庆祝这都市的新生，我同样以无限的愉快去完成我的心愿。”

梅兰芳的心情是真诚的，是能为人们所理解和接受的。

以后，黄裳写了一篇《饯梅兰芳》。那天晚上，他看了梅兰芳演的《汾河湾》，散戏后，黄裳写道：“我想到梅浣华五十余年的舞衫歌扇生活，垂老还在舞台上代戏娱人，然而他的嗓音大大不如从前了，全失了低回婉转的控制自由，时时有踢蹶的处所。”“穿着衫，拂水袖，容华依旧，我们的舞台更无如是清丽的现身。后来加包头，加花袄，就少嫌臃肿。”这使黄裳“真觉得悲哀欲哭”。因此，他在文章中建议，说：“时至今日，梅恐怕又将有留须的必要了，为了那些外来的‘殷勤’，还有一个理由，嗓子的确不行了，为了保持过去的光荣，梅有理由从此‘绝迹歌坛’。”黄裳说他写这篇文章，算是给梅兰芳“饯别”。

梅兰芳与《文汇报》的因缘算是不浅，新中国成立之初，他的《舞台生活四十年》在《文汇报》连载，时间长达一年之久。1994年，也就是距黄裳的《饯梅兰芳》一文发表之后近50年的时候，黄裳写了一篇《往事回忆——〈舞台生活四十年〉的诞生》，他写道：新中国成立前，“只是在座谈会上见过梅先生一面，又曾到戏院后台去访问，讨戏票看戏。期间还写过一篇《饯梅兰芳》的文章发表在报上。其时南京在开什么大会，要他去作庆祝演出，使他非常为难，文章的意思就是希望他借口谢绝这一‘邀请’，但文章的调子十分悲凉，听说他看后感到愤然，这是我一直觉得遗憾的一件事。"1994年，柯灵也写了一篇文章《想起梅兰芳》,文中重提黄裳写的那篇《饯梅兰芳》一文,认为黄裳用"皮里阳秋，富于暗性的文字"对梅作了"不公平"、"霸道"的批评,为此,引起了他们之间的一场笔战。

柯、黄两人都进入了晚年,为什么还会为梅兰芳的事打起了笔仗。欲知此事如何,且听下回分解。

10 / 黄裳，从重庆到南京

翻阅抗日战争胜利时的《文汇报》，黄裳的文章可以说无处不在，散文、随笔、小杂感、新闻通讯，各种体裁的文章都有，从新闻版到副刊《笔会》、《世纪风》、《浮世会》、《文化街头》，各种版面都有他的文章。如果只用“快手”来称赞黄裳，那是很不够的，他不但是快手，而且是文章高手。黄裳在《记者生涯》一文中，对在南京的一段生活曾经这样写道：“就在这种繁忙杂乱的生活中，在采访政治新闻之余，我还抽时间走访了南京的许多地方，写了一束随笔，寄给《文汇报》发表。专栏的名字是《金陵杂记》。真不知道怎么会有那样旺盛的精力，写作并不是为了稿费，当时在报上发表文章，包括后来连载的《旧戏新谈》在内，都是没有报酬的。只是觉得一笔在手，不写点什么就觉得时日空过的可惜。这也给了我一种难得的机遇，作为一个记者，必须学习熟练地运用不同的文体，散文、杂文、报告……为了报纸的需要，随时都凑上一手。”

黄裳当记者的时候

不过，现在提到黄裳写南京，似乎只有《金陵杂记》、《旧戏新谈》留在人们的记忆中，对于他写的那些新闻通讯似乎被人们遗忘了。《黄裳文集》我是没有的，手边有他的几本集子，均未收入重庆或南京的新闻通讯，不知《黄裳文集》中是否收入了。也可能是记者的天性，我是很欢喜黄裳的新闻通讯的，他是用散文和杂文相结合的手法来写新闻通讯的，读了可从中感受到他对新闻的敏感，看问题的尖锐及智慧的闪烁。他的新闻通讯应该是这三者的结合。

在抗日战争时期的《文汇报》上，我们就读到过黄裳的文字。那时他还是一个中学生，经过柯灵的手把他的散文推到副刊《世纪风》上。他上大学时，《文汇报》已关门停刊了，他写点蜀道上的见闻，投给柯灵主编的《万象》。后来，他被征从戎，在部队里为美军当翻译时还是"以笔墨自遣"。这时柯灵、唐弢在上海创《周报》，向他约稿，于是他就写成一组通讯报道，发表在《周报》上，后来集束成书，就是现在还为人所津津乐道的《关于美国兵》。1945年下半年，8年的抗战结束，也是经柯灵的介绍，黄裳还没有进《文汇报》大门，就已经被聘为驻重庆的特派员。当时的政治中心仍在重庆。

《雾里山城》是1946年1月7日刊于一版的通讯，作者只有黄裳的署名，还没有挂上"本报特派员"的头衔。此时的黄裳还未正式进《文汇报》。不过，主笔把此文放在一版，足见对他的重视了。这是国共和谈正式开始的前夕，通讯的开头就写得不凡："'雾失楼台，月迷津渡'。秦少游这两句词，的确可以用来描写重庆这两天的风景。重庆人在喊'好大的罩子呀！'这里的'罩子'就是雾的别名，如果不是生活在重庆的人们，恐怕不会造出这个生动的别名来吧？到九十点钟，太阳在高空还只是一团暗黄的影子。四周都是刚放完鞭炮的刺鼻的烟火药味。多么压抑人的气候呀，然而人们知道，有大雾必是有晴天，眼前虽然是一片混沌，不久就会是光明的世界。"他的笔锋一转，从自然气候转向政治气候，说："重庆的心境，不，全国的心境正是这样，这两天的政局将有极大的发展，虽然表面仍然是一片迷惘，不过相信，在不久的将来，一定会掀去这层罩子，给世界一片阳光。”在这里，黄裳善用“闲笔”，微妙地写了国共和谈的情景，他写道：“走过国民参政会门口，可以看见四部汽车，两部漂亮得很，两部则故旧不堪，敏感的人知道国共是又在商谈了。”这时共产党提出“无条件停战”，国民党和谈代表要向蒋介石请示，“得用这两天的空间，大家都在请客”，于是“周恩来、叶剑英几位延安贵宾，就也时时出现于华丽的酒筵前面，时或干杯，时或起舞了”。

以后就是政治协商会议的召开，黄裳写了一系列的有关商谈情况报道，到1月20日的通讯署名时，在黄裳的名字之前冠以“本报驻渝特派员”了。黄裳说：“没有正式任命，得到的唯一信物是一匣印着特派员头衔的名片。我就利用这唯一的装备跑起新闻来。”这个“跑”字很重要，应该说是新闻记者最大的“法宝”。他因为没有拿到官方的证件，第二天就被拒绝入场，不过他“也有成功钻了空子的经验”，除了写了会议旁听记，还写了《协商会旁窥记》。各种人物都写得惟妙惟肖。对此前文已有介绍，我以为是政协会议最精彩的一篇通讯。国民党二中全会，黄裳写了《二中全会点滴》，留下精彩之笔：“在蒋主席演说之中，精彩之处曾有人起立高举右臂，高呼‘拥护蒋主席’，一时大家报以沉默，而主席仍继续政训。”4月9日，报纸发表了黄裳的《参政会之后》，通讯一开头写道：“自从政治协商会以来，重庆一连开了好几次会，参政后是最后一个大场面”，可是“一般人批评，这次参政会的水准要比二中全会还要低得多。”

到重庆后，在东北的苏军撤退时拆走了大量机械装备的消息传到重庆后，国民党的报纸发表了《可耻的长春之战》，借机掀起了反苏反共的浪潮，重庆市官方发动的游行也出现了好几起，大小报纸一起叫嚷，形势是非常严峻的。就在这时中共代表团要举行记者招待会，黄裳参加了这次记者招待会。

5月4日，报纸发表了黄裳的《周恩来论东北问题》。5月5日，又刊出《周恩来谈东北问题之发展》，写道："周恩来想在和平之中还都，却失望。"并记下了周恩来的名言："说老实话，共产党是不会断根的，只要有老百姓在。也许在座的记者子孙将来会变成共产党，国民党的儿子不是变成共产党了吗？（周氏指着门口的廖承志）"

黄裳在《记者生涯中》记下了当年参加这次记者招待会的情景，他说："我在七星岩的马路上走着时就为他担心，这将是一个不好对付的场面，想来想去也想不出适合的对策。果然，办事处那间不大的会议室里座无虚席了，《中央日报》、《扫荡报》……的记者摩拳擦掌雨点般地提出了尖锐的问题。周恩来的态度却是那么从容，声调是那么平和，像谈天似的开始了他的讲话。他并不直接回答问题，只是从国共之间关系说起，一下子就吸引了全场的注意。近两个小时的讲话中自始至终没有人插话，也没有一点声音。人们仿佛深深沉醉于一首奇妙的乐曲之中，全然忘记了自己。讲话的内容极为丰富，披露了许多在报纸上看不到的真正的新闻，语调也不一直是和缓的，说到激动处也会拍案而起。……整个讲话是对那篇《可耻的长春之战》社论的批驳。这是一篇声情并茂的讲话，整个会议室中不论是站在哪一方面的记者都不能不为之动容，并最后以热烈的掌声向他致意。人们已经忘记了会议开始时提出的那些问题，满意而去了。当我坐在茶馆里整理讲话内容发回报道时，竟奇异地发现没有一言一语是回答那些尖锐的提问的，可是事实上它们已经完满地获得了解答。"

《整军协定签字观礼记》在一版发表，编辑作突出处理并写了肩题："结束18年的纷争，中国现代史上最可纪念的一天。"副题："记取马歇尔特使的话：我信赖这个协定，一定不会为小部分顽固分子所破！"把通讯中的精华提炼出来。黄裳的这篇通讯，也可以为中国近现代史上留下一个特写镜头，应该摘录几段，使这个50多年前的历史镜头能与今天的读者共享：

3月25日下午，在中四路的尧庐里举行了军事三人小组商议好了的“关于军队整编及统编中共部队为国军之基本方案”签字的典礼。礼堂是颇小的。中间放好了一张写字台，上面放了墨盒笔架。笔架上是五支新笔。地板上铺着人块的深红色花毛毯，四周围安放好了小小的凳子。庭院寂寥，只有一部吉普。在3时，有预备拍摄新闻片的人员来装置灯光，两支强光灯放在签字台的左右，开起来以后，好像两只电炉，今天的天气特别的燠热，在这水银灯下面更觉得暖意洋洋。

3点半钟，张部长治中的车子最先到。张氏缓步上阶，在帽檐下面已经可以看见糁糁的白发，他的面色极好，红润得很，左胸佩戴了满满的徽条。又等了一会，新闻记者蜂拥而入了，占满了四周的座位，又一会外国记者们也到了。真是奇装异服，有穿美军制服的，有穿英军制服的，有便装的。一位矮矮的记者看看那场面悄悄地说“这像是签投降书的场面呢！”大家抽烟，又等了一会，马帅来了，随员有六七位，他们都走到二楼的会议室里去。

4点一刻，马、张、周三位从楼上下来了，先还藏在幕后，后来就揖让而出，在强烈的水银光下面，马帅居中，张部长居左，周恩来居右。先拍了一个照，接着就是签字。张部长首先坐下来，他十分郑重地执笔，濡墨，签字。他签那中字的末一笔时悬垂而下，非常沉重。他很满意，像是踌躇满志，为了水银灯光强烈而微微颦蹙。继之，周恩来氏坐下来，很从容地快快地签完了。最后是马帅。他在三份文件上签好了字以后，把文件按在左右前方。三位又就位，开始了一段意义深长的说话。

……

接着是他们碰杯干杯。马将军坐下来给大家签字纪念。他的一位少校副官把张部长、周恩来所用过的一支毛笔拿了去作纪念了。周先生与张部长也都给请签字纪念的人们包围了。

通讯在写到张治中讲话时，记下了一个特写镜头。当张治中讲到马歇尔是“中国团结和平的接生婆”时，括号里记下“马将军不好意思地笑了”。又有人说“他是各党各派团结的一个红媒”时，括号中又记录下“说到这儿那位上校就发觉红媒二字不好翻译，只好求救于旁边的人，马将军也意识到又要有什么花样，终于听到‘在中间’，他又笑了”。我想这篇通讯，黄裳感到是他的得意之作，所以在《记者生涯》中特别记下了这么一段话：“整军方案要签字了。这是一条大新闻，不能放过的。打听到签字仪式在国府路蒋介石官邸对面的一所房子里举行。这是戒备森严、特务如毛的所在。我却一早就闯进去了。沾的是我一身的G.I.的光。也不是我特别喜欢这套美军制服，实在是为了手中没有换装的本钱，不能不把这件老虎皮照旧披在身上。在大房子里走来走去的特种人物，也有不少是穿着这套军装的。于是我就不被注意，可以自由走动，看他们布置会场，安放聚光灯，一直等到马歇尔、张治中、周恩来陆续到来，举行了签字仪式。我还拿到整军方案的副本，找三位签字人签了名。可惜那时没有传真，不能发回上海在报上发表。会后赶到邮局往上海发电，因为没有发新闻电的证件，只能发普通电，见报时晚了一天。但是在全国报纸中，《文汇报》是唯一发了整军方案签字的报道的，就连国民党中央社的记者也没有准许发布新闻。”

7月19日，报纸上发表了黄裳的重庆通讯《还乡梦》，描写了还乡无路而滞留重庆的老百姓的苦恼，那年头是“军事第一，流浪8年的老百姓呢？等，等，等到衣服卖光，家私吃尽，女人还可以卖身，男人就只有跳长江了”。就连由昆明转到重庆的大学教授冯友兰，还是蒋介石下令用专机把教授们运往北京的，中途生变，也不得不在重庆住了下来。黄裳何尝不是带着这样的还乡梦采访那些无法还乡的人呢？不知道他运用什么“钻了空子的经验”，顺利回到上海，并立即被派往南京做驻京特派员。9月13日，报上就发表了他的通讯《南京的秋天》，“南京郁热无比”，“为时局中心人物起居作注”的记者，“奔驰于梅园新村、马帅行馆、美大使馆之间，往往等到夜深，才能知道一点最后的消息，而这消息往往是一阵郁闷，如那有名的8个大字‘毫无进展，局势严重’。有时你会发现他们比你还要悠闲。”

即使厌倦为“时局中心人物起居作注”，但也没有办法，仍然要过着“飞来飞去宰相家”的采访生活。除了白天跑新闻外，每晚还要写出并用电话向上海报发当天的头条新闻。那是国共和谈的断续之交，每天夜里，综合各方面的消息，写成电讯，一直要弄到深夜才能结束。而最困难的是向长途台要线路。这时《文汇报》的总经理严宝礼到了南京，黄裳向他报告了打电话的不便，他们就商量着在夫子庙六华春摆了几桌酒，宴请电话局长途台的姑娘们。当她们知道是《文汇报》请客时，一致热情地答应协助。果然，这以后线路就随要随接了。

这样的生活使他感到有些苦恼。这不是要在晚上打电话的苦恼，而是另有一种心境，他在1946年写的《记者生涯》中说：“既自胜利以后，自我表露之风大盛，无论是天上飞下来的，地下钻出来的，一律自说自话。汉奸们也大谈‘救国救民之苦心’，慷慨就‘义’，事属人情，自是难怪。此是绝妙法门，功效甚明，本想效法一番。无奈没有资格，有点苦闷，也不过是大时代小人物的苦闷而已。”黄裳的这话是真实地反映了他当时的心境，没有矫作的成分。一方面是不满足这样的采访生活，抑或是精力充沛，使黄裳的新闻视野有所转移，除了每天要向报社发当天新闻，他又应副刊《笔会》编者之约，以悠闲的笔致写起《旅京随笔》来。从这里开始，黄裳的采访视野扩展到文化上来了。在《旅京随笔》中，他告诉我们他的视野转化的过程，说：“编者要我写一点南京的‘文化’情形，这事真困难。南京有什么‘文化’呢？干脆地说一句，我找不到什么。在这‘劫’余的首都，民生凋敝，文物荡然。这里有大官的汽车，歌女的惨笑，可是绝对找不出什么文化来。夫子庙成了杂耍场，这已经是'古已如斯'的事了，状元境、三山街一带，几乎成了妓女的大本营，跑旧书铺的结果是空带了两手灰尘回来。风流歇绝，我想不仅是'有心人'才会叹息的吧？"要采访"文化"，报道"文化"，那就"只一条路可走，去看看这六朝旧都的古迹似乎还有点意思"。那时他没有钱治装，仍然穿着一身美国大兵的军服，"低徊于胜迹"，使他自己也感到有些"煞风景"，"雅"得有些"俗"气了。他到民盟所在地蓝家庄去看望梁漱溟，看到老先生是"水晶眼镜，白布小褂，一双凉布鞋"，很使他佩服。他忽然觉得，"南京的文化是在这里了"。文化的视点找到了，他就开始落笔。9月14日，副刊《笔会》就刊载了他的《旅京随笔》。不过"旅京随笔"只写了《关于"泽存书库"》、《访盋山精舍》、《美人肝》等几篇就收场了，副题都挂着"南京文化"的字样。从篇目和行文看，此时的黄裳对南京文化的采访还没有形成一个思考体系，似乎还在摸索中，直到《金陵杂记》推出，才算看出他的写作有一个通盘考虑。后来黄裳在编《金陵五记》一书时，把《金陵五记》的写作归入1947年，是不对的。《金陵杂记》最初发表是在1946年12月2日新创的副刊《浮世绘》上，总题目《金陵杂记》，还专门做了块锌版，"黄裳"两字为手写体，也是做在锌版上的。第一次只刊载了"小序"，是讲他写《金陵杂记》的过程，以后就每期刊载一篇，文字较长的分两天刊完，以《柳如是》为最长，分五期刊完。此后又有《金陵琐记》共22篇，全文刊完要到1947年了。

黄裳说："《金陵杂记》的内容无疑是一部南京古迹的漫游记，当时手头只有一部朱偰的《金陵古迹图考》作参考，实在寒伧得很。在这个六朝古都，随时随地都会碰到古迹，大有逛古董铺的意味。历史并不都是木乃伊那样的事物，与新鲜的人事往往有着千丝万缕的联系，访古也不只是雅人的行径，这是我在写这些随笔时的真实感受。"在写作上，他是"将历史与地志糅合在一起"，"无情者化为有情"，这两点他都是做到了的。

一个作家的文脉的形成,和他的生活环境是有一定关系的。如果黄裳继续留在重庆,而不是被派往六朝故都南京;或者即便到了南京却不能感受到那些文化古迹在刺激着他的眼球;抑或即使感受到了,要是没《笔会》的编辑约他写南京文化,黄裳的文脉可能是另一个样子。那时《文汇报》的领导,从徐铸成到柯灵,都是知人善用,给每一位记者提供一个广阔的天地。《文汇报》是出人才的报纸,黄裳应该是一个例证吧。

11 / 郭根的北平通讯：寻找联大精神

郭根为著名报人邵飘萍的女婿。1940年，徐铸成在香港，与邵的夫人汤修慧常相往来。抗战期间，汤修慧以民族大义为重，毅然抛开《京报》报馆及所有财产，只身来港，赖赈济委员会每月百余港元艰难度日。经汤的介绍，郭根和徐铸成相识，经徐铸成的帮助，郭根进大公报馆，编辑要闻。郭根系青岛大学毕业，中英文均有根底，徐铸成认为此人"讷讷谨厚"，徐铸成告别《大公报》进《文汇报》，郭根亦从西安投奔而来，任《文汇报》副总编。但不到两个月，他即辞去副总编辑之职，任驻北平特派记者。

抗战胜利之后，重庆、南京、上海及北平都是人们所关注的城市。和平谈判三人小组就设部于北平，是个出新闻的地方。

从热烘烘的上海突然来到北平，那异样之感袭击着郭根，使他觉着像是踏进一个破落户的家园，周遭是那样的寂寥与荒凉，虽然北平一直是有名的"文化城"。在8年前的七七事变发生之际，不是有不少关心文化的人曾呼吁把北平划为不设防的中立的文化城吗？他们说是怕炮火毁灭了这座历史上的名城。幸运的是，北平在抗战中自始至终没有遇见过也没看见过战争，这座文化城确实是完整如昔。然而，虽然没有炮火摧毁它的"城"，但它的"文化"却被另一种炮火所摧残殆尽了。

有了这样的感觉，郭根到北平之后向编辑部寄出的第一篇稿件即《没有文化的文化城》，刊载在7月8日的《文汇报》上。他在通讯中写道："摧残北平文化的，说是有两次的七七事变。9年前的七七事变后，敌伪进占北平，孔雀全部东南飞，剩下的只是奴化的教育与奴化的文化。而在9年后胜利的今天，北平在文化方面却又发生了'二次七七事变'，剩下的是党化与党化的教育。"

“敌伪8年的盘踞，那种种文化的‘措施’，现在虽然一扫而空，但遗毒仍在。你只要看看现在北平人民的冷漠以及退缩的模样，便可深知长期吸过鸦片烟之后，生理上与心理上有着多么大的伤痕。北平的青年学子、北平的大中学教员，他们已经没有五四、一二·九时代的热情，他们现在所力争的只是出路和饭碗。”

学生们为有“公粮吃”、“少交学费”，把私立大学改为公立大学而闹起了学潮。

北平的另一个没有文化的现象，即报馆或被封，或停刊，新闻从业人员唯唯诺诺还没有饭吃。他们为求有饭吃，不能不受种种虐待，因为他们大都有过一段不光明的历史，这好像是一个把柄捏在老板手里，你虽然不满却不能有一点点的反抗。北平各报馆，待遇都特别低，低得简直连一天三顿窝窝头都难维持，但他们都默默无声地忍受着。

为什么会造成这种局面？郭根说：“大多为俯首帖耳惯了的敌伪时代的遗老遗少”，使北平文化“趋于奄奄一息”，另一个原因就是政治压力，北平警察局下令要77家报纸、杂志停刊。这77家报刊中的“主犯”是中共的《解放三日刊》、《新华通讯》，大部分是与政治无关的，如为妇女的、影剧的、医药的、商业的，还有不少“完全是色情的低级趣味的玩意儿”，为什么遭同样的命运呢？“打开天窗说亮话，是为了‘陪斩’。”就连国民政府的文化大使张道藩来北平视察，戏剧家、艺术家们忙碌了一阵，并曾决定于29日在华乐戏院集北平名角一堂，各演拿手好戏以娱贵宾，岂知贵宾入座以后，直候至10点，犹不见台上动静。原来场面（即音乐科）罢工了，说是“因为数次欢迎长官，底包未得分文”。结果，戏演不成，宾主不欢而散。在文化贫乏的北平城，这又是一出颇有意味的讽刺剧。

对这样的文化浩劫，北平称之为“第二次七七事变”。

作为驻北平的特派记者，郭根最关注的当然是由国共及美国三方面组成军调部的消息了。这是近水楼台，得到的消息应该是真实的。郭根为此写了不少通讯,把真实情况告知广大读者。军调部的情况是怎样的呢？在9月28日报上刊载的《战地白蝴蝶》通讯写道：

我们只要想一想,当1月10日停战令颁发后,军调部宣告成立,执行小组分别遣派,那时全国对于和平统一,怀着多么热烈的希望,对军调部又怀着多么殷切的期待。那时正是寒冬已去,阳春初来的时候,象征着中国应有一个多么光明的前途,然而春去了,夏天也过去了,现在是秋风大起,杀气腾腾,战地的和平使者纷纷撤回来了。它们真是暴风雨中铩羽而归的小鸟。我们为它们苦难的遭遇而叹息,更为祖国未来的命运而彷徨。

谈判沉寂,内战的炮火漫天漫地扑来的时候,军调部的存在真是对现实一个绝大的讽刺。它好像是一些白蝴蝶飞在战地的炮火之间——这样白衣的和平使者，到今天连他们本身的安全都成问题了,更遑论调处呢!

……

以上我简略地报告了36个小组目前的状况和遭遇，随着战争的扩大,这些和平使者是先先后后地被撤回了,我不想悲观,然而客观的事实告诉我们，这些小组既未赋予停止战争的绝对权威,这是先天不足;而组成之后,三方,又是各怀鬼胎,这是后天失调,你想这样一个孩子还能长大起来吗?

郭根笔下的北平就是这个样子。在文化消失净尽的北平,文化圈内也发生了奇奇怪怪的事情。当时的《大公报》报道一条消息说：政府当局派到平津的清查组查出教育部特派员沈兼士有贪污嫌疑,将日本古董商小谷哨川捐献的大量古玩字画吞没不少，引起全国的沸沸扬扬,傅斯年和苏挺为此事大开笔仗。调查的结果发现此事是一个叫薛慎微的人干的,小谷委托他把这些古玩字画隐匿起来。郭根借着这件事，把清查团讽刺了一番。说：“偏偏有不敢打老虎的清查团向他们圈子里的人鼻子上抹灰，你说这多么伤害名士们的尊严哟！”清查团对沈兼士的错误行为遭到傅斯年的不满，愤起指责，清查团的团员苏挺起而自卫。郭根说苏挺“并非甘于寂寞而故意稽留，他是在独奏清查团的最末一个节目——尾声，他在和有名的‘大炮’傅斯年先生开着笔仗”。复员的清查团在当时到处搞冤假错案，很不得人心，所以郭根要用正义之笔讽刺一下。

在北平，郭根也写了多篇反对内战的报道。如《北平城里的民意》、《北方的呼声》、《内战的哀歌》、《最可耻的“黄河之战”》。在他的笔下，北平这座新近油漆一新的古城，表面上确是粉饰得够一派太平气象了，然而在最近半个月里，天天在飞机隆隆声中，尤其在陈诚总长飞来飞去之中，实际上是在杀气腾腾中熬日子。

> 古城，已将近寂寞了10个年头，“五四”和“一二·九”的痕迹早已杳不可寻，人们早在期待着，如果联大的学生们回到北平之后，北平这文化城当会复苏的。我也怀了这样的念头，在一个秋意极浓的一天，离开这沉重的城市，跑向枫叶红遍西郊的道上，踏进了“水木清华”的故园，我想追寻或是发掘一些什么。

这一段文字是郭根在《清华园和清华人》一篇通讯中所表述的一种心境。联大从昆明北归后，北大、清华、南开就分道扬镳了，但是哪一个学校能继承联大的学术自由、人格独立的传统呢？北大只容纳了极少数所谓“抗战”学生，大多数是“守土”的临大学生，南开则更寥寥可数，1 000多名学生回到了清华。这样，文化教育界都把注意力集中到清华园来，总觉得清华是继续了联大的传统。

郭根带着挖掘联大传统的想法走进清华园，来到“新斋”前面，人迹罕见，但已是壁报世界，楼前点缀得花花绿绿的，不知道是否也叫

"民主墙"?他匆匆看了一遍,各报都集中一个题目,就是:反对清华旧传统,吸收联大新精神。如:必须与燕大结为"世仇",对旧清华残存的封建时代的意识,今日绝不应该借尸还魂,复兴的清华应该尽量接受联大的新精神、民主与科学,等等。

除了这些呼吁以外,郭根还看到一篇颇具深意的短文,作者在叹息现在住进这美丽而舒适的园子里,与往日在昆明草鞋床板时代相比自然有若天渊,然而现在心灵上却像丧失了一些什么似的,他感到空虚的悲哀。他说他知道这是因为与现实脱节的关系。他们现在住进清华园就好像进了和尚庙一般,他们是脱开了红尘,他们对于时事的感觉一天会比一天迟钝,慢慢就会变得与世无争了。

郭根说:"读罢这篇短文,我若有所悟,我连带地想到为什么教育当局要把'联大'的同学大部送进乡下的清华,而在城里的北大却变成'临大'的天下。"

郭根走访了潘光旦。潘教授向他谈了"政治与学校"的问题,说:学生应该有思想自由,而且是绝对的自由,可是在学校里面无论如何不该有政治的组织,否则,学校里就全形成两个或者两个以上的壁垒,黑白分明,相互对峙,以致没有了是非之见。他说大学教育的目的在养成"通达"二字,养成独立的见解,养成辨别是非的能力,而中国目前就缺少这种人物。潘光旦还说:在苏联,人民有相当的自由,可是谁也不能跳越那最后一条防线——马列主义。他说20世纪又回到中古时代了,回到那黑暗的宗教神权时代,人民没有自由,只有服从。欧美这三四百年来的学术研究是完全白费了,我们现在需要另一个文艺复兴时代之来临。

到了1957年,杨重野作为《文汇报》驻北京记者去采访潘光旦时,两人也是这样促膝交谈,但和这次与郭根谈的内容不同,而是如何响应号召,帮助执政的共产党整风。杨重野把他谈话的内容在报上发表了,两人双双落马。在追查思想根源时,一直追到与郭根谈话的这个时期的思想。

在西院，郭根参观了吴晗教授的书斋。满壁满架的线装书，最名贵的是他在北平图书馆所抄的“李朝实录”。在这些旧书堆中，郭根又兴起无限的感慨，像这样一位与书蠹为伍的人物竟也与现实政治发生那样密切的关系，具有那样的可触性与警觉性——这还不是现实逼他走出他的书斋？

对联大精神，郭根是拳拳于心的，可以看出他本身就在追求联大的精神。11月3日，他就向《文汇报》编辑部发了“北平专电”，说：“西南联大复员同学昨在北大四院纪念第九周年校庆，有演说、诗歌，有朗诵、游艺，有壁报与纪念特刊，更有照片展览。在照片里使北方的人们知道了一二·一惨案的实况，对‘他们死了还有我们’的呼号倍觉沉痛。提起‘联大’，便联想到民主运动。吴晗教授说：‘联大所以值得纪念，因为它是民主的堡垒。’费青说：‘联大的灵魂是贫贱不能移，威武不能屈，富贵不能淫。’而特刊中说：‘联大的精神是自由研究，独立思索，而长处就在教授有良心，学生不是读死书。’闻家驷有沉痛的演说，说：‘联大有几位同学和先生永远不会复员了，他们是为民主而牺牲，同学们要记住，我们不能欠死人的债，民主一天不实现，我们就欠他们一等大的血债’。（根）”11月11日是联大九周年校庆日，报纸又发表了他写的通讯《招魂与永生——记西南联大九周年校庆》，通讯的一开头，他就引用了冯至对一二·一惨案死难者所作《招魂》的后半阕：“哪一个爱正义者的心上没有我们？/哪一个爱自由的脑里忘却我们？/你们不要呼唤我们回来，/我们从来没有离开你们，/咱们合在一起呼唤吧！/正义快快地回来，/自由快快地回来，/光明快快地回来！”

郭根说：“我觉得它很可以诉说联大的精神，尤其当联大在形式上解体的今日，多少人（特别是文化界和教育界）在向着冷落了的昆明怀着无限的相思之情，而叹息于‘联大’已成了历史上的名词时，他们对于那曾经可歌可泣的联大是在默默中想着为之招魂的。”记者怀着一种凄婉的心情踏进北大四院的大门，“然而当我看到如许的壁报，如许的热情的孩子们，如许的和蔼可亲的先生们的时候，我猛然间感觉到联大并没有死亡，联大的确是回来了，至少它们灵魂是回到这古城里了。这个只剩了一副空壳过了8个寂寞的年头的北平城，将借了联大的魂而复苏而活泼起来。”

“联大”两个字就是代表着“民主与团结”，也就是华莱士所说：“联大是中国民主的堡垒。”这个堡垒是怎么形成的呢？无疑最初是由于教授治校制度之建立，那是在最初，联大就有了民主的基础。郭根在通讯中援引纪念联大特刊中的文字说：“学校的立法机关是教授会议，由全体教授参加，讨论决定学校的方针，这是一个可歌颂的制度，由于教授治校使联大能岸然独立，摆脱教育界的浊流，不受党化教育的影响。”

教授治校首先可以避免校长的独裁，教授也得以兼容并蓄。郭根从特刊上得知：“联大的教授先生们，尽管他们的人生态度、治学派别、政治意见各有不同，然而都能兼容于一校，相因相成。”又说：“他们有良知，有远见。羞为民士之诺诺。独作一士之谔谔，关心社会，关心人民。”更具体一点说，“教授都是有良心的，而学生都不是读死书的。”——就这样地奠定了这个民主堡垒的基础。

基础奠定了，它又是怎样长成的呢？

郭根写道：联大师生都是以“自由研究、独立思索”的态度来追求真理，“因为大家都相信，真理不必要求特权和垄断，在大家的面前拿出事实来，拿出道理来，让每个人自由地寻找，独立地思索，谁也不必做谁的尾巴，自然而然真理就会得到自己的信仰者。学校当局这样相信，教授这样相信，同学这样相信，于是一起努力地在校内开辟这样一个园地，养成这样风气，联大精神形成了。”

联大具有这样的基础，又具有这样的奋斗精神，于是“猛一得到真理就不惜以性命来保卫它。”“闻一多先生这样死了，四烈士这样死了！”“这就是联大的灵魂。”

联大的精神，不也是此时《文汇报》所追求的精神吗？这种精神在《文汇报》延续了好多年。1957年时，北大、清华两校6位教授重提"教授治校"，结果都以"反对党对学校领导"的罪名纷纷落马。1947年，《文汇报》被迫停刊之后，郭根也就离开《文汇报》。1949年夏天，《文汇报》复刊新生，郭根又回到报社来了，任副总编辑，主管夜班编辑工作。一次，他看完大样回家，刚刚睡下，夜班编辑来电话，说：接上级指示有一篇稿件要换。他一气之下说：没有稿子可换，开天窗。他带着这民间报人的老脾气，在《文汇报》生活不下去，后来就到大学教书去了。如果他不走，到1957年他重访那些教授，重提"教授治校"这样陈旧的话题，他的命运也就可想而知了。

"呼唤联大精神"是郭根的北平通讯中最有价值的报道。

在寻找联大精神的报道中，北京大学也是《文汇报》所关注的一个地方。对北京大学，《文汇报》在报道中所挖掘的不只是联大精神，还追根求源，去寻找蔡元培的教育精神。10月10日，北京大学的开学典礼在国会街农学院举行，《文汇报》发表了"北京专电"，说：院中贴满"发扬五四精神"、"临大联大是一家"等标语，校长胡适致辞长达75分钟，他希望今后在学术方面大家要独立有创见地研究，在造就人才方面希望学生人人会用工具。他说政治思想应该有，但学校是求学问的地方，希望大家不要毁了学校，要使它成为一个没有党派的研究机构。胡适又以"老大哥"的身份，向学生赠送了宋朝吕祖谦的话："善未易明，理未易察。"总之是针对着他"这未易辩是非"的哲学。他的学生们在墙上用大字写道："打破士大夫阶级可怕的冷静，替老百姓宣泄几千年以来积压在统治阶级之下苦情与怨愤。"

但《文汇报》的报道中，我们可以看出此时的北京大学还有许多不尽如人意的地方，内部矛盾重重。从昆明复员回来的联大学生，大部分进了清华，进北大的只是一小部分学生，还有就是抗战时期的北京大学留下来的学生，经过临时大学的"培训"，大部分进了北京大学，从数量上来说差不多是联大学生的两倍。以蔡元培为北京大学培育的包容精神，这批青年毕竟还是学生，应该与西大、联大的学生一视同仁，这件事情在青年本身也许不会成为问题。《文汇报》在11月29日发表的《联大分家》一文中说："但有了反动者加入却很成问题"，他们"站在党团立场上对于南北青年大联合是不能发生兴趣的"，"依然希望造成青年的分裂"。在11月14日《文汇报》发表的《北大红人——陈雪屏》一文中就介绍说：他"一方面对临大的学生使用高压，一方面却在联大学生面前如此这般。他对临大的学生说'联大同学怎么这样嚣张呵！''联大同学瞧不起你们呵！''他们都有"左倾"色彩呵！'他巧妙的'谣言心理学'的运用，想要在他们中间造成一道鸿沟，设法消弭方兴未艾的民主运动。"

陈雪屏何许人也？《北大红人——陈雪屏》一文介绍说："陈先生，中等身材，黄黄的面孔，架上一副深度的近视眼镜。走起路来，头老是低低的，好像在思索什么。玩得一手好桥牌。在昆明8年，蒋梦麟太太老爱和陈先生一道抹桥牌。就这样，陈先生不时出入蒋校委门首，成为蒋府上的嘉宾。"此时的陈雪屏是北京大学训导员。12月9日，《文汇报》又发表了《北大的两根台柱——陈雪屏和毛子水》，文章说"这两位先生都是逆着历史走路的人"。接着，《文汇报》又发表了《今日的北京大学——给关心它的人们》，把北京大学的这种内部矛盾及不尽如人意的地方作了较为详细的介绍，此时的北京大学虽是胡适当了校长，但他忙于政治，心思并不在办好大学上，《文汇报》"为胡先生表示遗憾"。

12 / 梁漱溟一觉醒来　“和谈”已经死了

1946年11月，在国共停战谈判的进程中，《文汇报》的报道所表现出来的，是对第三方面持以不欣赏甚至批判的态度。

所谓第三方面就是国共之外的其他政治力量。开始的含义还较为广泛，发展到后来，就是专指民主同盟了。在政治协商会议期间，各派政治力量还能济济一堂，共商国是，形成了有利于和平建国的文件。后来，国民党政府抛弃政协已经达成的协议，发起内战，国共又进入停战谈判的阶段。在停战谈判的过程中，民盟秘书长梁漱溟为第三方面的代表人物，以调停者的身份，提出“谈——停——谈”的方法，斡旋于国共两党之间。共产党和民盟的立场有许多相一致的地方，还可以合作共事，而国民党的方针则是“孤立共产党，分化民盟”和“争取第三方面，孤立第三方面”。

还在停战谈判的进程中，国民党军队非但没有停战，反而加紧进攻。周恩来曾提出一份紧急备忘录交给蒋介石，说明中共认为国民党军队倘不停止进攻张家口，就是和平的全面破灭。周恩来表示，这种局面如不改，拒绝参加谈判。10月10日，梁漱溟从南京来上海劝周恩来回南京继续和谈，周对蒋的做法十分愤怒，但因第三方面出现，不能坚决拒绝，梁漱溟非常高兴。然而，当梁11日夜返回南京，12日晨到南京下车后，看到报上赫然刊登着国民党军队攻占张家口和国民党宣布“国大”如期召开的消息，异常震惊。他返回民盟机关所在地蓝家庄，对记者发表谈话，说：“目前时局已非严重与否之问题，譬如人已死，当无所谓严不严重了。”这条新闻发到编辑部，刘火子和几位编辑借题发挥做了《梁漱溟一觉醒来　“和谈”已经死了》的标题，看似平淡，却含义丰富，它不仅因形象化吸引了读者，而且揭露了蒋介石的“和平”骗局，另一方面也反映第三方面人士因对“和平”有幻想而上当受骗之无可奈何的处境。

11月3日,《文汇报》发表社评《第三方面的道路》,说:“经过10天的奔走努力，第三方面人士不得不承认终于失败，放弃所谓‘谈——停——谈’的斡旋方式”而另谋新的出路了。政府还在“拉第三方面”,改组政府时“送礼”似的给“第三方面留一点面子”,“政府这一步紧似一步,一着凶似一着的政治攻势,的确已把时局逼向最后阶段,把第三方面逼向苦恼彷徨的最后境界了”。政府发动的“神经战越紧张,第三方面人士的苦恼彷徨也必然越厉害,而在走路的时候,也可能越会显得有些举棋不定的”。今天在这严重时候,“是第三方面诸位的政治生命的决定的日子”。

11月6日,报纸头条发表新闻,标题是《大局殆无转变余地　第三方面处处碰壁　政府表示“国大”不延期》,这无疑是对第三方面的“国大延期”的建议当头一棒。编者的话《完全碰壁》写道:“第三方面奔走到昨天,可算完全碰壁了。政府态度既已表明,而第三方面摸索的窄巷狭得连人都转身不动了。今后的难题恐怕要落到第三方面的头上。万一这条巷狭得把第三方面夹在里面,只留一个方向,——到‘国大’会场里去,此外别无他路。那时第三方面怎样摸出来呢?”

对国家的命运和前途,第三方面感到重任在肩,虽然已经钻进窄巷中,还要努力奔走斡旋,使政府决定国大延期3天。11月12日,《文汇报》的头条新闻标题是《昨晚最后决定　“国大”延期三天　大局得以短促喘息　第三方面遭遇大考验》。在同一天报纸上,和头条新闻并排着发了另一条新闻,标题是《蒋主席对人表示　盼与毛泽东晤面　“国大”延期不重视》。11月15日,“国大”开幕,和谈已成历史名词,《文汇报》发表周恩来返延安的新闻,民盟各代表亦将离京,拒绝参加“国大”。黄炎培回了上海,梁漱溟回了北京。

11 月 15 日,报纸就发表了《一只疲倦了的骆驼——梁漱溟抵平会见记》:

20世纪50年代梁漱溟摄于北京家中

猛一见,从他躲在镜片后面的眼睛里,就透露出不知多少的疲倦,他已经穿上了羊皮袍,两手藏在袖筒里,像是单薄的身体经不起这太重了的疲倦的重负似的。梁先生参加实际政治活动已经有很多年,而从事国共之外的第三者活动尤其比目前在南京参加和谈的任何人要长些。单从皖南事变后民主政团的酝酿,以及在香港办《光明报》算起,已经就有四五个年头了,这四五年来就一直从事民主团结的工作,到今天,这团结的工作实在使他感到非常的疲倦了。尤其这最近16天来的南京谈判,他说像是疟疾,忽冷忽热,他单薄的身子实在熬不下去了。就算是一只骆驼吧,走了四五年来沙漠之地也要厌倦了,看见了梁先生的一瞬间,我脑子里就浮上了这样一个印象。

参加会见的记者,最为关心的当然还是国共和谈的问题,梁漱溟说:"从11月2日起,和谈转了一个新方向,即是政府同意由第三方面开列商谈题目和程序，并限期完成，但是这个单子是不容易开的。中共提出了九点：四点是关于军事的，五点是关于政治的；而政府方面则急于要开'国大'，因为'国大'会期已迫，政府是想先解决了这个问题再说，中共则以为要共产党先行提出'国大'代表名单，无异于是在政治上缴了械，所以坚决把'国大'问题排在最后。"他又说："两方面的心事大家都明白，连马歇尔也说政府现在无意也无暇来谈军事问题，譬如整军规定国军九十师共军十八师，这108师的驻地问题就是最难谈的。政府现在就是急于要开'国大'。"

国民党一方面大军进攻张家口，一方面急于开"国大"，要各方提供代表名单。中共则提出停战，只有停战其他才可商谈。记者黄立文在《和平谈判冬眠》一文中写得很形象："一切都陷入山穷水尽之境，政府要的是'名单，名单'，中共要的是'停战，停战'。除了'名单'与'停战'外，找不出第三件东西。"马歇尔找蒋介石商谈，结果提出"停战十天"的意见，马歇尔要梁漱溟把"停战十天"的建议转告周恩来。10月8日，《文汇报》一版报道这件事的结果，标题是《马司建议休战十天　中共认为缓兵之计　司徒请梁漱溟函周返京》。在会见时，郭根提问这件事的经过，梁漱溟回答说："马说他得到这样一个结果，是费了很大很大气力的，可是等他把这个结果转告周恩来的时候，周却拒绝接受，这一下子把马歇尔气坏了，气得他发抖，连说：'中共到底要怎样？'"

接下来，郭根又请梁漱溟谈对马歇尔的印象，梁说："对于马歇尔的认识已有所修正，最初对马是不但赞成而且近于崇拜，曾经为此和周恩来有所力争力辩，说无论如何马是为了事情而来的。可是最近几个月来，对他的印象和认识就不能不有所修正了。"

郭根很风趣地写道："团结犹如针眼，骆驼穿了好几年终于还穿不进去。"穿不进去怎么办呢？这峰老骆驼说：抗战期间奔走团结，胜利后奔走和平，这些都是"浅"的事，解决不了中国的问题，要解决中国的事必须做更深的工作。什么是梁漱溟要从事的更深的工作呢？12月4

日,《文汇报》发表梁抵重庆的新闻,标题是《放下浅的从事深的梁漱溟抵渝一席谈》,说:“今后国是的前途是大家所最关怀的,梁先生系第三方面的健将,正当争取民主和平的战斗方酣的时候,这位健将却从阵线上退了下来,使大家难以理解。”记者们询问他来重庆的目的,他回答说:“这次抽身来重庆,目的有两个:一是劝张表方先生早日去上海,主持民盟中常委会议。二是想到北碚去,专心继续学术著作,现在要完成一本《中国文化要义》,除已经写成了7万余言之外,还要继续写5万余字,才能完成九章的计划,底稿也已经随身带来了。”《文汇报》对梁漱溟是紧追不舍,无论他到了哪里,《文汇报》上都会出现有关他的报道。

1946年梁漱溟与民盟主席张澜(左)合影

在第三方面代表人物中,梁漱溟是最具自信心的人,为什么在这样紧要关头悄然离开主战场的南京去了北平呢?这从《文汇报》当时的报道及笔者对当时曾驻京记者的访谈中得知一些信息。当时,《文汇报》驻南京的记者是一个强大阵容,有黄立文、郑永欣、杨重野和黄裳。他们参加了各种谈判会议,除了报道会议的内容,也写下了他们采访时的心情。杨重野参加第三方面在交通银行举行的最后一次会议,写了一篇通讯《第三方面拆伙记》,用了“凄凉沉痛,黯然销魂”8个字来形容11月14日的会议。他在通讯中还写道:“交通银行在这一个月是政治也是新闻的重心,差不多每天总有十几部小汽车停放在那里,

1946年11月17日，民盟领导人到南京中共代表团驻地梅园新村送别周恩来。左起：周恩来、邓颖超、罗隆基、李维汉、张申府、章伯钧、沈钧儒、董必武、黄炎培、张君劢、王炳南

从弄堂里直摆到街面上。从弄堂进旁门上楼梯到会议间，那儿的桌椅沙发衣架对于每个参加会议的人和记者们都是很熟悉的，在那个会议间的门贴着一个小小的纸条'开会时间，非请莫入'，新闻记者们便被这个纸条挡在门外，偶尔地听到门里的鼓掌或是嗓子较大儿的演讲，正像一个外国记者的妙喻，像等候爱妻的临盆。"他又写道："记者群中有很多人是从政协开幕的那天起一直跟着'和谈'跑的，从重庆追到南京，追上庐山，又追回南京，他们实在感到腻了。时局演变到今天，纵然不是全面破裂，寿终正寢，但要开始冬眠，是一定的了。这样结局也许叫他们感到有点如释重负。'流产'了固然是一件不幸的事，倘若老是伴着自己的'爱妻'在难产的苦痛中也是受不了的。"

黄立文在《和平谈判冬眠了》的通讯中最后写道："11月19日早上9点钟，周恩来和邓颖超、李维汉等十多个人，坐着马歇尔拨借的飞机走了。送行的人有邵力子，美方柯义上校，马歇尔代表海德威上校，董必武和中共办事处留京全体职员。周恩来在上飞机之前，在飞机场漫步，像一个老旅行家要回到熟悉的海港一样，他还是轻松、明朗和愉快。一位惯于坐在房子里沉思的人，这种动作，这种感情，这样无牵无挂，毫不露出沉闷抑郁，是大家所意想不到的，送行的人倒反而觉得有点迷惘、怅然。”“和平谈判冬眠了，周恩来走了。在他，10年谈判生涯，告一段落，他应该随时准备和谈的重开。而南京的人在心中默唱着‘今朝离别后，何日君再来’。邵力子用‘合久必分，分久必合’安慰着众人，谁又不希望隆冬度过，和平谈判能在春日复苏呢？”

1946年10月25日，国民党军队又攻占解放军在东北的驻地安东。26日《文汇报》即刊登了“国军三路迫安东”的新闻。就在25日晚上，梁漱溟、黄炎培和数位民盟成员到梅园，将这一消息告诉周恩来。此时周恩来已经得到这一消息，他脸色严峻，声言不再参加和谈。梁漱溟再三苦劝。黄炎培提议“中共、民盟之间作一约定，今后任何一方如有新决定即互相关照通知，以示决不骤然单独行动”。梁漱溟等自告奋勇，由他们第三方面提出解决办法，周恩来表示赞同。

第三方面同人在交通银行开会时，梁漱溟再次提议，获得大家通过，并公推黄炎培、莫德惠和梁漱溟3个人负责研究提出方案。方案定稿后，各自签名，清缮三份：一份给国民党孙科，推定由张君劢、左舜生、缪云台3人送；一份给马歇尔，推定由罗隆基送；一份给中共，由梁漱溟、莫德惠、李璜送。

梁漱溟等人到了梅园，由梁向周恩来分条讲解所提方案，第二条刚提两句，周恩来面色骤变，以手阻梁，说：“不用再往下讲了！我的心都碎了！怎么，国民党压迫我们不算，你们第三方面亦一同压迫我们？今天和平破裂，即先对你们破裂。十年交情算完。”周恩来态度愤激，泪落声嘶。梁漱溟茫然不知所措。周恩来诘问梁：“25日晚约好，彼此有所决定，事先互相关照，今何失信？”梁顿忆前事，自觉理短，更无话可说。梁正急得不知该怎么办时，莫德惠、李璜提醒他“赶紧把文件从各方收回”。李璜并表示青年党方面由他负责。李璜赶紧跑出去把黄炎培、章伯钧、罗隆基3人找来梅园商量，大家齐声说：“收回！收回！”莫、李、黄、罗4人急急奔向孙科公馆，居然取回了原件。马歇尔那一件，因人不在，还未拆封亦收回。将收回的文件均请周恩来过目，说明作废，周恩来才息怒。梁漱溟才如释重负。

据阎秉华在《我所知的中共诤友梁漱溟》一文介绍，孙科看了这个文件是满意的。阎在民盟曾听罗隆基讲到孙科公馆收文件时的“表演”，罗隆基说：“我们商量决定‘智取’，4个人有两人不下车，人多怕引起孙科注意。由我和黄老去找孙科。孙科正在，黄老问孙科：‘我们送来的文件你看了么？’孙科面带喜色说：‘看了，还不错，可以研究。’黄说：‘还有一条很重要的建议漏写了，想拿回去补写上。’孙科听后从办公桌抽屉拿出文件，并说：‘你们就在这儿补写上好了。’我急忙伸手拿上文件就走，孙科发怔说：‘怎么不在这里写？’我一边急急出门一边说：‘回去写好再送来！’黄老见势也急急跟我忙上汽车跑了回来。马歇尔那里，送去时马歇尔就不在，是秘书收的，去取文件时也是说漏写了一条建议，秘书就给了。真像演了一场戏！”

后来梁漱溟回忆说：“无疑地这是一大笑话，第三方面朋友糊涂不中用！特别是我糊涂不中用！然而我们非有恶意于中共却甚显明。究竟那折中方案有何严重错误，我不太清楚。因为当时周恩来愤激之余，说话语无伦次，而我在惶恐中亦听不清。”后来，他慢慢回忆才搞清楚周恩来和他的“破裂”，说：“我真惭愧像我这样的人岂配担当国家大事。几天之内，向各方朋友告辞，我便离开了南京。”

郭根在《一只疲倦了的骆驼》中还写了一个小镜头：恰巧在这时，梁先生掏出一封信来，正是（张）申府先生寄给他内子（刘）清扬女士的，记者催他赶快拆开看，看有没有好消息……张先生在这封信里写着两句沉痛的话，他说：“第三方面人士必努力到最后一刻，而此最后一刻，固望其永不来临也。”

就是这位托梁漱溟带信给刘清扬的张申府，在民盟中是呼吁和平、争取民主的中坚人物，因1948年10月23日在储安平的《观察》杂志头版上“不识时务”地发了《呼吁和平》的文章，引起一场轩然大波。他在这篇文章中写道：“也许有人会认为，现在有一方正打得顺手，正打得起劲，正要一劳永逸，一举而成功。在此时呼吁和平，也许会转移他们的斗志，必为他们所不快，必为他们所不理睬。戡乱不能止于乱，革命不能止于革。如果双方都完全标明只为和平而战，而且只要和平，这岂不更可证明：呼吁和平，要恢复和谈，有百是而无一非？可是当双方都要和平时，那就应该立即停下来，而不该再打！”

张申府在清华大学南院9号住家门前与刘清扬及孩子合影

可惜，这篇文章晚发了一年半。此时正是国共双方进行大决战时刻，辽沈战役已经以解放军取胜而结束，淮海战役即将开始。在国民党土崩瓦解时，张申府呼吁停战，这不是太书呆子气了吗?结果是三方不讨好，国民党说他“扰乱民心”。11月15日，民盟在香港开会，决定开除他的盟籍。12月16日，共产党机关报《人民日报》发表《民盟时局声明》，副题是“痛斥叛徒张申府卖身投靠”，同天，《人民日报》刊登了夫人刘清扬的离婚启事，标题为《张申府背叛民主为虎作伥，刘清扬严于指责》。她带子女投奔解放区了。从张申府的遭遇中，我们可以看到中国知识分子在此时的岁月中，政治的选择常常会给情感和家庭带来强烈的冲击，甚至也给家庭的合与离带来了选择。张申府不识时务地倡导“和平”与“民主”，使他成为众矢之的。张申府晚年，1981年〔美〕舒衡哲《张申府访谈录》中记下了他的谈话：“我写这篇文章，赚了3 000元。当时这是一笔不少的收入。教授们都断饷，吃饭是一个问题。储安平向我索稿，我怎能拒绝。他的杂志是当时民主刊物中销路最广的，同时一交稿就有稿费。我大概是他稿酬最高的作者之一。”对此，我们只能以一介书生来理解与同情了。

13 / 第三方面拆伙记

和谈死了！“国大”就要召开了。

“国大”前夕，驻南京记者杨重野来到国民大会堂，对所见所闻发表了无限感慨。

本来在半年之前，蒋介石还都南京就要开“国大”的，国民大会堂从3月份就开始粉刷。但到了5月，“国大”没有开成，半年的风风雨雨却剥蚀了雕金彩坊的花纹，而这时候全国人民热望国家和平、民主宪政的心情同样地被内战的烽火与饥饿剥蚀得褪色了。现在面对着大分裂的危机，“国大”又要召开了。

南京“国民大会”会场

杨重野在大会堂中徘徊很久，空气是冷寂宁静的，但他始终理解不出这个空洞的会堂给他一种什么样的感情，他怀疑谁是他的代表？他说：“没有一个国家在漫天的内战烽火中能够开始宪政的。”他面对着国父遗像在出神，孙中山先生“积40年经验”，“兴中华建民国”是不是这样的一个“民”国？

再过两天国民代表们便衣冠楚楚地走进这个大会堂，不知道这10年的辛酸危难他们还记得不？抗战阵亡将士的尸骨未寒，他们的妻儿们如今还在饥寒交迫之中。这些与会代表是不是代表他们的“国民代表”？

杨重野从楼梯爬上会堂的平台，在平台上可以眺望大半个南京。就是这个大南京在民国廿六年十二月廿三日沦陷在敌人手中，有几十万人祭了屠刀，如今东洋鬼子在山姆大叔“管制”下一步一步走上复兴，太阳旗又出现在黄浦江上了，不知我们的国民代表们会想到不？

面对着国民大会堂的是一座小学，天真的孩子们在跑着跳着，笑着闹着，他们是幸福的，他们是“天子脚下”的小主人，看我们的代表们会不会制定一部宪法为他们和下代的人织成幸福的蓝图？

这是1946年11月13日杨重野在通讯《“国大”前夕看国民大会堂》中提出来的问题。面对着这咄咄逼人的话题，对第三方面的代表实在是一个考验。

11月14日，这是“国大”延期的最后一天，上午10时，第三方面的代表在交通银行的二楼举行最后一次会议，讨论是否参加“国大”会议的问题。门口虽然贴有“开会时间，非请莫入”的字条，但记者还是千方百计地采访了会议的参加者。杨重野参加了这次采访，他一上楼就遇到罗隆基，罗对他说：“完啦，今天是最后一次了。”罗隆基走进会场，向长方形的会议桌看了一眼，不无感慨地说：“人情冷落了，无烟也无茶！”杨重野走近正在看报的张申府，张对他说：“努力一场，算是告一段落，以后呢，当然还要继续努力，分裂是全国所不容的。”杨重野请沈钧儒谈谈感想，这位老寿星说：“根本问题是国共问题，政府不改变态度，单第三方面有什么用？”开会半天，毫无结果，说是到晚会去解决，晚会还未开始，青年党、民社党没有代表参加，其他党派代表来了一下就走了，杨重野称第三方面的最后的晚会是“伯劳东去燕子西飞，第三方面分道扬镳”，第三方面肯定是散伙了，所以他写了通讯《第三方面拆伙记》，刊载在11月17日的《文汇报》上。需要补充的是，杨重野参加第三方面最后一次晚会后，已经是晚上11点钟了，他又和一批好事记者跑到社会服务处"国大"代表报到处。这一天是"国大"代表报到的最后一天，张厉生发话让报到的时间延长到深夜12时半。记者们本来是想去看看有哪些社会贤达来报到参加"国大"，因为当时社会贤达参加"国大"也是颇为引人注目的事情。记者们到了那里，等了半晌，不见有人来，正待要转回的时候，水银灯突然亮了，有人说"来了，""来了，"来者不是社会贤达，而是大高个儿雷震，在记者三面体包围中，雷震找出一本报到册，册的第一页上写着四人的名字：蒋中正、蒋宋美龄、白崇禧、洪兰友。雷震又在这四个名字后面添上莫德惠、胡霖、李烛尘、缪嘉铭等人的名字。

11月25日，"国大"正式开幕，青年党、民社党参加会议，标志着第三方面彻底破裂。《文汇报》在第一版头条新闻发表"国大"开幕的新闻，报道了民盟在23日下午举行的记者招待会，招待会由罗隆基、章伯钧、张申府主持，并发表书面谈话，表明：民盟决保第三者地位，坚守拥护政协反对内战的原则，拒绝参加"国大"是谨守诺言。除了发这份书面谈话，还由罗隆基回答了记者的提问。在答记者的提问时，罗隆基指责民社党违约参加"国大"，对"宪草"声明保留批判的权利。11月27日，《文汇报》发表"北京专电"报道张申府家书，其内容为：张申府有家书来，重申民盟立场：（一）彻底反对内战。（二）重新召开政协。（三）成立全国一致的联合政府。又称：凡有益于国家统一的莫不做；有损的都不为；双方通得过的办法向外提，通不过的，不会拿出来。看来，民盟在通过各种渠道表明态度。

民社党是民主社会党的简称，他们的领袖是张东荪和张君劢。张东荪是该党在北京的领袖，张君劢是上海方面的领袖。蒋介石当时玩了个花样，国民大会"边开边等"，民盟明确表示拒绝参加，这样就造就了民社党的举足轻重地位，张东荪遂成了政府方面追逐的主要对象。于是就派了孙实刚和叶笃义由上海去北平征求张东荪的意见。

张东荪

"和平"以还,一年来北平一直是个军事城,飞来飞去的都是军事大员,当孙、叶两位政界人物抵平消息外泄后,在记者圈里激起极大的冲动,这是军事城里罕有的政治新闻,但跑惯了衙门抄惯了官报的记者们却感到了有些茫无头绪。他们忽然想起了与新闻记者广结善缘的刘清扬,于是纷纷踏进她的住宅,探问究竟,并且要她"领队"前往燕园访问张东荪,于是几部小汽车浩浩荡荡开往西郊。

张东荪正在会客,当刘清扬进去说明来意后,他先说了一句"刘大姐请坐",接着就在房里大呼"新闻记者绝对不见!"这样刘清扬在得到他一句本人绝不去京的答复后,就走出来向记者们宣布了这个不愉快的通告。但记者们是不甘心的,左缠右磨,终于张太太出来了,说张先生有事不便会客,回头有消息当即送上。记者群得到这个"法定代言人"的一句不着边际的答话后,再也无可奈何,只好打了退堂鼓。幸而还是刘清扬善言相慰,她说根据她的观察,张东荪所会的客就是上海来的代表,因为事情严重,还没有形成一个决定,所以怕见新闻记者。而同时在城里,记者会到了张东荪的公子,在吞吞吐吐中也露出了上海代表确已抵平的消息。

翌晨,张东荪在清华园潘光旦处会到了梁漱溟,交换了意见,这样该党留平党人的态度才决定下来,并即派胡海门当日飞京转达。

11月18日,《文汇报》报道"民社党提出四项要求":(一)行政须尽速加以改组;(二)政府必须尽速履行蒋主席四项诺言;(三)国库必须停止津贴国民党,并在学校教育机构中国民党停止活动;(四)政府对中共必须采取政治途径以和平解决纷争。民社党的四项要求虽然是不着实际的书生论政,却有着一石激起千层浪花的效果,忙得国民党的雷震和民盟的罗隆基分别拜访张君劢,进行商谈。共产党方面除了周恩来要回延安,孙科前往挽留,对民社党的四项要求不予理睬。

下午3时,张东荪在城里寓所,约见《文汇报》驻平记者郭根,宣布了他的意见。

他首先说明他个人的态度,他说曩昔在重庆举行政协会议时,他就决定不参加"国大",其时民盟预定120代表名额,他就把他的名字立即抹去,所以他之决心不参加"国大"已不自今日始。他说他是从事教育工作的,他只能以三分之一的时间来做政治活动,又说他在燕大天天有课,绝不是一两个电报就能把他随意催去的。

接着他说到他对当前政治的主张,他说,中国目前迫切需要的是和平,有和平才可以挽救经济的崩溃,而其方法就是裁兵。裁了兵就可以不打仗。这样也就是说,必须使国共双方解决争端,所以目前政治上唯一的课题就是恢复和谈,促进国共间的团结。

11月24日,报纸发表了郭根的北平通讯《张东荪快刀斩乱麻记》,编辑还为通讯做了一个肩题"政治攻势到北平"。就在同一天的报纸,又发表了郭根的另一篇报道,说:18日南京飞来民社党的孙实刚和叶笃义,说要来邀张东荪先生去京,商讨参加"国大"问题,燕大同学闻之,十分惊异,一些同学乃集结往见张东荪先生,询其是否去南京,张先生斩钉截铁地说:"你们放心,我决不会使你们青年人失望的,我决不参加'国大'。"有两位同学回来说:"我听见张先生这样讲的时候,我的眼泪都快要激动得掉下来了!"

民社党何以态度转变,参加"国大"的呢?12月5日,《文汇报》发表了丕强的通讯《民社党的转变》。通讯说张君劢曾到北平,传说纷纭,说民社党要动摇。对此,张奚若表示说:张君劢不会有单独行动。刘清扬也认为,张君劢是学者,没有政治野心。这篇通讯又说:民社党中有一批张君劢的学生,这批人教书不能当教授,做官做不到竹字头,赚的钱不足以养老婆，又看到政府的军事优势就想乘此谋一官半职，他们包围了张君劢。民社党的常委在上海开会，这一批人不管三七二十一，闯进来七嘴八舌，上海几个常委都没有了办法……对民社党为什么不遵守政协的决议，参加国民大会，仍是语焉不详。梁漱溟对张君劢的评价是："他什么都好，就是心软，经不起小人的包围。"

直到1947年4月17日，《文汇报》发表本报记者王坪写的通讯《动荡的民社党》，才把民社党参加"国大"的事说出一些头绪来。王坪在通讯中引用了联合晚报记者黄冰从参加会议的孙卢嘴里逼出来的真情，会上有一个戏剧性的场面：

张君劢自京返沪后，张嘉璈也飞到上海，在当天便召开了一个紧急中常会。当时的中常委为9名，张东荪在平，伍宪子在海外，出席的只有张君劢、徐傅霖、孙宝刚、沙彦楷、汤佳心、冯今白、蒋匀田等7人，专门讨论是否参加"国大"的问题。张君劢一改往常的"坚决不参加"的态度，对大家说：'听你们的，你们怎样主张便怎样主张！'汤佳心（即汤芗铭）虽在背后反对参加"国大"，但他不便强硬反对，会上一句话都没有讲，发言的只有5个人，4个人反对参加，主张参加的只有蒋匀田一个人，形势上反对的已经占多数了，但每当反对者叙述反对论时，张君劢便多方反诘、责问。讨论蒋匀田的参加论时，蒋越来越激动，越讲越生动，徐、孙、沙、冯气愤异常，说："好吧！好吧！你显然是主张参加的，又何必要我们讨论呢？"于是这便算"决议参加"了。再者，张嘉璈当了民社党的总裁之后，就不能不考虑参加'国大'的事了。王坪在通讯中还记载：据雷震告诉孙宝刚，政府已拨虹口前日本飞机场的空地30亩给民社党，张君劢并未在会议上报告，便决定修房子，图样业已打好，问他钱从何处来，张说："你们不必管！"

民社党在北平的三元老，除了张东荪、胡海门，还有梁秋水，其中尤以梁秋水的资望最老，而且风骨最为嶙峋。张君劢写信请他南下时，他回了一封信和一首诗。诗云：

多谢故人珍重意，久甘岑寂旧生涯；
愧无三径能栽菊，犹有一畦堪种瓜。
漫道鹓雏争腐鼠，却怜彩凤逐群鸦；
闲来谁与谋排遣，日过南城卖酒家。

这首诗在报上发表之后，莫不以为燕赵之地又见慷慨悲歌之士。连张东荪也写信给他，说："使弟拍案叫绝，佩服至五体投地矣。我公毕竟不凡！"北平学生对他有致敬之举，对他怀着深深敬意的郭根，在一个朔风怒号的日子登门晋谒，他们在小屋里谈了整整一个下午。之后，郭根写了《梁秋水慷慨悲歌》，刊于12月3日的《文汇报》上。

从郭根的通讯中，我们知道：梁秋水曾经也是一个报人。在1914~1916年之间，他是英文《京报》的编辑，跟陈友仁是同事。在民国五年六年期间主编当时进步党的机关报《晨钟报》；其后由1918~1924年又续编英文《北京导报》，最后该报改组，由王正廷接办始告脱离，而从此以后闭门家居，20年来如一日。

文章还说，他现在虽然已经64岁了，但脾气一如少年之时。他激烈地反对过袁世凯，他更反对在任何时代的袁世凯——暴力的代表者。他说当北平沦陷时，日人曾经来打过他的主意，被他拒绝了。

胜利之前，在北平做地下工作的国民党党部人员和他交接过，他以"切勿使中国变成西班牙第二"来警告他们。胜利以后，也就是"劫收"之际，他曾向蒋介石7次上书，讲述接收大员非法扰民之事实，并谓今日人民亟须休养生息，牧羊之官吏不喂草喂料也罢了，甚至连剪毛还觉不过瘾，竟一不做二不休杀了它们吃肉穿皮了；又说孔子时代形容苛政猛于虎，但今日之执政者实无异千万个猛虎。7封书寄到重庆，真如泥牛入海，杳无音讯。其后蒋介石来信，曾经饬人致意，但他没有去见，因为他觉得见了也不会有什么效果的。在最近3个月内，他曾经写了一篇文章，题目是《不党论》，申述他对党派政治的见解，投之于

《世界日报》,没有登出来;本月初又写了篇《国民身份证论》投之于《大公报》,也没见登出来,他很愤慨,他说在这两篇文章末尾都署名盖章注明文责自负的,但仍然登不出来。

郭根请求看看原稿,他说概没底稿,但愿意口述一次。郭根依稀记着他的大意。

在《不党论》里,他首先解释"党"字,按说文,"党"从尚从黑,这与夏商周三代之尚赤尚黄是一样的意思。黑是一种最不吉利的颜色,如死了人要戴黑纱,人无心肝是黑天良,可见党之尚黑,即表明党是要不得的。所以孔子说过"君子群而不党"。欧阳修也作过"朋党论",备言党之为害。他说从宋元祐党人,明东林复社,清季守直与维新,民初立宪与进步,党争愈演愈烈,其结果国家与人民皆为党所毁。

梁秋水的谈话,郭根都写在那篇访问记中,当时的《文汇报》并没有像《世界日报》、《大公报》那样感到是"犯忌"而加了省略号,居然刊登了出来。

用了这么多的文字介绍了当年《文汇报》对民社党转变的报道,因为这些文字报道了在社会激荡的变化中,知识分子所面临着选择,正因为选择的艰苦,所以第三方面分化了,正如杨重野在通讯中所说的"拆伙了"。这个分水岭是以是否参加国民大会来评判的。不参加国民大会,就是追求民主、追求进步、追求革命;参加,就是逆潮流而动,是反民主、反进步,甚至是反革命的。当时就已经形成了这样单一的思维模式。

自此以后,《文汇报》用了大量的篇幅,对第三方面、第三条道路、第三种人或中间道路进行了讨论式的批判。

1946年11月3日,社评《第三方面的道路》指出:"摆在第三方面人士面前的正是一条坦荡的大路——政协的道路,而决没彷徨歧途的必要","动摇了,妥协了,违背了政协决议了,那将不仅使第三方面人士在全国人民面前失掉信仰,甚至将第三方面貌似民主的美名,而负反民主之实，在主观上背弃了自己的原则，在客观上促致了国家的分裂。”

12月5日，副刊《读者的话》发表春野的来信，提出“重建第三方面”的建议，说：“一个假的倒下，千万个真的起来”，第三方面“有共广大人民作后盾，永远不是孤立的”。因此有充分根据来提出“重建第三方面”，“扩大第三方面”，“坚强第三方面”。

民盟要召开中央委员会，12月13日《文汇报》的编者按写道：

> 外国有一句话，叫做：“吾爱吾师，吾尤爱真理”。中国人一向为人的道德观念却是恰恰相反，叫做：“吾爱真理，吾尤爱吾师。”这种过分重视私人感情，甚至为私交而不惜抛弃真理的态度，是有害于当前民主运动的。
>
> 在民盟即将召开中央委员会的时候，我们盼望三复“吾爱吾师，吾尤爱真理”的教训。

12月19日，报纸发表民盟领导成员张绚伯的文章《今后的第三方面》，写道：“这次内部分裂，青年党民社党，分道扬镳，参加‘国大’，依附第一方面而为国民党尾巴。一般社会不察，以为民盟不参加‘国大’，追随第二方面，非共产党尾巴而何？言之未尝不成理，而且娓娓动听。此所以非详加解释，不足以正社会的视听。”对民盟今后的任务提出：一是争取民主，二是呼吁和平，三是主持正义。

12月22日，《文汇报》发表社评，题目是《第三方面没有中立》，说：“第三方面的立场何在呢？一句话，没有中立，只有是非。第三方面是国共之外的中间党派，但绝不是今日政治斗争中的旁观者与中立者。所谓‘提高第三方面的中立性’一语实在是不通的，因为所谓中立，实在就等于无立场。”

社评又写道：“第三方面在主客观各种条件上，都绝对没有中立的可能。一年来，第三方面中许多守正不阿的党派和个人，常被人恶意地讥为‘尾巴’。这种恶意的讥嘲，用意至为明显。他们尽力想叫第三方面中立，叫第三方面脱离现实的战斗，这样来削弱争取民主的力量。

“最近，据说‘在外力导演之下，可能出现两个第三方面；说得好听些，一个是国民党的外围，一个是共产党的外围；说得难听些，就一个是国民党的尾巴，一个是共产党的尾巴。’没有比这些话更厉害地侮辱第三方面的了。但这个阴谋恐怕是确实有的，第三方面人士倒不能不注意。

“必须郑重申明，第三方面就是第三方面，既不是谁的外围，也不是谁的尾巴。第三方面有他的阶级基础，因而有他的历史使命。也就是因为这个缘故，所以第三方面是一个独立的政治团体，然而不是什么中立的东西。”

12月23日又发表社评《再论第三方面》，提出：从客观基础来看，第三方面是应该有伟大的力量的，凡是被压迫、被损害的人民不论其为民族资本家，如中小地主、如工人、农人、店员，如自由职业者，如青年，都是他们力量之所在。同天二版、三版又分别刊登张东荪的《所望于第三方面者》和施复亮的《第三方面的组织问题》。12月28日，二版发表马叙伦的《再论第三方面与民主阵线并致民主同盟》，张东荪提出“和平主力属于第三方面”，施复亮提出“应当广泛吸收人民，成一强大人民势力”，“一切中间阶层及中间党派的政治力量都属于第三方面”。马叙伦则提出：“我期期以为第三方面这个名词，应该在争取民主时期不再出现，应该产生一个坚强的争取民主的力量，称为民主阵线”，在“争取民主的当前阶段上，只有民主和反民主两方面，不容许有第三方面”。

对“中立”者，《文汇报》是持以批判的态度的。在第三方面分化之前，8月3日和5日，副刊《笔会》就发表了雪峰的文章《“中立”者的苦恼之一——被“推”》和《“中立”者苦恼之二——被“拉”》。

12月23日,《文汇报》发表张东荪的文章《所望第三方面者》。这篇文章是张东荪口述,唐君放帮助记录整理,说"编辑先生:东荪先生久不作文,因彼一提笔即手抖,且每因操劳而易失眠,近因国事危急,特对笔者口述此文,嘱转寄贵报。此文并经东荪先生审阅。"此文分析说:"'国大'的召开已使国民党骑虎难下,并也暗示着对和平没有诚意。而共产党呢,却因为最近在军事方面愈战愈强,故也一定要给国民党一点苦头吃,使国民党在军事上大大的失败。因此,在目前居于国共之间的第三方面,奔走和平的责任就更重了。"但是第三方面的毛病"在不同中抵消了力量",应当要在"不同中收相合之效",但又"不宜强人求同,应该包含左、极左、偏左;右、极右、偏右……的人在一起,然后化冲突为利用不同,求得一个和的力量"。这是张东荪寄第三方面的乌托邦的幻想,也表现出文人论政的致命的弱点。

1947年1月6日,《文汇报》发表律师的《民盟三阶段》的文章,介绍中国民主同盟是怎样由最初的"不是一个政党,而是一个运动",中间经过统一建国同志会、中国民主政团同盟发展成为中国民主同盟的。文章认为经过分化与淘汰,中国民主同盟的基础更坚实了。

1947年1月10日,《文汇报》发表邓初民写的《民主同盟与第三方面》的文章,他总结了一年来的经验教训后提出:一、在主张上必须坚持民主统一和平建国的纲领;二、在认识上,民盟是在国共两党之间的中间阶层与中间党派,但在今日的政治斗争上,绝不是什么中立派和旁观派,更不是什么调解人、和事佬,尤其不是什么卖嘴嚼舌子根的双方的媒婆;三民盟要检讨过去,策划将来,加强新生力量,扩大已有的基础,使之能成为第三方面的中坚,成为全国民主运动的堡垒。

1947年1月12日,《文汇报》发表立人写的《论民盟与第三方面》的文章,文章提出:过去民盟成员过多注意发展所谓团体会员,但由于青年、民社两党的脱盟叛变,是一个很大的教育。文章提出要发展民主力量,就必须壮大民盟队伍,要多吸收个人盟员,工人、农民、知识分子、家庭妇女，或是国民党员、共产党员都可以吸收到民盟中来。要和世界民主力量取得联系，建立广泛的联系，建立坚强的组织。鉴于和谈的失败，内战在逐渐扩大，国共两党尖锐的对立，民盟必须跳出“第三方面”的范畴，不能再把自己处于“中间”地位。这样民盟的地位就被凸显出来，引起政治上对它的更多关注。

1947年2月7日，《文汇报》发表美国记者罗辛格写的《美外交政策协会报告：动荡的中国》，在“中国温和分子的处境”一节中对民盟作了专题分析，认为：民盟是个反对现行的中央政府政策而又不愿太左地移向共产党去的商人、教授、学生和职业人员组成的一个团体，他们没有自己的军队和土地，一直过着不安定的生活。又说：民主同盟是战时各自由主义及保守的第三党人士们为了避免内战推进民主政治而组成的，它在政治上担任重要的中间任务。它是独立的，但在基本的眼前诸问题上，它时常和共产党一致。共产党非但在政策向民盟商讨，有时甚至修改他们的立场策略以获得民盟的支持。政府方面采用两面途径，对民盟中最保守的分子采取求爱手段——有若干成就，而对自由主义及左翼分子则用暴行或者威胁手段。对民盟人员用暴力对待这点是很显要的。最为人熟知的例子就是两位出色的大学教授闻一多和李公朴在昆明街上被暗杀的事；还有比较为人所熟知的北平民盟领袖孙不原的失踪；对陕西教育家兼作家的李指尘暗杀，李被特务枪击，被丢在麦田里，以为他已经死去。（该文作者注：1946年7月在延安和李谈过话，李觉得在政治地区中有危险，因此逃到共产党地区去了。）

当时民盟的处境就是罗辛格所写的这个样子。

《文汇报》对第三方面，或支持，或鼓励，或警告，或批评，来信、社评、文章，可谓是倾盆大雨，言至意尽，但仍然无法改变第三方面的处境。

14 / 再说周作人

日本投降之后，如何处理汉奸，是人们很为关注的事情。

《文汇报》在1月3日社论《且看上海》中说："4个月以来，政治上的腐败落后，竟与8年前毫无二致。中国政治家的顽固和麻木，也远在一般的可能以外。"在同日《读者的话》栏目"街头人语"中说："胜利以来，上海人大都有点'悔不当初'。一悔当初没有到重庆，战时首都去踱金；人家抗战胜利，回来鸡狗也飞升。二悔当初没有当汉奸，拍卖国家卖大钱。如今摇身变一变，仍然堂皇做好官。不知读者有何感想。"

还在1946年1月5日《文汇报》本市版报道了新新公司八百员工，检举、揭发该公司总经理李泽通敌(就是该公司职员舒月桥向蒋介石告御状时告的那个李泽)。公司职工检举老板通敌的正义行动，在社会上引起很大反响。《文汇报》举行了"人民如何检举汉奸"座谈会，出席的著名律师端木恺、沙千里、韩学章等就检举汉奸、实行民主政治、保障人身自由发表意见，提出检举汉奸要注意的要点，并且在联系当前实际时说：我们素来过惯的是没有保障的生活，拿枪的、穿制服的，不但可以任意在人民家庭里横冲直撞，好像每一个官员都有捉人的权力，而且捉的时候，非但不说明来历，不申述所犯何罪；捉去之后，更是莫知所至，不知所终，这通常称为"失踪"，因此，每个人都觉得惴惴不安。每个人都自觉得犯了滔天大罪。任何时候、任何地点，随时都可能有汽车停在你身边，莫名其妙地把你抓去。这种情形，在民主国家当然绝对不允许存在，因此，重庆有人权保障运动发生。

1月24日发表的社评《拿事实来看！》中说：惩治汉奸和管理日俘是天经地义的，人民盼望也已经很久了。然而，事实上，现在法院审理的还不过是些小得不能再小的汉奸，顶儿尖儿的大汉奸却一个也没有受审；有钱的汉奸不仅没有受审，反而继续过着舒适的生活……至于日俘的管理，东至上海，北至天津，何处做到了“严格”两字。

2月18日《读者的话》刊登了电影界大汉奸张善琨在杭州坐汽车、携美妾、灵隐烧香；摆架子、充神气、肥胖依然。20日发表社评《速审巨奸》，要求从速审判大汉奸。

4月6日，《文汇报》发表新闻《天字第一号汉奸 陈公博昨受审》，对陈公博的审判是由坐落在苏州道前街的高等法院进行的，审前从司前街用破旧马车把他载到高等法院。这一天，陈公博头戴黑呢船形帽，穿着深灰布面长衫，蓝绸里，灰色西装裤，黑皮鞋，手挟卷宗两叠。在法庭上，他宣读长达3万余言的《八年来的回忆》，读了1小时55分钟。法庭上宣布他10大罪状，13日即执行死刑。他自称“不上诉”并向审判长致谢。4月6日发表社评《审讯陈逆公博有感》，质问“周逆佛海到哪里去了？”“附逆军人究竟应该怎样办？”提出要“以审讯陈逆公博案为开始，把所有知名的文武汉奸一齐拘捕归案，公开审判，明正典刑”。4月10日社评又提出质问：“汉奸态度为何安闲？”指出近来大小汉奸表现的态度都十分安闲逍遥，希望政府“不要把惩治汉奸的事，当作敷衍‘人民耳目的事来办’，要‘在事实上表现出对于惩治汉奸的坚决’”。

大汉奸褚民谊在法庭上接受审判

4月15日，审汪伪政府外交部长褚民谊，他知道陈公博已判死刑，在法庭唯一要求请法庭赐死。4月16日，审判头号女汉奸汪精卫之妻陈璧君，这时已经56岁的她，头发花白，宽士林布罩袍，棉鞋，身矮圆胖，戴白金边近视眼镜，在受审时她作了激烈的辩论，说：政府已经带了军队逃到别的地方去了，我们老百姓才出来做事的，难道政府可以不管老百姓？如果国策如此，我甘受死刑。这时，她的女儿及儿媳谭文素、褚民谊的女儿竟然鼓起掌来。

6月6日，报道审判大汉奸梁鸿志，他着蓝绸衫黑布鞋丝袜上庭，背微拱，头大，全篇答辩，极其狡猾，他曾一再强调他当时所反抗的也是中央政府所反抗的，例如伪绥靖部打“匪”军（指共产党军队），中央政府也打“匪”军，而且胜利后的今天中央政府仍未放弃这个重任，欲以此而罪被告，岂非笑话？梁鸿志的答辩词还说：抗战之初，他对中央希望三点：（一）收复失地；（二）效太王迁齐、刘备移襄阳，大单移民内地；（三）万不得已将实行焦土政策，然中央并未能做到三者中之任何一点，揆其意乃在保留东南三省之精华，为国家酌留复兴之元气。

对这些头号汉奸的审判，代表民意的《文汇报》虽然热闹了一下，但审判之后很快就沉寂起来。倒是对文化汉奸周作人的审判，报纸及社会舆论却热闹得很多，虽然他在汉奸中还算不上是头号。

1946年6月，周作人从北平被押解到南京，关押在老虎桥边的模范监狱。先后两次受审，未见《文汇报》报道，却发表了几篇文章。8月4日，发表艾芜的文章《谈周作人》。批评周作人的文章都是要谈他那本《瓜豆集》的，因为这本集子于封面书名之下写着“知堂自题”4字，旁边盖了一个长印“知惭愧”，仿佛说明他的名字“知堂”全是着重知惭愧这一点似的。此书的初版，是1937年3月，正是卢沟桥事变前不久。可以测知“知惭愧”这个信条，至少在那一年上半年当是信得热辣辣的，总不至于是什么门面话。同时亦可看出，他的讽示世人。不然尽可将此3字，书于座右。悬之壁间，何必印在书封面呢，想来作者必在感慨世间厚脸皮人太多了吧？

不料标榜这“知惭愧”的人，竟然厚颜地做汉奸起来。艾芜在文章中写道：“‘闭户读书论’是周作人在民国十七年做的，离现在快要20年了。他在20年前，既怕有共产党朋友的嫌疑，又不甘心自杀，更不愿意堕到污泥里去做官，便自己发明一条解除烦闷的法子——就是闭户读书。依我们现在的说法，翻译过来便是忘掉现实。而这忘掉现实的道路，是绝对走不通的。周作人他自身的生活业已清清楚楚告诉我们了。日本法西斯敲开了他所闭的户，他也放下了手里的书本，去做日本的官。这样一来，烦闷倒彻底解除了，性命也苟全着了。只是汉奸这臭名儿，却永远留在身上。请问这样保身，有什么意思呢？岂不是以'知惭愧'始，以不知惭愧终吗？唉，未免太不明哲了！"

8月10日报纸上发表了黄裳的《更谈周作人》和臧克家的《毙十与天罡——琐谈周作人》。黄裳在文章中写道："从'语丝'时代开始，《谈虎集》以来，周的散文一共大约有20本左右，如果有闲翻上一遍，与他后日的行动比较，加以斥责，材料之多，真是取不胜取。不过我觉得这种工作正是检察官的本分，在南京的大成殿上，加以责问，周也只有俯首无言汗出如浆的份儿。正像一出大团圆的喜剧，结尾的地方是罪臣受戮，忠义得伸。不是我所想做的。"黄裳写道："这是我当时的感想。不过这感想后来就变更了。"为什么会变更呢？"那是从报上读到他在大成殿上自己辩护的话之后的事。"

1946年7月，周作人聆听法庭对其作出判决时，神色黯然

周作人被押解到南京之后，曾经两次受审，在法庭上他为自己辩护，说1937年元旦吃了一次无名炸弹，说是日本人想暗杀他，所以才下了水。但这颗炸弹到底来自何方？是否为日本人所投，当时就是一桩疑案。他的《苦茶庵打油诗》中有一首云："但思忍过事堪喜，回

首冤亲一茫然。饱吃苦茶辨余味，代言找得杜樊川。”即咏此事。对此事，当时就有一个说法：放枪的人是青年学生，好像还是一个同学罢？目的在免得这位老作家再去出丑露乖，想在“周公恐惧流言日，王莽谦恭下士时”就束缚了他的生命。这种作风虽然不免幼稚，用意倒可以说是好的，不算对他不理解。本来知堂在文章里也常说起老丑的可厌，引《徒然草》曰：“寿则多辱，即使长命，在40以内死了最为得体。”黄裳说：“可是这次在大成殿上，他却说这是日本人的诡计，听了真不禁使人发笑，不打诳语的‘老和尚’为了自我辩解也说出了这种话，是使我觉得不愉快的第一点。”再一点使黄裳不愉快的是周作人“声明不懂东洋文化”，并“大谈其第三流文化人保存沦陷区的文化，听了简直使人肌肤起栗”。对周作人过去的文字和法庭上申辩相比较，使黄裳感到“正如把红珊瑚装在手杖顶上，他自以为风雅，我们看了就难免发笑一般”。

臧克家在文章中谈到当他还是济南第一师范初级学生时，就受周作人主办的《语丝》的影响，后来也给《语丝》写文章。不久，那篇文章在《语丝》上发表出来，周作人还给他回了一封信，一并刊出，他加了一个题目《毙十与天罡》，意思是说，军阀现时得意，好似拿了“天罡”牌，而我们小民百姓却吃了“毙十”。这是正面文章，反过来说，就是等到“小民百姓”拿到“天罡”时候的话……唯下便不言而喻了。

读到了这个回信，臧克家很高兴。一则是抒了愤懑，再则觉得我们有了领导作战的大将，还怕什么呢？

臧克家在文章中把周作人为他的文章写的《毙十与天罡》而发表的一段感想文字又还给周作人，说：“前世出家今在家，不将袍子换袈裟”。不要读他的50自寿诗，单看‘人世间’上那一张照片，就叫人恍然者在古荒的庙中，碰到了一个和尚。

“为何今在家？——古庙太清苦。身在人世之间享世俗之福；心在俗世之外，免得尘俗纷纭。这是彻底的自私，彻底的个人主义。由此而进，文化战士——汉奸，这是不足怪的。时代推倒旧的，也捧出新的。你拿的是'天罡'呢，还是'毙十'？今天我们试问周作人。"

8月11日，《文汇报》又发表袁米西的文章《我亦谈周作人》，说："周作人一向自命为知堂老人，自以为最能领略孔子的'知之为知之，不知为不知，是知也'和苏格拉底的'知道你自己'。装出一副不可一世的道貌岸然的态度，俨若一切的人（在他心目中主要的是鲁迅）都是强不知以为知，都是狂妄嚣张。而其实呢，他这才是真正的愚妄、虚骄。人家是谦逊极了，互相勉励着要各尽本分，有一分热，发一分光。他却好像是独一无二的大彻大悟的'超人'，顶顶聪明，顶顶懂事。这是何其可笑的愚妄、虚骄，哪有一丝一毫的自知和谦虚！他既自以为最能见道，把彻骨的自私怎么当成唯一的美德；以致断定中华民族命定只配做奴隶，（而他个人是不算在内的，因为他懂得了这个'道理'。）于是时机一到，便粉墨登场。有谁知道这一个阴阳八卦没有算准，'知堂'的招牌给现实打得粉碎了。而这时他还有那样厚的脸皮，混下去，苟活下去，难道还是因为他原来就知道了有这么一天么？或者，难道他如今又另有一种新知，要看着中华民族的新生和建设么？不然的话，他为什么还不'知惭愧'（如他的一颗图章所说），学苏格拉底的仰药自尽呢？究其实际，只是一味地自私自利而已；自己不能见义勇为，还要对他人的义勇加以冷笑，诽谤和中伤；什么知呀，惭愧呀，完全是一种毒瓦斯，既以自饰，复以害人，如是而已！"

9月2日，报纸又发表了黄裳的《老虎堂边看"知堂"》。这一篇文章，在前面已经提到，这里只需要说的是，黄裳在写这篇文章和写《更谈周作人》时，有着两番不同的心情。在这篇文章的开头，他写了要去看周作人的心情，说："在重庆滞留了颇久，周作人几次公审都未能旁听，到南京后，人地生疏，买了张地图在街上闲步。走过延龄巷，穿过国府路，看见了那座朱红剥落了的国民大会的大牌楼，再走过去，翻开地图一看，已经到了洪武路。向左一转弯即是老虎桥，也就是'模范监狱'了。

心想何不就去看看周作人呢？”他用这样的悠闲之笔，慢慢写来，去看周作人完全是一次即兴，本来是没有准备的。这怎么可能呢?我们读黄裳的新闻通讯或散文随笔，都会感受到他在采访或写作之前，是做了充分准备的。其实，他是很想单独见见周作人的，貌似悠闲，实际是做了充分准备的。这是搞独家新闻的记者所普遍具有的一种特殊的心境，我是完全理解的。

这次访问，黄裳向周作人重提“倪元璐为张士诚所窘辱，绝口不言，或曰之，元璐曰‘一说便俗’”，又问他“何以在法庭说了那么许多不免于‘俗’的话”?这一问使周作人“有些嗫嚅了”。这层意思，在他的《更谈周作人》一文中是写到过的。在访问中，也谈到周作人元旦被刺的事。虽然在狱中访问谈得很随意，但黄裳还是很谨慎，在这篇访问记发表的时候，他又写了一则《附记》，说：这是一篇报道，我只是记下了他的话，其“谬论”在明眼人看来，自然是雪亮的。而且在监狱辩论也不免为奇谈，因此也就不再加以仔细地批注了。

9月18日，周作人在朝天宫接受高等法院的审判，黄裳参加审判现场采访。19日，报上发表了他写的“本报南京19日专电”，说：首都高院今日公审华北巨奸周逆作人暨余逆亚稣，于审周庭上提出有利于周逆之证件多种，最重要者为行政院秘书长蒋梦麟，证明于前北大校长任内曾派周留平保管北大校产，及胡适证明北大校产在8年中匪特无损反而增多，胡适并列举北大所增者，为伪理学院、伪文学院、伪医学院之建筑若干幢，图书若干册，仪器若干种。推事问周与胡是否好友？又提出胡适文章称赞周氏兄弟合著小说可代表中国文化之说，周逆加以否认，自称本人仅写论文，不写小说。今日因调查尚未竣事，改期再开辩论庭。

9月21日，又发表了黄裳写的“南京通讯”《三审周作人》，对法庭审判情况作了更为详细的报道。在“瑜可掩瑕乎”一节中记了这样几件事：第一件，掩护沈兼士，并营救其家属；第二件，马裕藻、孟森、冯祖荀证明周作人照管北大校产，并出示亲笔签章证明；第三件，教育部长朱家骅证明北平学生并未被奴化；第四件，营救莫干里、刘书城、阮永法3人；第五件是对周不利的，说阮永法是周的女婿，阮本人已下水。黄裳在通讯中写道：

法官又取出北平图书馆馆长袁同礼的公函来，说周在任伪北平图书馆节长一年中，书籍完整无失，关于这点，周也没有意见。

底下来了北大校长胡适的证明文件。法官先问周与胡是否好朋友？周答自民国六年周在北大做教授，即已相识，是老朋友。胡适的证明函说：周作人于七七后被派保管北大，复员后点查结果，本校的校产，非但没有损失，反而增加，并详列增加的产业计：

A. 翠华街伪文学院新楼一

B. 松公府伪文学院新楼一

C. 海运仓伪农学院栈房二座

D. 西会库医学院全部

周作人和鲁迅合著过什么小说？法官对此颇有兴趣。

这证明于周大为有利，于是法官问曰："你与胡适是老朋友乎？"答："是旧同事。"法官又问："你是否与一个叫鲁迅的是兄弟？"答"是"。问："胡适有一篇文章，吹嘘你们兄弟两人的小说可以代表中国文化，有这事吗？"

周不禁大为尴尬，答曰："不知道，鲁迅写过小说，本人是只写论文不写小说的。"

法官似乎对于"小说"仍有浓厚的兴趣，又问："你弟兄二人合著了什么小说？"

周答："译的倒有，那是在民国以前了。有两本域外小说集。民国后也有好几种。"

法官弄不懂"域外"，周又频频解释："是外国，疆域的域，土字边一个或字。"

通讯的结尾，黄裳不无感慨地写道："审讯草率得可怜，而大家对文化汉奸的兴趣与常识不能相符这一点尤其可慨，周下庭时，一大群人跟了走，大概很有一些人是对这位'知堂老人'有兴趣的，一直到了监房，还有两位新闻记者问他到底与鲁迅合作了些什么小说。"

11月3日，报纸又发表了《周逆作人狱中赋诗》，这首诗是寄给他的义务律师王龙的，并附有小跋，原文如下：

但凭一苇横江至，风雨如磐前路赊。

是处山中逢老牸，(中山狼传，狼欲啖东郭先生，问老树老牸，比左袒狼。)不堪伊索话僵蛇。(伊索寓言，樵夫见蛇冻僵，纳之怀中，乃为所啮)

左庑立语缘非偶，东郭生还望转奢，

我欲新编游侠传，文人今日有朱家。

鄙人于去冬被逮，于今已十阅月，寒门拙老，素鲜亲族，三十年来不少旧学生，有三数人尚见存问，而下井投石，或跳踉叫号，如欲搏噬者，亦不无其人。昔读中山狼传，虽知人世常情，不足为怪，而近年中一再见之，亦不能无所感慨。今年夏来南京受讯，在法院避逅王天瑞先生，立谈教语，慨然允任义务辩护，侠情高谊，不知所报。近闻某生又复叫号，此声余固已念闻，未免毛戴，唯想起王君，有如中山道中之遇老叟，更深致感激之意。计距法院相见之日将三月，因作一诗以为纪念，并寄呈天瑞先生，以博一笑。

三十五年十月十五日，知堂

周诗之后有一条“附记”说：

【附记】关于这件事，记者有几点附注。其一，是关于这位王龙大律师的，提起此公大大有名，在南京，专门给大汉奸辩护。如上次周逆学昌与他的姨太在狱中幽会一案，王大律师也是“义务”辩护的。据杨曦晨（周逆的小老婆）所说王大律师是怎样的侠骨柔肠，为她主持公道，因为她没有钱，所以才“义务”一下，因此也就可以证明，她用了四百万元买通狱使进监探望的事是不可能的云云。又白鹭洲情杀案王大律师曾经撰写洋洋数千言的辩护书，送交各报发表，鸳鸯蝴蝶，大作艳体，对女主角的死状大为描写，恶劣不堪，南京的市民是都清楚得很的。

第二点是诗中所提起的“某生”（傅斯年），据说即是新潮社时代与罗家伦同为一时健将，后来同得南洋烟草公司的资助留学的，现在则是社会贤达了。记者曾听周作人说胜利后曾以一书致“某生”并非为了东北教育界的问题云云。这封信据说曾被“某生”大加批注，宣示于众，力斥其妄云云。后来记者又曾看过这位“某生”，他曾说周作人是他的先生，现在则只好断绝了云云，言下颇有忸怩之态，并不如批注痛斥时之激昂。至于他们之间为什么会如此，也还有一段渊源，则不详。

“左庑之语”的左庑是南京高院所在的朝天宫的左庑，那里本是府学，左庑之前，有古槐一株。

“附记”中的“记者”就是《文汇报》记者黄裳。

真是说不尽的周作人。现在说周作人的人就更多了，还成了一门学问，研究周作人的专家也有不少了。可见作为文化现象的周作人，当了汉奸，还有着如此的影响，恐怕连周作人自己也没有想到。

15 / 对美国对华政策的认识过程

《文汇报》于美国对华政策的宣传,是很可以作为一个专题来研究的。在这一专题的研究中,可以看出《文汇报》的独立思考、独立判断的认识过程,这是在当时特殊的世界形势及格局中发生的。

日本投降以后，美国以共同对日作战的同盟国身份，参与了国共两党的调停工作。当时不少中国人认为美国是民主国家,是盟友,对美国抱有好感。他们把停止内战、要求民主和自由、组织联合政府的希望,先寄托在美国总统特使马歇尔身上,以为他会不偏不倚地调停国共两党的多年分歧；以后又寄托在新任命的美国驻华大使、燕京大学校长司徒雷登身上,希望他们公正调停,主持公道。信任马歇尔是由于他在反法西斯的第二次世界大战中所建立的功勋,有"相信上帝和马歇尔"的说法；信任司徒雷登是因为这个出生在中国,做过多年燕京大学校长的传教士,在抗日战争中被日本帝国主义拘捕过,做过一些有益于抗日的工作。他多次说过:"我爱美国也爱中国"。当他被杜鲁门总统任命为新任驻华大使时,国民党统治区的政界人士和舆论界大都赞扬新大使任命得当,并且从这项新任命推测美国对华政策可能有变化。

《文汇报》的报道,对马歇尔寄予希望并付之友好的态度。在3月13日社评《马歇尔将军返美》中说：马歇尔作为美国特使来中国,在不到3个月时间内,把18年纠结难解的内战危局打开,替中国和平、民主、团结、统一大业奠定了巩固的基础,这种奇迹的出现"固然应该感谢政府蒋主席的英明领导,感谢中共毛主席的英明领导,但更要感谢马歇尔将军的诚意赞助与公平忍耐的态度。如果不是他们3个人的密切合作,这一页中国新历史是根本无法写成功的"。"期待着马帅早日回到中国,好帮助中国早早走上和平团结的大路"。

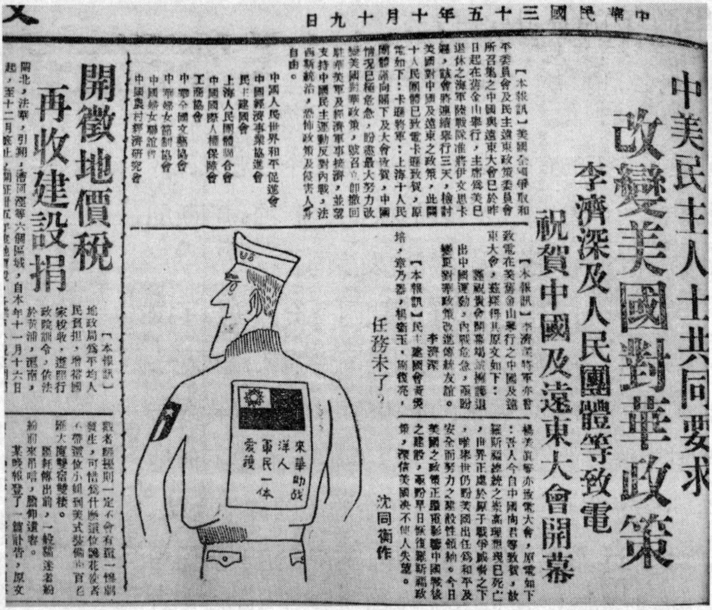

中華民國三十五年十月十九日

中美民主人士共同要求改變美國對華政策

李濟深及人民團體等致電祝賀中國及遠東大會開幕

【本報訊】美國全國爭取和平委員會及民主遠東政策委員會所召集之中國與遠東大會已於昨日起在舊金山舉行，主席為美已退休之海軍陸戰隊准將伊文思卡爾遜，該會將連續舉行三天，檢討美國對中國及遠東之政策，此間十八人民團體已致電卡爾遜致賀，原電如下：卡爾遜將軍：上海十八人民團體謹向閣下及大會致賀，中國情況已極危急，盼盡最大努力改變美國對華政策，號召立即撤回駐華美軍及停止經濟軍事接濟，並望支持中國民主運動反對內戰，法西斯統治，恐怖政策及侵害人身自由。

中國人民世界和平促進會
中國經濟事業協進會
民主建國會
上海人民團體聯合會
中國國際人權保障會
工商協會
中華全國文藝協會
中華婦女節制協會
中國婦女聯誼會
中國農村經濟研究會

【本報訊】李濟深將軍亦曾致電在美舊金山舉行之中國及遠東大會，茲探得其原文如下：遙祝貴會開幕，[illegible]出中國運動，內戰危急，亟盼變更對華政策，改進傳統友誼。李濟深

楊杰將軍亦致電大會，原電如下：吾人今自中國向君等致賀，故羅斯福總統之崇高理想幾已死亡，世界正處於屈于戰爭威脅之下，唯舉世仍盼美國出任為和平及安全而努力之建設性領袖。今日美國之政策正嚴重影響中國戰後之建設，亟盼早日恢復羅斯福政策，深信美國決不使人失望。

【本報訊】民主建國會黃炎培，章乃器，楊衛玉，施復亮，

任務未了？

沈同衡作

開徵地價稅 再收建設捐

【本報訊】地政局為平均人民負担，增裕國家稅收，遵照行政院訓令，依法於[illegible]浦，滬南，閘北，法華，引翔，漕河涇等六個區域，自本年十一月十六日起，至十二月底止，開征卅五年度地價稅[illegible]

[illegible]記者採訪則一定不會有這一慘劇發生，可惜為什麼這位闊花後者（帶這位小姐到美式裝備的百老匯大廈雙宿雙棲。[illegible]翻新傳出前，一般記者紛紛前來吊唁，瞻仰遺容。某晚報登了一篇訃告，原文

1946年10月版面

马歇尔再度来华，美国对华政策发生了变化。4月22日，从黄裳的《马歇尔再度来华》已经向读者发出了警告，这和美国向中国政府贷款5万万美元有关，黄裳写道："记者上次报告了最近国共的宣传战又发展到恶化的阶段，重庆的人们，不，全中国的人们似乎都已寄唯一的希望于马歇尔将军的再度来华，好像这是目前的唯一的救星，没有他老人家就真会不得了了似的。""图穷匕见。这两天的发展是可注意的。马歇尔将军和他来以侯挟的金元外交的伟力将要向哪一方面压下去呢？也许我们可以获得如联合社所说的'国共双方外表上的息争'？"

《文汇报》反对美国以调停为名，支持国民党打内战，要求美军撤出中国的报道，是逐步加强的。6月23日和7月26日两篇评论美国对华政策的社评，反映了报纸对美国干涉中国内政的认识和态度。

在6月23日第一篇《美国的对华政策》的社评中，列举了第七舰队移驻青岛，杜鲁门提出延长租借法案议案，派军事代表团训练国民

党军队等事实，指出：美国一天不停止干涉或支援，中国内战就一天没有停止的可能。“我们坚决地反对美国这种武装干涉的反动政策。”“希望美国人民起来，反对这个政策，压迫他们的执政当局放弃这个政策。”

7月26日发表第二篇题为《美国对华政策》的社评，说：“孙夫人（宋庆龄）最近突然打破沉默，发表了一篇很重要的时局谈话，要求立刻停止内战；建议……组织联合政府，实行民权主义与农村改革；同时呼吁美国应在真正能代表中国人民的政府成立之前，暂行停止对现政府的军火供给以及军事经济援助。我们热烈地拥护这些主张，因为那正是全中国千千万万人民所想说所要说的。”“今天是美国改变对华政策的最适当的时候了。如果过去几个月当中，美国曾用尽一切力量帮助政府把军事政治统治力量扩张到了全国范围以内，即今天美国就有无可逃避的义务用尽一切军事外交经济的压力，迫使内战立刻停止，并帮助国民党在政治上民主进步。不从这个根本上想办法，而只斤斤计较防区的划分及其他枝枝节节的事情，或者甚至于表面装出一副面孔来奔走调停，骨子里却趁机会放冷箭，那美国就会自食失败的苦果。”

《文汇报》并且于6月21日刊登了中国影剧工作者凤子、丁聪、吴祖光等百余人致美国同行的公开信，要求美国政府立即撤退驻华美军，以公正态度协助中国解决内争。

7月11日头条报道了杜鲁门总统任命司徒雷登使华。《文汇报》发表社评《欢迎司徒雷登大使》，认为司徒被任命担任驻华大使，这一选择非常高明。他侨生中国，一生大半时间也在中国。他关心中国命运要比任何一个美国友人更为亲切。“我们现在还不敢乐观地说，司徒雷登的新任命，是表示美国对华政策的转变。但总可以想象，美国的对华政策，今天是在审慎考虑之中，而司徒雷登之使华，无疑是一个重要的信号。”

就在司徒雷登新任命发表的第三天，司徒雷登发表谈话，他认为彼之新任命，并不是说美对华政策有何根本上的转变，只是方式更换而已！

8月11日刊登本报南京专电：马歇尔、司徒雷登发表文告，承认调处国共和谈失败。12日报纸以《不要再存幻想》为题，指出根本上美国的政策并没有把马、司两氏安放在国共两党中间，如何能叫他们达成调处的任务？作为一个幌子，当然迟早要卸下来的。文章还提出不应存在任何幻想，应该发挥本身力量，争取和平。

8月26日，《文汇报》刊登了中国民主同盟举行记者招待会消息。民盟指出：美国实际上以军事援助国民党，已违反其促成中国和平之基本政策。两个月内战以来，国共双方皆未能绝对战败对方。“过去国民党内有人自信，依赖美国援助，可以击溃共军。今事实证明是一种错误观念”。“只要美停止继续援助国民党，和平即可有望”。

相隔不久，《文汇报》召开座谈会，题目为《退出中国》，出席会议的有许广平、田汉、马叙伦、胡子婴、张絅伯、乔木（乔冠华）、张志让和一位国际友人。会上发言者主要批评了美国的对华政策，发言记录于9月22日在《星期谈座》里发表。后一天，《文汇报》发表社评《退出中国》。

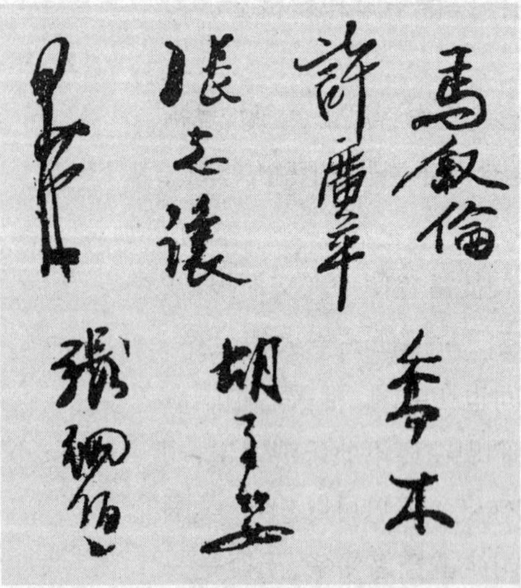

马叙伦、许广平等人签名

10月1日，上海记者致函美国国务院，反对美国以物资和军队帮助中国内战，要求改变对华政策，纠正已往的错误。《文汇报》签名的有陈虞孙、宦乡、马季良、杨培新、钦本立、秦柳方、张若达、刘火子、唐海、王坪、黄立文、万歌、李鸿礼、程光锐、徐里平、陈尚藩、金式荣、陈霞飞、张忱等。

10月23日,《读者的话》以整版篇幅发表“时局测验”结果,参加者18 907人,压倒多数地主张美军退出中国,主张停止内战,标题是《不打老百姓,不打自己人!》。《文汇报》发表社评,题为《为人民想想》,指出,从本报民意测验报告来看,可见民意之向背,几乎使好战者无法获得什么社会基础了。

在全国范围掀起要求美军退出中国的群众运动中,臧大咬子在上海被美军活活打死、美国兵强奸北大女学生,这两起事件在全国人民的心中引发了巨大的愤怒。《文汇报》在这两件导致中国人民进一步反对美军驻华、要求美军退出中国的事件中,也是运用了言论、报道、读者的话,以及漫画等新闻手段,发挥了舆论的积极战斗作用。

臧大咬子是个穷苦的人力车夫,他拉西班牙籍水手到酒吧间,因为没有得到车钱,就等候在门口。当他上前讨车钱时,竟被旁边的美国海军伍长迎头一拳。臧大咬子毫无准备,就这样,跌倒在地,被活活打死。此事发生在要求美军退出中国的“撤退周”。当这件美军殴打中国老百姓致死事件公布后,在广大群众中引起了极大的愤慨。《文汇报》对这个典型事例,连续地报道了事件发生的经过,访问了死者的弟弟,找有关方面发表谈话,报道人民团体组成后援会,并发起为死难同胞臧大咬子的家属募捐,报社并代收捐款。在刊登臧大咬子被活活打死的报道的版面上,发表了上海十大人民团体招待外国记者的新闻。“编者的话”以《美兵又行凶》为题,说:美军打死一人力车夫,激起了中国人民普遍的愤怒,“我们固然无权干预美国的军法,但决不能默视同胞受这样残暴的侮辱!”

12月27日,《文汇报》刊登北平专电,报道了美军强奸北大女学生事件,全城学生震怒。这一事件成为要求美军退出中国运动中另一件大事。《文汇报》在一版显著地位刊登新闻,抗议美军暴行,并报道了北平学生罢课、游行示威,要求美军退出中国的运动。北平学生热血沸腾,津沪学生纷纷响应。并以《暴行!暴行!》为题,报道美军殴毙工人。

四版还发表了大量有关学生运动的新闻:“本市11个团体,三大学发出正义的怒吼”、“谁无姐妹?能坐视这种侮辱”、“浙大学生群情激愤”、“美军暴行引起公愤,一致要求(美军)退出中国”、“妇女界忍无可忍”,上海30万学生,誓为北平同学作后盾。文教版刊登了“美军的暴行事件在北大的反响”。

30日,《文汇报》发表社评《我们沉痛抗议》,对驻华美军强奸北大女生、殴打工人向美军提出抗议。社评说:“消息传来,使人震怒。这一年来,为了美军无理留驻中国,为了美军再三再四的暴行,更为了华盛顿方面不合理的对华政策,我们站在中国人民的立场,不知进了多少忠告,请他们重视中美友谊。”“归根说来,从这些暴行的惨痛事实,从美军与中国人民之间所已积累的不快的情感说,唯一解决的办法,是美军立即离华,自动撤回去。这不但可以弥补以往的不幸,平息中国人民的积愤,也一劳永逸地防止了以后不幸的再发生。”

对美军强奸沈崇案,当时就传说纷纭,说是北平地下党指使沈崇,或者说沈崇本人就是地下党员,有意制造事件。对这些流言,《文汇报》的报道当时就作了揭露和批判。

可是50年之后的20世纪90年代,此说又泛起,而且以为揭开了历史的本来面目,真是一件令人不解的怪事。

1947年1月4日,一版报道:北平市长何思源向军调部提备忘录,诬称共方新闻处长黄华指挥学生抗暴游行。黄华立即予以驳斥,声称此纯系捏造,不但污辱中共,对当前的反美学生运动也是污蔑。

在抗议美军驻华,要求美军退出中国的运动中,还发生美国政府与国民党政府签订《中美商约》的事件。1946年11月5日《文汇报》发表社评《中美商约签字》,提出这是一个新的不平等的条约。社评说:“10个月来,谈判始终在极秘密的状态下进行,……我们实在不了解,为什么政府要这样遮遮掩掩,讳莫如深,”“中美商约是否含有‘增强国民政府地位’的作用,这只要回忆一下两三个月以前中美签订剩余物资协定的影响,就可了然了。”中美商约“实际上却是不平等的片面有(优)惠”。

6日《文汇报》报道中共上海办事处发言人评“中美商约”,认为是不平等条约废除后首度签订的不平等条约。

7日发表社评《再论中美商约》,说:“中国国民经济濒于破产了,今更签订了优惠美国的商约,今后更使美货源源来华加上一层合法的保障,而且美国独占资本家更可根据条约,进行输出大量资本,直接在华设厂制造……我国奄奄一息的民族工业,将因无法竞争而全部倒闭。”美国通过“所谓平等互惠的商约,使殖民地化中国的过程,取得了合法的根据”。

《文汇报》发表了讨论中美商约签订的《星期谈座》记录,以《中美商约签订了,中国命运将如何》为题,研讨了中美商约的影响。在标题前,排了“互惠葬送主权”6个字。出席者有俞寰澄、施复亮、漆琪生、华岗、章乃器等16人,发言中剖析了中美商约的实质,谈到表面上互惠平等,实际上不利我方,国门从此敞开,接受条约将万劫不复。

19日二版刊登了经济学家千家驹的文章《评中美新商约》,指出新商约奠定了中国走向殖民地经济的基础,也使美国对华经济侵略获得合法化的根据。

《读者的话》发表来信以《可怕的卖身契!》为题,指出中美商约卖尽生存权利,何异授人以柄,任人宰割。

经济版刊登经济学家马寅初的文章《我何以反对新订的中美商约》,指出中美商约是一种大骗局,最先进的工业国与落后的农业国之间,有何平等互惠之可言,所谓平等就是不平等,所谓互惠就是单惠。此外,还陆续发表许多经济界人士反对中美商约的文章。

在批判美国对华政策, 抗议美军暴行的反美浪潮中,《文汇报》对美国驻华大使司徒雷登还是持以友好态度,连续发表三篇在《文汇报》来说也算是重量级的通讯,向他频频致意。

一篇是1946年11月12日发表的君放写的《司徒雷登在燕园》，此时“国大”轰轰烈烈地开了幕，而作为调停人的美国大使司徒雷登已悄然回到了燕园。他还是那个老样子，初看他的人一定以为他是一个神父，看惯了他的人也不会觉得他是代表了美国金元外交政策的大使。燕京大学同学打算给他写一封信，“请他退出政治圈，回来主持校务”。他这次回来，“不愿谈政治问题”，说“很想家，也要料理一些事情”。记者写道：“一层愁意上升，司徒雷登先生说起了家似乎很吃力。”

12月10日，报纸发表郭根写的《司徒雷登和燕园的儿女们》。这篇通讯报道了司徒雷登和某当局的对话。司徒：你能不能对共产党稍微让步呢？某当局：你为什么不能教共产党稍微让步呢？司徒：（默然）。某当局：你看你办的学校，这几年造出了多少共产党呵！这次司徒雷登回校，同学们问他关于燕京的前途，他表示：“若燕京无自由，我就让燕京关门！”对于学生追求思想自由，他说：“我希望今天的学生少作破坏性的运动，多作建设性的运动。”当记者群发现他并包围他提出问题时，他苦恼地摇着头、摇着手，连说：“请原谅，请原谅我的地位！”郭根写道：“‘地位’使他和他的学生之间长起一层膜来。”学生说：“政治生涯，会促使司徒雷登先生衰老的。”郭根在通讯的末尾写了一句：“司徒先生，现在燕园里是一片唤你‘不如归去’的呼声呵。”

1947年4月8日，中共中央已从延安撤出，《文汇报》在对司徒雷登的报道中仍然洋溢着亲切感。记者万歌（李肇基）是从燕京大学走出来的中共党员，他在南京访问了他的老校长，《访司徒雷登大使》说：“已经几个月不见了，司徒的精神还是和以前一样的健壮、矍铄，只是头顶上的白发，已经掉得只剩了可数的几根。谈话时也没有以前那样的愉快。当然，他那深邃的眼孔中还是充满了慈祥温厚的光彩。

“康纳士先生有事先告辞，记者遂随着大使回入室内，作了更进一步的深谈。这时，一位大使与一个记者的关系便为老校长与小学生的关系所替代了。没有外交的辞令，有的只是一个小伙子对这老人的深切期望，和这老人自己对中国的热爱和感伤。

“谈话照例是从燕园的家事开始，接着便谈到了在上海从事新闻工作的几个燕大同学，再接着谈到记者所服务的《文汇报》了。大使说《文汇报》的社论他也常看到。问起大使的观感时，他顿了一下说：‘假如没有批评，即使是民主的政府，也还是要腐败的，建设性的批评今天的中国很需要。’大使听说本报在若干城市被禁无法销售时，显得甚为诧异。外界对于他个人的误会，他也不预备有什么辩正。‘像梦境中走了回来似的。’他向记者说。他愿意告诉他的老学生的，便是一俟他认为中国事情完全无可为力的时候，他便决定辞职，再回到他已经30年于兹的燕园。在未名湖畔，在临湖轩里，鼓励那些比他年轻了三代的学生，为民主自由的新中国而努力。”

一年后，《别了，司徒雷登》一篇宏文结束了司徒雷登在中国的生涯，燕园更是无法回去了，司徒作为一个政治上的失败者回美国去了。

16 / 柯灵与《读者的话》

柯灵的文字生涯是从爱好文学开始的。他编过几种杂志，为报纸开创和编辑过不少副刊，笔者在访问他时，请他谈谈《文汇报》的副刊，他说："我对文艺有兴趣，联系文艺界的作者也多，在别人看来，我应该编文艺副刊的，可是我却编了群众性的副刊《读者的话》，而且留有最深厚感情的，也是《读者的话》。"他说，编者和读者的关系，确实像鱼和水的关系。每天读着如潮水般涌来的许多来信，就感到自己生活在群众之中，触摸得到他们的脉搏，他们的痛痒、他们的欢乐或愁苦、他们的爱与憎，强烈地感染了自己。每天，都要尽力将他们的呼声从《读者的话》中表露出来。

1948年柯灵在香港

《读者的话》创刊于1946年元旦。直到1947年5月24日报馆被封，几乎天天和读者见面，有时是一整版，而较多日子则是占半版篇幅。

《读者的话》刊头下，标明了柯灵主编。

创刊那天，主编者以朴素而亲切的笔调写了《开场白》，阐明了这个专刊的编辑方针(见第155页)。

《读者的话》首先是以大胆揭露政府当局包庇纵容汉奸而引起群众注意的。如:原来横行乡里的大小汉奸,虽曾一度敛迹,但为时不久,在国民党的提携包庇下,有的不仅依然逍遥法外,甚至升官发财了。恰如《读者的话》一则标题概括的:《胜利早已成陈迹,汉奸又到出头年》。

这个专刊先是刊登了一封读者来信,"请问当局怎样检举汉奸?"接着,又发表了上海市生生牧场职工的信,提出"不要为了几根金条和几张钞票,再替汉奸撑腰了。让我们8年间受尽汉奸荼毒的小百姓舒一口气吧!"

这两封信一带头,许多原来压抑着满腔怒火无地宣泄的读者,都到《读者的话》中来一泄积愤了。江湾的居民控诉一个恶霸汉奸一直没有受到惩处;南郊的读者指出,凶焰逼人的"七宝之虎"被宽纵;苏州的读者来信揭露,一个认贼作父、杀人如麻的汪伪军长,被褒奖为"尽忠报国"了,真是黑白颠倒,忠奸莫辨。江苏、浙江、安徽、湖北等省,都有读者投书,痛诉一些汉奸又成了国民党政府的县长、民政科长、联防主任、警察局长,再度骑到人民头上横行霸道,胡作非为。最引起广大读者强烈共鸣的,是一个名叫于雪英的13岁小女孩的一封来信。她字字血泪地诉说汉奸吴乐君在海盐县伪警察局长任内,残酷地杀害了她的父亲。她痛恨国民党政府迟迟不惩处这个汉奸,强烈呼吁社会人士主持公道,为父报仇。与此同时,《读者的话》还发表了另外的信,揭发这个汉奸吴乐君制造过70件血案,杀死过200多人。这些揭露和控诉,与上海新新公司职工检举该公司负责人李泽的汉奸罪行紧密呼应,打动了许多读者。

前文提到的,抗战胜利后,蒋介石来到离别8年的上海,就碰上许多市民要告"地状"的事,应该说和《读者的话》的鼓动有关。在蒋介石到达上海的前夕,《读者的话》于2月13日在显著地位刊登了一则启事,题目是：《迎接蒋介石　特设公开陈述箱　请读者踊跃投函》。文中说："个别陈述，不如公开"，因此特辟公开陈述箱。"内容不限于申述疾苦，积极的批评、建议、征询，均无不可"。编者还在文末说："本埠函件，最好直接送达；外埠邮寄，希望挂号。中国情形特殊，虽系呈主席函件，亦可能被秘密检扣也。"

这个"陈述箱"的开辟，立刻掀起了读者投书控诉国民党种种反人民暴政的高潮。控诉的内容涉及许多方面。例如，昆山县立高中全体初中学生以《一群绵羊的呐喊》为题，质问为什么不许学生谈民主？上海好些读者投函反对封建法西斯的保甲制，反对领取如同"良民证"的所谓"国民身份证"；南汇县人民反对种类繁多的摊派；海宁人民揭露国民党的爪牙在修筑海塘工程中营私舞弊。

这些控诉，并不因为蒋介石已经离开上海回到"陪都"重庆而宣告结束。相反，却持续了许多日子，地域和控诉的内容都大大地扩展了。读者揭发，浙江省嘉善县城西门，有个姓许的靠国民党做后台，居然征收什么"河埠钱"、"汲水费"，老百姓连淘米也得按月向他付钱。江南有些地区人民联名写信，反对国民党实行"清乡"，指出这是"扰民政策层出不穷，敌伪遗风全盘接受"。四川、江西、湖南都有读者投书，痛诉饿殍载道，哀鸿遍野，人民还得卖妻鬻子缴捐税和军粮。于是《读者的话》成了一个长期的公开揭露和控诉国民党黑暗的"陈述箱"。

在给困厄者以援助方面，《读者的话》做了许多工作。如一个姓王的读者因耳疾严重要到上海求治，但付不出医药费，也没有钱解决吃饭和住宿问题。他的信在《读者的话》上刊登出来，编者还呼吁大家给以援助。这一呼吁立刻得到积极的响应，当时的"同仁第二医院"以及一位开业医师，都愿意免费为他治疗，还有热心的读者来信，表示愿意在他治病期间，免费供应他食宿。

读者反应的迅速和强烈，极大地鼓舞了《读者的话》。从此，给鳏寡孤独、残疾者以及有极大困难的人以援助，就成为《读者的话》的一项重要工作。著名科学家高士其、作家何家槐，当年贫病交迫，他们的情况在《读者的话》中披露后，立即就有许多读者解囊相助。像一则标题所说的那样，《谁说世衰无侠义　相濡尽是热肠人》。

河南开封一个高中学生，因为给一些报纸的副刊投稿，被学校评为"操行不及格"而开除了。在走投无路，一筹莫展之际，他想到了《文汇报》的《读者的话》。他的遭遇和要求找工作的信刊出以后，就跑到人生地不熟的上海来了。当时柯灵又连夜写了《编者的呼吁》一文，请求帮助，结果，这个青年得到了读者的捐款，并由一位读者招待食宿，最后还参加了进步的新闻事业。

无独有偶，在这个河南读者投书求援之后约8个月——1947年4月19日，一个清华大学毕业生写了一封悲惨沉痛的信。题目是：《历尽世间失业苦，惨绝人寰一封书！挣扎死亡线上末日在望，抹干眼泪期待最后生机》。信中说到物价步步高涨，家具用物和衣服当尽卖绝，实难维持下去，他只好将老父送入"养老院"。自己整天托人找事，也无着落。这位读者饿了几天而且吐血了。他在信中说："我不能无声地离开，我要向这恶社会战斗！"

这封信刊出后不久，就得到3位读者的来信，愿意招待他食宿，并将代他找职业。

1946年5月底的一天，突然一个小孩哭上门来，指名道姓，要找"《读者的话》的主编柯灵先生"。

这个叫做陆俊的小孩，看上去只有十一二岁。见到柯灵，像看到了亲人，泣不成声。原来，他的爸爸陆漱田在武定路摆地摊，一天，路遇两个国民党军的士兵骑自行车把另一个骑自行车的人撞倒了，反而蛮不讲理动手打人。陆漱田上前劝解，却被诬为"扒手的同党"，结果被弄到上海警备司令部去了。

在接待这个小孩之后，柯灵觉得陆漱田这个名字并不陌生，就去翻查旧报纸。果然发现在两个多月以前，这个陆漱田曾经捐款帮助过

讽刺警管区漫画

其他有困难的读者。于是，在第二天的《读者的话》上，除发表了《小孩陆俊昨亲来本报哭诉　他的爸爸进了警备司令部》的报道外，柯灵还写了一篇署名短文《援救陆漱田先生》，对他作了一点介绍，并且呼吁大家共同来进行援救，得到了社会的响应。

从《读者的话》这个版面，我始终感到柯灵的一颗跳动的心，他把一颗善良而充满同情的心交给读者了。

抗日战争结束后，经过一番“劫收”，人民与国民党政府间的矛盾越来越尖锐，再加上国民党要进攻解放区，在蒋管区制造白色恐怖，推行了各种反动措施，其中之一，就是“警管区制”。

所谓“警管区制”，就是由国民党派警察分管各户人家，随时可以“访问、察看、搜查”。这是1946年5月上旬透露出来的消息，据说，从6月1日起就要施行了。这种将人民都当作“宵小”的反动措施，引起各阶层人民的强烈反对。当时《文汇报》的新闻、评论、《读者的话》及不少副刊对此都作出了反应。

《读者的话》中有一个栏目，叫做《街头人语》，往往放在头条地位或其他显著地位。这主要是编者写的十分简短而文笔犀利的短评。它像一根尖锐的针，刺向带血的脓疮。对于“警管区制”，编者在《街头人语》中发了几次言，话虽不多，却都使人感到痛快。

5月7日，编者写道：

> 听说上海方面，为使警察“深入民间”，“警民打成一片”，要实行“警员分区管理制”。——对于这样的好消息，实在令人不寒而栗！
>
> 老百姓记着！根据这个办法，以后警察可以堂堂皇皇，随意闯入人民家，升堂入室，举行“访问”了！也就是说，以后老百姓变成“宵小匪徒”的机会更多了！

另一篇《保卫家园》的文章指出，所谓“警管区”制度，实际上“是一种遗毒无穷的政策，如果实行起来，市民必将永无宁日”！这篇文章还提醒市民说：上海的警察，从租界时代的巡捕，敌伪时代的伪警，到目前市政府所属的警察，这些“三朝元老”给人的印象，问问路人就知道了。“中国的警察本来没有多少好风纪，上海的警察更承袭着最坏的传统，……我们……避之唯恐不远……现在……却成了我们的贵宾……”文章又说：“这种措施，冠名治安，实为防共……国民党的法西斯作风是愈来愈表面化了。但这样对付共产党，是没有什么用处的，18年的内战也没有把他们消灭就是明证。归根结蒂，遭殃的还是安分守己的良民。”

警察局长宣铁吾与他的所属官僚看了报纸副刊与新闻版上这样的言论，就开记者招待会，声言“警管区”制度“势在必行”。他一面否认挨户访问，一面来势汹汹地说：“人民住所，依照法律，可以侵入、搜索或封锢，又岂仅访问而已。”还说：“只要是良民，都没有反对的余地。现在表示反对的人士，他们都是有作用的。”

对宣铁吾的言论，《读者的话》又发表“街头人语”，给以批驳：

上海市民听着！

这是警察局长宣铁吾说的："人民之住所，依照法律，可以侵入、搜索或封锢，又岂仅访问而已。"

我们不懂的是一点：是人民犯了法，警察局才"有权"侵入、搜索、封锢、访问人民住所呢？还是警察局随时"有权"侵入、搜索、封锢、访问，以侦查人民是否犯法？

如果回答属于前者，那么"依照法律"，警察局还是"无权"访问人民住所，遑论侵入、搜索、封锢！如果回答属于后者，那么全上海的市民，你们请随时恭候宣局长属下的警员光临，实行侵入、搜索、封锢、访问，听候侦查是否"宵小之徒"吧！

《街头人语》还发表题为《暴风雨前奏》的文章，对这种论调加以驳斥。文章说，一个人民公仆竟可以对人民如此说话，真是一种"创闻"；而对于全体市民的侮辱与吓诈，也算是到了极度。作者还发问："宣局长真认为'我们是一个缺少教育的国家'，所以人民可以如此轻侮吗？"同时又对广大读者说："我并没有跟宣局长论是非的意思。不，我们论政事看社会，并不把个人看得那么重。一个警察局长，可怜得很，他并没有左右政治的力量，顶多做个死硬派，使政府与民为敌的政策更加露骨而已。"这篇文章最后又说："现在'警管区制'之外，不是又要办理所谓'特种户口登记'了吗？……这种种表现的是什么现象？山雨欲来风满楼，全面内战的前奏在响了，大流血大混乱的中华民族的悲剧就要启幕了！为着中国，为着人类，也为着自己，你还能够保持你可怕的沉默吗？"

这段时间，《读者的话》每天都刊出两三封反对"警管区制"的来信，后来甚至整版地刊登，如在一条题为《一片反对声！》的栏目下，刊出了下列几个题目的来信：《洋场余痛今犹在　扰民德政又翻新》、《民之所好恶之　民之所恶好之》、《警局德政无穷　百姓眠食不宁》、

《早知今日如此这般　悔不当初庆祝欢迎》、《承袭法西斯衣钵　何以如此敏捷！》。

斗争正在激烈进行的时候，上海市发生了一起警察买东西不给钱，还要殴辱小贩的事件。这给人民抓住了一个向国民党的上海警察局反攻的机会。《读者的话》的编者，为警察的这一丑行在《街头人语》中写道：

> 警察强占住房行凶殴人一类事件，层出不穷。小贩徐子平因为没有"孝敬"，被打得命在旦夕。
>
> 警察局如要整饬风纪，在颁行"警管区"以前，似乎大有试办"管警区"的必要吧。
>
> 谁应该"管"？是安分守己的市民，还是这些警察？
>
> ——我们倒是愿意听听精通"警察制度"者的意见。

由于弄得天怒人怨，以致连国民党中比较开明的人士，也不赞成实行这种制度。于是，所谓的"警管区制"就不得不悄悄收拾锣鼓，黯然收场。但是，国民党的这个警察局，对于《文汇报》，对于《文汇报》的《读者的话》怀恨在心，寻机报复，是大家可以想见的了。

果然，在一个多月后，上海市警察局抓住7月12日《读者的话》刊登的两封上海市警察的投书作把柄，罚令《文汇报》自18日起停刊一星期。

这两封信，一封署名"一群警察"，表示他们不愿被人当工具，去干什么"捉摊贩"之类的勾当。他们对于"下关事件"发生期间，特务暴徒在南京下关凶殴上海去的人民代表马叙伦等，而宪兵警察却视若无睹，为之义愤填膺，认为是"警察群的莫大耻辱"。另一封信，是一个警察巡官要求夏季制服免费。警察局在来信刊出的当天派人到报馆调查投书人的真名实姓。报馆为了对投书者负责，保护他们的安全，拒绝了这种调查。警察局就捏造罪名,说《文汇报》“混淆社会视听,意图破坏公共秩序”,因此罚令停刊一周。国民党的中央社在发布新闻中,说《文汇报》“平时屡刊攻击治安机关之文字”,还透露出其中底细,说明《文汇报》的这次受“惩罚”,和早两个月的反对“警管区制”的斗争有联系。另外,人们还注意到,当年《文汇报》被勒令停刊一星期,还有这样的背景:那时候,著名的爱国民主人士李公朴、闻一多先后在昆明被国民党特务所暗杀,消息刚在报上披露,舆论哗然。国民党借故罚令《文汇报》停刊,也是一种扼杀舆论的手法。

在报纸被罚停刊的第二天,柯灵即收到叶圣陶的信,原信是这样写的:

柯灵兄:

文汇停刊期满之日,弟以为宜出一特刊,至少两版,专载读者投函,表明读者需要此报纸,与此报纸有片刻不能相离之情感。亦使反动家知所警惧。报纸后面原来有如此大力为之支持。急速发动,尚来得及,不知贵刊有此意与否?文字宜短不宜长,人数愈多愈佳。作者不必拉知名之人,尤不宜专请习见于各种刊物之作家,最好各界都有,署名之上,标明其职业地位。文字内容宜抒实感,宜就最具体之方面言之,不作空洞的呼号。动员途径,似可通过人民团体联合会及各业之联谊会。弟想只要贵刊透露此意,各界必乐于效命。弟之店中同人均爱文汇,必可有七八篇呈上。如何,乞与贵刊同人详酌之。专此。

即颂

大安

弟

叶绍钧顿首

七月十九日夜

过了一个星期以后，《文汇报》在千万读者翘首相望的期待中复刊了，《读者的话》当然也随之而出。第一天，《读者的话》接受叶圣陶的建议，整版发表了慰问信，各界广大读者都以热情的笔调对报社寄予同情，并表达了他们期待报纸继续坚持斗争、为人民谋取幸福的希望。此外，也有一些知名人士的信，如叶圣陶、郭沫若、周振甫、千家驹等，还刊登了国际友人的信，如《密勒士评论报》的J.W.鲍威尔。还有一些用团体名义发来的慰问函电，如《新华日报》、中华全国文艺协会、漫画协会、木刻协会，以及美国新闻处、美国时代杂志与生活杂志社上海办事处。

这天《读者的话》除发表了一整版慰问信，还另外增添了一整版以《真理在哪一面?》为总题的内容，都是从中外报刊上转载的各种评论，大家对报纸被停刊发表了意见，几乎没有不为此事抱不平的。

1979年夏天，柯灵在回忆国民党借小故罚令《文汇报》停刊一周这件事的时候说道："但反动家对文汇报的惩罚，并没有达到'儆戒'的作用，事情恰好相反。报纸停刊期间，警察局派到报馆执行监督的人员，首先对《文汇报》表示同情。读者的慰问信如雪片飞来。上海进步报刊和少数外地报纸纷纷发表评论，对当局表示抗议……美国合众通讯社和联合通讯社还播发了电讯，把这个新闻捅到了国际上去。"

我们再来看看副刊《读者的话》的标题，都是主题鲜明，使读者一目了然。如:

若要拉我当兵
请先杀我父母
免得我心挂两头，好一心一德地去打内战(11月7日)

局长一席谈话
官样文章大全

他说恢复征兵,消极的是为增强国防,积极的是为强健国民体格,你相信吗?

西瓜大字认识一担
捞钱主意变化万端
一声抽丁　人市场也开幕了

若要发,百姓头上刮
若要有,壮丁身上抽

可怕的卖身契!
中国商约卖尽生存权利
何异授人以柄听人宰割

呜呼二五减租
佃农画饼充饥

教育贷金,疑问重重
提出五点,请求解答
当时费尽工夫,今日不名一文
一无贡献学生,反得坐享其成

群魔乱舞模范邑
劫灰零落泰兴城
百姓怀疑中国是否法治国家

曾经"贪污"鸣天下

今日弹冠"代表"来
读者续有来函,斥高维昌无行

读者来函指出
又一贪污代表!

内战要大打了!
怎么办?怎么办?

寒假期近,失学问题严重!
全市同学,火速设法抢救!

宿县商民泪!
当局跋扈勒派捐款
无法无天形同拉票

电讯员呼吁
电报费涨高九倍了
员工薪津为何不涨

1946年12月24日,《读者的话》刊登一组来信,是关于一位女学生何芳玲的事,她努力自学考进湖北省第二师范学校,已经学习一个学期,品学兼优,因校方发现她的证件不合格而被除名。同时除名者还有10个。结果何芳玲投江自杀,尸首没有下落。这组来信的标题是:

是谁杀了她?
我们要问

是谁杀了她?

抗议!我们要抗议!
不合理的教育制度
伤害了多少青年人

文凭成了压迫工具
我们要它有什么用
编者按:教育的目的,难道是验件与发证件吗?

谁怜公教人员苦
举室呻吟风雪中
母病儿啼　饥寒交迫
贪污无方　点金乏术
沉痛的呼声:我们要活!

这些标题都言简意赅,字字都是经过推敲的。每期都要发表六七封来信,每封来信都做一个漂亮的标题,谈何容易。除了做标题,每期还要发一篇“街头人语”,这些都是柯灵执笔。

《读者的话》设有一些小栏目。例如:《意见箱》,往往是对人民生活有影响的问题,如邮电、交通、卫生等方面的问题,提出意见或建议;《社会服务》栏,为读者征求职业,寻人,征求房屋、医药、书籍,还刊登读者代邮。此外,它的《读者顾问》栏,约请了一些专门家,为读者解答各种问题,有科学、医药卫生方面的,更多的是思想修养和恋爱婚姻方面的。

《读者的话》的表现形式也是多样的,除了来信、短文,还特别注意反映民风、民俗、民意的歌谣,诸如快板词、拉洋片解说词、竹枝词及一些打油诗。还发表了《从民谣说起》的文章，说："从它笨拙粗俗的言语中，表现出最质朴、真切的情操，具体泼辣表现穷人疾苦与愤怒的力量。"徐州北东山村一个叫周墨迁的读者向《读者的话》推荐一首民谣时说："这是徐北10万民众被压迫而唱出来的歌声，这些话不但一般人会唱，就连3岁小孩也会唱十句八句的。"现把这首《徐北民谣》录之于后：

铜山县，保安团，头一个，马××，又有势，又有钱，藉抗战，置庄田，靠民伕，垫场园，起军粮，开酒店，霸湖地，种湖田，×××，数命完，马半湖，人人言。

扒×子，也想钱，张谷山，百姓冤，征民车，日夜干，荒了田，也不管，乡保长，都敢做，老百姓，不用谈，有钱路，他就赞，大地主，是汉奸，抓了去，就罚钱，要征兵，也脱欢，拾石×，回家转，殷实户，都出钱，点名时，站一站，穷小子，只得干。

补给站，真可玩，要东西，不发钱，送得晚，骂连连，藉接收，任意干，芝麻豆，往家搬，他在徐，贩私盐，每一趟，要数万，见着人，夸一番，口中事，真唯言，大小官，皆都摊，有了钱，就好办，百姓苦，真可怜，靠何人，解倒悬。

对巴握，招待费，数难算，要鞋袜，也折钱，每一套，两三千，各乡镇，按额摊。藉抗战，蔽营关。折庙号，围墙掀，既派粮，又要钱。缴军粮，大秤完，一万斤，称六千，这个数，真可观。

《文汇报》是读者的报纸，柯灵主编的《读者的话》是一个证明，它不但和读者打成一片，也使读者之间打成一片，他们互相慰勉，互相帮助，大家用赤诚相见，用心来交换心。

当年在柯灵领导下从事编辑工作的梅朵回忆说：一是这个版面，真正做到了密切联系读者，反映群众的呼声，成为他们名副其实的讲台。我们怀着一颗与人民共苦乐的心，我们很少顾虑，我们就是要说真话。有一次，《读者的话》为了声援复旦大学学生争取民主的斗争，发表了他们的呼声，因此招来了一批冒充学生的打手，冲进我们编辑部。我们理直气壮地与之展开针锋相对的斗争，我们的很多记者也参加了这场斗争。我记得，当时作为一名记者的刘文华，特别擅长讲话，他把那些打手驳斥得哑口无言，只好灰溜溜地走开了。二是我们对于读者的来信、来稿，做到了每篇必读，必处理。在这点上，高先生把它作为一条必须执行的规定，让我们共同遵守，至今仍给我留下深刻印象。我认为这是真正体现了尊重读者的精神，也是一种民主精神。如果没有这种精神，只是口头上讲为人民服务，那么这个版面是办不好的，也不可能发挥什么作用的。

《读者的话》是一片汪洋的心海！

《文汇报》的读者都是道义之交，他们不惜尽其所能，竭其所有，为正义声援、为弱者援手。当时的世界，充满着谲诈和冷漠，这里有的是热情、慷慨和正直。

但愿《读者的话》的精神长青，“文汇精神”不死！

17 / 争取新闻自由

争取新闻自由，一直是中国新闻界努力的目标。从北洋政府统治时期，或者说得更早一些，从中国有日报出版以后，统治者当局和报人在这一领域中的斗争就没有停止过。到了抗日战争胜利之后，争取新闻自由的局面越来越严峻了。《文汇报》不但要为本身的自由而奋斗，还关心其兄弟报纸，为其争取新闻自由所遭受的种种磨难及不幸的遭遇，作了许多报道，以此来表示支持。

1946年7月17日，《文汇报》发表了横空的《京报漫谈》，这里所说的"京报"的"京"，不是指"北京"，而是指"南京"，南京是当时的首都。文章对"京报"报纸、"海派"报纸进行了分析，认为在"天子"脚下办报，御用报纸和御用报人太多，终日持以惶惶之心，把报纸办得死气沉沉。作者说：

假如说上海的报纸是"海派"，那么，南京的报纸就是"京派"了。南京人看了南京报之后，不看上海报是不能过瘾的，不管是商民，或是公务员，每天必得再看一种上海报。但在上海人的脑海中却没有南京报纸的印象。据调查，南京很行销的报纸，在上海到处找也找不到呢！在南京，"吃香"的却是上海报，每天在10时以后就可以看得到上海的报纸。南京是上海报纸外埠最好的市场，国共谈判的消息唯在上海报纸上可以看得透彻。南京的报纸像几张半官方的报纸，尽管在宣传上说是"超党派立场，人民的立场，纯粹民间的报纸"，但在骨子里是各有背景，纯民间至多不过一两张罢了。

在形式上说，南京的报纸，一打开来，就知道不是上海报，以印刷说，远不及上海任何一家大报，只有"中央""和平"卷筒机印的，但常有字迹不清，照片模糊。以编排说，假如以上海《东南日报》相比，南京的报纸可说没有一张及格的。

以内容方面说，南京各日报除了登载党政军界动态外，很少登载地方新闻，以为这是登载下层阶级的动态，似乎是有损"报格"(但夜报除外)，这也是和上海报不同的地方。上海报纸五花八门，如玉皇宫殿，但南京报纸呢，如一个贫乏的山庄。报纸上很难找到"读者呼声"，很少有社会服务版。社论是谁也不敢大胆讲话，除了《新民报》有时说一点以外，没有堂堂皇皇的专论、时论；各种副刊很少，也很贫乏。

这样的报纸不但平安无事，还得到政府当局的奖励。而不听话的报纸，有关方面则要给你点颜色看。8月16日，《文汇报》发表"无冕王竟遭侮辱，京市新闻界引起轩然大波"的报道，说的就是发生在南京的事件。事情是这样的：10日上午9时，南京工商经济研究委员会假市府举行，市中央社、《中国日报》、《建设日报》三记者以该会系民众团体之一，且系研究为挽救目前工商业危机举办低利贷款之办法，故亦自行参加旁听。唯参加该会之社会局长陈剑如未发觉有记者在座，陈局长谈话时，提及工商贷款尚未成为事实，而记者报道太多，陈局长并以轻蔑口吻说："南京记者没有价值，死一只苍蝇或一只猫都要登载。"谈至此处，座中有人暗示陈氏，有记者在座，陈乃停止谈话，以客气之态度，请记者退席。社会局工商科长吉德梁表示，新闻由他发稿。事后《建设日报》记者胡朴询问吉科长是否发稿？吉答："尚在考虑里。"胡朴说："不发稿，只好自己写稿了。"吉科长又谓："如果写错了，我有权封报馆及通讯社的门。"胡不愿多作无谓争执，遂辞出市府。各报记者闻讯，均表愤慨。这是一个民众团体开会，会议内容也不是什么了不得的事情，新闻记者参加，并想作报道，竟遭到如此的侮辱。从相反的方面思考，也可以看出在南京"天子"脚下的报纸确实没有什么可读的内容了。我想，当时的记者也没有办法，既然这也不准报道，那也不准报道，记者只有去报道"死一只苍蝇或一只猫"了。

文汇用了不少篇幅报道西安扼杀新闻自由的事件。西安的《秦风工商报》在宣传反内战、求和平、争民主方面比较突出，深得西北读者的欢迎。1946年春天，中原战云弥漫，白崇禧在陇海路沿线调兵遣将，李先念率领的中原部队也沿着平汉线设防，狙击国民党军队北上，把人们的视线由东北战场吸引到中原。正在这个时刻，蒋介石和宋美龄到西安访问。刊登在《文汇报》上的一篇报道写得甚为精彩，说：

西京连日阴霾，人心分外沉重，成群的乌鸦在空中传播着刺耳的声音。一阵风吹过，路旁的洋槐树摇落了满地的黄花。行人们黯然地联想到秋天的落叶。然而，在季节上，现在不是春天吗？

当停战谈判发生挫折的时候，当马歇尔飞往南京的时候，蒋主席夫妇却来惜别关中了。

……

在这紧张的气氛中，官方竟发动对《秦风工商报》的大规模围剿。中统和军统的人员们率领着警察局侦缉队从22日开始，先把该报的报贩打遍了，把订报的和登广告的顾主恐吓威胁遍了，在这种大规模的恐怖行动之下《秦风工商报》从市面上完全绝迹。然后进而包围了报馆。几十人日夜把守，毒打每一个拿报出来的人，威吓每一个进出的人。该报已经被围了两天，直到现在记者发稿时还被包围着。但他们仍在出报，然而没有一份能送到读者手中了！

在逆流冲击下，苦难的岁月又来了。报纸首当其冲。除上述被围剿的《秦风工商报》外，《国风日报》也在这两天遭受了袭击。5月1日在社论地位上登出启事："今天的社论登不出来"！这个随新检取消而与人久违的不祥字眼，竟又重新出现人们眼前。

《××报》有几位有良心、态度公正的记者被排挤了出来，他们的老板接受了官方所谓"没有附带条件"的津贴。

5月9日另一条新闻《青天白日之下 西安报人被杀害》报道说：

继续着南通惨案之后，西安已入于极度恐怖之中，蒋主席莅西安消息传出后始给予市民少许希望。迨至蒋主席莅临之后，血案即开始发生，暴行即不断进行。5月2日（蒋主席莅临之第二日）《民众导报》总编辑李敷仁先生被特务枪杀，是日晨李先生由西安图书馆返社之际，突有数暴徒将李氏拦阻，架至已备妥之汽车上，向西门外驶出，至咸阳三星之处，因李氏反抗过烈，遂被数特务推出，连射三枪即驱车逸去。附近民众闻枪声后，即纷纷赶来，此时李氏已昏迷不醒，惟尚能发出微弱之声。适民众中当有与李氏相认者，当即将李氏送至咸阳城内，并电西安友人请医前往。此间人士闻悉后，莫不悲痛愤慨，舆论为之哗然。此时有人竟问："蒋主席不是还在此地吗？"还有人问："不知蒋主席听到那枪声没有？"同日晨，有一群手持木棒之暴徒数人第二次（按第一次3月1日）闯入秦风工商联合版营业部，极尽破坏之能事，并殴打报贩，撕毁报纸，威吓商人禁看该报纸与在该报刊登广告。附近特务林立，封锁该报与外界之联系。近半月来，该报几无一张能发出，记者已周余未阅报。昨日有一工人鞋内带出一份，始得一睹。是日该报广告仅余三数家，要闻版刊出"为宵小丑行敬祝主席书"，并提出四项质问，但祝氏置若罔闻。5月2日该报在各方重压之下被迫无期停刊。此两事发生后，西安人心惶惶，终日不安，市民生命已失保障，全市陷入极端恐怖之中。

【又讯】秦风工商联合版停刊后，特务现又集中对付《国风日报》，威胁编辑人员，恐吓订户，据可靠消息，彼等欲强迫接收该报。

《秦风工商报》事件从5月8日一直宣传了两个月，7月13日，《文汇报》还发表了题为《不见长安见尘雾　古城文化一片沙漠》的报道，说：已被封闭的"秦风工商联合版"，在一度被捣毁以后，销数反而激增至万份以上。

现在如果从报纸的内容上来说，当时西安的许多报纸那真是贫乏枯燥单调无味，有的恹恹无生气，有的吞吞吐吐，对什么事都不敢说一句公正而坦白的话，至多不过些无痛有痒的论调；而有几家拥有特殊势力的报纸，则整个的篇幅几乎就是反共反民主反和平，同时又是宣传内战，鼓吹“讨伐”的一张大传单，至于造谣生事，颠倒黑白，那更不用说了。城内各处贴报的地方，凡是人头聚得最密，后面的人甚至翘首企足在张望的，那一定是大家在争看“秦风工商联合版”，而在这一群街头读者之中，工人、小贩、学生、妇女、店员、兵士、公务员都有，可见其读者群的广泛。至于贴在旁边的几份官办党办的报纸，那真是“门前冷落车马稀”。

……

如此这般，对《秦风工商报》被封门前后的报道是如此生动，反映了中国读者有强烈的窥视心理，对官方越是要封杀的报纸或刊物，他们越是想要看看此中的究竟。

5月6日，报纸发表的《新闻自由在福州 喜剧的一幕》，是一条很有意思的新闻。这条新闻的意思很简单：国民党中央释放政治犯的命令已经下发到福建省党部，因为福建省主席和省党部主任都去重庆开会，没有回来，对这件大事谁也不敢擅自做主。这本来是构不成一条新闻的。但一群记者得到这个消息后就去采访，省党部的秘书长不能以实情相告，也就算了，可是他表示释放政治犯的命令省府“尚未收到”。这位秘书长“公然撒了一个谎”却成了新闻，一群记者抓住这点做起新闻来。记者们是不容易被瞒骗的，也并不以张秘书长的这一句谎话而认为满足，他们仍然尽着最大的努力探听着。因为这命令早已由中央颁布，而江苏省也已经收到，绝不至于久久还没有到达福建的道理。记者又是无孔不入的，一家报社记者从秘书处法制室一个同乡那里得到证实，释放政治犯的命令的确到了福建。为了争取使这消息能在报上披露，这位记者便摒弃了一向的同业竞争、发独家新闻的成见，把这一消息告诉了许多记者,他们先发制人又去访问这位秘书长,并施行了一个策略,向秘书长建议:如果觉得不便发表,可以通知通讯社和报纸不能发表。但此时正是在争取新闻自由期间,这位秘书长也不敢向新闻界下令,只是说:没有什么,不必去通知了。第二天福州各报都发了这条消息,在消息后又加了一句话:“有关当局正在详拟计划,不久即可实施”云云。这是记者做的侧面文章,这是在新闻统治非常严密的时期,记者常用的手法。

这件事,表面上看似乎很平静,而内部却进行了严格的追查,法制室主任吃了一顿排头,并且追究到那位泄露消息的职员,使他的饭碗都成了问题,盛怒之下,那个职员便跑去把那位记者打了一顿,一下子把事情闹大了,后来竟引发出新闻记者羊枣被害事件。

7月5日,《文汇报》又发表了《言论自由哪里去了 广州大封书店报馆》的新闻,说:“广州市警察,今(29)日下午分批出动,带备封条手令,钉封全市民主派书报出版社、印刷反映和平内容书报的商办印刷所和派报社。每一批警察均由一个督察员率领,到了每一间指定钉封的店所,警兵上起刺刀,就认真戒严起来。这几批警察在下午同一个时刻到达下面10个地方:华商报正报分社门市部、广州杂志图书公司、文生出版社、港粤文协分会、兄弟图书公司、南中文化企业公司自由世界、贩社、友联记(派报社)、冼福记、蔡锦记。所有公用物通通被钉封起来。由港迁粤南方民盟领袖丘哲先生主办的《人民报》和蔡廷锴将军主持的现代出版社是与南中文化企业公司同在一处,现一起被钉封。”新闻的结尾写道:“广州警局超出权力范围查封第三方面人士主办的出版社及报纸,以及善良商人所拥有的印刷机,敏感的南方人士,他们为和平局面与国家前途而悲。”

除此之外,《文汇报》还发表了新闻记者受迫害、报刊被迫停刊的新闻,如《民主·人权云呼哉!吴县县长非法拘捕新闻记者》。《周报》被迫停刊,《文汇报》发表文章说:“干脆宣布了你的死刑,让你死也死得明白。"《民主》开始宣布停刊,《文汇报》发表《从民主被迫停刊说起》的文章,说:"但'民主'呢?活是让你活了,却把你所有的路都封闭:印出了,撕,撕之不够,就用卡车三轮车去装;装嫌麻烦,于是下一道什么令给书报摊,不准卖,要卖就吊销执照。这真是轻而易举的办法。书报摊虽说志在传播文化,但奈家中老母弱妻以及自己的肚子非吃饭不肯安宁何?于是只好'遵命'不卖了。

"'民主'不能自己走上街头,何况即使走上街头,也难逃撕毁和装去的命运;《民主》周刊社又没有印钞票的机器和权力,也不能从国库去领津贴,经济上负担不下了,只好被迫停刊。

"至于统治者呢?'我没有要你停刊的啊!是你自己刊物没销路,赔本了,自动停刊的……'之类的话,大概不久就可以听见的,假使'他们'提到这件事的话,而'人民不要民主'的'结论',我想,大概也会从某一张'官嘴'里说出来的。"

《文汇报》不只是关心新闻自由,对出版业也投以极大的关注,利用《星期谈座》这个副刊连续召开出版界座谈,讨论抢救和保护文化及出版自由的问题。如3月24日举行的第12次星期座谈,被邀请参加的人有:徐调孚(开明书店)、盛源唐(中外图书公司)、夏乐天(东亚书局)、严幼芝(龙门书局)、东一渠、宋良锐(儿童书局)、陈安镇、蒋振湛(永祥印书馆)、胡馨庵(上海出版公司)、王丰谷(正中)、李伯嘉(商务)、姚蓬子(作家书屋)、徐伯昕(生活书店)、陆宝忠(世界书局)、徐符南(锦章书局)、徐少鹤(百新书局)、王子澄(光明书店)。

座谈开始,主持人陈虞孙说了一番话,他说:我们今天想谈的是关于出版文化的种种问题,承诸位先生冒雨赶来,非常感谢。我们知道,中国自新文化运动以来,文化界对于中国政治与社会的推动,尽了很大的任务。中国一切对内争取开明革新,对外争取独立自由的运动,文化界不但在后推动,并且往往走在头里,尽了领导的作用。在抗战期间,文化界在鼓励民气坚持抗战这一点上,也是有了显著的成绩的。诸位先生所代表的几家书局，多是极有历史，极有地位的，过去对于文化界的贡献，可以说尽人皆知。今天所谈的，我们虽然约略定了几个项目，可是我们是外行，也许定得不对，请各位先生随便发言。我们想说明的只有一点，就是建国大业中，文化建设是一个很大的课题，出版界将来有什么新的出版计划，或者眼前有什么困难，《文汇报》都愿意尽一点点介绍之责。

对会上的发言，综合起来给人留下这样的印象：当前可说是出版界有史以来最大的难关，遭遇最痛苦，打击最深巨，本身已到风雨飘摇岌岌可危的境地。可是，一方面是社会上不能了解我们的苦衷，责难横加，指摘不绝，只一方面又有许多斫丧出版、杀害文化的措施，更谈不到当局对我们的援助救济。文化已濒于灭亡的边缘。

出版也和其他文化工作一样，从武汉撤退，搬到重庆之后，就走上了下坡路，团结有了裂痕，政治环境日趋恶劣，杀害文化的措施层出不穷，境况也就愈益困难。书刊审查制度就是在这时候开始的，这是杀害文化的主力。但是，如果说在战时非要审查不可，我们所能忍受的也只是合理的制度，而如果审查的目的真是为了避免泄漏军事秘密，我们倒也乐于接受。不幸的非但是审查被视作为摧残排斥的武器，而且制度又是极不合理的。譬如同一部书籍或原稿经某一地的图审处通过之后，到别地行销时仍要受到禁售的命运，在桂林遵照合法手续而出版的书刊在重庆常常不能行销。

对当时的新闻出版人来说，审查的折磨还容易度过，至多是遵守法令，不出好书，损失比较轻微，但更来得高深莫测的，是随时的抽查、禁售，这非但漫无法令及标准的依据，完全随意决定，而且有权的机关又太多，警察、宪兵、便衣、部队都会随时上门，今天没收，明天禁售，真是不胜其烦。因此，当时新闻出版界有一句座右铭：无自由，毋宁死！

18 /《星期谈座》纪实

《星期谈座》是一个固定副刊，专门刊登本报自己主办的座谈会的记录全文。它以尖锐泼辣、敢于直言的战斗风格赢得读者的信赖和社会的重视。1947年2月2日发表的《一年座谈的总结》中有这样一段话：

> ……在过去53次座谈中，在五六十万文字中，没有一个歌功颂德的字样，不免刺痛了大人先生们的眼与心。怪不得我们。干下的血腥事，不容我们喝彩，雪亮的读者眼睛，鄙夷和仇视一切粉饰太平。……面对着残酷迫害，愚蠢无知，昏庸颟顸，独占利己，还有那卖国求荣，正直善良的人，谁都该是背负着民族生存的重担，勇敢地向昏庸挑战，向迫害反抗的"哀兵"……

在谈到经济问题所占比例较多时，《总结》又说：

> ……怎能不该呢？那些靠战争起家因而迷恋着战争的魔王的毒手与罪恶，在经济现实上反映得最尖锐。给内战所打垮了的，就是经济；给卖国求荣所卖掉了的是经济，给独占官僚所吞噬了的也是经济，而哪个人又能脱离经济？通货膨胀所吸干的是人民的血，征实征税吸干的也是人民的血；航权渔权的葬送，比"二十一条"更丧权辱国的"中美商约"的签订，更是预先吸干了千千万万人民的子孙的血！良心不容我们逃避这些痛心而又寒心的问题……

这一番话，言词锐利，锋芒毕露，如实揭示了《星期谈座》的内容和风格。

星期談座

第一期

勝利中國的瞻顧

·本報第一次座談記錄·

日期：三十五年一月五日下午二時

出席者：（以發言先後爲序）吳蘘梅·馬敘倫·楊蔭溥·陳麟瑞·柳亞子·沙千里·鄭振鐸·金松岑

主催：本報

主人：戰爭的結束，又把中國還了原，恢復了一個整體。可是，由於數年的分隔，重慶與上海之間，存在了許多隔閡，在上海的人都很想知道勝利後大後方的政治，經濟，文化，工商業等各方面的情形；而大後方歸來的人，當然也想知道在敵人蹂躪下的同胞是否眞的在麻醉懷柔中心安理得的睡覺做夢。因此，我們想藉座談的方式來溝通一下，增加些了解，同時交換一點意見，爲明日的合力齊步作張本。今天到會的，……

……他。而另外一個致命的打擊，是政府對營業的統制，對物價的管理。這似乎和前一點是正相反的，其實不然。結在我們自己的立場上，我們原也不希望物價漲，而且，爲人民的生活着想，在消……

1946年1月副刊《星期谈座》版面及出席者签名

《星期谈座》自1946年1月《文汇报》改版时创刊至1947年5月《文汇报》被迫停刊为止，共举行座谈会67次，刊出68期。（68期中有两期因刊登《一年总结》等文章，未举行座谈会；最后一次座谈会因被迫停刊未能刊出。）

说到《星期谈座》，首先想到柯灵，创刊《星期谈座》的主意就是他出的，刊名也是他定的。他设计的刊头、版式以及题头排列的样式，一直保留到最后一期。

从《星期谈座》创刊起，柯灵就兼管座谈会的策划组织工作，在将近半年的时间里，每次座谈都由他确定议题，拟定名单并主持会议。胜利之初，情况相当复杂，有些人身份难辨，贸然约请，万一混进一两个“摇身一变”的汉奸分子，就会损害《文汇报》的声誉。柯灵了解蛰居在上海的文化界人士的情况，确定这方面的人选没有太大困难，但对其他各界就未必十分清楚，每逢这样的座谈，他都慎重对待，有时还要多方咨询，才能定下来。

对于刚从重庆等地回来的文化界人士，情况又有不同。1946年初《文汇报》复刊改版不久，人们对之了解不多，柯灵和担任采访主任的孟秋江的个人的影响力和广泛的接触面，在促进外界对《文汇报》的了解和信任方面，起了不小作用。柯灵组织座谈会也就比较容易了，由此《星期谈座》常能请来刚刚返沪的知名人士。蔡楚生、宋之的就是在到上海的第二天凭口头邀约就来参加话剧座谈的；欧阳山尊和李丽莲也是在到上海后不久首先在一次座谈会上亮相的。《星期谈座》在开始几个月内偏重于文化文艺问题的讨论，原因也在此。

几个月之后因政治重心由重庆东移，政治、经济问题引人关心，《星期谈座》亦由侧重文化转而偏重政经。此时宦乡、陈虞孙两位副总主笔已到职工作，他们对这方面的情况较为熟悉，有关政经问题的座谈就由他们策划组织。徐铸成到职后作为总主笔除作最后决定外，并曾多次主持座谈。

座谈会一般都由以上几位分别主持。但遇到比较专门的问题，偶尔也请到会的客人代为主持。音乐界座谈会由诗人徐迟主持、儿童读物座谈会由作家何公超主持、有关学制及课程问题由教育家沈体兰（麦伦中学校长）主持、战前债务纠纷由律师江一平主持、人权保障问题由著名学者李平心主持。李平心本是《文汇报》的兼职主笔，却常以纯客人的身份参加座谈。

每次座谈通常都不作结论，只由主持人致谢作结。但也有两次例外，一次是李平心为讲座人权保障问题的座谈作总结，另一次是潘梓年在文化工作座谈会上作长篇总结发言。

那时在《文汇报》任职或兼职的马季良（唐纳）、孟秋江、秦柳方、张锡昌、寿进文等也经常到会，其中秦、张、寿3位为组织经济方面座谈出力甚多。

担任座谈记录的，先后有唐海、钦本立、李肇基、王岑和施克等，陈尚凡则自第一期起承担了近60次座谈的记录。除了开始几期由柯灵主编外，此后凡由他担任记录的，版面编辑也由他负责。

《星期谈座》的常规是星期四开会，星期天见报，有几次因突发重大事件，在星期五开一次座谈并提前见报，整理记录就比较匆忙。在一年近半的时间里，除了最后一期因本报恰在星期六被勒令停刊，已整理好的记录无法刊出外，从未发生过开了座谈会而不发表记录的事。每次座谈一般都在3小时左右，最长的一次达5个小时。当时《文汇报》连会议室也没有，座谈都借外面饭店、俱乐部举行，也便于会后便餐招待，常去的地方有新都饭店、蜀腴川菜馆、国际饭店、航运俱乐部、银行公会、钱业公会、青年会等。

座谈议题大致可分为：国内外重大政治及政局问题10次，经济问题29次，文化教育19次，社会问题及其他9次，本报改版周年征求意见1次。

《星期谈座》总共68次座谈会，参加的人数约690人次，绝大部分是著名民主人士和进步文化界人士。除先后有3位因特殊原因隐名外（其中一位是外国友人），其余都是用真实姓名。座谈记录尽可能用原意原话，极少有意磨光棱角，更无添枝加叶改变原意的，即使是个别几位在国民党政府任职的人士发表的为政府措施辩护和赞扬的意见，也照实记录，不作删改。只是当发言者直指蒋介石之名加以抨击指斥时，一般都改用“好战分子”、“吸血鬼”、“军阀集团”、“大人先生们”等泛称作替代，看似无所指，实则有所指；看似有所指，又似无所指，明眼人一看就懂，反动派则抓不住把柄。发言者明知报纸是照实记录、全文发表，却从不临事踟蹰，欲言又止，总是慨乎言之，痛快淋漓，表现了坚持真理、疾恶如仇的本色。

从版面上看，经济方面和教育方面的座谈占很重要地位，表现出对国民的生活及受教育的权利进行一种人文的关怀。

有关经济问题的议题，多数是针对当时时局动荡不定、风波迭起的经济形势及其所采取的无补实际的措施。座谈发言根据事实剖析论证，阐明通过横征暴敛和通货膨胀以筹措内战军费是经济崩溃的根源。另一类则是为工商各业申诉呼吁，控诉官僚资本的摧残蹂躏，这类座谈共举行16次，几乎全都是应各行业的企业家的要求而组织的，以帮助工商界人士认清反动统治的本质。

抗战胜利后不久，国内出现了“饥民三千万，灾荒十九省”的严重粮荒，政府当局为搜刮军粮，悍然实行田赋征实。1946年4月与7月报纸两次邀请孙晓村、吴大琨、施复亮、寿进文等专家分别加以检讨，揭示发动内战是米价狂涨、抢米风潮遍及全国的根子。6月2日，马寅初、章乃器、阎宝航、沈志远、胡厥文、吴蕴初等更列举事实，论证经济形势极端严峻，座谈记录以《经济瓦解　经济崩溃　问题全在政治》为醒目标题，突出座谈发言中“明末的张献中李自成、清朝的太平天国甚至辛亥革命，哪一次不是爆发于与目前相同的民不聊生的情况之下”一语为主要插题，预言蒋介石统治的必然倒台。

至1947年一、二月间，经济再次剧烈动荡，黄金带头猛涨，一个月中一度由每两370万元法币猛升到950万元，米价紧跟猛蹿，市场一片混乱，吴承禧、漆琪生、俞寰澄、张絅伯等在座谈中一致认为当前已不是单纯的经济危机，而是严重的政治危机。华岗更断言国民党政府坚决不肯改变其“民死主义”（指责国民党标榜实行中山先生提出的“民生主义”实际是奉行“置民于死地”的主义），“人民有力量根本改变这个政府”。这次座谈记录长达3万字，因为内容重要连续刊登3天。随后，政府抛出《经济紧急措施办法方案》，座谈会再次加以揭露、剖析，指出尽管反动的当权者明目张胆地在和平时期宣布“战时紧急状态”，但终究无法挽救其必然覆亡的命运。

对于政府当局在这一年多的时间里先后拟议或施行的种种所谓挽救经济的措施，包括改变币制、外汇汇率调整、美金债券的发行、证券交易的恢复等,《星期谈座》都曾组织专家及时加以评析、批判。

关于为工商各业申诉呼吁,先后涉及的官僚资本和外资倾销双重摧残下奄奄一息的民营银行、新药业、棉纺工业、卷烟工业、橡胶工业、百货业等,最突出的是对从事国际贸易的进出口业的遭遇,曾先后举行5次座谈。出席这些座谈的一般都是该行业的从业人士,间或有个别经济学家参与讨论。

《星期谈座》又借讨论国民党发行美金库券、美金债券之机,反复强调反动政府的这一救急措施,完全是为了搜刮人民,支持内战,甚至在记录中出现这样的插题《人民没有支持内战的义务》,无异于公开号召为反对内战而抵制美金债券,使这次"经济问题"的座谈带上强烈的政治色彩,这和其他有关经济问题的座谈的精神是一致的。总之,所有29次经济问题的座谈,实际上只是用不同的事实说明一个思想:通货膨胀是民生凋敝、百业萧条的根本原因,而通货膨胀则源于填内战之无底洞,因此唯有反对内战,争取民主,争取政治解决才是唯一出路。

在有关经济问题的座谈中,除了邀请诸如胡厥文、胡西园、吴羹梅等上海工商界领袖人物参加多次座谈会之外,还为部分行业举行专业座谈,参加座谈的大都是该行业的同业公会的理事长和理事等。这些座谈会都是应他们主动提出要求而举行的。在29次经济座谈中,有16次是专题座谈,如关于合作经济专版,除了发表座谈内容,还请国民党要人谷正纲、潘公展、杨虎为本报题字。截至停刊时为止,提出要求而来不及举行的还有近10个行业。当时上海有《申报》、《新闻报》、《商报》等主要以工商业为对象的报纸,工商界人士却偏偏要找以文化界、知识界为主要读者对象的《文汇报》为他们提供讲坛,正说明了《星期谈座》所起的影响和团结工商界的作用。据发行部门反映,每当某一个行业的座谈记录见报时,会引起整个行业的轰动,人们奔走相告,认为是本行业的大事。向来不知《文汇报》为何物的老板们也都要找《文汇报》仔细阅读,不少人就从此成为《文汇报》的固定读者。

在有关教育和青少年问题方面，除了控诉教育经费不足所反映的国民党摧残教育事业的政策之外，还涉及学制、教材、大学教育的方向、青少年失学、毕业即失业等问题。讨论中还揭露了大学里特务横行、迫害进步师生的事实，公开提出了党团退出学校，政治远离学校和教授治校、学生治校等让学生在平和安静、没有政治干扰的环境中读书和独立思考。参加这方面座谈会的有叶圣陶、雷洁琼、沈体兰、傅彬然、孙起孟、周予同、舒新城、蔡尚思、段力佩、方与严等教育家和知名人士。

《星期谈座》初创时的第四次座谈会，就是沪上著名杂志编辑人控诉进步的以至中间的刊物遭受的打击，揭露政府当局用故意设置多种障碍的办法，替代名义上被迫取消的检查制度以扼杀文化事业的阴谋。此后又在短时期内，连续为话剧、漫画、小型报、书籍出版、评剧、音乐、儿童读物等举行7次座谈。应邀参加的几乎全是该领域的著名的代表人物，如夏衍、田汉、洪深、许广平、张骏祥、吴祖光、周信芳、马思聪、丁善德、丁聪、张乐平、陈伯吹、徐迟、唐弢、叶以群等。

值得提出的是，由于进步力量在文化界的特殊影响，上述座谈会除控诉所遭受的迫害外，还探索面对迫害如何发展壮大进步力量、扩大革命影响的问题。例如，话剧界提出了丰富剧本创作和争取演出权的问题；评剧界讨论了借鉴解放区经验改良评剧及发展新编历史剧问题；音乐界批评了片面追求提高和洋化的倾向，提出了普及和到民间去的问题。最有意义的是在1947年2月间，特地邀请邓初民、翦伯赞、胡风、郑振铎、李健吾、周建人、胡绳等，分别就包括科学、学术理论、文学、戏剧在内的进步文化事业一年来的成就和不足作全面回顾，并邀请中共上海办事处的潘梓年在会上作总结性发言，明确提出进步文化事业应以大众化为方向，以民主爱国为共同目标。这在一定程度上反映了党对文化界和知识分子的要求和期望，受到当时进步文化界的密切关注。

《文汇报》在当时是有一定国际影响的报纸。其时陈尚凡有一位在上海美国新闻处工作的朋友曾多次说到，他们那里有人专门翻译《文汇报》的重要报道和言论，及时向美国大使馆和美国国务院反映。《星期谈座》上刊发的民主进步人士特别是共产党人的发言，更是他们注意的重点。在沪外国报刊和通讯社的记者也经常加以摘发。在座谈“中美商约”时，美国《时代》、《生活》、《幸福》三杂志驻沪办事处主任葛维廉特地以记者身份赶来参加，自称列席旁听，搜集材料，以了解中国进步知识界反对“中美商约”的原因。此外，如要求美军退出中国，评价马歇尔军调处实质、反对美国扶植日本等多次座谈，也都引起国际舆论界的注意。

应邀参加座谈会的客人，无论是共产党人、民主人士或是工商界人士，还有个别在国民党政府机关工作的人士，都以真实姓名或众所周知的常用笔名见报，只有过3次特殊的例外，3位来客，各用不同方式隐去姓名，但也没有用化名或假名见报。翻阅旧报时，我感到这是一个谜。为什么用“客人”这样隐姓埋名在报上发表言论？在笔者和陈尚凡交谈时，他作了如下的回忆，说：

第一位是1946年6月参加国共和谈座谈会的隐名客，见报时用了“客人”两字，那天我们借新都饭店开会，这位客人是和宦乡、陈虞孙一起来的。当时我正和几位先到的客人在闲聊，陈虞孙进来招呼我带纸笔到会场隔壁的一个房间，他自己则退回去招呼其他客人。那房间里只有宦乡和那位客人，宦乡未作介绍就示意我坐下作记录，客人也就开始谈话，谈了约20分钟就结束，我们送他进电梯后回会场开始座谈，他没有和别人照面。

我猜测这位隐名客是共产党负责同志，理由如前，但我认为他不是周公馆——“上海工委”的成员，因为“工委”7位主要成员我都见过，而且“工委”成员原就是公开活动的，且曾多次参加

《文汇报》的座谈会,完全没有隐名的必要。至于他究竟是谁,当时只有宦乡、陈虞孙两位知道。1986年我曾当面询问宦乡,他已记不清是谁,而陈虞孙也已无法回忆,这个谜就很难解开了。

第二位是1946年8月参加外汇汇率问题座谈的一位客人,见报时用了"某经济学家"的代称。他发言一开始就说:"这次(国民党)政府决定放长外汇汇率,我是参加讨论的,大部分意见都被接受了",可见他是参与高层次金融决策的官方人士。但他的整个发言,既没有宣扬新汇率可以收到什么良好的效果,也没有指出其无助于解决危机深重的经济问题,只是就事论事地解释外汇汇率非动不可的理由。那天另外有两位在官方金融机构工作的经济学者参加座谈,他们的发言就是公然为政府决定作辩护的,甚至说了"政府努力平价,人民生活永可安定"一类的捧场话。同样在官方机构工作的这位经济专家,态度截然不同,是很堪玩味的。原来他不是别人,而是人们所说的孔祥熙的经济顾问、中央银行经济研究处处长冀朝鼎博士,解放后大家才知道他是共产党员。以他这样的身份和地位,也就只能讲这样的话了。那天他是在座谈会上公开露面、即席发言的,他和同时与会的几位客人本是熟人,并不避嫌。只是在提前退席时招呼我不用他名字见报。看来他倒不是怕国民党方面知道他讲了些什么,而是另有考虑才不用名字的。

第三位隐名客是一位外国朋友,外国人还要隐名,原因何在?他一开口就说:"我在中国住了20年,现在中国警管区制很厉害,我想还是不宣布我的姓名为好。"其实这句话既是嘲讽,也是虚晃一枪,并非真正原因。因为反动派的警管区制再厉害,怕也不敢管到洋人头上。他说在中国住了20年,看来是实情,因为他讲得一口流利的普通话。

这位外国朋友参加的是1946年9月举行的那次要求美军退

出中国的座谈会。他在发言中严词批评美国政府支持"蒋委员长统治下的一党专政的统一，实际是想由美国完全控制中国",而美国的真实目的更在于把中国拉作他们对苏作战时的同盟。对此他还进一步揭露了一件鲜为人知的事:"我确切知道在南京的几次鸡尾酒会上，美国的最高军事人员曾和中国国民党的军事领袖为将来同向苏联作战而碰杯。"他说得十分"确切",很像是身历其境的。

这位外国朋友究竟是谁,也只有宦、陈两位知道。会后有人猜测他是苏联人。这是不可能的,因为在中国一住20年的,只有"白俄"而无苏联人;如果真是苏联人,批评美国政策完全可以公开干,无需"犹抱琵琶"。据我所知,他确是美国人,只是因为身在美国驻华机构工作,既要批评自己政府的政策,那就不便公开身份了,至于他究竟姓谁名何,也将是永远的秘密了。

说到这位隐名的外国朋友,不妨顺便提一下还有3位不隐名的外国人参加过座谈会。一是于1991年去世的加拿大籍的文幼章教授,他于1947年3月和他夫人一起参加了控诉国民党滥捕进步人士的座谈会。他在发言中愤怒指斥特务对进步青年秘密逮捕非法处死的行径。他夫人则因对中国话只能听不能讲未曾发言。当时文幼章夫妇是由渝回国路过上海的,此后不久就回加拿大去了。

另一位是美国《时代》、《生活》、《幸福》三家杂志驻沪办事处主任葛维廉,他也是"中国通",著有《坏政府》一书,对蒋介石政权提出尖锐批评。但在这次群情愤激怒斥新签订的"中美商约"、抨击美国侵略中国的座谈会上,他却没有发言,只表示他是以记者身份来旁听搜集材料的,所以只听不讲。外国记者注意《文汇报》的言论和报道确是事实。那时我一度在上海美国合众社兼职做翻译工作，知道合众社和其他外国通讯社以及美国新闻处经常摘译《文汇报》的有关材料发回国去，对经常发表共产党人和民主人士批评蒋政权意见的《星期谈座》尤为注意。葛维廉这次得能参加座谈，直接听取民主人士对热门话题的议论，自是求之不得的机会。不过这样到座谈现场直接采访的外国记者，也只有葛维廉这一次。

为了接受笔者的采访，陈尚凡还专门翻阅了旧报，他说：

作为《星期谈座》的记录者和编辑者，得有机会重翻旧报，回顾往事，兴奋与激动无可名状。《星期谈座》在那战斗的岁月里，确实有其作用，有其功绩，这完全是报社的主事者、《星期谈座》的倡议者、策划组织和主持者徐铸成、宦乡、柯灵、陈虞孙诸前辈的贡献，更主要的还有不畏强暴的与会诸君子留下的宏言谠论，我只是职责所在，尽了自己的一份力量，才得附于骥尾。我是“录而不作”，只做传声筒。但是，论点论据之取舍、泼辣含蓄之尺度、高调低调之处理、行文结构之营造，还有我自作主张的余地。现在重读那些发表在报上的五六十万文字，感到记录也有失真，有的标题失之火爆，文字拖沓累赘的毛病还是存在的。

当然，作了近60次记录，“没有功劳，也有苦劳”。老文汇还都认为我是精通速记的行家，做记录当可挥洒自如。哪知道我对速记恰是一窍不通。我是仅凭读书时听课记笔记的那点浅薄“功力”贸然上阵的。靠这点本钱，每次对付连续三四小时连珠炮式南腔北调的发言，真恨不能左右开弓、手足并用，苦况可以想见。

时间紧是又一苦难。为了追求新闻性和新鲜感，原定每次星期六下午座谈，星期天全文见报。因第一期赶得太匆忙，效果不好，以后改为周五、周四开会。但这样看似稍得喘息，实则好不了多少。因为当场急匆匆留在纸上的，大部分是鬼画符般的痕迹，小半是形形色色即兴“创作”的图形符号,还有一些则硬记在头脑里。凡此三者,酣睡一宿,记忆淡化,大半要化为废品。因之每次会后总是当夜接白昼连轴转。熬夜原应是新闻工作者的看家本领,我则底气不足,落下个严重神经衰弱,以致功亏一篑,最后只得暂告病休息,由同人代庖,不料恰逢勒令停刊,未得全始全终,引为憾事。

还有一层难处。座谈议题广泛,简直是诸子百家,无所不包,或政治经济,或文化艺术,或法律伦理,时而生丝桐油,时而棉纱百货,时而汇率股票,再加上马帅麦帅、美苏英法,我这个离校不久的学生,哪经得起如此折腾,面对滔滔而来的引经据典,我往往瞠目以对,无从下笔。只能厚着脸皮请客人解释指点,幸长者宽厚,未遭耻笑。饶是如此,稍一疏忽,仍不免闹出笑话。

陈尚凡在谈话时,仍然是双目有神,眉飞色舞,时而挥手示范,时而莞然一笑,又不无几分含蓄与幽默,使我领略当年文汇人的风采,这种风采在我辈报人中已很难再看到了。

19 /《笔会》和其他副刊

文学副刊《笔会》创刊于1946年7月1日。开始时是要请陈西禾主编，后来才请唐弢主编。那时唐弢正在与柯灵合编《周报》。笔者在前文《争取新闻自由》一节中，对《周报》的处境已经介绍，此时《周报》虽尚未被禁，却已谣诼四起，不可终日。而恐吓、扣留、撕毁、停止邮寄，已层出不穷。由于抱着宁为玉碎的决心，柯灵劝唐弢进了《文汇报》。当时他们谈了几次，首先要解决的是刊名问题。那时国民党准备向解放区大举进攻，总的形势要求团结更多的人，争取和平，反对内战。他们想了几个名称，灰不溜秋的不行，色彩太鲜明了也不行。最后还是取名为《笔会》，避开专称，当作普通意义来用，既不如西方沙龙的"高雅"，也没有中国传统"以文会友"的俗套。唐弢和陈西禾觉得这个名称很好，轩豁平易，立刻表示赞同。陈西禾又转请钱钟书题签，后来一直沿用了多年的挺秀有力的刊头，就是钱钟书的手笔。

经过一番筹备，到7月1日《笔会》创刊时，陈西禾退让了，不想再进《文汇报》，柯灵专门写了一篇《有怀西禾》，说："我认识西禾，由于郑振铎的中介。那是抗日战争的第二年，我正在编《文汇报·世纪风》，郑先生给我寄来一篇西禾写的戏剧评论，并力赞西禾的文采。文章确实写得漂亮，我立即编发见报，并约西禾到冠生园品茗，这就是我们交游的开始。"关于请他主编《笔会》一事，柯灵写道："抗战胜利后，《文汇报》复刊，我承担主管副刊部门工作，决定创办《笔会》时，邀他来负责主编。好容易把他说动了，兴致勃勃地开始筹备，并自告奋勇，请钟书写了刊名。但不知怎么一来，他忽然反悔，我再三敦劝，只是废丧唾沫。为什么不干呢？他不肯说明，但事情明摆着：那时正是和平民主运动高潮，斗争很尖锐；对他来说，明哲保身，自然第一义。——当然另外还有种种可以认想的顾虑。但《笔会》预定创刊的日期已经靠近，西禾把我搁在半路上，弄得我手足无措，只好改变主意，另请唐弢来编。”又说：“西禾到底扔掉了银行这个金饭碗，先由钟书引荐，到震旦大学女子文学院授课，后来又由佐临、桑弧邀约，进文华影片公司，当了导演。”

唐弢本来在邮局任职，抗战期间，徐森玉、郑振铎在上海抢救古籍时，他利用在邮局工作之便，向香港邮寄了不少古籍的孤本或善本。此时唐弢任《笔会》主编侧身文坛已有十余年，也编过几个刊物；自感少不读书，所以这次很希望与陈西禾合作。可惜的是陈西禾筹备时奔走积极，等到7月1日创刊，他却临阵退让了。当时稿件都是唐弢亲自组织的。

7月1日《笔会》创刊号上发表了西谛（郑振铎）的《秋夜吟》、茅盾翻译的苏联卡泰耶夫作的《团的儿子》及巴金的《记剑波和他的小书〈心字〉》三篇文章。《团的儿子》是长篇小说，在《笔会》上连载数月。以后《笔会》就每天出版，发表了刘西渭的《方达生》、茅盾的《读报偶感》、王统照的《丏尊先生故后追忆》、杨刚的《米西金乡下——记一个美国农家》、叶圣陶的《桡夫子》、郭沫若的《〈橘颂〉今译》、《〈礼魂〉今译》，同时又写了几则断想。老一辈作家还应约，特地替副刊的“抗战名作推荐”专辑写了影响广泛的书评。其他如冯雪峰、臧克家、师陀、柯灵、林默涵、李健吾、魏金枝、周煦良、傅雷、戴望舒、辛笛、风子、碧野、杨刚、吴祖光、骆宾基等都写了稿。楼适夷、孙用、戈宝权翻译了小品短章。此外，上海文艺界十分活跃、各自拥有一批读者的略为年轻的作家，如黄裳、何为、晓歌、徐翊（徐开垒）、林莽（王殊）、汪曾祺、阿湛、海岑、陈敬容、杨枝（陈钦源）、辛未艾（包文棣）等，经常为《笔会》写随笔和散文。正是他们和其他作家们的努力，才使这个诞生在和平系于一发，内战已经打响的时代的婴儿，能够勉强生存下来，在战争的洪炉里铸冶自己，鼓舞别人。

唐弢回忆《笔会》初创时的情景，说：“也许还可以这样说，没有这批生气勃勃的作者,《笔会》是一天也编不下去的。编者对刊物有调节支配作用,有时像是灵魂,但真正的血肉却是作者,是能够代表读者反映时代要求的作者的作品。灵魂是重要的,但灵魂只能从血肉里产生,没有血肉之躯也就无所谓灵魂。当然这只是我个人的理解。”

陈钦源

在青年作者中,有的后来就走进《文汇报》,参加《笔会》的编辑工作了。如黄裳,当时就已颇有名气了,进《文汇报》当记者,不时也给《笔会》写稿,他的名作《老虎桥边看“知堂”》就是发表在《笔会》上的。另外两位是陈钦源和徐开垒。

陈钦源在抗战期间就以杨枝为笔名,在副刊《世纪风》上发表文章了。此时已经进《文汇报》,参加文教版编辑工作。黄裳在一篇文章中谈到陈钦源,说:“1946年我回到上海,钦源一直和我合作着,从文汇的文教版到《浮世绘》副刊都是如此,我只挂着编辑的虚名,做着看稿选稿工作,版面安排、版式的筹划都是钦源的劳绩。”在《笔会》创刊的第三期上,即读到陈钦源写的杂文《从褚民谊想起》,以后又陆续读到他写的《书愤》、《“急电”私议》、《妄自尊大》等杂文。以后他就参加副刊《浮世绘》的编辑工作。再以后,他就做了《文汇报》编委、主编《笔会》。笔者进《文汇报》时,陈钦源还在《笔会》工作,只是一般的编辑了。他的杂文写得辛辣,他的人倒是很温和的,欢喜买书,常在书店里碰到他,冬天着中装,围一条大围巾,常到外滩公园“孵”太阳,听他讲文汇旧事。

徐开垒以徐翊为笔名,也是在抗战时就给《世纪风》写稿了。此时也进了《文汇报》,参加《笔会》编辑工作,在《笔会》创刊后第四期上读到他的《卫生科长》、短诗《我数着钞票》、《原锦城——他的国

刘火子

土》、《大员》等散文。除了忙于《笔会》的编务工作，徐开垒也给其他报刊写散文。

《文汇报》的人给《笔会》写稿的人还不少，主编要闻版的刘火子是诗人，他常给《笔会》写诗，如《一个"英雄"的墓志铭》，是一首讽刺诗，他还有一首诗《桥》，发表在另一个副刊《世纪风》上。刘火子似乎一直在做夜班编辑，主要是要闻版。笔者进《文汇报》时，他已经是副总编，仍然吸着板烟斗，坐的是一只转椅，看稿做标题时喜欢把脚跷在台子上。他喜欢收藏书画，和我在这方面时有交流。

唐弢在晚年谈主编《笔会》的体会时，说：

我当年还有一个想法，就是编副刊，如果每天总是几篇散文，几段随笔，一幅漫画，一个长篇连载，未免过于单调。我主张隔些时候，出个特辑或者专刊，让读者换换口味，有一点活泼新鲜的感觉。自然也不宜太勤，太频繁，因为变更过多，又会失去特征，看不出原来的精神面貌，损害一个刊物的应有的性格了。

看来，出专版的确是《笔会》的一大特点。

《笔会》创刊这年，正好遇鲁迅逝世10周年祭，连续出过4个纪念专辑。此外，还有"抗战名作推荐"特辑、"闻一多哀悼"特辑、"普希金纪念"特辑、"译诗"特辑；还有虽然并不挂出正式名义，却将同一性质的文章凑在一起，成一专页，如田汉、安娥等写的关于聂耳的文章，傅雷、柯灵等写的关于司徒乔画展的文章，适夷、李健吾等写的关于《和平颂》的文章，实际上也都是特辑。大约平均每个月有一个特辑。

不过像纪念鲁迅逝世10周年连续出了4个专辑,似乎有些多了。

唐弢

发刊"闻一多哀悼"特辑,是一次斗争。当时杨刚说定要为李、闻追悼会写一首悼诗,题曰"遥祭",后因收到较迟,没有能够编入特辑。特辑一共发表3篇:《闻一多先生之死》(吴晗)、《在一多先生灵前》(季风)和《我所知道的闻先生》(钟),其中悲愤最深、影响最大的是吴晗那一篇。《笔会》在这之前,发表过王统照追念夏丏尊的文章《夏丏尊先生故后追忆》,分两天刊完。以文坛前辈忆文坛前辈,白头话旧,娓娓而谈,读来不动声色,不露感情,而自有一种深情含蕴于脉脉之中,许多人推为散文领域内不可多得的绝妙文章。《闻一多先生之死》和《夏丏尊先生故后追忆》不同,作者执笔时怒发冲冠,悲痛欲绝,因此文章也显得激昂慷慨,满纸风云。吴晗那时写了好几篇哭一多的文章,没有一篇不是在一手执笔、一手拭泪的呜咽抽泣中写成的,我去约稿时就亲眼看到过这情景。

不久,报馆一再受到警告和恐吓,配合整个斗争,作战方式改变了,"普希金纪念"特辑,是在这种形势下出现的。它没有像纪念聂耳那样尖锐地提出"我们没有新的歌手了吗"的问题,但又确有一点借酒浇愁、以古喻今的间接的含义。

至于对剧本《和平颂》和司徒乔画展的争论,唐弢说:

事情出于他的意料之外，作为编者有点陷于被动，不大能够从容应付了。从大局讲，反内战、反饥饿、反独裁的运动正在轰轰烈烈地进行，《和平颂》的公演和灾情画的展出，适应了客观形势的发展，副刊加以推荐，完全出于必要。但就个人而言，他还是喜欢李健吾的其他剧本，更甚于他的《和平颂》；正如他喜欢司徒乔早年绘画，更甚于他的正在展出的灾情画一样。不过在当时，他必须肯定《和平颂》和灾情画——这不是什么权力的屈从，这是当人民命运受到历史浪潮挑战的时候，一个编辑对自己良心无法抗拒的服从。

唐弢的这一大段回忆，道出了他当年编副刊《笔会》是有许多苦衷的。但他又没有说得很明白，可能让他回忆这段往事，仍然有着难以言说的苦衷。现在，我们只能沿着《笔会》上的文字轨迹，去作进一步探寻。

我们就先探寻一下有关司徒乔的灾情画吧。

7月1日，报纸在第七版"文化街"专栏，发表"司徒乔战灾画展"新闻，说："画家司徒乔在粤桂湘鄂豫五省战灾画展，由行总主办，自明日起至7日止，在八仙桥青年会举行，今日举行预展。"同时还发表了司徒乔的一幅画，画题为《老汉》，画的是一位拄着木棍的行乞的老汉，画面右边题着："三个儿子从军死，现在野葱一把算充饥，我第一恨日本鬼子……"报道评价说："这是有血有泪的画"。

7月3日，"文化街"发表张西曼的文章《一种当头棒喝——司徒乔先生五省灾区画展》，详论说：画面"充满了民间的疾苦，具有普通文字所宣扬不到的深义"。

7 月 13 日，画展闭幕的那天，《笔会》发表傅雷的《没有灾情的"灾情画"》，柯灵的《灾民图》、唐弢的《读画有感——为司徒乔画展作》。笔者读完这些文章之后，感到傅雷的文章是另一种"当头棒喝"。他写道：

文匯報　中華民國三十五年七月十三日

筆會　第十期

沒有災情的「災情畫」　傅雷

災民圖

讀畫有感
——爲司徒喬畫展作　唐弢

1946年7月副刊《笔会》版面

“司徒乔先生似乎跟大家开玩笑：他报告的灾情全部都在文字上，在他零零星星旅行印象式的说明上。倘使有人在画面上能够寻出一张饥饿的脸，指出一些刻画灾难的线条，我敢打赌他不是书坛上的哥伦布，定是如来转世。因为在我佛的眼中，一切有情才都是身遭万劫的生灵。至于我们凡人，却不能因为一组毫无表情的脸庞上写了灾民字，便承认他们是灾民。正如下关的打手，我们不承认‘苏北难民’一样。”对于那些用来说明画面的文章，傅雷认为那不过是“谎口”，“对于画也不能有起死回生的妙用”。又说：“纵使司徒乔先生的同情心大得无边，凭他那双手也是与描绘‘寸寸山河，寸寸血泪’（司徒先生语）风马牛不相及。”对灾情画的艺术水准，傅雷批评说：“丢开灾情不谈，就算是普通的绘画罢，素描没有根底，色彩无法驾驭，（司徒先生自命为好色之徒，我却唯恐先生之不好色也！）没有构图，全无肖像画的技巧，不知运用光暗的对比；这样，绘画还剩些什么？”

对于那些为《灾情画》捧场的文字，傅雷同样是当头棒喝，写道：“我知道为作者捧场的人不过为了情面。赫，又是情面！为了情面，社会名流，达官贵人常常为医卜星相登报介绍。为何要让这种风气带入文艺界呢？为了情面而颠倒黑白，指鹿为马，代价未免太高了吧？”

这样一来，与傅雷的文章发表在同一版面的柯灵、唐弢的文章，也遭“棒喝”了。

唐弢在他的回忆文字中，虽然说：“不大能够从容应付”，而实际上，他在《编者赘言》中已经埋下了和稀泥的伏笔，说：“司徒乔先生的灾情写生画展将于今日闭幕了。我们收到几篇相关的文章，虽然着眼落笔，见仁见智，但对于在苦难下熬煎着的人民，却一致寄以深切的同情。汇集发表，与其说是对画展的意见，毋宁说是对时代的愤言，这是一块烙印，让我们打在每一个读者的心上。”

在这些特辑中，最受注意的当是“抗战名作推荐”特辑。因为8年抗战，尤其是后几年，上海的读者读不到大后方——特别是抗日民主根据地的作品，迫切希望知道一点哪怕是简单的说明和介绍。“特辑”满足了这个要求，除了长篇连载《团的儿子》和《编者赘言》外，这个特辑一共发表了《远塞来鸿》（L）、《〈板话〉及其他》（郭沫若）、《〈咀华〉记余》（刘西渭）、《一点记忆》（适夷）、《冷》（茅盾）等5篇文章。适夷和刘西渭（李健吾）两篇都是综合评述。适夷回忆了他编《文艺阵地》时读过的佳作。李健吾谈的范围比较大一些，从《腐蚀》、《霜叶红于二月花》（茅盾）、《憩园》（巴金）、《魇》（沈从文）、《山洪》（吴组缃）、《淘金记》（沙汀）直到上海读者比较熟悉的《马兰》、《无望村的馆主》、《果园城记》（师陀），《人·兽·鬼》（钱钟书），以及剧本《称心如意》、《弄假成真》（杨绛）等，各种作品，无不涉及。至于描写战时民族工业的受难而没有引起足够重视的宋霖的《滩》，则由茅盾作专文介绍。宋霖是胡子婴的化名，她是个有名的工商业家，第一次闯入文艺创作的领域。

如果说《滩》是题材显得新鲜，那么，更新鲜的当是见于《远塞来鸿》、《〈板话〉及其他》两文里的介绍。《〈板话〉及其他》介绍了《李有才板话》和《解放区短篇创作选》第一辑，上海读者第一次从郭沫若笔下听到赵树理的名字，知道了有丁玲《我在霞村的时候》、康濯《我的两家房东》、孔厥《一个女人翻身的故事》等名篇的存在。《远塞来鸿》是L写给M.L.的一封信，介绍了《白毛女》和《吕梁英雄传》上册。这封信由唐弢从郭沫若那里取来，加上题名发表。M.L.便是沫若两字缩写。唐弢说，时隔几十年，他现在竟记不清L是谁了。他是和谈代表团成员之一，所以信的开头这样写："沫若先生：古称伍员过昭关，一夜头白，渝宁五月，深尝其味。回延之后，请假休息，逍遥自在，看了一些解放区的文艺作品，拣好的送你两本……"唐弢回忆说，那时正逢抗战胜利一周年，《笔会》打算纪念一下，却又觉得没有什么值得纪念，我在郭老那里读到这封信，感怀时事，愁思百端，两人沉默了一阵，郭老说："这样吧，我们自己来纪念自己，总不能说文艺创作也没有一点成绩吧！"在他的启发下，《笔会》也就发刊了这个"抗战名作推荐"特辑。

《笔会》还有一大特色，就是长篇连载。创刊号开始就连载茅盾译的苏联小说《团的儿子》，这篇小说由《笔会》和《世纪风》共同分担，没有《笔会》的版面时就在《世纪风》上连载。全文分58段，在《笔会》上连载38段。这个小说连载结束，接着又连载司马文森的《一锅饭》，这个连载不长，只发了11期，以后就连载师陀的《结婚》。《结婚》共发了157期，结束时已经到1947年4月22日，以后的《笔会》就没有再发连载，不到一个月，报社就被封门了。

唐弢回忆说："我编《笔会》在解放之前，处境不同，除了走群众路线这条外，应当加上两条：一是文章能够反映时代的要求和趋势，二是作者说出了读者想说而又不曾说的话。在这方面，帮助我最多，同时又在读者中间起了最广泛影响的，是冯雪峰为《笔会》执笔的文章。"

冯雪峰是积极支持《笔会》的人中间的一个，确切地说，还是最积极的一个。从《笔会》创刊到1947年5月随着《文汇报》被禁而停刊，前后10个月时间，冯雪峰写了50余段文字。从7月26日《笔会》第14期开始，为他辟了一个"大题小感"的专栏，隔不多久，他就寄来一段或者几段富有理论深度的絮语式的杂感，先后有15篇左右，大部分收入《跨的尺子》。其中如关于"中间派"和所谓"中立"者的4篇感想，以及为李公朴、闻一多惨案而执笔、迸射出深刻的思想火花的《暗杀》、《暗杀（二）》，曾经重新收入于1952年9月出版的《论文集》第一卷。继"大题小感"之后，《笔会》又陆续发表了以"画室"署名的十几则作为时代风貌而记录下来的寓言，还有从鲁迅逝世10周年纪念日开始连载的二十几段《鲁迅回忆录》。

《笔会》杂文除冯雪峰、黄裳、杨枝的文章之外，在《笔会》也曾发了不少每篇不过几百字的杂文，还有两位写得较多的年轻作者，一个是方棘，一个是杜高。才华初展，青春如火，但后来都没有能逃脱1957年那场噩梦似的厄运。

在编辑出版的过程中，唐弢还不断总结经验，提高文章的质量。他曾以"编者"的名义发表题为《五十期》的文章，他写道："一眨眼它出满了五十期，五十期中，这个小小的副刊在寻求自己的道路，曲折回绕，而不离于曾经抉择的方向。编者有一点浅显的认识，以为一个副刊必须有它自己的性格，有性格才有生命，有生命才有存在的意义。"在《笔会》从创刊到报社被迫关门的10个月的时间里，我认为《笔会》在唐弢及柯灵的哺育下，它的性格基本形成了，文章的体裁不论，总之都是清新温婉的，即使是杂文，其尖锐、泼辣，也是从温婉的气息中透露出来的。几十年来，《笔会》一直延续着继承着这个性格。

这种清新温婉的性格，在当时也有人提出批评，唐弢在《五十期》一文中继续写道："感谢朋友们的指教，说《笔会》的性格稍为软了些，关于这，编者也清楚地感觉到，《笔会》是一个文艺副刊，始终没有跳出

世紀風

普及·提高·與「抗戰八股」 茅盾

前幾天，剛在一張副刊上讀到了一篇論所謂「抗戰八股」的文章。這位作者所論到的「抗戰八股」也就是大家在四個月以前對于戰時文化活動所感到的缺點：「許多報章，雜誌，書籍的內容，多膚淺，空洞，雷同。」但是首先提出「抗戰八股」這一名詞的人，（誰也不知道，也弄不清這一名詞是從何處來，從何時起的，我第一次聽得這名詞，還在本年三月間，）我想來大概還有另外一點意思，就是好多年前編輯先生們常常苦痛的訴說的「雜誌缺人。」大凡刊物既多，文章求過於供的時候，便會發生「雜誌缺人」的現象。特別遇到紀念節，倘使本無欲言而不得不言，「八股」之價，每多不免……

有不少是說到廿七年前的革命，其目的在求民族之自由平等，建立民主政治的共和國，然而廿七年來尚未完全達到這目的，現在我們正以絕大的犧牲精神以求完成我們的宿願；——我相信總有不少紀念文是包含了這樣的意思的，我認為這也正是今日我們所應說而且必須說；然而我猜想起來，恐怕也有人仍然目之為「抗戰八股」，因為這幾句話是老調了，大家都懂得。

可是事實上並不如此。在知識份子眼中，這固然是老調，（是不是真正徹底懂得，也還是疑問），但在知識份子常常拿來像符咒一般唸誦的所謂「廣大民衆」的耳中，卻實在是陌生得……

……也只是「我們的」，也只是紙上的，不能成為民衆的精神上的武裝。所以「老調」還是需要的，不過這「老調」還當求其更普及。要是我們一年來的文化工作的結果已經使得百分之九十的民衆明白了雙十節何自而來，雙十節本來的目的是要把什麼東西帶給老百姓的，——那我們很可以說一聲：有成績了！

目前的文化問題，有普及的一面，也有提高的一面，如果把這兩面截然兩段來看，便會走到絕路。提高，先須普及，從普及中然後能有真正的提高。但是一味要「孤芳自賞」，覺得甲也是「八股」，乙又是「八股」的高貴的先生們，是不會明白這個話的。原因還在于……

副刊《世纪风》

文艺的畴范，然而在这个畴范中，它要求活泼，要求刚健，要求和时代作更紧的联系。”报纸是朝代的心声，《笔会》是始终把握着这一点的。《文汇报》的副刊很多，只有《笔会》延续了60年，始终为读者所欢迎。这是为什么？

我以为除了联系时代，发出时代的心声，更为重要的是它始终保持着文章的质量。唐弢说：“不管是歌颂时代或述说自己，我们要求首先是一篇成熟的作品。有人说，《笔会》取稿的水准太高，是的，每个副刊都有它的水准，然而《笔会》的门是开着的，它诚恳地需要年轻人的合作。”现在，有的作者说《笔会》的门槛太高，这大概从它诞生的那天就是这个样子了。

《世纪风》也是《文汇报》的老品牌文艺副刊，本来也是天天出版，自《笔会》创刊后，就改为半周刊了，虽然还发表文艺作品，但更强调的是它的政治性、战斗性，和《笔会》的温婉性格有所不同。

《世纪风》改为半周文艺副刊后的第一期中，有杨刚的《米希金乡下——记一个美国农家》，叶圣陶的《桡夫子》，力扬的诗《天津仓库起怪火》等。以后还发表过郭沫若的连载《南京印象》。在第一次刊出的《初访蓝家庄》中，郭沫若记下在观音阁求签的事，祈祷休战的情况。他抽的第35签，签文是这样的："衣冠垂整旧家风，道是无力却有功。除却眼前荆棘碍，三人共议事和同。"这签正切合时事，好像说：政协会议将要重开，而且三人小组也会得结果了。《文汇报》在新闻版上发表了新闻，这首诗也单独发表了。朱蕴山也抽了一签，签文是："天边消息应难问，切莫私心强望求。若把石头磨作镜，精神枉费一时休。"这也很切合实事，南京不就是石头城吗，想要使它明朗化，似乎是千难万难了。两条签文相反成趣，一时传为笑话。

下关事件发生时，在《世纪风》上集中地发了3期抗议文章。第一期发表了3篇文章《好战者的技穷》、《用行动来抗议！》、《毋忘这一天》和诗歌《和平挨打！》，还用了一幅张文元的漫画《不准和平——为赴京和平请愿代表被殴作》。第二、三期都用了一整版或大部分篇幅发表了著名作家和演员的抗议：有叶圣陶、郑振铎、傅彬然、徐调孚、夏衍、顾均正、茅盾、骆宾基、周信芳、史东山、徐迟、冯亦代等。叶圣陶的短文题目是《我就是推选他们的一个》，文中说："我们要争取发表的自由，我们有意见，就得发表。我们要争取委托的自由，我们相信马（叙伦）先生等不负我们的委托，就委托他们。发表跟委托这些事情，难道也要登记，核准圈定吗？岂有此理！"夏衍在题为《谁破坏和平？》一文中说："人民会从这次事件中认识谁希望和平，谁主张内战，哪些人真正在为和平而努力。哪些人在用卑劣的手段破坏和平。血的海也淹没不了真理。人民的力量是会同为人民战士的鲜血愈益光辉的。"为迎接胜利后第一个"七七"，《世纪风》出了专辑，以《迎胜利后的第一个"七七"》为题，发表了洪深、茅盾、景宋、骆宾基、郭沫

燈塔

新年怨言

·東·

照例，新年是應該說些吉利話的，不論對人或是對己，何況又適逢這樣一個光榮的新年。可是，我實在不能昧了天良來跟着人家搖旗鼓舞，爲別人而粉飾裝點，新年本身就够使我們黯然神傷！

按舊俗，在新年裏，一家人總要團聚。家人歡聚，新年才過得熱鬧而有意義，否則，如果有老母盼望兒子，少婦懷念丈夫，本人固不必說，傍人看到也會感到悽切。現在，我們且透過滿街飄揚的國旗，——那些太平盛世的裝飾品，看看偌大一個天地，除了有本領騰雲駕霧從天上飛來，或是有辦法用鈔票製成「財筏」沿江而下的人以外，分別了七八年，盼望了七八年的親人，究有多少人能在今天見面，究有多少人還仰首悵望着天邊？

這樣的一個新年，叫誰能過得興高采烈！爲什麼？爲什麼在鬼子不能橫行之後，我們還要過一個孤伶寂寞的新年！

好在中國人慣會未雨綢繆，千百年的習慣，已爲我們備下了一個廢曆新年，但希望到那天，能不再讓我們愁眉不展！

但看新年的爆竹聲能否驚醒那批始終昏睡着的傢伙！

熱与光

燈塔重明

編著

戰爭的風暴吞食了燈塔，沉默而等待，是一長串血和淚的日子。現在我們又把他重行點起，工作雖渺小，却也和特維門燃點白宮廣場的火炬時有同樣心情，一點驕傲，更多辛酸。

我們該記取：今日的兀立，正踩踏着千萬人的骸骨！燈是亮了，而世界已經大變，戰爭過後風暴還沒有停息，茫茫黑夜裏，一絲微弱的光，能有多少功用，照得到的又祇有多大一塊地方？何況，狂風怒號，浪濤澎湃，燈塔能否衝破昏暗，透露微光，還無十分把握。

因此，我們不敢奢談燈塔原有的「指引」的功效，祇敢說：今日先點起亮，作爲新里程開始的標記。搬運些磚和泥，堅強了基礎，以抗拒明日的風暴。

副刊《灯塔》

若、于伶、冯乃超等人的短文，反对内战，要求以十倍的抗战精神从事和平事业。吴祖光和欧阳山尊以《哭“七七”》为题，写诗抒发了胜利后第一个“七七”到来的心情，欧阳山尊的诗仅四句：“‘七七’到来祝惨胜，田赋征实抓壮丁；当官的庆祝用鸡尾酒，老百姓庆祝用树皮草根！”田汉写了题为《七七十年》的五言长诗，最后几句说：“良时苦不多，速奠民主基，岂可终蹉跎，岂可终蹉跎。”

《灯塔》改为《文化街》后，颇有特色。《文化街》发表的稿件，都短小精悍，不仅包括文化艺术方面的各种稿件，带有新闻性，而且评论文章也放在一起，还增加了教育科学方面的新信息。这种综合性的文艺副刊，所占篇幅不多，内容多样，灵活及时，在《文化街》创刊前，还不多见。在《文化街》上，又涌现了一位新作者，他就是梅朵，如出水芙蓉，笔锋很健，每天发表一篇剧评、影评或书评，文字短小精当，很受读者欢迎。

《文化街》后又改为《浮世绘》，内容还是以文化、艺术为主，并对戏剧、电影、音乐、美术等加以更多的注意。1946年12月1日《浮世绘》创刊。以编者柯灵、陈钦源、梅朵(1947年初又增加了黄裳)联合署名的《发刊词》中说："《浮世绘》是日本一种世相画，我们借来用作这副刊的照牌，却另有一种解释。浮生若烟，在凝重深沉以外，还有浮靡纤丽的一面，声光交织，如花语缤纷，也自有一番庄严华妙之致。我们的希望就是能将这一面的形形色色，移向笔端，使读者欢喜赞叹，藉作清娱。《浮世绘》的内容，我们企求的是生动与广泛，宁可驳杂，力避单纯。艺术的赏鉴，影剧的评述，三教九流，诸家杂技，都是我们介绍的材料。此外如名胜纪游，风土猎奇，都市风情的织缯，乃至小摆设、小趣味，无不可谈。文字以清新明快为主，但偶有硬性的大块文章，也无妨兼收并蓄。我们志在使读者于工作之后，烦劳之余，于此得一苏息调剂。文字游戏，则吾岂敢！"《发刊词》最后要求赐予佳作，以文字自娱，兼以娱人，也不失为一种"众乐"之道。

《浮世绘》第一期比较多样。有评论《关于〈边城〉(沈从文作)及其他》和沈从文的照片，连载黄裳的《金陵杂记》、黄宗江的《卖艺人家》、梅朵影评《郎才女貌》以及《郎才女貌本事》、明星照片，一之的《评剧杂话》、高潮的诗、沈同衡的漫画诗配画《百艺图·国术比赛》，还有唐人的旧体诗《浮世新咏》及银坛号角等。《浮世绘》一直保持了内容的多样性，后来还连载过李健吾的剧本《和平颂》，由画家小丁(丁聪)插画，在版面编排上也下了功夫，图文并茂，使人感到这副刊从内容到形式的生动活泼。黄裳的《旧戏新谈》就是在《浮世绘》上刊出的。这些文章谈戏的内容并不多，他自己也说："这是一系列评戏为题的杂文，算不上正宗谈戏的文章，随意点染，但不忘现实，是设法对时事给以针刺，使读者得到会心的感受。”廖沫沙称赞说：“能面对森严的文网，独辟蹊径，显示了杂文的灵活机制。”

《浮世绘》还介绍音乐、美术等各种艺术作品的欣赏，增加读者的知识。如介绍贝多芬的《月光曲》，比才与《卡门》，刘开渠谈怎样制作雕塑品，画家陈秋草开画展写的《个展感言》。《浮世绘》的娱乐性和趣味性，满足了读者对于欣赏艺术作品的需要，给读者以知识。

1947年初，内战在扩大，国民党对新闻出版控制得更为严格，编辑部对各种周刊进行了调整。新增加6个周刊：《新思潮》，编辑者侯外庐、杜守素；《新文艺》，编辑者郭沫若、杨晦、陈白尘；《新社会》，编辑者平心；《新科学》，编辑者丁瓒、潘菽；《新经济》，编辑者张锡昌、秦柳方、寿纪名(寿进文)；《新教育》，编辑者傅彬然、孙起孟、余之介。原有的副刊《笔会》、《浮世绘》、《读者的话》、《新闻窗》天天见报。经过这样的调整，又增加了6种专刊，副刊的内容更为丰富，可以满足多层次读者的需要。新增设的6种专刊，把理论、文化战线上一些主要学科都涉及了。由于编辑都是有关学科的专家，有号召力，能够反映各个领域里的主要动向，对于学术界，以及对某一方面有兴趣的高级知识分子，可以适应他们的需要。对于一般知识分子读者，原来的副刊内容和形式都比较多样，能够找到他们愿意看的东西。这样，副刊的战斗力增强了。

新增专刊第一个见报的是《新思潮》，刊出日期是1947年3月1日。第一期刊登了郭沫若的《春天的信号》、侯外庐的《新思潮的障碍》、夏康农的《真理与现实的统一的美》等等，以进步的观点论述“新思潮”的动向。第二个见报的专刊是《新文艺》。郭沫若在一篇《人民至上主义的文艺》中说：《新文艺》这刊名，是《文汇报》编辑部定下来的。6种副刊，日新又新，新新不息，于是思想、社会、经济、教育、科学、文艺，一律都成“新”字辈的弟兄。这种“新”氏6弟兄，我们在暗默中都有这种的认识，我们是该以人民至上的意识为意识的，这是我们共通的核仁，从这儿分道扬镳地作出新的展开。因此我们这一批的“新”，和“新原人”、

"新理学"、"新事论"、"新世训"那一批的"新",应该断然不同。本是粪土之墙而涂上些廉价的油漆,本是枯枝槁木而贴上些洋纸剪花,那自然也可以算是"新",但和我们是同姓不同宗的。因此,我们的新文艺,本质上应该是人民文艺——人民至上主义的文艺,这是我们的至高无上的水准。

但《新文艺》创刊不久,文艺界的思想矛盾又从版面上表现出来,这以发表叶以群的《论文艺工作中的迎合》,同时还发表了两位青年作者的文章,一篇耿庸的《略说"不安"——兼致唐弢君》,这几篇文章都是针对《笔会》及其主编唐弢的。唐弢曾在《笔会》发表了一篇编者告白,说明《笔会》的取稿标准是宽广的,只要作者有一个向上的、不安于现状的立场,则即使用,如波特莱尔的作品,不想加以排斥,唯有粉饰现状,为统治阶级开路,"从屠夫的袖底下探出头来,凭借文字,专替自己或别人抹白鼻子的东西",这才为《笔会》所不取。

这篇告白的发表,引起耿庸的不满,在其他报纸上撰文批评,把唐弢主张取稿宽广,遂被拟为不能"抵抗反攻",成为"刷子底下"的"畜牲"了,并说:"纵然屠刀没头没脑地砍将下来,也还可以抵抗反攻。"还说为了要把"不敢明目地卖身投靠",只会"哎哟哟,黎明"的巴金"捉来吊死",以为拟人于"畜牲","只消一根麻绳,套住鼻圈,就可以牵着走"。

唐弢读了此文,在《笔会》上发表《举一个例》,对耿庸的文章进行反驳,说:"我不相信这就是文坛的'进步'现象;我不相信登了这样的文章,就可以成为一个好副刊。"唐弢在文章中批评说:"但要进步,必须摒除宗派建立真正的批评。不分敌我,逢人狂吠,即使满嘴进步,也无非是信口胡说。"

继唐弢的文章,耿庸又在《新文艺》发表《略说"不安"——兼致唐弢君》,说:为了抗击作品的"堕落倾向",曾写了两篇小文,招来了巴金先生及唐弢的"不着边际的谩骂"。唐弢君的《举一个例》文内也说什么“燕会联欢，引朋喝彩”，“我怀疑他们自己的奴性和摆台的作风”，对“巴金唐弢之流”，“我羡慕他们的眼睛”。

《新文艺》和《笔会》的另一场混战，是围绕着李健吾的《和平颂》进行的。李健吾的话剧剧本在副刊《文化街》上连载之后，《笔会》又发表了他的《我写和平颂》。《和平颂》又叫《女人与和平》，引起了读者的议论。特别是日木的批评，把为《和平颂》叫好的洪深也骂进去了。为此李健吾接受田汉的建议，写了《从剧评听声音》的文章发表在《笔会》上。楼适夷读了之后，就写了《从答辩听声音》的文章，发表在《笔会》上，批评该剧是“加以批评是‘太糟蹋时间，太浪费精神’的作品，杀死了艺术，阻塞了话剧前途”。两人经过往复几篇文章的讨论，彼此有了沟通，意见取得一致。唐弢以编者的名义写了赘言，说：“适夷文中提出的几个问题，实比他批评健吾的更为重要，希望大家不要当作攻击私人的文章来读。”

《笔会》的“内战”刚一平息，《新文艺》连续发表了荒野的《一团和

想起了斫樱桃树的故事

刊登郭沫若的文章

气》及日木的《从文艺界的恶习劣风气想起》,不但批评了《和平颂》,还批评巴金、楼适夷及《笔会》的讨论,在《文汇报》的两个副刊之间又掀起了一场新的论战。

《新文艺》挑起这两个事端,使其主编郭沫若坐不住了,他连忙写了一篇《想起了斫樱桃树的故事》,文章说读到两篇批评文章,联想起斫樱桃树的故事。故事内容是华盛顿小时候,他的父亲给了他一把小斧头,华盛顿拿到后,高兴得乱斫树木,最后连他父亲心爱的樱桃树也斫掉了。郭沫若向巴金、唐弢请罪时说:“我们实在是错了,我们的斧头砍得太高兴,斫上了樱桃树。”他相信巴金、唐弢两人一定能谅解。其实批评唐弢也就是批评《笔会》的温和清新的风格。可见《笔会》风格的形成也是很不容易的。

20 /《各地通讯》和《新闻窗》

在《文汇报》的众多副刊中，还有两个属于新闻报道方面的副刊也值得一谈，那就是《各地通讯》和《新闻窗》。

报纸篇幅的扩充，从1946年5月1日开辟了《各地通讯》专版，每天都要发表一篇长达三四千字的通讯，用三栏标题；一两篇千字通讯，用两栏标题；"东西南北栏"发表各地零讯，用一栏标题。这个副刊的内容丰富，无法一一向读者介绍，只择其几则标题，即可见它的一斑了。

5月1日：

还都前夕看南京（主题）

胜利后的第九个月，我们全国的最高政治司令台，即将由雾都重庆重回这龙盘虎踞的石头城。在这里，我们现在虽已寻不出秦淮莫愁的艳迹和六朝脂粉的残痕，但显然，一个新的豪华世界，又将在8年来的败壁颓垣和垃圾堆上建立起来。（以结束语作副题）

5月2日：

荆门一带，极目远眺，只见荒烟蔓草，不见田塍（引题）

鄂北灾情触目心伤（主题）

饥荒遍地官厅只知催缴军粮

普遍摊派穷家小户无以为生（双行副题）

5月5日：

啼笑皆是看广州（主题）

百元二两半的米，平均每天发现40个新的路尸，而每天有几百个人躺在人行道上等死。……然而广州却有说不完的笑料！（副题——内容摘要）

5月7日，江西田粮处长程懋型出发赣西南督征余粮，到达吉安的第二天(10日下午2时)竟在赣江畔的白鹭洲投水自尽。5月21日发表了有关这一惨剧的通讯。通讯的标题是：

一幕对现实政治作“尸谏”的悲剧(引题)

赣水呜咽吊粮官(主题)

记江西田粮处长程懋型之死(副题)

千万人的血泪从这封绝命书透出了！“军俘粮，屯粮，济长江湘粤之粮，需要既巨且急，如何运交得了？误国家，困人民……罪浮于天，百死莫赎……我为此焦虑万端，失眠月余，近月咳嗽咯血，已生肺病之渐，自知早晚必死，遂决计从屈大夫游矣。”(导语)

征实征购政策的批判(分题之一)

白鹭洲边垂塔影　永留矜式愧贪官(分题之二)

5月19日：

灾荒、疫疠、贫困、饥饿(引题)

江西沦落在苦难里(主题)

请听一听大众的呼声：“没有吃，没有住！种子没有，耕牛没有，连种地的家伙也完了！还要征购余粮！唉！叫我们怎样活下去！”(副题——内容摘要)

5月27日：

湖南普遍饥馑声中(引题)

卸任粮官屯粮被控

长沙餐厅独现繁荣(双行主题)

6月10日：

贪污政治在浙江(主题)

这里的官吏,尽可以践踏人民,贪赃舞弊,老百姓不敢捋他们的虎须。即使有人胆敢出来检举,他们可以一逃了之。万一逃不脱的时候,官官相护是中国官场的惯例,那处分也多半是不伤脾胃的。(副题——内容摘要)

6月13日:

半死不活的天津工业(主题)

卢统之工程师说,政治问题不解决,产业是没有前途的。(副题)

6月16日:

杭市学生大游行

展开反内战运动(双行主题)

民教广场上马寅初作狮子吼　内战是一切灾祸的根源(分题之一)

雨淋湿了我们的衣衫　淋不透我们热情的心　银髯老人加入行列(分题之二)

6月17日:

回首乡关何处是?

山城愁煞待归人!(双行主题)

在还都还乡声中,所有达官贵人、富商巨贾,以及一切所谓“有办法”的人都已捷足先行,剩下来的普通老百姓,多数还紧紧地被关闭在这一座闷气沉沉的山城里,让一颗颗焦灼如焚的乡心,随着来来去去的飞机,在广阔的天空中无尽止地飘荡!(副题——内容摘要)

据当年主编《各地通讯》的胡钟达回忆，除了记者偶尔为这个专栏写稿，绝大部分稿子都是群众来稿，他说：稿件是各地的“散兵游勇”寄来的。他们多半是地方报纸的编辑或记者。他们作为人民群众的耳目喉舌所写出来的报道，在地方报纸上往往没有发表的机会。当《文汇报》享有的某种程度的言论自由尚未被国民党统治当局完全剥夺时，他们愿意把他们所写的报道寄给《文汇报》发表。譬如，5月2日刊出的《鄂北灾情触目心伤》的作者吴山，就是当时武汉《大刚报》的记者（也就是新中国成立后长期在《光明日报》工作的名记者卢云），5月21日刊出的《赣水呜咽吊粮官》的作者克浪，就是当时南昌某报的记者，他们都是《文汇报》的“志愿军”，由此可见当年《文汇报》有着多么深厚的群众基础。当时的《文汇报》以独领风骚的风格带来了凝聚力，全国各地报纸的记者都纷纷投稿，以抒自己的见解。所以，任何辉煌，人心向往之才是最大的辉煌。

从1947年元旦开始，为了密切配合当时的军事、政治斗争，《文汇报》增设了《新闻窗》副刊。开“窗”的目的是为了透露国民党政府严密封锁的新闻，特别是解放战争情况；透露在中国共产党领导下军事、政治、经济、文化各方面所取得的胜利。《新闻窗》每日见报，及时地向读者提供了各方面的信息。其中突出的是透露国共军队在各个战场上所进行的斗争。这个副刊，一直出版到5月《文汇报》被封门为止。

《新闻窗》编者在开“窗”的当天，写了前言，题目是《打开天窗说亮话》。编者说：试试吧，我们的条件太不够了。天窗能否被撑开一点儿，透进一些亮光……要请大家帮忙，还要不断地努力。

《新闻窗》反映的面相当广，有国际上的重大事件、解放战争的发展情况、国内外重大新闻的背景和参考资料；还有外国学者、记者对中国问题的分析和报道。《新闻窗》的重要专栏，是解放战争发展情况。解放战争的重点在哪里，《新闻窗》就介绍那个地区的情况，国共两军的攻势和两军军事指挥官的材料。这样读者就能判断那里发生了大规模的战斗。如3月1日版面，发了两篇文章和一幅漫画。一篇文章题为《从鲁中会战看两方战略》，丁静(姚溱，当时曾以秦上校和丁静等笔名发表军事论文)写的这篇有价值的分析论文，阐明了2月下旬内战战场发生了一幕惊心动魄的大打。文章分析了国民党军队的目标，人民解放军的打算，从捕捉到别人主力到分散自己的主力。说明了大规模内战的胜负，要看苏、鲁、皖、豫大战的结果。第一回合战争结束以后，王耀武、李仙洲的12万主力，只剩下2万多，已经不成其为“北翼”。从这个意义上讲，国民党军队已损失了一翼，对下一步解放军会不会攻打济南作了估计。另一篇文章是《忆李仙洲将军》，作者从回忆中叙述了和李仙洲将军交往的经过。所以要发表这样的文章，是因为李仙洲作为一个方面军的指挥官，已经做了人民解放军的俘虏，当时在上海的李仙洲的一位朋友，曾托人带信给李仙洲，说明被俘是个不幸，但塞翁失马，焉知非福？这位旧友认为这是李将军的一个“契机”。刊登的一幅漫画画面是一个小人跪在写有美国字样的巨人胯下，题为《求乞有方》。

和解放战争的战役相呼应，《新闻窗》陆续介绍解放军的一些指挥官，被介绍的有叶剑英、刘伯承、陈毅、萧克。这个名叫“新闻人物”的栏目，介绍解放军将领刘伯承时说：这几天徐州四周正在大战，叱咤风云的攻城主将是刘伯承、陈毅。刘伯承部由西东来，又由北南下，纵横鲁南，突击陇海，他的动向令人注意。刘伯承是共产党方面杰出的战略家，30多年的军事生活在他生命史上充满了传奇。他留学苏联，参加过南昌起义，作战勇敢，身先士卒。

在介绍叶剑英时说，叶是八路军参谋长，有20多年作战经验。他才气横溢，识见丰富，善于分析时局。他到北平担任军调部共方委员，为争取和平做出重大贡献。他在撤退回延安前，举行过一次记者招待会，他在会上说，根据他的观察，几个月后可能重建和平，联合政府一定会出现。

《略谈陈毅》一文说，他是中共名将之一。长征开始后，他和项英负责闽、浙、赣、皖等八省游击区。新四军开拓苏北根据地，是陈毅的功绩。他不仅是个军事家，还是一个政治家，对文艺也有研究。他曾经做过一首诗，内两句是："死后犹当集旧部，雄兵十万斩阎罗"（应为"此去泉台招旧部，旌旗十万斩阎罗"）。

5月24日，《文汇报》被封门的那天，《新闻窗》的"新闻人物"专栏介绍了《晋战中的萧克》。文说：萧克是中共的一员猛将，还是有数的战略家和战术家。他参加过南昌起义，失败后回到湖南故乡，训练了一支独立的游击队，跑到井冈山和朱德部队会合。他担任红军第九军军长时，是当时最年轻的军长之一。他率部到过平津一带，又到过敌人的大后方东北地区，闹得敌人天翻地覆。不断奋斗的结果，是建立了冀热辽边区抗日根据地。平津一带人民震于八路军的名字，就是他活动的结果。

《新闻窗》的"新闻人物"专栏里，几次提到被国民党监禁的张学良将军的自由问题；介绍过被国民党政府拘捕的民主同盟西北领导人杜斌丞。这个专栏也介绍过国民党将领。

《新闻窗》还广泛运用外国报刊的资料，选择有利于中国人民、符合中国实际的报道。"开窗"的第一天，就摘发了美国记者怀特德、杰柯贝的著作《动荡中的中国》。

1947年4月1日，《新闻窗》译载了上海出版的美国杂志《密勒士评论报》上的重要文章《毛泽东论原子弹》。这是毛泽东对美国著名记者斯特朗女士的一次重要谈话，有划时代的意义。那时原子弹在广岛上空爆炸后不久，有些人被原子弹吓坏了，认为原子弹能够取得战争的胜利，有的人认为原子弹不能决定战争的胜负。毛泽东对斯特朗发表的观点是：原子弹在广岛上空爆炸，也毁灭了自己，以后再也不用它了。因为人民反对原子弹。就在这次谈话中，毛泽东说：原

毛澤東論原子彈

原子彈炸毀了自己

原子能爲人民服務

《新闻窗》刊登美国女记者采写的《毛泽东论原子弹》

子弹也是纸老虎。

在《新闻窗》里，还介绍过斯诺评论《动荡中的中国》，斯坦因《中国全面战争开始》；译载英国林德赛的论文，详细地分析了国共两军在战争中的消长，用数字说明了共产党的军队正在不断地加强，而国民党的军队正在逐步地消亡。

《各地通讯》和《新闻窗》虽然天天刊出，但它不能算《文汇报》最重要的版面。我之所以把它列为专章向读者介绍，那是因为它对今天的报人会有启发，这两个专栏都是一个人在编，版面不大，但每天都有八到十条新闻，可谓是在“螺蛳壳里做道场”。为什么能做到这样？就是因为编辑思维敏锐，知道什么是读者喜欢的新闻，文字精炼到句句是新闻，条条新闻有看头，和新闻事实无关的话通通删去，但又不失之文采。

21 / 向“过河卒”胡适挑战

“国大”在南京召开，是《文汇报》的“焦点”新闻。驻南京记者郑永欣、黄立文向编辑部发回了许多报道，又配以评论，对“国大”持以否定。1946年11月12日，一版报道国民党宣布“国大”延期三天召开，同时报道中共发言人梅益谈话：“国大”延期三天，中共不予重视。11月15日，要闻版南京专电报道：《“国大”今日开幕　和谈已成历史名词“社会贤达”昨晚报到》。社评《“国大”终究开幕了！》指出“一年来人民所热烈拥护的政协轨道，从今天起是拆除了”，“我们希望，至低限度，政府应该尊重蒋主席的四项诺言，保障人民的基本自由……”。11月17日，一版南京专电报道：“周恩来昨向报界声明：不承认单独召开‘国大’，中共代表团即将撤返延安。”并全文发表周恩来声明。11月23日，六版开始刊登正有幸（郑永欣）的《“国大”见闻录》，讽刺“国大”召开。11月25日，六版开始发表黄立文长篇通讯《和平谈判冬眠》。

此时，《文汇报》另一位记者黄裳也在南京，他虽没有政治报道的任务，还是要“每天到许多地方奔走，从不同渠道打听不同的消息，用长途电报发给编辑部，工作结束时总是深夜了。……第二天照样要在这个荒凉宽阔的古城走来走去……”这时正是他写《金陵杂记》的日子，在报上连载。“国大”报道本来和他是没有关系的，但他“偶然在一家从不寓目的军统办的通讯社的铅印稿中看到了这首诗”。“这首诗”即指胡适的“六言诗”。当时胡适作为知识界的领袖，参加“国大”，颇为引人注意的，因为他的名气太大了。而此时黄裳知道的胡适不但参加“国大”还自喻为“过河卒子”要“拼命向前”，当时就写了一篇杂感，刊登在1947年1月30日《文汇报》上，题为《过了河的“卒”》。因为胡适这件事影响太大，黄裳的文章也得到多方的响应。好在文章不长，全文录之于后：

胡适先生好久不作新诗了。

“国大”开幕，胡先生连称“满意！满意！”回到北平以后，凑巧又遇上了美军暴行案，一场下来，结果“圆满”，不禁连呼“顶好！”“顶好！”我看胡先生现在大抵是有如金榜题名，鸿胪传宴以后的人物，志得意满，搔首踟蹰，天下该没有再不满意的事了。

然而我们又读到了这样一首六言新诗，寄愤激于潇洒，寓悲愤于闲情，言微意远，不禁为之动容。回想无论在《新青年》时代，在《新月》时代，在《独立评论》时代，我们的博士都没有过如此的表现，这正是赴敌前的决绝词，我敢断定，我们博士的下一表演一定是坚决的、出色的，普天下的看官，请都拭目以待吧！

然而那一股悲哀之情，溢于言表，又是不可掩饰掉的。胡先生饱读旧史，应该是明了这种心情的，如果不嫌我比拟不伦的话，洪承畴在死囚狱中，吴梅村在去京路上，应该都有这样的心情，推诸近事，博士的老友知堂先生出席大东亚文学者的会谈之前，也是应该有这样心情的吧！

按象棋规则，小卒过河，势不反顾，只能杀奔前去，走一步少一步，到底就是死路一条；

再按象棋规则，小卒过河即可横行无忌，左右冲突，自由得很，也凶得很。

这是我细按原诗考证所得的结论。

话也不必说得太多了。反正这已经是过了河的“卒”，珍重，博士！

继黄裳的文章之后，2月6日，《文汇报》又发了唐弢的《小卒过河》，文章引用胡适《六言诗》之后，说：

粗粗一看，是不算幽默的。但必须明白这是新文化战士白话圣人胡适之博士的大作。自然,这头衔稍嫌旧了一点,就在10年以前,博士已经不屑居此了,那时候,他应主张读经尊孔的何健将军之请,路远迢迢地飞到长沙,在那儿公开演讲,结果是宾主大悦,得程仪5千元。10年一觉,不免往事如烟,虽然物价飞涨,但博士的身价也远非昔比了。现在,他大概已过50了吧,然而"白发"而曰"偶有","中年"也只"微近",足证"徐娘半老,风韵犹存",搔首弄姿,意在卖"俏",倘按生活指数计算起来,那数目,实在并不很小的。

在这种场合上,我们的主角越说得正经,事实也就越是出色的幽默。

然而如他自己所称,他毕竟是过了河的卒。小"卒"过河,义无反顾,为了效忠主子,他只能横冲直撞,一往向前,再没有后退的余地。为本身着想,自然,悲凉是有点悲凉的,因为代替了"车"的地位,满脸杀气,要袭击对方,自己被袭的机缘也就多起来,不能再借学术来掩蔽了。

但我想,在这种场合中,我们的主角越说得悲凉,事实也就越是出色的幽默。

3月2日又发表了辛未艾的《文卒的悲哀》,文章写道:

下象棋,下到车马炮损折殆尽,士象破碎不全,将军不得不在方围之内,避来避去的时候,那是稍一不慎,便要给对方的马脚踹死,或战车碾死,巨炮轰死的。这时候纵有余勇可贾,拼命向前的"过河小卒",点缀于对方的阵地之上,装出横眉怒目,气势汹汹的姿态,左遮右拦,也不过是勉强塞一塞炮口,无大补于事的了。

何况这"过河小卒"虽以卒子自居,实际却只是一个手无缚鸡之力的文士;考据、演说、作证有余;阻挡炮火,扑灭异己,镇压反动，则还远得很。

鲁迅先生曾经说，历代的帝皇，在他皇帝做得牢靠，或者做得倒霉的时候，是时常跟文人学士攀一下相好的。一则是"偃武修文"；一则是"病笃乱投医"。这位"过河小卒"就是因为后 点，频蒙恩主召见、垂询，因而倍感知遇之恩，情愿拼却这半老徐娘的躯体，效命前驱的。

……

然而即使文卒的考据真有所用，看现在的局势，这也实在已经是无补于危局底万一的了。最干脆的办法，恐怕只有弃文习武——"立正"，"稍息"，"向后转"，为知遇者流至最后一滴血吧。

胡适参加"国大"前后的心情如何，当时人们是无从知道的。几十年后，《胡适往来书信》的出版，我们从中看到他在1947年2月6日写给傅斯年的信，还能看出他的心情。他在信中写道：

我在野，——我们在野——，是国家的、政府的一种力量，对国外、对国内，都可以帮政府的忙，支持他，替他说公平话，给他做面子。若做了国府委员，……结果是毁了我30年养成的独立地位，………——用一句通行的话，"成了政府的尾巴"！

抗日战争，国难当头，胡适用六言诗，是"赤心"之言，用他给傅斯年的信来注释六言诗，同样是"赤心"之言。在他的史料没有公布之前，黄裳等人批评他，都以为他是为参加"国大"时写的。既然是抗日战争时写的，为什么在参加"国大"时又拿了出来？《胡适晚年谈话录》1961年2月10日中有一节，说明了其中的原委，他说：

这里下面引的（按指《征信新闻》）六言诗，也有好几个错字。

那是1938年作的。那时中日战争发生一年多，我和陈光甫两人在美国华盛顿替国家做了一些事(桐油借款)。我有一张照片，光甫说，"你在照片上写几个字纪念吧！"我就写了这四句诗。一直到了1947年在南京选举总统那年，陈孝威要我写字，我因为这首诗只有24个字，就写了给他。这是完全对抗战发生而写的。陈孝威回到香港，在《天文台》上发表了。当时共产党把这首作为过河卒子"胡适卖身给蒋介石"的话，大大地攻击我，这首诗变成我最出名的诗了。现在《征信新闻》又说把它作为1948年在北平出来后作的诗了。

关于胡适，《文汇报》是做了不少报道的。他从美国回来任北京大学校长，在开学典礼时说中国要有10年安定的局面，北大就可以成为世界第一流学府，他劝勉学生埋首学术，造成北大读书风气。1946年10月22日，《文汇报》的报道中有这样一段话：现在，主持校政的是新文化运动的先锋胡适之先生，对于今后北大所走的道路，他在双十节的开学典礼中指出："今天，北大仍然继承传统的优良学风而求进步，学校绝对赋予教授和学生的自由，但在'自由'的思想和研究中，我提出了建立'独立的学术研究，独立的思想'的口号，唯有独立，才不受别人的欺骗，不盲从附和，自己具有新的意见，至于政治思想，那是各人自己的事，学校不能管制。可是，希望学校没有党派活动，以保持学术的尊严。"北大能否坚贞地保护这块自由的园地，那就要看努力的如何了。

11月1日，又报道了胡适在北京大学的讲话，说：胡适说中国要有10年安定的局面，北大可以成为世界第一流的学府，他劝勉学生埋首学术，造成北大读书风气。但在国民党的政治大骗局中，会不会让中国人民有10年的休养生息呢？也许胡适看到了这一点才发出苦心孤诣的要求，这是一种韬光养晦、独善其身的要求。同一天，发表了静远的文章《关于胡适先生》，说："我们这一代青年人对胡适的看法，不免受鲁迅先生的影响。直到现在，我们看起来，真理是在鲁迅先生那方面，胡适先生是错了的，胡适先生并没有预见到将要腐蚀中国的封建力量和买办力量，所以当今天民族资产阶级被外来的经济力量和内在的封建游资摧残到几乎无以自存时，我们的一点自由主义的教育和学术也就窒息得可怜。正如胡先生所说，好的教授只好倒马桶抱孩子，无法从事研究。

“在这一个剧变中，稳健的自由主义者自然地有了转变。他们的立场也许没有动，然而他们也要求改革！不要让这些阿猫阿狗，来胡搅政治，胡搅教育吧，给民族工业以支援，阻止土地的过度可怕的集中吧。其中一部分人，就形成了民主同盟。教育界的潘光旦先生、闻一多先生，和民主同盟以外的钱端升先生、张奚若先生、文艺界的洪深先生，都是我们的好例子。

“胡适先生情形比较特殊，八九年来，他远在国外，他对中国的了解，还止于八九年前民族工业开始发展时期的情况。有的人希望有奇迹出现，最好胡适不满现实，一下子就跳起来叫‘革命’，那是不可能的。胡适是个资产阶级的学者，他自然而然地和那些——而且他也很愿意和那些——改良色彩很浓的人接触，这些人比司徒雷登还要缓和，要胡适跳出他这个环境是不可能的，他已经56岁了，不是6岁或是16岁。

“有的人，尤其是挚爱着鲁迅的人，对他很容易有另一种想法，就是他一向是一个统治者的代言人，一向是帮着新生活运动的叛变者讲话的，他是不可挽救地走向一个变坏的方向了。这也是误解，胡适不是一个两重人格的人，他还是一个自由主义者，所以他即有所蔽，而没有故意说过谎。而且他对与他意见不同的人，是容纳着的。对于鲁迅先生对他的攻击，他没有私人的怨恨，而对鲁迅，据说他也怀着相当的尊敬，虽然他不可能同意鲁迅的见解。胡适是善良的，他是在他的环境之中的一个善良者。对于各种思想的学生，他是一视同仁地帮助着的。

因之把他和林语堂或是某些帮闲学阀来比，就不大适当。在北大开学典礼中，胡适也作了一个对学生和教师们的自由诺言，在这以外，他要求党派不要进学校来活动，而对于学生们，他以‘老大哥’身份赠送了他‘年纪大了，才觉到这话的真实正确’两句吕祖谦的话：‘善未易明，理未易察。’这些话当然不能理解为是恶意。

“胡适有他所不能见到的地方，像最近他在北平演讲美国外交政策，就说华莱士等在美国所从事的运动是恢复孤立主义的，假如这不是笔录者有意曲解乱记（在北平，这是有可能的），那么就是胡适的看法与今日大多数中国人不能尽同之所在了。

“尽管如此，另一些人对胡适成为政治人物的要求恐怕总是要落空的。从胡适回国以后，就有些人盼望着他组党，固然这里面或许有些真忧国忧民的人士，然而恐怕也有许多想胡适来搞一个帮闲政党（叫做什么‘国民党的诤友’），以后就可以在‘朱派’、‘陈派’之外，又多一个‘胡派’，而他们也投奔有门了。前者不免失诸幻想，而后者仅凭其出发点，就已经很可悲，胡适也许不至于这样傻吧？他还不像这些人这样热衷呢。

“一个人老了，就不免慢慢地讲中庸之道，他好像也就不坚持他那‘反差不多’的精神了。像托尔斯泰那样，像鲁迅那样不因年长而稍减他们旺盛的精神生活的，到底是‘善’和‘美’的精英，在人类中万不一见的杰出的灵魂啊！”

有关胡适参加“国大”的事，《文汇报》发表了各种不同见解的文章，表现了《文汇报》在当时的矛盾心情，这种心情一直存在着，而且胡适成了一个很长时间的话题。

1985年，黄裳写了一篇《胡适的一首诗》，讲了读到胡适这些私人档案的感想，说：

38年匆匆过去，这也真的变成了一件“掌故”。我觉得有趣的是，胡适直到晚年，还不曾忘却这一桩公案，不避繁琐地加以辩证。就照他所说，这诗是写于1938年而非1947年的“新作”，但他并未说明，为什么在那个时候，别的不写，偏偏重录了这首“旧作”呢？怕不是六言诗字数少这条理由所能解释的了。

1988年，适逢《文汇报》创刊50周年，黄裳又写了《封门前后》，文章的后半段重提胡适的六言诗，介绍了1947年在《文汇报》上批判胡适的情况。2005年7月29日，黄裳在《文汇报》《笔会》上发表《胡适的六言诗》，其中有言：“关于此诗作于何时，胡适自己说是1938年初任驻美大使时……”又说：“谷林找了好几种胡适的传记材料，考证此诗的写作年月，好像终于未得到确解。”黄裳接着又写道：“80年代中，胡适在国内声誉鹊起，大异50年代批胡之时，有的朋友就说我们1947年批胡适此诗批错了，时间不对，我总还有点怀疑。”

2006年3月29日，《文汇报》发表周尊攘的《“六言诗案”能否“结案”》，引用了胡适的几种传记材料，都证明六言诗是作于1938年驻美大使任上，同时对黄裳的几篇文章也作了引用，周尊攘在文中写道：“对此，我的看法是，当时（1947年）胡应该批，却冤枉了‘小卒’。”周尊攘又写道：

“前面我已表明，胡适在1947年参加伪‘国大’，黄裳先生和《文汇报》的同仁的政治方向应该充分肯定；即使当时由于情况不明误把‘抗日小卒’作为‘反共小卒’来批，也可以理解。但是，在距当时已经41年，甚至58年之后，我国已经改革开放多年，情况也已经较大的明朗化了，黄裳先生仍对其‘旧诗’持怀疑态度，这就令人不解了。

“简单地说，尽管出于无意，把1938年的旧作当作1946年的新诗，这总是不合情理的。再进一步，把47岁的‘微近’中年，硬说成是56岁的‘徐娘半老’来讽刺挖苦，这就更难以说通了……

“我似乎感觉到黄裳先生也并非决不承认六言诗是旧作，但他却认为即使是旧作,也没有批错。……这样解释,一般地看,不能说没有道理,但在作出如此重大的评判时,单凭这一点猜测,则总显得不够慎重和缺乏力量了。故而,我想诚心诚意地请黄裳先生再考虑一下:这个'六言诗案'是否还是'疑案'?它是不是应该'结案'了?"

2006年4月26日,黄裳在《文汇报》《笔会》发表了《答客问》,文章的开头写道"尊攘兄",显然是直接回答周尊攘的了。文后有一个《补记》,说:"上个世纪80年代中,胡适评价在国内产生大逆转时,有人放言,我们1947年批是批错了。这确是引发我写《胡适之六言诗》一文的诱因。这种历史主义的风凉话,不管动机如何,总是错误的、恶劣的,必须斥伪返本,恢复史实真相。当时的批胡,实在说不上冤了'小卒',因为在1947年,这个小卒的表演确实过于恶劣了。"

黄裳这样的回答,未必就能使周尊攘满意,更不说能说服他了。

以上后面的一大段话,本来和1947年的《文汇报》是无关的。我之所以把它写出来,因为周尊攘也是《文汇报》的记者,即使退休了,仍然在关注思想文化方面的事。黄周之争,在《文汇报》内部是家常便饭,我把它写下来,只不过是略表文汇人的办报风格罢了。

时局虽处于纷乱喧嚣之中，但《文汇报》仍然不忘发扬学人的治学精神或学风，或发表人物访问记，或发表学者的文章，或发表对学者的评述文字等等，使读者对他们有更多的了解，从中也可以看到学者的各自风采的概貌，也体现了《文汇报》的一番诚意与苦心。

顾颉刚

抗战烽火燃起后，顾颉刚离开北平，其书物由顾廷龙放置在燕京大学校园，一部分放在禹贡学会，一部分放在天津中国银行仓库。太平洋战争事起，英美的居地也不安全了，留在燕大的被捆载而去，藏在天津的付诸拍卖。后经其朋友代为收赎，改存浙江兴业银行。日本投降后，他自重庆北归，整理劫后余物，发现《辛未访古日记》还在。

《辛未访古日记》是1931年顾颉刚利用假日，外出旅游，经河北、河南、陕西、山东4省，把旅途访古见闻逐日作记，是一部很有价值的学术日记，他拟整理刊出，并撰一《自序》，刊于1946年5月8日《文汇报》上，读之，真切感受到历史学家的痛心疾首的感怀。《自序》中有这样一段："更言先民之遗产，或建筑之伟，或雕刻之细，或日用器皿之制造，或文字图画之记录，莫不使我侪见这惊心动魄，叹祖宗贻我之厚如此，拜倒于其下。何意此二三十年中竟受极剧之破坏，及我之身将沦胥以尽。民国十二年，予至山西天龙山观北齐造像，彼时固完整也，不数年，佛头售于市，问之后往者即尽矣。予始知洛阳白马寺，一院中以汉砖为墙，及兹再至则无睹矣。主军政者方假破除迷信之名以行其聚敛掊克之术，而一二千年之古刹古物不为黄巢李闯及辽金胡元所摧毁者乃悉销散于民国。以河域埋藏之多珍，汉人得鼎且以易年号，今则一发得即远渡重洋，为豪门之珍玩，而本国专家乃未见未闻。予常喟然告人曰，'我宁毕世不见新出土之古物，以待太平之世我曾孙玄孙之发掘，不愿其今日显现而明日澌灭也！’我辈真不肖哉，生不敢平视外人，死无以对祖宗于地下！此则忠心耿耿，永不能自宁者也。读是书者幸一念之！”

另外，《文汇报》还在《史地》周刊首次以连载的形式，发表了顾颉刚的《宝树园杂记》。文前有一小序云：“自离故宅，忽易九春，今日归来，榴花满树，落英一庭，窗扉间触目皆先人遗墨，眷恋之情油然而起。及发箧陈书，则多成蠹鱼之窟，蜿蜒纠结，若镌龙蛇，其尤甚者为白蚁，仗其生殖率之高，每使巨轶化为土块。失声叹惜，难可自禁。急就烈日下曝之，重加整列，而焚其不可救者。结习未除，理书时随手翻览，或生解悟，或忆前尘，笔记之册于焉复立。老友臻郊（即王伯祥）主文汇报史地周刊笔政，移书索稿，至于再三。既生活未安，不克心论文供应，便钞新写数条寄之；非敢忘其劣陋，遽以未定稿示人，直取是为解围攻资耳。”

顾颉刚的《宝树园杂记》和吴晗的《旧史新谭》的影射史学不同，纯粹是考据文字，以随笔的形式写来，顿然有清新活泼之感。

傅斯年

傅斯年是山东人，豪爽、耿直，时人称之为“傅大炮”。学历上出身于北京大学，与俞平伯同班，是胡适的学生，在新潮时代是个很活跃的人物。本来写的都是对文化运动启蒙文字，留学归来以后，文风变了，写的大多是考据文章。关于傅斯年，《文汇报》是发表过几篇文章的，一篇是1946年10月7日发表的黄裳写的《访傅斯年》，文章一开头就写道：“我访问傅孟真先生，颇费了不大不小的气力。”第一天去采访，在门房枯坐两个小时，没有见到，约定第二天10时再来，第二天9时半，黄裳就到了，正好碰上朱家骅来访，与傅斯年谈话，又被门房搪塞了一番，说“不知到哪里去了”。他于是又跑到历史语言研究所，又等了很长时间，总算见到了傅斯年。黄裳的这次采访，的确是很辛苦的。他看到的傅斯年“嘴里衔了一只大烟斗，正好与他大而圆的脸相衬”。谈话一开始，傅斯年就指责《文汇报》“攻击我们造了这样的房子”，“这太不近人情了”。黄裳虽然说“回去一定查一查”，而心中却想“我实在不曾看到这篇东西”，这是不是“傅大炮”搞错了，张冠李戴，把别的报纸批评他的文章，算在《文汇报》头上。这次采访谈话，傅斯年主要是为沈兼士在北平被清查团列为贪污伪文物案清查进行申辩，为沈兼士抱打不平。他们也谈到了傅斯年为周作人写的证明材料一事。傅斯年说：“周作人还是我的老师，但是他现在做出这种事情来，也只好断绝了。”傅斯年还告诉黄裳，说他们曾设法使周作人内迁，又寄了钱去，周作人有回信，里面说怎样困难，不能走动的话。黄裳最后写道：“傅先生几次看表，频频走动，我虽然还有几个有趣的问题，也不好意思提出来了。”黄裳的第一次访问就这样结束了。虽然谈了一些问题，黄裳在通讯中还是表现出有点冷遇之感。这是当记者的经常要碰到的。常常会愤愤然于心在字里行间表现出来。

11月2日，报纸又发表了黄裳的《关于傅斯年》一文。在这篇文章里，黄裳似乎不像《访傅斯年》一文中那样客气了，说傅斯年是个不大瞻前顾后的人，他自己努力做一个像胡适所提倡的那一种“好人”，或者也还暗中以有着光荣传统的“燕赵自古多慷慨悲歌之士”自许，想做一个“山东大侠”的吧。然而时代毕竟变了，20世纪的确没有往古时期的单纯，我们的英雄终于在若干地方退缩了、萎脱了，甚至有些地方躲躲闪闪，出处可疑。他骑了马执了投枪，遇到了风车却只是虚晃一招便走，我们的新堂吉诃德先生虽然并未受伤也仍旧威风凛凛地拿着他的枪，却终于失却了大众的爱护。真的，做堂吉诃德也真不易也。又说他即使是做学问，他也偏得可以，俨然揎拳捋袖与人争一日之短长，使人感到那燎人的火气，殊与学院之风违谬。黄裳称他是一个“为辩论而辩论者”。黄裳又写道：好辩，好闲事，在“大炮”之外，还得了个“学阀”的美号。在同学间认他是个“伪善者”，是个“骄子”。在一册昆明西南联大学生出版社所出版的《吾爱吾师，吾尤爱真理》中，很有几篇文章对傅先生不敬，同学们的分析，我觉得是很有点理由的。傅先生下机伊始就劝同学好好读书，不要过问政治，同学们就怀疑傅先生天天都在玩政治，尚且没有跟得上政治潮流，如果叫同学在这政治急转的时代里，埋头读些同现实毫不相干的东西，将来离开了学校以后，是叫人去做老迂腐呢，还是叫人去做别人的阶梯？有了这样怀疑的同学结果就称他为"学阀"。文章的结尾，还写了一段傅斯年生活的一两件趣事：他喜欢抽板烟，在重庆时，到朋友家里闲谈，将桌上一包"Bond Street"都吸光了。吃起东西来也甚为可惊，当佣人要将一盘将尽的菜移开时，他就从那人手里抢了回来，放在面前，说："我还没有吃完哩！"

除了这两篇文章，黄裳还写了一篇《怀昆明》的文章，发表在《周报》上，也是谈傅斯年的。因为没有读过，我不知道写的是什么内容。

11月10日，报纸又发表了静远的《为〈关于傅斯年〉补遗》，是对黄裳文章的补充。文章说："傅斯年到了北京，不免又要为辩论而辩论，为生气而生气一番"。文章讲了傅大骂容庚的事。金文学者容庚原在燕京大学教书，后来到伪北大。因为和傅斯年打了一场笔战，此时已到岭南大学教书去了。静远在文中说容庚"就为人而言，是个好人，倒是真留在这里，为教育与教育的。"静远讲的另一件事情是：傅斯年的儿子才12岁，在学校里穿了一件旧洋服，被少见多怪的同学注意到，骂他是"贪官的儿子"。他听了这话立刻对他的儿子说："骂你的人一定是汉奸的儿子。"这个结论倒是有些奇怪了。有一位女记者采访傅斯年，请问他一个北京大学的传说："傅先生骗了他们，傅先生对这种一面之词有什么意见？"傅斯年回答说："这些××党的走狗，没有希望的。"看来，傅斯年的确是一个好走极端的人。

50年以后，1996年4月20日，《文汇报》发表了唐振常的《关于傅斯年》的文章，说："想起一桩往事。1947年夏天，傅斯年访美归上海，住枫林桥中研院上海办事处，我往访。本来在政治上就对他很有看法，见他肥胖不堪，穿一件其时上海未曾见的极花的夏威夷衫，说不出是一种什么味道，就颇不喜欢。当时说了些什么，今全忘，只记得临别他的一句话：'请问候政之先生。'就是这个傅斯年，逼迫胡政之参加'国大'（他们同属于所谓社会贤达），胡在他的逼迫下（当然傅的背后是蒋介石），对人说'为了保全报纸，只好牺牲我个人'，而去南京'国大'报到，签了一个名即返沪，落得个污名。这一面之晤，增加了我对傅斯年的坏印象。前几年，与台湾朋友说及傅斯年，我讲了我的印象。来人深不以为然，说是'在台湾只有傅斯年一个人，在蒋介石面前敢于跷着二郎腿大言炎炎'。于是，我想起了傅斯年在参政会上大声疾呼痛骂孔祥熙、宋子文误国的事，再想到他于1950年12月20日受台湾临时参议会质询，当场猝然脑溢血死去，则此人是一有性格的血气之人。"

对于傅斯年的学问，唐振常说：五四新文化运动，傅斯年叱咤风云，声震四方；与北大诸同学所办《新潮》，几与《新青年》并驾齐驱，唯较重于文艺，为不同耳。留学英德归来，执教中山大学，致力研究，此后数十年，他的最大功绩在创办和主持中央研究院历史语言研究所，他是蔡元培手下的大将和干员。尽管他早年并不专研历史，在北大本科读的是国文门，留英时的兴趣在实验心理学和弗洛伊德学说，由英入德，主要研究物理学，尤在相对论和量子力学，及后受陈寅恪影响，转入比较语言学研究，然其成就则在历史学。对历史学家傅斯年，人们只是朦胧地知道他是个史料派，他所主持的中央研究院史语所是史料派大本营。蔡元培说过"历史学就是史料学"一句话，人们以为蔡元培是受傅斯年的影响发表此言。当年周谷城评蔡元培此言曰："这个说法对历史研究有益，但不正确。"杜正胜的《从疑古到重建——傅斯年的史学革命及其与胡适、顾颉刚的关系》一文，梳理清楚了傅斯年的史学观，从赞成和大加颂扬当年同窗好友顾颉刚的疑古学说，到彻底反对其说，提出他重建史学的一系列观点，并为之而奋斗终生，所谓史料派只是他人所加的朦胧而不确切的概括。

几十年来，《文汇报》上发表有关傅斯年的文章，都是把他当作一个政治人物来看待的，没有涉及他的学术领域，一切的看法和评论，也只可作片面观之。

马寅初

马寅初是《文汇报》跑经济新闻的钦本立的老师，正是因为这种关系，他和《文汇报》的关系表现得特别密切。我曾经访问过1957年在《文汇报》做副总编辑的钦本立，他说："当年采访经济新闻时，有关重大的经济问题，都是向老师请教的，从老师那里拿来不少文章在报上发表。"

以往读旧报中，马寅初给我留下这样的印象：中等身材、胖胖的身躯、平顶，唯在头的后半部，尚依留有黑白相间的几根头发，脸色红润，讲话总是用浓重的嵊县官话。抗战胜利后他在杭州的一次演讲中，主题就是《中国目前经济之危机》，把中国和日本做了比较，他说：日本，虽为战败国，但人民的礼貌、秩序、纪律及苦干精神，都令人敬佩。我国的接收人员都称日本民族的复兴，一定是非常神速的。但回观我国，现在的"接收"人员，简直是在"抢"。大批从前发过"国难财"的，现均在大发"胜利财"。而我国的法律，又非是保障人民，而是少数人手中的东西；小民犯了罪，动不动即枪毙，但这一批"接收"的强盗呢？法律于他们又将如何？现在，我国的经济状况，有着各国的缺点，而没有他们的优点，一切的经济大权，是少数人在独揽、包办，他们过去发"国难财"，现在发"胜利财"，将来还想发"经建财"。

马寅初多次参加《文汇报》举办的"星期座谈会"，他多次表示，中国经济的瓦解和崩溃，问题全在政治，要用战斗性的行动，坚决制止内战蔓延。他认为：在争取民主的过程中，报纸是一支异常重要的力量，在上海只有《文汇报》能够得上说是真正人民的报纸。这是值得珍视的。因此他特别希望《文汇报》能始终如一地坚持下去，不屈服于威逼，不俯就于利诱,尤其是利诱。一张报纸一经接受任何方式的经济帮助,就不会再有出息,不会再代表人民说话,只能仰人鼻息做人尾巴。这种前例多得是。其次,因为民主运动是以知识青年为主力的,报纸应该以青年为对象,不必广泛地企求获得各阶层的普遍爱好,注意力不集中,是不会讨好的。

在一次银行学会举行的座谈会上,马寅初谈了进口问题,他说在这巨大的进口天文数字中,不知善后救济物资是否计算在内,因为善后物资到华之后,变为商品,对人民并无益处,其作用等于普通进口货,所以,如果善后物资并不计算在内,那么报告的数字并不确实。同时,在这进口数字中,不知是否有机器等生产工具,如果大部分是生产工具的话,问题也不严重,如果全是奢侈品、日用品,那么问题确属严重。

在这里,马寅初提到了前一日《文汇报》所刊罗叔章的《打倒官僚买办》论文中所指出的,中国已处于次殖民地经济的这一事实,非急加挽救,中国的前途真正不堪设想,所以他大声疾呼地说,这样的一个容忍官僚买办嚣张跋扈的政府,这样一个只重一面外交,不惜引狼入室的政府,是决不会着眼于国民经济的前途,来解救中国经济危机的。

再从另一方面看,单从经济入手解决,也并不是没有好办法,譬如在国际贸易上实施对内民营对外国营的政策。但是,且不说政府不会这样做,就是做了,政府既然统制包办,赚钱进私人腰包,蚀本算民商倒霉,那么好办法又有什么用处呢?所以,归根结底还要从政治上解决。

马寅初的话是够沉痛的,会场上袭过一阵沉默,更含有悲愤,但他也给了人们以希望:即政治问题一解决,经济的危机绝对可以迎刃而解,问题全在政治。

对中美商约,马寅初持反对态度。他说,最近,又有中美商约草案在签订，表面上都是平等、互惠，叫我们取消关税壁垒，开放自由贸易等，但骨子里不啻为我国民族资本工业的致命伤……这种商约是万不可冒失签字的，为了不使我们的国家再沦为半殖民地，我们必须要打倒官僚封建资本、买办资本。马寅初反对资本垄断，支持民营经济的发展，他说，根据可靠方面的研究观察，发现国内某一集团正有计划地想垄断四个部门：军事、经济、教育、文化，这一推测在当前的事实中，可有显著的迹象可寻。其在经济方面的企图是囊括金融机构，农业工业各生产部门，一手包办，可抓则抓，决不放松。试问在这种有计划、有步骤的野心阴谋下，民营的经济活动又有什么生路。

翦伯赞

翦伯赞由重庆初到上海，和他见面晤谈的王伯祥为《文汇报》撰写介绍说："他个子不高又不矮，头发微作波状，两鬓并不贴肉，面部轮廓极清晰，尤其是一双眼睛，长而秀，眼梢斜上，上盖浓浓的眉毛，令人一见感到粗线条的美。"

翦伯赞是很有影响的历史学家，他所著的《中国史纲》第一册，从史前洪荒之世直说到春秋战国，根据人类学、民俗学、考古学的见地，把中国人种的由来、史前文化的发展、社会形态的演进，逐一予以解释，视野全新，深为学界欢迎重视。他来到上海，读者都关心这部书续写的情况。为了满足读者的要求，《文汇报》于2日在《史地》专版上发表了他的《秦汉史料新研——中国史纲第二卷序》，并加了编者按，说："翦先生治史的方法，是合乎科学的"，他的"中国史纲第一卷出版后，风行一时，大家都渴望其第二卷、第三卷早日继续出版，现值此书即将出版之际，得其序言，亟为刊载于此。"

这篇序言发表后没几天，翦伯赞就病了。7月15日，《文汇报》发表了新闻说："名历史学家翦伯赞来沪后无屋栖身，仅在愚园路某公共宿舍地上暂睡，复因行李不全，蚊帐缺如，乃身罹重病，8日来未进粒米，有时仅喝藕粉，亦常吐出，且无人照料，狼狈不堪。翦氏友人闻讯后，于昨日送一床去，睡的问题解决一般，唯医药行李等费用，仍困难万分。"

9月3日，报纸又发表了翦伯赞的《我的氏姓和故乡》，从这里我们知道他是维吾尔族人，他远祖的族称译为回纥，后译为回鹘，原居蒙古草原。唐末分三支西徙，一徙河西，史称河西回鹘或甘州回鹘；一徙西域，以西州（今新疆吐鲁番）为中心，史称西州回鹘或高昌回鹘；另一支徙葱岭，史称葱岭西回鹘。翦伯赞祖系西州回鹘。到了元代，高昌畏兀儿的部族举族东迁，最后到了湖南长沙，就在那里落地生根了。

在当时，翦伯赞的文章是引人注目的，对他的史学观，有的赞同，有的批评。他的《论东汉末的党锢之祸》中的一段文字，就引起过议论。这段文字讲的是秦汉以后中国历史上的巨大变乱，说："跟着东汉的士大夫之后，中国的士大夫，继续不断出现于政治斗争的前线，发动改良运动。例如在唐则有牛宗孺李宗闵反贵族政治的运动，在宋则有王安石的变法运动，在明则有东林党人反宦官、反锦衣卫（特务）的运动，在清则有康有为、梁启超的变法运动。这些运动，在本质上都是改良运动，不是革命运动，但是都不能为当时的反动派所接受，结果都和东汉的士大夫一样'衣冠填于阶陛，善类殒于刀锯'，一个跟着一个失败了。不过，跟着它的失败而来的，也和东汉一样，再不是士大夫的哭脸，而是农民的大刀。例如跟着牛李反贵族政治的失败而来的，是黄巢大暴动；跟着王安石变法运动的失败而来的，是宋江方腊的大暴动；跟着东林党人反宦官、反锦衣卫的失败而来的，是李自成、张献忠所领导的大暴动；跟着康有为变法运动的失败而来的，是辛亥大革命。从这些史实，我们得到了一个结论：即'士大夫政治抗争的失败，就是农民大暴动的信号。'"

10月29日，《文汇报》发表知公的文章，指责翦伯赞陷入了"公式主义"，是"机械循环论"。对知公的批评，没有看到翦伯赞的回应。也许是由于《文汇报》已然处于风雨飘摇之中，再无暇评估这些学术问题了。

吴晗

吴晗是徐铸成清华学友，又帮助《文汇报》主编《新史学》，是《文汇报》的老作者、老朋友。1946年12月，他在《文汇报》上发表《旧史新谭》的连载，每段写一两个史学书上的故事，然后再联系一些现实，却写得自然契合，没有“硬装斧头柄”的感觉，被人们称为“影射史学家”。

《回纥助唐》一节较长，分两天刊完。讲的是安禄山叛唐，唐王“幸蜀”一年，然后由大将郭子仪联络回纥的力量破了安禄山，这样回纥就和唐王朝做起生意来了。吴晗讲了这个故事，接着写道：“从(公元)758年以来，根据唐回商约，回纥用马来换唐的缯帛，每马一匹换帛40匹。回纥每年赶几万匹马来通商，大部分是老的病的，买的不够数，给的缯帛不够数立刻闹翻，不是动手打就是用军队打，政府苦于无法应付，而又不敢不应付，只好竭尽库藏，实在没办法，有时闹得由公务员捐月薪，将军献家财，每一次回纥使臣回去，所得的赏赐和马价要用1 000多辆车子才够装。”显然，这是借古讽今，批评“中美商约”的。

《胡汉互名》一节讲了许多外国人喜欢用个中国名字，中国人有时也欢喜外国名字，讲了许多历史故事之后，他又写道：“于此，我也明白了，今天我们所知道的新闻人物中，为什么大都有一个外国名字的道理；这道理是北魏、元、清的时代继承。更明白了外国公司改为中国名字，中国商人开外国公司，这一串糊涂账的内幕。

“从胡人汉名，或汉人胡名，这一点可以看出一个时代一个政权的本质。那么，在同一时代同一地方，而有两种并存的现象，一个唯恐其不像中国，而另一方又唯恐不像另一个国家的，以至月亮也是外国的圆，不是更可以看出一些新的意义吗？”

《四尽》也是《旧史新谭》中的一个条目，写的是：“刘宋时鱼弘曾经做过南谯郡、吁台，竟陵太守，非常满意他自己的政绩。有一次他对人说：‘我做地方长官有四尽：水中鱼鳖尽，山中麝鹿尽，田中米杀尽，村里人庶尽，丈夫生如轻尘弱草，白驹之过隙，人生但欢乐，富贵在何时？’此公坦白得可爱，只是可惜，还得让今人一着，海空航权尽。”

其他如《蒙古根脚》是专门讽刺结帮结派拉关系的。

《黑名单》介绍明魏忠贤时代，崔呈秀造天鉴目志诸录，王绍徽造点将录，专记东林党人，后来又有魏广微、顾秉谦用当时坊间出版的朝官人名录《缙绅便览》，并用黑红两色定正邪，供不大识字的魏忠贤使用。再以后，崔呈秀比魏、顾又进一步，做了两份，一份是《同志录》，专记东林党人；另一份是《天鉴录》，专记东林党的仇人。很清楚，这是讽刺当时特务搞的“黑名单”。

还有，吴晗作的《朱元璋传》是讽刺蒋介石的，深得毛泽东的好评。

在没有言论自由的时代，人们只能借古讽今，“影射史学”是时代的产物。如果有了言论自由，有话可以明白直接地说出来，又何须转弯抹角地搞影射史学呢？

周予同

周予同是经学史专家，在太平洋战争前一年，曾经写过一篇《最近五十年来中国新史学》，将中国现代新史学先分为“史观”与“史料”两派，再将史观派分为“疑古”、“考古”与“释古”三派。疑古派以胡适著的《中国哲学史大纲上卷》与顾颉刚编的《古史辨》为代表，考古派以王国维著的《观堂集林》里几篇关于殷商研究文章与《古史新证》为代表，释古派以郭沫若著的《中国古代社会研究》等为代表。关于史料派，当时因为手头材料的不完备与杂志篇幅的限制，还没有继续写作。后来上海局势突变，所有刊物都掌握在敌伪的手里，因此便闭门搁笔，没有计划续作了。

抗日战争胜利后，周予同带着高兴的心情，想继续完成之前未竟之功，将史料派的成绩一一陈述，成为《中国新史学与新史料》一书，以便初学者了解，并想对中国今后史学发展途径贡献一点意见。但是“国内的厮杀的喊声过于学术的气氛，搜集一切学术资料，刊印一切学术论著，也一点没有比沦陷期改了多少”，而此时的周予同又被病痛所苦，“终未能鼓起续作的兴趣”。即使在这样失望与忧郁之中，他还是提起笔写了《考古与史学》一文，刊在1946年5月28日的《文汇报》上。

在这篇文章中，周予同提出了“史学”、“史料学”与“考古学”之间的区分与关系。当时史学界曾流行一个说法：“史学即史料学”，周予同认为此说初看似乎新颖，其实还不甚妥帖。史料学是史料学专家发现史料而将它加以整理、编排、考证与解释的工作之谓。史学却是史学家利用史料学家已经整理的史料而加以引用、剪裁、安排而与自己的史观如何配合之谓。史料学是纯粹客观的，而史学却是客观的史料与主观的史观的统一。他认为与其说“史学原是史料学”，似乎不如说“史料学原是考古学”较为妥稳些。

对考古派与疑古派，周予同认为两者不同，前者是积极求真，后者是消极辨伪；前者作风笃实，后者流于浮夸；前者用地下及书上史料相结合校正史籍，后者是用纸的史料相比较，抹杀伪史；前者是“挖地洞”，后者是“钻书缝”，并说“考古学的成果每每为革命的”。他呼吁有良心的史学家无论属于疑古、考古或释古的哪一派，都应该为了学术的尊严，为了学术服务于国家的理由，建立统一阵线，为中国新史学奠定基础。但是，他看到学术界的曲学阿世，投机取巧之风蔓滋着，又不免忧心，他那敦厚的学风，正直的人格也就跃然纸笔间了。

千家驹

千家驹，经济学家。1946年7月，《文汇报》被停刊7天警告时，他从香港来函云：

文汇报诸先生：

晨起阅报，惊悉贵报被停刊一周，此真所谓“欲加之罪，何患无辞”。贵报站在人民无党派的立场，鼓吹民主，不遗余力，“民之喉舌”，足当之而无愧，彼不愿听人民之意见与声音者，如芒在背，非一朝一夕矣。此种停刊且光荣的停刊，盼先生等不为威力所屈，再接再厉，不屈不挠，继续为民主而努力，“民之所好，好之，民之所恶，恶之”，民主必昌，反民主必亡，无人能改变历史的铁则，也没有人能开时代的倒车，这是我们坚强的信念，凡民主人士均将无条件地支持贵报的工作，特函慰问，并致民主敬礼！

千家驹　拜启之八日晨（自香港寄）

他是《文汇报》的重要作者，在报纸发表不少评论当时的经济与时局的文章。先后有《工业化与民主政治》、《内战扩大与中国经济大势》、《从经济看时局》等。

他在论文中提出，抗战已经结束，照理中国工业化问题应该提到议事日程上来了，但目前谈不到，这是因为中国工业化之前提的民主政治还没有实现，没有民主政治，不但中国要实行工业化不可能，就是实行经济复原，恢复到战前的生产规模也困难万分。没有民主政治，则中国的经济命脉在官僚资本操纵之下，中国的民营工业决无发展的前途，民主政治不实现，中国统一是不可能的，即使统一也是法西斯独裁的武力统一，而不是集中民意的民主的统一，势必出现混战或内战的局面；中国工业化的敌人既不是资本主义，也不是共产主义，而是贪污腐化的官僚主义。

李广田

1946年9月，李广田、朱自清、台静农分别由昆明、成都到了重庆，重庆文协举行欢迎会，到会的有艾芜、沈启予、何其芳、柳倩、力扬。在会上李广田讲了昆明文协及文化界人士为发展新文艺运动情形，他说：“昆明文协由于生活程度太高，政治上的束缚太大，一二·一运动以前，显得非常沉寂，不能满足青年人飞跃性热烈的要求。一二·一运动以后，反内战争民主运动勃起，文艺活动也跟着渐渐达于高潮，由于文艺活动与政治运动的密切合作，文艺工作发展极快而且成绩极好，其中以戏剧方面成绩为优，由学生自编自导自演的街头活报剧，如'告地状'、'凯旋'等剧的演出，均获得良好成果。诗歌方面由于一二·一运动的鼓舞，也空前活跃，以反内战争民主为内容的朗诵诗从教室走向街头，悼词、挽联、祭文都诗歌化了，这种新的形式感动了无数群众，给诗开辟了一条新路，闻一多教授便是当时的领导者。"

这个欢迎会及李广田的讲话，《文汇报》在9月2日作了报道。以后又发表了几篇记者对他的访问记，向读者作了介绍。

李广田，山东人，出身农家，幼年一直在农村生活，对农民生活有着极深刻的印象和感情。于师范毕业后入北京大学外语系，从此便与新文艺结下不解之缘，与何其芳、卞之琳甚为友善。他答记者问言：

我爱那些不为商业买办气息所化的北方人。我最不喜欢学得充分圆滑了的北方人——因为这种人，既没有南方人的激情，又学会了复杂，丧失了大胆和痛快。那些保留了北方的深厚的农民气息的人，是值得爱的。他们明了复杂，而不化于复杂，不把自己的生命放到无聊的人事关系，钩心斗角中去消磨。他们是沉重的，是有分量的，他们不甘苟合后人，一个字一个举动都有着重量，我常常惭愧不如。他们不图苟安，患难来时，决不离开自己的岗位，甚至跑在大家的前面。他们并不是不聪明，然而他们做事一笔一画，决不希图省劲。决不出风头，决不说自己做不到的事，决不夸张，决不投机取巧。在苦痛中熬炼自己，他们是百炼的钢。也许他们看来有点羞怯，然而他们决不是遇事萎缩。也许他们不能到最高的地方，可是他们绝不会背过脸来就犯罪，掉过头去又"左"得可爱。他们是宽广的，不像那些挑了偏路小路走，一下子敌不住诱惑就堕入了深渊。

李广田应记者的要求，点评了当时文坛上的新作家们。

第一个提到的是路翎。他说他所看到的路翎的作品并不完全，觉着这是一个很严肃地工作的有魄力的作家。他又说到胡风先生的七月社的确发掘了不少人才。

第二个提的是杜运变，他说在杜以前的作品中，只看出他的聪明，近来显然更好得多了，到印度去了一趟，杜体验了更实际的生活，将来是很有希望的。

由“聪明”讲到了汪曾祺，李广田没有说话。记者继续问他，他始终不大愿作断然的回答。只是讲：聪明，也有“反被聪明误”的时候。只凭聪明，不接触现实，就容易走入偏僻。记者提到沈从文先生对汪的赞美，李广田说：“在沈先生，是以为汪比他自己还好的。”对于在文艺复兴上的两篇，李广田认为《复仇》比《小学校的钟声》好，“至少，复仇的主题是对的。”他说。

记者说到另一个“新作家”其实是老作家马凡陀。李广田说，他的民谣形式的新诗，是新诗的一条新路。马凡陀诗歌修养很深，对欧洲的新诗也读得很多，所以讽刺很深刻。只是，李广田认为诗歌还应当另有一条宽广的路，这种民谣式的新诗的缺点，就在不能表现庄严雄壮的情绪。

对于批评文学，李广田笑着说：“最需要的东西恰巧是最缺乏的。”对于吕荧的文字，他说读过的觉着都很好。他又说，杨晦的批评文字也很好。胡风到底是批评文学的最好者，这是因为他已经有了一套完整的理论体系。可惜的是，胡风好像不大喜欢为不是自己编的刊物之外的刊物写稿。

12月6日，又发表了韩世新的《李广田先生》，也谈了对抗战时期文艺界的看法。李广田也讲了几点：

“抗战初起，有各派作家大同盟的组织，当时因为抗战情绪的狂热，以致一般作家均无雕琢的闲工夫，又因为戏剧和诗歌更富于现实性，更能昂扬人民的国家观念，如丁玲的《放下你的鞭子》每一次演出均挤得人山人海。自武汉撤退后，抗战情势转变而有长篇小说的产生，题材则多暴露抗战阵营中的腐败现象，如张天翼的《华威先生》便是讽刺发国难财的投机家的一篇珍贵作品。

“戏剧由街头走进城市，更转变为商业化，在技巧方面的进步不容否认，然而思想方面则衰退到不值一顾的地步，诗歌方面以艾青、田间最受欢迎，何其芳、臧克家次之。杂文一项自鲁迅创始独成一派，因战斗性的强烈，故一般报纸刊物多大量登载此类文学作品，鲁迅的杂文评价是‘诗与政论的结合’，故能短小精悍一针见血。

“总之，中国新文化界以受苏联的影响最大，美国次之，这是有目共睹的事实。”

李广田的谈话发表之后，对评论戏剧的那句话引起一场小小的风波，一卒在《新民晚报·夜光杯》写了一篇文章，表示抗议，《文汇报》文教版编辑黄裳立刻把一卒的文章剪下，寄给李广田，请他说明一下情况。还未等到李广田的回信，报纸发表了白及的文章，不同意一卒文章中的观点，支持韩世新写的《李广田先生》一文中的观点，并有所发挥，批评吴祖光的《风雪夜归人》为“北平城中一位戏剧工作者与一个少奶奶的故事”，是“玩物丧志”。白及在文章中又说：“提倡‘无关抗战’的，是梁实秋之流的老套。”又说：“在沦陷区的上海，在演《秋海棠》，在北平作伪官的周作人，在写绝妙小品，如果比较而言，在抗战大后方，有此闲情，叹赏佳人才子，(作者是说在赞同人性)那么前者倒的确可以自夸一番。因为他们尚未宣传毒素，毒害人民，一正一负，颇可供你思索。”

此时，《文汇报》编者接到李广田的回信，信中说：“韩君的访问记却真令人糊涂，事先既不知道作访问记，事后也未看过他的原稿，……其过失在于我说话不清楚。”黄裳接到此信，以白及的笔名写了一篇小杂感《一个结束》，文中引用了李广田的来信，并说：“这里感觉歉然的倒是编者，因为在得信之前，白及先生的小杂感又发表了，作为回答一卒先生的波俏的笔触，说话也波俏了一点，一点小误会，引起了一连串的不愉快。”黄裳本来以为事到此就算结束了。

12月29日，《一个结束》发表，30日，报上发表了柯灵的《且慢结束——为吴祖光先生辩诬》，对白及提出批评，说：“此事就这样宣布‘结束’，”“我觉得问题不应当这么简单”，“必须辩证的是白及（黄裳）先生的小杂感。”又说：“请容许我率直地说，白及先生的杂感实在使人不舒服，他那封不过千字左右的信里充满着偏见，不是坦荡追求真理的态度。他的杂感动机，似乎只为对吴祖光先生个人作恶意攻击，对吴先生这样的剧作家，这是一件极不公平的事。”又说：“我看白及先生真有点骂人心切，急不择言了。”还说：“对于这样厚诬清白，信笔纵横地糟蹋他人的说法，我提出严重抗议。”

由一篇李广田访问记，引起《文汇报》同人这样的一场笔战，今天看来是很有趣的，这也正是《文汇报》民间报纸精神的一种底气。

将近40年的时间过去了，1983年，黄裳写了一篇《忆李广田先生》，提到这件事，说：“一卒的文章可能发表在《新民晚报》的副刊上，这个副刊是吴祖光所编，而举出的抗战中戏剧佳作又正有《风雪夜归人》在内，这就使我很不以为然，觉得在自己编的副刊上说自己的好话，是不应该的，我的‘反攻’好像就抓住了这一点。”黄裳的文章发表时，同时还刊了30多年前李广田的那封信。在这篇文章中，黄裳已经没有当年的“年少气盛”，检讨了一下当年“自以为是”地把吴祖光骂了一通。

沈从文

抗战胜利后，沈从文到了上海，过了一些日子，又回到北平。他是8月27日到北平的，次日即开始阅考生试卷，这时他是北京大学教授。他在自称比昆明茅屋较高明的书房中，接受记者采访，说了这样一段话：“8年的苦受过了，此次到北平，再作公民，心情上比在上海舒适得多。

上海方面朋友巴金不问世事，郑振铎忙着替罗斯福图书馆买书。上海的出版界不景气，300万元印一本书，在500万人口的上海只能销300本。最大型文艺刊物《文艺复兴》每月赔100万。”

从这段话中可以看出，他显然对上海是不满意的。他在上海期间，电影导演桑弧请李健吾、柯灵、唐弢等介绍，和沈从文见过一次面，谈了要把他的著作《边城》改编成电影的事。沈从文高兴地答应了，并和桑弧谈了他对《边城》的构思，说：“这作品原本近于一个小房子的设计，用料少，占地少，希望它既经济而又不缺少空气和阳光。我要表现的本是一种‘人生的形式’，一种‘优美、健康、自然，而又不悖乎人性的人生形式’。我主意不在领导读者去桃源旅行，却想借重桃源上行700里路酉水流域一个小城小市中几个愚夫俗子，被一件人事牵连在一处时，各人应有的一份哀乐，为人类‘爱’字作一个恰如其分的说明。”

桑弧很担心拍不好，说“为了戏剧的排场，我也许不能不增添或删除一些东西，因此不能忠实于原著，而结果所给予观众的，极可能是一个悲欢离合的故事，却消失了原作的风格和情致，近于所谓买椟还珠。这还不是最坏的，最坏的是连‘悲欢离合’这一点也做不到，既背离了原作的神韵，又得不到戏剧上的效果，那就对作者和观众都是一种罪过。”

也就是在这个时候，沈从文发表了一篇类似自传体的长文，陈述他个人对于文艺，对于人生以及对于现实的看法，和他个人30年来所走的道，“用作对于一切陌生访问和通讯所寄托的责备与希望的回答”，从而“和一切为信仰、为理想而执笔的朋友互勉”。全文长2万余字。

1946年12月21日，《文汇报》发表长文《沈从文批判——这叫从现实学习吗?》，此文也有2万余字，分5天刊完，作者是史靖。在该文中，史靖谈了他读沈从文长文的印象，说：“在这篇文字里充满了忧郁苦闷，充满了一个知识分子的彷徨景象和一种近于固执的信仰，特别是充满了一个被时代所遗弃了的作家的控诉和愤懑，因此在全文里到处都弥漫着自辩和抑不住寂寞的声音，在祈求着读者给他以同情和支助。”对沈从文“引起失望和憎恶”。作者为什么那样憎恶沈从文呢？因为“沈先生远离了大众和血腥的现实”，“躲进自己所选择的环境”，“和战时文艺工作者脱离了关系”。

在2万余字的批判文章中，作者“憎恶”的是沈从文的一些理论。不妨摘几段供今天的读者评议：

一、沈先生的现实和一般人所了解的很不相同。他自己也带着讥讽的口吻说“极不幸我所了解的现实，和从温室中培养长大的知识分子所明白的全不一样，和另一种出身小城市自认为是属于工农分子明白的也不一样，所以不仅目下和一般人所谓现实脱节，即追求抽象方式，恐亦不免和其他方面脱节了”。那么沈先生所了解的现实是什么呢？我们根据他对于自己25年来生活详尽的叙述，知道他所谓的现实只是他个人的经验，而且都是所看到的社会黑暗面的一些乌烟瘴气的现象。

二、从他20多年的经验看来，文学界一是形成帮派的斗争，一是专注于口号名词的争执，而真正在文学本身反而一无成就，并且说“一到集团，便不免空空洞洞，集团表面越势力赫赫，这部门也就越见得空虚”，特别是他比较了当时上海和北方的表现之后，说：“集团越大成就即越小”，而有成就的还是那些“各自为战，各自低头寻觅学习，且还是那衰老心情，藏之名山，传诸后人，与群众脱离，与现实脱离”的北方先后成名的作家。他又说：“事业或职业部门多，念念不忘出路不忘功利的，很可以在其他部门中得到更多更方便的机会，不必搅文学，不必充作家”，并把一些作家定名为“现实政治的清客，或普遍社会的交际花”。

三、作家不该卷入“政治争夺”里，“文学不该变成宣传”，上海作家“尽是名词口号争执”，“由实际工作转入宣传铺张，转入死丧庆吊仪式赶赴里”，而很少有经得住“时间来陶冶清算”的作品。

四、沈从文说，他一方面看出了“现代政治的特殊包庇性，既已感染到作家间，于是流行一种现实争斗：一例以小帮伙作基础，由隔离形成小恩小怨，对立并峙。或与商业技术合流，按照需要，交换阿谀，标榜同道，企图市场独占”。但是另一方面他“要活下去，继续工作，就必得将工作和新的商业发生一点关系”。这点关系发生之后，沈先生就写，拼命地写，乡土神话、边城故事、小市民及知识分子的恋爱一类的文学创作相继出版了。

五、沈从文反对杂文，他说：“在争夺名词的口号是非得失过程中，南方以上海为中心，已得到了个‘杂文高于一切’的成就。然而成就又似乎只是个结论，结论且有个地方性，有个时间性，一离开上海，过二三年后，活泼热闹便无以为继，且若无可追寻”，沈先生这种讥讽的口吻是对于杂文价值的抹煞。

六、批评沈从文把昆明民主运动说成是“民主的温室”，这个“温室做些什么呢？”沈从文说：只是一批“在学识上既无特别贡献，为人也还有问题的人”和另一些人在“银行客厅”中相周旋，所以他说：“一切好戏，点缀政治。”在这个“民主温室”里，“贫穷的子弟多仍保有农村的朴质纯粹，非常可爱，官场子弟、暴发户则一面从不拒绝家中得来的不义之财，买原子笔、学跳舞，以为时髦，不落人后，书房中却照例乐意有个鲁迅、高尔基木刻像。也参加回把夜会朗诵诗，免得思想落伍。因之一时兴奋，什么都能否定，兴奋过后继以沉默，什么似乎又却承认”。他向青年提倡做“在学术有贡献，做人也站得住的纯粹知识分子”了。

在《沈从文批判》这篇长文发表之前，12月4日，报纸发表杂谈《张东荪、沈从文》，其中有一段，今日读之，更感到耐人寻味，文章说：那篇《沈从文访问记》(按即发表于《天津报》上的“学者在北大”之二，上海曾有转载)，是一个月前随便看见的。昨日才在一位朋友处得到。其中笑话老郭、风子等处，令人生反感。弟意运动者运动，用功者用功，各有千秋，他年是谁不朽当待盖棺，彼此一笑话就落俗了。哪怕老郭纯为出风头，在这年头也不必说他。若都成了沈所崇拜的"形容枯槁，走路贴墙，低头缩肩"的伟大的人，又成何大事？

60年的时间过去了，郭沫若、沈从文都早已"盖棺"，我仍不想为他们做什么定论，但经过历史的陶冶，今天我们重读《沈从文批判》，深感沈从文的思想敏锐，在当时文艺界的帮派口号的万花筒中，他看到了真实，有些事不幸被他言中。

潘光旦

潘光旦是清华大学教授、教务长。在昆明时，对李公朴、闻一多被杀事件表现得特别愤怒，受国民党当局的迫害，他于是就从惊涛骇浪中离开昆明到美国领事馆，飞到苏州小住一些时日，写了记事诗《剥茧曲》，详叙闻一多被害前后的经过，那里尽多嬉笑怒骂之词，不能为外人道。《文汇报》记者郭根访问他时，他说所以写这篇东西，是想在心情上把昆明这个悲剧告一段落，作一结束。联大北归时，他又悄然回到清华园。他的一般老友诸如杨振声劝他从此不要再问政治，更不必再作民盟的活动。清华大学本来拟请他任教务长，但南京政府当局不同意，只得作罢，随即又开始了他的教书生活。

潘光旦第一次上"优生学"的课程时，说："我7年前就在这个教室上优生学的课，窗外就贴着标语，骂潘光旦是汉奸。"

潘光旦的《政学关系三论》即由生活书店出版。满京新闻的记者去访问他，他感慨系之地说，现在与数年前到成都的情形又大不同了，死的死了，病的病了。

朋友虽然劝他不要再关心政治，他还是不甘寂寞的，仍然放言评论时政，说，壁垒是要不得的。有人问他要是为了抵抗另一个壁垒而形成一个壁垒，则如何呢？他说：壁垒若是多还好，只有两个壁垒最要不得。他说：今天政治中又掺杂了宗教精神，似乎又回到文艺复兴以前的中古去了。

对潘光旦,《文汇报》报道了他新出的几本著作,一本是《自由之路》已在商务印书馆付印,一本是《政学关系三论》,在生活书店也正在付印,还翻译了一本赫胥黎的著作,也快出版了。此外,还发表了对他的专访,专谈"性心理学"的问题。

11月14日,报纸又发表了芳垂写的《潘光旦与人性心理学》。《性心理学》是蔼理士的著作,共有7大卷,在英美也曾被当作"禁书",只有医生与学医的人可以看。在战前的中国,似乎只有两个人介绍过,一位是周作人,另一位是潘光旦。这两个人所走的道路不同,一个留在北平,下水当了汉奸,另一个则仆仆南下,抱守丛臧,终于不堪压抑走出书斋,最后还是被关进清华园里,继续研究性心理学了。

蔼氏在74岁时,又将全书缩写成一册,即是潘光旦所译的,只是削减了。

潘光旦译的《性心理学》不同于普通的文人的译书,他似乎是在做一种慢慢的梳理工作,因之一段段的译出,几乎等于出诸自手了。他译的专有名词,如"影恋"译为"奈煞西施",如一些求爱的动作的专有名词,他就采取了金瓶梅中的原名,这些,虽然有些人认为不好,给人以纯粹的中国人的说法的感觉。芳垂说:"却写得更为净化,简直成为一册好的散文。如听一个哲人在述说他的智慧结晶。他的结论虽然平凡,但是在现社会上看来,似乎还有许多地方有违碍。记得美批评家孟根称蔼氏为'最文明的英国人',这话大约不错。"潘光旦在《译注蔼理士性心理学稿梓成自题》中有一首诗说:"发情止理对谁论?禁遏流连两议喧;漫向九原嗟薄命,人间遍地未招魂!"也同深此慨。对性心理学研究,潘光旦有着这样的见解,他说有这几个方面:"一是由于精神分析学派的继续的努力;二是人类学中所谓功能学派对于比较单纯民族性的生活的调查与研究;三是医学界对于个人性生活的统计的搜集与分析。"在这本译文中,潘光旦还作了一个工作。他从中国过去的笔记小说中找到了不少材料，逐条加到原书的细目中去，算是例解。这个工作是繁重的，也是不容易的。因为中国的笔记小说，有许多是文人的创作，事实的真确性很有问题，这样，抉择的工夫就非常必要。

潘光旦为大学教授，关心的仍然是公民教育及公民权利问题。既然要对公民进行教育，要让公民知道自己的权利，就需要有好的课本。正在这时，社会学家费孝通出版新著《作之民》，用对白和讲故事的方式谈论到民主国家的人民对于政治应有的最低限度的常识。分八篇：一、人民、政党、民主；二、言论、自由、信用；三、波茨坦、磨坊、宪法；四五两篇可以合成一个题目，制宪、历史、教训；上篇是说英国的，下篇是说美国的；六、人权、逮捕、提审；七、特务、暴力、法律；八、住宅、警管、送灶。

潘光旦读了甚为高兴，欣然命笔写了《一册公民读本——介绍费孝通教授新著〈作之民〉》，发表在1946年7月8日的《文汇报》上，向读者进行推荐，说："我毫不犹豫地认为可以当作一册公民读本来读，高小的学生可以读，中学生、大学生都应当读，身为民主国家官吏而多少被妄自尊大的心理所驱策的许多朋友们更不可不读。"

当时的学校教育中，也有《公民读本》的，对官方编写颁发的这类教科书，潘光旦持以批判否定的态度，他认为：此册一出，而一切公民课本与公民教科书都可废，特别是那些所谓"国定"的教本。这些公民教本原就不必存在，既存在了，原该早就作废；但民主国家不能没有公民，公民不能没有公民的教育，而公民教育不能没有教材，教材的有无是第一个问题，好坏是第二个问题，有而坏，总比完全没有好，完全没有，说来总有几分不像样子，不成体统。此种心理，无以名之，姑名之曰"姑备一格，宁滥毋缺"的心理。"国定"公民课本与教科书的得以存在、流行，甚至于还有上千上万的孩子们被压迫着背诵默写，好比前清时代的"圣谕广训"一般，至少有一半的责任要由这种心理去负。这一类的课本与教科书现在该可以作废了罢，因为我们已经有了这方面的更好的读物,不缺了。

傅雷

从《文汇报》上表现出来的傅雷,是一位思想家,而不是翻译家。他的慷慨激越,以天下为己任的豪情,对中国思想界的前途、从中国历史来看现实中国的文章,此外还对时事、文艺等等方面的事,作了点评,前文所及《没有灾情的灾情画》只不过是他思考浪潮中的一点微波而已。

这篇文章发表不久,傅雷又写了《历史与现实》,他在文章一开头就用了古人的话"冬日读经,夏日读史",夏日头脑昏昏,对抽象的理论不易接受,对那些"惊心动魄,富有启发警戒"之功的历史,读起来易于接受。他的笔锋一转说:抗战整整8年,全国人民仿佛过了一个"冗长酷热的夏季",抗战胜利了,全国人民仿佛又进入另一个夏季,那是一个"使人苦闷、焦躁、愤激、绝望"的"夏季",但8年抗战使我们体验到"历史教人忍耐、明哲、期待,燃起我们对明天的信心和希望"。傅雷说:"人,先天的受着历史决定,后天又从它学得对时空的观念。随着近代史学的发展,小我、大我、勿我的界线逐渐泯灭了",对历史看得更清楚了。

在这篇文章中,傅雷讲了几点:历史告诉我们:暴君的专制、官吏的贪污、冤狱的残酷、党祸的惨烈,只能断送一姓一家的朝代,只能影响一个民族进步的迟速,却不能毁灭它的生机。历史告诉我们:世界在变,人类在变;不许变就要乱。过去一切大乱的罪魁祸首,都是妄想不变的人。历史也告诉我们:为政之道千头万绪,归纳起来只有简单的两句老话:"顺天者昌,逆天者亡","天视自我民视,天听自我民听"。凡不愿被时代淘汰的,只有安安分分切切实实做人民的公仆。历史更告诉我们:人民的权利是人民争回来的,不是特权阶级甘心情愿归还的。民主和自由,有待于我们的努力和牺牲。同时还须人人做一番洗心革面的功夫,检束自己,策励自己,训练自己;立己达人,才谈得到转变风气,澄清政治,踏上建国的大道。

当时,傅雷发表在《文汇报》上最有影响的是《我们对美苏关系上的态度》长文,《文汇报》分两次刊完,此文引起了不小的风波。

文章一开头,傅雷就发出警世之言,他写道:

> 二次大战结束以后,国人很少用不偏不倚的立场,观察国际关系。进步分子也有近乎教条主义的成见,同时更受热情的蒙蔽。服膺某种主义的,以为天下的是都在这一面,天下的非都在那一面。不幸事实并不如此简单。尽管主义是对的,政策是对的,战术还可能有错误。而且一个国家无论奉行何种主义,决不会一成不变。比宣传与号召更重要的是生存,为了生存,纵使与主义背道而驰的政策也得执行。我们承认它这种权利,但若它求生的战术妨害了另一个国家的生存,这个国家当然也有反抗的权利。然而信仰令人对这么简单明了的事实也会盲目。美苏关系的是非,史诺的文章分析得很详尽,暂可不提。战后美国对中国的政策,犯了很多很大的错误,不但有目共睹,而且大家已经交相指责。但是苏俄对我们的行为也不见得全部友好,完全平等。红军在东三省搬走日本人的工厂,进步的刊物噤若寒蝉,不赞一辞。中苏条约公布,国内所有的报纸,不分派别,一律颂扬。这些现象怎么解释呢?难道我们独立的人格还没建立?难道我们不会用自己的眼睛观察,用自己的头脑思想?

在文章中,傅雷讲了斯大林的两重人格,讲了苏联的极端的国家主义,及牺牲别国的利益来维护自己的国家,还讲了苏联军队在中国东北的劣迹及他们国内的种种阴暗的东西,特别讲了苏联为了推行所谓的马克思主义而背叛甚至牺牲人民利益。傅雷的这篇文章的发表,引起轩然大波，当时在进步的知识分子中对苏联已经被“一边倒”的思想所感染，对傅雷进行了批评，《文汇报》也承受着许多压力。

在《没有灾情的灾情画》一文中，我看到的是一个执著偏激的傅雷，而在这里我看到的是一个能实事求是、能讲真话的傅雷。

张奚若

1946年7月11日，西南联大教授李公朴被刺身亡；15日闻一多又遇狙身亡，其子亦中5弹断了一条腿。《文汇报》都发了新闻，作了报道。李(公朴)闻(一多)惨案后，人们最关心的西南联大教授潘光旦、费孝通及张奚若三人的消息，他们是备受联大学生及社会尊重的学者。惨案发生之后不久，人们从外电中得知张奚若、潘光旦、费孝通受美国领事馆的保护，而昆明当局向美领馆提出抗议，反对保护张奚若等人，然后又由国民党政府把潘光旦、费孝通“护送”到南京，两人安全无恙。而张奚若也是到美领馆避难，离开美领馆之后到哪里去了，则下落不明，而学生们最关心的还是他。因为他患有心脏病，又长期失眠不能入睡。

张奚若是西南联大政治系教授。他那不高的身体，终年穿着整齐而干净的西装，合适的眼镜，灰白头发，短短的胡子，手杖老不离开手，和学生交谈时，总是把手杖挂在左手腕上，右手摸摸自己的胡子。还不等学生开口，他便一口气地把学生要知道的事分析得有条有理，一直到学生表示完全明白了而且同意之后，他才结束。要不然他会旁征博引地彻头彻尾地再讲一通，态度是那样庄重和蔼，笑容可掬地对待学生，只要学生愿意听，不管在学校里，在马路上，在他的住屋里，他都可以不知疲倦地无休止地讲解学生要知道的事。

张奚若虽然是政治系主任，但教课一丝不苟，在课堂上有详尽而完备的资料。他用时高时低不同的声调，把学生从亚里士多德时代带到斯图亚特王朝，带到近代的英国议会政府、政权、武力；在他的解释里，使学生了解到专制帝王的暴力，封建采邑的顽固守旧，民主政治趋向与自由;他把西方政治制度史和中国现实贯通在一起,给人以启迪。还是在1944年冬天的一个夜晚,在联大新校舍的东食堂,张奚若作了一次演讲,他指出了现实政治的不民主,作风的腐化,手段的卑劣和经济的无计划而造成今日的崩溃情形,并告诉学生如何才能挽救这种危局。他还以讽刺的口吻讲,如果硬说现政府有进步的话,在经济上那就是钞票不用由外国人代印了,自己有了印钞机,自己的财政政策,便在一部印钞机上。此外便就是军事上的进步,表现在这次由河南一直退到贵州,军队里的克扣军饷,虚报空额的方法和技巧有进步了,还有要指出的,那便是独裁的手段也进步了。当时在场听张奚若报告的古槐在为《文汇报》撰文时回忆说:"国势实在进入了动摇最厉害的阶段,是人民自由受到迫害最大的时期,也是人民急切需要民主化的时期,那时人们在压抑久之的麻痹的心情下,这一言论的刺激力量该有多大,……然而就从那天晚上起,会场里便开始了特种人的破坏,也从那时起,昆明的学生运动才开始向上了。"

1946年,政治协商会改在重庆召开的时候,张奚若又出现在西南联大的学生面前。在昆明学联演讲会上,他的讲题是"政治协商会议所应该解决的问题",他说:作为在学校教书的人免不了有学究气,所以应该是客观立场讲道理,不管既得利益,人家面子,也不应付这应付那,我们只是像大夫来治病一样,要找出病源,今天中国的病源在哪里呢?他说这个问题便在今日中国的"政权"上。中国今日之政权是为"一群无知、愚蠢、贪污、封建集团所垄断"。他这一声巨吼,博得整个昆明学生的掌声。之后,他接着指出解决中国问题,理想和现实的两条路,依理想则执政者为国家前途自己趁早挂冠,成立联合政府,召开制宪会议,如不能这样,也得依现实办法,废除党治,不能再以一个人的手令当作法律,国府委员也不能包办。

张奚若这次演讲之后,就接到政府的警告,当时刊登他的演讲内容的昆明几家报纸也被迫停刊。但他并没有停止自己的活动,仍然在自己的圈子里对青年学生进行指导和支持。国民党政府还都后，在昆明暗杀的日子里，张奚若也在黑名单之中，要不是躲避得及时，他会和李公朴、闻一多有着同样的命运。

就是这样一位教授，人们很长时间得不到他的消息，心中自然是疑团种种，正当人们对他关注的时刻，《文汇报》于1947年1月13、14日两天连续报道了他的消息。此时他已回到清华园，除了诊断自己的心脏病已经到了严重的程度，其夫人也患有胃溃疡，大孩子也在严重的二期肺病里……《文汇报》的报道里引用了清华大学教授燕树棠的话，说："张先生是没有党没有派的人，在目前这些浑水摸鱼吵嚷的人物中，只有他是个好人，称得是正派人物，有些骨气的，我很敬重。他病了，我常去看他；我病了，他也常来看我。我们的政治意见虽然不相同，我们的私交却是很好，就不像我对付那些投机的、失意的、出风头的一样！"燕树棠自认为是这一时代有骨气的人，除他自己之外很少称道过别人，张奚若实在是被他称道的仅有的一位。

张奚若的人品在解放之后仍然得到佐证。他积极参与人民政府工作，可以说是政府的官员，在1957年，他表现得刚正不阿、敢于讲真话；在1958年大跃进时，大多知识分子在顺风而上唱赞歌时，他却坦诚直谏："不要好大喜功！"

这里所说的燕树棠是北京大学法学系教授，也是系主任，在美国耶鲁大学获得法学博士学位，但他的领带上印有许多"中国"的字样，直到在西南联大当法律系主任的时候也还是这样。他从25岁起当法学教授，到1946年已有30年的教龄了。所以当时中国法学界的权威人物泰半是他的弟子。对燕树棠教授，《文汇报》于1946年12月19、20日连续两天为他作了报道。

23 / 潘静远和《儒林新史》

写了《文汇报》的许多大事，也足以表现《文汇报》的办报精神，其实《文汇报》还有许多属于花边新闻的小事，不但很有情趣，也可以反映《文汇报》性格中的另一面。其中值得一说的就是不定期的小专栏《儒林新史》。这个小栏目的作者为静远，偶尔也有出自其他人的手笔。静远，即是潘静远，又名潘其亮，是吴晗的学生。他是一个很有意思的人，可以说是《文汇报》的编外记者，不在《文汇报》拿工资，却一直在为《文汇报》做事，写了许多文章。直到1949年，浦熙修筹办文汇报北京办事处，记者也只有他一个人。1950年，他还以文汇报特派记者的名义，到朝鲜前线采访。这时的《文汇报》在其他城市或国外也有类似潘静远这样的编外记者。

笔者也曾想过，依据《儒林新史》上的材料，重新组合，这样也许会有删繁就简的妙处，但笔者还是担心这样的再写作，失之血肉，失去鲜灵活现的东西，只剩下几根骨头，读起来会索然无味的。即使到了今天，当年的"儒林新史"也变成了儒林旧史，许多人已成为历史人物，但他们的音容笑貌及心态仍然留在《文汇报》上。现在把其中的一些片段辑录于后，保持原貌，不作评论，一方面使读者能客观地了解《文汇报》的一个侧面，另一方面也可避免因笔者所好而有篡改历史之嫌。

1946年12月5日

北大数同学办的《文艺周报》最近奉令"暂行停刊"，《文艺周报》四开一张，为纯文艺性的小刊物。

北大11月4日开学，而有许多种课程12月2日才上课，教授说：我们这一学期等于没有了。还有的科目，因为教授去南京当"国民"代表去了，恐要到12月底才能上课。

周炳琳、许德珩虽是代表，但并没有去参加国大。据周云，胡适的参加国大是因为“他是校长”。除了胡适之外，当代表去的有贺麟及杨振声。

贺麟为“黑格尔专家”，这次到了南京，中央社发了一则专电传达他的议论。但据另一位先生说，他实在连黑格尔的全部著作能否完全读毕也大成问题的，我姑妄记之。

杨振声，是一位据说“旧的既不成，新的也不灵”的人，他很喜欢向人表示自己很忙。北大中的会议他也的确很忙着参加。关于他，有一个寻找灵感的故事。他有一次要给《大公报》的“星期文艺”（联大毕业生，傅作义的女儿在编）写一篇东西，文思艰涩，就到公园里去逛了一个多小时，方才产生灵感，尽管如此，他的作品还令人觉得本无所感，专凭堆砌，读了使人起鸡皮疙瘩。又听说他最近化数十万元买古砚等古董。

向达到图书馆去借书，借了3天，找到馆员，馆员不肯借给。他去找馆长毛子水，毛子水答应通知馆员借出，向达第四次去借，借到了书，馆员又不准携出。向达气急了，他说：“好，好，下次我把你们馆长的圣旨顶在头上来给你。”出外之后，看到姚从吾，向达说北大太官僚气了。姚因为自己也是一个“官”（姚在北大是史学系主任，现已升为河南大学校长），表示北大并不官派。这时汤用彤走来，汤说：北大的确官派，比官僚还要更官派，姚见“上司”（汤为文学院院长）也认为官派，乃尊重上司意见，改口曰：是！确是官派，我们应改革这种官派。姚先生不知自己这一转变，就转得“官派”。

北大男教职员均有宿舍，女教职员没有。直到最近，才腾出女生宿舍的24间屋子来，其中4间又要留给土耳其小姐（土耳其派了4位小姐来留学，每人可得一间），余下20间由40余位教职员抽签。

平津各报纸，自《大公报》请胡适编“文史周刊”后，纷纷找各大学中文系教授编这种文史的副刊，这种副刊之中，差不多都是考据文章，似乎今天北方文化界考据之风大盛了。其实真有几个能沉得下心去读的呢？即使沉下心去读书算是“逃避”，则今日逃避亦大易也。

张奚若先生的夫人病胃溃疡，公子病胃炎，女儿上课，家中杂务要自己料理。今年没有开课，最近且病了一场。《大公报》记者徐盈见到他说他“又瘦了一圈了”。

趣味新闻一则。张东荪手持药瓶至课堂：“我一周未睡好觉，昨日半夜蒋先生打电报来，我又未睡好……我所以来上课，就是叫诸位看了，我这个人远在，没有走。……下个礼拜我请假歇歇了。”拍拍药瓶，笑而下。

你必须知道张东老的神情、语调，方感滑稽。此公瘦小，如猴。国语蓝青，说话乱而跳动。张太太则高胖，Dominating型。一种标准的结合。

1946年12月17日

传说胡适在看了《北大与北大人》（郑注：11月1日发表于《文汇报》）一文之后），对别人说“左右不讨好”。但如云对右面不讨好那是胡适过于敏感。有“历史上的偶然事件”为证。

近来北大学生颇有议论胡适校长在南京久留不归做啥子者。有一个壁报对胡校长对刘野樵之流雍容揖让与否，颇表注意，似觉此是不和谐的一面。

其实这还是小书呆子的想法，打手们未必随时随地皆是一副凶相，而今日衮衮诸公，何当背地没有第二重面孔？守礼的也许藏了一副流氓腔，忧国忧民的也许夜夜搓麻将。

闻家驷先生说：如今这些人，完全是在“耍”政治，哪里有一点真心？若是有真情感，他们一天也过不下去。他又说：权贵是想不到经济崩溃的，因为他们自己的经济决不会崩溃。

闻一多夫人已在城内由济华代为觅到房屋，已迁入新居。闻立鹤入清华。

张君劢来电请费青南下帮张搞宪法，费已拒绝，理由之一是全靠每月40万的薪水过活，不能停止教书。当然也还有更重要更正大的理由在。

沈有鼎先生，是西南联大的“怪人”，如今怪到外国去了。在一次的晚会上（好像也是搬了一本书上演讲台的），他说：天下的事，无所谓过激不过激，只有彻底不彻底。彻底就是对的，不彻底就是不对的。沈是哲学家，沈有乾先生的弟弟，他这话我至今时时想到，愿借来奉赠世人过激者。然而我总以为：潘胡两先生，和某些人是不同的，前面两位即使略有所蔽，但仍不失为自由主义者。某些人则自己有时喜戴有色眼镜。

胡先生的“善未易明，理未易察”两句格言，颇引起了一些谴责。其实他的错误似不在此，而在他自拟为“老大哥”。在对中国目前现况的了解程度上来讲，他不能做老大哥，只能做小弟弟。他的学生在这上面足以做他的先生。

汤用彤先生最近把院长阶级可以用的一部包车送还给学校，据说因为他养不起车夫。他的院长办公室中有沙发一堂，已经搬开了，据说因为“学生看见不好意思”。汤先生在昆明时情形甚窘，且曾病死过一个女儿。

北大校长室的公事一律白话，这是胡先生很注意的问题。然而这个衙门并未因其白话了而办事流利一点，反之，似乎更慢了。学校官僚化，岂历史的必然事件乎？（对不起，又用了文言，而且如观察周刊编者教授先生所指责的，竟学到“文人浮薄语气”了。）

光未然是湖北人，一个诗人，因此近年来当然常常在苦痛的困扰中。这一个丑恶的世界，是人生中难以忍受的一部分啊！他以前的对门邻居和另一个热情的诗人都为这丑恶葬送了。他的夫人在昆明常常到他的地方来，当然与那个长胡子邻居先生也是熟稔。黄女士广东人，久住昆明，是她母亲的独女，母亲一向不赞成这女儿嫁一个外乡人，为了这，这位现在的新女婿以前一直不敢去见未来的丈母娘。他离开昆明之后，母亲固执地想要女儿一辈子跟在身边，不放女儿离开。晓得光未然和女儿在通信,写了一封虽稍嫌无礼却也颇合慈母口吻的信给光未然,叫他不要写信给她的唯一的女儿,她是绝不能放走女儿的。(当新郎背诵着那封奇怪的信件中的妙句时,宾客们纵声大笑着。)

然而那些理想吸引着她,为老年人所不能理解的力量召唤着她,最后,终于在朋友们的帮助之下,这一个在傅斯年所看不起的昆明空气熏陶下成长的姑娘,背了母亲北来了。为了舍不得母亲,她从离家的晚上哭到第二天上汽车,从昆明一直哭到贵阳。

家里的母亲终于让了步,她通知长胡子邻居的太太,表示赞同女儿和那个在北平的异乡人的结合,并且托人把女儿的衣物带往北平,母亲的唯一条件是:希望婚礼不要太草率。

1946年12月22日

马彦祥在学生公社演讲,说北大一教授与他谈起摊贩事件,说摊贩很不美观,据说如梅贻琦夫人在昆明摆地摊,既摆摊则要讨价还价,讨价还价是很丑的。同学推测,这教授不是沈从文,就是朱光潜。

朱光潜函友人来平,谓北平虽然战乱,而风物之美不减当年。

关于邀郭沫若来北大教书的事,同学们虽有此希望,但据某负责人说:此事有两种困难,一是目前情形下政府一定不允许,二是郭先生恐未必肯到北大来。

北大校长室负责人说:胡适去参加"国大",是为了代表北京大学,又声明解聘曹靖华是误传,北大未聘过曹靖华,只由袁家骅私人试行接洽,后以预备集中力量先办英文方面而搁延。

北平有一次不知是褒扬抑奖励敌伪时期蒙难教授,由蒯淑平、陈雪屏等审查,原有张东荪的名字,被蒯淑平建议取消。

联大某教授在昆明惨案后要出国,张君劢劝他说:"不要到美国去,飞机都是血染了的。"

钱端升先生身体很弱,他的夫人又怕他写文章惹人注意,所以每逢有人去请钱先生写文章,钱夫人总说他头中作痛,不能执笔。

在北京大学纪念一二·一的会上,钱端升做了演讲,没有题目,而句句都有价值,像在家庭间中年人对青年人的谈话,像是在说为人的道理,每个字都有着温暖。近来每逢有批评政府者,则统治者及其帮闲动辄加以“失意政客”的帽子,我实在怀疑像钱先生这样随便平淡的讲话,在衮衮诸公中有几人说得出来。

记者对冯至说要去访问他,冯先生说:“不要来访问我,我最怕访问,像拷口供似的。”

1946年12月27日

贺麟从南京回来对人谈:当局的意思,开过“国大”,即可乒乒乓乓打下去,打到对方屈服为止。贺又谈:定南京为首都,是为了符合美方的要求,因为在美国人眼中,南京在对付苏联上比北平好。贺麟在课堂上称此次南行为“我这次旅行”。

另一位先生评曰:主张和平的有些人们,正是预备对付苏联。这些人比美国军人还要勇敢。

辅仁大学的外国神甫,有每月吃40万元的伙食者,在北平,这是最奢侈的生活之一种。神甫住的地方是花园洋房,燃料是不虞缺乏的。而学生们的暖气只从下午6时到9时。风潮之后,为了免得再生“耻辱”,已改为从下午3时到10时。

某天主教中学以专制著名,一次学生与老师做雪球戏,一学生屡以雪球掷教务长,教务长眼镜被打掉后大怒,请该生吃“大菜”,并扣总平均10分。

沈从文到平后为各报编副刊,京派气息十足。非常之瞧不起“习用新名词”、“目中无人”的青年作家。鲁迅先生如在,此公当是杂文好目标。沈向人谈:“杨振声南下,系去苏杭游历”,也是一个旅行家。

陈雪屏看了“北大的两根台柱”,对人说:又骂我了,骂我还可以,

怎么连毛子水也骂了？（郑注：《北大两根台柱——陈雪屏和毛子水》一文刊于1946年12月9日《文汇报》第五版）

平心而论，学生之间对陈，推测不无过甚之处。然而在联大时每逢学生有什么举动，青年团即千方百计阻止，阻止起来又不择手段，反激起同学恶感。此类事虽未必全由陈示意，但春秋责备贤者，陈不能不负相当责任。在新闻记者眼中，陈与北平诸要员比较，还算脑子清楚者。人聪明，不能用于学术，而用于这种“政治”，可惜之极。

对于胡适近来在南京的行动，与他极接近者亦认为“过分了”，“是帮闲行为”。

李广田为天津《民生导报》编文学周刊，每星期日出。

北平国立艺专校长徐悲鸿与胡适一样，不是事务人才，所以艺专也是一团糟。惟有一点与北大不同者，则是订有一份《文汇报》，但只准教职员看，不准学生看。

钱端升在课堂上说：我别的专家还没有做到，已经做到一个专家——伤风专家。因钱屡屡生病，至今仍局促日本式小屋中，找校方负责人请设法迁移，大家都满口答应，结果推来推去，大家均不负责。

北大某壁报推测胡适可能当总统，如今一切为了国际观瞻，此事不无实现可能。设有此一日，当祝胡先生10年中办一个第一流的国家。又有一个学生说，胡适先生若是也“偶然”做了政党领袖，组织部长和宣传部长都是现成的——组织部长现在北平，宣传部长现在南京。

郑振铎曾致函胡适推荐耿济之，但因北大今年无俄文组未聘。

袁家骅对人谈：明年北大可能设俄文组，则曹靖华有希望来此执教。

《大公报》一月起将添“图书副刊”，由赵万里主编，赵为北大教授，且负责北平图书馆实际事务。闻第一期有沈从文的“八年文艺界情形回顾”。

北平图书馆尚未生火，门庭冷落。北平煤荒日益严重，门头沟矿在平存煤只有3 000余吨，平津小学多有因无煤提早放寒假者，与美国因烟煤工人罢工，学校断绝暖气后停课情形相似，无以名之叫做“向美国看齐”。

蒯淑平女教授，在十一战区长官部兼职，为中校阶级戎装出入学府。

正统派学生出版一个“学生报”，铅印四开一张，是周报。与以前昆明“学生报”作风，迥不相同，北大各壁报纷纷评论，大众壁报说了“偷用”学生报名称的话，就被正统派学生报的人撕去，这事惹起公愤，大家指责“学生报”。并有K君赋长诗一首，有“这里不是校场口，不是沧白堂，不是下关，不是府甬道”，及“不是集中营，这是讲道理的地方”之句。而从此这个学生报名扬四海，下期销路要大跌了。在壁上公告的争辩中正统派有了新方法，即以第三种人姿态出现，说别人是“狗咬狗”，自己则要养“正气”。

与“学生报”的双包案同时，有“阳光画社”的双包案。此外又有一壁报名“碉堡”，(按四乡为建碉堡挨家派款，这个碉堡却还不派)上面有许多漫画，衣钵相传，还是说人家拿津贴。

这是学校之中的“政治”攻势。孙楷第先生有一句话，颇可一用，引用《大公报》的话来说《大公报》是在“不左不右的夹缝当中”，而新闻记者则是在“大夹缝里的小夹缝中”。

朱自清有一篇文章批评“十批判书”。

1947年1月13日

沈从文自号京派，而为文必提自己私事，这一篇写别人来看自己，那一篇写夫人如何，某先生说“他太太原是那么一个好人，给他写得那么肉麻”。另一位先生说：一个作家，从抒情到写实，从写实到写自己，此之谓“京派的海派化”。

子冈的一篇《展望》颇有赞赏之者，李广田亦加称赞。为文颇受沈从文影响。

北大图书馆作风特别，上海《文萃》寄赠一份，竟原封退回，“正气”逼人。又以重价购古版水经注半部，供胡适参考，胡适关于水经注的著作，据闻因戴东原是胡同乡，而后世多谓戴系剽窃他人者，胡主要系为戴辩诬。

被特种人侮辱之北大教授向达，为中西交通史及隋唐文化史权威。又中国宗教史(除佛教外)向亦为海内第一，向喜不赌钱之“雀战”，每战必大输。

周作人下狱，废名由湖南来平途经南京曾去探监。废名到平后对某记者谈：“周先生是得道的人，他在监中当然不痛苦。”

江绍原近况窘困，投稿报不取。乃请某君介绍，要求介绍的信摘录于下“……以最近完篇者一试，且请求先生当大媒，若承为之执柯，幸甚感甚，然有一节不得不言明于先……窘迫可知此稿如××可以接受，笔酬不嫌多，更不嫌快给，所谓饥不择食，渴不择饮也……”

又江为《经世日报》副刊写文后附广告一段，云：“写稿至此，因检淮南子，无意中多得一确证，……可惜字数已满，只得等下次陈说。若有谁等不及，可寄赠25万法币，瑶章一到，瓦缶立鸣。注意25万只是此刻讨的代价；再过十天半月，涨到125万亦未可知。一加便5倍，先例援官家。”下注三十五年十一月七日北平。

美兵强奸案被污女同学沈女士，与北大袁翰青、陈雪屏俱系世交，与钱端升夫人亦有谊，又与清华甘介候亦系世交。

发生事件后曾由警察陪同，到5个机关检查讯问，天亮7时始释回。

废名信佛教，见人便传道，传到冯至处受拒绝，废名说冯“不好学”。

1947年2月1日

陈垣在家命两公子读孟子后，据闻公子国文作文(文言)大有进步,陈乃通令辅仁大学采孟子为大一国文课本。

国立艺专校长徐悲鸿对各地来校教授发旅费有多有少,随己意乱批。后因闻人云旅费不能不一致,遂拟定一标准,如自上海来者20万,自重庆来者40万等。校中各“艺术家”于是即使自京沪来亦报称自渝昆来,以求多领旅费。学校又难照发,现仍悬而未决。

徐悲鸿有一弟子在沪,徐请之来任教授,此君答以缺乏旅费,徐汇去数十万元,而此君竟不来,“旅费”又已用光,不肯寄回。徐无奈,乃在艺专扣此君之友人(亦徐学生,现艺专教授)的薪金,于是一篇糊涂账,大家闹不清。

胡适为沈崇案开审致电王世杰,谓沈系“沈文肃公孙女,林文忠公外玄孙”;不是白话。林语堂发明打字机之消息,津《大公报》冠以标题《林语堂生财有道》,胡为此事去函《大公报》代林辩护,谓林积蓄全投资于此一试验中。闻林语堂近年来走TV门路,凡宋门所不喜者,如胡适等均说不来。此事胡适化敌为友,完全为“文化”第一,“打抱不平”云。

沈崇遭辱后曾由执法警察痛击耳光三个,其后《益世报》首先刊载,北平警局去函更正;复后《燕京新闻》刊载,《大公报》转载,沈之表姐杨太太不得不往更正。《大公报》答以系由燕京新闻复载第二篇通讯,证实确有此事。世家犹如此,苦人家的女孩子当如何?

朱自清又要写一篇书评,关于董作宾的殷历谱的。

陈部长立夫先生云:“国大”代表大多数为自由主义者。对此,胡校长适之先生早有注解。此种自由主义者为“能放能收”的自由主义者,当“放”时,大家就自由一下,而“收”的话,则马上均以总裁之自由为自由。是为自由主义者的又一解。

陈中委雪屏先生指学生的倒陈运动为“政治”事件,并举《文汇报》人物志为例。足以代表官员心理。陈曾有名言云:一切人均不免卷入政治。据此,乃将一切无党派者均视为“政治人物”。

周炳琳誉陈“完全是一个自由主义者”,呜呼,自由何其多!

真正的自由，只在两处有：一是对受压迫者起而反抗，为大多数人的生存与幸福的战斗者而言；一是对有充分智慧明了自己懂得一切，尊重别人的思想与意见者而言。用老话来说，前者是“仁者”，后者是“智者”。

放眼看儒林，真自由主义者，百不得一。我为人间的愚昧与自私叹！

张东荪在上海车站丢箱子事传到此间，大家都传为笑谈，认为这个“老天真”又做了一次孩子了。

沈从文对人云上海现在“围剿”沈从文。他亦学来正统派一套，赐人以帽子一顶。（郑注：1946年12月21日开始，《文汇报》连续5天刊载史靖的《沈从文批判——这叫从现实学习吗？》）

废名的《阿赖邪识论》除给汤用彤、朱光潜看过之外，现在又给另一个看了。朱光潜亦研究佛，对之甚为欣赏云。

汤用彤不久出国。

胡适演讲哲学，据说原拟讲“禅宗”或“理学”，后择定后者。讲辞将在他编的文史刊载，不赘了。演讲以前胡说：“我很喜欢，又回到10年前的情形了。”

毛子水为胡适买的明版半部水经注，价值960万元，可订航空报纸533个月。

沈崇案法律顾问原为5人，其后改为两人，其中之一，即昆明罢课时期“拳打罢委会，足踢艺术室”之正统教授赵凤喈，今日已经以清华大学政治系兼代主任及法律系主任姿态出现了。

1947年2月4日

费孝通二三月中返国。来函称在伦敦很苦，吃的东西都尚有限制，不及中国一个仆人。

毛子水本学期开“西洋文化史”，学生们谓他的西洋文化史是以小学校的自然，加入西洋史而成。时以其“科学怪论”的材料加入历史课，如“一年有365天”之类。又常以教室比作宇宙，讲台比为太阳系，粉笔比为地球。或以教室比作太阳系，则讲台又变成地球。

毛子水讲到但丁的《神曲》时，忽然又讲到莫泊桑，谓莫泊桑作品非第一流小说。盖文艺作品之价值在使人快乐，必须“看官”见了嘻嘻哈哈，方是第一流作品。如《西游记》、《聊斋志异》等是。

某壁报提到毛子水，原文甚长，其中不外说这位名流“翩然一只云中鹤，飞来飞去校长家”，陪校长夫人打牌买东西，确否待证。

北大亲戚关系之首脑人物甚多。如农学院长即傅斯年之舅爷。目前之化学系主任是胡适干亲。化学系图书馆为接收自伪北大者，存书极多，教员每人可借书10本，学生们一本也不准借出，据系主任称：参考书系供教书者参考，采撷精英，给学生者。学生屡请求开放不果，怨声沸腾。

据“尝试”壁报载：某教授在膳桌上痛骂女教授为妓女（此教授教英文，为胡适朋友之女，未婚），×××是汉奸头子，胡适是汉奸帮凶，有人不赞成，“惹起了一场不大不小的风波”。

1946年12月19日

南大校长张伯苓昨乘“史丹亨达”货船自美返国。船泊日晖港码头。南大校友和记者，在中午12时半就候在北京路外滩水上饭店，等人数到齐了，再乘车去码头接。在这时候，南大校友郭荣生拿了一面紫色的三角校旗，指手画脚地和记者们谈南大的事情。路人以为是什么宣传了，围挡来好几个人看热闹。

郭说：“张校长取名‘南开’，意系暗射‘难开’也。南大初创时的困苦，谈起来真是一言难尽。而今，校友们极力怂恿校长在上海办一个中学，这样一来，母校要向南开展，‘南开’又倒名符其实起来了。”

2点钟，校友和记者们分乘汽车6辆，直驶日晖港而去。每辆车上都插了一面校旗，有一辆车上挂着“欢迎南开学校张校长伯苓归国”字样白布，随风飘飘，势颇浩荡。

“史丹亨达”在3时50分泊岸，南大校友百余人站在码头上举着校旗招迎。一位校友发现张校长的公子希陆站在甲板上，大家向着他欢呼了。一会儿，张校长也站在甲板上来，戴了一副墨色眼镜，频频向码头上的校友颔首挥手。校友们唱起校歌来，大家又都好似年轻了一二十岁的样子。他们站在码头边上，又喊“张校长万岁！”

4时10分，吴市长来了。这时，正好船靠了码头。吴市长在码头上向张校长说：“委员长叫我来接你，他昨天就打电话给我了。”张校长说：“这实在不敢当。”

码头上，一片天津话，你啦你啦，另有一股味似的。

校友们和记者跑到船上去，大家都亲热地喊：“张校长。”张校长笑着，答应着。李伯坚校友从袋里掏出两封电报，一是天津校友，一是中学部全体师生，打来欢迎张校长。李说：“这就等于全体到了。”张校长和校友们下船了，他的公子希陆却不见了，李伯坚用旗杆在一对沙发下拨弄，另一位校友问他干吗啊？他说：“找张希陆。”

张校长下梯时，并不用人扶。他说：“我跟从前一样！我没有病了。”

5点种，张校长到麦阳路友人早就预备好的寓所休息。可是跟了去的校友和记者好多位，大家向张校长问长问短得没完，几个心疼老校长的校友说：“过一天再谈吧，让校长歇歇。”张校长却说：“不碍事的。我有1个月零2天在船上不说话了。”

张校长说：“我们中国在国际地位上长了一大块了。东南西北也没有一个仇人！我们什么不平等的约束都解脱。我们中国太有希望了。”

张校长头发白了。不过他还是跟未出国前一样，精神很好。他的身材高大，巍巍然仪表非凡。张校长又对校友们说：“我们的南开，本来是为了国家而办的。并不是为了政府，譬如说：清廷亡了，我们南开一点也不受影响。这也就是我的心愿。”

24 / 落英缤纷的《"国大"花絮》

"国民大会"的召开，标志着蒋介石走向一党专政的独裁之路，也标志着国共和谈彻底破裂，也由此掀起了全面进攻解放区而引起的内战高潮。"国民大会"成了全国人民关注的焦点。还是在"国大"未开之前的几个月，《文汇报》就发表了社评《召开国大的前提》，就是实现"政协的五项决议"，并表示"对于这个国民大会，我们素来不感兴趣"，而且是"根本怀疑"。1946年11月25日，也就是国民大会召开的当天，《文汇报》在一版的下部发了一条简讯的新闻"国大今日正式会议"，26日，《文汇报》一版头条发表了国民大会召开的新闻，在旁边又发表了一条新闻"为和谈留一线生机，民盟请停进攻延安"。以后，《文汇报》又发表了几次专题讨论性的新闻，其他未有什么重点的、完整的、全面的报道。至于大会讨论什么议题，通过什么决议，也只是轻描淡写地一提，这和国民党的《中央日报》及其他报纸的宣传完全不同。对国民大会的情况是通过《"国大"花絮》这个专栏，可谓是不惜笔墨，几乎每天一篇作了连续性的报道。驻南京的黄立文、杨重野、黄裳等记者都全力以赴地投入"国大"花絮的采访写作中去了。此外，还有特派员成有幸写了5篇《"国大"见闻录》。今天读着这些信息，仍然有着落英缤纷之感。当时的人们会是怎样的反应呢？1946年12月12日，《文汇报》发表一条来自广州的新闻，标题是《吃吃喝喝玩玩耍耍 "国大"与我有何哉》。现将这条新闻录之于后：

国民大会在京隆重开幕，这是国家的一件顶重要的大事，做国民的本该特别高兴，并且留心注视它的发展和成功。但是广州的市民未免太自私了，每天只管吃吃喝喝玩玩耍耍，什么"国大"，好似和他们不关痛痒。

然而他们又并非全不关心；在茶余酒后的时候，也曾高谈阔论关于“国大”的事情，尤其是各报的“国大花絮”、“国大缤纷录”、“国大杂锦”、“国大侧写”之类的文章，更是受人欢迎。街头墙壁上的“阅报处”面前也常常拥挤着一些观众，他们之中，伸长头颈把目光集中到“国大花絮”一类文章上去的，要占绝大多数。因为广州和南京相隔太远，而且又没有资格做代表，去瞻仰一下“国大”的热闹场面，但是读了这些文章之后，也就好似亲临会场，做起“代表”或新闻记者来了。而且在这些文章当中，还可以看见主席夫妇并肩而坐；可以欣赏西藏女代表的“天生无瑕的美”；可以恭聆蒋主席当场大骂“请尊重主席，请遵守会场秩序，像这挤乱，是国民大会所不应有的”；可以听见会场“嘘嘘”之声；还可以谈谈“国大”的厕所文学“清早签到，午晚两饱，会议纷纷，睡觉便了”；又可以……

社評

召開國大的前提

停戰滿期後，內戰雖未全面爆發，但大局的沉重，卻絕未絲毫減輕。因爲擺在面前的，還是拖的局面；這樣拖下去，究竟是拖到戰呢，還是拖到和？就目前的種種徵象觀察，拖出和平來的可能實在很少。國家已絕對不許再這樣慢性自殺的拖下去了，何況拖到後來，還難免於一戰！

蔣主席接受馬歇爾的意見，恢復國共直接商談，這本來是打開僵局的一個重要步驟，可惜談了三天，還沒有什麼進步，而國防最高委員會忽然又決定國民大會於十一月十二日召開；這便複雜的時局，又增加了複雜的因素，共黨和民盟方面，都指摘政府對於這樣重大的決定，事前並未與各黨派協商，認爲違背政協的精神，一般民衆，也以政府採取這樣堅強的態度，恐怕有什麼大的決心。

對於這個國民大會，我們素來不感興趣，因爲我們根本懷疑，十年前草率選出的國大，能不能代表今日的民意。退一步講，假使認爲這個國民大會一定要召集，也必須在政治上獲得妥協後纔能發生作用。要是政治上沒有妥協，中共和其他黨派很可能不參加這個國大，根本的問題依然得不着解決。固然，會儘管可以照樣堂皇的召開，憲法儘管可以順利的通過，但事實上還照樣是分崩混亂的局面，結果還是要用武力，那又何貴乎有此一會？另一方面，政治沒有妥協前，就是各黨派都勉强參加了；對於憲草的每一重要問題，還是談談吵吵，結果也不可能有什麼成就，開會或者比不開還更壞。

要解決時局，要打開和平統一團結民主的大路，唯一的途徑，只有徹底實行政協決議；政協的五項決議，是整套的，連環的，決不能單獨起來從表面去求貫徹。政協的途徑是什麼？簡單說，就是停戰整軍，改組政府，實行建國綱領，由改組後的政府，決定召開國大，通過憲法。目前的時局，如一頭亂髮，打打談談，談談打打，要挽救這危局，唯一的辦法，還只有從政協的五項決議上去探求，看究竟那一方面是違反了政協決議，停戰協定爲什麼不能真正實行，整軍問題的癥結何在，大家能夠平抑意氣，化除猜疑，坦坦白白以誠意來談商，我們相信，總會談出結果來的。

據中宣部彭部長表示，此次國防會議決定於十一月召開國民大會，是爲政府重申儘速實現結束訓政，實施憲政，還政於民的決心。政府這樣不顧一切，急切的還政於民，我們小百姓自然是感激的，但我們更不能不顧到現實，究竟這個大會開了，能不能真正結束訓政，實施憲政？更切實些說，能不能真正撥亂反治，步入民主建國的大路？痛苦的經驗告訴我們，表裏往往不能如一，希望往往和事實有很大的距離。

今日全國人民最大的要求，就是要解除死亡飢餓的威脅，獲得免於恐懼的自由。換句話說，就是要趕速消除內戰的危機，儘速結束拖的局面，據我們觀察，目前的局勢雖然緊張萬狀，假使政府能夠眞正以忍讓的精神，堅持政治解決的辦法，打開僵局，並沒有什麼大困難。關於整軍和防地問題，糾纏不決，其實，這問題的癥結還在政治問題，政府應該放開脚步，打開這僵局，一面國共直接商談軍事問題，一面趕快恢復綜合小組，將擱置已久的政府改組問題，徹底檢討，求得協議，這樣，根本的問題解決了，中共就不會因爲怕消滅，怕包圍，而斤斤於防區及整軍問題的爭執。因爲這些問題，畢竟都是過渡期間的問題，政府大局的基礎打穩了，因猜忌疑慮而發生的爭執就可以大大的減少。我們認爲，假使政府能這樣放開脚步解決一切問題，停止內戰，改組政府，那麼，十一月十二日離現在還有四個多月，儘有時間來從容商量關於國大的種種問題，使國大眞能開得像樣。否則，這樣的僵局拖下去，國大可能變成全國人民新的威脅，像停戰限期一樣，日期愈迫近，大亂的危險愈增加。或者不待國大召集，大局就變得不可收拾，那就可怕極了。

總之，我們認爲，要召開國大，必須要先恢復協商，培養和洽的空氣，把混亂的局面，拉上安定的軌道；這前提如不確立，召開國大實在是一個非常危險的步驟。

1946年7月刊登的社评

在一个茶馆里面，一些人正在温习着这些“资料”的时候，有人这么说：“我有点不大相信，这些恐怕是新闻记者故意加油添酱的吧？”（十二月八日寄）

这条新闻报道的虽然是广州的事情，我想也是读者对《“国大”花絮》有着共同的兴趣。笔者无法用综述的方法把《“国大”花絮》的内容向今天的读者报告，为了保存历史的风貌，只得逐日选录数条，与读者共享感同身受之乐。

11月26日

△今日第一次大会讨论议事规则时，有分章讨论、综合讨论及先付审查等三项意见，主持大会之蒋主席即宣布付表决。在表决时间，全场发言纷纷，有大呼尚未听清三项意见内容请求主席重新宣布者；有持理直气壮之态度，批评不遵民权初步之规定，而将后提议案先付表决者，满堂哗然。蒋主席颇露愠色，大声宣布：“表决时间不得发言！”但会场仍不能控制，而当全场归于平静时，蒋主席愠然落座，半晌无语。

△提议先付审查者为湖北代表孔庚，渠发言时初不肯登台，被众人一阵倒彩，始情急登台，其意见中之最精彩者，为先行审查可免使主席疲劳，而蒋主席为国家元首，如操劳过度，吾人实感不安。当时博得不少掌声。

△表决时，电化表决器上指示，赞成分章讨论者698人，综合讨论者146人，先付审查者731人，共有1 575票。而据主席团宣布，25日到会人数仅1 397人，不知从何处杀出178个程咬金来。

△一群摄影记者在主席报告时，赶至台前拍照，方将姿势取好，主席已经落座，连来数次，均未照成。

△三星将军傅作义，红光满面，在会场中谈笑自如。当争论热烈时，忽俯首脱靴，以手捏脚，状至愉快，一时传为美谈。

△邵力子自始至终均低头阅报，有谓和平老人不愿参加舌战。

△王世杰在会场后面愣然木立良久，若有所思，不知何故。

△青年党党魁曾琦，衣黑呢中山装坐于代表席上，一反平日之萎

靡病态，精神紧张，前所未有。仔细谛听各代表发言，并时将眼镜拉下，注视主席台上之动作。

△坐于最前排之白崇禧，下午因故大打瞌睡。

△陈诚态度严肃，不苟言笑，与左右邻座亦不交谈。

【本报南京廿五日专电】

11月27日

△26日大会于右任主持，渠不善利用播音器，每次报告，均由洪兰友翻译一遍，有时主席发言，每被洪兰友所打断，一如电影中之抢镜头。

△计算表决人数，26日在到会人数外，又多出37个程咬金。

△"国大"究需付出若干金钱，迄今尚无人能作正确之估计，自5月5日至11月15日"国大"揭幕，据谓已耗费10余亿。今已可由滴水观大海，大会每日茶资70万，点心费近百万，会堂上下置盆花200余，每日所需之花匠薪金及花租，闻亦在百万元左右，斯会之盛，窥一斑当可知全豹矣。

△据说这次"国大"的全部筹备费是100亿元，但实际数字是远超出这个数目的，究竟有多少呢?这是一个外人猜不透的谜。退一步就按照100亿这数字来说，已经很惊人。如果把这笔款项用作救济饥民，可使50万人饱食一月，如果用作兴办实业，可设10个小规模的工厂，可以容2 000个失业青年，如果用作举办教育，可创50所小学或10所规模充备的中学，可收容全市的失学儿童和学生。(成有幸报道)

△被重庆市参议会罢免之刘野樵，26日致函大会，请假一月，众信渠一面硬要当代表，一面又怕出席，故只领代表干薪而不与会，亦可云关门作病，自得其乐趣矣。

△青年党代表左舜生与新加入主席团之民社党代表李大明，26日均值为主席小组，但两公均未登台，有人说：何其羞答答之甚耶!

△孔庚年迈体弱，小便频繁，常由场中疾步而出，寻觅厕所，状至匆忙。

△会场楼下一厕所内，发现"厕所文学"，上书："如不站在老百姓立场说话，就是陈家走狗，可杀可烹。"另一人在旁写上"放屁"两字。

△蒋主席坐在代表席上研读议事规则草案，并根据代表意见，以钢笔逐条修改，全神贯注。

△军队代表倪弼发言，为众所反对，全场发出嘘声，倪仍不顾一切，继续在嘘声中侃侃而谈，旁若无人，被称为"不识相"之代表。

△妇女代表下午出席大会前，请立法委员史尚宽讲解宪草，讲至男女平等地位时，触怒诸女代表，一哄而散。

△说到与名画家徐悲鸿先生一度同居的蒋碧薇女士，她在会场中也是被注意的目标之一，虽然年龄已快跨入50大关，但她的装束入时，尤甚于一般妙龄女郎。经常是穿一件紫红色呢大衣，头发并没有烫，可是梳的形式，异于平常的女人，前额留着很长的"流海"，左右两边各梳一个大如碗口的圆太极结，看上去颇有古典美人风，但可惜头部与服装不能调和，有人说她头太古雅，身上太摩登，相较之下，距离了两个世纪。她在大会中的地位，是与莫德惠、钱新之、胡政之等一样以"社会贤达"身份出现的，她坐在楼上，跻于"社会贤达"之林，也是"社会贤达"中到会的唯一女性，这确是值得她自己骄傲的事。（成有幸报道）

△民权初步规定："先提后表决，后提先表决"，今日仍未被采用，于右任主席宣布表决最后提议时，秘书长突又宣布表决先一提议，绝大多数代表对此甚为愤怒，旋蒋主席起立镇压，代表们才收敛愠色，默然坐下。

【本报南京二十六日专电】

11月29日

△28日大会，为蒋主席代表国府说明提出宪法草案，及洪兰友宣

读宪草全文，孙科院长讲述宪草内容，全部均系报告，正是代表们闲谈打瞌睡的好机会。

△胡适任主席，主持大会极为娴熟，于蒋主席词毕登台时，迎面报以清脆之掌声，博得蒋主席之笑颔。

△青年党代表于休息时常坐在一起，作为紧张之商谈，惟无曾琦、左舜生等要角在内，或云此系"下层活动"。

△孙科解释宪草内容时，每吐数字必夹以干咳，似作后半句之预备，场内若干代表在纸上画正字，以记其干咳之次数。

△老态龙钟之代表孔庚，每日必有一两个噱头，28日彼亲携意见一纸蹒跚上台，与洪兰友絮语数分钟，又蹒跚下台，偏头弯腰，摇摇欲坠。

【本报南京二十八日专电】

11月30日

△29日会场中最引人注意者为陈继先代表，对主席团提出代表资格审查委员会名单，而不请大会公决事，对洪兰友作激烈之抨击，使主席左舜生与洪兰友均讷讷不能对。

△一代表大声质问：代表资格要审查，那么审查代表的审查委员的资格谁审查呢？而且委员会名单，未经大会通过，今日《中央日报》就已全部刊出，秘书处是有意公布，或无意泄漏，应负责任，请求解答；是时质难秘书处者群起，陈继先、王叔惠等代表纷起，大呼秘书长辞职，罢免秘书处。一时大会闹成一片，其紊乱之状较之茶楼酒肆实有过之。

△王叔惠代表要求大家考虑代表资格的审查，他说：代表都是10年前的代表，谁都不敢担保这10年内，有些人做了一些漂亮的什么戏法？

△左舜生主持会场，发言既低，又系南腔北调，某年老代表在休息中，以戏谑口吻拟成一联曰："南腔北调，左倾右倒。"

△某代表批评宪草立法院的权力太大，他说立法委员除了使男人

变女人变不来之外，什么全做得到了。

△“厕所文学”日日翻新，今日又有妙文谓：“‘国大’代表是母亲，主席团是儿子，哪有儿子审查母亲出身，是歌女妓女舞女之理。”

【本报二十九日专电】

12月1日

△30日大会之第一节目，为未参加宣誓代表补行宣誓，但青年党及民主社会党代表拒绝参加，某“国大”代表说：“事已至此，何必还要装腔作势。”

△若干青年党代表，在开会时间逗留于休息室中，侍应生对之均感诧异，窃窃私议曰：“未到吃早点的时候就来等了，何必这么性急？”

△某代表默然静坐，颇感无聊，竟书“每会必到，从不开口，不管是非，按按电钮”十六字以自嘲。

△会场中流行一首十六字口诀，此诀来自大会“厕所文学”，文为：“高力压迫，魔术电钮，绵羊代表，强奸民意。”某代表曾在休息室中低吟两次。

△江西代表胡觉，大发宪草议论，台下笑声大作，某代表寄以打油诗一首志盛谓：“胡觉便胡搅，全场哈哈笑，笑自由你笑，搅还由我搅。”

△会场秩序纷乱，多不易维持，某代表谓：“如果大家都像青年、民社两党代表一样默不作声，那就好办了。”

△每次大会已有固定程序，即：提议、辩论、嘘嘘、叫嚣、大笑、表决、维持原案、鼓掌。

△代表中有主张和政府订长期合同，开会一年，包吃，包住，包招待。

【本报南京卅日专电】

12月3日

△大会已不复如前数次之热烘烘，2日会场已大有冷落之感，为顾

全大体计,秘书处将出席人数报告一项取消。代表们因昨日游宴辛劳,大多数疲乏不堪,是以会场情绪异常冷落,惟咳嗽之声则倍于往昔。

△许多代表都参加了国府纪念周,据某代表谈:2日蒋主席在纪念周报告说,有人如再提出宪草来对抗这次国府提出的新宪草案,就是国民党的叛徒,故2日会中已不再有人提出此点,惟立法委员代表陈顾远等,以侧面方法指责现提宪草,惟措词巧妙,极挖苦之能事,即不露其正面姿态,颇使四座暗暗道好。

△会场中对昨日沪上摊贩风潮皆引为谈资,有一广东代表说:宪法上明明规定使人民有自由,连营生谋活都不让自由,还要格杀勿论,真是自相矛盾!

△2日大会未休息,至12时,主席白崇禧宣布延长5分钟,各代表置之不理,纷纷离座而出,主席又只得顺水推舟,宣告散会。

【本报南京二日专电】

12月4日

△会场左后角是大会最易掀起风波之地,3日上午1425号职业代表起立大吼,要求主席团宣布刚才某代表提出的限制职业代表选举的书面意见,并要原提议人说明理由,否则全体职业代表立即退席,言毕嘘声、吼声、掌声,闹成一片,甚至几于动武,结果主席宣告原提案实系主张职业代表参加选举者,闹了半天竟是一场误会,全场又滚过一阵笑浪。

△代表每日在会场中"上午看报,下午睏觉"之风气,不但没有改变,且有日益蔓延之势。

△邱建之代表主张建都武汉,他的理由是:"武汉系革命最先成功之地方。"原来他就是湖北人。

△李文圃代表主张建都北平,提出两项意见,他说:"夏天可以免了上庐山,为老百姓省下大笔的钱,而且也可避免政府官吏每星期六

跑到上海去买股票、买黄金、美钞。”某代表说：“天津也有的买！”

△某一代表提出建都北平的理由是因为那里冷，“美国华盛顿”、“英国伦敦”、“苏联莫斯科”，都是很冷的地方，有人反问：“印度、菲律宾的国都搬到什么地方去了？”

△女代表的全部人数大约是80多人，但到会的共计不满50人。其中最喜发言的而已经发言的有庄静、刘蘅静、包德明等几位女士。打扮得最漂亮而又年轻的要算国民党代表王隽英女士，她几乎每天都变换不同的服装，颜色也配合得鲜艳而调和。是会场中最受注意的目标，几天来已被公认为“‘国大’皇后”。11月30日下午她穿了一件白色大衣到会，格外引人注目，遂成了全场视线的集中点，于是“‘国大’皇后”之冠，更牢牢地戴在她的头上了。从她的面孔、身材以及姿态等等说起来，在女代表中获此荣誉，是当之无愧的。(成有幸报道)

△“嘘嘘”作风已不时髦，改用鼓掌来表示“厌恶”。

△女代表上台发言，十有九位一开口就是“我们妇女”，某代表说：以后我们发言要先说“我们男人”，以示平等。

【本报南京三日专电】

12月5日

△西康代表曲木介氏说：我们西康的生苗熟苗向不和中央发生来往，但这次承蒋主席的美意，请客帖子请到我们那个地方去了，所以我也来出席开会了。

△会场休息室茶点已改为自费点用，4日休息时间，代表入休息室者已不如往日之踊跃，更无争先恐后之现象矣。

△会场地上发现打油诗一首，其诗曰：“九点开会十点到，吸烟看报把天聊，茶点吃过无事做，斜倚席上睡大觉。”下具名“国大”代表戏作。

△散会前陈立夫氏在座上丢失公事袋一只，内装有私函数件。

△散会时，一山西代表误登凤颐村专车，其同乡某代表说：“老兄，

这是党代表的专车，请勿高攀。”

△新疆代表张凤九，把政府比作一个人的神经中枢，边疆比作四肢，他说：“假如四肢麻木，纵使大脑健全，这个人也残废无用。”

△代表中不乏打油诗人，某代表对每日散会有感，口占七言绝句云：“会罢汽车乱纷纷，路上行人险断魂，借问今宵何处去，播音器里‘六言春’。”

△代表们为了救济下关难民，今天休息室中已无点心，老年代表手捧热茶取暖，凝视白色台布若有所思。

【本报南京四日专电】

12月18日

△骁勇善战的陈诚将军今日任主席，开会前被七八个女代表包围，一时陷于女儿阵中。失却了英雄本色，只得笑嘻嘻地应付她们。

△某代表向女代表们说：“你们要争取百分之二十的名额，假如没有限制，各省主席、各县长、各级机关的首长职员，都要规定有百分之二十的女性，那你们何处去找这么多的人才。”女代表不予置答。

△陈诚一口浙江青田官话，许多代表无法听懂，致常有人高喊“请再说一遍”，颇有不胜其苦之状。

△潘公展对第五十八条行政院向立法院负责一点，最感兴趣，争执最激烈，发言达四五次，他不满于整理小组意见，向副秘书长雷震提出质问。雷氏答此系青年民社两党意见，他又转向该两党质问，结果青年党余家菊起立说明，才算了结。

△邵力子未参加开会，站在记者席旁，向着咆哮叫喊的某发言代表凝视而笑，后又一度被女代表包围，在会场中盘桓数分钟即离去。

△大部分代表对会议已感厌倦，每逢开会，都希望“迟迟开早早散”。现在最关心的，就是“梅兰芳何日来京演唱的问题”。

【本报南京十七日专电】

12月19日

△到会代表由于过去数日斗争,精神似甚疲惫,各组审委会分别报告时,均闭目养神,会场中一团和气,平静无波。

△会中流行有"四大纲领"与"四大特点",四大纲领为:(一)有会必到;(二)无话可说;(三)停止讨论;(四)照按电钮。四大特点为:(一)多数服从少数;(二)会外决定会内;(三)争执重于法律;(四)遴选重于民选。

△王正廷被呼为老新郎,喜气洋洋,代表们多向王拱手道贺。女代表罗旧,全身男人打扮,有某代表戏撰一联曰:"老新郎大会堂上羞人答答,女男士麦克风前声势滔滔。"

△大会主席诵读总理遗嘱时,全体代表照例起立;惟有民社党代表静坐不动。

△陈诚宣布陈启天曾为宪草第一条而吐血,及至陈启天登台时,大家都说:"这就是使用'苦血计'的一位。"

△陈启天说:"我们参加'国大'是帮助国民党政府,我们有远大的眼光,我们有魄力……"听者互相观望,咋舌不止。

△在争论时,邵力子悄悄走上主席台,向左边后台门逸去,而后左舜生又悄悄走入右侧后台门,继之,于斌、白崇禧亦陆续进去,前一人距离后一人进去之时间约3分钟,似预先约定者。大家都相信后台必有精彩演出。

△傅斯年对宪草第一条照原条文通过大加抨击,他说:这条"条文"文法不通,请主席吩咐速记员,将今日讨论情形完全记录下来,以免千秋万世骂我们代表糊涂,言下不胜愤慨。主席回答称:"文法不通是国文教师的事情。"

【本报南京十八日专电】

12月20日

△某代表叹曰:"自从开会以来,洪兰友的脸一天天消瘦下去,快

要变成猴子，雷震的嗓子也一天天地嘶哑，成了麒麟童派。”

△下午之审查会虽规定于3时举行，向例必至3时半开始，但今日至4时许，主席台上犹鸦飞雀乱，毫无即将开会之征象，台下不断鼓掌催场，盖主席陈诚未到，故蛇无头而不能行也。

△陈诚于4时一刻始姗姗进场，全场报以掌声，陈氏从容不迫，在台前与胡适絮语甚久，有人说是文曲星和武曲星谈天机。

△潘公展和潘公展所坐的那一角，发言人较多，最雄辩，最爱和人争执，有人指那一角为火药库。

△于右任院长，今日在大会中获得中国圣诞老人之尊称，一些闲情逸致之代表并推举胡应华为中国后人。

△某代表对幕后协商极表不满，大声说：“既然事前协商停当，何必要开大会，爷们不说，我们通过，岂不省事！”其旁座代表曰：“老兄，这年头本来就是幕后政治。”

【本报南京十九日专电】

12月21日

△20日晨举行第十二次大会，陈诚报告综审会工作经过历一小时，一口气说完，仍是讲者自讲，而听者不听。

△“迟迟开，早早散”的风气越来越盛，当陈诚报告完毕，主席尚未宣布散会时，各代表即纷纷自动离去，较平日早一小时散会。

△天气严寒，代表们来去穿梭，忙于小便，会场中恰似表演走马灯。

△“国大之后”王隽英，今被蒋夫人注目颇久，因王女士鼻子正中贴了一小块橡皮膏，有谓：“是点上了一粒白痣，益加生动。”

△各记者在会场里包围王世杰、张厉生、孙科等，目的在询问对杜鲁门演讲的观感，他们都设法规避，连称：“没有话说，没有话说。”一个一个向主席台的边门溜去。

△代表们除开会忙以外，还有“吃酒席”忙，有人以礼待关云长为喻：“政府对代表是三日一小宴，五日一大宴。”而事实尤有过之，他们不仅“无日无宴”，且有“一日数宴”者。

【本报南京廿日专电】

12月22日

△今晨十三次大会，因辽宁代表王秉谦病逝，胡适以主席身份宣布静默3分钟志哀，各代表匆匆起立，又匆匆坐下，先后仅半分钟，若干代表不禁大笑。

△宪草提付一读时，胡适与洪兰友双双立起，有如扮演双簧，未及一小时，150余条宪草即全部通过。

△在此结束阶段，大多数代表对大会已开始不感兴趣，胡适在宣读宪草前称：“马上就要过年了，大会希望能够早日结束，所以今天上午，一定要将宪草一读通过，下午即开始二读，明天虽然是星期，但为早日闭幕，故主席团决定在星期天仍破例开会一天……”言犹未毕，掌声雷动，可知代表们归意甚切。

△楼上一部分“反对派”，发攻势，一代表站在播音器前，大叫有意见发表，但主席与秘书长则毫不理会，仍继续照例宣读宪草。因而“反对派”攻势未能得逞。

△某代表在开会时，大看“七侠五义”，颇为悠闲，宪法草案已被丢在一旁。

△某代表笑对记者称：凡是“国大”代表，都可以有资格说：“我的朋友胡适之。”

△通过宪草有一秘诀，即以快刀斩乱麻之势，迅雷不及掩耳之法，在宣读之后，立即表决，不使有一分钟拖延，否则就会招麻烦。

△朱家骅一口湖州活，不易听懂，若干代表乘机捣乱，大呼：“请撤换主席！”但朱氏沉着应付，反对者均未得逞。

△读至第廿八条时，通过一临时动议："凡现任官吏不得当选为'国大'代表。"王世杰、罗家伦等聆悉,异常着急,连呼:"弄错了！弄错了!"立即拟一临时动议,请求邻座代表副署,企图推翻此案,但因散会时间已到,未能提出。

△某代表称:"如果规定官吏不得当选'国大'代表,明日开会就没有几个人到场。"盖因此次代表当中,十分之七八均系现任官吏也。

△蒋夫人座位在陈诚与张道藩两人中间,寡言笑,陈张两氏状亦拘谨。

△陈诚与陈立夫在大会中,各自领导之集团,已由互相攻击而至合作无间,今日两陈时作耳语,态度至为亲昵。

△今日在厕所中又发现"文学",曰:"国"事日非,"民"亦劳之,"大"势已去,"会"又何益?

【本报南京廿一日专电】

12月23日

△关于"国大"代表职权问题,国民党内部会议时,会有激烈争辩,一部分现任官员主张"国大"代表可兼做官,企图保留地位;另一部分年高者,则坚持反对,并说:"现在的国民大会,已经有不少官吏,如果准许做官,大家都会去钻营,将来不是国民大会而变成了官僚大会,这样,人民哪里还有讲话的地方。"结果仍决定"国大"代表不能做官。

△讨论至第五十九条,"行政院长有否大赦权问题"时,居正起立发言,认为近10年来,人民生活水准降低,犯罪行为增多,而牢狱管理不善,罪犯多罹病至死,故主张条文中"大赦案"三字应予保留,当经许可留在主席团决定。此时,楼上代表竭力反对,力主大赦权仅能授予总统个人,并大发牢骚,认为大会主席团的权力太大,不尊重代表意见。洪兰友立即辩护,乃引起冲突,楼上代表大叫曰:"洪秘书长,请你把议事规则再念一遍!"彭学沛等忙在座上叫道:"继续讨论。"洪兰友乘机

宣读下一条条文，主席接着就说：“无异议通过。”此一场风波始告平息。

△白崇禧做主席，不懂“快刀斩乱麻”与“迅雷不及掩耳”之秘诀，故引起不少“麻烦”，后来稍有领悟，在每条念完之后，即曰：“有异议吗？无异议通过。”若干条文就如此这般地混过去了。

△第六十四条“立法院得拟受人民之请愿”，经一场激辩后，全文删去，理由是人民向任何机关请愿，不必规定。

△关于立法委员名额付表决前，洪兰友说到“维持原案者请按电钮”时，罗家伦忙以“破锣喉咙”制止，说是违反民权初步之规定，王世杰亦连呼“荒唐，荒唐！”因为他们都主张维持原案。

△陈诚、陈立夫、邵力子三氏，比邻而坐，大嚼口香糖。

△某代表认为白崇禧做主席不能服众，许多话都是洪兰友代替报告，渠喻称：“唱戏的人不会唱，拉胡琴的人却代唱起来。”

△某代表戏撰一联曰：“代表选代表，代表代表代表；监督管监督，监督监督监督。”

△若干代表在会场中以赋诗作对为娱，又发现一佳作曰：“大代表坐小车，小代表坐大车；小代表开大会，大代表开小会。”

△梅兰芳日内可来京献演，代表们对此一精彩节目，较宪草中任何一条均感兴趣。梅之班底，今日下午抵此。

【本报南京廿二日专电】

25 / 文汇精神

《文汇报》是一张无任何背景的民间报纸，从它诞生的那天起，就孕育出站在民间立场、不受任何干扰、独立自主的办报精神，虽然几经风雨，有着停刊、复刊、受警告的种种折磨，但它的立场不变，精神不死。这种精神在它的创刊词、复刊词及各种副刊的发刊词中，都得到充分的体现。其实这种精神在《文汇报》的领导、编辑、记者身上都表现得更为具体、生动。

"就是不给他们钱，他们也干"

铸造"文汇"精神，严宝礼是起着榜样作用的。他和几个朋友在友谊的温暖中孵化出《文汇报》，他就把终生的爱献给了它，无论在什么样的情况下，他都守着这张报纸，即使在报纸停刊、人员流散时，他仍然像守护自己的家园那样守护着它，对它寄予复刊的希望。每当一大劫难之后，第一个筹划复刊工作的总是严宝礼，他虽然只是一个高级职员，没有雄厚的经济后盾，可每当经济危机的关头，他都能化险为夷。他是出版人，报纸的生存之权掌握在他的手里，但他能求贤若渴，对编辑部的工作从不加干扰，也不为来自各方面的压力所动摇。由于他对本报同人的尊重、信任、知人善用，他经营的报纸能够面向真理，坚持进步的办报方针和敢于讲真话的报格。有时资金周转不灵，发不出同人工资的时候，他自我解嘲地对人说："我们报馆这些人，就是不给他们钱，他们也干，而且干得挺认真、挺带劲。"

当时的《文汇报》为什么会有这样的凝聚力呢？陈霞飞的一段回忆可使我们了解其中的原因：一次《星期谈座》专刊邀请钟复光、刘王立明、胡耐秋、许广平、罗叔章、胡子婴、吴全衡（代表邓颖超）社会名流，讨论"苦难的中国妇女"的问题，"编辑部完全让我一个人主持，自始至终没有领导成员出面应酬，这种求实效而不务虚饰的作风和对青年工作人员的信任，是非常令人鼓舞的。”陈霞飞又说：“我初进《文汇报》，是试用性的练习生待遇，月薪共18元。但一两个月以后，编辑部发现我能胜任记者工作，报酬立即调整到记者中的第二级待遇（月薪70余元）。当时《文汇报》工作人员的报酬，不仅不能望《申报》、《新闻报》工作人员的项背，就是和《大公报》相比，也是相当低的，但这种对工作人员一视同仁的态度，令人接受。”梅朵也有这样的回忆，他说：在那段时间里，我和陈钦源两人，在柯灵先生的带领下，编辑着两个副刊，一个是《读者的话》，一个是文艺副刊（这个文艺副刊，本来名为《文化街》，改版后，叫做《浮世绘》）。这两个副刊，都是每天刊出，一个星期7个版面。从组稿、发稿到版面设计，看大样、看清样，都是我们负责，并没有其他人帮忙。我记得那个时候，我还负责编辑一个影剧方面的周刊，如果我们没有一点主动精神，我们是很难完成那么多的工作的。人们也许会问：这个主动精神从何而来？我认为，除了我们前面提到的我们都有一个共同的追求以外，还有重要的一点，那就是整个编辑部充满着一种对人的尊重的民主精神，使每个人的才华，都能够得到发挥，而不会被埋没，至少我在编辑部没有听到过这方面的牢骚话；在每个人的脸上都可以看到对自己工作的信心。我记得，那个时候编辑部很少开会，更少开大会，但交流信息，交流意见，则随时进行。从上到下，不存在什么隔阂。还有一点很重要，那就是不存在层层把关的现象，一个版面，分配由谁主持，这就表示对你充分的信任，不会事事干预，稿稿审查。正因为这种信任，也就养成了每个人的负责态度，不会把责任推给别人而形成依赖别人的态度。这种对人的尊重的民主精神，必然大大增长了每个人的自信心，大大发挥了每个人的创造力。为什么在那个年代，编辑部只有几十人，却办出了几大张的《文汇报》。我想，这是重要原因之一。

看来，并不是什么办报的理想，而是人与人之间的一种精神，使许多有识之士愿意在《文汇报》工作。这种精神是严宝礼和徐铸成树立起来的。

张 忱

老文汇人为什么深情怀念圆明园路149号那座灰色大楼，那座大楼的三楼的一大一小的房间为什么使老文汇人那样难以忘怀？因为那里面贮藏着他们的火热的青春、正义和阳刚之气。

那时的《文汇报》编辑部就是一个大房间加上一间与之相通的小房间，大房间是编辑们的工作室，小房间是记者们的工作室，因为房间太狭窄，放不下一张桌子，因此只得在靠墙的地方架上一条木板，作为记者们共有的桌子。这样，记者们也没有什么固定的位置，谁采访回来了，谁就在木板面前找一个位置写稿。到了晚上，因为记者都回来了，于是你挤我、我挤你的满满一排，有时因为坐不下，只得等别人写好了再写。在大房间的编辑们有一个固定位置，但也是日班、夜班轮流坐，日班是各种副刊编辑的天下，晚上是新闻编辑编报的地方。每到晚上，记者和编辑开始露面的时候，这间屋子就成了"大市场"，人们往来如织，喧声鼎沸，但一切都以新闻特有的快节奏有条不紊地进行着。

来得较早的是奔波了一天的记者。他们是崔景泰、李鸿礼等几个青年记者，喘息未定，就钻进编辑室的小套间里找采访主任孟秋江汇报情况，听取主任的意见，然后去找个空位子写稿。随后有唐海、王坪、陈霞飞、张忱等老记者也陆续回来。记者和主任碰头，多是游动式的，随时随地站立交谈。夜班编辑来得较早的是国际版的李龙牧、程光锐，其次是要闻版的徐履平，最后等到本埠版的编辑刘火子、邵嘉陵来到的时候，夜班工作算是正式进入了高潮。徐凤吾也由一般作者进了

陈虞孙(1960年代)

《文汇报》,跟着刘火子编本市新闻。这时候,总主笔徐铸成、总编辑马季良也都来了。徐铸成一来,总是先到编辑室走一走,了解当天稿件情况,同各方面负责人交谈一番,有些稿件先过目,为的是10点钟时撰写当天用的社评。有时兴致一来,还亲自为重要新闻做标题,如关于被解放军俘虏了的郝鹏举,新闻标题就是他做的《郝鹏举满身金钞 共产党意外收获》。刘火子也是做标题的高手,如美国克宁奶粉在大量倾销,他给新闻加了标题:《美国奶粉来 中国牛何之?》刘火子做新闻标题,常常是以神来之笔,妙语惊人。在前文《向胡适挑战》一节中,介绍了胡适的六言诗。《文汇报》除发表唐弢、黄裳等人的批评文章外,还为他参加"国大"刊发了新闻,刘火子巧妙地运用六言诗中"只能拼命向前"的字句,做成"胡适,胡适?向前,向前!"语义双关,讽刺深刻,而又韵味无穷。大家在等报纸大样时,编辑室里一场桥牌大战总是少不了的,经常出阵的是徐铸成、马季良、刘火子,不必担心三缺一,编辑们个个都是打牌能手。"战斗"持续到深夜一两点钟吃第二顿夜餐为止。看完大样以后,报社有四轮大卡车一路分送住在各处的人回去。

更为可贵的是,报纸领导没有不写稿的。总主笔徐铸成除了写社评,还和宦乡、陈虞孙轮流写《编者的话》,每天一篇,总编辑马季良在副刊《浮世绘》上也是每天写一篇"桥边私语",副总编柯灵在副刊《读者的话》上每天写一篇"街头人语",他们都以生花之笔写出最美妙的文章来。《编者的话》里所谈的,大都是有关当时的政局和战局的,也有一些谈社会问题和人民生活方面的事。如民社党和青年党参加南京国民政府事,1947年4月3日《编者的话》以《袭人出嫁》为题写道:

民青两党参加政府问题，昨日已经告一段落了。

他们的参加，事实上早已成定论，开会复开会，讨论复讨论，本来只是一种姿态。

参加"国大"时，说不一定参加政府，等到参加四机构时，又说非恢复和平不再进一步。现在呢，终究还是踏进去了。

《红楼梦》上袭人的出嫁，也是经过这一段过程的。

读过《红楼梦》的人都知道，贾府家道衰落后，生活日艰，宝玉出走。这时，贾府考虑把一些婢女嫁出去，并且准备把曾在宝玉身边的袭人嫁给蒋玉函。然而，袭人感到自己与贾府特别是宝玉的亲近关系依依难舍，哭哭啼啼，不愿嫁走，而当她看到宝钗等忙着为她裁嫁衣，备嫁妆，又感激不尽，怕不嫁对不起贾府的人。可是，她还不了解蒋玉函的家境如何，思前想后，上了花轿又啼哭起来，十分悲痛。及至进了蒋家的门，看到蒋家家境也不错，蒋玉函对她又体贴入微，终于破涕为笑，跟着蒋玉函安安稳稳地过日子了。这个故事与民社党和青年党在参加南京政府的过程中所作所为何其相似！编者用"袭人出嫁"点了一笔，不仅平添了文章的色彩，而且增加了批评的力量。

《桥边私语》是马季良用"安尼"的笔名写的专栏。桥者，《文汇报》附近的外白渡桥也；私语者，窃窃私语之意。他用迂回曲折的笔法，谈当前形势、谈人生哲理，或引徐志摩语，或用西方哲人、文学家语，每次两三则，总共才三四百字，有如散文诗，清新耐读。这时，他正在和尼娜热恋中，所以用了"安尼"这个笔名。如1946年12月26日发表的一则：

前夜，我梦见了圣诞老人。

他没有背任何礼物，我惊讶地质问他。

他回答我："人间什么都有了，所以，我只把温暖带给你。"

有人同情地赠他一首打油诗，最后两句是："最是圣诞寒风里，听人欢乐到天明。”

旁边一位朋友加上一句：“千古伤心文化人。”

他苦笑了，没有和诗。他只是回答了米开朗基罗的一句话：“当众生在哭泣的时候，我们是不应该欢笑的。”

谢绝若干庆祝圣诞的宴会，因为想起了：“没有不散的筵席。”

席终人散时留给你一缕凄凉的隔世之感，那种惆怅与寂寞的哀伤是比一切的哀伤更折磨人。

感谢罗曼·罗兰，他安慰了我：“心地纯洁的人，易于满足而且宁静。”

1947年1月7日的一条写道：

伯牙死后，钟子期终身不复弹琴，为了弦急调高，不再会有人知音。

但我相信，钟子期的第一个朋友未必是姜伯牙。

友谊，是不能用时间来衡量的。

老朋友不一定是好朋友，好朋友却一定可以成为老朋友。

问题的症结只在“知音”与“知己”的一个知字。苏格拉底曾作了一个诠解：“知即道德。”

歌德听完贝多芬弹完他的新曲后，愤愤地对贝多芬说：“他侮辱了我的诗歌！”

贝多芬一声长叹，猛击着琴键说：“连你都不能了解我，我弹给谁听去呢？”

自然，这一点小误会并不曾影响到他们之间的友谊。

但最深的友谊也不可能避免小小的误会，正如同灿烂的太阳，也总有被乌云遮蔽的时候。

是历史的悲哀？抑是人性的悲哀？

在《读者的话》副刊上，柯灵的"街头人语"常放在头条位置，短小活泼、辛辣而幽默，顺手写来，文字很轻松。如1946年1月26日的一条写道：

一个政党，一个主义，一个领袖，一道同风。

——这叫做"统一"。

皮带、皮绑腿、大皮包。

——这是"三皮主义"。

金子、房子、车子、女子、爱子。

——这叫"五子登科"。

你当它正经，它是开玩笑；说它是笑话，偏又是事实。

中国的政治，就是如此如此，这般这般！

1946年5月9日一条写道：

不久以前，重庆的参政会上，充满着"通！通！通！"之声，可都认为参政会的水准低了。最近南京招待"国大"代表会上，却是满场的"打！打！打！"可见有了惊人的进步。可惜"国大"没开成，否则场外"轰！轰！轰！"场里"通！通！通！""打！打！打！"这一出戏就更好看了。

王叔惠责问邵力子，说："我们有何面目去见我们的选民？"这还不够替我们争面子吗？实在太客气了！

《文汇报》编辑、记者能有这样的和谐的生活环境，应该说是总经理严宝礼给创造的。据当年中共地下党员夏其言回忆，严宝礼经常留意其他报纸，看到有和自己志趣相投的作者，他就会千方百计地挖到《文汇报》来。夏其言、麦少楣就是严宝礼读了他们的文章后挖进来的。夏其言进《文汇报》的第二天，严宝礼就来关怀，带着歉意说：我们这里的条件不好，你们在木板上写稿件不习惯吧？他们说：我们来不光是为了职业，更重要的是为了事业。严宝礼听了，缓缓地说："不出所料，很高兴。"当时在《文汇报》的中共地下党员，都以《文汇报》为掩护，忙于在社外编党的刊物或做其他工作。严宝礼并不知道其中的内情，宽容地向总编辑马季良关照说："光靠这里的工资，肯定入不敷出，只要给本报写点报道，倒不在多，但要有分量，外面兼职编杂志，完全可以，不必计较，告诉他们不必顾虑。"

这番话表现出当时的严宝礼不只是同情革命，而且他胸中有着人性的宽容！

生存在多种政治力量中间

作为民间报纸的《文汇报》，没有归属于某方面的力量或由某集团操纵，而是独立报人承办，处在国民党、共产党及民盟三种力量的包围之中。国民党对它是时拉时打；共产党对它也只是施以思想影响，虽有地下党员参与编辑工作，但对报纸没有起领导作用；当时社会就传说《文汇报》是民盟的机关报，但《文汇报》则和民盟若即若离。《文汇报》驻南京办事处和这三方面的关系，可以说是《文汇报》政治倾向的一个缩影。据驻南京记者郑永欣、黄立文、黄裳的回忆，他们采访的新闻线索一是中共驻南京办事处梅园、民盟驻地蓝家庄、国民党和谈代表被称为和谈老人邵力子及蒋介石的高参雷震。但接触最多的还是中共代表团发言人梅益。中共代表团很注意《文汇报》的宣传报道，周恩来读《文汇报》的意见，都是通过梅益传达出来的。

如追悼戴笠的新闻，刘火子在处理这条新闻时，用短栏登在不重要的位置上，他把消息中挽幛上的"音容宛在"挑出来，改了一个字，标为“音容尚在”，一字之改，成了语意双关的标题，巧妙地暗示读者，戴笠虽死，而国民党特务系统依然存在！梅益传达说：“今天周副主席看了这个小标题，高兴得拍案叫绝，赞为好标题！”

又如1946年11月15日，一版刊登一条加框短讯，题为《要的不来，来的不要》，内容是“国府不考虑小党参加国民大会”。当时中共、民盟拒绝参加，民社党尚在忸怩作态，这个标题概括了“国大”代表资格是进步人士不屑一顾的宵小之徒，周恩来看到这个短框标题，赞赏为“值得尊敬的大手笔”。

再如1946年10月2日，二版头条刊出《中共要求停攻张垣（张家口）否则和谈必将破裂》的消息，眉题为《对和谈空气一盆冷水》，周恩来看了，批评说：标题（指眉题）有失公允。

还有1946年9月19日五版刊登杨重野采写的《石老太太》，介绍解放了的齐齐哈尔一位烧窑妇女被选为参议员的事迹，梅益传达说：国统区报纸以记者第一手材料作此报道，是真正民意体现，与国统区形成强烈对照，是一篇好通讯。

1946年11月19日，周恩来撤回延安的前夕，郑永欣陪《文汇报》总编辑马季良去梅园向周恩来请示机宜，马季良提问：周先生，你返延安，国共破裂势不可免，《文汇报》将何以处？周恩来回答：你们照常工作，这要临机应变，倒是一个复杂问题。他们交谈半小时，即握手告别。

民盟的章伯钧似对《文汇报》有特殊兴趣，曾两次单独和郑永欣谈话，都以神秘的目光盯着发问：“你们有些通讯是延安广播的吗？否则国民党战败的消息不会来得这么快。”又一次，张伯钧和罗隆基“两堂会审”，要郑永欣回答这个问题，并表示绝对保密，郑永欣说：“延安通讯广播设备落后，最快的战报也要隔天发出。”言下之意，《文汇报》“昨天战况今日见报”的最新消息，都是来自南京本地。

谈到罗隆基，郑永欣回忆说：罗隆基才华出众，是锋芒毕露的“第三方面”和民盟的发言人，他咄咄逼人的“风姿”，令我不敢与他接近，向他采访总是捞一把统发消息为满足，从未单独长谈。再者，为避免外界对《文汇报》与民盟之间的风言风语，不得不与之保持距离，只对民盟为捍卫政协决议、抨击一党宪法、反对政治诬蔑的斗争作出含蓄而有节制的报道。

在国民党的高官中，和《文汇报》打交道最多的要算雷震了。那时他是政协秘书长，郑永欣经常去采访他。郑永欣说：他仪表宜人，待人谦虚，谈吐不俗，尤对《文汇报》表示好感，常以车相助以解采访之急。1946年圣诞之夜，北京发生美军强奸沈崇案，雷震托郑永欣带口信，要约请徐铸成谈谈。适逢严宝礼到了南京，由郑永欣陪到雷公馆相见。雷震向他诉说反美浪潮把政府搞得很苦，蒋介石也是忧心如焚，要求《文汇报》帮忙，在反美问题上降温。严宝礼回答说："我与铸成先生早有君子协定，我的职责范围只限于经理部，无权干涉编辑部的业务，希望雷先生谅解。"会谈大约一刻钟，即相对无言。以后，雷震也没有再提这件事。

1947年3月19日，中共自动撤出延安，南京政府以为是最大新闻，组织了"首都中外记者赴延安视察团"，准备作大张旗鼓的报道。《文汇报》记者亦在被邀之中。郑永欣托病不去，拟请编辑部另派记者参加。4月3日，记者已聚集机场，又打电话催《文汇报》记者前往。编辑部派了记者李肇基参加，火车晚点，记者不能及时赶到。为了等《文汇报》记者，飞机推迟两小时起飞。李肇基到了南京，又不去机场，跑去拜访校长司徒雷登去了。后来写了一篇访问记在报上发表。

苏北是新四军的根据地，国民党军队向苏北进攻时，新四军大部队撤离，只留下一小部分部队活跃在广大农村，国民党军队长驱直入，占领城市。为了庆祝进攻苏北的胜利，国民党当局以江苏省新闻处的名义邀请上海《文汇报》记者前往参观，意思很清楚，要报纸进行宣传。《文汇报》记者程光锐也在被邀之列，但他没有回避，而是顺水推舟，完全借用主人之口，说出"胜利"真相。如被称为国民党"铁军"的49师，上级命令三天拿下如皋,可是师长王汉说:“新四军出动27个团,想不到他们有这样多的人,一共打了7天7夜”,又说:“如皋之后,我们又打了3次大仗,可见我们轻敌”,“前后被新四军打垮了4个团。”王汉的汽车司机也说:“咦!打得厉害,我们师长几次都很危险。”这些无意之言,都成了记者笔下有用的材料。“绥靖区”的李司令在与记者闲谈时说:“共产党有组织,我们没有;共产党要打哪里,我们不知道;乡保长往往报告某地有共军,可是国军开到,根本没有事。”如皋县的一位官员对记者抱歉说:“诸位先生要下午3点钟以后到城外去,我们是不能保险的啊!”南通市参议会议长对记者说:“南通东边风声鹤唳,使我们感到兔死狐悲啊。”

苏北的安定、胜利在哪里?读了程光锐写的《苏北纪行》通讯,恰如他在通讯结尾写的那样:“这个被人遗忘的战场,毕竟还是一个战场。我坐在一辆吉普车上,借着最后一天的机会,再来凭吊一下内战战场的苏北平原——在我的视线里是残破的村落,视线以外依然是处处烽火!”

程光锐这样的采访写作,是文汇精神支持他。所幸的是国民党当局没有审稿,否则这篇《苏北纪行》要胎死腹中了。

4月28日,距离国民党军队占领延安空城只有1个月零几天,总揽三军实权的陈诚被胜利冲昏了头脑,在陶醉“大捷”的当儿,又大力宣传“泰安解围”。可是在27日的《文汇报》上,头条新闻的标题是《鲁中共军重占泰安》,外电据此转载,传遍全球。陈诚看了这条新闻,极为恼火,一声令下,要限期查出“泄密者”,一面通知《文汇报》交出泄密的人。徐铸成应新闻局之召,连夜赶往南京,新闻局副局长邓友德虽然是徐铸成的老朋友,仍然逼他交出“泄密者”。徐铸成抗争说:“对提供新闻线索的人,我们有权保护。”双方相持不下。徐铸成深知国民党军队系统的矛盾和复杂关系,说了一句令对方心虚胆寒的话:“辞修(陈诚的号)先生何必为此自寻烦恼,即使交人恐怕也难办,说不定可能祸延

谢蔚明

其身，岂不尴尬？”知情人一听就明白，这位泄密的人不是白崇喜的嫡系，便是陈诚的幕僚，如是前者不敢动他一根毫毛，后者则自打耳光。一语中的，击中陈诚的要害，他立刻软了下来，不再追查。原来泄密者是陈诚身边的姓陈的高级参谋，是谢蔚明在黄埔军校的同班同学。陈把这一消息告诉在《和平日报》任采访主任的谢蔚明，《和平日报》是国民党国防部的报纸，不允许刊登这样的消息，他就把这一消息告知郑永欣，在《文汇报》发表出来，结果出了“纰漏”，受到追查。就是这个谢蔚明，身为国民党军报的记者，却有点新闻记者的侠肝义胆，常常把国民党军方报纸不便发表的军方秘密，提供给新闻界的同行。

《文汇报》虽受到停刊7天的警告，但它和国民党有关方面还在玩“捉迷藏”。

一次赴“鸿门宴”

现在，我要叙述的是另一件事情。这件事情离《文汇报》停刊7天相去不远，那是1947年初。

一天，虞洽卿的女婿江一平请严宝礼、徐铸成吃饭，严、徐到了江一平住的花园洋房，看到院子里已经停了许多汽车，进入客厅，则赫然看到陈立夫、潘公展、吴国桢和宣铁吾。徐铸成心中一怔，意识到这一席是不寻常了。

酒过三巡，江一平开口了，说：“《文汇报》是我老娘舅（虞顺懋，虞洽卿的儿子，江一平和比他大十来岁的虞洽卿的女儿结婚，故称虞顺懋为老娘舅）和我一起开办的，宝礼兄负责经营，十分得法。铸成先生主持编辑，煞费苦心，办得有声有色。但是，前一时间，我因事忙，没有管报馆的事，因此，有些言论，不符合党国方针，引起各方面误会。现在《文汇报》销路很大，影响极广。不客气地说，《文汇报》的声光比《大公报》还大。今天立公、吴市长、宣司令和潘先生都光临，希望多加指教。各位知道，《文汇报》规模简陋，经济困难。我自己没有钱，撇开来说，请政府投资10亿，扩充设备，提高职工待遇，好好干起来，一定能为党国宣传，发挥不可估计的作用。"

江一平讲完后，陈立夫以为这件事情就这样谈妥了，所以很表现了"谅解"的态度，说：我们不怪《文汇报》，是我们对不起《文汇报》，房子也被人占了，铸成先生是办报能手，道德文章，我一向是很钦佩的，今后还望多为国家尽力。接着吴国桢、潘公展也说几句帮腔的话，只有宣铁吾没有开口。

虞顺懋比较单纯，没有城府，他以一口宁波腔说：阿拉这边，呒啥闲话好讲，铸成兄谈谈吧。

徐铸成说：《文汇报》所以有今日，主要是我们明辨是非、分清黑白，敢于说真话，受到广大读者欢迎。但是，因为真相不明，在某些记载上，无心的错误是难免的。因此，今天能会见各位和当局，我很高兴，希望以后多给我们一些真实消息，以减少这类错误，我们是很欢迎的。

在座的最想知道的是他对政府投资的态度，为此，徐铸成说：各位想必知道，《文汇报》是宝礼兄苦心经营的，顺懋兄一时在经济上大力支持，得以维持至今。徐铸成根本没提江一平。说到这里，把话锋一转，说：至于我，不客气地说，是个奶妈，《文汇报》是我用墨汁喂大的。我再三和宝礼兄约定，《文汇报》不接受任何方面的津贴和政治性的投资。

徐铸成的一席话，使在座的脸色都尴尬起来。没等终席，陈立夫首先站起来，说另有约会，吴国桢和潘公展也一起告辞。独宣铁吾留了下来，跷起大拇指对徐铸成说："佩服佩服。老实说，我本来以为你是共产党的。听了刚才一番话，才知道你是血性爱国好汉。今天这个场面，你能顶下来，真不容易。我宣铁吾对不起你，曾封了你们7天门。今后，你再怎么骂我，我要是动手，不是人养的。”

徐铸成说：“言重了，我只是凭良心办报而已。”

陈立夫是CC派的首领，而宣铁吾是军统在上海的头子，两者本来就有矛盾，看到陈立夫碰了一鼻子灰，宣铁吾只是感到高兴罢了。

以后，《文汇报》《星期谈座》谈物价问题，给宣铁吾发了一张请柬，他居然亲自来参加。

《文汇报》抗战胜利后复刊，资金从何而来？严宝礼没有钱，虞顺懋是投资人之一。他当时是三北轮船经理，不像其父虞洽卿那样精明，有些“大少爷”派头，20世纪20年代末期，和李济深换过“兰谱”。1947年，李济深逃往香港，就是他资助的。他和严宝礼又是南洋公学时的同班好友，严在经济困难时，他总是有求必应，是当时《文汇报》的第二股东。

《文汇报》复刊时的第一投资人是任传榜。曾在北洋时代当过沪宁、沪杭两路局局长，他和严宝礼有亲戚关系，他投资20根“条子”（200两黄金），《文汇报》第一次置备的机器，就是用这笔钱买的，但他人胆小，不敢出面，怕国民党找他的麻烦，特地请他的老上司张国淦挂个董事长的名义。

江一平毕业于东吴法学院，凭着虞洽卿的裙带关系，成为上海的名律师，又经丈人的提携，当了公共租界的“华董”，俨然也是一个“闻人”了。徐铸成哪里会把他放在眼里。

“鸿门宴”之后约10天，张国淦把严宝礼、徐铸成找去谈话，说陈布雷前一天到他家访问，拿出一张中央银行的空白支票，说：请你交给徐、严两位，他们要多少钱，自己在支票上填吧。张说：我只是一个挂空名的董事长，作不了主，他们不听我的话，好在你和铸成也是熟人，你何妨直接找他。数月之后，陈布雷果然和徐铸成见面了。

被封门前后

1947年，要和平、要民主、反内战、反饥饿，以及反对一党专政的浪潮此起彼伏。进入5月，《文汇报》连续报道学生罢课、教师罢教、工人罢工的消息。

5月18日，“要闻版”刊登了记者从各地发来的专电报道：1. 北大、清华、北洋大学等校相继罢课，提出反内战要求。2. 南京中央、金陵、剧专、药专、音乐学院等校组成联合委员会，决定后天继续请愿。3. 苏州教育学院学生拥护中央大学同学主张。4. 教育部发言人说，未回校的英士大学学生一律开除。5月21日，发表社评《如何处理学潮》说：“全国各地学潮有如燎原野火，口号已从‘反饥饿’扩大到‘反内战’，这是必然的发展。”

5 月 22 日，“要闻版”头条发表了南京专电：许德珩、梁漱溟在参政会沉痛发言：政府何以无勇气与学生讨论时事？何以必须出动军警限制人民自由？

5月23日，“文教版”头条报道：上海40所学校罢课，抗议南京五二〇惨案。徐铸成和宦乡议定了《编者的话》：学生的爱国热情不应镇压，暴力更难解决问题，再不要制造血案了。

5月24日，“要闻版”发表记者李肇基、麦少楣的报道《复旦门前被殴记》，报道他们在复旦大学采访时被特务殴打的情况。上海市市长吴国桢看到报纸，说：“我正要找《文汇报》，这次学潮，《文汇报》要负主要责任。”

《文汇报》发表《编者的话》，以《我们的抗议》为题，指出：“在政府已一再明令保障新闻自由之后，在这样的大都市里，公然啸聚数十暴徒，围殴手无寸铁的记者，这实是国家的耻辱。”并要求：“（一）切实新闻采访自由。（二）惩治凶手。（三）保证以后不再发生类似的事件。”在题为《谁应负责任》一文中，对吴国桢关于“这次学潮，《文汇报》应该负责任”的话加以反驳，说：“既发生了新闻，我们不能不登，登载亦不

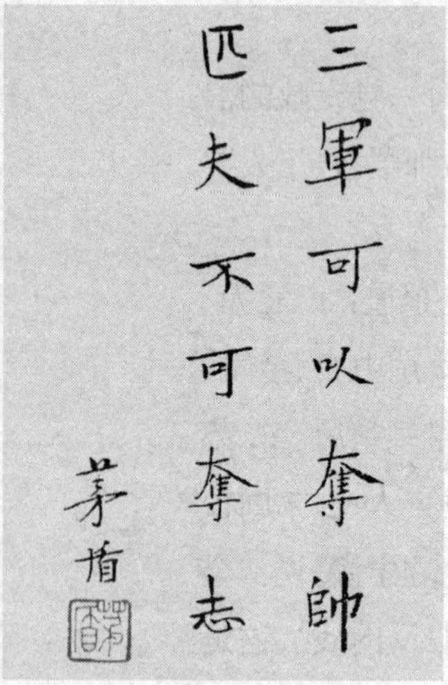

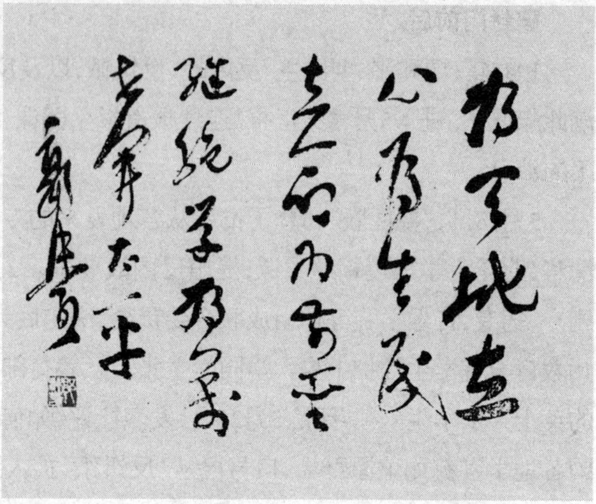

左图　1946年茅盾为《文汇报》题词
右图　1946年郭沫若为《文汇报》题词

能不根据事实，我们既不能无中生有，也无权化有为无，更应该遵守新闻道德，不许指黑为白，文过饰非。”“我们无权处理风潮，也无力化除这些风潮，请问，我们有什么责任？”

国民党政府最怕的是学生运动，《文汇报》这样的连续报道，使他们感到不能不动手了。5月24日，国民党政府的淞沪警备司令部勒令《文汇报》停刊，命令说：“查该报连续登载妨害军事之消息，及意图颠覆政府破坏公共秩序之言论与新闻。本市为戒严地区，应予取缔。依照戒严法规定，着令该报于明日停刊。毋得违误。此令。”

5月25日，《文汇报》、《联合晚报》、《新民晚刊》三家进步报刊被上海市政府封闭，并逮捕了《文汇报》记者麦少楣及《联合晚报》记者姚芳藻。经营救，麦少楣由中央社记者陈香梅保释了出来。

5月是《文汇报》的灰色日子。抗日战争时期的1939年5月18日，《文汇报》及《文汇周刊》被英国领事馆勒令停刊两周，接着就是《文汇报》自动关门停业；解放战争时期的1947年5月24日，《文汇报》又被勒令停刊。《文汇报》命中注定就是一颗彗星，生命只是一闪即逝。

《文汇报》消失了，但对严宝礼与徐铸成的相识相沫，人们称之为“管鲍之风”。如果没有严宝礼的惊人魄力，这张报纸就根本不会产生，更不可能经受得住生而死、死而生的磨难。抗战数载，徐铸成抛妻别子，一人独自在后方，上海的一切都由严宝礼照料，柴米无缺，安全度过了长长的黑暗岁月。徐铸成对《文汇报》所以能寄托着那样的痴情，这又何尝不是一个有力因素呢？

《文汇报》这次停刊的第二天，吴绍澍就上门访问，备致安慰，同时邀请说：“这回你可以帮我的忙，到《正言报》去主持笔政了。”

徐铸成惨然回答：“我好比新丧的孀妇，你就劝我改嫁，太不近人情了！”寄沉痛于幽默，不愧是一代自由报人的风采。

军统头目王新衡也打电话给徐铸成试探他今后的打算，问：“你预备到香港去吗？”徐铸成回答并无此意。他说：“你如仍住上海，安全是没有问题的。”

过了几天，国民党元老叶楚伧的儿子叶元来圆明路149号访问，说他领有《民国午报》的执照，一直未出版，愿与《文汇报》同人合作，编辑方面，由《文汇报》旧人负责。严宝礼、宦乡都同意这样变相办复刊。正当他们紧张筹备、出版有日之际，某一小报忽刊出一花边新闻，题为上海将出现的民主报纸，其编辑负责人为有名的民主报人徐铸成。

当《国民午报》预定出版的前一天，突接上海市政府的通知，“《国民午报》不准出版。”这样，徐铸成已经付出一些心血的报纸就胎死腹中了。

在《文汇报》被封半个月后，严宝礼对徐铸成说陈果夫的朋友吴则中带信，说“南京方面有意让《文汇报》复刊，你不妨去活动活动。”徐铸成说：“这也是绑架后企图迫令屈服，无条件，决不会让复刊。”严宝礼说：“明知如此，也该去一趟。”这样，徐铸成遂有南京之行，在车上，见到《新民报》的老板邓季惺，听说《联合晚报》的王纪华也去了南京。

到了南京，邓友德接徐铸成至其公馆下榻。果然寒暄几句，邓友德

陈布雷

就提出复刊条件：一、由政府资送宦乡出洋，政府只派一人参加《文汇报》任编辑部副主任；二、政府加股若干亿，并派一位会计主任。徐铸成说："复刊是无条件的，有条件决不复刊了。"无果而返。

在南京住了一天，徐铸成打算回上海。邓友德劝他去拜见陈布雷，并乘车陪他同去。到了那里，陈布雷已经在客厅等着，开口便说："铸成兄，你已决定不谈复刊的事了？"徐铸成说："你是报界前辈，设身处地，也不会接受任何条件的复刊。"陈布雷说："老兄今年几岁了？"徐铸成说："虚度41岁。"陈布雷说："我们国民党人自己也有所不满。但国民党再腐败，20年天下还能维持。20年后，老兄须眉也斑白了，就这样等下去吗？"徐铸成说："但愿天下太平，我愿做一个太平之民，闭门读书。"

看来，此时的陈布雷对国民党的前途估计得还很乐观。

陈布雷，名训恩，浙江慈溪人，1890年生。早年从事新闻工作，曾在上海《天铎报》、《时事新报》担任记者和主笔，积极宣传国民革命。1927年到南昌会见蒋介石，蒋看重他的才学人品，将其召至幕下。蒋氏尊称他为"先生"，外界则称他是蒋介石的"文胆"。徐铸成写过一篇《谈陈布雷》的文章，说："平心而论，他为蒋介石网罗人才，却从未参加过对青年及文人的迫害。"

到了 1948 年，蒋介石正在催陈布雷起草"战时体制"的方案。一向是下笔万言、立马可待的陈布雷，却一字也写不出来。他感到心力交瘁，1948年11月11日写了一篇《杂记》，对人的生死作了一番"泰山"与"鸿毛"之叹后，说自己的"脑力使用太疲劳了，思虑也不能用"，方案"一天天拖延下去，着急尽管着急，而一点不能主动，不但怕见主帅，甚至怕开会，自己拿不出一些主意，可以说我的脑筋已经是枯竭了。”

两种命运决战的时刻，国民党大势已去，陈布雷也不得不作出选择，终以“主忧臣辱，主辱臣死”之义而自尽。自尽之前，还去看了女儿陈琏、袁永熙夫妇，袁是中共地下党员。陈布雷对袁永熙说：“我一生最大错误就是从政，以至不能自拔。政治这个东西不好弄，你们千万不要卷到里面去。”与袁谈话之后，他又写了几封遗书，有两封是给蒋介石的，其中一封中说：“布雷追随20年，受知深切，任何痛苦均应承当，以期无负教诲。但今春以来，目睹耳闻，饱受刺激，入夏之后，病象日增，神经极度衰弱，实已不堪勉强支持。值此党国最艰危之时期，而自验近来身心，已无丝毫可以救命之力。与其偷生尸位，使公误计以为尚有一可供驱使之部下，因而贻误公务，何如坦白承认自己无能为役，而结束毫无价值之一生。”

像陈布雷这样从政的知识分子，又是最高统治者的智囊人物，其“忠义”之心是可想而知的，他又是一个能审时度势的人，此时此刻，他只能选择以死来告别人世。

《文汇报》与《大公报》

徐铸成出身于《大公报》。离开《大公报》到《文汇报》执掌笔政，人们总以为《文汇报》与《大公报》是血肉相连。其实不是那么回事。徐铸成在《大公报》两进两出。1927年胡政之聘徐铸成进《大公报》，到1937年抗战开始，徐铸成没有随《大公报》内迁，他认为是胡政之一脚把他踢开，颇有些愤懑之情的。1938年，《文汇报》创刊，徐铸成笔政，1939年《文汇报》关停，徐铸成又第二次进《大公报》，主持该报桂林版。1945年，徐铸成创办《大公报》上海版。待王芸生来沪后，徐铸成坚决辞掉《大公报》，走出了家园。对于徐铸成脱离《大公报》，一时成为上海新闻界的新闻，曾有许多记者访问他。

徐铸成在接受《人物杂志》记者采访时，说明他从《大公报》出走的

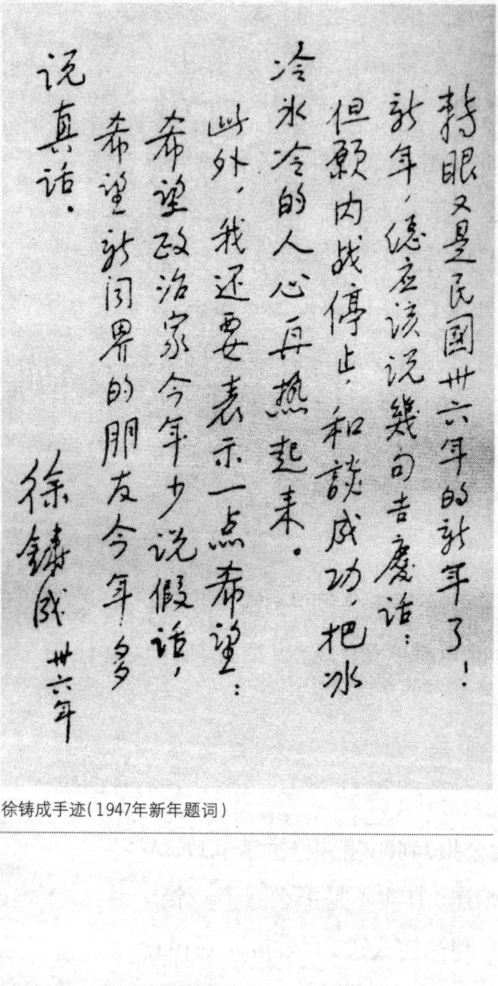

转眼又是民国卅六年的新年了！
新年，总应该说几句吉庆话：
但愿内战停止，和谈成功，把冰
冷冰冷的人心再热起来。
此外，我还要表示一点希望：
希望政治家今年少说假话，
希望新闻界的朋友今年多
说真话。
徐铸成 卅六年

徐铸成手迹（1947年新年题词）

原因时，说：“《大公报》虽然是我的家，但我不能做主，有妨碍到报纸立场的话，我不能说，不说又于心不安。我主持《文汇报》，可以说我应该说的话，成于我，毁亦于我，可以安心。在抗战期间，为了胜利第一，许多应说的话未能说，但是胜利以后，民主建国既然是大家所公认的，报纸应当反映民意，说话应当配合这个方向，没有理由再使我们不自由发言，总不能说裹着小脚就永不向前走？”

徐铸成在接受《人物杂志》采访时，还谈了对当时新闻界的看法：“日前新闻发展到极可怕的时期：黑白颠倒。中国文人的传统精神：春秋之笔，贬褒极严，史家认为真理所在，振笔疾书，虽杀其父子兄弟，在所不顾。这种传统精神是可贵的！中国有近代报业不过百年历史，虽然在内容上、技术上还很落后，但近几年来，的确有不少仁人志士如孙中山、梁启超、宋教仁、于右任、邵力子诸先生投身新闻界，奋如椽之笔，启迪民智，开创革命先河。《大公报》张季鸾先生曾经说过：‘平常待人和气，遇有大事虽六亲不认，决不袒护，决没有不敢说的话。'这次抗战，沦陷区很多报人与党派没有关系，然而都有奋斗精神，诛伐丑类，虽死不辞，前仆后继，大义凛然。胜利以后，报人或者由于生活所迫，或者由于言论受制，失去了这种传统精神。过去，有些报纸像鸵鸟一样，对有些事情避重就轻，但还没有指鹿为马，颠倒黑白，可是，现在却发展到对于血淋淋的事实都加以抹杀，反口噬人。这对于下一代记者养成不顾真理、歌颂暴力不以为耻，反以说谎为当然，这影响太大了。新闻界的遭遇，的确是空前未有的沉重，然而即使如此，也未必可以作为噤若寒蝉或颠倒黑白的理由！"在当时上海新闻界，都知道这是徐铸成对《大公报》在宣传上的一些做法提出的批评。

5月26日，《文汇报》被封闭的第二天，《大公报》刊出了短评，题为《请保障正当舆论》，大意是：三家报纸已被封闭了。今后希望政府切实保障正当舆论。很明显，它是影射这三家报是不正当的舆论。对这篇短文提出的所谓"保障正当舆论"，徐铸成怒吼，他说："这是一支冷箭，射向手脚已被束缚的对手。"

这件事铭刻在徐铸成的心里。直到1984年盛暑，我和报社的另一位记者陈可雄去他的寓所访问时，谈起往事，老报人仍然很激动，说："《大公报》的《保障正当舆论》一文是总编辑王芸生写的，那是为匪张目，是《大公报》历史上罕见的卑鄙评论，我当时看了真是又伤心，又痛心。"他接着又说："当时站出来愤愤不平的，是中国两张权威报纸，一是《密勒氏评论报》，另一是《观察》的储安平，都认为《大公报》这样做是乘人之危，投井下石，储安平还写了一篇长文。"

《大公报》何以会如此？国民党要控制舆论，就收买那些不太听话的报纸，《文汇报》和《大公报》都在收买之列。但《文汇报》没有接受政府的收买，而《大公报》接受了。抗战胜利时，《大公报》老板胡政之从国民中央银行以官价兑换了20万美元。在当时《文汇报》最为困难的时候，这是一笔优惠的巨款。蒋介石是不会白扔钱的，他认为这是政府对《大公报》的"津贴"，当时新闻界也都是这样认为的。1947年，陈立夫要给《文汇报》津贴时，徐铸成当面就明确表示："各位都知道，我是《大公报》出身的，我之所以毅然脱离《大公报》，主要是胡政之接受了20万美金官价外汇。"当时黑市美金一美元合"法币"2 000元，官价只有20元，给官价外汇，等于白送。《大公报》受人之惠，当然不好意思再骂人家了。《大公报》在政治问题上就不敢那么尖锐，只好"小骂大帮忙"了。胡政之还参加了南京的"国大"，和胡适一样替蒋介石捧场，《大公报》本来的光彩就暗淡了许多。所以，《文汇报》、《联合晚报》、《新民报》三报被封，《大公报》摇旗呐喊，做些落井下石的事，是在必然之中的了。

后来，我查了《观察》上储安平写的题为《论文汇、新民、联合三报及大公报在这次学潮中所表示的态度》一文，文章最后说："我和《联合报》的同人，一个都不认识，甚至连他们的姓名都不知道。《新民报》的高级负责人中，有两三位是我的朋友，可是彼此皆忙，虽然同在一地，我和他们已有整整8个月未见过面了。《文汇报》的总主笔徐铸成先生前后见过4次面，都是寒暄。我曾有事写过两封信给徐先生，但徐先生为人傲慢，吝赐一复。独独《大公报》里，我的朋友最多。单说在《大公报》编辑部服务的，就有6位先生是本刊撰稿人。但是我们今天所检讨的问题，不是涉及任何人的思想问题。我们今日从政也好，论政也好，必须把私人的感情丢开。这就是今日需要锻炼自己的地方。当此一日查封三报，警备车的怪声驰骋于这十里洋场之日，我们仍旧不避危险，挺身发言，实亦因为今日国家这仅有的一点正气，都寄托在我们肩上，虽然刀枪环绕，亦不能不冒死为之；大义当前，我们实亦无暇顾及一己的吉凶安危了。"

储安平和徐铸成是同乡，徐铸成在《我的同乡》回忆文章，还讲到储安平在《观察》发表的那篇支持文汇、联合、新民三报的文章，说："这件小事也说明，安平这个人是很有股戆劲，敢于'路见不平，拔刀相助'的。"我们问他为什么不给《观察》写文章时，他说："那时的《观察》奉行的是'自由主义'和'第三条道路',我有些不能接受,不想和他们搞在一起。"储安平对《文汇报》也是有些不以为然的,认为《文汇报》"太琐碎,格调不高"。

储安平

《观察》1946年9月1日在上海创办,是一个同仁刊物,资金集股而成,由一批自由主义知识分子以超然态度创办的,他们的文化背景多是从欧美留学归来的知识分子,是不太务实际的理想主义者,这一点和《文汇报》是有所不同的。《文汇报》的支撑是以具有中国传统文化为背景的知识分子,有着务实精神,主张从实际入手来解决中国的问题。《观察》的宗旨,储安平在1947年给胡适的信中说得很清楚:"我们创办《观察》的目的,希望在国内能有一种真正无所偏倚的言论,能替国家培养一点有自由思想的种子,并使杨墨以外的超然分子有一个共同说话的地方。"因为要"说话",所以《观察》的文章就以时评、政论为主了。胡适无疑是自由知识分子的领袖。也许胡自己并不这样认为,但《观察》派的知识分子总是把胡适当做精神领袖的。

1948年1月10日,萧乾为《大公报》起草的社论《自由主义的信念》,对自由主义者所要走的第三条道路立场说得更为明确,他说:"自由主义不是一面空泛的旗帜,下面集合着一簇牢骚专家、失意政客。自由主义者不是看风驶船的舵手,不是冷门下的赌客,自由主义是一种理想,一种抱负,信奉此理想抱负的,坐在沙发上与挺立在断头台上,信念得一般坚定。自由主义不是迎合时势的一个口号,它代表的是一种根本的人生态度。这种态度不是消极的,不左也不右的。"

自由主义并不空洞,本身就是一种政治立场,他们一边在批判现实,一边在探索中国的出路。他们都很自信,自以为有能力改变中国现状，既不与国民党斗争，也不与他们同流合污；他们在思想上与共产党接近，但不走共产党的武装革命斗争之路，而是走自己的路，即"第三条道路"。

储安平在《中国的政局》一文中，对国民党是绝望的，对共产党则认为是"一个组织严密的党"，对延安边区的作风"颇得好评"，有着"能站得住的道理"，"有一股生气和生命的力量的"，"我们虽非共党党员，一样尊重共党党员，只要他确是信奉他所相信的主义，忠于他的党，忠于他的思想，忠于他的工作，忠于他的事业，我们都在心底里对他尊敬。"但他心中存有疑虑，他说："共产党对人，只有'敌''我'，跟他们跑的，他们可以接纳，不跟他们跑的，他们一律敌视。一切都以实际利益为出发，不存任何人情与友谊。要捧一个人，集体地捧他起来，要攻击一个人，集体地把他打了下去。"

储安平这番话表现出自由知识分子的内心矛盾，也是《观察》杂志的矛盾。这样的矛盾和《大公报》自我标榜"中间道路"而实为"骑墙派"的东张西望是不同的。他们不断批判《大公报》，他们相信自己的人格力量，相信知识的力量，又懂得人民的需要，可以博得人民的支持。

储安平心里很清楚，蒋介石政府是迟早要把《观察》封掉的。1948年7月，当《新民报》被永停刊，储安平就写了《政府利刃指向〈观察〉》的"告别辞"，向读者作了《观察》即将被封的预示。他虽有许多共产党人朋友，但共产党不一定就欢迎他们。毛泽东在《丢掉幻想，准备斗争》一文中，也曾经说："有一部分知识分子还要看一看。他们想，国民党是不好，共产党也不见得好，看一看再说。其中有些人口头上说拥护，骨子里是看。但他们不是国民党反动派，他们是人民中国的中间派，或右派。他们就是艾奇逊所说的'民主个人主义'的拥护者。"毛泽东只是批评他们，而蒋介石则是不放过他们。1948年12月23日，上海一家小报以《观察封门》为标题，刊登了当局的"永远停刊令"。《观察》编辑部的林元、雷柏龄被打入大牢，笪移今被抓，储安平因在北京才免遭此劫。

避难香港

《文汇报》被封门之后，孟秋江、马季良、柯灵、刘火子、唐海去了香港。程光锐、杨重野、李梦莲则已化装前往华北解放区。徐铸成去台湾作环岛旅行。吴绍澍仍执意要徐铸成去《正言报》主持笔政，徐铸成明确告诉吴绍澍说："国民党统治，已成一桌残席了，何必拉着我这个不相干的人去凑热闹、抹桌子呢？"陈布雷也托人带信给徐铸成，要他去《申报》接替兼职总主笔的潘公展，执掌《申报》总主笔，他断然说："我是唱惯了麒派戏的人，要我改唱正宗谭派，是改不了了。"

此时，本来在《文汇报》任总编辑的马季良来找徐铸成，他是由香港护送华岗去苏北解放区的。他告诉徐铸成，国民党在香港成立了革命委员会，在筹备出机关报，李济深请他赴港主持。徐铸成又说："我不是国民党员，生平也未曾办过机关报，李先生的盛意，只能心领了。"马季良又告诉他，小K（潘汉年）也是这个意思。徐铸成说："我要去办，就办《文汇报》，别的我不考虑。"第二天，徐铸成约严宝礼、宦乡和陈虞孙商谈，他们都同意不妨去香港见见李济深，如果有意，可合资办《文汇报》。

徐铸成去了香港，先去拜访夏衍。因香港当局对进步刊物处处刁难，夏衍主持的《华商报》处在风雨飘摇中。因此，夏衍告诫徐铸成，《文汇报》在香港出版，色彩不宜太红，如果《文汇报》也像《华商报》那样色彩鲜明，则恐有被一网打尽之虑。此时上海《文汇报》的老人孟秋江、唐海、刘火子、陈朗等，闻徐铸成到港，开酒会欢迎，他们都表示如果《文汇报》在香港出版，他们即辞去其他报纸的任职，重返《文汇报》。

经过一番筹划，内部决定以李济深用化名向香港政府申请登记。徐铸成为总主笔，马季良为总编辑，柯灵为副总编。严宝礼为总经理，宦乡为经理。编辑部人员也陆续到齐，金慎夫任编辑部主任，孟秋江任审报科主任，唐海任外勤主任，梅朵编《彩色版》，陈钦源编《笔会》，米谷任美术编辑，任嘉尧、黄立文编各地新闻，崔景泰、朱近

1979年，余鸿祥率香港代表团赴北京观礼，受到叶剑英接见

予也都到了香港，姚芳藻离开《联合晚报》，也加盟《文汇报》任记者。余鸿翔任校对主任。由各方推荐延请者有公刘、石方禹、唐君放参加《文汇报》任记者。蒋文杰编国际新闻。上海秘密设立办事处，由钦本立坐镇主持。浦熙修经营救从监狱中出来，由钦本立联系，为《文汇报》写专稿。

1948年夏天，南京政府处在政治危机和经济恐慌中，在既无黄金又无美元的困境中，要进行币制改革，发行金圆券，还强迫工商界交出黄金、白银和外汇。这时在南京的浦熙修获得国民政府中央银行的金银外汇储备统计数据，从中证明国民党在唱“空城计”。经过推算，这个“空城计”只能唱一个月，最多两个月，她不断用专电或述评的形式在香港《文汇报》告诉读者。由于《文汇报》的专电和述评都是有着铁的事实和确凿的统计数字，深得各行各界特别是工商界的注意。果然，一月未到，"限价" 崩溃，出现抢购风潮，整个市场陷入混乱。《文汇报》因此获得广大读者和工商界的信任，发行量大增。哲学家侯外庐在《韧的追求》一文中回忆道："《文汇报》的新闻来得既快又准，它针对行将就木的国民党南京政府的一系列最后政策的社论、评论，篇篇掷地有声，其中有些可说到了神机妙算的地步。"

严宝礼赴港复刊《文汇报》

周刊各版，仍请社外知名人士主持：郭沫若、侯外庐主编哲学，茅盾主编"文学周刊"，宋云彬主编"青年周刊"，千家驹主编"经济周刊"，翦伯赞主编"历史周刊"，孙起孟主编"教育周刊"。

万事俱备，香港《文汇报》于1948年9月3日开张出报。社论由徐铸成、陈此生轮流执笔，以后又陆续延请千家驹、吴茂生、胡绳、狄超白、金仲华等参加撰写。《文汇报》的创刊出版，瞬间即受到知识界、工人、学生的热烈欢迎，发行量由1万余突破2.5万。当时《大公报》发行1.3万，《华商报》1万余，《文汇报》处于领先地位。

在香港成为外乡佬的《文汇报》，没有祖荫庇护，严宝礼出资18万元，徐铸成出资2万元，底子很薄，经济遇到困难，有志之士慷慨解囊相助。蔡廷锴交纳股金3 000元；黄旭初卖了桂林的房产给《文汇报》以资助；李济深卖掉桂林的房产，出资1万元；龙云出了20万元，以后每当《文汇报》“断炊”之际，他都是及时接济。这样才使香港《文汇报》不致饿死在摇篮中。多年之后，徐铸成对他们感激不忘，他说：“愿《文汇报》之后来者，永远勿忘在筚路蓝缕时曾给予大力支援的‘恩人’。”他在给余鸿翔的信中还说：“文汇初期所以能历渡难关，未被夭折，端赖两位大力支持者，一为龙志舟（云）先生，一为由史介绍之詹励吾兄，其次则杨天鼎先生所交之股款1万元，我在回忆录中谈到这些往事，希望以后《文汇报》同人，千万勿忘创业时之三位恩人。”

40万元办一张报纸，当然是不够的，何况资金常常不到位。香港《文汇报》经济十分困难，徐铸成只能总主笔、总经理双肩挑。他东借西贷，硬是把香港《文汇报》撑了下来。他说：“办报几十年，我从来没有那么辛苦过。”职工工资当然很低，“老文汇”、老编辑只不过400元。而大家都宁愿在这儿艰苦奋斗，也不愿到高工资的其他报社去逍遥自在。一切因陋就简，租不起像样的房子，只能借荷里活道30号的一幢小楼作为馆址，楼房单间四层，总共不过200多平方米，编辑部、采访部、经理部、广告部、发行科、校对科、工厂部、排字房，统统挤在一起。三楼一间一分为二，前间是编辑部、采访部，后间是经理部、校对科，好在有人做日班，有人做夜班，一张写字台常常几个人合用。新来的姚芳藻的座位就“打游击”，白天坐在夜班编辑位置上，晚上写稿，会计主任的座位就是她的了。筹备之初更为艰苦，那些从上海来的单身汉们，晚上就睡在这儿，打地铺。总主笔徐铸成和总编辑马季良与大家同甘共苦，也睡在这儿，不过他们待遇略为好些，大家让他们睡在桌子上而已。后来虽然有了宿舍，梅朵、崔景泰、唐君放、朱近予、任嘉尧、黎先耀、蒋文杰、石方禹等，都挤在一间屋子里。大家给蒋文杰、石方禹取了两个雅号，一个叫“别林斯基”，一个叫“普希金”。蒋文杰不愧为“别林斯基”，他开口马恩，闭口列斯，理论

梅朵与姚芳藻

水平极高，回上海后，被市委宣传部调去了。石方禹刚从燕京大学毕业，在报社担任翻译工作，他确实有诗人的天赋，1950年在《人民文学》上发表了一首长诗《和平最强音》，大为轰动。

解放战争的北方战场，解放军节节胜利，形势发展之迅速是在香港的人始料不及的。在香港的党组织秘密组织各方面代表人士渡海北上。1948年底，作为《文汇报》总编的马季良忽向徐铸成提出辞职，说是将赴美办报，然后赴巴黎与陈安娜结婚。徐铸成感到突然，说："现在全国解放已指日可待，同事们都准备'青春结伴好还乡'，你怎么忽思离国远去？"

马季良苦笑道："我自有不能回国的原因。"

徐铸成这时才忆及马季良与江青的关系。马季良曾告诉他，在重庆和谈之前，江青曾到重庆治牙，"忽打电话约我一晤，当即婉言拒绝。"徐铸成见到潘汉年谈及此事，潘说："马季良要走，你就不必坚留了。”徐铸成对我及陈可雄谈起这段往事时，还颇有感慨地说：“经过‘文化大革命’，我才恍然钦佩马季良的先见之明。”

1949年初，随着解放战争的胜利，《文汇报》的人从香港泛海北上，回上海复刊出报。这时严宝礼已经在上海筹备复刊事宜，等待着他们归来。

香港归来

图书在版编目(CIP)数据

风雨文汇：1938~1947 / 郑重著. —上海：东方出版中心，2008.1

ISBN 978-7-80186-800-8

Ⅰ. 风… Ⅱ. 郑… Ⅲ. 纪实文学-中国-现代 Ⅳ.I25

中国版本图书馆CIP数据核字(2008)第001805号

风雨文汇

出版发行：东方出版中心

地　　址：上海市仙霞路 345 号

电　　话：62417400

邮政编码：200336

经　　销：全国新华书店

印　　刷：上海锦佳装璜印刷发展公司

开　　本：890×1240 毫米　1/32

字　　数：351 千

印　　张：14

版　　次：2008 年 1 月第 1 版第 1 次印刷

ISBN 978-7-80186-800-8

定　　价：36.00 元
